Terres Brisées

VICTORIA
AVEYARD

TERRES
BRISÉES

Traduit de l'anglais (États-Unis)
par Michel Pagel

DE SAXUS

Ceci est une œuvre de fiction.
Toute ressemblance avec des personnages, lieux, organisations
ou évènements existant ou ayant existé ne serait que purement fortuite.

AVERTISSEMENT DE CONTENU

DESCRIPTION EXPLICITE DE BLESSURE, MEURTRE, MORT D'UN ANIMAL,
SANG, TROUBLE DE STRESS POST-TRAUMATIQUE, VIOLENCE

Terres Brisées
par Victoria Aveyard

Realm Breaker

Illustration de couverture : © Sasha Vinogradova
Conception graphique couvertures et jaquette françaises :
Eilean Books – Volodymyr Feshchuk

Carte par Francesca Baraldi / © & ™ 2021 Victoria Aveyard

Ouvrage publié sous la direction de Sam Souibgui
Coordination et suivi éditorial : Christian Martin

SOMMAIRE

À ceux qui cherchent sans jamais trouver.

TERRAVAST
Mer de Tarim
Tarima
Les Steppes Lointaines
Korbij
LE TEMURIJON
Golba, la Rivière sans Fin
Trazivy
DAHLAND
Askendur
LARSIE
Syrène
Adira
LEDOR
Izera
Portes Dahliennes
Mer Silencieuse
ISHEÏDIE
BETAL
Lharat
Ciaom
Vallée de Morducor
AHMSARE
Harkos
Virin
GHERIE
Trisad
Baie de Sarian
Gher
Nessa
RHASHIR
Imtisid
Bihasar
Jirhali
Rivière des Princes
Grande Forêt
Golfe du Tigre
Mer Long
L'Aljer, Mâchoire de l'Ibal
Bouche de Rhashira
Hizir
Océan Nocturien
Grands Sables
Baie Saphir
Safir
Forêt des

Bouches des Dieux
es Terres Enneigées
MONTAGNES DE LA LUNE D'HIVER
Hjornbrok
Hjorn
JYD
Kovalinn
Ysbrok
Yrla
LES VYRANDS
Thynbrok
TREC
Vodin
Portes du Trec
Gidastern
Mer de Gloire
Ghald
Grand Lion
Lion Blanc
Mer Vigilante
Bois Castel
Ascal
Badentern
Lionne
Sirandel
GALLAND
Vieux Lion
Iona
Turadir
Rouleine
Partepalas
CALIDON
Lenava
Baie Miroir
Corranport
MADRENCE
Lemarta
Lecorra
Medino
Pennaline
Baie de Vara
SISCARIE
Côte de l'Impératrice
Byllskos
Baie de Miel
Détroits Tyri
Océan Aurorien
Détroit de Terravast
Almasad
Orisi
Tirakrion
Qaliram
TYRIOT
Golfe des Voyageurs
Aegironos
Lorsum
SARDOS
MONTS DES DIEUX
Mer des Trois Rois
Baie des Merveilles
Salahae
Désert de l'Aigle
Nkonabo
Ela
KASIE
NIRON
Benaï
Barasa
Arcs-en-Ciel

Prologue

Le chant qu'on ne chanterait pas

Nul mortel vivant n'avait jamais vu de fuseau.

L'écho s'en attardait en certains sites restés ou non dans les mémoires, en certains individus touchés par la magie, certaines créatures venues d'autres terres, mais aucun fuseau n'avait brûlé depuis une éternité. Voilà un millénaire que le tout dernier s'était évanoui. Les passages étaient clos, les portes verrouillées. L'ère de la traversée révolue.

Terravast était une terre isolée.

Et doit le rester, songea Andry Trelland. *Pour le bien commun.*

L'écuyer ajustait l'armure de son seigneur, resserrant sangles et boucles sur la puissante silhouette de sire Grandel Tyr sans se soucier des premières gouttes de pluie. Ses doigts d'un brun de miel s'activaient prestement sur le cuir et l'acier doré familiers. Briquée de frais, l'armure du chevalier étincelait, ses épaulières et le plastron de sa cuirasse forgés à l'image d'un lion rugissant, celui du royaume de Galland.

L'aube pointait, timide, peinant à sortir entre les nuages de pluie printaniers massés contre les collines et, plus loin, les hautes montagnes. Cela donnait l'impression d'occuper une salle au plafond bas. Andry inspira l'air humide. Le monde, autour de lui, pesait de tout son poids.

Non loin de là, les chevaux hennissaient doucement, treize montures attachées à la queue leu leu, serrées les unes contre les autres pour se réchauffer. Andry regrettait de ne pouvoir les rejoindre.

Les Compagnons de Terravast attendaient dans la clairière au pied de la colline. Certains guettaient l'ennemi sur le chemin des pèlerins qui s'enfonçait dans le sous-bois. D'autres gardaient le temple envahi de lierre, dont les blanches colonnades évoquaient les os d'un squelette abandonné depuis des lustres. Les textes inscrits dans leur pierre étaient familiers. Gravés par les Aînés – les mêmes lettres observées par Andry dans la mythique Iona. Le bâtiment antique, plus ancien encore que même le vieil empire du Cor, avait été conçu pour accueillir un fuseau désormais disparu, et son clocher restait silencieux. Où menait jadis ce fuseau, Andry l'ignorait. Nul ne le lui avait dit et il n'avait jamais trouvé le courage de poser la question. Il en sentait toutefois l'influence à la manière d'un parfum sur le point de disparaître, d'une onde de pouvoir perdu.

Sire Grandel fit la moue. Il considérait d'un air mécontent le ciel, le temple et les guerriers en contrebas.

« Je n'en reviens pas d'être éveillé à cette putrifuseau d'heure », cracha le chevalier au teint pâle sans se soucier de baisser la voix.

Andry ignora la récrimination de son mentor.

« C'est terminé, messire », dit-il en reculant d'un pas. Il scruta sire Grandel de la tête aux pieds, cherchant un défaut ou une imperfection, tout ce qui serait susceptible de l'entraver durant la bataille.

Le chevalier, dont le garçon était l'écuyer depuis trois ans, bomba le torse. C'était un être arrogant, mais Andry ne connaissait aucun combattant de son talent qui soit dépourvu d'orgueil. Rien de plus naturel. Par ailleurs, tout était en ordre, de la pointe des bottes d'acier de sire Grandel aux phalanges de ses gantelets. Ce vétéran était l'incarnation même de la force et de la bravoure, la crème des gardes-lions de la reine. Une vue aussi impressionnante qu'émouvante.

Comme toujours, Andry s'imagina revêtu de la même armure, le lion couvrant sa poitrine, la cape verte jetée sur ses épaules, l'écu de son père à son bras plutôt que pendu au mur dans le boudoir de sa mère. *Inutilisé depuis des années, couvert de poussière, presque fendu en deux.*

Il baissa la tête, chassant cette pensée. « Vous êtes prêt.

— Je me sens prêt, oui, affirma le chevalier en posant ses doigts gantés sur la poignée de son épée. Après avoir traîné bien trop longtemps mes vieux os à travers le monde. Depuis combien de temps avons-nous quitté nos foyers, Trelland ? »

Andry répondit sans avoir besoin de réfléchir. « Deux mois, messire. Presque jour pour jour. »

Il connaissait ce compte comme il connaissait ses doigts. Chaque jour sur la route apportait une aventure à travers vaux, montagnes et contrées sauvages, pour gagner des royaumes qu'il n'avait jamais rêvé de voir. En compagnie de guerriers au grand renom et aux impossibles prouesses – des héros, tous jusqu'au dernier. Leur quête approchait de sa fin, la bataille était pour bientôt. Andry ne craignait pas le combat mais ce qui s'ensuivrait.

Le retour chez nous, facile, rapide. La cour d'entraînement, le palais, ma mère malade et mon père mort. Rien d'autre à attendre que quatre années de plus à suivre sire Grandel de la salle du trône à la cave à vin.

Le chevalier, sans remarquer le trouble du garçon, continuait de jacasser. « Des fuseaux déchirés et des terres perdues retrouvées. Balivernes que tout cela. Autant traquer un conte pour les enfants, grommela-t-il en éprouvant la souplesse de ses gantelets. Autant poursuivre des fantômes pour le compte d'autres fantômes. »

Il désigna de la tête les Compagnons prêts à se battre, aux tenues et aux couleurs aussi diverses que les pierres précieuses d'une couronne. Ses yeux bleus larmoyants s'attardèrent sur une partie d'entre eux.

Andry suivit son regard vers les silhouettes à la posture rigide, tendue, à l'étrange armure et aux manières plus étranges encore. Bien qu'il eût cheminé de longs jours avec les Compagnons de Terravast, certains ne lui semblaient nullement familiers. Indéchiffrables comme une énigme de magicien, aussi lointains et improbables qu'un mythe. *Et ils sont là, devant moi.*

« Ce ne sont pas des fantômes », murmura le garçon en voyant l'un d'eux arpenter le périmètre du temple. Les cheveux blonds tressés, large d'épaules et monstrueusement grand. Deux hommes auraient été nécessaires pour manier la grande épée qu'il portait au côté. *Dom,* songea Andry, quoique le véritable nom fût bien plus long et difficile à prononcer. *Prince d'Iona.* « Les Aînés sont autant que nous de chair et d'os. »

On ne pouvait cependant les confondre avec les autres guerriers. Tous les six étaient des êtres à part, semblables à de superbes statues, distincts d'aspect mais d'une certaine manière tous identiques. Aussi éloignés des mortels que les oiseaux des poissons. « Enfants d'étoiles différentes », affirmaient les légendes. « Êtres venus d'une autre terre », disaient de rares pages d'histoire.

Des immortels, Andry le savait.

Sans âge, beaux, éternels, lointains – et perdus. Même à présent, il ne pouvait s'empêcher de les fixer.

Ils se donnaient le nom de Vedera mais, pour le reste du monde, pour les mortels ne connaissant d'eux que l'histoire ancienne et des récits bientôt oubliés, ils étaient les Aînés. Peu nombreux mais toujours puissants aux yeux d'Andry Trelland.

Le prince d'Iona leva la tête alors qu'il achevait de faire le tour du temple et croisa de ses farouches yeux émeraude le regard de l'écuyer. Andry se hâta de baisser la tête, sachant l'immortel capable d'entendre ce qu'ils disaient. Ses joues s'empourprèrent.

Sire Grandel ne cilla pas ; son regard resta de pierre sous son casque. « Les immortels saignent-ils, Trelland ?

— Je ne sais pas, monseigneur », répondit le garçon.

Le regard du chevalier passa tour à tour sur les autres. Les Vedera venaient de tous les coins de Terravast, issus d'enclaves à demi oubliées. Andry avait mémorisé leur identité comme il mémorisait celle des courtisans, tant pour éviter à sire Grandel de commettre des impairs que pour sa propre curiosité.

Les deux Aînées étaient en elles-mêmes remarquables, non moins guerrières que les autres. Leur présence avait valu un choc aux mortels, notamment aux chevaliers du Galland. Andry les jugeait encore troublantes, voire impressionnantes. Rowanna et Marigon venaient de Sirandel, au fin fond du Bois-Castel, tout comme Arberin. Andry les devinait proches parentes, avec leurs cheveux roux, leur pâle face de renarde et leur cotte de mailles pourpre, irisée comme une peau de serpent. Elles évoquaient une forêt en automne, qui passe du soleil à l'ombre. Nour venait d'Hizir, l'enclave désertique au milieu des Grands Sables de l'Ibal. Aux yeux d'Andry, iel paraissait à la fois homme et femme. Iel ne portait aucune armure mais des bandes de soie rose comme le ciel au crépuscule, étroitement serrées, bordées d'un trésor en pierres précieuses. Sa peau était d'or, ses yeux de bronze, bordés de khôl noir et d'un pourpre fulgurant, tandis que ses cheveux formaient des tresses intriquées. Ensuite, il y avait Surim qui, de tous, mortels ou immortels, avait fait le plus long chemin. La peau bronzée, les yeux profondément enfoncés dans les orbites, il gardait comme un lourd manteau jeté sur les épaules la trace du voyage qui l'avait amené de Tarima, son solide poney l'ayant porté à travers la vaste steppe du Temurijon.

Plus que tout autre chose, Dom évoquait un chêne ou la ramure d'un cervidé. Il portait du cuir sous une cape gris-vert, frappée du grand cerf de son enclave et de sa monarque. Ses mains étaient dépourvues de gants comme de gantelets. Un anneau d'argent luisait à son doigt. Son foyer était Iona, où les Compagnons s'étaient d'abord assemblés, la ville cachée dans les vallées du Calidon entre des montagnes pareilles à des griffes. Andry en conservait un souvenir très vif : une cité immortelle de brume et de pierre, gouvernée par une dame en robe grise tout aussi immortelle.

La voix de sire Grandel coupa court à sa rêverie.

« Et les princes de sang-du-Cor, les descendants du vieil empire ? » siffla-t-il. Ses paroles se firent tranchantes comme un rasoir. « Putrifuseaux, peut-être bien, mais aussi mortels que nous tous. »

Andry Trelland avait grandi dans un palais. Il savait reconnaître la jalousie.

Cortael du Vieux Cor se tenait seul, les bottes plantées sur la pierre brisée du chemin de pèlerinage. Il fixait sans ciller les ombres des bois, attendant tel un loup au fond de sa tanière. Lui aussi portait une cape d'Iona, et son plastron d'acier s'ornait d'andouillers moulés. Des cheveux roux foncé, pareils à du sang au crépuscule, tombaient sur ses épaules. S'il ne servait aucun royaume mortel, de petites rides de vieillissement marquaient son visage – son front sévère et le coin de ses lèvres fines. Andry lui donnait à peu près 35 ans. Dans ses veines, comme dans celles des Aînés, coulait le sang-des-fuseaux : il était fils de la traversée, descendant de mortels nés sous les étoiles d'une autre terre.

De même que son épée. *Une lamefuseau.* L'arme nue reflétait le ciel, emplie d'une lumière grise, gravée de signes qu'aucun être vivant ne savait lire. Sa présence était un éclair vibrant.

Le chevalier étrécit les yeux. « Et eux, est-ce qu'ils saignent ?

— Je ne sais pas non plus », marmonna Andry en arrachant son regard de l'épée.

Sire Grandel lui assena une claque sur l'épaule. « Nous allons peut-être l'apprendre », dit-il en descendant de la colline, chacun de ses pas lourds tirant des bruits métalliques à sa lourde armure.

J'espère bien que non, songea Andry tandis que son seigneur rejoignait les Compagnons mortels et s'adressait aux cousins North, autres chevaliers du Galland. Edgar et Raymon North, comme sire Grandel, en avaient assez de cette quête itinérante, et leur expression lasse reflétait la sienne.

Bress Monte-Taureau s'approcha, un sourire trop large sous son casque à cornes. Le mercenaire ne perdait pas une occasion d'aiguillonner les chevaliers, à leur grand dam et au grand plaisir d'Andry.

« Même si tu ne prends pas l'épée, tu devrais prier les dieux avant la bataille », déclara une voix profonde, douce comme un roulement de tonnerre.

Le garçon se tourna pour voir un autre chevalier sortir du sous-bois. Okran de Kasie, l'étincelant royaume du Sud, inclina la tête en approchant, son casque sous un bras, un javelot sous l'autre. Sur son armure blanc perle, l'aigle kasien ouvrait un bec hurlant, les ailes déployées, les serres tendues pour tuer. Le sourire d'Okran était une étoile filante, un éclair sur sa peau d'un noir de jais.

« Messire, répondit Andry en s'inclinant. Je doute que les dieux écoutent les paroles d'un écuyer. »

Okran haussa un sourcil. « Est-ce là ce que t'apprend sire Grandel Tyr ?

— Je dois l'excuser. Il est épuisé après un si long voyage, la moitié du monde traversée en quelques semaines sous un soleil torride. » Un écuyer avait le devoir de nettoyer après son seigneur objets et paroles. « Il ne désire pas vous insulter, ni vous ni personne.

— N'aie aucune crainte, ami Trelland. Je ne suis pas homme à me laisser agacer par le bourdonnement des mouches, répondit le chevalier du Sud en agitant une main aux doigts agiles. Pas aujourd'hui, du moins. »

Andry combattit l'envie inappropriée de sourire. « Traiteriez-vous sire Grandel de mouche ?

— Le lui répéterais-tu si c'était le cas ? »

L'écuyer ne répondit pas, ce qui était une réponse en soi.

« Tu es un bon garçon », s'esclaffa le Kasien en coiffant son casque avant de mettre en place le nasal d'améthyste. En lui un chevalier de l'aigle apparut, tel un héros surgi d'un rêve.

« Est-ce que vous avez peur ? » Les mots jaillirent de la bouche d'Andry avant qu'il ne puisse les retenir. L'expression adoucie de son interlocuteur étaya sa résolution. « Est-ce que vous avez peur du voleur et de son magicien ? »

Okran demeura muet un long moment, pensif, les gestes mesurés. Il considéra le temple, la clairière, et Cortael à son orée, sentinelle au milieu de la route. La forêt piquée de gouttes de pluie, les ombres qui passaient du noir au gris. Tout semblait calme, sans rien de remarquable.

« Le danger, c'est le fuseau, pas les hommes qui le cherchent », dit-il d'une voix douce.

Autant qu'il puisse essayer, Andry devait s'avouer incapable de les visualiser. *Le voleur d'épée, le magicien renégat.* Deux hommes seuls contre les Compagnons : douze guerriers, dont une moitié d'Aînés. *Ce sera un massacre, une victoire facile,* se dit-il en se forçant à hocher la tête.

Le Kasien releva le menton.

« Les Aînés ont fait appel aux couronnes mortelles, et j'ai été dépêché pour leur répondre, de même que tes chevaliers. Je ne sais pas grand-chose du sang-du-Cor ni de la magie des fuseaux, et j'y crois encore moins. Une épée volée, un passage déchiré ? Tout cela me paraît relever d'un conflit entre deux frères, pas d'un problème qui concerne les grands royaumes de la Terre. » Il eut un petit rire et secoua la tête. « Mais ma tâche n'est pas de croire les paroles de la monarque des Aînés, ni la mise en garde de Cortael, seulement d'affronter ce qui pourrait survenir. Nous en retourner serait trop risqué. Au pire, il ne se passera rien. Personne ne viendra. » Son regard sombre mais chaleureux vacilla. « Au mieux, nous sauverons le monde avant même qu'il se sache en danger.

— *Kore-garaï-sida.* »

Andry retrouvait aisément la langue de sa mère, apprise durant son enfance. Les mots en étaient comme du miel sur ses lèvres.

Ainsi le veulent les dieux.

Okran cligna des paupières, surpris. Puis il eut un large sourire des plus désarmant.

« *Ambara-garaï* », répondit-il, achevant la prière avec un hochement de son heaume. *Aie foi en tes dieux.* « Tu ne m'avais pas dit que tu parlais kasien, Trelland.

— Ma mère me l'a appris, messire », répondit Andry en se redressant de toute sa hauteur. Malgré sa taille de presque un mètre quatre-vingt, il se sentait petit dans l'ombre élancée d'Okran. Ayant grandi à Ascal, il avait l'habitude que sa peau sombre le fasse remarquer, et il était fier de l'héritage qu'elle révélait. « Elle est née à Nkonabo, fille du clan Kiane. » La famille de sa mère, son clan, était connue jusque dans le Nord.

« Noble lignée, déclara Okran, toujours souriant. Tu devrais me rendre visite à Benaï, lorsque toute cette histoire sera terminée et que nous retrouverons nos vies. »

Benaï, songea Andry. *Ville d'or et d'améthyste, nichée sur les berges vertes de la Nkon.*

Ce pays d'origine qu'il n'avait jamais vu prit forme en lui, les histoires de sa mère chantèrent à nouveau dans sa tête, mais cela ne pouvait pas durer. Une pluie froide tombait, une réalité impossible à ignorer. Il lui faudrait encore trois ou quatre ans pour être armé chevalier. *Toute une vie,* se disait Andry. *Et il y a tant d'éléments à envisager. Ma position à Ascal, mon avenir, mon honneur.* Son cœur manqua un battement. *Les chevaliers ne sont pas libres de voyager à leur guise. Ils doivent protéger les faibles, aider ceux qui en ont besoin et, par-dessus tout, servir leur patrie, leur reine. Pas voir du pays.*

Il faut aussi penser à Mère, qui est devenue si fragile.

Il se contraignit à sourire. « Lorsque toute cette histoire sera terminée », fit-il en écho avant d'agiter la main quand Okran se mit à descendre de la colline d'un pas léger, sur une herbe que le soir humidifiait.

Aie foi en tes dieux.

Dans les contreforts des hautes montagnes de Terravast, parmi héros et immortels, Andry sentait sans conteste la présence des dieux autour de lui. Qui d'autre aurait pu lancer un écuyer sur un tel chemin, le fils d'une noble étrangère et d'un chevalier de basse extraction ? Qui n'hériterait d'aucun château, n'était du sang d'aucun roi ?

Je ne serai plus ce garçon-là demain. Lorsque toute cette histoire sera terminée.

À l'orée de la clairière, le prince immortel d'Iona se joignit à Cortael, ses sens d'Aîné concentrés sur la forêt. Même du haut de la colline, Andry voyait la crispation sévère de sa mâchoire.

« Je les entends, dit-il, la voix claquant comme un fouet. À un quart de lieue d'ici. Ils ne sont que deux, comme prévu.

— On devrait prendre des précautions, avec un magicien », lança Bress. La hache dressée au-dessus de son épaule dessinait un sourire étincelant sur le ciel.

Les immortels de Sirandel se retournèrent pour le fixer comme s'ils avaient affaire à un enfant.

« C'est nous, les précautions, Monte-Taureau », dit Arberin d'une voix douce, avec l'accent que conférait son énigmatique langage.

Le mercenaire plissa les lèvres.

« Le Rouge est un prestidigitateur et un intrigant, c'est tout, lança Cortael sans se retourner. Encerclez le temple, restez en formation. » Le sang-du-Cor était un meneur d'hommes-né, et habitué à commander. « Taristan essaiera de se glisser entre nous et de tailler un seuil avant qu'on ne puisse l'arrêter.

— Il échouera », gronda Dom en tirant sa grande épée du fourreau.

Okran abattit la hampe de son javelot sur le sol pour marquer un accord muet, tandis que les cousins North agitaient leur écu. Sire Grandel se redressa, les dents serrées, les épaules carrées. Les immortels les rejoignirent, l'arc ou l'épée à la main. Les Compagnons étaient prêts.

Les cieux s'ouvrirent alors sur une pluie froide et régulière qui se changea vite en déluge. Andry frissonna en sentant l'humidité descendre le long de sa colonne vertébrale, s'insinuer dans toutes les brèches de ses vêtements.

Cortael leva la lamefuseau en direction de la route. La pluie martelait l'épée, masquait ses antiques ciselures. L'eau ruisselait sur le visage de celui qui la maniait, mais il demeurait de pierre, ignorant la tempête. Si Andry le savait mortel, il paraissait alors sans âge, fragment d'une terre perdue que l'on n'apercevait qu'un instant, comme par l'entrebâillement d'une porte en train de se refermer.

« Compagnons de Terravast », lança Cortael d'une voix qui portait loin.

Le tonnerre roulait en haut des montagnes. *Les dieux de Terravast nous observent,* songea Andry. Il sentait leurs yeux.

La pluie redoubla, tombant en nappe, changeant l'herbe en bourbier.

Cortael ne fléchit pas. « Cette cloche n'a pas sonné depuis mille ans, affirma-t-il. Nul n'a posé le pied en ce temple ni traversé le fuseau depuis lors. Mon frère voudrait être le premier. Ce ne sera pas le cas. Il échouera. Le dessein maléfique qui l'a entraîné ici va s'y achever. »

L'épée étincela, reflétant un éclair. Le descendant du vieil empire resserra sa prise sur la poignée.

« Il y a du pouvoir dans le sang-du-Cor et une lamefuseau, assez pour fendre les fuseaux. Notre devoir est de tenir mon frère loin de ces ruines, afin de sauver le monde, de sauver Terravast. » Cortael fixa les Compagnons tour à tour. Andry frissonna quand son regard l'effleura. « Aujourd'hui, nous nous battons pour demain. »

Cette détermination, sans chasser la peur qui montait en Andry Trelland, lui donna de la force. Même si son devoir ne consistait qu'à observer et à laver le sang, il ne flancherait pas. Il servirait Terravast et les Compagnons par tous les moyens à sa portée. Un écuyer aussi pouvait être fort.

« Cette cloche n'a pas sonné depuis mille ans », répéta Cortael. Il ressemblait davantage à un soldat qu'à un prince. À un mortel sans lignée, n'ayant pour tout bien que son devoir. « Elle ne sonnera pas pendant mille ans encore. »

Le tonnerre roula à nouveau, plus proche.

Et la cloche sonna.

Les Compagnons sursautèrent comme un seul homme.

« Ne bougez pas », intima Dom. Le vent agitait le rideau d'or de sa chevelure. « C'est l'œuvre du Rouge. Une illusion ! »

La cloche était sonore, sinistre, tout à la fois appel et menace. Andry en perçut la colère et le chagrin. Elle semblait se balancer d'avant en arrière à travers les siècles, à travers les mondes. Au fond d'Andry, une voix lui soufflait de mettre autant de distance que possible entre cette cloche et lui. Mais ses pieds restèrent enracinés sur place, ses poings serrés. *Je ne flancherai pas.*

Sire Grandel retroussa les lèvres et frappa son plastron de sa main ouverte, l'acier résonnant sur l'acier. « Avec moi ! » clama-t-il, le vieux cri de guerre des gardes-lions, auquel les North firent écho.

Andry le sentit résonner dans sa poitrine.

Du haut de sa colline, il aperçut entre les gouttes de pluie deux silhouettes indistinctes qui remontaient le sentier d'un pas régulier. Celui qu'on appelait le Rouge, enveloppé dans une cape couleur de sang fraîchement versé, faisait honneur à son nom. Andry distinguait son visage sous son capuchon. *Le magicien.* Jeune, glabre, la peau très pâle et les cheveux pareils à des blés mûrs. Ses yeux, même de loin, paraissaient rouges. Ils frémirent quand il en balaya les Compagnons, les détaillant de la tête aux pieds. Sa bouche s'agita sans bruit, ses lèvres formant des mots que nul n'entendait.

Son compagnon ne portait pas d'armure mais une tenue de cuir usée et une cape couleur boue. C'était un mauvais sujet – l'ombre là où son frère était le soleil. Son casque masquait ses traits mais révélait ses boucles de cheveux roux foncé.

Son épée encore au fourreau, la jumelle de celle de Cortael, était incrustée de pierres précieuses rouges et pourpres, un coucher de soleil entre ses doigts. *Le voleur d'épée.*

Et c'est ça qui est censé détruire le monde, songea Andry, abasourdi.

Cortael ne baissa pas son arme. « Tu es insensé, Taristan. »

En haut de la tour, la cloche sonna à nouveau.

L'autre fils du Vieux Cor resta tranquillement là, à écouter le bourdon du temple. Puis il sourit, exposant des dents blanches visibles même sous le casque.

« Cela faisait combien de temps, mon frère ? »

Cortael demeura imperturbable.

« Depuis notre naissance, répondit enfin pour lui Taristan. Je parie que tu as pris du bon temps en grandissant à Iona. Béni des fuseaux depuis ton premier battement de cœur. » Quoique son attitude fût légère, son ton quasi jovial, l'écuyer y lisait une menace. Il lui semblait voir un grand molosse enragé prendre la mesure d'un chien de chasse dressé. « Et jusqu'à ton dernier.

— J'aimerais pouvoir me dire heureux de te connaître, mon frère », déclara Cortael.

À son côté, Dom fulminait. « Rends ce que tu as pris, voleur. »

D'un geste vif, Taristan tira à demi l'épée qu'il portait au côté, révélant une belle longueur de lame. Même sous la pluie, l'acier étincelait, gravé d'une véritable toile d'araignée de lignes.

Il eut un rictus rapide. « Tu peux essayer de la reprendre, Domacridhan. » Le nom complet de l'Aîné sortit écorché de sa bouche, indigne de ses efforts. Il agita l'épée dans son fourreau, les narguant tous. « Si tu ressembles ne serait-ce qu'un peu aux salles du trésor de ta parentèle, tu échoueras. Et qui es-tu pour m'empêcher de prendre ce qui me revient de droit, par ma naissance ? Même si je suis le plus jeune, le frère de rechange, il est juste que nous détenions chacun une des lames de nos ancêtres, de notre terre perdue.

— Tu cours à la catastrophe, gronda Cortael. Rends-toi et je ne serai pas obligé de te tuer. »

Taristan déplaça un pied, se mouvant avec une grâce de danseur plutôt que de guerrier. Cortael changea de position en réponse, l'épée tendue vers la gorge de son frère, qui reprit la parole : « Les Aînés t'ont élevé pour que tu deviennes ce que tu es, Cortael. Un guerrier, un érudit, un seigneur des hommes comme des immortels. L'héritier qui doit rebâtir l'empire perdu depuis une éternité. Tout cela pour faire exactement ce que j'ai accompli : rendre aux fuseaux le pouvoir de la traversée. Relier de nouveau les mondes. Permettre à leurs peuples de regagner une patrie qu'ils n'ont pas vue depuis des siècles. » Il jeta un coup d'œil à Dom. « Je me trompe, Aîné ?

— Déchirer un fuseau, l'ouvrir, met tous les mondes en danger. Tu détruirais celui-ci pour arriver à tes fins, gronda Dom, dont le calme s'évanouissait peu à peu.

— La destruction pour certains. La gloire pour d'autres », répondit Taristan. Il s'avança en pataugeant dans la boue.

L'immobilité de l'immortel tomba aussi aisément qu'une cape dénouée. « *Monstre* », lança-t-il, rageur, sa propre épée soudain levée.

Son ennemi eut un nouveau sourire moqueur.

Il s'amuse, comprit Andry avec dégoût.

Dom grimaça. « On ne doit pas forcer un fuseau. Les conséquences...

— Garde ton souffle, dit Cortael. Il a choisi son destin. »

Taristan se figea net.

« *Moi,* j'ai choisi mon destin ? » siffla-t-il d'une voix douce, dangereuse, une lame gainée de soie. La rage s'amassait en lui comme les nuages d'orage dans le ciel.

Sur la colline, Andry sentit son cœur battre plus vite et son souffle s'accélérer.

« Ils t'ont *pris,* toi, ils t'ont *entraîné* et ils t'ont *dit* que tu étais différent des autres, un nouvel empereur, sang-du-Cor, né-des-fuseaux, cracha Taristan. L'ultime représentant d'une lignée antique, destinée à la grandeur. Il te revenait de conquérir le Vieux Cor et de le gouverner. Quelle glorieuse destinée pour le premier-né de parents que nous n'avons jamais connus. »

La bouche tordue, il porta les deux mains à son casque et le souleva, révélant son visage.

Andry lâcha un hoquet, bouche bée.

Les deux frères se fixaient, reflet l'un de l'autre.

Des jumeaux.

Quoique l'un fût dépenaillé, l'autre d'une splendeur royale, Andry peinait à les distinguer. Ils avaient le même beau visage, les yeux perçants, la mâchoire sévère, les lèvres fines, le front haut et l'étrange attitude distante commune à tous les êtres de sang-des-fuseaux. Distincts des autres mortels, pareils seulement l'un à l'autre.

Cortael recula, choqué. « Taristan », dit-il, la voix presque noyée par la pluie.

Le voleur d'épée tira sa propre lamefuseau, la sortant du fourreau en un mouvement lent et prolongé. L'arme chantait en harmonie avec la cloche, souffle haut perché contre rugissement profond.

« Tous les rêves que tu as jamais faits t'ont été offerts. Tous les chemins que tu as jamais arpentés ont été décidés pour toi », dit Taristan. La pluie fouettait la lame. « C'est *ton* destin qui a été choisi le jour de notre naissance, Cortael. Pas le mien.

— Alors que choisis-tu à présent, mon frère ?

— Je choisis la vie que j'aurais dû vivre », répondit-il en relevant le menton.

La cloche infernale sonna à nouveau, plus grave cette fois.

« Tu m'as proposé de me rendre. » Taristan retroussa les lèvres. « Je crains de ne pouvoir en faire autant. Ronin ? »

Le magicien leva des mains blanches comme neige, les paumes en avant.

Les Sirandel réagirent plus vite qu'Andry ne l'eût cru possible : trois flèches jaillirent de leurs cordes. Bien lancées, elles visaient le cœur, la gorge, l'œil. À deux doigts du visage de Ronin, toutefois, elles se consumèrent. D'autres furent décochées, avec la même rapidité, mais celles-là aussi s'embrasèrent sous le regard rouge et ne furent plus qu'un peu de fumée sous la pluie.

Cortael brandit son épée, dans l'intention de fendre Ronin en deux.

Taristan fut plus rapide : il para le coup dans un fracas d'acier rencontrant un autre acier. « Ce que tu as appris dans un palais, siffla-t-il alors que les deux visages identiques se touchaient presque, je l'ai appris encore mieux dans la boue. »

Les paumes du magicien se rejoignirent. On entendit un grincement de pierres, un nouveau roulement de tonnerre et un sifflement de liquide sur une surface chaude, comme de l'huile crépitant dans une poêle. La terreur submergea Andry quand il se tourna vers le temple naguère vide, désormais occupé. Les portes pivotèrent vers l'extérieur, poussées par dix mains blanches rayées de cendre et de suie. La peau fendue, craquelée, montrait l'os et une chair rouge suppurante. Andry ne distinguait pas le visage de ces êtres, ce dont il se réjouissait. Il avait peine à en imaginer l'horreur. Alors qu'une lumière chaude palpitait au sein du temple, si vive qu'elle en était aveuglante, les ombres s'écartèrent des portes et s'élancèrent dans la clairière.

Les Compagnons se tournèrent vers cette agitation, choqués.

« Les Terres-de-cendres », hoqueta Rowanna de Sirandel. Ses yeux d'or s'écarquillèrent de la même peur qu'éprouvait Andry, bien qu'il n'eût aucune idée de ce dont elle parlait. Un instant, elle se détourna du temple pour regarder les chevaux en haut de la colline. Deviner ce qu'elle pensait n'était pas bien difficile.

Elle avait envie de s'enfuir.

« Le *fuseau* ? » gronda Cortael à l'adresse de Taristan, visage contre visage, épée contre épée.

Son jumeau eut un rictus malveillant. « Déjà déchiré, et la traversée déjà effectuée. » Avec une rapidité fulgurante, il décocha un coup de coude au visage de Cortael. Il y eut un craquement et le grand seigneur tourna sur lui-même puis s'effondra, alors qu'un torrent de sang écarlate s'échappait de son nez cassé. « Est-ce que tu me prendrais pour un imbécile ? »

Dom bondit en rugissant un cri de guerre de son peuple. Il décrivit un arc gracieux jusqu'à ce que le magicien lève le bras et l'écarte d'un revers de main qui le toucha à peine mais le jeta dans la boue à plusieurs toises de là.

Les répugnants cadavres animés venus d'un fuseau jaillissaient du temple par dizaines, se bousculant les uns les autres. Certains, déjà mutilés, rampaient sur des membres brisés qui tressautaient bruyamment dans leurs armures noires graisseuses. Quoique en apparence pareils à des mortels, ils ne participaient plus que d'une vie altérée. La plupart serraient des armes abîmées au combat : des épées rouillées et des haches ébréchées, des poignards fendus, des javelots sectionnés. Abîmées mais encore aiguisées, encore mortelles. Des flèches plurent sur la horde, les Sirandel abattant la première vague comme un paysan fauche des épis de blé. Ils pouvaient donc être tués, mais leur nombre ne faisait que croître. Une odeur caractéristique de fumée et de chair brûlée flottait autour d'eux, et le vent chaud qui soufflait de l'intérieur du temple, venu du fuseau, apportait avec lui des nuages de cendre.

Andry était incapable de bouger, incapable de respirer. Il ne pouvait qu'ouvrir de grands yeux tandis que les cadavres, l'armée sanglante et balafrée d'une terre perdue, tombaient sur les Compagnons. *Étaient-ils vivants ? Étaient-ils morts ?* Le garçon n'aurait su le dire. Comme s'ils avaient reçu l'ordre de laisser les frères se battre, ils entreprirent de former un cercle étrange autour de Taristan et Cortael.

Okran se déplaçait souplement et son épée dansait, perçait des gorges. Les chevaliers galliens, disposés en un triangle familier, se battaient avec rage, l'épée maculée de noir et de rouge. Surim et Nour étaient des taches indistinctes dans la mêlée. Épée courte et dagues virevoltantes, ils se frayaient un chemin à travers les cadavres animés et laissaient la destruction dans leur sillage. Les créatures aux cordes vocales effilochées se battaient en lâchant des cris inhumains, suraigus, éraillés. Andry ne distinguait toujours qu'à peine leurs visages – blafards au point d'être méconnaissables, le cuir chevelu à nu et la peau couleur d'os, balafrée de rouge ou peinte d'huile dégoulinante. Couverts de cendres, ils semblaient faits d'un bois blanchi au feu, carbonisé de l'intérieur.

Le plan prévoyait qu'on soit à douze contre deux, songea Andry, pétrifié. *Mais non : on est à douze contre plusieurs dizaines. Plusieurs centaines.*

Les chevaux hennissaient et tiraient sur leurs longes. Ils sentaient le danger, le sang et par-dessus tout le fuseau qui sifflait à l'intérieur du temple. Qui emplissait leurs os d'une terreur foudroyante.

Taristan et Cortael tournaient l'un autour de l'autre, l'armure du second couverte de boue, du sang coulant sur son menton et sa cuirasse aux andouillers gravés. Leurs lames se croisaient, frappant avec précision. Cortael était tout d'habileté et de force, alors que Taristan évoquait un chat de gouttière, toujours mobile, pivotant sur la pointe des pieds, tenant d'une main l'épée et de l'autre une dague dont il se servait tout autant. Il écrasait, il esquivait, il utilisait la boue et la pluie à son avantage ; il souriait et grimaçait, crachait du sang au visage de son frère. Quand il lui abattit sa lame sur l'épaule, protégée par une cotte de mailles et une fine plate, Cortael grimaça de douleur mais referma les bras autour de son adversaire. Les jumeaux s'effondrèrent ensemble, roulant dans la boue.

Andry les fixait sans ciller, figé. *Qu'est-ce que je peux faire ? Qu'est-ce que je peux bien faire ?* Ses mains tremblaient ; tout son corps frissonnait. *Tire une épée, bon sang. Bats-toi. C'est ton devoir. Tu veux devenir chevalier, et les chevaliers n'ont pas peur. Un chevalier ne resterait pas là à regarder. Un chevalier dévalerait la colline pour plonger au cœur du chaos avec son épée et son bouclier.*

Au bas de la pente, la boue devenait rouge.

Et ce chevalier mourrait.

Arberin fut le premier à hurler.

Un cadavre empoigna sa tresse rouge et lui grimpa sur le dos. Un autre suivit. Et un autre, et un autre, jusqu'à ce que le seul poids de leurs corps finisse par jeter l'Aîné à terre. Leurs lames étaient légion. De l'acier blanc ou du fer noir, vieux et piqueté. Mais suffisamment pointu.

La chair céda aisément.

Rowanna et Marigon se frayèrent un chemin sanglant jusqu'à leur parent. Quand elles l'atteignirent, il saignait encore mais sa vie d'immortel avait trouvé son terme.

Sire Grandel et les North perdaient du terrain, leur triangle se resserrant à chaque seconde qui passait. Leurs épées dansaient, leurs écus assenaient des coups violents, leurs gantelets percutaient la chair, et les corps s'entassaient autour d'eux, têtes et membres blancs tranchés. Edgar, le premier, trébucha et tomba lentement, comme dans l'eau, comprenant que la fin était venue. Jusqu'à ce que sire Grandel l'empoigne par sa cape et le hisse sur ses pieds.

« Avec moi ! » hurla-t-il par-dessus le fracas du combat. Au palais, à l'entraînement, cela signifiait *continue, sois fort, pousse davantage*. Aujourd'hui, cela voulait simplement dire *reste en vie*.

Monte-Taureau rugissait, sa hache tournoyait, tranchait des gorges à chaque moulinet. Du rouge et du noir striaient son armure, du sang et du pétrole. Le mercenaire ne put toutefois conserver ce rythme. Andry eut envie de crier quand le casque à cornes de Bress disparut sous une marée de cadavres.

Les secondes semblaient durer des heures, et chaque mort toute une vie.

Rowanna tomba ensuite, à demi enlisée dans une fondrière, une hache dans le dos.

Un coup de masse enfonça le plastron de Raymon North. Son dernier souffle, rauque, humide, résonna à travers le champ de bataille. Edgar se pencha au-dessus de lui, lâchant son épée pour prendre entre ses mains la tête de son cousin. Malgré tous les efforts de sire Grandel, les créatures tombèrent à coups de couteau et de dents sur le chevalier agenouillé.

Andry connaissait les North depuis son enfance. Il n'aurait jamais cru les voir mourir – surtout aussi pitoyablement.

Sire Grandel était massif, difficile à déséquilibrer, mais les êtres monstrueux ne se privaient pas d'essayer. Levant les yeux, il croisa le regard d'Andry, toujours en haut de l'éminence. L'écuyer vit ses propres mains bouger, s'agiter indépendamment de sa volonté, faire signe à son seigneur de rompre le combat. *Avec moi. Restez en vie.* À tout autre moment, Grandel Tyr lui aurait reproché sa couardise.

À présent il obéit et se mit à courir.

De même qu'Andry, l'épée soudain à la main, le corps bougeant plus vite que l'esprit, les pieds glissant dans la boue. *Je suis l'écuyer de sire Grandel Tyr, un chevalier, un garde-lion. C'est mon devoir. Je dois l'aider.* Toute autre pensée s'effaça, toute peur était oubliée. *Je dois être brave.*

« Avec moi ! » hurla Andry.

Sire Grandel entreprit d'escalader la pente, mais les créatures l'y suivirent, lui empoignant bras et jambes, le tirant en arrière. Il leva une main gantée, les doigts écartés. Sans chercher à atteindre quoi que ce soit, sans supplier. Sans demander ni aide ni protection. Ses yeux s'écarquillèrent.

« COURS, TRELLAND ! rugit-il. COURS ! »

Le dernier ordre du chevalier transperça Andry, qui se figea, contemplant le gouffre écarlate du carnage en contrebas.

Un des cadavres arracha son épée à sire Grandel. Ce dernier continua à se battre mais ses bottes étaient plantées dans la boue, si bien qu'il glissa et tomba face contre terre, ses doigts griffant l'herbe humide.

Des larmes piquaient les yeux de l'écuyer. « Avec moi », murmura-t-il, la voix pareille à une fleur qui se meurt sous le givre.

Il refusa de voir s'abattre la première épée, puis une autre. Le monde devant lui se couvrit de points noirs qui s'étendirent pour dévorer son champ de vision. L'odeur du sang, de la pourriture et de la cendre consumait tout. *Je dois courir,* songea-t-il, les jambes changées en eau.

« Bouge », s'ordonna-t-il dans un sifflement, avant de se contraindre à reculer d'un pas. Il sentait les yeux de son père fixés sur lui, et ceux de sire Grandel. Des chevaliers morts au combat, des chevaliers qui avaient fait leur devoir sans renoncer à leur honneur – et au nombre desquels il ne s'inscrirait jamais. Comme il remettait l'épée au fourreau, ses doigts rencontrèrent les rênes de son cheval.

Nour gisait en travers des marches du temple, ses longs membres élancés étendus sur le marbre. Belle et beau même dans la mort. Marigon pleurait sans honte près du cadavre de Rowanna mais continuait de se battre à un rythme redoutable. Elle hurlait, échevelée, évoquant non une renarde mais une louve au pelage roux. Surim et Dom, eux aussi encore vivants, tentaient de se frayer un chemin en combattant jusqu'à Cortael.

Le javelot d'Okran s'était brisé à ses pieds, mais le chevalier du Sud n'était dépourvu ni d'épée ni d'écu. L'armure blanche de Kasie tournait au cramoisi, son aigle aspergé par le sang d'une nouvelle proie.

Andry dénoua ses rênes, les mains tremblantes, puis se tourna vers le cheval d'Okran. Il serra les dents et força à remuer ses doigts engourdis par la peur, maladroits, pour libérer la monture du chevalier. *Je peux faire ça, au moins.*

Cortael et Taristan se battaient dans l'œil d'un sanglant cyclone. Le sol boueux s'agitait sous leurs pieds, dévasté comme les lices pendant les tournois. Cortael ressemblait désormais tout à fait à son frère : en loques, épuisé, loin d'évoquer un prince ou un empereur. Tous les deux haletaient, à bout de forces, vacillants, chaque coup un peu plus faible que le précédent et porté un peu plus lentement.

Ronin, debout devant les portes du temple, dans l'air chargé de cendres tourbillonnantes, gardait les bras étendus, les paumes levées, pour rendre hommage à un dieu inconnu d'Andry. La tête dressée, il sourit au clocher. Qui sonna en réponse, comme si un tel phénomène était possible.

Les lamefuseaux se rencontraient tels des éclairs, chacune luisant une fraction de seconde d'un blanc violacé étincelant.

Un des chevaux se dressa sur ses pattes postérieures avec un hennissement et sectionna la corde qui les maintenait, ses congénères et lui. Quand tous s'élancèrent, Andry poussa un juron. Les rênes de cuir glissèrent entre ses doigts. Il en saisit d'autres avec fermeté, se préparant à être entraîné vers le bas de la colline. Au lieu de cela l'étalon blanc de Dom poussa un gémissement et demeura entre ses mains.

Un cri en kasien brisa une nouvelle fois le cœur de l'écuyer. Okran tombait, le corps percé de lames. Il mourut les yeux levés au ciel, cherchant l'aigle, les ailes qui le ramèneraient chez lui.

À l'autre bout de la clairière, une hache trancha la main de Marigon, puis sa tête.

Surim et Dom ne purent que rugir, incapables de rejoindre leur compagne, deux îles dans une mer de sang. Les vagues se refermèrent d'abord sur le premier. Il siffla sa jument : le poney des steppes, déjà dans la mêlée, tentait de se frayer un chemin jusqu'à lui mais fut taillé en pièces avant de pouvoir le rejoindre. Et ce fut aussi la fin de Surim.

Andry n'avait plus de voix, plus de pensées, même pour prier.

Dans le cercle, Cortael hurla de rage et ses assauts redevinrent féroces. D'un coup d'épée, il fit lâcher à Taristan son poignard, qui s'enfonça profondément dans la boue. D'un autre, il trouva le défaut de la garde de son frère et lui planta la lamefuseau dans la poitrine, le transperçant de part en part.

Andry se figea, un pied à l'étrier, n'osant espérer.

L'armée de cadavres s'immobilisa également, les mâchoires béantes, pleines de sang. Sur les marches, Ronin baissa les mains et écarquilla les yeux.

Taristan tomba à genoux, l'épée plongée dans le corps, ouvrant de grands yeux choqués. Dressé au-dessus de lui, Cortael le regardait sans joie ni triomphe, le visage immobile sauf pour la pluie qui ruisselait sur ses joues.

« Tu ne dois t'en prendre qu'à toi-même, mon frère, dit-il lentement. Mais je te demande tout de même ton pardon. »

Son jumeau s'étouffait, peinait à former les mots.

« Ce... ce n'est pas ta faute si tu es né le premier. Ce n'est pas... pas ta faute si tu as été choisi », balbutia Taristan en baissant ses yeux noirs sur sa blessure. Quand il les releva, ils étaient durs, résolus. « Mais tu continues à me sous-estimer et, ça, c'est ta faute. »

Avec un sourire de mépris, il tira hors de sa poitrine la lame rouge luisante.

Andry n'en croyait pas ses yeux.

« Ces cloches n'ont pas sonné pour les dieux depuis mille ans », dit Taristan en se remettant sur ses pieds, une lamefuseau dans chaque main. Tout autour de lui, les créatures émettaient des bruits étranges, des rires pareils à des chants d'insectes. « Et elles ne sonnent pas non plus pour tes dieux aujourd'hui. Elles sonnent pour le mien. Pour Lui. Pour Ce-qui-attend. »

Cortael reculait sur ses talons, terrifié. Il leva la main, non pour se défendre mais pour en appeler à la pitié inexistante d'un frère oublié. « Tu détruirais Terravast pour une couronne !

— Régner sur des cendres, c'est toujours être roi », croassa Taristan.

Dans le marécage de cadavres, Dom se frayait par le combat un chemin jusqu'à son ami.

Il n'y arrivera pas, comprit Andry, dont la vue vacillait. *Il est trop loin, beaucoup trop loin.*

Taristan planta la lamefuseau de son frère dans la boue à son côté, préférant la sienne. Cortael ne put rien pour l'arrêter quand il la leva. Il n'y avait nulle part où aller, nulle part où s'enfuir. Son visage s'affaissa – le visage d'un prince réduit à l'état de mendiant.

« Mon frère… »

L'épée le frappa avec précision, perçant armure de plates et cotte de mailles pour pénétrer dans son cœur. L'héritier du Vieux Cor tomba à genoux, sa tête dodelinant sur ses épaules.

Taristan posa son pied botté sur la poitrine de Cortael pour en retirer l'épée, laissant le cadavre s'effondrer. « Et un mort est toujours un mort », siffla-t-il, méprisant.

Il leva à nouveau le bras, prêt à tailler en pièces la dépouille de son frère.

Alors sa lame en rencontra une autre, l'épée d'Iona que tenait le dernier Compagnon vivant.

« Laisse-le », cracha Dom avec une férocité de tigre.

Repoussant aisément Taristan, il s'interposa entre lui et le cadavre de son ami, prêt à soutenir un nouveau combat, quoique déchiré, encerclé et déjà battu. L'épée sanglante de Cortael, inutile, se dressait toujours dans la boue telle une pierre tombale qui semblait les attendre tous deux.

Taristan eut un rire spontané, amusé. « Les légendes disent les tiens braves et nobles, la grandeur d'âme faite chair. Elles devraient vous dire également stupides. »

Les lèvres de Dom tressaillirent, trahissant aussi un sourire. Ses yeux, ceux d'un Aîné issu d'un monde immortel, étaient d'un vert frappant. Ils vagabondèrent un instant puis se levèrent en direction de la colline, de l'écuyer fermement planté sur la selle d'un étalon blanc.

Andry sentit son cœur bondir dans sa poitrine et serra les dents en une sinistre résolution. Il hocha la tête, une seule fois.

Dom lança un sifflement aigu, sonore. Le cheval s'élança et partit au grand galop vers le bas de la colline. Non pour se jeter dans la bataille mais pour la contourner, dépassant les créatures, les cadavres, les Compagnons tombés.

À une vitesse que seul pouvait atteindre un immortel, l'Aîné effectua une roulade qui l'amena près de l'épée de Cortael. L'ayant arrachée à la boue, il la lança alors même qu'il se relevait au terme de sa manœuvre, utilisant son élan afin de la propulser à l'instar d'un javelot par-dessus les têtes hideuses de l'armée du fuseau. Elle fila telle une flèche tirée par un arc. Un dernier sursaut de victoire au terme d'une défaite complète.

Taristan rugit lorsque la lame battit l'étalon à la course.

Le monde d'Andry s'étrécit jusqu'à ne plus inclure que l'éclair d'acier qui atterrissait dans l'herbe luisante devant lui. L'écuyer sentait le cheval qui le portait, tout de muscles et d'effroi. Entraîné à monter, à se battre en selle, il se pencha sur le côté, serrant sa monture entre ses cuisses, et tendit ses doigts bruns.

Au creux de sa main, la lamefuseau lui parut froide.

L'armée hurlait mais l'étalon ne ralentit pas sa course. Le pouls d'Andry battait follement, au rythme des sabots, un tremblement de terre faisait rage dans sa poitrine. Ses idées se brouillaient, s'emplissaient de brume tandis que chaque Compagnon défunt passait en un éclair devant ses yeux, sa fin irrévocablement gravée en lui. On ne composerait pour eux aucun chant. On ne raconterait aucune histoire glorieuse à leur propos.

C'était trop. Toutes ses pensées volèrent en éclats puis se reformèrent et se fondirent en une seule.

Nous avons échoué.

1

La fille de la contrebandière

Corayne

On voyait clairement à plusieurs lieues. Une bonne journée pour terminer un voyage.

Et pour en commencer un.

Corayne adorait la côte de Siscarie à cette période de l'année, et les matinées de début d'été. Pas d'orages de printemps, pas de nuages noirs crépitants, pas de brouillard hivernal. Ni splendeur colorée ni beauté. Aucune illusion. Seulement l'horizon bleu dégagé de la mer Longue.

Sa besace de cuir tressauta sur sa hanche. À l'intérieur, bien en sécurité, se trouvait son registre. Ce volume de diagrammes et de listes valait son pesant d'or, surtout aujourd'hui. La jeune fille arpentait d'un bon pas les dalles de pierre de l'antique voie corienne, le long des falaises, pour entrer dans Lemarta. Elle connaissait le chemin comme le visage de sa propre mère. Couleur de sable, sculpté par le vent, non pas usé mais doré par le soleil. La mer Longue déferlait quinze mètres en contrebas, soulevant des embruns au gré de la marée. Oliviers et cyprès poussaient sur les collines, et une douce brise soufflait, chargée d'un parfum de sel et d'orange.

Une bonne journée, songea encore Corayne en offrant son visage au soleil.

Son gardien, Kastio, marchait à son côté, le corps usé par plusieurs décennies sur la mer. Les cheveux gris, les sourcils noirs broussailleux, le vieux marin siscarien avait la peau sombre, tannée, du bout des doigts à la pointe des orteils. Il marchait d'un pas curieux, souffrant de vieux genoux et d'un pied marin permanent.

« Encore des rêves ? » demanda-t-il en jetant un regard à sa protégée. Ses yeux bleu vif la dévisageaient avec une acuité d'aigle.

Corayne secoua la tête, clignant de ses paupières lasses. « Je suis énervée, c'est tout, assura-t-elle, se forçant à apaiser Kastio d'un sourire mince. Tu sais que je dors toujours mal juste avant le retour du vaisseau. »

Le vieux marin fut aisément dérouté de ses soupçons.

Il n'a pas besoin de connaître mes rêves, ni lui ni personne. Il en parlerait sûrement à Mère, qui rendrait tout ça encore plus insupportable par son inquiétude.

Mais ils me viennent toujours chaque nuit. Et, l'un dans l'autre, ils empirent.

Mains blanches, visages obscurs. Quelque chose qui remue dans les ténèbres.

Le souvenir du rêve la glaçait même en plein jour. Elle pressa le pas, comme si elle pouvait vaincre son esprit à la course.

Les bateaux longeaient la côte de l'Impératrice jusqu'à Lemarta. Ils devaient remonter le goulet du port naturel de la ville, en pleine vue de la route et des tours de guet siscariennes. La plupart de ces tours étaient des reliques du Vieux Cor, de quasi-ruines aux pierres délavées par les orages, baptisées en hommage à des empereurs et impératrices trépassés de longue date, et dressées telles des dents dans une mâchoire à moitié vide. Celles qui restaient debout étaient gardées par de vieux soldats ou des marins échoués, des hommes au crépuscule de leur vie.

« Combien, ce matin, Reo ? » demanda Corayne en passant devant la tour de Balliscor. À la fenêtre se tenait l'unique garde, un vieil homme usé.

Il agita ses doigts ridés. Sa peau était aussi lisse que du vieux cuir. « Seulement deux qui ont franchi la pointe. Des voiles bleu-vert. »

Des voiles aigue-marine, corrigea-t-elle en elle-même, *ornées de la sirène d'or du Tyriot.* « Rien ne t'échappe, hein ? » lança-t-elle sans ralentir le pas.

Reo gloussa faiblement. « Je deviens peut-être un peu sourd mais j'ai la vue aussi perçante qu'avant.

— Aussi perçante qu'avant », fit Corayne en écho, non sans réprimer un sourire moqueur.

Deux galères tyri avaient certes dépassé la pointe d'Antero, mais un troisième navire négociait lentement les hauts-fonds, à l'ombre des falaises. Difficile à repérer pour qui ne savait pas où regarder. Ou qui était payé pour regarder ailleurs.

Corayne ne laissa pas de pièce au veilleur à moitié aveugle de Balliscor, mais elle abandonna les pots-de-vin habituels aux tours de Macorras et d'Alcora. *Une alliance achetée reste une alliance,* déclara dans sa tête la voix de sa mère.

Elle remit la même somme au garde posté à l'entrée de Lemarta, quoique la cité portuaire fût petite et la porte inscrite dans la muraille déjà ouverte : Corayne et Kastio étaient bien connus. *Ou du moins ma mère l'est : bien connue et bien aimée autant que bien crainte.*

Le garde empocha sa pièce et leur fit signe de circuler dans les rues familières envahies par les lilas et les orangers en fleur qui parfumaient l'air afin de masquer les odeurs d'un port très fréquenté – petite ville ou grand village bouillonnant d'activités. Lemarta était un site coloré, ses maisons de pierre peintes aux teintes radieuses du lever et du coucher du soleil. Les matins d'été, les rues du marché étaient noires de commerçants autant que de villageois.

Corayne distribuait ses sourires de la même manière que ses pièces d'or : en guise de monnaie d'échange. Comme toujours, elle sentait une barrière entre elle et la foule, une paroi de verre à travers laquelle elle aurait regardé les autres.

Des fermiers arrivaient des falaises avec leurs mules, traînant des chariots de légumes, de fruits et de céréales. Des marchands faisaient l'article en toutes les langues de la mer Longue. Des prêtres célébrants marchaient les uns derrière les autres, leurs robes teintes de nuances diverses selon leur ordre : ceux de Meïra, la déesse des eaux, en robe bleue, étaient toujours très nombreux. À la terrasse des popines, des matelots tributaires de la marée ou de la brise, passaient le temps en buvant du vin au soleil.

Un port était bien des choses, mais avant tout une croisée des chemins. Lemarta, bien qu'insignifiante dans le grand dessein du monde, n'était en rien méprisable. C'était un bon endroit où jeter l'ancre.

Mais pas pour moi, songea Corayne en pressant le pas. *Pas une seconde de plus.*

On descendait jusqu'aux quais par un labyrinthe d'escaliers qui cracha la jeune fille et son gardien sur l'allée empierrée longeant le rivage. Le soleil, quoique encore bas dans le ciel, se reflétait brillamment sur les hauts-fonds turquoise. La ville de Lemarta dominait le port, nichée contre les falaises à l'instar du public dans un amphithéâtre.

Les vaisseaux du Tyriot, tout juste arrivés, étaient ancrés en eaux plus profondes, de part et d'autre d'une longue jetée. Des hommes d'équipage turbulents circulaient tant sur cette chaussée maçonnée que sur le pont des galères, et franchissaient les passerelles reliant l'une aux autres. À bord des navires comme sur le quai, Corayne surprit des bribes de tyri et de kasien, mais la plupart des gens parlaient primordial, la langue commerciale commune aux deux rives de la mer Longue. Les marins qui déchargeaient caisses et animaux vivants passaient devant deux officiers de port siscariens prenant ostensiblement des notes pour déterminer taxes et droits d'amarrage. Une demi-douzaine de soldats en tunique pourpre éclatante les accompagnaient.

Rien de qualité remarquable ni d'intérêt particulier, constata Corayne en observant les cargaisons.

Kastio suivit son regard, les yeux plissés sous ses sourcils. « D'où ? » demanda-t-il.

Le sourire satisfait de la jeune fille s'épanouit aussi vite que fusa sa réponse. « Le sel sort des mines d'Aegir, déclara-t-elle avec assurance. Et je te parie une coupe de vin que l'huile d'olive vient des plantations orisiennes. »

Le vieux marin gloussa. « Je ne parie pas... J'ai appris ma leçon plus d'une fois, répondit-il. Tu as la tête qu'il faut pour ce boulot-là, c'est indéniable. »

Elle ralentit un peu l'allure, tandis que sa voix se faisait plus sèche. « Espérons-le. »

Un autre officier de port attendait au bout de la jetée suivante, bien que le mouillage fût inoccupé. Les soldats de son escorte semblaient à moitié endormis, distraits. Corayne plaqua sur ses lèvres son plus beau sourire et plongea la main dans sa besace, la referma sur la dernière bourse, la plus lourde. Ce poids était un réconfort, aussi efficace que le bouclier d'un chevalier.

Elle avait fait cela vingt fois, mais ses doigts tremblaient toujours. *Une bonne journée pour entamer un voyage,* se dit-elle à nouveau. *Une bonne journée pour un commencement.*

Derrière l'officier, un vaisseau quittait l'ombre de la falaise pour entrer au port, une galère qu'on ne pouvait manquer, avec son pavillon d'un pourpre profond pareil à un phare. Le cœur de Corayne se mit à cogner dans sa poitrine.

« Capitaine Galeri », lança-t-elle, Kastio la suivant de près. Ni l'un ni l'autre ne portaient de riches vêtements mais des tuniques d'été légères, des jambières de cuir et des bottes. Pourtant, ils arpentaient la jetée en monarques. « C'est toujours un plaisir de vous voir. »

Galeri inclina la tête. Il avait presque trois fois l'âge de la jeune fille – 50 ans –, et était d'une laideur spectaculaire. Malgré cela, les femmes de Lemarta recherchaient sa société, en grande partie parce que ses poches débordaient toujours de pots-de-vin.

« *Domiana* Corayne, tout le plaisir est pour moi, vous le savez », répondit-il en prenant théâtralement la main qu'on lui tendait. La bourse passa d'une paume à l'autre et disparut sous la cape de l'officier. « Et bonjour à vous, *domo* Kastio, ajouta-t-il en saluant d'un signe de tête le vieil homme, qui le foudroya du regard en réponse. Comme d'habitude, ce matin ? Comment va le *Fils des tempêtes* ?

— Il va bien. » Corayne eut un sourire non feint en regardant le navire qui glissait sur les eaux.

Le *Fils des tempêtes* était plus imposant que les galères tyri, plus long de moitié, deux fois plus solide, et avec juste en dessous de la ligne de flottaison un éperon davantage destiné à la bataille qu'au commerce. C'était un superbe vaisseau, à la coque peinte de sombre pour naviguer en des mers plus froides. Avec le changement de saison, il adopterait le camouflage adapté aux eaux chaudes, vert d'eau et rayures couleur sable. Pour l'heure, toutefois, alors qu'il battait le pavillon pourpre d'un navire siscarien regagnant son port d'attache, il évoquait une ombre. L'équipage était en pleine forme, Corayne n'avait qu'à voir pour s'en assurer les mouvements parfaits des rames qui guidaient le long vaisseau plat jusqu'à son point d'amarrage.

La jeune fille aperçut la silhouette debout à la poupe, et une douce chaleur se répandit dans sa poitrine.

Elle se retourna brutalement vers Galeri et tira de son registre un papier marqué du sceau d'une famille noble. « Le détail de la cargaison, comme d'habitude. » *D'une cargaison encore à décharger.* « Vous trouverez le compte exact. Du sel et du miel, embarqués à Aegironos. »

Galeri considéra le papier avec désintérêt. « À destination de ? » s'enquit-il en ouvrant son propre livre.

Derrière lui, un des soldats se mit à pisser du haut du quai. Corayne eut la sagesse de l'ignorer.

« Lecorra », répondit-elle. La capitale siscarienne. Naguère le centre du monde connu, à présent l'ombre de sa gloire impériale. « Pour Son Excellence le duc de Reccio...

— Ce sera tout », marmonna Galeri. Aucune taxe ne s'appliquait aux cargaisons destinées aux nobles, et les sceaux des grandes familles étaient faciles à dupliquer ou à voler pour qui en avait l'envie, le talent et l'audace.

Au bout de la jetée, on lançait des cordes, et des hommes sautaient avec elles. Leurs voix se mêlaient en un assortiment d'idiomes : primordial, kasien, treckien, jusqu'à la langue rhashirienne aux accents chantants. À cet assemblage sonore se joignait le sifflement d'une corde sur du bois, les éclaboussures d'une ancre jetée, le claquement d'une voile... Corayne n'y tenait plus ; l'excitation la menait sur des charbons ardents.

Galeri s'inclina en souriant – quoique pas très bas. Deux de ses dents étaient plus brillantes que les autres. *D'ivoire, un achat ou un pot-de-vin.* « Parfait, c'est dit. Nous monterons bien sûr la garde pour observer votre expédition pour Son Excellence. »

Corayne n'avait nul besoin d'invitation supplémentaire. Elle se mit en marche auprès de l'officier et de ses soldats, faisant de son mieux pour ne pas courir. Plus jeune, elle n'aurait pas résisté, elle aurait filé vers le *Fils des tempêtes* en écartant les bras. *Mais j'ai 17 ans, je suis presque une femme et aussi l'agent du vaisseau*, se dit-elle. *Je dois me conduire en membre d'équipage, non en gamine accrochée aux jupes de sa mère.*

Encore que je n'aie jamais vu ma mère en jupe.

« Contente de vous revoir ! » lança Corayne en primordial, puis dans la demi-douzaine d'autres langues qu'elle connaissait – et les deux qu'elle baragouinait. Le rhashirien restait hors de sa portée, et la langue jydi était notoirement hermétique pour tous les étrangers.

« Tu t'es entraînée », remarqua Ehjer, le premier marin qui vint la saluer. Il mesurait plus de deux mètres, et sa peau blanche était couverte de tatouages et de cicatrices gagnées à la rude dans les neiges du Jyd. La jeune fille connaissait l'origine des pires de ces blessures : un ours, une échauffourée, un amant, un élan furieux. *Et les deux derniers ne faisaient peut-être qu'un*, pensa-t-elle avant qu'il ne la prenne dans ses bras.

« Ne sois pas paternaliste, Ehjer. Je parle comme une *haarblød* », hoqueta-t-elle, à demi étouffée dans son étreinte. Il rit de bon cœur.

La jetée se faisait le théâtre des retrouvailles, tandis que les passerelles grouillaient de matelots et de caisses. Corayne fendit la cohue, prenant soin de repérer les recrues engagées au cours de ce dernier voyage. Il y en avait toujours quelques-unes, faciles à reconnaître. La plupart, peu habituées à vivre sur un pont, avaient des coups de soleil et les mains couvertes d'ampoules. Le *Fils des tempêtes* aimait former ses marins en commençant au bas de l'échelle, près des vagues.

Une loi de Mère, comme tant d'autres.

Corayne la trouva où elle était toujours, à demi perchée sur le bastingage.

Meliz an-Amarat n'était ni grande ni petite, mais sa présence imposante retenait l'attention – une grande qualité pour tout capitaine de vaisseau. Elle balayait le quai de son œil de rapace, aussi fière qu'un dragon, sa tâche n'étant pas terminée avant que le bateau ne soit en sécurité au port. Ce n'était pas le genre de capitaine à fainéanter dans sa cabine ou à filer vers la première popine pendant que l'équipage faisait le boulot. Chaque caisse, chaque sac de toile passait sous ses yeux, et elle les cochait sur sa liste mentale.

« Comment sont les vents ? » interrogea Corayne en regardant sa mère gouverner sa galère, son royaume.

Meliz eut un large sourire et secoua les cheveux qui tombaient librement sur ses épaules, aussi noirs qu'un nuage d'orage. Elle n'avait pas volé les petites rides de rire autour de sa bouche.

« Favorables puisqu'ils me ramènent à la maison », dit-elle de sa voix de miel.

Elles échangeaient ces mots-là depuis que Corayne était enfant, à peine assez âgée pour comprendre où allait sa mère, tout juste capable d'agiter une main en s'accrochant à Kastio de l'autre. *Ce n'est plus le cas.*

Corayne sentit son sourire faiblir, devenir pesant. Sa joie se rétractait sur les bords, usée par ses nerfs. *Attends le bon moment,* se dit-elle. Se promit-elle. *Pas ici, pas encore.*

L'officier de port ignora leur cargaison en grande partie dépourvue de marques. Il ne tenterait pas d'ouvrir ces caisses sur le quai et les laisserait en paix jusqu'à ce qu'elles soient bien loin de la capitaine an-Amarat et du *Fils des tempêtes*. Corayne en connaissait le contenu, bien sûr : son travail consistait à trouver les marchés où les vendre ou les échanger. Tout cela figurait dans son registre, enfoui parmi de fausses listes et de vraies cartes maritimes.

« Posez celles-ci au bout de la jetée, ordonna-t-elle en désignant un tas de caisses. Un vaisseau ibalet se rangera à côté de nous avant midi et il aura besoin d'embarquer sa cargaison rapidement.

— Vraiment ? »

Meliz descendit de son trône de toile et de planches salées, un petit rictus naissant sur ses lèvres. Elle n'était jamais loin du sourire en coin, voire du rire franc. Aujourd'hui, elle paraissait coulée dans le bronze, la peau foncée par le soleil tandis que la rougeur d'un voyage réussi colorait ses joues. Ses yeux d'acajou étincelaient, mis en valeur par un trait noir le long des paupières.

« Réponds bien, ma fille. »

Corayne carra les épaules. Elle avait grandi durant l'année et pouvait désormais regarder sa mère en face. « Les fourrures partiront pour Qaliram. »

Meliz cligna des paupières, ses larges sourcils noirs incurvés en des arches splendides. Elle avait trois petites cicatrices au-dessus de l'œil gauche, le coup de chance d'un adversaire visant mal.

Prenant sa fille par le bras, elle l'entraîna à sa suite. « Je ne savais pas que les Ibalets avaient besoin de renard et de zibeline dans les Grands Sables. »

Corayne ne lui en voulut pas de son scepticisme. L'Ibal était en grande partie un désert. Des fourrures du Nord ne s'y vendraient sûrement pas un bon prix. Mais elle avait ses raisons.

« Leur cour royale s'est entichée de la haute montagne, dit-elle sur un ton léger, satisfaite d'elle-même. Et avec tout ce sang du désert dans les veines, ma foi, ils ont peu de chances de rester bien au chaud sans notre aide. J'ai fait mon enquête : tout est arrangé.

— Je suppose qu'il ne fera pas de mal d'avoir des contacts au sein de la famille royale de l'Ibal. » La voix de Meliz retomba. « Surtout après ce *malentendu* dans le détroit, l'hiver dernier. »

Un malentendu qui a laissé trois marins morts et le Fils des tempêtes *près de couler.* Corayne ravala le goût amer de la peur et de l'échec. « C'est exactement ce que je me dis. »

Meliz l'attira plus près. Après une absence de deux mois, la jeune fille jouit de cette attention. Elle effleura de la tête l'épaule de sa mère, regrettant de ne pouvoir la serrer contre elle. Mais l'équipage s'activait autour d'elles, attentif au vaisseau et à ses besoins, tandis que Galeri leur jetait de loin des regards plus curieux qu'officiels.

« Tu sais que tu as une mesure de ce sang du désert, dit Meliz. Par moi, bien sûr. »

Malgré la chaleur du bras maternel, Corayne éprouva une pointe froide de malaise au creux de l'estomac. « Entre autres », marmonna-t-elle. Elle tenait à avoir nombre de conversations avec sa mère. *Mais pas sur mes origines, loin de là.*

Meliz contempla à nouveau la jeune fille. Le sujet était mal choisi pour un retour à la maison, aussi navigua-t-elle à distance. « Très bien, qu'est-ce que tu as prévu d'autre ? »

Corayne prit une profonde inspiration et la relâcha, à la fois soulagée et désireuse de faire bonne impression. Elle ouvrit son registre pour dévoiler des pages couvertes d'une écriture délicate mais ferme. « Les Madrentins seront bientôt en guerre contre le Galland, et ils paieront des armes un bon prix. » Elle s'autorisa un petit sourire. « Surtout en acier treckien sans conditions. »

Ce métal-là était précieux tant par sa résistance qu'à cause du contrôle étroit maintenu par le Trec sur son exportation. Meliz partagea la satisfaction de sa fille.

« Tu as appris tout ça à Lemarta ? demanda-t-elle en haussant un sourcil.

— Où aurais-je bien pu l'apprendre ? répondit sèchement Corayne, un peu échauffée. Nous sommes un port comme un autre. Les marins bavardent. »

Les marins bavardent ; les marchands, les soldats et les gardes des tours bavardent. Ils bavardent fort et souvent – pour mentir, la plupart du temps. Parler de pays qu'ils n'ont jamais vus ou se vanter d'actions glorieuses qu'ils n'ont jamais accomplies. Mais la vérité est toujours là, en dessous, attendant d'être extirpée, paillettes d'or au milieu du sable.

La capitaine an-Amarat ricana, et son souffle frais parvint aux narines de Corayne. Elle sentait la mer ; elle sentait toujours la mer.

« Est-ce qu'il y en a qui te parlent, à toi ? » aiguillonna-t-elle avec une intention évidente. Elle jeta un coup d'œil au vieux marin qui passait ses journées à garder sa fille. « Comment ma fille se débrouille-t-elle avec les garçons, Kastio ? »

Une pointe d'embarras parcourut de haut en bas le dos de Corayne, qui referma à deux mains son registre, dans un claquement, et recula d'un pas, le rouge aux joues. « Mère ! » siffla-t-elle, scandalisée.

Meliz, accoutumée à cette réaction, rit sans la moindre gêne.

« Oh, allez, j'avais ton âge quand j'ai rencontré ton père, dit-elle en posant la main sur sa hanche généreuse, les doigts écartés devant sa ceinture d'armes. Bon, un an de plus. Mais j'avais ton âge quand j'ai rencontré la fille qui a *précédé* ton père… »

Corayne rangea dans sa besace les précieuses pages de son registre. « Bon, ça suffit largement. J'ai un tas d'informations à mémoriser, et celle-là ne mérite en aucun cas de l'être. »

Meliz prit le visage de sa fille entre ses mains, riant toujours. Elle marchait d'un pas chaloupé, le cœur encore en haute mer.

Corayne l'adorait mais se sentait auprès d'elle toute petite et très jeune. Elle détestait cela.

« Tu es radieuse quand tu rougis », déclara Meliz, mettant dans ses paroles toute la sincérité dont elle était capable.

Ainsi sont les mères, toujours à penser monts et merveilles de leurs enfants. Telle la mer Longue par un matin clair, Corayne n'abritait aucune illusion : c'était Meliz an-Amarat qui était radieuse, belle, magnifique. Quoique issue d'une famille roturière de Terravast, fille de contrebandier, enfant de la mer, du détroit, de tous les pays où elle jetait l'ancre, elle avait la splendeur d'une reine et était faite pour les vagues – seule force au monde à rivaliser avec elle de violence et d'audace.

Pas comme moi. Corayne se connaissait et, si elle était la fille de sa mère, elle n'en était pas l'égale, sinon par le teint : une peau dorée qui bronzait en été, des cheveux noirs aux reflets roux sous le soleil. Mais elle avait les lèvres plus fines, le nez plus court et l'expression plus grave que sa mère dont le sourire était lui-même un rayon de soleil. Ses yeux n'avaient rien de remarquable : les iris entièrement noirs, aussi plats et vides qu'une nuit sans étoiles. Indéchiffrables, lointains. Quand elle s'abstrayait du monde, ses yeux en étaient témoins.

Cela ne la dérangeait pas. *Il est bon de connaître sa mesure.* Surtout dans un monde où les femmes étaient jugées sur leur apparence autant que sur leurs talents. Corayne n'achèterait jamais une patrouille de la flotte d'un battement de cils. Mais glisser la bonne pièce dans la bonne main, tirer la bonne ficelle – cela, elle savait le faire, et le faire bien.

« Tu mens à la perfection, dit la jeune fille en s'écartant avec douceur.

— J'ai beaucoup d'entraînement, répondit Meliz. Bien sûr, je ne te mens jamais, à toi.

— Nous savons toutes les deux que c'est aux antipodes de la vérité », renvoya Corayne, sans accusation. Toute sa résolution lui était nécessaire pour garder une expression calme et mesurée, insensible à la vie que menait sa mère – et à la confiance qu'elles ne pourraient jamais vraiment partager. « Mais je sais que tu as tes raisons. »

Meliz eut la grâce de ne pas discuter. Il y avait une certaine franchise à admettre qu'on mentait. « Oui, murmura-t-elle. Et c'est toujours, *toujours* pour ta sécurité, ma fille adorée. »

Les mots se bloquaient dans sa gorge, mais Corayne les força pourtant à sortir, le feu aux joues. « Il faut que je te demande… », commença-t-elle.

L'instant d'après, le pas lourd des bottes de Galeri lui coupait la parole.

La mère et la fille se tournèrent à son approche, arborant avec aisance de faux sourires.

« Capitaine Galeri, votre attention nous honore », affirma la pirate en inclinant poliment la tête. Leur arrangement était fort agréable, et les hommes mesquins se vexaient facilement des insultes des femmes, même imaginées.

Galeri se gorgeait de l'éclat de la capitaine an-Amarat, dont il s'approcha bien plus près qu'il ne s'était approché de Corayne. Meliz ne frémit pas, habituée au désir des hommes. Même à la fin d'un voyage, vêtue d'habits dévorés par le sel, elle pouvait faire tourner bien des têtes.

Corayne ravala son dégoût.

« Vous arrivez d'Aegironos, me dit votre fille », commença Galeri. Il désigna du pouce les caisses qui s'empilaient sur le quai. Des runes en marquaient le bois. « Bizarre. En général, les Aegiriens ne marquent pas leurs caisses en griffeloup jydi. »

Poussant un soupir mental, Corayne compta les pièces restant dans sa besace et se demanda s'il y en aurait assez pour apaiser la curiosité de Galeri.

Le sourire de Meliz s'élargit encore. « J'ai trouvé ça bizarre, moi aussi. »

Corayne avait souvent vu sa mère badiner. *Elle est sérieuse.*

Galeri se renfrogna. Suivre ses pensées n'était pas bien difficile : ses soldats étaient peu nombreux, mal entraînés, donc à peu près inutiles. La capitaine an-Amarat, elle, disposait de son équipage au grand complet et portait l'épée. Elle pouvait l'abattre et s'enfuir avec le courant avant que les officiers du quai suivant n'aient seulement remarqué sa mort. Pour éviter cela, il n'avait qu'à s'en aller avec l'or déjà gagné, en sachant qu'il en gagnerait davantage au voyage suivant. Ses yeux vacillèrent une seconde avant de se poser sur Corayne. Le seul levier dont il pût user sur Meliz an-Amarat si les choses tournaient mal.

La jeune fille serra le poing, quoique ne sachant qu'en faire.

« Ravi de vous revoir au port, Cruelle Mel », se contraignit à dire Galeri en imitant le sourire de la pirate. Une goutte de sueur roula sur son front quand il s'écarta et s'inclina devant les deux femmes.

Meliz le regarda partir, les lèvres étirées en un sourire effrayant qui découvrait ses dents. Celle qu'elle était en mer ne s'aventurait pas sur la terre ferme, du moins jamais longtemps. Corayne voyait rarement cette femme-là, la féroce capitaine d'un équipage plus féroce encore, qui fendait les eaux au mépris de la loi et du danger. Cette femme-là n'était pas sa mère ni Meliz an-Amarat. C'était Cruelle Mel.

Ce nom avait peu de sens ici, au port d'attache du *Fils des tempêtes*, que la galère rejoignait au gré de douces brises, sans s'inquiéter de rien sinon de quelques officiers curieux. Sur la mer, à l'autre bout de Terravast, le vaisseau portait bien son nom, et sa capitaine également.

Corayne entendait ces histoires-là aussi.

Les marins bavardent.

Et Mère ment.

2

Une voix pareille à l'hiver

Andry

Il avait échangé une semaine plus tôt sa cotte de mailles contre un repas. Sa tunique vert et or n'était plus qu'un haillon déchiré, incrusté de sang, de terre et de poussière récoltés lors du long voyage l'ayant ramené chez lui. Andry Trelland fit de son mieux pour s'agenouiller sans s'effondrer, tous les membres tremblant d'épuisement. Il était minuit passé dans la capitale, et dire que ses semaines de chevauchée l'avaient éprouvé était en dessous de la réalité. Jamais encore il n'avait trouvé si tentant de s'allonger sur un sol de pierre.

Seule la peur du sommeil lui tenait les yeux ouverts.

Les cauchemars m'attendent, songea-t-il. *Les cauchemars et les murmures.* Ils le hantaient depuis le temple, depuis le massacre qui l'avait laissé en vie alors que tant de héros étaient morts. *Les mains rouges, les visages blêmes, l'odeur de la chair brûlée.* Il cligna des paupières, tentant de chasser ce souvenir. *Et à présent une voix pareille à l'hiver qui me poignarde.*

Deux gardes-lions flanquaient le trône inoccupé, leur armure dorée luisant sous l'éclat des chandelles, deux chevaliers connus d'Andry. Sire Eiros Edverg et sire Hyle de la colline d'Or. Des camarades des guerriers tombés dont les cadavres gisaient au milieu des collines, dans la boue. Ils le regardaient fixement et, s'ils ne parlaient pas, Andry voyait l'inquiétude qui marquait leurs traits. Lui fixait le sol qui le soutenait, suivant des yeux le motif des dalles tandis qu'il attendait dans un silence brûlant.

Il reconnut soudain le bruit métallique d'hommes en armure d'acier qui marchaient d'un pas lourd vers la salle du trône depuis les appartements de la reine. Quand la porte s'en ouvrit, révélant les chevaliers formés en losange, Andry serra les dents si fort qu'elles faillirent se briser. Ses yeux se mirent à le piquer, son cœur se serra, et il se cuirassa pour supporter une vague de douleur renouvelée.

Les autres sont morts, et bien pauvrement. Le moins que tu puisses faire, c'est tenir ta position.

Que la main de la reine du Galland ait autant de prétendants n'avait rien d'étonnant. Erida, jeune et belle, avait 19 ans, une ossature harmonieuse, une peau de porcelaine, les cheveux cendrés et les yeux bleu argent de feu son père Konrad III. Elle en avait aussi l'inflexibilité. Malgré sa petite taille, malgré la robe de chambre enfilée par-dessus sa tenue de nuit, l'absence de couronne et de bijoux de majesté, sa présence en imposait. Fixant Andry d'un regard acéré entre ses gardes-lions, elle ne le quitta pas des yeux un instant tandis qu'elle se laissait aller sur son trône.

Son vêtement en velours vert s'étendit autour d'elle, les plis tombant comme ceux d'une magnifique robe du soir. La reine se pencha en avant, appuyée sur les coudes, les doigts joints. Elle ne portait que l'anneau de l'État, en or serti d'une émeraude sombre taillée grossièrement, vieille de plusieurs siècles. Aussi noire dans la pénombre que les yeux des créatures, la pierre semblait bâiller comme un abîme.

« Madame », murmura Andry en inclinant la tête.

La reine Erida l'observa de son regard perçant. Ses yeux balayèrent la tunique en lambeaux et en lurent les taches comme un livre.

« Écuyer Trelland, levez-vous, je vous en prie », dit-elle d'une voix douce mais qui résonnait dans la longue salle ornementée. Son regard bleu s'adoucit quand Andry se remit debout avec peine, les jambes flageolantes. « La route n'a pas été tendre avec vous. Avez-vous besoin d'un moment ? Un repas, un bain ? Je peux faire appeler mon médecin.

— Non, madame. » Le garçon baissa les yeux. Il se sentait sale de la tête aux pieds, nullement digne de paraître devant la reine de son pays. « Le sang que voit Votre Majesté n'est pas le mien. »

Les chevaliers se tournèrent pour échanger des coups d'œil méfiants. Andry devinait leurs pensées : le sang appartenait à leurs frères, des gardes-lions qui ne rentreraient jamais chez eux.

Erida ne frémit pas. « Avez-vous vu votre mère ? » demanda-t-elle, le regardant toujours.

L'écuyer secoua la tête. Il fixait ses bottes couvertes de boue et puant l'écurie. « Il est tard, elle doit dormir, et elle a le plus grand besoin de tout le repos possible. » Il se rappelait la toux violente qui la réveillait souvent au milieu de la nuit. « Je puis attendre demain matin. »

La reine acquiesça. « Pouvez-vous me dire ce qui vous est arrivé ? » La question donna à Andry comme un coup de couteau. « Et à nos chers amis ? »

Le visage blême, les mains rouges, l'armure noire, les couteaux sanglants… La cendre, la fumée et la pourriture…

Sa bouche remua, ses lèvres s'ouvrirent et se refermèrent, mais pas un mot n'en sortit. Il aurait voulu tourner les talons et s'enfuir. Sentant ses doigts trembler, il joignit les mains derrière le dos pour les cacher, dans une posture typique de courtisan. Il leva la tête et serra les dents, tentant d'être fort.

Le moins que tu puisses faire, c'est tenir ta position, se dit-il de nouveau en une injonction douloureuse.

« Laissez-nous », ordonna soudain Erida aux chevaliers qui flanquaient le trône. La reine, les deux mains serrées sur les accoudoirs, paraissait aussi farouche que le lion qui ornait sa bannière. Elle portait son anneau de l'État comme un bouclier.

Les gardes-lions ne bougèrent pas, abasourdis.

Andry l'était tout autant. La souveraine se déplaçait rarement sans ses chevaliers jurés, ses gardiens jusqu'à la mort. Les yeux de l'écuyer passaient d'elle aux guerriers, pesant la volonté de l'une et celle des autres.

Sire Hyle se mit à bafouiller, le visage rosissant : « Madame, si Votre Majesté…

— Ce garçon est traumatisé. Il n'a pas besoin de voir neuf chevaliers dressés au-dessus de lui », répondit-elle vivement, sans même ciller. Son attention revint à l'écuyer, qu'elle pénétra de son regard vif. La tristesse marquait son visage pâle. « Je connais Andry Trelland depuis toujours. Dans quelques années, il sera chevalier au même titre que vous tous. Me laisser avec lui revient à me laisser avec n'importe lequel d'entre vous. »

Andry, malgré tout ce qu'il avait vu et souffert, ne put empêcher sa poitrine de se gonfler de fierté, quoique ce fût de courte durée. *Un chevalier n'échoue pas, et j'ai sans conteste échoué,* songea-t-il. Les gardes-lions devaient partager la même opinion : tous hésitaient, immobiles sous leurs armures dorées et leurs capes vertes.

Erida demeura inflexible, et on ne pouvait rien lui refuser. Sa main qui portait l'anneau se serra en un poing. « Obéissez à votre reine », dit-elle, le visage comme sculpté dans la pierre.

Cette fois, sire Hyle ne discuta pas : exécutant une révérence un peu raide, il eut un geste de ses doigts gantés pour intimer aux autres chevaliers désorientés de le suivre. Tous quittèrent la pièce dans une cacophonie de métal et de tissu bruissant.

Ce fut seulement quand la porte de ses appartements se fut refermée derrière eux qu'Erida laissa retomber les épaules, se ramassant sur elle-même. Elle attendit encore un instant puis lâcha une longue et lente expiration. Une femme à peine sortie de l'adolescence sembla remplacer la reine avec quatre ans d'exercice du pouvoir derrière elle.

Durant une fraction de seconde, Andry la vit telle qu'elle était durant leur enfance : une princesse-née mais encore épargnée par le poids de la couronne. *Elle aimait naviguer,* se rappela-t-il. Tous les enfants du palais, nobles cousins, pages et jeunes filles, l'accompagnaient à la baie Miroir. Eux feignaient de manœuvrer le bateau, s'entraînant à faire des nœuds et à hisser les voiles. Pas Erida : assise à la barre, le bras tendu, c'était elle qui dirigeait le véritable équipage.

À présent elle dirigeait le pays, et son bras se tendait vers Andry.

« J'ai répondu à l'appel des Aînés », dit-elle d'une voix grave et rauque. Son regard brillait étrangement, scintillant à la flamme des chandelles. Elle passa la main sous ses robes et la ressortit porteuse d'un parchemin roulé.

Andry déglutit avec difficulté. Il aurait voulu brûler cet infernal morceau de papier.

Quand la reine l'eut déroulé de ses mains tremblantes, ses yeux brûlants suivirent le message écrit à l'encre. Au bord de la page était toujours fixé l'antique sceau d'Iona, moulé dans une cire verte brisée. Cette vue soulevait l'estomac du garçon, et le souvenir qu'elle lui apportait était encore pire.

Sire Grandel et les North étaient agenouillés devant la reine assise sur son trône, resplendissante dans ses plus beaux habits de cérémonie, coiffée de sa couronne étincelante. Andry avait mis un genou en terre quelques mètres derrière eux, seul écuyer à accompagner les chevaliers dans la salle d'audience. Pourquoi, il l'ignorait mais le devinait : les North étaient un peu plus… autonomes *que sire Grandel, lequel semblait requérir l'assistance d'un écuyer pour toutes les tâches, petites ou grandes. Si la reine avait un ordre pour sire Grandel Tyr, Andry Trelland recevrait sans aucun doute celui de le suivre comme son ombre.*

Le garçon gardait la tête baissée, n'apercevant la reine que du coin de l'œil : vêtue de vert et d'or comme ses chevaliers, elle tenait entre les mains un étrange parchemin.

Un instant, Andry en vit le sceau : un cerf stylisé, figé au plus profond de la cire. Il fouilla dans sa mémoire, passant en revue les seigneurs et les grandes familles aux blasons bien connus même des pages. Aucun ne correspondait.

« Il s'agit d'une convocation », dit la reine en retournant la lettre.

Un sire Edgar agenouillé blêmit. « Qui oserait convoquer la reine du Galland, la plus prestigieuse couronne de Terravast ? La gloire du Vieux Cor ressuscitée ? »

Erida inclina la tête. « Que savez-vous des Aînés ? »

Les chevaliers bredouillèrent, échangeant des regards éberlués.

Sire Grandel éclata d'un rire spontané tout en renvoyant en arrière ses cheveux bruns striés de gris. « Un conte pour les enfants, madame, ricana-t-il. Un conte de fées. »

Andry osa relever les yeux. La reine ne souriait pas, les lèvres pincées en une ligne sévère.

Ce n'était pas une plaisanterie.

« Des immortels, madame, s'entendit répondre l'écuyer, dont la voix tremblait. Issus des fuseaux, venus en Terravast depuis une autre terre. Mais ils ont été pris au piège : la porte de leur monde d'origine s'est refermée peu après leur arrivée. Les Aînés, s'ils existent encore, sont prisonniers de notre monde. » Des êtres impossibles, aussi rares que des licornes, que mes yeux ne verront jamais.

« Un conte de fées », répéta sire Grandel en foudroyant son écuyer du regard.

La chaleur monta aux joues d'Andry, qui baissa à nouveau la tête. Parler à tort et à travers ne lui ressemblait pas, et il s'attendit à une semonce sèche de son seigneur comme de la reine.

Semonce qui ne vint pas.

« Les contes et les légendes plongent leurs racines dans la vérité, sire Grandel, répondit froidement Erida. Et j'aimerais connaître la vérité de ceci. » La lettre luisait sous les chandelles de la salle du trône. « Une personne qui se dit monarque d'Iona nous envoie ses salutations et demande humblement notre aide. »

Sire Grandel lâcha un rire moqueur. « Notre aide ? Que peut bien demander à Votre Majesté cette vieille sorcière décrépite ? »

Andry entendit l'amusement dans la voix de la reine Erida. « Voulez-vous l'apprendre ? »

« J'aimerais avoir ignoré leur appel et ma propre curiosité, marmonna-t-elle en fixant toujours d'un regard intense un papier qui se serait enflammé depuis beau temps si elle avait abrité en elle la moindre parcelle de magie des fuseaux.

— Comment aurait-on pu deviner ? » murmura Andry. *Moi, en tout cas, je n'ai rien deviné. Même quand on nous a avertis d'un danger, de la destruction du monde.* Cela lui paraissait vieux de toute une vie, alors que quelques mois seulement s'étaient écoulés.

Les jours défilèrent en lui, rapides, flous. *La route d'Iona, les grands palais de la cité antique, le conseil des Aînés et des mortels. Puis les héros prenant la route et s'enfonçant dans les terres sauvages – tous condamnés.*

Andry cligna furieusement des paupières pour s'éclaircir la vue et les idées.

La reine baissa les yeux, caressant du pouce l'émeraude de son anneau.

« C'est moi qui vous ai envoyés à eux, et à la rencontre du danger, murmura-t-elle. La responsabilité du sort de sire Grandel et des North est mienne. Ne prenez pas ce fardeau sur vos épaules, Andry. » Sa voix se brisa. « Donnez-le-moi. »

Les secondes filaient telles des feuilles mortes au gré d'un courant rapide, mais Erida attendait avec une patience de pierre. L'écuyer s'efforça de parler, les mots se résignant lentement à quitter sa gorge.

« À Iona, les Aînés... la monarque nous a appris qu'une épée avait été volée dans leur trésor », se contraignit-il à dire. Puis le récit sortit en un torrent par lequel il tenta de ne pas se laisser emporter. « Une lamefuseau, forgée dans un autre monde que Terravast, imprégnée du pouvoir même des fuseaux. L'homme qui l'a prise, un dénommé Taristan, est un descendant du Vieux Cor : le sang-des-fuseaux court dans ses veines. Avec ce sang et l'épée, il lui serait possible de déchirer un fuseau fermé depuis toujours, d'ouvrir un seuil entre notre terre et une autre afin d'atteindre ce qui se trouve au-delà. »

Les yeux de la reine Erida s'agrandirent, leur blanc pareil à une lune éclipsée de bleu.

« Il se dirigeait vers un vieux temple des Aînés dans les montagnes, à quelques lieues au sud des Portes du Trec. Le dernier site connu d'une traversée de fuseau. » Andry grinça des dents. « Nous sommes partis à treize pour l'arrêter. » La première larme coula, chaude et furieuse, sur sa joue. « Et douze sont morts. »

La salle du trône résonnait de l'écho de sa voix, de sa rage et de son chagrin. Sa peine atteignait le haut des piliers, les lustres de fer forgé aux chandelles vacillantes. Andry serra les poings à ses côtés, sa résolution menaçant de tomber en miettes. Pourtant il continua, raconta le massacre des Compagnons, l'échec de Cortael, l'odeur du sang immortel et le monde brûlé vomissant une armée de cadavres. Le magicien rouge, l'épée plantée dans la poitrine de Taristan, et son rictus à la blancheur insolente. Comment sire Grandel avait trébuché et s'était effondré pour ne plus se relever. Comment lui-même avait dû observer la scène puis s'enfuir en n'emportant guère que sa peau.

Andry s'attendait à ce que les froids murmures montent avec ses souvenirs, mais seule sa propre voix lui emplissait la tête.

« J'aurais dû me battre, siffla-t-il en fixant avec colère ses bottes trouées. C'était mon devoir. »

Erida abattit la main sur son trône, un bruit sec comme un coup de fouet qui fit sursauter le garçon. Quand il releva les yeux, elle le regardait, les narines frémissantes.

« Vous êtes revenu. Vous avez survécu, dit-elle fermement. Qui plus est, vous apportez un message de la plus haute importance. » Elle se leva d'un air décidé, sa robe de chambre flottant autour d'elle, puis descendit de l'estrade d'un pas léger pour rejoindre Andry sur les dalles de pierre. « J'ai davantage étudié la diplomatie et les langues que les fuseaux, mais je connais l'histoire. Terravast était naguère un monde de passage, soumis à de puissantes magies et à des monstres terribles : nous autres mortels affrontions des dangers que nous ne devons plus jamais subir. On ne peut pas laisser faire cela. Si ce que vous dites est vrai, si ce Taristan peut ouvrir des fuseaux clos depuis des lustres, alors il est vraiment très dangereux, et il a une armée derrière lui.

— Composée de soldats comme on n'en a jamais vu », admit Andry, sentant à nouveau la traction des mains cadavériques. Les créatures de l'armée de Taristan hurlaient dans sa tête, leur voix pareille à un grincement métallique ou à un craquement d'os. « Je sais que ça paraît impossible.

— Je ne vous ai jamais entendu mentir, Andry Trelland, même quand nous étions enfants et que nous racontions des blagues aux cuisiniers pour avoir un deuxième dessert. » Elle inspira et baissa la tête. « Je sais ce que vous avez perdu et j'en suis désolée. »

Quoique de deux ans son cadet, Andry était bien plus grand que la reine – qui parvenait pourtant à lever les yeux vers lui sans paraître petite.

« C'étaient les chevaliers de Votre Majesté, pas les miens, répondit-il.

— Ce n'est pas ce que je voulais dire », murmura doucement Erida en le détaillant à nouveau. Andry revit dans ses yeux la jeune fille de naguère, séparée des autres enfants. Toujours prête à sourire, à rire et à jouer, mais isolée. À jamais marquée comme princesse, privée de la liberté d'un page, d'une demoiselle de compagnie, voire d'un enfant de serviteur.

La jeune fille disparut quand la mâchoire de la reine se crispa. « Vous ne parlerez de cela à personne, écuyer », ajouta-t-elle en se retournant vers son trône.

Sans réfléchir, Andry la suivit d'un pas rapide, les entrailles tordues d'angoisse. *Nous avons été pris par surprise. Cela ne doit pas se reproduire.* « Les gens doivent être avertis… »

Erida ne frémit pas. La voix sévère et dure, elle savait se faire entendre.

« Pour la plupart des gens, les fuseaux sont un mythe, un élément des contes et légendes, aussi éteints que les Aînés, les licornes ou toute autre grande magie née d'autres terres. Vais-je raconter que l'un d'eux est revenu, qu'il a été ouvert, *déchiré*, et qu'un homme compte le planter comme un javelot dans nos cœurs ? Un homme invulnérable, à la tête d'une armée de cadavres ? » Elle regarda Andry par-dessus son épaule, les yeux pareils à deux saphirs. « Je règne sur le Galland mais je suis reine, pas roi, continua-t-elle sèchement, à l'évidence troublée. Je dois prendre garde à ce que je dis et aux armes que je pourrais fournir à mes ennemis. Je ne donnerai à personne l'occasion de me prétendre folle ou faible d'esprit. Je ne puis agir sans preuve. Même si j'en avais une, je provoquerais une panique dans ma capitale. Et une panique dans une cité d'un demi-million d'âmes serait plus meurtrière que n'importe quelle armée. Je dois être extrêmement prudente. »

À Ascal, immense métropole répartie sur les nombreuses îles du delta du Grand Lion, les rues étaient toujours noires de monde, les marchés surpeuplés, les canaux sales et les ponts très susceptibles de s'effondrer. Il y avait eu des émeutes après la mort du roi Konrad : d'aucuns s'opposaient à ce qu'une fille s'assoie sur le trône. Des incendies dans les bas quartiers, des inondations dans les ports. Des maladies. De mauvaises récoltes. Des affrontements entre les ordres religieux. La criminalité des bas-fonds, véritable nuage de fumée épaisse. *Mais ce n'est rien par rapport à ce qui arrive,* se dit Andry. *Rien par rapport à ce que peut faire Taristan.*

Il serra les dents. « Je ne comprends pas », fut tout ce qu'il put articuler après s'être heurté au mur de la résolution royale.

Qu'il ne franchirait pas.

« Il ne vous appartient pas de comprendre, Andry, dit Erida en frappant à la porte de ses appartements, qui pivota pour montrer les gardes-lions en armure alignés dans le couloir, rigides. Il ne vous appartient que d'obéir. »

On ne pouvait discuter avec la reine du Galland.

Andry s'inclina très bas, ravalant les répliques qui montaient dans sa gorge. « Très bien, madame », fit-il.

Elle marqua une pause pour jeter un dernier regard à l'écuyer, tandis que ses chevaliers se remettaient en formation. « Merci d'être rentré, conclut-elle, l'expression aigre-douce. Au moins votre mère n'aura pas un autre chevalier à enterrer. »

Je ne suis pas chevalier. Et je ne le serai jamais.

Son cœur se serra dans sa poitrine. « Une petite consolation.

— Puissent les dieux nous protéger de ce qui découlera de tout ça », murmura Erida en se détournant.

La porte claqua. Andry faillit courir hors de la salle du trône, impatient d'arracher ses vêtements et de se racler la peau pour chasser la saleté des dernières semaines. La colère surmonta son chagrin assez longtemps pour le propulser à travers le Nouveau Palais, ses pieds le guidant le long de couloirs familiers.

Les dieux ont eu leur chance.

Étendue confortablement, un bonnet de nuit en belle soie sur les cheveux, dame Valeri Trelland, endormie, ne paraissait pas malade. Son visage n'exprimait aucun souci, la peau autour de sa bouche et de ses yeux était détendue, si bien qu'elle semblait rajeunie de plusieurs décennies, encore belle malgré la maladie qui rongeait son corps. Andry et sa mère se ressemblaient beaucoup. La peau de l'une, d'ébène poli, était plus sombre que celle de l'autre, mais ils partageaient pommettes hautes et lèvres pleines, cheveux épais, noirs et bouclés. Pour l'écuyer, voir sa mère en se regardant dans un miroir était une sensation étrange – surtout l'observer telle qu'elle était avant que la maladie ne vienne moucher de ses mains humides la chandelle qui brûlait si vivement en elle.

Valeri lâcha une expiration saccadée. Le garçon sentit la douleur déchirante dans sa propre gorge et fit la grimace.

Dormez, Mère, pria-t-il. Il compta les secondes en fixant la poitrine de la malade se soulever et retomber, préparé à une quinte de toux qui ne vint pas.

Le bois entassé dans le foyer emplissait la chambre d'une chaleur oppressante. Andry transpirait dans ses habits propres, mais il restait adossé au mur, entre une tapisserie et une fenêtre étroite.

Et, malgré le feu, il sentait le doigt froid, le doigt glacé de la terreur courir le long de sa colonne vertébrale.

Elle doit rester cachée.

Les murmures s'exprimaient d'une voix d'hiver, cassante, crépitante… et indéterminée : celle d'une femme ou d'un homme, d'un enfant ou d'une vieille personne… L'écuyer frissonna quand ils jaillirent à nouveau dans sa tête, s'enflant jusqu'à devenir hurlement.

Elle est *cachée !* avait-il envie de crier, la mâchoire crispée, le froid au ventre.

Il ne faut pas en parler.

Ses dents grincèrent. *Je n'ai rien dit. À personne. Pas même à la reine,* répondit-il. Il lui semblait être fou. Et peut-être l'était-il, victime d'une folie née du massacre et du chagrin.

La voix lui était venue pour la première fois tandis qu'il rentrait chez lui, monté sur l'étalon de l'Aîné, la lamefuseau sanglée sur sa selle. Il avait bien failli tomber de cheval, mais continué d'avancer malgré tout, tentant de semer ce qui se trouvait dans sa tête. Aussi loin et aussi vite qu'il pût chevaucher, cependant, les murmures ne le laissaient jamais en paix.

Des murmures qui incluaient autant de rire que de tristesse. *Ceci t'est commandé,* sifflaient-ils, laissant les mots rouler sur lui. *Garde-la bien cachée.*

Andry aurait voulu chasser la voix mais il demeura adossé au mur. Refusant de briser sa veillée silencieuse, il continuerait de monter la garde auprès de sa mère malade.

Et de la lamefuseau glissée sous son lit, un secret que seul connaissait Andry Trelland.

3

Entre dragon et licorne

Corayne

Après deux verres de vin, Corayne se sentit plus légère. Ses pensées virevoltaient, rêvant déjà des pays au-delà de Lemarta. Les cités entourées de palissades du Jyd, le territoire des pillards. Nkonabo et la baie des Merveilles. Almasad, l'immense port de l'Ibal, patrie de la plus grande flotte au monde. Elle secoua la tête et repoussa sa coupe qui glissa sur une table grasse familière au fond de la *Reine des Mers*. La popine s'appelait ainsi bien avant l'époque de la capitaine an-Amarat, mais chacun aimait faire semblant de la croire baptisée en son honneur.

Meliz avait le physique de l'emploi : vautrée dans l'angle, le dos au mur, elle souriait à la salle. La lumière des chandelles, en se reflétant sur ses cheveux, les couronnait de rubis. Kastio était assis près de la porte qui donnait dans la rue, entouré de marins et de villageois. La capitaine revenue, il n'avait plus de raison de servir de nounou à Corayne. Il oscillait, les paupières mi-closes devant ses yeux bleu électrique, un verre à moitié vide à la main. Les matelots de l'équipage avaient déjà bu force coupes de vin et pichets de bière. Leurs éclats de voix emplissaient la salle de bar étroite où s'entassaient leurs corps bronzés ou couverts de coups de soleil. La plupart avaient besoin d'un bain. Corayne s'en moquait. La compagnie de marins puants était préférable à une soirée de solitude supplémentaire.

Elle les observa avec attention. Le *Fils des tempêtes* avait engagé deux recrues pendant le voyage. Des jumeaux du Jyd au teint pâle, à peine plus vieux qu'elle mais grands et larges d'épaules, des descendants de pillards.

Deux de plus, quatre de moins, songea-t-elle. Les visages d'hommes qu'elle ne reverrait plus défilèrent devant ses yeux.

Quatre morts.

Elle lâcha un soupir, le vin se changeant en courage dans son ventre. « Mère...

— Tu feras passer le mot que je cherche des rameurs », coupa Meliz en agitant son verre.

Surprise de cette demande, désorientée, Corayne cligna des paupières. « On a deux bonnes semaines avant de préparer la prochaine course, et on peut la faire en sous-effectif au besoin. »

De brèves courses en eaux calmes, des routes maritimes tranquilles et rapides le long de la côte. La jeune fille ne connaissait que trop bien les voyages du *Fils des tempêtes* et établissait ses plans en conséquence. *Les courses d'été ne sont pas très dangereuses. Bonnes pour apprendre.*

Le sourire de Meliz s'évanouit tel un masque qui tombe. « Le dos solide, le sens du rythme, pas d'histoires.

— Pour quelle destination ? Quand ? » Tout changement de programme était synonyme d'erreurs et de risques accrus. Et cela bouleversait les projets personnels de la jeune fille.

« C'est toi ma mère, maintenant ? la taquina Meliz – quoique sur un ton sec. Assure-toi juste que ce soient de bonnes recrues. Je n'ai pas l'emploi d'imbéciles aux grands yeux écarquillés qui cherchent l'aventure, ou qui poursuivent sur la mer Longue une légende de fuseau ou un conte de fées, ni la gloire pure et simple. »

Corayne rougit. Elle baissa la voix. « Où vas-tu, Mère ?

— Ceux-là ont tendance à mourir, et à mourir déçus, conclut la pirate en buvant une gorgée de vin.

— Depuis quand est-ce que ça te dérange de perdre des marins ? » renvoya sèchement sa fille, presque pour elle-même. Ces mots avaient un goût amer dans sa bouche, un goût d'injustice et d'imprudence. Elle aurait voulu les rattraper dès qu'ils franchirent ses lèvres.

« Ça me dérange toujours, répondit froidement la capitaine an-Amarat.

— Où vas-tu ?

— Les vents sont favorables.

— Ils le seront encore dans un mois. »

Meliz regarda par la fenêtre en direction de la mer, et Corayne se sentit perdue.

« Le *Jaiah* du Rhashir est enfin décédé, laissant seize fils se disputer son trône. Certains disent qu'il est mort de vieillesse ou de maladie. D'autres qu'il a été assassiné. Quoi qu'il en soit, ce conflit nous simplifie la vie. C'est une bonne occasion », affirma calmement Meliz. Comme si ces mots n'avaient qu'à être prononcés pour devenir réalité.

Une carte bleu, vert et jaune se déroula en Corayne, dévorant son champ de vision, lui montrant avec clarté routes maritimes et côtes familières, fleuves et montagnes, frontières et royaumes. Tous ces endroits qu'elle n'avait jamais visités mais connaissait pourtant, ces endroits dont elle avait entendu parler sans jamais y poser le pied. Les lieues défilaient, de Lemarta au golfe du Tigre, de la Grande Forêt à la Couronne de Neige – toutes les merveilles des pays lointains. La jeune fille tenta de visualiser Jirhali, la grande capitale du Rhashir, cité de grès vert pâle et de cuivre poli. Son imagination la trahit.

« À vol d'oiseau, il y a près de deux mille lieues jusqu'à leurs rivages », souffla-t-elle en ouvrant les yeux. Il n'y avait plus que la carte. Sa mère était déjà très loin, là où elle ne pouvait l'atteindre. « Même avec un bon vent, des courants favorables, pas de tempêtes, aucun *ennui*... tu resteras partie pendant des mois. » Sa voix se brisa. « Si tu reviens. »

Un voyage dangereux, très différent de ce que nous avions prévu.

Meliz ne bougea pas. « C'est une chance à ne pas laisser passer. Fais préparer le vaisseau. Nous partons dans trois jours. »

Si vite. Corayne jura, tandis que ses doigts se recourbaient sur la table. « Je dois te demander...

— Non », lâcha sa mère sans ciller, portant à nouveau son verre à ses lèvres.

Une étincelle de colère flamboya dans la poitrine de la jeune fille, chassant sa peur. « Cet hiver, tu disais...

— Cet hiver, je n'ai fait aucune promesse. »

Ces mots étaient affreusement définitifs, comme une porte qui se referme.

Corayne serra les dents, usant de toute sa volonté pour garder les mains sur la table au lieu de frapper le verre de sa mère et le lui faire lâcher. Un rugissement, dans ses oreilles, noyait tous les sons sinon la voix de Meliz et le refus.

Tu savais ce qu'elle allait dire, songea-t-elle. *Tu le savais et tu t'y es préparée. Tu es prête à remporter cette discussion.*

« J'ai un an de plus que toi quand tu as pris la mer. » Corayne voulait avoir l'air d'un membre de l'équipage. Déterminée, assurée, capable. Des qualités que bien des gens lui prêtaient. *Tout le monde sauf ma mère.*

Meliz serra les dents. « À l'époque, ce n'était pas un choix. »

La réponse de Corayne fut rapide, sa flèche déjà encochée et pointée. « Je te serai plus utile en mer. J'entendrai davantage de rumeurs ; je sais marchander ; je sais guider. Rappelle-toi ce qu'était le *Fils des tempêtes* avant que je ne m'en mêle. Sans but, désorganisé, à peine rentable, tu balançais toujours la moitié de ta cargaison faute de trouver un acheteur. » Elle s'efforçait de ne pas implorer. Sa mère ne bougeait pas, ne cillait pas, ne semblait pas même l'entendre. « Je connais les cartes presque aussi bien que Kireem ou Scirilla. Je peux être *très* utile, surtout au cours d'un voyage si long et si lointain. »

Tu as l'air idiote. Une gamine suppliant qu'on lui donne son jouet favori. Sois raisonnable. Sois logique. Elle sait ce que tu vaux, elle le sait et elle ne peut pas le nier. Corayne inspira pour se calmer puis reprit la parole :

« Avec moi à bord, tes bénéfices vont tripler, au bas mot. » Elle serra les poings sur la table. « Je te le garantis. Et je ne veux même pas être payée. »

Il y avait davantage à dire, d'autres listes à éplucher, d'autres vérités que sa mère ne pourrait aisément écarter. Mais Meliz se contentait de la fixer.

« Ma décision est prise. Même les dieux ne sauraient la changer, proclama la capitaine en élevant une voix que Corayne jugea un peu implorante, elle aussi. Tu ne sais pas ce que tu demandes, ma chérie. »

La jeune fille plissa ses yeux noirs. « Oh, je crois que si. »

Quelque chose s'effondra en Meliz, comme un mur qu'on démolit.

« Je suis compétente, mère, insista Corayne, de marbre. Mon travail consiste à écouter, à réfléchir, à déduire et à anticiper. Tu crois que personne ne parle de toi et de ton équipage, ici ? » Elle désigna du menton la salle où continuaient à retentir des voix bruyantes. « De ce que tu fais en haute mer ? »

Meliz se pencha vers elle si vite que la jeune fille faillit tomber de son siège.

« Nous sommes des criminels, oui, siffla la capitaine. Nous contournons les lois de la couronne. Nous transportons ce que les autres ne peuvent ou ne veulent pas transporter. C'est ça, la contrebande. Il y a du danger. Tu l'as su toute ta vie. » Cette explication était prévue aussi, encore un mensonge de Meliz an-Amarat. « Mes voyages sont périlleux, c'est vrai, continua-t-elle. Je prends des risques chaque fois que nous mettons à la voile, de même que tous ceux qui sont ici. Et je ne veux pas t'en faire prendre avec nous autres.

— Les nouveaux, les Jydi, ils ont survécu, non ? » fit Corayne sur un ton plat et détaché. Au bar, les jumeaux au teint pâle semblaient aussi nerveux que des lapins pris au collet.

Sa mère se rembrunit. « Ils nous ont rejoints à Gidastern. Ils fuyaient une espèce de guerre de clans oubliée des dieux. »

Encore des mensonges. La jeune fille la fixa d'un regard noir, espérant voir à travers elle. Espérant qu'elle se sût percée à jour.

« Ils ont survécu à je ne sais quel navire que tu as trouvé sur la mer Vigilante, un navire que tu as attaqué, vidé et coulé !

— Pour une fois c'est faux, répliqua Meliz, au bord de cracher. Toi, et toutes tes cartes, tes listes ! Ça ne veut pas dire que tu sais à quoi ressemble vraiment le monde. Les pillards jydi ne sont pas venus. Il se passe quelque chose d'anormal sur la Vigilante. Ces garçons fuyaient et je leur ai donné asile. »

MENSONGES, songea Corayne, qui ressentait chacune de ces entorses à la vérité comme un coup de poignard.

« Tu es une contrebandière, dit-elle en abattant la main sur la table. Tu as violé les lois de tous les royaumes entre ici et la Bouche de Rhashira. Et tu es une *pirate,* capitaine an-Amarat. Redoutée dans tout Terravast à cause des navires que tu poursuis et que tu dévores. » Corayne se pencha au point que toutes deux se retrouvèrent nez à nez au-dessus de la table. Le masque de Meliz avait tout à fait disparu avec son sourire badin. « N'essaie pas de m'inspirer de la honte. Je sais ce que tu es, Mère, ce que tu dois être. Je le sais depuis longtemps. Et j'y ai participé, que tu le croies ou non, *toute ma vie.* »

À l'autre bout de la popine retentirent un bruit de verre brisé puis un rugissement de rire. Ni la mère ni la fille ne frémirent. Une véritable faille bâillait entre elles, seulement emplie de silence et d'insatisfaction.

« J'en ai besoin. » La voix de Corayne se brisa sous le poids du désespoir. « J'ai besoin de partir. Je ne peux plus rester ici. J'ai l'impression que le monde m'engloutit. » Elle tendit la main pour prendre celles de sa mère, qui les écarta. « C'est comme être enterrée vivante, maman. »

La capitaine se leva, son vin à la main, avec une raideur peu coutumière. Et inquiétante. Le calme avant la tempête. Corayne se cuirassa, se préparant à d'autres mensonges, d'autres excuses.

Meliz ne s'embarrassa ni des uns ni des autres.

« Ma réponse sera toujours non. »

Sois raisonnable, se reprocha la jeune fille alors même qu'elle bondissait de sa chaise, les poings serrés. Sa mère ne bougea pas, le regard fixe, dépourvu d'amusement.

Le désespoir bouillait sous la peau de Corayne, qui se sentait pareille à une lame couronnée d'écume déferlant sur le rivage. *Sois raisonnable,* se dit-elle encore, mais d'une voix plus faible, plus lointaine. Elle se planta les ongles dans les paumes, se servant de la douleur pour rester ancrée dans le réel.

« Tu ne peux pas prendre mes décisions pour moi, dit-elle avec une grande retenue. Je ne te demande pas ta permission. Si tu ne me prends pas à ton bord, je trouverai un capitaine qui le fera. Qui verra ce que je vaux.

— Tu ne feras rien de tel. » Meliz brisa son verre sur le carrelage, comme ses yeux s'embrasaient, menaçant d'incendier le monde. Elle empoigna sa fille par le col, et sans douceur, mais l'équipage le remarqua à peine.

« Regarde autour de toi », lui siffla-t-elle à l'oreille.

Corayne resta immobile, incapable de bouger, choquée par le comportement de sa mère.

« C'est mon équipage. Ce sont des tueurs, tous autant qu'ils sont. *Regarde-nous bien.* »

Une boule au fond de la gorge, la jeune fille obéit.

L'équipage du *Fils des tempêtes* était une espèce de famille. Tous ses membres avaient les mains balafrées, la peau abîmée par le soleil, les cheveux décolorés, les muscles saillants. Aussi semblables que des frères et des sœurs, malgré leurs origines variées. Ils buvaient, se battaient et complotaient comme un seul homme, sous un unique pavillon, unis devant le grand mât, sous le commandement de sa mère. Corayne les voyait tels qu'elle les avait toujours connus : bruyants, ivres, loyaux. Mais la mise en garde résonnait encore. *« Ce sont des tueurs, tous autant qu'ils sont. »*

Rien n'avait changé, pourtant rien n'était plus comme avant.

La perception de la jeune fille se troubla et elle découvrit soudain ces gens tels que les voyait le monde, tels qu'ils étaient sur les flots. Pas une grande famille, pas une bande d'amis. Elle se sentit une proie dans un repaire de prédateurs. Un poignard aussi long que son avant-bras étincelait sur la hanche d'Ehjer. *Combien de gorges a-t-il tranchées ?* Le colosse jydi tenait la main du navigateur, Kireem le doré, à qui il manquait un œil, perdu les dieux savaient comment. Partout, Corayne voyait des visages familiers et cependant inconnus, lointains et dangereux. Symeon, jeune et beau, la peau semblable à une pierre noire, lisse, une hache en équilibre à ses pieds. Brigitt, un lion rugissant tatoué sur sa gorge de porcelaine. Gharira, la peau et la crinière de bronze, qui ne quittait jamais sa cotte de mailles, même en mer. Et ainsi de suite... Tous étaient couturés de cicatrices, armés jusqu'aux dents, endurcis par Terravast et par les flots. Elle ne les connaissait pas, pas vraiment.

Combien de vaisseaux, combien d'équipages, combien de morts sont restés dans le sillage de ma mère ? aurait-elle voulu demander. Elle préférait ne pas le savoir. *Mais tu le savais – tu savais ce qu'ils étaient,* se dit Corayne. *C'est bien ce que veut Mère : t'effrayer, te garder à terre, seule dans un coin tranquille au bord du monde. Une poupée sur une étagère, avec pour unique crainte celle d'accumuler la poussière.* Elle se mordit les lèvres, se forçant à rester calme, à continuer de regarder. La salle était emplie de bêtes à peau humaine et griffes d'acier. Si la jeune fille les observait assez fort, elle verrait le sang qui poissait leurs mains. Et les siennes.

« Tous des tueurs, répéta Meliz sans desserrer son étreinte. Moi aussi. Toi non. »

Corayne prit une inspiration frémissante, les yeux brûlants – un dernier point qu'elle attribua à l'air enfumé.

« Tu crois n'avoir aucune illusion, ma fille, mais tu en as encore beaucoup qui t'aveuglent. Débarrasse-t'en. Vois-nous tels que nous sommes, et tels que tu ne peux être. » La capitaine an-Amarat la fixait avec intensité, le regard renforcé par les traits sombres dessinés autour de ses yeux. Sa voix s'adoucit. « Tu n'as pas les tripes pour ça, ma chérie adorée. Tu resteras. »

Corayne ne s'était jamais sentie aussi seule, aussi loin de l'unique famille qu'elle connaissait. *« Tu n'as pas les tripes pour ça. » Tu n'es pas des nôtres.* Quand Meliz lâcha son col, elle crut tomber, emportée par une marée invisible. C'était froid et cruel, terriblement injuste. Son sang s'enflamma.

« Mon père a au moins eu la bonté de ne m'abandonner qu'une seule fois », dit-elle avec froideur, les dents découvertes. Elle s'écarta délibérément de Meliz. « Toi, tu l'as fait mille fois. »

Ce fut seulement quand elle atteignit les falaises que Corayne se permit de ralentir. Elle pivota, observant l'horizon de tous les côtés. Au-dessus de l'eau. Derrière les collines modelées par des bouquets de cyprès et la vieille voie corienne. Elle ne voulait rien de plus que les bords du monde qu'elle connaissait, la cage d'où sa mère ne la laisserait jamais sortir. La mer

Longue, d'ordinaire amie, lui devenait un tourment en déroulant ses vagues infinies sous les étoiles.

Même à présent, elle me rejette. Alors qu'elle sait combien ça fait mal.

Je croyais qu'elle, entre tous, comprendrait.

Mais Meliz ne comprenait pas. Elle ne pouvait ou ne voulait pas comprendre.

Tout au fond d'elle, Corayne savait pourquoi : elle était différente, elle n'était pas conforme, elle était distincte des autres. Indigne et rejetée.

À la dérive.

Et il y avait une raison à cela. Un facteur qu'elle ne pouvait modifier.

« Pas les tripes », cracha-t-elle en martelant de ses bottes le chemin de terre.

Les étoiles clignotaient dans le ciel, fiables et sûres. Les constellations étaient les vieilles compagnes de ses nombreuses nuits solitaires. Corayne était fille de contrebandière, de *pirate*. Nul ne connaissait les étoiles mieux qu'elle, et en réciter rapidement les noms l'apaisait.

Le Grand Dragon, dont les mâchoires menaçaient de dévorer la brillante Étoile Polaire, veillait sur la côte siscarienne. Le long des falaises, Lemarta étincelait à l'instar d'une constellation supplémentaire, agglutinée autour du port, implorant Corayne de revenir. Au lieu de cela, la jeune fille continua de marcher jusqu'à ce qu'apparaisse la vieille chaumière blanche sur le flanc de la colline.

C'était idiot de mettre mon père sur le tapis. Maintenant, en plus de tout le reste, Mère va vouloir parler, parler et parler encore de cet homme que nous avons à peine connu. Elle ne dira rien d'utile et on finira toutes les deux bouleversées.

Corayne aimait avoir un projet, un programme, une liste d'objectifs. Elle n'avait à présent rien de tel et cela la faisait grincer des dents.

Lemarta n'est pas si terrible, se dit-elle, entamant une liste d'absolus. *Mon sort n'est pas horrible. Ma mère m'aime* – cela, elle le savait dans sa chair. *J'ai de la chance. Terravast est immense, empli de dangers et de risques. Famine, guerre, maladie, toutes sortes d'épreuves. Ici, aucune ne m'atteint.*

Ici, on est très bien, insista-t-elle en se tournant vers la porte. *Je devrais être satisfaite.*

Et j'en suis incapable. Quelque chose en moi refuse de prendre racine.

À l'horizon, la Licorne se levait, étincelante d'étoiles. Chaque année, elle combattait le Dragon, l'une poursuivant l'autre au fil des siècles. Les dragons étaient éteints depuis bien longtemps, mais on racontait que des licornes se cachaient encore çà et là, au plus profond d'enclaves gardées par les légendaires Aînés, voire galopaient à travers steppes ou dunes lointaines. Corayne ne croyait pas en ces récits, mais envisager leur authenticité était agréable. *Et, si je reste ici, comment aurai-je jamais une certitude ?*

Deux ombres sur la route la tirèrent de son malheur. Avec un sursaut, elle se rendit compte qu'elle n'était pas seule en haut de la falaise.

Les voyageurs arrivaient presque sur elle, impassiblement silencieux, le pas plus doux que le vent dans les hautes herbes. Tous les deux portaient cape et capuchon noirs pour se fondre dans la nuit. L'un, petit et mince, marchait d'un pas chaloupé. L'autre, beaucoup plus imposant, ne faisait strictement aucun bruit. Étrange pour un être d'une telle stature.

Corayne se campa. Ils étaient déjà trop près pour qu'elle s'enfuie, même si elle l'avait voulu, et leur tourner le dos ne lui ferait aucun bien. Elle songea au couteau dans sa botte, qu'elle n'avait jamais utilisé mais dont la présence la réconfortait un peu.

« Bonsoir », marmonna-t-elle en s'écartant pour les laisser passer.

Au lieu de cela, ils s'arrêtèrent épaule contre épaule. Ou plutôt épaule contre torse. L'un, haut de presque deux mètres, dominait nettement l'autre. De près, il s'avérait être un homme large d'épaules et bien bâti, au port de guerrier un peu raide. La forme d'une épée saillait sous sa cape. Son capuchon laissait presque tout son visage dans l'ombre mais ne masquait pas une cicatrice le long d'une mâchoire pâle, que la jeune fille distinguait même au sein de l'obscurité bleutée : déchiquetée, humide et… *en cours de cicatrisation.*

Corayne sentit son estomac se soulever. *« Pas les tripes »* résonna dans sa tête.

« Le port est derrière vous, mes amis, dit-elle. Par ici, c'est la route du Tyriot.

— Je n'ai besoin de rien à Lemarta », répondit l'homme sous son capuchon.

La peur la griffant de l'intérieur, la jeune fille bougea avant lui, recula d'un pas, mais il s'avança alors pour la rejoindre, trop souple, trop rapide. Son compagnon demeurait immobile, tel un serpent lové au bord de la route, prêt à frapper.

« N'avancez pas ! » lança sèchement Corayne en tirant le poignard de sa botte. Elle l'agita entre les voyageurs.

À son grand dépit, l'homme se jeta en avant. Elle raffermit sa prise sur son arme, voulant combattre – mais elle ne put bouger d'un pouce. *« Pas les tripes »* résonna furieusement en elle, tandis qu'elle se préparait à encaisser un coup.

Au lieu de la frapper, l'inconnu mit un genou en terre devant elle, l'épée soudain à la main, la pointe de la lame dorée tournée vers le sol. Elle remarqua la poignée d'argent, l'acier de qualité. L'homme inclina la tête. Il baissa son capuchon pour révéler une vague de cheveux blonds et un beau visage à moitié dévoré par le tissu cicatriciel. Un étrange motif bordait sa cape, des bois de cerf brodés au fil d'argent.

« J'implore votre pardon et votre merci, Corayne an-Amarat », dit-il d'une voix douce. Ses yeux verts étincelaient, mais il fut incapable de soutenir le regard de la jeune fille.

Corayne cligna des paupières, considérant les voyageurs tour à tour, déchirée entre peur et stupéfaction.

Enfin, la plus petite personne eut un soupir las, révélant le bas d'un visage de femme. Elle croisa les bras sur la poitrine. Ses doigts étaient tatoués d'une ligne noire sur toute leur longueur, jusqu'aux ongles. Un motif familier mais dont la nature échappait à Corayne.

« Tu veux la faire mourir de peur ou tu n'es pas fichu de te conduire correctement avec les mortels ? » s'enquit-elle d'une voix traînante, en posant sur le dos de l'homme un regard furieux.

« Les mortels. » Corayne avait la tête qui tournait.

L'homme grinça des dents. « Je dois de nouveau implorer votre pardon. Vous tuer n'entre pas dans mes intentions.

— Eh bien, c'est une bonne chose », balbutia la jeune fille. Elle baissa la main, le poignard inutile pendant à son côté. « Qui êtes-vous ? »

Alors même qu'elle posait la question, elle trouva la réponse, le souvenir d'un fragment de conte pour enfants ou d'un récit de marins. *Immortel. C'est un Aîné. Né des fuseaux morts, sans âge et sans défaut. Enfant d'un monde perdu.*

Elle n'en avait encore jamais vu. Même sa *mère* n'en avait jamais vu.

L'immortel leva la tête, si bien que les étoiles l'illuminèrent entièrement. Quelque chose avait coupé – non : *déchiré* – le côté gauche de son visage, lui laissant des balafres déchiquetées du haut de la joue à la gorge. Comme les yeux de la jeune fille s'y attardaient, il parut gêné de cet examen.

Il a honte, comprit Corayne. Sans raison, cela lui ôta un peu de sa peur.

« Mais qui êtes-vous donc ? » demanda-t-elle encore.

L'Aîné prit une inspiration profonde.

« Je m'appelle Domacridhan d'Iona, neveu de la monarque, de la lignée de Glorian Perdu. Je suis le dernier des Compagnons de votre père et je requiers votre aide. »

Corayne sentit sa mâchoire s'affaisser, tandis que le choc palpitait en elle. « Quoi ?

— J'ai une histoire à vous raconter, madame, murmura-t-il. Si vous voulez bien l'entendre. »

4

Lâcheté d'immortelle

Domacridhan

La jument se mourait sous lui, l'écume à la bouche, l'épaule écarlate, couverte de sang. *Mon sang*. Malgré les longs jours écoulés, ses blessures s'étaient à peine refermées. Il tentait de ne pas songer à son visage griffé, déchiré par ces horreurs, ces abominations. Une armée de *choses*, venues d'une terre qu'il imaginait à peine. Il sentait encore leurs doigts, les ongles cassés et les os à nu sous les armures rouillées. Alors qu'elles étaient désormais loin derrière lui, à des centaines de lieues, Domacridhan continuait à regarder en arrière de ses yeux émeraude écarquillés.

Comment il s'était échappé après avoir trouvé le cheval d'un des Compagnons, il n'eût su le dire. Tout n'était qu'un tableau flou de bruits, de couleurs et d'odeurs, un souvenir dévasté. Il avait donc fui des jours durant, traversant royaume après royaume, des collines, des champs, des forêts et encore des collines, jusqu'à ce que le paysage lui devienne familier. Il avait franchi les monts du Monadhrion et du Monadhrian, l'Étoile et le Soleil, jusqu'à la vallée cachée emplie de brume et d'ifs que l'Avanar divisait de son ruban aux méandres d'argent. Il connaissait cette terre dont il était le fils et le prince.

Le Calidon.

Iona.

Son foyer.

J'y suis presque, se dit-il, espérant que la jument tiendrait. *J'y suis presque.*

Il entendait battre le cœur de l'animal, tonitruant mais à bout. Il l'éperonna à nouveau.

C'est son cœur ou le tien.

La brume se dissipa pour révéler la cité vederienne d'Iona sur une crête rocheuse, là où l'Avanar se jetait dans le Lochlara, le Lac de l'Aurore. Pluie et neige avaient maculé de gris et de brun la ville fortifiée, néanmoins restée magnifique au fil des siècles. Elle abritait des milliers d'immortels, dont plusieurs centaines nés en Glorian, plus âgés qu'Iona elle-même. Tíarma, le palais, se dressait fièrement au bord extrême de la crête, ne dominant que des falaises.

Les murailles moussues de la cité étaient bien défendues. Des archers stoïques montaient la garde sur toute la longueur des remparts, quasi invisibles dans leur tenue vert forêt. Ayant une vue parfaite, même de loin, ils reconnurent Dom au premier coup d'œil.

Un prince d'Iona qui revenait, seul et couvert de sang.

La jument monta jusqu'en haut de la crête, franchit les portes et galopa jusqu'au palais de la monarque. Dom bondit à terre au moment même où elle s'effondrait, son souffle lent et oppressé ne tardant pas à s'évanouir tout à fait. Le cavalier fit la grimace quand cessa de battre le cœur de sa monture.

Les gardes flanquaient leur prince sans un mot. La plupart avaient les cheveux dorés, les yeux verts, le teint blafard au milieu de la brume, et leur broigne était frappée du blason d'Iona. Le grand cerf apparaissait partout – sur les bas-reliefs et les statues, sur les tuniques et les armures de tous les Ioniens. Il se dressait au-dessus du monde, hautain, et rien n'échappait à ses yeux.

Mon échec s'étale devant lui, songea Dom.

Honteux, il franchit les portes de chêne béantes du palais de Tíarma. Quelqu'un lui mit dans la main un linge dont il se servit pour essuyer le sang séché sur son visage. Certaines de ses blessures se rouvrirent, lui communiquant une douleur mordante qu'il ignora à la manière des immortels.

Il ne pouvait toutefois ignorer le contact de ses chairs déchirées.

Je dois avoir l'air d'un monstre.

Ayant vécu cinq cents ans à Tíarma, Dom connaissait bien les lieux. Il dépassa d'un bon pas couloirs et arches menant à diverses ailes du palais et de la citadelle. La grande salle de banquet, la roseraie tout au centre, les remparts et les quartiers d'habitation. Tous se mêlaient dans sa mémoire.

Une seule fois, il avait pleuré sur ces pierres : le jour où il était devenu orphelin, pupille de la monarque.

Il fit de son mieux pour ne pas pleurer une deuxième fois.

Cortael mon ami, j'ai déçu tes attentes. J'ai manqué à mes devoirs envers Terravast, envers Iona. Et aussi envers Glorian. J'ai manqué à mes devoirs envers tout ce qui m'est cher.

Trop tôt, il atteignit la salle du trône. Les portes en étaient deux fois plus hautes que lui, sculptées dans le frêne et le chêne, intriquées, façonnées par des mains immortelles. Les sceaux des nombreuses enclaves s'entrelaçaient sur le bois, fluides comme de l'eau. Il y avait là le tigre stoïque de Ghishan ; la panthère noire de Barasa ; un faucon en vol pour Tarima ; l'étalon élancé d'Hizir surmontant le rusé renard de Sirandel ; le bélier de Syrene couronné de cornes en spirale ; le grand ours de Kovalinn dressé sur les pattes arrière, le loup des sables de Salahae, et le requin de Tirakrion, arborant plusieurs rangées de dents pareilles à des poignards. Deux cerfs jumeaux se dressaient au-dessus de tous, le poitrail bombé, coiffés de bois d'une impossible longueur. Dom avait franchi ces portes plusieurs semaines auparavant avec à son côté un Cortael au visage sévère, résolu, et dont le cœur battait encore.

Je voudrais pouvoir revenir en arrière. Les avertir. Il serrait douloureusement les dents. *Je voudrais entretenir les mêmes croyances que les mortels et sentir leurs esprits autour de moi.*

Mais les immortels vedera ne croyaient pas aux fantômes, et Dom ne faisait pas exception. Quand les gardes lui ouvrirent les portes, il pénétra seul dans la grande salle, avec rien ni personne, sinon son chagrin.

Une longue marche le séparait du trône, sur un sol de marbre vert poli au point de devenir réfléchissant. Des deux côtés de la salle s'élevaient des piliers encadrant alcôves et statues des dieux de Glorian. Mais ces divinités-là étaient bien loin, hors de portée de tout immortel laissé en Terravast. Depuis mille ans, toutes les prières chuchotées en ce monde restaient sans réponses.

Pourtant Dom priait.

Sa tante et trois conseillers attendaient tout au bout de la salle du trône, assis sur une estrade. Les deux hommes, Cieran et Toracal, servaient à la monarque de voix et de poing. Le savant et le guerrier. Alors que Cieran portait longs ses cheveux gris cendré, ceux de Toracal étaient courts, tressés sur les tempes en de petites nattes où le gris le disputait au bronze. Tous les deux étaient vêtus de robes vert foncé et argent sur de beaux habits de soie. Même Toracal ne s'embarrassait pas d'une armure.

L'unique conseillère était du sang même de Dom : sa cousine, la princesse Ridha, qui devait succéder à la monarque. Contraire absolu de sa mère, elle avait les cheveux et les yeux noirs, les épaules larges et l'ossature solide. Comme toujours, elle portait l'épée au côté.

La monarque elle-même était assise en silence, vêtue d'une ample robe grise à liséré de fleurs brodées et semées de pierres précieuses. En dépit du froid de la salle du trône, elle ne portait ni fourrures ni manteau. La plupart des monarques des enclaves aimaient les couronnes ; la sienne, très simple, évoquait des épingles de quartz fichées dans ses cheveux blonds. Ses yeux étaient lumineux, pareils à des perles, et toujours lointains. Elle avait vu la lumière d'étranges étoiles et se rappelait Glorian Perdu.

Une branche de frêne vivante reposait sur ses genoux, la lumière blême du matin conférant aux feuilles vertes des reflets argentés. Telle était la tradition.

Le regard indéchiffrable de la monarque suivit Dom tandis qu'il approchait, la tête baissée, incapable de lui faire face. *Elle lit en moi,* songea-t-il, *comme elle l'a fait toute ma vie.*

Il s'agenouilla devant le trône, malgré la protestation de ses muscles. Même un Veder n'était pas immunisé contre la douleur du corps ou du cœur.

« Je ne demanderai pas comment ils sont morts. Je vois que cela pèse lourdement sur toi, mon neveu, dit Isibel, monarque d'Iona.

— J'ai échoué, madame, répondit Dom d'une voix brisée.

— Tu *vis* », articula Ridha entre ses dents serrées, le chagrin inscrit sur le visage.

Je vis alors que d'autres sont tombés, et je n'en comprends pas la raison. L'image vacillante des Compagnons de Terravast passa devant ses yeux, certains s'effaçant déjà de ses souvenirs – mais pas les Vedera, et certainement pas Cortael, qu'il avait connu durant toute la vie du mortel.

De grands héros massacrés, alors que Domacridhan est encore debout.

Toracal se pencha en avant, détaillant le prince de ses yeux bleus. Plusieurs siècles plus tôt, c'était lui qui l'avait entraîné à l'épée et à l'arc ; il avait toujours été et il restait un vieux soldat bourru. Dom se prépara à un interrogatoire.

« Qu'en est-il du fuseau ? » demanda le conseiller d'une voix qui résonna sous la voûte.

C'était comme un nouveau coup de masse ou de poignard. Dom encaissa la honte. « Déchiré avant notre arrivée, le seuil grand ouvert. C'était un piège. »

Toracal eut un hoquet. « Et qu'est-ce qui en est sorti ?

— Une armée de soldats comme je n'en avais jamais vu. » *Brûlés, brisés, mais encore vivants, si on peut les dire tels.* Leurs mains le griffèrent de nouveau, découpant des lanières dans sa chair, taillant en pièces ses compagnons autour de lui. « Ils étaient de chair et de sang, proches des êtres humains mais…

— Ils n'étaient pas de ce monde », compléta Cieran les yeux graves, cherchant à se rappeler un souvenir, quelques bribes de savoir oublié. Son regard s'assombrit. Quoi qu'il eût trouvé, cela ne lui plaisait pas.

La monarque leva ses yeux gris. « Ce fuseau-là ouvrait sur les Terres-de-cendres : un univers brûlé, brisé, empli de douleur et de fureur », déclara-t-elle. Derrière elle, Cieran et Toracal échangèrent un regard froid tandis que leurs joues pâles blêmissaient encore. « Il a cessé avant les autres de permettre la traversée, quand la terre au-delà s'est fissurée, une fois tous ses fuseaux démantelés. Ne restent là-bas que des êtres semi-vivants, fous de tourment, à peine supérieurs à des bêtes. Des mortels démolis, fracassés et brûlés jusqu'à l'os.

— C'est ce que nous redoutions, murmura Dom en serrant les dents pour supporter une vérité encore plus horrible. Ce n'est pas l'œuvre de Taristan du Vieux Cor, qui est un simple serviteur, l'instrument d'un autre. » Son souffle se figea. « C'est Asunder. C'est Lui. Ce-qui-attend. »

Les noms mêmes avaient dans sa bouche une sonorité maléfique, paraissaient corrompus, empoisonnés, indignes d'être prononcés à voix haute. Les autres réagirent avec force, Cieran et Toracal écarquillant les yeux, tandis que la mâchoire de Ridha s'affaissait sous le choc. *Ils me croient devenu fou.*

« Ce-qui-attend ne peut effectuer la traversée vers une terre qui n'est pas brisée », affirma la monarque d'une voix apaisante. Mais la peur brillait dans ses yeux.

« Alors Il essaiera de la briser, cracha Dom. Il a l'intention de nous conquérir. »

Sa tante recula sur le trône. La branche de frêne tremblait dans ses mains frémissantes.

« Ce-qui-attend, le Roi déchiré d'Asunder, le Diable de l'Abîme, le Dieu entre les étoiles, l'Obscurité Rouge. » Elle prit une inspiration saccadée. Chacun des noms avait fait souffler un courant d'air froid dans la pièce. « C'est un démon qui a pour seul amour la destruction, pour seule nature l'Abîme. »

Dom, par un effort de volonté, se contraignit à se lever. Les pensées en ébullition, il imaginait d'autres fuseaux déchirés, de nouvelles armées, du sang et des massacres qui se répandaient à travers Terravast. Mais il n'en était pas moins résolu.

« Les guerriers de ce monde, les Vedera, peuvent encore repousser les créatures des Terres-de-cendres, Asunder et tout ce qui pourra venir d'autre, déclara-t-il en levant le menton. Mais il faut agir sans attendre. Cieran, envoyez un message aux autres enclaves. Toracal, Ridha, vos guerriers… »

Isibel plissa les lèvres.

Dom se tut.

« L'armée d'Asunder est de peu de conséquence, dit-elle en regardant sa fille. Ce-qui-attend est un *dévoreur*. » Ses yeux s'adoucirent, le monde s'étrécissant pour ne plus inclure que son unique enfant. « Les fuseaux sont des seuils, mais ce sont aussi de grandes murailles entre les mondes. Trouves-en assez, déchire-les, ouvre-les, et ils finiront par tous s'effondrer. C'est ainsi qu'Il a pris les Terres-de-cendres. Il en a détruit les frontières, il a déraciné les fondations mêmes du monde. » Ses mains se crispèrent sur la branche, les articulations blanches comme l'os. « Réfléchissez. Terravast et les Terres-de-cendres détruits, soumis à la volonté de Ce-qui-attend. »

Ridha porta la main à son épée. « Cela n'arrivera pas.

— J'ai peur que si », répondit sa mère.

La chaleur flamboya en Dom malgré le froid de la salle du trône. « Jetez la branche et prenez l'épée, dit-il avec force. Vous devez prévenir les enclaves et les royaumes mortels. Convoquer tout le monde. »

Cieran lâcha un soupir. « Et pour faire quoi ? »

Le prince, désespéré, sentit ses dents claquer tandis qu'il lançait d'une voix rageuse : « Détruire l'armée de cadavres. Refermer le fuseau. Enfouir Taristan six pieds sous terre. Rejeter Ce-qui-attend dans Son enfer. Mettre un terme à tout ça. »

Isibel se leva gracieusement du trône, les yeux posés sur les blessures de Dom, qui se figea quand elle s'avança vers lui, la main tendue. Son doigt suivit de la racine des cheveux à la mâchoire une balafre qui traversait un côté de la bouche et séparait le front en deux. Que le prince n'ait pas perdu un œil était un miracle.

« Il est si rare que nous saignions », chuchota-t-elle, accablée.

Domacridhan d'Iona se sentit glacé. Pour la première fois de sa vie, il éprouvait de la haine pour les siens. La situation était bien pire qu'il ne l'avait cru.

« Vous avez peur, constata-t-il en la foudroyant du regard, accusateur. Vous êtes terrifiée. »

Elle ne frémit pas. « Nous sommes déjà battus, cher neveu. Je n'enverrai pas mon peuple à la mort. Tu ne trouveras aucun monarque pour le faire. »

Les dieux vous maudissent, pensa-t-il, les deux poings serrés à ses côtés. « Si nous ne faisons rien, nous mourrons. Nous sommes de Terravast autant que n'importe qui d'autre.

— Tu sais que non, dit tristement Isibel en secouant la tête. Glorian nous attend. »

Dom se surprit à envier les mortels qui n'hésitaient pas à manifester leur rage, à crier et à jurer, à perdre la maîtrise de leurs actes pour se rabattre sur l'émotion brute. Il aurait voulu en faire autant.

« Glorian est perdu pour nous », se contraignit-il à avouer.

Sa tante tendit à nouveau la main, mais Dom s'écarta tel un enfant coléreux.

Il se campa devant la statue ailée de Baleïr. Le dieu guerrier était censé accorder du courage. *Donnes-en un peu à ces lâches d'immortels*, songea-t-il avec dépit.

« L'équilibre des fuseaux est délicat. La route du retour est perdue pour nous, son emplacement détruit, aussi sommes-nous condamnés à passer ici notre longue éternité, reprit la monarque sans se démonter. Mais, à mesure que Taristan traquera ses fuseaux, déchirant tous ceux qu'il trouvera, les frontières s'affaibliront. Beaucoup de seuils retrouveront une existence par la traversée, les anciens mais aussi des nouveaux. Terravast s'effondrera, et ses fuseaux brûleront, je le regrette, mais, si nous localisons la terre de la Croisée des Chemins – ou Glorian même –, nous pourrons rentrer chez nous. »

Dom pivota, choqué. « Et abandonner Terravast ?

— Terravast est déjà perdu. » Le visage de la monarque s'endurcit, aussi solide que le roc. « Tu n'as jamais vu Glorian. Je ne m'attends pas à ce que tu comprennes », déclara-t-elle sur un ton lourd en regagnant son trône.

Dom lut sa propre frustration dans les yeux de Ridha, mais la princesse demeura silencieuse, les mains jointes. Lentement, elle tourna la tête d'un pouce de chaque côté. Le message était clair :

Ne fais pas ça.

Toutefois il l'ignora. Il ne se maîtrisait plus.

« Je comprends que les Compagnons ont été massacrés en vain. » Il se frotta le visage, arrachant à sa peau des fragments de sang séché qui mouchetèrent le marbre vert d'étoiles cramoisies. « Et je comprends que vous êtes lâche, madame. »

Toracal se leva, les lèvres retroussées, mais la monarque lui fit signe de se rasseoir. Elle n'avait besoin de personne pour se défendre dans sa salle du trône. « Je suis désolée que tu croies cela », dit-elle d'une voix douce.

Voix et souvenirs rugissaient dans la tête de Dom, luttant pour se faire entendre. Le dernier souffle de Cortael, ses yeux vides. Les Vedera déjà tombés. Le visage de Taristan, le sorcier rouge, l'armée d'Asunder. Le goût de son propre sang. Et aussi les histoires de Glorian, des héros légendaires venus jusqu'en Terravast, ces femmes et ces hommes nobles et courageux. Leur grandeur, leurs victoires. Leur force qui surpassait toutes les autres. *Mensonges que tout cela. Plus rien n'existe. Tout est perdu.*

Le sol sembla remuer, le marbre se plisser telle une mer verte tandis que Dom s'écartait du trône, de la monarque, de l'espoir qu'il avait entretenu pour le monde et lui-même. Ses seules pensées le ramenaient au jumeau de Cortael et à l'envie d'effacer de ses lèvres son misérable sourire. *J'aurais dû en finir au temple. Provoquer sa fin ou la mienne. À tout le moins, je me serais épargné cette catastrophe et cette déception.*

Isibel le rappela avec, dans la voix, un millier d'années de règne. Et aussi un peu de désespoir. « Que feras-tu, Domacridhan, fils de ma sœur bien-aimée ? As-tu du sang-du-Cor dans les veines ? Disposes-tu de la lamefuseau ? »

Dom resta silencieux, hors le claquement de ses bottes sur les dalles.

« Alors tu es déjà vaincu ! lança-t-elle. Nous le sommes tous. Nous devons abandonner ce monde à sa chute. »

Le prince d'Iona ne ralentit pas l'allure, ni ne regarda en arrière.

« Des hommes et des femmes meilleurs que moi sont morts pour rien, dit-il. Il est juste que je les imite. »

Plus tard, la princesse Ridha le retrouva dans les écuries de Tíarma. Il travaillait avec une maladresse farouche, une fourche à la main, nettoyant les stalles et éparpillant du foin.

On pouvait facilement se concentrer sur une activité aussi anodine, malgré l'odeur terrible. Dom, qui ne s'était pas soucié de se changer, portait toujours sa tunique et son pantalon en cuir lacérés. Même ses bottes étaient encore couvertes de la boue du temple, voire d'un peu de sang. Ses cheveux s'étant libérés, des mèches blondes adhéraient à sa joue sanglante. Une outre de vin pendait à sa ceinture, vide. Il se sentait aussi malheureux qu'il en avait l'air, à savoir extrêmement.

Il n'avait pas besoin de se tourner vers Ridha pour en deviner le jugement, aussi ne s'en donna-t-il pas la peine. Avec un grognement, il planta sa fourche dans une botte de foin, qu'il projeta aisément dans la stalle devant lui. Elle explosa contre le mur de pierre. Dans l'angle, un étalon cligna des paupières, apeuré.

« Tu sais toujours quand il vaut mieux se taire, cousine », dit Dom avec une grimace, en levant de nouveau sa fourche. Il imagina que la botte suivante était Taristan ; les dents pointues la traversèrent de part en part.

« Je crois que, toi, tu as raté cette leçon-là, répondit-elle. Et celle sur le tact. »

Dom se mordit la lèvre, sentant à nouveau le goût du sang. « Je suis un soldat, Ridha. Je ne peux pas m'offrir le luxe d'avoir du tact.

— Et moi, j'ai l'air de quoi ? »

En soupirant, il se tourna vers ce qu'il avait de plus proche d'une sœur.

Sa robe avait disparu. L'épée était toujours pendue à son côté, mais la princesse s'était par ailleurs changée, troquant la soie pour l'acier, les mèches ornées de gemmes pour des tresses serrées. Elle le laissa la regarder, les mains posées sur sa ceinture d'armes. Une cape verte d'Iona lui retombait sur l'épaule, masquant cotte de mailles, cuirasse et grèves. Ridha, l'héritière de l'enclave, succéderait à la monarque et avait appris à se battre aussi bien que n'importe quel guerrier. Mieux que la plupart. Son armure de facture experte était bien ajustée à sa silhouette, gravée d'andouillers, faite d'un acier teinté de vert qui luisait dans la luminosité poussiéreuse des écuries.

Une étincelle d'espoir s'alluma au fond du cœur de Dom. Son premier réflexe fut de l'étouffer.

« Où vas-tu ? interrogea-t-il, méfiant.

— Tu as entendu ma mère. Elle n'enverra pas son peuple à la mort, et il en ira de même des autres monarques », dit-elle en enfilant ses gantelets. Son sourire mince se para d'une nuance de malice. « J'estime préférable de m'en assurer. »

L'étincelle grandissait par bonds successifs. La fourche lui tomba des mains et il s'avança pour enlacer sa cousine. « Ridha… »

Elle échappa à ses bras, légère et agile même en armure. « Ne me touche pas. Tu pues ! »

Dom ne se formalisa pas de la remarque. Elle aurait pu lui dire ou lui demander n'importe quoi, et c'en était effrayant. *Je danserais nu dans les rues d'Iona ou j'épouserais une mortelle si elle exigeait cela en échange de son aide.* Mais Ridha ne demandait rien en échange. Dans son cœur, Dom savait qu'elle n'exigerait jamais rien.

« J'irai d'abord à Sirandel », fit la princesse. Elle partit d'un bon pas dans l'allée de l'écurie, et Dom fut contraint de la suivre. D'un œil entraîné, elle observa les chevaux, inspectant chaque stalle à la recherche d'une monture assez rapide pour ses besoins. « Ces monstres ont tué trois des leurs. Et les renards ont le sang chaud. Sans doute un effet de leurs cheveux rouges. »

Empressé, le prince gagna le mur auquel pendaient les selles et en chargea une sur son épaule. Le beau cuir huilé luisait. « Moi, je commencerai par Salahae. Les loups des sables ne refusent jamais un combat. »

Ridha lui prit la selle sans douceur. « Laisse-moi les enclaves. Je n'ai aucune confiance en ton pouvoir de persuasion.

— Si tu crois que je vais rester ici, tu es folle », annonça-t-il en lui barrant la route. Une nouvelle fois, elle l'esquiva. Au bout de l'allée, les palefreniers s'assemblaient pour assister à la dispute. Dom les entendait murmurer mais s'en souciait peu.

« Je n'ai pas dit ça, répliqua Ridha d'une voix non exempte de reproche. Lever une armée pour combattre les fuseaux est une chose – impossible, peut-être. Les refermer en est une autre, une tâche totalement différente, mais qu'il faut accomplir si on veut garder un espoir de sauver Terravast. »

Ses recherches s'achevèrent devant une stalle familière, où attendait la propre monture de sa mère, d'un noir de jais, élevée pour la vitesse dans les déserts de l'Ibal. Une jument des sables. Un éclair d'envie peu coutumier fulgura dans les yeux de Ridha avant qu'elle ne se retourne vers son cousin, dont elle prit la main.

« Il te faut sang-du-Cor et lamefuseau. »

Un jeune visage apparut à Dom, un regard bon et chaleureux, une tunique vert et or sur une cotte de mailles. *L'écuyer. Andry Trelland. Fils d'Ascal.*

« L'épée, je peux la trouver », déclara le prince, grave. *J'espère.*

Les sourcils sombres de Ridha se froncèrent. « Comment ? Il n'y en avait que deux dans la chambre forte et Taristan les a toutes les deux. Les autres enclaves n'en ont aucune…

— Je peux la trouver », répéta-t-il, résolu.

Sa cousine l'observa un instant puis hocha lentement la tête. Dom priait très fort qu'elle eût raison d'avoir foi en lui.

« Mais le sang », soupira-t-il en s'adossant au mur. Il se passa la main sur le visage, oubliant ses blessures pour la première fois depuis son départ du temple. Cet oubli ne dura pas : sa joue le brûla et il poussa un juron à voix basse. « Cortael était le dernier de sa lignée. Les autres, *s'il y en a d'autres*... Nous n'avons aucun moyen de savoir où ils sont. Il nous faudra des mois, des années, pour mettre au jour une autre branche de cet arbre-là. Les fils et les filles du Vieux Cor sont presque anéantis.

— Les fils et les filles ? » répéta Ridha, dont les lèvres esquissèrent un sourire en coin. Elle pénétra dans la stalle de la jument des sables et passa la main le long du dos de l'animal, qui l'accueillit d'un doux hennissement. « Ils sont rares, c'est exact. Mais la lignée de Cortael éteinte ? Il y a des choses qu'il ne disait pas, même à toi, cousin. »

Malgré les circonstances, Dom eut un de ses rares sourires. « Oh, crois-moi, je suis au courant de ton idylle avec le mortel. Tout comme la moitié d'Iona.

— Je ne suis pas la seule femme, Veder ou mortelle, à avoir partagé la couche de l'héritier du Vieux Cor. » Elle éclata d'un rire qui sonnait creux. Il n'y avait pas que Dom à pleurer la mort de Cortael. À l'évidence, le chagrin pesait étrangement sur les épaules de la princesse, telle une armure inadaptée. Elle n'y était pas accoutumée. Peu de Vedera l'étaient. La plupart ignoraient ce qu'était mourir ou voir mourir ceux qu'ils aimaient.

Dom sursauta quand la main de Ridha se posa sur sa joue intacte. Elle avait les doigts frais et doux, malgré les cals nés des siècles. Il ressentit une autre pointe de tristesse, non pour sa propre épreuve, mais pour sa cousine qui allait chevaucher seule à travers Terravast.

« Courage, Domacridhan, articula-t-elle, se trompant sur le sens de son expression. Les Vedera ne sont pas seuls à garder la trace des lignées du Vieux Cor. »

Ridha avait toujours été plus douée que lui à la bibliothèque, sous la tutelle de savants ou diplomates. Il soutint de longues secondes le regard de ses yeux noirs avant que ne déferle sur lui une vague de compréhension et qu'il ne fronce le nez, dégoûté, sentant son estomac se révulser devant ce qu'elle voulait dire.

« C'est idiot », croassa-t-il.

Sa cousine tint bon, le dos tourné à la jument. « Eh bien, heureusement que nous ne sommes pas idiots, nous. Du moins pas moi.

— Je ne ferai pas ça. » Il secoua sa tête dorée. « Ils ne m'inspirent pas confiance. »

Les cils de Ridha battirent d'exaspération.

« Nous ignorions l'existence de Taristan, et vois où ça nous a laissés, marmonna-t-elle entre ses dents serrées. Tu peux éplucher tous les parchemins de la bibliothèque, tu peux fendre le crâne de Cieran et en déverser le contenu, tu ne trouveras aucun autre sang-du-Cor à temps. Et tu ne trouveras pas l'enfant de Cortael. Il y a veillé. »

L'estomac de Dom se retourna à nouveau.

« Un enfant », se força-t-il à répéter, incrédule. *Un bâtard*, comprit-il. *Cortael n'était pas marié – ou bien l'était-il ? Y a-t-il encore d'autres choses que j'ignore à propos de mon ami ? Des choses dont il n'a pas jugé utile de m'informer, soit par abondance de honte, soit par manque de confiance ?* Quoique le coupable fût mort, disparu, laissé à se putréfier, Dom sentit une nouvelle vague de tristesse, doublée d'une colère amère.

« Ah non, pas ça – tu n'as pas le temps de ruminer », dit sèchement Ridha.

Il se para d'une grimace douloureuse. « Je ne rumine pas.

— Tu es capable de ruminer des *années*, répliqua-t-elle sur le même ton. Cortael m'a parlé de cette histoire pendant une visite de la cave à vins. Et c'est arrivé alors qu'il était lui-même à peine plus qu'un enfant.

— Je regrette de ne pas l'avoir su. » Encore une fois, Dom se lamentait de ne pas croire aux fantômes.

La princesse se mordit la lèvre. « Tu sais comment il… était, s'enquit-elle, peinant à reconnaître la mort de leur camarade. Un humain qui se croyait Veder et faisait tout son possible pour nous en convaincre. Admettre de telles erreurs de mortel ne lui ressemblait pas. Il voulait tellement être comme nous. »

Dom se rappelait. Même enfant, Cortael se dressait contre sa propre nature. Il s'efforçait d'ignorer les blessures, le froid ou la faim. Refusait de dormir car les Vedera en avaient rarement besoin. Parlait le vederien aussi bien que n'importe qui dans l'enclave. Au point d'avoir affirmé à Dom qu'il rêvait dans cette langue et non dans la sienne. *Nous étions frères, la mortalité mise à part. En tout sinon en son sang, son maudit sang qui a causé sa perte.*

« C'est tout ce que je sais. » Ridha lui posa la main sur le bras, le tirant de ses souvenirs. « Mais sois sûr qu'*eux*, ils en sauront plus. »

Tel un enfant qu'on réprimande pour lui faire manger un aliment bon pour la santé, Dom acquiesça. « Très bien. Je le ferai. » *Et déjà la perspective d'une telle entreprise me fatigue.*

Sa cousine haussa un sourcil, l'examinant comme elle aurait examiné la première incursion dans la cour d'entraînement d'un adolescent d'une centaine d'années. « As-tu la moindre idée d'où commencer ? »

Dom se redressa de toute sa hauteur menaçante. Sa masse obstruait la porte de la stalle. « Je devrais être capable de pister un sicaire et de lui arracher une réponse en lui tapant dessus, merci.

— Bien, mais va peut-être voir un médecin avant », suggéra-t-elle. Elle manipula le bord de sa chemise d'un air dégoûté et renifla pour faire bonne mesure. « Et prends un bain. »

Il répondit par un sourire ironique et la laissa s'occuper de la jument des sables. Ridha la sella et acheva de la préparer en un clin d'œil, lui sembla-t-il. Trop rapide au goût de Dom, même à présent. Il observa sa cousine durant toute l'opération, et elle lui rendit un regard à l'intense détermination. Il ne lui demanda pas si, malgré la proclamation dans la salle du trône, elle partait sur l'ordre secret de sa mère, ou s'il s'agissait d'une désobéissance, voire d'une trahison. Il ne voulait pas le savoir.

« Chevauche bien, cousine », dit-il. Toutes les horreurs du monde remontèrent en lui, tout ce qu'il avait vu quelques jours auparavant, il imagina mains et dents menaçant sa chère Ridha. *Elle n'échouera pas elle aussi. Je ne perdrai pas quelqu'un d'autre,* se promit-il.

Mais tu ne seras pas avec elle, fit sa propre voix, et tout son être frémit.

Soit Ridha ne s'en rendit pas compte, soit elle eut la bonté d'ignorer sa peur. Elle se jucha avec aisance sur la selle ornée d'andouillers. La jument des sables piaffait sous elle, impatiente de courir.

« Je chevauche toujours bien », répondit-elle, les yeux étincelants de la perspective du voyage. Et de son but grandiose.

Une fois de plus, Dom regretta de ne pouvoir s'exprimer comme les mortels. Enlacer sa cousine, lui dire tout ce que sa confiance et ses actes signifiaient pour lui. L'émotion monta dans sa gorge, menaçant de l'étrangler. « Merci », fut tout ce qu'il parvint à articuler.

La réaction de Ridha fut aussi tranchante que son épée, et il n'en attendait pas d'autre. « Ne me remercie pas de faire ce qui est juste. Même si c'est tout à fait stupide. »

Dom inclina la tête et sortit de la stalle, dégageant le chemin.

L'immortelle hésita, les pieds dans les étriers, les yeux sur l'encolure du cheval. Son regard se troubla. « Je ne savais pas qu'il avait un jumeau, murmura-t-elle dans un souffle. Je ne le savais pas... C'est ma mère qui les a séparés.

— Je l'ignorais aussi », répliqua Domacridhan. Comme elle, il s'efforçait de comprendre mais n'y parvenait pas. « Lui aussi, jusqu'à ce que ce monstre surgisse du brouillard.

— Elle s'est sûrement dit que c'était la meilleure chose à faire. Élever et protéger un des deux. Créer un unique héritier pour le Vieux Cor. Ne laisser aucune place au conflit. Pour Terravast. »

Dom hocha la tête, mais il ne pouvait l'approuver. Pas au fond de son cœur. La monarque l'avait fait pour elle-même, pour Glorian. Et rien d'autre.

Avec une volonté d'acier, Ridha se redressa sur sa selle. Elle baissa les yeux vers son cousin, image d'un farouche guerrier fier et loyal. « Ecthaïd soit avec toi. » Le dieu de la route, des voyages, des objets perdus et trouvés.

Il hocha la tête. « Et Baleïr avec toi. »

Sur les ailes de Baleïr, elle s'élança vers l'ouest.

Après s'être changé et avoir chassé la crasse de son corps, Domacridhan d'Iona partit vers le sud. Nul ne l'arrêta, nul ne lui dit adieu.

5

Le pacte de la tempête

Sorasa

Son épée était restée à l'auberge du port, sous une latte de parquet déclouée, avec le reste de son équipement. Elle n'avait besoin que de son poignard, au fil de bronze à peine visible dans la chambre obscure du riche marchand au-dessus duquel elle se tenait, patiente, comptant ses inspirations. Pourvu de bajoues dignes d'un gros chien, il avait le sommeil agité et son souffle franchissait bruyamment ses dents jaunies. Sa femme somnolait près de lui sur le lit, une beauté aux cheveux noirs tout juste sortie de l'enfance. Sorasa lui donnait 16 ans. Sans doute sa troisième ou sa quatrième épouse.

Je te fais une fleur, ma fille.

Puis elle égorgea le marchand, la lame bien nourrie tranchant aisément les chairs.

Comme un gargouillis échappait au mourant, elle lui couvrit la bouche d'une main et le tourna sur le côté afin d'éviter que le sang n'asperge et n'éveille sa femme. Lorsqu'il eut fini de répandre son fluide vital, Sorasa lui sectionna l'oreille et l'index gauches avant de les jeter au pied du lit, processus familier.

Telle était, pour qui savait regarder, la marque de Sorasa Sarn. Cet assassinat avait été commis par elle et personne d'autre.

La jeune épouse du marchand continuait de dormir paisiblement.

Le sang qui coulait goutte à goutte était plus bruyant que les pas de Sorasa lorsqu'elle s'en retourna au balcon et déroula son fouet – dont elle se servit pour se propulser au-dessus de la cour, jusqu'en haut du mur d'en face.

Elle s'accroupit sur la pierre rose pâle, assurant son équilibre à deux mains. Les arbres fruitiers du jardin la dissimulaient bien, aussi laissa-t-elle à ses yeux le temps de s'adapter à la lumière de la mi-journée. Les gardes du marchand, ralentis par la chaleur, faisaient leur ronde de l'autre côté de la cour. Sorasa saisit l'occasion de se laisser tomber dans la ruelle déserte qui bordait la propriété. Et présentait fort peu d'ombre.

Le soleil brillait haut dans le ciel, impitoyable. L'été était sec sur les bords de la mer Longue, trop chaud, et des nuages de poussière envahissaient jusqu'aux rues les plus aisées de Byllskos. La capitale du Tyriot, d'ordinaire rafraîchie par les brises marines, croulait sous la chaleur.

Ce climat dérangeait peu Sorasa, dont la vie avait commencé dans les sables de l'Ibal et dont la mère, fille du Rhashir, venait de la Grande Forêt. Le sang de la sicaire était adapté à la cruelle sécheresse du désert ou à l'air chaud écœurant de la jungle. *Ces hommes-là ne savent pas ce qu'est le soleil,* songea-t-elle en empruntant des ruelles successives afin de gagner les quais par un chemin détourné.

Elle conservait un pas mesuré, régulier. Les eaux bleues du détroit Tyri apparaissaient entre les bâtiments qui, tous, dominaient le célèbre port. Seul le palais du Prince des Mers s'élevait encore plus haut, ses tours roses et ses toits de tuiles rouges évoquant un bouquet de roses du Cor.

Sorasa jeta un coup d'œil au grand port du Tyriot, les fameux quais qui s'étendaient dans le détroit tels les bras d'une pieuvre. Une galère de commerce allait l'emmener, ne laissant derrière elle aucune trace de Sorasa Sarn.

Aucune trace que je n'ai pas choisi de laisser, songea-t-elle avec un sourire satisfait.

Telle une ombre, elle descendit jusqu'au quartier du temple, sinuant entre sanctuaires surmontés d'un dôme et tours sacrées. Des prêtres célébrants effectuaient leurs rondes de midi, suivis par paysans et marins aux mains tendues pour implorer la bénédiction des dieux de Terravast.

La villa était loin derrière elle quand l'alarme retentit, un cri étranglé de gardes appelant la patrouille de la ville. Quelque part entre les riches demeures, une trompette résonna. La sicaire sourit quand cet appel fut noyé par la cloche de la Main de Meïra, tour imposante où régnait la déesse des mers. Les marins en imploraient la pitié, les pêcheurs la générosité.

Sorasa ne demandait rien de mieux que la cloche et la cohue. Les deux s'intensifiaient, aussi solides qu'un mur entre elle et le cadavre alité.

La foule avançait en un courant vigoureux, la plupart des gens suivant les prêtres bleus de Meïra le long de la grande artère qui divisait Byllskos en deux. Ils atteindraient bientôt le port – et un jour de marché, pas moins.

Un chaos où il sera aisé de se perdre, se dit Sorasa. *Tout à fait comme prévu.*

Elle avançait d'un pas sûr, nullement affectée par la foule et sa puanteur. Byllskos, quoique bouillonnante d'activités, n'était qu'un village comparée à Almasad et Qaliram, en Ibal, où Sorasa Sarn avait passé l'essentiel de ses trente ans de vie. Elle avait désormais hâte de retrouver les rues empierrées écrasées de soleil et les marchés vibrants à perte de vue, les soieries à motifs imprimés, le ciel pareil à une turquoise, le parfum capiteux des fleurs et des bazars aux épices, le grand temple sacré de Lasrine, et l'allée des Palmiers ombragée. Mais tout cela pâlissait auprès du souvenir de la citadelle de grès sur les falaises, avec le portail caché et le vent salé déchirant, le seul foyer qu'elle eût jamais connu, sa maison depuis son enfance.

Elle sentit le déplacement d'air au-dessus d'elle une fraction de seconde avant qu'une main ne s'abatte et ne se referme avec force sur le muscle entre sa gorge et son épaule. Les doigts pressèrent, pincèrent, envoyant un flux de douleur dans tout son corps.

Sorasa se baissa et se tortilla pour se sortir de la prise, une manœuvre qu'elle avait maîtrisée bien des années plus tôt. Les dents découvertes, elle leva un regard furieux vers son agresseur.

Qui n'attaqua pas.

« Garion », lâcha-t-elle. Autour d'eux, la parade des fidèles s'éclaircissait.

Comme elle, l'homme portait un capuchon relevé, mais elle n'avait pas besoin de mieux voir son visage pour le reconnaître. Garion, plus grand qu'elle, avait la peau blanche même dans l'ombre. Une mèche d'un brun boueux tombait toujours devant ses yeux sombres, comme lorsqu'il était enfant. Alors qu'elle s'habillait de vêtements simples dont les couleurs ternes encourageaient l'œil à glisser sans s'arrêter, il portait tunique et cape voyantes, d'écarlate et d'argent brodé, impossibles à ignorer. Il la considérait avec une froideur méprisante.

« Je ne te croyais pas voleuse, Sarn », siffla-t-il en ibalet. Bien qu'il l'eût apprise très jeune, ce n'était pas sa langue maternelle, et elle sonnait toujours curieusement dans sa bouche.

Sorasa agita la main pour lui signifier de rester à distance. Tous les deux arboraient sur les doigts des tatouages identiques.

« Il faudrait peut-être régler ta boussole morale, répondit-elle. Je t'ai volé la vie d'un homme, et c'est le vol qui te préoccupe ? »

Garion plissa les lèvres. « Par les fuseaux, Sorasa, jura-t-il. Il y a des règles. Les contrats de la guilde ne sont confiés qu'à une seule personne. »

De telles doctrines étaient inscrites en elle plus profondément qu'un tatouage ou une cicatrice. Elle eut envie de lever les yeux au ciel, mais elle avait appris depuis longtemps à maîtriser son expression et à dissimuler ses émotions.

Elle pivota donc sur ses talons et partit à petites foulées. « La jalousie ne te va pas. »

Comme elle s'y attendait, Garion la suivit. Cela lui rappela une autre époque. Ces jours-là étaient passés depuis longtemps, toutefois, aussi serra-t-elle le poing tout en rapprochant l'autre main du poignard qu'elle portait à la ceinture. S'il dégainait, elle serait prête.

« Jaloux ? Pas du tout », dit-il entre ses dents. Tous deux se frayaient habilement un chemin dans la foule et rattrapaient les fidèles de Meïra. « Tu as été nommée et encrée. Aucune quantité de sang ne réécrira ce qui a déjà été écrit. »

Le long tatouage en bas de ses côtes, le tout dernier, vieux de moins d'un an, la démangea soudain. Contrairement à tous les autres, bénédictions et trophées, il lui avait été imposé.

« Merci de me dire ce que je sais déjà, renvoya-t-elle en lançant à Garion un regard censé le foudroyer sur pied. Regagne la citadelle, va. Retourne dans ta cage jusqu'à ce qu'un autre assassinat facile atterrisse entre tes mains. Et je te volerai celui-là aussi. »

Quoique impassible, Sorasa riait intérieurement. Elle ne lui dirait pas qu'elle était déjà au courant de son prochain contrat et savait exactement comment elle allait le remplir avant lui.

« Prends garde, Sarn », menaça-t-il. Elle entendit un tremblement de regret en lui. *Il a toujours été nul pour cacher ses intentions. Comme tous les hommes.* « Monseigneur Mercury… »

Sorasa continua à marcher, la chaleur aux joues. Elle craignait peu de gens en ce monde. Monseigneur Mercury se trouvait tout en haut d'une très courte liste.

« Rentre chez toi, Garion », intima-t-elle sèchement, la voix assez tranchante pour faire couler le sang, tant elle avait hâte d'être débarrassée de son ancien ami et allié. Cette route-là était moins dure quand on la suivait seule.

Frustré, il se passa la main sur la tête, baissant son capuchon. La sueur perlait sur son front pâle et ses joues gardaient la trace d'un récent coup de soleil. *Un gars du Nord, encore maintenant*. Plusieurs décennies dans le désert ne pouvaient changer sa peau.

« C'est un avertissement », dit-il, grave, en écartant sa cape. À sa ceinture brillait un poignard identique à celui de Sorasa, avec une poignée de vieux bronze gainé de cuir noir. Il avait aussi une épée, bien trop proche de sa main au goût de sa rivale, qui regrettait de ne pas disposer de la sienne, cachée dans une chambre minable.

L'auberge est à moins d'un quart de lieue, songea-t-elle. *Tu es plus rapide que lui.*

Les doigts de sa main errante se refermèrent autour d'un cuir familier. L'arme lui semblait être une extension de son corps.

« Tu veux faire ça ici ? » Elle désigna de la tête la foule des prêtres et des fidèles. « Je sais que ça ne te dérange pas mais, moi, je n'aime pas avoir un public. »

Les yeux de Garion passaient de son visage à son poignard, les pesant l'un comme l'autre, tandis qu'elle déchiffrait avec soin son langage corporel. Il était aussi souple qu'elle se le rappelait. L'épée à son côté était fine, une lame légère de bon acier. Garion n'était pas une brute comme certains de leurs camarades d'entraînement. Non, c'était un escrimeur élégant, le sicaire qu'on pouvait montrer, envoyer se battre en duel dans la rue. Pour transmettre un message. Rien de tel avec Sorasa :

un couteau dans l'ombre, du poison au bord d'une tasse. Elle banda ses muscles tandis que son esprit énumérait ses choix avec la vivacité de l'éclair. *Derrière le genou. Trancher le muscle, puis la gorge au moment où il tombe. S'enfuir avant qu'il ne touche le sol.*

Elle savait que Garion la déchiffrait de la même manière. Ils s'observèrent encore un moment, quasi lovés, deux serpents aux crocs découverts.

Ce fut lui qui cilla le premier. Il recula lentement, les paumes ouvertes. Le nuage de tension qui flottait entre eux se dissipa. « Tu devrais disparaître, Sarn », dit-il.

Elle leva le menton, inclinant la tête vers le chaud soleil au milieu du ciel. L'ombre de son capuchon se dissipa, révélant son visage. Ses yeux cerclés de noir étincelèrent comme du cuivre liquide sous les rayons de l'astre. « Des yeux de tigre », disaient les autres quand elle était jeune. Le regard de Garion lui faisait l'effet de doigts sur sa peau. Elle lui permit de voir la longue année inscrite dans sa chair. Des poches sous les yeux pareilles à des ecchymoses, les pommettes plus saillantes, le front sombre et tiré. Le pli dur et immuable de la mâchoire. Sorasa était une prédatrice depuis son enfance. Elle n'en avait jamais eu autant l'air.

La pomme d'Adam de son interlocuteur s'agita de haut en bas tandis qu'il reculait. « Peu d'entre nous ont la chance de s'en aller.

— Peu d'entre nous le veulent », dit-elle, levant la main en un adieu.

La foule avala Garion tout entier.

Je n'ôterai jamais cette odeur de mes fringues, songea-t-elle machinalement en quittant l'auberge imprégnée de pisse. Son sac pendu au bout de sa bride, son épée à la ceinture d'un côté, son fouet de l'autre, tous les deux bien cachés sous sa vieille cape de voyage. Aujourd'hui, le vêtement exhalait une odeur étrange de sel, de bétail et de fruits, le tout enfoui sous la puanteur du poisson. Elle regrettait l'époque où elle disposait d'une petite chambre propre et tranquille dans la citadelle, avec des murs de pierre frais, une haute fenêtre et, pour lui tenir compagnie, le silence venu du fond des âges. Rien de tel ici.

C'est d'autant mieux. La discorde est un meilleur bouclier que l'acier.

Marins, marchands, mendiants et voyageurs encombraient les rues du port, ralentissant sa marche. Les cris des animaux et le piétinement de lourds sabots doublaient le chaos habituel. Cette saison voyait l'arrivée des troupeaux venus des pays alentour, et les places du marché du port, converties en enclos, retenaient des milliers de taureaux et de vaches haletants, agités, prêts à être achetés et échangés tout au long de la mer Longue.

Sorasa songea aux gardes et aux guetteurs en haut de la colline, encore en train de chercher leur assassin dans les rues, scrutant le visage de tout homme ou jeune garçon qui mettait le pied dans le quartier.

Avec un sourire, elle baissa son capuchon, révélant quatre tresses noires entrelacées. Son dos la picotait de marcher dans les rues aussi exposée, mais elle jouissait du soleil sur son visage.

Pour la deuxième fois de la journée, quelqu'un l'empoigna par l'épaule.

De nouveau, elle se baissa et pivota, s'attendant à découvrir Garion, un marin imprudent ou un garde inquisiteur. Mais la manœuvre ne brisa pas la poigne de l'homme, pas plus qu'un coup de poing bien placé dans son estomac. La chair que sentait sous sa main la sicaire était de pierre, et ni armure ni cotte de mailles n'en était responsable. Son assaillant la regardait de haut, paraissant deux fois plus grand qu'elle, et on devinait à le voir qu'il savait se battre.

Tu n'es en aucun cas Garion.

Sorasa réagit comme on l'y avait entraînée, levant une main vers le fermoir sous sa gorge, plongeant l'autre dans une bourse de ceinture. Un mouvement bref et un nuage de fumée bleue piquante explosa à ses pieds, tandis que sa cape tombait de ses épaules.

Les yeux fermés, retenant son souffle, elle se mit à courir dans la rue. Derrière elle, l'homme toussait violemment, une cape pendante à la main.

Il cria quelque chose en une langue qu'elle ne connaissait pas, une rareté.

Le sang de Sorasa se mit à couler plus vite alors que ses battements de cœur s'accéléraient. Ses réflexes la servirent bien, de même que les quelques jours passés à étudier Byllskos pour le contrat. La ville se déroula dans son esprit, et elle s'élança le long d'une ruelle qui partait du port puis s'engouffra dans la première rue fréquentée. Elle maîtrisa son souffle, le ramenant au rythme de sa course. Après avoir inspecté ce qui s'étendait devant elle, elle ralentit le pas et osa regarder en arrière.

Un instant, elle crut qu'un taureau s'était échappé de son enclos.

Un nuage de poussière et de fumée bleue persistante suivait l'homme qui courait en balançant les bras, une cape vert foncé flottant derrière lui telle une bannière. Le soleil se reflétait sur ses cheveux dorés. Ce n'était ni un soldat de Byllskos, ni un garde de villa, cela se voyait même de loin.

Un nouvel individu s'ajouta à la liste de ceux que Sorasa craignait.

Hommes et femmes s'écartèrent en titubant quand elle bondit au milieu d'eux et en projeta quelques-uns à terre. Le poing droit douloureux d'avoir frappé son poursuivant, elle continua de courir. Quand elle se retourna à nouveau, un frisson choqué dévala sa colonne vertébrale. Elle avait de l'avance, elle était très rapide et, malgré tout, il gagnait régulièrement du terrain.

Une idée prit forme dans sa tête. Pour la première fois depuis qu'elle avait posé le pied à Byllskos, une goutte de sueur coula sur sa nuque.

« C'est un avertissement », avait dit Garion. Le premier coup de tonnerre avant l'orage.

Cet homme-là était-il la foudre ? La punition finale infligée par monseigneur Mercury ?

Pas si je peux l'éviter.

Sorasa s'engouffra avec une agilité remarquable dans une nouvelle ruelle, encombrée de commerçants moins prestigieux, aux marchandises volées ou inutiles. Danseuse au milieu du désordre, elle bondit par-dessus les paniers de fruits à moitié pourris, entre les lés d'étoffe pendus, autour d'hommes et de femmes en plein marchandage. Tout ce petit monde se refermait derrière elle, peu dérangé par son passage rapide et efficace. Elle espérait un peu que la foule, faute de ralentir son poursuivant, la dissimulerait.

La foule ne fit ni l'un ni l'autre.

L'homme se frayait un chemin en force, et les étalages s'effondraient dans son sillage. Quelques femmes lui assenèrent des gifles, mais leurs coups glissèrent sur son torse et ses larges épaules. À la surprise de Sorasa, il se contenta de les regarder en clignant des yeux, abasourdi. Sa désorientation ne dura pas.

À travers la ruelle encombrée, ses yeux trouvèrent ceux de la sicaire. Elle aperçut un éclair blanc quand il serra les dents.

L'adrénaline jaillit en elle, sensation délicieuse. Malgré sa peur, Sorasa sentit son cœur chanter d'impatience. Un an s'était écoulé depuis son dernier vrai combat.

Elle escalada une pile de caisses puis bondit d'étalage en étalage, marchant en équilibre sur planches et poteaux, ignorant les cris des marchands. Sa taille était un avantage qu'elle savait bien utiliser.

Mais l'autre bondissait sur les caisses comme un animal et la suivait pas à pas.

« Merde », jura-t-elle. *Un type aussi massif ne devrait pas pouvoir sauter partout aussi facilement.*

Sorasa se détendit à nouveau et effectua un atterrissage précaire sur une perche qui se balança sous ses pieds. En dessous, un vendeur de fruits talés cria et agita le poing. Elle l'ignora, maudissant monseigneur Mercury et tout ce qu'il avait pu entreprendre pour que Sorasa Sarn connaisse une mort douloureuse.

D'un revers de main, elle remonta son capuchon, couvrant sa chevelure. Son poursuivant ne se trouvait plus qu'à un étalage de distance, perché d'un pied sur une planche étroite, appuyant l'autre contre le mur de la ruelle. En tout autre lieu, il eût paru comique. À présent, il n'était que terrifiant. Il la fixait de ses yeux verts emplis de fureur. À cette distance, Sorasa remarqua que sa courte barbe était aussi dorée que ses cheveux libres. Il ne paraissait pas plus de 30 ans.

Tout un côté de son visage était balafré, comme lacéré à coups de griffes. *Par quoi ?* se demanda-t-elle, un nœud au creux de l'estomac.

L'épée et le poignard de la fuyarde pendaient à ses côtés, réclamant son attention tels des enfants tirant sur les mains de leur mère. Au lieu de cela, ses doigts cherchèrent le fouet enroulé, tout de cuir et de rage.

« J'aimerais te parler », lança l'inconnu en primordial, la langue commune rigide et étrangement officielle en de telles circonstances. Elle tenta sans succès d'identifier son accent.

Alors que le cœur de Sorasa battait à tout rompre, lui ne montrait aucun signe de fatigue. Pas un de ses cheveux n'était déplacé.

« Tu es *en train* de me parler », répondit-elle en corrigeant son équilibre, les deux pieds en position pour bondir. Ses orteils se tortillaient d'impatience. Le fouet se déplia à l'image d'un serpent venimeux.

En dessous des deux antagonistes, le marchand de fruits continuait de crier en tyri, mais nul ne s'arrêta pour observer : les ruelles de Byllskos regorgeaient d'insensés ; deux de plus ou de moins étaient de peu de conséquence.

Le colosse ne cilla pas, guettant tout sursaut des muscles de la sicaire. « Je préférerais causer ailleurs. »

Elle haussa les épaules, tout en affermissant sa prise sur le manche tressé du fouet, après avoir passé la boucle autour de son poignet. « C'est bien dommage. »

L'homme tendit la main, la paume aussi large qu'une assiette, pâle, calleuse et couverte de cicatrices reçues à l'entraînement. *Gagnées à la citadelle, bien que je ne l'aie jamais vu. Serait-ce un favori de Mercury, entraîné en secret, un dragon à lâcher sur ceux d'entre nous qui contrarient sa volonté ?*

« Je ne suis pas ici pour te faire du mal », dit-il.

Un rire méprisant naquit au fond de la gorge de Sorasa. « J'ai déjà entendu ça. »

Il serra le poing. « Mais je n'hésiterai pas si j'y suis obligé. »

Le vent agitait sa cape, révélant une lourde et longue épée à sa ceinture. Ce n'était pas un bretteur à la manière de Garion. Cette terrible lame n'était pas destinée à faire du spectacle.

Il serait par ailleurs difficile et quasiment inutile, même aux escrimeurs les plus doués de Terravast, de la tirer dans une position aussi précaire.

Sorasa découvrit les dents en un sourire sinistre. « Allons-y, alors.

— Très bien. »

Malgré plusieurs décennies d'entraînement, malgré son corps affûté comme un rasoir, le chien de Mercury se révéla plus rapide qu'elle. Réflexes, réactions, instinct. C'était une tempête.

Le seul recours dont disposait la sicaire était d'anticiper et de prédire, de bouger la première.

Son fouet s'enroula autour d'une corde à linge, et elle bondit avant que les pieds de l'homme ne quittent la planche. Il se jeta en avant, comptant l'empoigner à bras-le-corps. Au lieu de passer au-dessus de lui, toutefois, elle effectua un mouvement tournant, jouant du fouet et de son élan pour s'écarter du mur de la ruelle. Ce changement de trajectoire suffit : l'inconnu la manqua de quelques centimètres et atterrit rudement sur le perchoir qu'elle venait de quitter.

La perche craqua puis se brisa sous son poids. Le vendeur de fruits poussa un cri aigu quand un guerrier de deux mètres de haut s'abattit sur son étalage et broya un tas d'oranges piquées.

Sorasa coupa la corde à linge et dégagea son fouet alors qu'elle retombait dans la ruelle. Elle absorba l'essentiel de la chute par un roulé-boulé bien rodé puis bondit sur ses pieds, ce qui fit s'envoler une pile de vêtements. Avisant une cape aigue-marine rapiécée, elle en drapa ses épaules.

Lorsqu'elle regarda en arrière, jetant un coup d'œil sous son nouveau capuchon, elle vit une tête blonde au-dessus de la foule. L'inconnu tentait de se frayer un chemin à coups d'épaule. La foule le repoussait, se liguant contre lui. Le marchand d'oranges alla jusqu'à le bombarder de fruits écrasés. Il s'en rendit à peine compte, scrutant la ruelle à la manière d'un chien de chasse qui cherche une piste.

Sorasa ne lui laissa pas le loisir de la trouver : elle regagna la voie principale d'un pas régulier et insouciant – simple passante parmi d'autres dans les rues de Byllskos.

Les ventes aux enchères de bétail se poursuivaient avec entrain, attirant une vaste foule de gens et d'animaux, notamment des marchands attentifs. La sicaire échangea la cape volée contre une longue veste tachée et un chapeau provenant d'un chariot de fermier. L'ensemble dissimulait bien son visage et ses armes, mais elle faisait un bien piteux paysan. *Sans parler de mon odeur,* songea-t-elle avec un petit sourire.

L'une de ses premières et meilleures leçons à la guilde ne concernait pas les armes, ni lame ni poison. Ni les déguisements. Ni les langues. Elle excellait bien sûr en tous ces domaines, ils lui étaient aussi nécessaires que la pluie et le soleil à un champ de blé, mais l'élément le plus important, le plus vital pour remplir un contrat, c'était de créer et de saisir l'occasion.

Si Sorasa avait surpris le riche marchand endormi, ses gardes éloignés et léthargiques, ce n'était pas un coup de chance. Elle avait choisi son moment. Et elle allait faire de même ici. Le sicaire de Mercury ne se laisserait pas si facilement semer. Il serait de nouveau à ses trousses quelques minutes plus tard, s'il ne l'était déjà. Elle ne s'autorisa en marchant aucun soupir de soulagement. Elle ne relâcha pas son attention, ni ne baissa sa garde. Sorasa Sarn n'était pas si naïve.

Son pouls, cependant, s'apaisa, ses muscles se détendirent et sa tête s'éclaircit.

L'occasion s'offrait à elle.

Avec un sourire, elle s'approcha d'une clôture derrière laquelle des taureaux noirs, luisants de transpiration, entassés comme des barriques dans la soute d'une galère marchande, pouvaient à peine bouger, y compris pour chasser les mouches qui les tourmentaient. Ils se trouvaient non loin de l'enclos des ventes aux enchères, prêts à parader devant les acheteurs. Sorasa, mine de rien, s'appuya contre leur portail – qui ouvrait sur la place de terre battue. La fermeture en était élémentaire, une simple barre de bois coulissante. Elle l'examina brièvement puis retira son chapeau, exposant son visage au bénéfice de toute la rue.

L'appât est en place devant le piège.

Plongeant la main dans son sac, elle en tira une pêche et mordit avec entrain dans la chair très sucrée.

Son poursuivant n'était pas bien difficile à repérer : il dominait la plus grande partie de la foule – encore plus grand que Garion, encore plus pâle. Elle le supposa originaire du grand Nord – le Calidon, voire le Jyd. Son visage blafard, sa silhouette de géant et ses cheveux d'or lui donnaient l'air d'un pillard des neiges.

Il marchait droit devant lui avec une concentration étonnante, et ses grands pas réduisaient la distance qui le séparait de son objectif.

Savourant encore le goût du fruit, Sorasa jeta le noyau puis fit coulisser la barre, si bien que le portail de l'enclos aux taureaux s'ouvrit en grand. Un homme qui se tenait près d'elle l'empoigna par le bras, mais elle brisa son étreinte sans y penser et l'envoya rouler dans la poussière en hurlant, désormais édenté.

À trois mètres de là, les yeux de l'inconnu s'écarquillèrent.

Sorasa fit claquer son fouet au-dessus de l'enclos.

Le troupeau jaillit, aussi lourd qu'un nuage d'orage, avec des sabots et des cornes pareils à la foudre qui s'abat. Les uns après les autres, ils se ruèrent en avant, leurs larges flancs et leurs épaules solides heurtant une clôture près de s'effondrer. Ils filèrent vers l'inconnu en une vague noire qui ruait et écumait follement à chaque claquement de fouet. *L'occasion*, songea Sorasa, satisfaite.

Elle s'attendait à ce que l'homme s'enfuie. Ou s'écarte. Ou encore à ce qu'il se fasse simplement piétiner, les os pulvérisés sous une centaine de sabots furieux.

Au lieu de cela, il se campa sur place et leva les mains. Un tableau absolument saugrenu, devant lequel le souffle de Sorasa se coinça entre ses dents.

Les mains de l'inconnu empoignèrent les cornes du premier taureau ; ses articulations virèrent au blanc tandis que ses talons se plantaient dans la terre. L'instant d'après, quand il le rejeta avec un grognement, l'envoyant s'étaler sur le flanc, l'animal avait la tête pendante, le cou rompu. Sorasa eut un hoquet alors que le reste du troupeau se divisait pour contourner le guerrier, telles des vagues autour d'un pilier dans la mer. Lui demeurait immobile, ferme et sans peur. À aucun moment ses yeux illuminés d'un éclat vert ne quittaient celle qu'il traquait.

Un Aîné, hurla le cerveau de Sorasa quand elle comprit enfin.

Un immortel.

Elle courut comme elle n'avait encore jamais couru. Dans les ruelles, sur les toits, entre des murs si proches que le soleil n'atteignait pas le sol. Les capes tombèrent les unes après les autres de ses épaules, de toutes les couleurs : tout pour le désorienter, pour le ralentir, pour gagner sur lui ne fût-ce qu'une seconde.

Elle cherchait à rejoindre les quais par un mouvement tournant, mais le colosse, toujours sur ses talons, l'empêchait d'atteindre son bateau – ou n'importe quel autre. Son sac à malice était presque vide après qu'elle eut abandonné des nuages de fumée bleue, blanche ou verte dans les rues de Byllskos. Elle n'osait pas employer la noire.

Indomptables, invincibles. Le peu qu'elle savait des Aînés, appris lors d'une très ancienne leçon, lui revenait rapidement. *Des êtres incroyables nés d'un monde perdu.*

Son corps brûlait d'épuisement. Ses ongles s'étaient cassés sur de la brique ou du bois, ses doigts étaient hérissés d'échardes. Malgré cela, elle ressentait peu la douleur, son entraînement lui permettant d'en chasser la plus grande partie, l'adrénaline et la peur dévorant le reste. Elle escaladait, bondissait, tournoyait, roulait sur elle-même… Chariots de fruits et tonneaux de vin explosaient sur son passage, les prêtres la maudissaient quand elle fendait leurs rangs. Au bout d'un moment, elle envisagea même de courir à la villa du marchand assassiné, vers les gardes et les soldats qui lui feraient un excellent bouclier contre le monstre lancé à ses trousses.

Aucun membre de la guilde n'avait jamais tué d'immortel. Aucun n'avait été assez insensé pour essayer. Rares étaient ceux qui en avaient seulement vu. *Comment monseigneur Mercury s'est-il débrouillé pour en attacher un à son service ?*

Sorasa cherchait dans ses souvenirs la moindre information utile. Des murmures entendus à propos des Aînés, leurs forces et leurs faiblesses. Au sein de la guilde, les maîtres et maîtresses se souciaient peu des êtres légendaires et des créatures des fuseaux perdus. Nul n'avait jamais accepté un contrat sur un dragon. Les sicaires de la guilde ne croisaient pas le chemin des fantômes immortels qui hantaient toujours Terravast.

Jusqu'à ce que Mercury s'arrange pour en envoyer un me tuer, ricana-t-elle à ses propres dépens.

Elle était plus rapide et plus petite que son poursuivant, elle connaissait bien la ville, et tout cela ne lui avait fait gagner que quelques minutes.

Des minutes qui s'écoulèrent rapidement.

Il tomba sur elle trop vite, aussi inexorable qu'une chute de pierres. Elle tira tout de même l'épée avant lui et frappa à revers, sa lame tranchant l'air. Son coup suivant rencontra de l'acier, la longue épée du guerrier bloquant la sienne.

Une nouvelle fois, Sorasa souhaita apercevoir Garion, ne fût-ce que pour le jeter en travers du chemin.

Mais je suis seule. C'est la route que j'ai choisie.

Son adversaire était inamovible. Leurs deux épées croisées à la hauteur de la garde, les bras et les jambes hurlant sous la pression, elle peinait à le retenir. N'ayant aucun espoir de se révéler plus forte que lui, elle n'insista pas. Quand il ouvrit la bouche pour parler, elle lui cracha au visage.

« Par les fuseaux... », jura-t-il. Se rejetant en arrière, dégoûté, il fut assez bien élevé et assez bête pour essuyer la salive.

D'un coup de pied, Sorasa lui propulsa un nuage de poussière dans les yeux, puis elle s'enroula autour de son large torse jusqu'à se retrouver sur son dos. Elle leva son poignard, visant le point de jonction entre le cou et l'épaule, afin de percer muscle et artère. *Tuer et tuer vite.* Son bras enserra la gorge de l'homme avec force. Elle ne comptait pas le nombre d'individus qu'elle avait étouffés ainsi.

À sa grande satisfaction, elle le sentit ouvrir la bouche pour aspirer de l'air. *Même les immortels ont besoin de respirer.*

Il remua au moment même où elle frappait, si bien que le coup manqua son but. Un peu de sang coula sur l'épaule du guerrier, mais pas assez.

L'empoignant par le col, il l'arracha à son perchoir et la rejeta avec aisance. Elle percuta rudement un des murs de la ruelle, et elle aussi se mit à saigner, la joue écorchée par la brique. Plus loin dans la ville retentissaient les sifflets et les trompes de la garde qui, entre un troupeau lâché dans les rues et un meurtre, avait largement de quoi s'occuper.

« On a mis le bazar, toi et moi », haleta Sorasa, les yeux fixés sur la rue. Tout son corps hurlait de douleur.

Les bruits de la venelle résonnaient autour d'elle. L'Aîné eut un rictus en observant le sang sur son épaule. « C'est stupide », dit-il, les dents serrées. Il avait aussi du sang dans la bouche.

L'orgueil gonfla en Sorasa, tandis qu'elle prenait une plus profonde inspiration.

« Je promets de ne te faire aucun mal. » Une nouvelle fois, l'inconnu tendit le bras en une invitation. « Viens, mortelle. »

La mort était pour Sorasa Sarn une vieille amie. La déesse Lasrine et elle avaient passé nombre d'années la main dans la main, l'une suivant l'autre comme la nuit suit le crépuscule. Elle ne s'en était cependant encore jamais sentie aussi proche.

L'image de monseigneur Mercury passa dans son esprit : blafard, terrible, les dents acérées et le regard lointain. Cela lui ressemblait tellement de lui envoyer une mort pareille, un tueur qu'elle ne pourrait surpasser ni en vitesse ni en ruse.

Sorasa, par chance, ne croyait pas aux absolus. Seule l'occasion existait, et une occasion pouvait toujours se trouver.

« Viens, mortelle, répéta l'Aîné, dont les doigts tressaillaient.

— Non », répondit-elle avec un rire. Puis elle bondit une dernière fois.

Son épée gisait dans la poussière, oubliée.

Elle se laissa rudement tomber sur sa chaise, un pied contre la table, l'autre s'agitant sur le sol, tremblant d'énergie nerveuse. *J'ai une sale gueule*, se dit-elle en voyant la serveuse de la taverne hésiter. Couverte de poussière et de sang, Sorasa avait une tresse défaite, et un rideau de cheveux noirs s'éparpillait sur son épaule. Une coupure sur sa lèvre saignait encore. Elle lécha le sang. Avec un sourire de folle, elle leva deux doigts, et la serveuse se hâta de venir la servir.

La sicaire n'était pas seule, parmi les clients de la taverne du port, à avoir l'air éclopée : il y avait là quelques hommes en mauvais état qu'elle soupçonnait d'avoir croisé le chemin de ses taureaux. Le reste se composait de marins buveurs de bière et à moitié ivres. Elle reconnut des matelots ibalets de la flotte des Tempêtes, dépenaillés dans les soieries bleu marine qu'ils portaient à leur bord. La remarquant également, ils agitèrent les doigts pour saluer leur sœur de l'Ibal.

Elle ne leur rendit pas leur geste.

Deux chopes furent posées devant elle. L'instant d'après, la porte s'ouvrait, aspergeant de lumière la salle obscure du bar. Les marins firent la grimace ou poussèrent des jurons, mais l'immortel les ignora. Il resta un instant immobile, découpé contre la lumière du jour, son ombre étendue sur Sorasa.

Immobile, elle le regarda traverser la taverne et s'asseoir.

Sans un mot, elle poussa une des chopes en étain de l'autre côté de la table piquetée. Il contempla la bière débordante, perplexe. Puis, avec des gestes étrangement raides, il en but une gorgée.

Sorasa demeurait statique, impassible. Son pouls battait à ses oreilles.

L'Aîné baissa les yeux sur la chope et, les sourcils froncés, en observa les profondeurs dorées. Puis il but à nouveau, cul sec. L'espace d'une seconde, la sicaire éprouva une explosion de triomphe invisible. Qui disparut quand l'autre la fixa sans ciller, le noir de ses pupilles dilatées dans la pénombre dévorant le vert de ses iris.

« Sais-tu que les Vedera sont immunisés contre presque tous les poisons ? » demanda-t-il doucement.

Les Vedera. Elle rangea ce mot inconnu dans son esprit et souffla tout ce qui lui restait d'espoir. « Eh bien, j'ai gaspillé mon arsenic. »

Au fond d'elle, une petite voix lui murmurait d'empoigner son poignard, son fouet, les dernières poudres que recelait sa bourse – un autre poison, une autre blessure, une autre occasion –, de saisir tout ce qui serait encore maintenant susceptible de la sauver. Elle avait l'impression qu'une fosse s'était ouverte sous ses pieds.

Je dois choisir entre sauter et tomber.

Son corps lui faisait mal. Elle prit une longue gorgée de bière pisseuse en regrettant que ce ne fût pas de l'alcool *ibari*, afin de mourir avec sur les lèvres la morsure aigre-douce de sa patrie. *Car je vais mourir ici, de ses mains et de celles de Mercury*, songea-t-elle. L'admettre fut presque un soulagement.

L'Aîné la dévisageait, ses yeux s'attardant sur les tatouages qui montaient le long de sa gorge. Sorasa le laissa regarder. Il ne connaissait pas comme elle chacune de ces images, son sens et son poids au sein de la guilde.

« Tu as essayé de me tuer trois fois aujourd'hui », marmonna-t-il, éberlué.

La sicaire but à nouveau. « Je dirais que ça compte comme une seule tentative.

— Alors tu es passée bien près de réussir en trois occasions.

— *En trois occasions* », ricana-t-elle, se moquant du ton qu'il adoptait. *Comme si on était à la cour d'un roi et pas dans un rade merdique.* « Et maintenant, l'Aîné ? Comment vas-tu t'y prendre ? »

Son interlocuteur cligna des paupières comme pour digérer ces mots pourtant simples. Aux yeux de Sorasa, il évoqua alors un enfant s'efforçant de suivre une leçon qu'il ne comprend pas. Il desserra les dents et recula sur sa chaise – qu'elle s'attendait à voir s'effondrer sous son poids. Lentement, il posa les deux paumes sur la table en signe de paix. *Il me traite comme un animal effrayé,* songea-t-elle, le goût de la fureur dans la bouche.

« Je t'ai déjà dit que mon but n'était pas de te faire du mal. »

Il porta la main à son côté, repoussant sa cape. Sorasa se prépara à entendre le chant de l'épée qu'on dégaine. Au lieu de cela, il exhiba une arme familière.

La sienne.

L'épée, fin ruban d'acier à deux tranchants, bien équilibrée, avait une garde de bronze. Forgée dans l'armurerie de la citadelle, née de la guilde comme sa propriétaire, elle ne portait aucun blason, aucun sceau, aucun joyau, aucune devise gravée. Elle n'avait rien d'un trésor mais servait bien celle qui la maniait.

Sorasa la prit entre ses mains assurées, veillant à ne pas quitter des yeux l'Aîné assis en face d'elle.

« Que tu te portes bien ou mal m'importe peu », remarqua-t-il.

Avec l'épée de nouveau en sa possession, la sicaire se sentait étrangement légère. « Tu dis ça à toutes les mortelles ou seulement à moi ? »

Quelque chose passa sur le visage de l'Aîné, comme une ombre ou une noirceur. « Je ne parle pas à beaucoup de mortelles, se força-t-il à répondre.

— Ça se voit. »

La serveuse leur apporta à chacun une autre chope, manquant de renverser la bière éventée. Son regard allait de la sicaire à l'immortel, agneau parmi les loups. Sorasa lui donna un sou d'argent et lui fit signe de s'éloigner.

L'Aîné sursauta en voyant la pièce et tira sa propre bourse, qu'il jeta lourdement sur la table. Sorasa fut aussitôt attentive, toute idée de bière et de mort écartée. Quoique petite, la bourse était pleine à craquer d'or d'un jaune étincelant sur le noir du cuir. Les pièces luisaient même dans la pénombre du bar.

« Je veux des renseignements. Je suis prêt à les payer », dit sèchement l'Aîné avant d'en sortir une pièce, parfaitement ronde, marquée d'un cerf. Ce n'était la monnaie d'aucun royaume connu de Sorasa, mais de l'or restait de l'or. « Est-ce que ça conviendra ? »

Choquée de reconnaître de l'appréhension dans la voix de son interlocuteur, elle faillit éclater de rire quand l'évidence la frappa enfin. *Il n'a aucune idée de ce qu'il fait. Ce n'est pas un sicaire, ni aux ordres de monseigneur Mercury, ni à ceux de quiconque. Aussi fort qu'il soit, cet imbécile né-des-fuseaux a bien de la chance qu'aucun mendiant des rues ne l'ait encore dépouillé.*

L'occasion chantait dans son sang, plus familière que ne l'aurait été une mère. Les mains sur la table, Sorasa imita la posture de son compagnon, se pencha en avant et prit la pièce.

« Comment puis-je fixer un prix sans savoir ce que tu veux ? » dit-elle. *De l'or grossièrement fondu mais de bonne qualité, issu d'une veine pure. Jaune vif. Une espèce rare.*

L'Aîné n'hésita pas. « Je cherche des mortels de sang-du-Cor, descendants du vieil empire. On m'a dit que les Amhara les connaissaient ou seraient capables de les trouver. »

Le visage de Sorasa était un masque quand elle commença à compter l'or de la bourse. Son interlocuteur la regarda faire et ne l'arrêta pas quand une, puis deux, puis trois pièces tombèrent sur la table. Ni l'un ni l'autre ne se préoccupaient de discrétion : ils étaient les deux personnes les plus dangereuses de la taverne – peut-être de toute la ville.

Les Amhara. La gorge de la sicaire se serra, mais son visage demeura de marbre. Elle mordit une des pièces, estimant la dureté du métal. L'Aîné plissa le nez.

« Les fils et filles du Vieux Cor sont rares et vivent fort loin les uns des autres, dit-elle, la pièce dans la bouche. Même les Amhara en perdent le compte.

— J'en cherche un en particulier. »

Sorasa tira trois autres pièces de la bourse.

« Un enfant. »

Une autre.

« Le bâtard du prince Cortael et d'une femme inconnue. »

Une autre.

« Ce prince-là n'est l'héritier d'aucun royaume dont quiconque garde le souvenir », répondit-elle.

Le nom est familier. Un mortel descendant du vieil empire, des fuseaux et d'une terre oubliée. N'ayant de prince que le nom, et pour très peu de gens. Toutefois, il y a déjà eu des contrats sur sa tête. Aucun n'a abouti. Elle observa à nouveau le guerrier, l'Aîné. *Et maintenant, je vois pourquoi.*

Avec un sourire narquois, elle fit avec les pièces une pile bien ordonnée. « Quiconque de mortel, bien sûr. »

Pour une fois, la colère flamboya en l'Aîné. « Ton ignorance des ères passées m'indiffère. Peux-tu m'aider ou non ? »

Cette fois, elle empoigna des pièces dans la bourse à pleine main.

L'immortel fronça les sourcils.

Ce n'est pas l'or qui le préoccupe, songea-t-elle en scrutant son visage. *C'est autre chose qui alimente sa colère.*

« Le père est mort », dit-il d'une voix grinçante, étrangement étranglée. *Ah,* pensa-t-elle, *il est en deuil.* « Il ne te posera aucun problème.

— Ce n'est pas du père de cette fille qu'il faut t'inquiéter », marmonna-t-elle. *C'est de la pirate.*

« Une fille », souffla l'Aîné. Comme s'il avait accompli un exploit en lui arrachant cette minuscule information. Il tendit la main vers la bourse. « Parfait, sicaire. C'est plus qu'assez en paiement.

— Tu n'en sais rien, railla-t-elle. Je peux trouver la fille pour toi. Et j'ai décidé de mon prix.

— Bien », fit-il avec un grand sourire aussi enthousiaste que désespéré.

Mortel ou immortel, c'était sans importance, Sorasa lisait tout aussi bien en lui. Malgré les siècles qu'il avait vus couler, son sourire avait une innocence enfantine qui la désespérait.

À tout le moins il serait utile.

Quand elle révéla son prix, le sourire de l'Aîné disparut.

Mais il accepta néanmoins.

6

Dans le sang

Corayne

Le récit de l'Aîné et de la sicaire déferlait en une impossible vague.

Corayne le divisa en sections tandis que Domacridhan parlait, comme elle procédait pour ses listes et ses calculs. Afin de peser ce qu'il disait sans se laisser éblouir ni intimider par la mention d'enclaves et de cités lointaines, d'actions saugrenues et de magie des fuseaux. Jusqu'à ce que tout cela semble prendre un sens dans sa tête. Des conclusions se formèrent en elle, chacune plus ridicule que la précédente.

Le père que je n'ai jamais connu est mort. Un portail menant à un autre monde a été déchiré. Terravast est en grave danger. Et, pour je ne sais quelle raison, ces deux fous pensent que j'y peux quelque chose.

Une moitié d'elle-même avait peur. L'autre se tordait de rire.

Tendue, elle examina l'étrange couple : Domacridhan encore à genoux, sa tête blonde baissée, tandis que Sorasa marchait de long en large, barrant la route du port. Corayne regrettait amèrement que Kastio ne l'ait pas raccompagnée. Ou, mieux encore, sa mère. *Elle ne tolérerait ces bêtises-là de personne.* Ni d'un

Aîné sans âge et incompréhensible, ni même d'un des sicaires amhara, ces assassins aux talents presque légendaires.

Mais Kastio n'est pas là. Mère n'est pas là. Il n'y a que moi.

Quoique son cœur battît follement dans sa poitrine, Corayne resta immobile, impassible.

« Nous avons conclu un marché, Sorasa et moi », acheva Domacridhan. Il releva la tête et fixa Corayne avec désespoir, assez fort pour qu'elle en ait des démangeaisons. « Et elle m'a conduit ici, à Lemarta. Jusqu'à vous, le seul être qui puisse nous aider et sauver le monde tout entier. »

Corayne les fixa tour à tour en clignant des paupières. L'immortel et la sicaire lui rendirent ses regards.

« Bonne journée à vous deux. Et bon voyage », lâcha-t-elle d'un ton ferme. Ses doigts tremblaient quand elle tourna les talons et se mit en marche vers la chaumière.

Mais l'Aîné s'était déjà mis en branle, la suivant le long du chemin pentu envahi par les hautes herbes. Sans le moindre bruit, il la rattrapa sur le perron.

Elle lui jeta un coup d'œil furieux et entêté, usant de sa colère pour masquer son malaise. *Mieux vaut montrer de la fureur que de la peur ou du doute.*

La lune qui surgissait au-dessus des collines mettait en relief le côté ravagé du visage de Domacridhan – qui sentit la lumière et tourna la tête, dissimulant ses cicatrices. « Vous n'avez peut-être pas saisi... »

La voix de Corayne s'endurcit. « Je suis mortelle, pas idiote.

— Je n'ai pas dit que vous étiez idiote », se hâta-t-il d'assurer.

La main de la jeune fille trouva le loquet de sa porte et le manœuvra d'un geste brusque. « Quelle que soit la question stupide que vous espérez me poser, la réponse est non. »

D'une poussée, avec deux doigts et peu d'effort, il referma la porte. Comme ses cicatrices, ses yeux luirent sous la lune.

« Terravast tombera si vous ne le sauvez pas. »

Ses intonations n'étaient pas exceptionnelles. Corayne les entendait sans cesse à Lemarta. Des marchands ratés bradant leurs maigres produits. Un ivrogne misérable mendiant une autre bière à la taverne. Un marin potentiel implorant qu'on lui laisse une cabine à bord d'un navire pour aller chercher fortune sous d'autres cieux. Ce n'était pas de l'envie mais du besoin. Une faim née de la peur.

« Terravast tombera à cause d'un homme armé d'une épée magique et du méchant d'un conte pour les enfants ? murmura-t-elle, la main toujours sur le loquet. "Ce-qui-attend" ? » Corayne secoua la tête et eut un rire sec. « Retournez donc à Lemarta, vous y trouverez peut-être un crétin qui croit à ces choses-là. »

Sur la route, la sicaire éclata de rire. « Si ça peut te consoler, je n'y crois pas non plus. »

Les lèvres retroussées, Dom lui lança un regard noir par-dessus son épaule. « Je ne m'attends pas à ce que des mortels croient ce que nous autres Vedera savons être vrai, les antiques dangers d'une histoire trop longue pour que vous la perceviez. Le Roi déchiré consumera ce monde si on lui en donne la possibilité. Ce-qui-attend n'est plus en train d'attendre. » Il posa sa large main blanche sur sa poitrine, au niveau du cœur. Un bel anneau d'argent étincelait à son doigt. « Je le jure sur Iona, madame. »

Corayne serra plus fort le loquet mais ne rouvrit pas la porte. Quelque chose l'en empêcha, une attraction plus profonde qui la maintint en place. « Je ne suis pas une dame », cracha-t-elle.

À sa grande consternation, les yeux de Dom s'emplirent d'un chagrin émeraude. L'Aîné la considéra avec pitié, avec regret. Elle eut envie de le gifler pour chasser l'un comme l'autre de son visage.

« Je ne sais ce que vous a dit votre mère, ma jeune amie », commença-t-il, hésitant. Cette mention de sa mère échauffa le sang de la jeune fille. « Mais vous êtes bel et bien une dame. Votre père était... »

Une brume rouge passa devant les yeux de Corayne. Le métal lisse du loquet lui échappa. Sa main se leva, le doigt pointé, et elle se surprit à le planter dans la poitrine de l'Aîné, heurtant durement une chair aussi ferme que la pierre. Les yeux de Dom s'écarquillèrent, le faisant paraître aussi éberlué qu'un chaton nouveau-né.

« Je sais exactement qui était mon père, dit-elle sèchement, sans plus se soucier de rester calme. Il s'appelait Cortael, fils du Vieux Cor, descendant d'une lignée antique. Ses ancêtres étaient nés-des-fuseaux, enfants d'une terre perdue. Il avait dans les veines le sang-des-fuseaux, le sang-du-Cor – qui coule aussi dans les miennes. »

Sang-des-fuseaux. Nés-des-fuseaux. Elle n'avait jamais articulé ces mots à haute voix, n'avait fait que les entendre de la bouche de sa mère, ne les connaissait que dans ses os, dans son cœur et dans le lointain désir qui vivait en elle. Les prononcer à présent, le nom de son père, son héritage, ce qu'il était et ce que cela faisait d'elle, lui semblait mauvais. Une trahison envers elle-même et surtout envers sa mère. La seule parente qu'elle connût, la seule ayant son mot à dire à propos de son avenir. *Mais c'est en moi, que je le veuille ou non.* Son souffle se bloqua dans sa gorge, et la chaleur lui monta aux joues en un contraste brutal avec la fraîcheur de l'air.

« Rien de tout cela ne fait de moi sa fille, siffla-t-elle, venimeuse. Encore moins une dame. »

Ni une princesse, ni une reine des fées, ni une quelconque héroïne de contes pour les enfants et les idiots.

« J'ignorais que vous en saviez autant sur lui. » La tristesse dans les yeux de Dom n'avait d'égale que sa frustration croissante. Une nouvelle fois, Corayne eut envie de lui arracher ses émotions. Elle ne voulait recevoir ni l'une ni l'autre de cet inconnu sur le pas de sa porte.

Je le sais depuis que j'ai assez de raison pour le savoir. Mère a au moins eu la bonté de ne pas mentir à son sujet, songea-t-elle, sincère.

« Je n'ai que faire d'illusions et de faux espoirs. Votre ami représentait les deux », dit-elle. C'était la vérité, une vérité amère avec laquelle elle vivait chaque jour. « Eh bien, allez-y. Donnez-moi l'or et fichez le camp de ma porte. »

Dom plissa le front. « De l'or ? » Il regarda de nouveau Sorasa, cette fois désorienté. « Vous ne demandez jamais rien d'autre, vous, les mortels ? »

L'interpellée eut un petit rire de gorge. « Nous, les mortels, nous vivons dans le monde réel. » Elle n'avait pas bougé du chemin, conservant plusieurs longs pas entre eux. « Il semblerait logique que l'homme ait envoyé de l'argent à sa bâtarde », expliqua-t-elle patiemment.

L'Aîné rougit et se renfrogna tout à la fois. « Je n'ai rien de lui à vous donner, madame. »

Corayne se contenta de hausser les épaules.

La sicaire, toutefois, l'inquiétait. La jeune fille frissonna en voyant s'étrécir ses yeux déjà assombris par un trait de poudre noire, alors que, tournée vers Lemarta, elle regardait les lumières dorées de la ville et du port luire sur les eaux, dessinant les silhouettes sombres des bateaux à l'ancre. Le *Fils des tempêtes* parmi eux, un léviathan au milieu des bateaux de pêche.

« Pas étonnant que la capitaine an-Amarat commande le meilleur chasseur de la mer Longue, fit Sorasa. Elle a de l'or du Cor pour le maintenir à flot. »

La peur s'empara à nouveau de Corayne. « Vous connaissez ma mère ?

— Je connais sa réputation. Elle est assez terrifiante.

— Alors je peux vous conduire tous les deux à elle, dit vivement la jeune fille, proposition autant que menace. Elle a connu votre prince bien mieux que moi. Au moins elle l'a vu. Elle pourra vous aider davantage. » *À quitter cette ville et à n'y jamais revenir.*

Dom secoua la tête. « C'est de vous que nous avons besoin.

— Nous ? » marmonna Sorasa.

L'Aîné l'ignora. « C'est dans votre sang, Corayne, que vous le sachiez ou non », dit-il.

Il a peut-être la tête aussi dure que les muscles, songea Corayne avec ennui. « Je ne m'intéresse pas à vous, ni à votre quête, ni aux échecs de mon père. Je ne veux rien avoir à faire avec ça », siffla-t-elle.

Enfin, il resta silencieux, et l'on n'entendit plus aucun bruit sinon celui des vagues et du vent dans les collines. Dom baissa la tête. Peut-être était-ce un effet du clair de lune, mais ses yeux lumineux semblaient humides.

Malgré sa frustration, Corayne s'adoucit. Le désespoir qui émanait de lui était presque palpable. « Je vous présente mes condoléances », ajouta-t-elle avec douceur, en se forçant à lui poser la main sur le bras.

Elle le sentit vaciller sous ses doigts, soudain accablé. *Les immortels savent-ils faire leur deuil ?* se demanda-t-elle en regardant d'un autre œil cette véritable montagne à la nuque fléchie par une capitulation douloureuse. *Je crois que non.*

« Je suis désolée », dit-elle encore, en laissant dériver son regard vers Sorasa.

La sicaire agita la main, impassible, les yeux sur la route. « Je n'ai rien à voir avec tout ce drame. »

Cette fois, Dom n'empêcha pas Corayne d'ouvrir sa porte, dont l'entrebâillement révéla l'obscurité de la chaumière. Il demeura résolu et pensif en la regardant avancer d'un pas.

« Vous dites que vous ne voulez rien avoir à faire avec nous ni avec votre père, lâcha-t-il d'une voix dure, grave. Soit, mais n'essayez pas non plus de nous faire croire que c'est *ça* que vous voulez. »

Corayne, malgré elle, se figea sur le seuil, regardant droit devant elle, dans les ombres familières de la vieille chaumière. Du coin de l'œil, elle vit Dom relever son capuchon, dissimuler de nouveau son visage balafré et ses yeux émeraude.

« Votre sang est né des fuseaux, de terres lointaines et d'étoiles perdues. Vous voulez l'horizon, Corayne du Vieux Cor. Vous le voulez dans votre chair, dit-il en se retournant pour rejoindre la sicaire, et elle ne vous laissera jamais l'atteindre. »

Corayne prit une courte inspiration. Dix répliques lui montaient aux lèvres, mais toutes moururent aussitôt, taillées en pièces par une vérité déplaisante.

« Votre père était pareil. »

Pas les tripes.

Ces mots la cueillirent comme l'eût giflée une vague, l'entraînant vers le fond.

Mais Corayne refusait de se noyer. Et elle refusait de rester emprisonnée une seconde de plus : un oiseau doit voler, pas pourrir en haut d'une falaise avec le vent pour seule compagnie.

Elle considéra de nouveau ses deux visiteurs. Dom, s'étant retourné, croisa son regard, le visage marqué d'un espoir aussi lumineux que douloureux. Corayne le ressentait aussi : l'espoir qu'elle avait cru mort après le refus de sa mère s'épanouissait à nouveau, brut, acéré, ensanglanté sur les bords mais opiniâtrement vivant.

« Donnez-moi trois jours », lâcha-t-elle avant de claquer la porte.

Le troisième jour arriva.

À la table de la cuisine, Corayne s'employait à prendre des dispositions, le visage figé. Des ombres noires cernaient ses yeux, témoignage d'une autre nuit pauvre en sommeil. Entre les rêves qu'elle se rappelait à demi et les préparatifs accélérés du départ de sa mère, elle avait à peine dormi.

Elle observa sa carte froissée et griffonnée des régions connues de Terravast, maintenue ouverte par son registre et sa boussole. La mer Longue, ruban d'eau bleue sinueux qui s'étendait entre le continent nord et le continent sud, divisait le monde par le milieu. À l'ouest, elle se jetait dans l'océan Nocturien, au sud-est dans l'Aurorien. La nuit et l'aurore, encadrant les bords des terres connues.

Ses doigts tachés d'encre suivaient le tracé des montagnes de Terravast, la rangée de soldats minéraux séparant des grands prés du Galland les terres du Nord et les steppes. Ses yeux trouvèrent un groupe de collines non loin du Lion vert, la rivière seulement représentée par une espèce de gribouillis. L'endroit était exempt de marques, mais la jeune fille savait – on lui avait *dit* – que là se trouvait un temple oublié. *Un temple et un fuseau, tous les deux éventrés. Une histoire incroyable.* Elle y posa le doigt, les yeux fixés sur l'endroit où son père était mort.

Où, peut-être, le monde avait commencé de s'effondrer.

Comme si je le croyais vraiment.

Meliz s'éveilla bruyamment et traversa sa chambre de son pas marin toujours chaloupé, avant de s'engouffrer dans la pièce centrale de la chaumière. Elle s'activa dans la cuisine sans trop de méthode, inspectant les placards, ajustant les rideaux, agitant le chaudron de cuivre dans le foyer.

Comme un enfant qui cherche à attirer l'attention, songea Corayne.

Refusant de donner satisfaction à sa mère, elle vérifia une nouvelle fois ses papiers.

« Kastio est en retard », remarqua brusquement Meliz en sortant du feu le chaudron où clapotaient de l'eau et des tranches de citron conservant la chaleur des charbons ardents. Elle s'en versa une tasse avant d'ajouter une pincée de poudre de racine orange vif. Un produit d'importation rare du Rhashir, qui valait son pesant d'or.

Elle doit s'être surpassée hier soir pour avoir besoin d'un tel remède ce matin.

Corayne suivit la tasse du coin de l'œil tandis que sa mère la vidait. « Il a encore quelques minutes », répondit-elle en regardant par la fenêtre la cabane qui abritait Kastio depuis plus de dix ans, construite en appentis à la chaumière.

« Reste avec lui pendant mon absence. » Meliz termina sa tasse. « Les routes sont dangereuses de nos jours, même ici, continua-t-elle en claquant des lèvres. Il y a des galères jydi qui disparaissent, des tempêtes d'été au large de la baie Saphir. » Elle secoua la tête. « On dirait que quelque chose a changé dans le monde. »

Même dans notre coin perdu. On entendait énormément de rumeurs d'événements étranges, certains bons, d'autres mauvais pour les affaires. *Coïncidence – ou déploiement du chaos.*

« Tout est prêt », se força à dire la jeune fille en rangeant les papiers. Après trois jours de rude labeur, et bien trop d'or dépensé, le *Fils des tempêtes* était ravitaillé en eau et en vivres, prêt pour son long voyage vers le Rhashir. Elle s'était procuré les papiers permettant de franchir le détroit et la marine ibalette qui le gardait. Elle avait envoyé des lettres aux alliés de Cruelle Mel tout au long de la mer Longue, et promis de l'or à qui risquait de constituer un obstacle. Tout était terminé.

Tout sauf une chose.

« Emmène-moi », lâcha Corayne, accrochée à un dernier espoir.

Tu m'emmènes ou tu me perds, avait-elle envie d'ajouter. *Tu me perds sur la route que je vais emprunter, quelle qu'elle soit.*

La plupart du temps, Meliz an-Amarat avait des yeux d'été, emplis de chaleur. De l'acajou pailleté d'ambre et de bronze.

À présent, ils étaient froids et sombres comme un plan d'eau stagnante sous une chute de neige.

Et sa voix était d'acier glacé.

« Pas question. »

La route de Lemarta se déroulait sous leurs pas. L'aube pointait à peine, teintant de rose et d'or les eaux de la mer Longue. Meliz marchait devant, laissant Kastio et Corayne traîner un peu. Le vieil homme bâillait, en proie à un reste de sommeil, et ses genoux craquaient. Corayne avait enfilé sa tenue habituelle : chemise ample et braies, avec des bottes en cuir souple usées par les années. Il faisait chaud, aussi n'avait-elle besoin ni de cape ni de manteau, mais elle en avait tout de même jeté un sur ses épaules. Les gants se trouvaient déjà dans ses poches profondes, rangés, inutilisés depuis l'hiver.

Elle se forçait à déjeuner en marchant, mordant avec fureur dans une galette garnie de beurre, d'ail et de purée de tomate. Sa longue tresse noire pendait sur son épaule, épaisse comme un cordage de marine. Elle ouvrait grand les yeux, attentive, décidée à se rappeler ce jour.

Mon dernier dans le seul foyer que j'aie jamais connu.

Le soleil pénétrait dans le port, trop vite à son goût. C'était une nouvelle journée claire, avec vents et courants réguliers. *Un bon jour pour partir en voyage.* Le ciel bleu sans nuages brisait le cœur de Corayne.

La capitaine an-Amarat remonta la jetée jusqu'au *Fils des tempêtes*, les mains vides, les bras ballants, le dos au port, le nez au large. Son vieux manteau long pendait autour de sa silhouette généreuse, fendu des deux côtés pour montrer braies et bottes. Ses vêtements, vétérans d'une centaine de voyages sur les eaux de Terravast, étaient incrustés de sel. Des cheveux gris sur ses tempes, quelques-uns seulement, luisaient d'un éclat d'argent. Tête nue, elle plissait les yeux devant le soleil levant. Elle avait l'air qu'elle arborait toujours avant de partir : libre, sans attaches. Sans responsabilités. Sans allégeance envers quiconque sinon la mer.

Une attitude difficile à accepter chez un de ses parents. Pour Corayne, c'était une vision familière.

La jeune fille arriva trop vite au côté de sa mère, contenant son envie de sauter à l'eau du haut du quai. Au lieu de cela, elle s'immobilisa.

Meliz lui lança un regard oblique. Son visage était lisse, sa peau bronzée, dorée par le soleil. « Je serai de retour d'ici quelques mois, comme tu le disais. Avec assez d'or et de trésors pour nous entretenir pendant cent ans.

— On en a déjà assez », lâcha Corayne.

Elle savait combien d'or était enterré dans le jardin de la chaumière, déposé dans les coffres d'une banque de la capitale ou dispersé ailleurs, tout au long de la mer Longue. Des pièces d'or issues des pillages de sa mère, des pièces d'or issues de la honte de son père. Ce n'était pas l'argent qui lançait le *Fils des tempêtes* sur les eaux, plus maintenant.

« Il n'y a pas de fin à ce que tu veux, à ce que tu fais. Tu adores cette vie que tu as choisie et tu n'y renonceras pour personne. Pas même pour moi. »

Ce n'était pas une accusation mais l'expression d'un fait.

Meliz serra les dents. « Ça ne veut pas dire que c'est la vie que je désire pour toi.

— Ce n'est pas toi qui décides de ce que je veux, ni d'où je me retrouverai », affirma Corayne. Toutes ses listes, toutes ses raisons évaporées laissaient derrière elle une vérité unique. Elle lâcha un souffle. « Tu sais que je suis différente de toi. » *Tu n'as pas les tripes.* « Et tu as raison, mais pas de la manière que tu crois. Dans mon cœur, dans mon sang – il y a quelque chose en moi qui refuse de se tenir tranquille. » *Sang-des-fuseaux, sang-du-Cor. Que je le veuille ou non.* « Tu sais ce que c'est. »

Les yeux de sa mère lancèrent des éclairs tandis qu'un long sourire frustré étirait ses lèvres. « Tu veux parler de ton père *maintenant* ? » railla-t-elle en levant les mains au ciel.

Meliz était différente. Il n'y avait pas de sang-des-fuseaux dans ses veines, donc elle ne pouvait pas comprendre. Mais elle était turbulente, elle aussi. Elle savait ce que c'était que désirer ardemment le changement et la distance, regarder devant soi, jamais derrière.

« Ce n'est que pour quelques mois, promis », dit-elle enfin, et une porte claqua en Corayne. Un pont s'effondra. Un orage se déclencha. Un fil se déroula.

Une autre porte s'entrouvrit.

« Au revoir », se força-t-elle à dire entre ses dents serrées, des larmes lui piquant les yeux.

Meliz l'empoigna et l'attira contre sa poitrine. Dans la cage de ses bras. « Au revoir, ma fille, articula-t-elle en lui posant un baiser appuyé sur la tempe. Garde les pieds sur terre et les yeux tournés vers la mer. »

Corayne prit une profonde inspiration, s'imprégnant pour la dernière fois de l'odeur de sa mère. « Comment sont les vents ? » chuchota-t-elle, le nez contre le vieux manteau.

Meliz poussa un infime soupir. « Favorables, puisqu'ils me ramènent à la maison. »

Le *Fils des tempêtes* disparut à l'horizon, les voiles dévorées par le soleil. Corayne continua de regarder le large, se protégeant les yeux d'une main. La chaleur montait avec le jour. Une perle de sueur roula le long de sa gorge, disparaissant sous le col de son long manteau. La jeune fille se mordillait la lèvre.

« Kastio », appela-t-elle sèchement.

À son côté, le vieux marin se tourna vers elle. « Quoi ? »

Elle désigna les rues de la ville qui serpentaient le long de la colline. Déjà Lemarta retentissait d'activités. « On m'a rapporté que Doma Martia venait de recevoir quelques bonnes barriques de rouge tyri.

— Il est un peu tôt pour goûter le vin de Martia, répondit Kastio. Même pour moi. »

Une pièce froide dans sa main fit étinceler de l'argent entre ses doigts. Assez pour acheter nombre de verres capiteux. Corayne la tendit à son gardien.

« J'ai besoin que tu me dises s'il est bon. »

Kastio jeta un regard furieux à l'argent mais tendit néanmoins la main. « C'est de la corruption. »

La jeune fille eut un pauvre sourire. « Juste quelques heures, s'il te plaît. J'ai besoin d'être seule. »

Naguère, le vieil homme avait été officier dans la marine siscarienne, avant cela simple rameur, et mousse encore bien avant, quoique Corayne eût peine à l'imaginer sans rides ni cheveux gris. Elle se rappelait ses histoires. De grandes batailles navales, les guerres contre le Galland et le Tyriot. Comme les étoiles paraissaient éclatantes au milieu des mers. Comme le monde paraissait infini quand la terre disparaissait à l'horizon. Toutes ces choses-là, elle les voulait – et davantage.

Il l'étudia un long moment, assez pour la rendre nerveuse. Aussi vieux et soûl qu'il pût être, Kastio n'était pas idiot. S'il était chargé de la garder, il y avait une raison.

« Elle a eu tort de ne pas t'emmener, Corrie », murmura-t-il en lui pressant l'épaule.

Corayne se contenta de le regarder s'éloigner de son pas mal assuré. Elle le suivit des yeux tandis qu'il traversait la foule en formation au bord des quais puis remontait vers la Reine des mers et la cave à vins de Martia. Ce fut seulement lorsqu'il eut disparu derrière un coin de rue qu'elle recommença à respirer et scruta le port.

Aucun vaisseau ne me prendra à son bord, aucun capitaine ne contrariera ma tête de mule de mère. Le plancher du quai défila sous ses pieds, résonnant de pas furieux. Son manteau lui semblait lourd autour de ses épaules, tout à fait hors saison. Parfait pour voyager.

Elle ne me laisse qu'un seul choix.

Les planches cédèrent la place à la pierre quand elle quitta le quai pour la longue place qui bordait le port. La jeune fille leva les yeux, passant en revue les têtes familières des habitants de Lemarta qui vivaient leur vie. Son cœur se mit à battre plus fort dans sa poitrine, et sur un rythme sauvage.

Corayne an-Amarat aimait les plans. Le premier avait levé l'ancre sans un regard en arrière. Par chance, elle en avait un de rechange.

La voix qui s'éleva soudain à son oreille était très jolie – un sifflement léger.

« Trois jours », murmurait une femme.

Corayne ne frémit pas et se tourna vers Sorasa Sarn. Derrière elle, dans une alcôve obscure au bord de la place, elle aperçut un éclair d'or et d'émeraude.

« Trois jours », répondit-elle.

La sicaire, aujourd'hui, ne portait pas son capuchon. Pour la première fois, Corayne la regarda vraiment. Elle laissa courir ses yeux sur la silhouette mince, agile même sous sa légère cape couleur sable. L'Amhara, les cheveux d'un noir de jais et la peau pareille à une topaze étincelante, d'un or soutenu, ne pouvait avoir plus de 30 ans. Bien qu'elle fût couverte de la gorge aux poignets, Corayne nota plusieurs tatouages : les lignes sur les doigts, le serpent derrière l'oreille, l'aile d'aigle et le dard de scorpion, caractéristiques, qui montaient le long du cou. Des réalisations artistiques, des chefs-d'œuvre d'encre témoignant de son talent et de sa formation d'Amhara. Ils l'intéressaient davantage que le poignard ou l'épée de Sorasa.

Qui renifla. « Tu auras le temps de m'examiner plus tard, Putrifuseau. Nous ne voulons pas faire attendre notre immortel casse-pieds, n'est-ce pas ? » Elle passa le pouce par-dessus son épaule. Dans l'alcôve, la large silhouette de Dom se déplaça un peu.

« Sûrement pas, acquiesça la jeune fille. Tu comptes m'appeler Putrifuseau tout le temps ou seulement aujourd'hui ?

— Je n'ai pas encore décidé. »

La sicaire partit d'un bon pas à travers la place, avec sur ses talons Corayne qui tentait de conserver une allure régulière, de marcher plutôt que de courir. Son cœur, toutefois, battait autant de joie que de nervosité. *Kastio comprendra que je me suis enfuie. Mère restera partie plusieurs mois. Et, même si elle apprend que j'ai disparu, elle ne reviendra pas. Pas pour moi.*

« C'est une bonne chose qu'elle t'ait laissée, murmura Sorasa, la prenant par surprise. Tu es bien mieux lotie. »

Un sursaut traversa la jeune fille. « Et pourquoi ?

— Les guerres civiles rhashiriennes sont très ennuyeuses », répondit sa compagne d'une voix traînante.

Corayne blêmit et la suivit dans les angles du marché plongés dans l'ombre.

Cette obscurité peinait à dissimuler tout ce que Dom avait de déplacé dans une Siscarie ensoleillée, brunie par le soleil. Il s'inclina très bas, renvoyant en arrière sa cape verte brodée de ramures. L'épée à son côté paraissait encore plus insensée que lui : trop grande, trop encombrante, aux antipodes des sabres légers ou des couteaux qu'affectionnaient les marins.

« Madame Corayne », dit-il. Elle grimaça. « Mes excuses, ajouta-t-il vivement.

— Je ne vous ai vu que deux fois et j'ai déjà perdu le compte des excuses que vous m'avez faites, Domacridhan d'Iona », rétorqua Corayne en croisant les bras sur la poitrine. Du coin de l'œil, elle vit tressaillir les lèvres de Sorasa.

Dom resta silencieux, le besoin de présenter des excuses inscrit derechef sur son beau visage.

« Bien, soupira-t-elle. Vous disiez avoir besoin de moi pour sauver le monde ? »

Il la regarda dans les yeux. « C'est vrai. »

Corayne, d'un côté, jugeait cela stupide, d'un autre impossible. Mais les deux côtés étaient parfaitement d'accord : *C'est le meilleur moyen de sortir d'ici. Pour rejoindre l'horizon et passer au-delà. Pour trouver qui je suis, dans ma chair.*

« Alors comment allons-nous nous y prendre pour… sauver le monde ? » demanda-t-elle. Articulé à haute voix, cela paraissait vraiment ridicule.

Dom eut un véritable sourire. Et ce sourire était une force à ne pas négliger : large, éclatant, découvrant des dents si droites qu'elles en devenaient troublantes. Tous les Aînés étaient-ils aussi scandaleusement séduisants ? Cela ne semblait pas naturel.

« Il faut deux éléments pour déchirer un fuseau, et les mêmes pour le refermer, dit-il en levant deux longs doigts. Du sang-des-fuseaux… et une lamefuseau.

— Je suppose que je suis le sang. » Corayne s'inspecta, de son manteau usé à ses vieilles bottes. Quoi qu'elle fût censée être, elle n'en avait certes pas l'air. « Où est la lame ? »

Dom n'hésita pas :

« À la cour royale d'Ascal. »

7

La reine des lions

Erida

La liste des noms ne cessait jamais de s'allonger. Erida aurait aimé la brûler ou la déchirer, mais elle resta tranquillement assise en maudissant tous les prétendants qui demandaient sa main. *Ça n'a rien d'étonnant,* se dit-elle. Elle avait 19 ans, elle était riche, belle, bien née, bien éduquée et elle possédait à la perfection tous les talents d'une vraie noble dame. *Cela dit, aucune de mes qualités n'y est pour grand-chose. C'est la couronne qu'ils veulent, c'est elle qui attire toutes ces propositions emplies d'espoir. Pas mes beaux yeux bleus ni mon esprit vif. Pour ce qu'ils en ont à faire, je pourrais aussi bien être une vieille souche.*

La reine du Galland régnait depuis quatre années, depuis son couronnement à l'âge de 15 ans. Elle était bien habituée à ses fonctions et aux attentes qui venaient avec le trône. *Mais ça ne les rend pas plus faciles,* songea-t-elle en se tortillant sur son siège.

Quoique dans la salle du conseil depuis une heure à peine, elle souffrait déjà, le dos tenu droit comme un I par le dossier d'une chaise artistiquement ciselée et par le laçage étroit de sa robe de velours vert. Le plafond bas de cette salle ronde, au sein d'une tour, n'aidait en rien, rendant plus lourde la chaleur oppressante de l'après-midi. Aujourd'hui, au moins, Erida était tête nue, nullement obligée de supporter un poids d'or ou d'argent. Ses cheveux brun cendré, libres, tombaient en vagues sur ses pâles épaules. Derrière elle veillaient deux gardes-lions en armure dorée de cérémonie et cape vert vif. Elle ne savait pas comment ils supportaient la chaleur.

La reine tenait toujours le conseil de la Couronne dans une des hautes tours de la forteresse, cœur du Nouveau Palais, même au plus fort de l'été. Une salle ronde, sévère et grise comme un vieux garde. Les fenêtres en étaient grandes ouvertes pour laisser entrer la brise venue de l'eau. Le palais occupait une île du delta du Grand Lion, entourée de tous côtés par chenaux et canaux mais dont les environs immédiats restaient dégagés grâce à des grilles. Le reste du delta était noir de galères, de navires marchands, petits ou grands, de péniches et de vaisseaux de la flotte qui, tous, allaient et venaient dans l'immense capitale.

Les conseillers d'Erida, assis autour de la table dont elle occupait la tête, écoutaient avec une attention captive. Monseigneur Ardath, debout, courbé, voûté, lisait une nouvelle lettre d'une voix sifflante et laborieuse, s'interrompant souvent pour tousser dans un mouchoir. Le vieil homme vivait perché au bord de la falaise de la mort, et ce depuis une décennie. La reine ne prenait plus la peine de s'inquiéter pour sa santé.

« *Et c'est donc avec une grande humilité…* » Il hoqueta et toussa à nouveau. Erida fit la moue, sentant sa propre gorge la piquer. « *… que j'offre à Votre Majesté ma main en mariage, afin de joindre nos vies et nos avenirs. Je prie qu'elle accepte ma proposition. Puisse-t-on chanter notre histoire aux portes du Jardin. Vôtre jusqu'à la mort, Oscovko Trecovik, seigneur des Frontières, prince de sang du Trec…* et ainsi de suite, avec tous les autres titres que ce cul-terreux de troll aime à proclamer », acheva Ardath en laissant tomber la lettre sur la table du conseil.

Une description appropriée, songea Erida. Elle n'avait vu qu'une fois le prince Oscovko et cela lui avait suffi. *Couvert de merde après avoir perdu connaissance dans la fosse des latrines d'un camp militaire.* Était-il séduisant ? Elle n'aurait su le voir sous les couches de saleté fétide et la puanteur du vin.

Monseigneur Thornwall ramassa vivement la lettre. Mince et plus petit qu'Erida elle-même, il avait les cheveux gris et une barbe rousse aussi furieuse que les armées qu'il commandait. Même dans la salle du conseil, il tenait à porter l'armure, comme si une échauffourée pouvait se déclencher autour de la table. Il plissa les yeux en observant l'écriture inélégante de la lettre, puis le sceau et la signature.

Depuis son siège, Erida vit le loup blanc couronné, le sceau de la famille royale treckienne. Elle vit également les fautes d'orthographe et les ratures qui couvraient la page, ainsi que plusieurs empreintes de doigts à l'encre.

« De la main même du prince, supposa-t-elle en esquissant un sourire.

— Tout à fait », répondit Thornwall, bourru.

Il fit passer la lettre à dame Harrsing, conseillère de longue date de la cour royale, dont la mimique dédaigneuse creusa les rides. Bella Harrsing était aussi âgée qu'Ardath, quoique bien mieux conservée.

Au moins elle arrive à respirer sans cracher ses poumons.

« Ce n'est même pas la peine d'ajouter son nom à la liste », dit-elle, refusant de toucher le papier.

De l'autre côté de la table, la forteresse faite homme qu'était monseigneur Derrick eut un rire méprisant. « Vous défendez la candidature d'un *bébé* encore en train d'apprendre à lire dans la baie Saphir, mais vous refusez d'envisager un fils de roi au seuil de chez nous ? »

Dame Harrsing les considéra avec dégoût, lui et ses joues rouges bien rondes. « Je gage qu'Andaliz an-Amsir connaît mieux l'alphabet que ce grand dadais importun – ou que vous, monseigneur. En outre, il est lui aussi prince, et d'une nation bien plus *utile.* »

Ces disputes étaient interminables et familières. Bien que cela lui donnât l'impression de se planter un pic dans le crâne, Erida laissait Harrsing et Derrick se conduire en frère et sœur rivaux. *Plus longtemps ils discutent, plus je peux retarder le processus déplaisant qui consiste à me vendre comme une vache de comice agricole,* songea-t-elle. *Et plus j'ai de temps pour réfléchir.*

Plusieurs semaines s'étaient écoulées depuis qu'Andry Trelland était rentré seul à Ascal, parlant d'apocalypse issue des fuseaux et d'un conquérant sorti de nulle part. *Taristan du Vieux Cor. Le sang et la lame des fuseaux, avec une armée enragée cachée dans les montagnes, d'horribles monstres obéissant à sa volonté.*

La jeune reine demeurait assise en silence, le visage détendu, l'expression indéchiffrable. Telle une balance, elle pesait les paroles de l'écuyer, comme chaque matin et chaque soir depuis ce jour-là. *Trelland a-t-il dit la vérité ? Y a-t-il à l'horizon un démon qui compte nous avaler tout entiers ?*

Elle ne pouvait le savoir avec certitude.

Le mensonge est le bon choix, la meilleure option. Pour mon royaume et pour moi.

Harrsing et Derrick continuaient de se chamailler, chacun vantant son candidat au mariage. En vérité, Erida désespérait autant d'Oscovko et du petit prince ibalet que de tous les autres noms sur cette maudite liste.

Monseigneur Konegin, vautré sur sa chaise à la droite de la reine, restait aussi silencieux qu'elle. Cousin de son père, lui aussi avait les yeux bleus perçants et les manières réfléchies de la lignée royale. *Et aussi l'ambition,* songea Erida. Alors que les autres, sélectionnés en fonction de leur valeur, participaient au conseil de la Couronne pour épauler la reine, elle avait choisi Konegin afin de tenir à l'œil un usurpateur potentiel.

Il considérait Harrsing et Derrick comme il aurait suivi une partie de raquette dans le jardin, ses yeux passant de l'un à l'autre tandis qu'ils échangeaient des piques. Avec ses cheveux blonds, son regard vif et sa forte mâchoire barbue, Konegin ressemblait trop au père d'Erida. Il allait jusqu'à s'habiller comme lui, de soieries vertes simples mais de belle facture, avec une chaîne d'or et d'argent allant d'une épaule à l'autre, ses maillons forgés en forme de lions rugissants. Cette vision ravivait le chagrin de la reine pour l'homme qu'elle avait perdu quatre ans plus tôt.

« Ajoutez le nom à la liste », finit par dire Konegin sur un ton aussi plat que définitif.

Derrick se tut aussitôt, ce qui n'échappa pas à Erida. Harrsing, en revanche, se redressa pour argumenter, une entreprise futile face à pareil interlocuteur.

À regret, Erida la coupa : « Faites ce que dit mon cousin. »

Le consciencieux Ardath plongea sa plume dans un encrier et traça le nom du prince du Trec sur le long parchemin où se déciderait le sort de la reine. Elle avait l'impression que chaque lettre en était gravée dans sa peau.

« Mais nous devons prendre garde à sa position, ajouta-t-elle, sévère.

— Ce n'est que le deuxième fils de son père, oui, mais cette alliance sécuriserait notre frontière nord », dit Thornwall. Il ne se déplaçait jamais sans ses cartes de bataille, sur lesquelles il désigna rapidement les portes du Trec, une brèche dans les montagnes de Terravast qui coupaient en deux le continent septentrional.

Erida résista à l'envie d'informer son connétable qu'elle connaissait mieux que lui la géographie. Au lieu de cela, elle se leva et se dirigea lentement vers l'immense et superbe carte de Terravast fixée au mur, réalisée avec beaucoup de soin. Quand ce plan emplit tout son champ de vision, quand elle s'en tint assez près pour ne voir que le Galland, son héritage et sa destinée, elle observa les rivières et cités familières, aux détails exquisément figurés sur le tableau incurvé. Ascal se dressait en plein centre, sa muraille de pierre jaune réalisée à la feuille d'or et avec des éclats d'ambre. Même les arbres des grandes forêts étaient dessinés. C'était l'œuvre d'un maître cartographe doublé d'un grand artiste ayant recréé le monde de Terravast avec de la peinture et des fragments de pierre.

« Notre armée est au bas mot cinq fois plus nombreuse que la leur. Si les bouchers du Trec ont envie d'attaquer les portes, grand bien leur fasse. Mais je ne m'unirai pas à un royaume qui a davantage besoin de moi que moi de lui. » Elle laissa glisser ses doigts sur la carte. « Et vous remarquerez que le Trec dispose d'une frontière tout à fait malheureuse, lui aussi. Il s'insère entre la gloire du Galland et les loups du Jyd, sans parler de l'empereur du Temurijon. » Elle désigna tour à tour chacune des nations, passant des déserts gelés aux steppes occidentales.

Thornwall se laissa aller au fond de son siège, pensif. « Bhur n'a rien conquis depuis vingt ans. Le Temurijon reste paisible et florissant. Ses armées gardent les frontières existantes, rien de plus. »

Pour l'instant. La paix maintenue à l'ouest par la puissance du Temurijon, quasi légendaire, se prolongeait depuis plusieurs décennies. *Achetée avec du sang,* Erida le savait. *Mais tel est le prix de la paix et de la prospérité.*

« L'empereur n'est pas éternel, et je suis bien plus jeune que lui, répondit-elle en regagnant sa chaise. Je refuse de me fier à ses fils, qui pourraient fort bien se révéler aussi assoiffés de conquêtes qu'il l'a été dans sa jeunesse. Et je ne conclurai pas une alliance susceptible d'envoyer mes soldats combattre et mourir de l'autre côté des montagnes pour un autre trône, pour sauver des gorges treckiennes de lames temur. »

Harrsing releva le menton, ce qui fit étinceler l'émeraude de la taille d'une pomme qu'elle portait autour du cou. En plus d'être une conseillère avisée, dame Bella Harrsing était la femme la plus riche du Galland. Après la reine, bien sûr. « Votre Majesté a bien parlé.

— Elle voit en effet plus clair que la moitié de mes généraux », acquiesça Thornwall. Son regard revint sur la petite carte qu'il tenait en main. « Mais j'admets avoir rêvé d'opposer les chevaliers du Galland aux Innombrables du Temurijon. Quelle guerre ce serait. » Son ton était presque rêveur.

« Quelle guerre », fit Erida en écho.

Elle lisait en Thornwall à livre ouvert. Les Innombrables, la grande armée des steppes du Temurijon et l'empereur Bhur n'avaient jamais été vaincus. Et nul ne s'en était pris à eux depuis des décennies. Les archers montés étaient-ils encore aussi formidables ? L'acier et les châteaux galliens pourraient-ils soutenir pareil assaut s'il se déchaînait ? Et quel genre d'empire pourrait-il sortir de l'affrontement ? *Avec moi à sa tête, seule et sans égale. Sans besoin de personne.*

« Nos armées sont prêtes à affronter et à défaire n'importe quel royaume de Terravast, intervint sèchement Konegin. Et tout conflit avec le Temurijon serait long à venir. Il ne nous apporte rien d'y réfléchir en ce moment. Une tâche bien plus urgente nous attend.

— Vous êtes bon de nous maintenir dans le droit chemin, mon cousin », marmonna Erida, qui pensait le contraire. Il lui offrit en réponse un sourire hypocrite. « Gardez Oscovko parmi les candidats. Y a-t-il d'autres noms à ajouter ? Ou à enlever ? » Elle faisait de son mieux pour ne pas paraître l'espérer.

« Le duc Recci de Siscarie propose son fils, dont il a envoyé le portrait, répondit Ardath d'une voix sifflante. Je sais que vous préféreriez ne pas épouser un cousin aussi proche, mais je l'ai fait mettre avec les autres. Une cheffe de clan jydi a aussi envoyé une peau d'ours et sa lettre d'intention. » Il sortit de son dossier une feuille en mauvais état et la donna à la reine.

« *Elle-même ?* » s'exclama monseigneur Thornwall.

Erida enchaîna aussitôt. Les habitants de basse extraction de la plupart des royaumes étaient libres de se marier avec qui ils l'entendaient, homme, femme, entre les deux ou ni l'un ni l'autre, mais une reine était tenue d'avoir des enfants. « Elle ne serait pas la première. Et les Jydi ne conçoivent pas leurs héritiers, ils les choisissent. Je ne peux pas en dire autant. » La lettre n'était pas rédigée sur parchemin mais sur peau tannée. *Animale, j'espère.* Elle ne contenait que trois mots, qui y avaient été percés. *Toi, moi, ensemble.*

« Je vois que nous employons le mot *lettre* au sens large », marmonna-t-elle avant de la mettre de côté. Des rires légers circulèrent autour de la table. « Faites envoyer la peau à ma résidence du Bois-Castel, et une lettre de remerciement à la Jydi.

— Au moins le prince héritier de Madrence a renoncé à ses espoirs », déclara Harrsing. Elle porta la main à son collier. Sa peau fine comme du papier, quasi translucide, laissait entrevoir des veines bleues. « Orleon épousera une princesse siscarienne à la fin du mois. Nous pouvons biffer son nom. »

Cette petite victoire avait un goût doux-amer. Erida serra les dents. Elle savait ce qu'elle devait dire mais n'en avait aucune envie. « Ne puis-je hésiter un peu plus longtemps ? J'aimerais donner à nos soldats le temps de se rassembler le long de la frontière madrentine. Dès que cette comédie de mariage sera terminée, nous nous mettrons en marche vers l'océan, et, sauf si j'y suis obligée, je préfère ne pas combattre à la fois la Madrence et la Siscarie.

— Je peux essayer. » Harrsing baissa la tête. « J'enverrai la nouvelle de votre… intérêt renouvelé à la cour de Partepalas. »

Thornwall se gratta la barbe. « J'en ferai autant et j'alerterai nos campements près de Rouleine.

— Bien », acquiesça Erida. La Troisième Légion était déjà en place, cantonnée parmi les forts et les châteaux de la frontière tumultueuse. *Vingt mille hommes seront prêts à se battre avant l'automne.* « De combien de temps auront-ils besoin ?

— La Première Légion a quitté les forts de la capitale il y a deux semaines. » Le vieux soldat s'appuya au dossier de sa chaise, souffla un peu d'air et compta les jours sur ses doigts. « Je dirais qu'en menant bon train sur les voies coriennes, s'il n'y a pas d'incident, les chevaliers et la cavalerie arriveront dans moins de quatre semaines. L'infanterie – épées, piques, archers, et tous les paysans que nous pourrons convaincre de prendre une cognée... – deux mois plus tard. »

La reine hocha la tête. « Alors faites-nous-en gagner trois, Bella.

— Bien, madame.

— Je préfère être un appât qu'un prix », dit Erida. *S'il faut m'agiter au bout d'un hameçon, que ce soit au moins selon mes propres termes, pour mes propres objectifs.* « Bien, si nous n'avons plus de prétendants à discuter.

— Il y en a énormément », protesta Konegin.

Parler de guerre le rendait toujours audacieux. Erida posa la main à plat sur la table et se pencha vers son cousin en prenant soin de maîtriser son humeur. *Quoique les femmes aient davantage le droit à la colère que les hommes.*

« Aucun qui nous tente, le Galland ou moi », affirma-t-elle. À son grand délice, Konegin se rassit au fond de sa chaise. « Si je dois me marier, ce sera pour le bien de ma couronne. Pour renforcer mon trône et non pour le vendre. Nous sommes les successeurs du Vieux Cor, l'empire légitime, la gloire de Terravast. Trouvez-moi un mari digne de ce destin, du rêve de mon père et de mon grand-père. Trouvez-moi un champion. »

Une barre bien haute. Impossible à franchir, peut-être. Et tel était le but d'Erida. Fixer une cible si petite que nul ne pourrait l'atteindre. Si le conseil de la Couronne devinait ses véritables intentions, aucun de ses membres ne le dit ni ne le montra. Ils n'eussent osé traiter de menteuse leur reine, aussi jeune fût-elle. *En outre, je ne mens pas,* songea-t-elle. *Si un tel homme existe, je l'épouserai et le brandirai telle l'épée que je ne puis porter. Pour me sculpter un empire comme aux jours d'autrefois, d'un bout à l'autre de la carte, unissant tout sous la bannière du lion. Sous mon autorité.*

« Il faut s'occuper des obsèques, reprit doucement Ardath, la tirant de ses pensées. Bien que nous n'ayons encore reçu aucune nouvelle. Il est possible qu'on ne retrouve jamais les cadavres. »

Erida hocha la tête. Elle avait choisi elle-même dans les rangs des gardes-lions les chevaliers partis chercher les dépouilles de Tyr et des North. *Et l'armée de la ruine, si elle existe bel et bien.*

« Cadavres ou pas, ils seront inhumés avec les honneurs, avec toute la gloire qu'ils ont gagnée de leur vivant. Sire Grandel, sire Raymon et sire Edgar resteront longtemps dans nos mémoires », dit-elle – et c'était la vérité. Ces chevaliers la protégeaient depuis son couronnement, et ils avaient gardé son père avant elle. Si elle refusait de les pleurer, elle était néanmoins bouleversée de les avoir perdus.

Konegin approuva d'un signe de tête, mais son regard était acéré. « Et l'écuyer ? »

À cette mention d'Andry Trelland, un éclair traversa la reine, parcourant sa colonne vertébrale et se diffusant jusque dans ses doigts. *Si ce qu'il a dit se produit, si ce qu'il a vu dans les collines est réel, si un fuseau a été déchiré, si les histoires et les contes de fées sont vrais…*

Elle se força à hausser les épaules, comme indifférente. « Je suis sûre qu'un autre chevalier le prendra à son service. C'est un brave garçon ; il ne devrait pas être difficile de lui trouver une place.

— N'a-t-il rien dit de ses projets quand il est rentré ? Seul et couvert de sang, au milieu de la nuit ? » insista Konegin. Ce fut à son tour de se pencher au-dessus de la table. « Je vous le demande à nouveau : que vous a-t-il raconté ? »

Si sa maîtrise de l'étiquette lui conseillait de reculer, de se faire toute petite, d'arborer un sourire timide et d'apaiser son cousin par sa douceur féminine, Erida n'en fit rien. Elle serra le poing, ce qui mit en relief le grand anneau de l'État. L'émeraude grossièrement taillée luisait d'un éclat vif.

« Les paroles d'Andry Trelland étaient destinées à mes seules oreilles », déclara-t-elle. Après des semaines de réflexion, elle eût pu les réciter dans son sommeil. « Des délires, surtout. Le garçon a été traumatisé par la mort tragique de son seigneur et des autres. Mais vous connaissez les détails. Je vous en ai dit assez.

— Tués par une horde de pillards jydi, oui. Tous massacrés, sauf l'écuyer. » Le mensonge avait été facile à trouver et il était facile à croire. « Cherchant on ne sait quoi, accompagnés par un groupe de guerriers sans nom, dans un but qu'on ne saurait imaginer », aboya Konegin, en frappant du plat de la main sur la table.

Harrsing sursauta sur son fauteuil.

« Une Aînée décrépite, une putrifuseau de sorcière fait appel à vous, et vous dépêchez trois chevaliers sans discuter, sans nous consulter, sans même nous dire pourquoi. Et à présent nous devons enterrer leurs cercueils vides. » Konegin se passa la main dans les cheveux, hérissant ses mèches dorées.

Erida le regarda se reprendre, amusée.

« S'il plaît à Votre Majesté », ajouta-t-il doucement, un regret autant qu'un avertissement.

La reine tint sa langue. Elle sentait le feu dans sa gorge, et il ne convenait pas de libérer ici une petite flamme susceptible de se changer en brasier.

Dame Harrsing fut assez bonne pour s'exprimer à sa place : « Nous n'avions pas vu les Aînés depuis une génération, ni même eu de leurs nouvelles, lâcha-t-elle sur un ton pincé. N'auriez-vous pas fait de même, monseigneur, dites-moi ? N'auriez-vous pas envoyé des hommes répondre à l'appel d'une monarque ? »

Erida étrécit les yeux, connaissant assez bien son cousin pour deviner la réponse.

Il y serait allé lui-même. Il aurait emmené une suite de chevaliers ainsi que ses propres hommes d'armes, un chariot de cadeaux, une parade de serviteurs et deux hérauts pour crier ses titres et sa lignée. Place à monseigneur Rian Konegin, petit-fils de Konrad le Grand, roi du Galland. *Il aurait donné un beau spectacle aux gens du commun comme aux immortels, aussi proche d'un empereur du Vieux Cor qu'il pouvait en avoir l'air,* songea la reine, tendue. *Et si je n'étais pas enchaînée à ce trône, j'en aurais fait autant.*

Konegin ne se laissa pas intimider. Il chercha un soutien auprès de Derrick et de Thornwall. « J'aimerais convoquer l'écuyer et entendre moi-même son récit. »

Après quatre ans de règne, Erida jouait la comédie aussi bien que n'importe quel acteur de pantomime se produisant sur une estrade dans les rues d'Ascal. Ses forces parurent la déserter tandis qu'elle se recroquevillait sur elle-même, que ses épaules s'affaissaient et qu'elle fermait les yeux. Elle se passa la main sur le visage.

« Les souffrances de Trelland sont un fardeau que je dois porter seule, monseigneur Konegin. Tel est le prix de la couronne. »

Une couronne qui ne sera jamais tienne.

Cela suffit à apaiser, même Konegin, qui battit en retraite à l'instar d'une armée décimée.

Erida baissa la main et quitta son masque de compassion. Le visage froid, elle se leva, annonçant ainsi que le conseil était terminé.

« Konegin n'a toujours pas présenté son fils comme prétendant. »

Seule Harrsing était restée en arrière. Même les gardes-lions d'Erida étaient sortis dans le couloir pour ménager à la reine une audience privée avec la vieille femme. Toutes les deux, debout près de la plus grande fenêtre, observaient le fleuve qui courait vers la baie Miroir. La verte eau douce mêlée de tourbillons d'eau salée plus sombre. Sur la rive opposée, le fameux jardin d'Ascal s'étendait le long de son île, ses arbres et ses fleurs entretenus à la perfection. Malgré la chaleur, nobles et riches marchands de la capitale se promenaient sur ses pelouses et ses allées, suivis de leurs enfants hurlants.

Erida contemplait l'espace vert de l'autre côté de l'eau. Elle avait joué là enfant, entourée par un cercle de chevaliers. La vie de l'unique héritière du trône était plus précieuse que n'importe quel trésor. *Je ne me suis même jamais éraflé les genoux. Il y avait toujours quelqu'un pour me rattraper quand je tombais.*

Avec un soupir, elle se tourna vers sa conseillère. L'habituelle migraine palpitait à ses tempes.

« Konegin veut prendre mon pays par la force plutôt que par un mariage. Il préférerait s'asseoir sur le trône qu'y installer pacifiquement son petit-fils, dit-elle comme s'il s'agissait d'une évidence. Il ne poussera Herry vers moi que lorsqu'il n'aura plus d'autre choix. »

Heralt Konegin, prince des crapauds. Un surnom approprié pour ce cousin petit, hargneux et coassant, qui ne faisait guère que boire et ouvrir de grands yeux embrumés. Erida sentait son estomac se tordre à la pensée de devoir épouser un tel être.

« Il y a encore des partenaires convenables », suggéra Harrsing, en l'entraînant doucement à l'écart de la fenêtre. La reine se laissa guider. « Faciles à contrôler, riches de terres, d'or, d'armées. Des hommes de qualité, qui vous protégeront, vous et votre trône. »

Me protéger. Erida avait la nausée. *Il n'y a pas un homme de Terravast qui ne prendrait ma couronne s'il le pouvait, et pas un qui vaille le risque de la perdre.*

« C'est moi qui décide de qui est convenable ou non, Bella, dit-elle. Et, jusqu'ici, je n'ai vu personne. » Quoique la vieille femme la reconduisît vers la table, c'était elle qui s'appuyait lourdement sur son bras. La santé de Bella était certes meilleure que celle d'Ardath, mais on ne pouvait nier l'âge qui pesait sur elle. Erida fit la moue à l'idée de la perdre et se força à sourire. « Non, pas même votre petit prince ibalet, ajouta-t-elle en adressant un clin d'œil à la vieille femme. Qui, vous oubliez souvent de le mentionner, est votre petit-fils. »

Harrsing haussa les épaules avec un sourire malicieux. « Je suppose toujours qu'il s'agit d'un fait bien connu.

— Tout à fait. »

Le mur qui accueillait la carte étincelait de la lumière reflétée par le fleuve. Les lignes des rivières, des côtes et des royaumes semblaient danser, se tordre, changer. Erida, un moment, ne distingua plus aucun royaume. Du moins aucun sauf le sien, dans tout Terravast. Elle s'arrêta devant la peinture, les yeux levés.

« Avant sa mort, mon père m'a fait connaître ses vœux, déclara-t-elle. Ils sont faciles à se rappeler. Il n'y en avait que deux. »

Harrsing baissa la tête. « Qu'Erida de Galland choisisse son propre mari. Qu'aucun ne lui soit imposé. »

Une nouvelle fois, la jeune reine éprouva un coup au cœur et regretta que son père ne soit plus en vie. Ses décrets avaient du poids, même dans la mort, mais ils ne la protégeraient pas éternellement et, si Erida était reine, elle était avant tout femme aux yeux de beaucoup. *Indigne de confiance, incapable, trop faible pour régner. L'histoire regorge de femmes élevées très haut puis rabaissées par des hommes décidés à s'emparer de leur pouvoir. Je ne serai pas de celles-là. Je ne perdrai pas ce que m'a légué mon père.*

J'en augmenterai la grandeur.

Sur la carte, Ascal, la cité d'or, étincelait.

« Mon père disait aussi que le Galland est la gloire de Terravast, le Vieux Cor ressuscité, un empire à rebâtir. » Les vieilles voies coriennes, droites et directes, ressortaient bien sur la carte, figurées par des pierres précieuses. Elles reliaient les grandes cités de Terravast, franchissaient les vieilles frontières. « Je n'ai pas l'intention de le décevoir. »

Harrsing eut un sourire approbateur. « Le Conseil de la Couronne est avec vous. »

Jusqu'à ce qu'il ne le soit plus, songea Erida. *Jusqu'à ce qu'il trouve quelqu'un d'autre qu'il préférera suivre.* Même Bella Harrsing, qui la connaissait depuis sa naissance, qui avait servi son père avant elle, même elle abandonnerait Erida si le besoin s'en faisait sentir. Si une meilleure occasion se présentait.

« Ce pauvre écuyer, continua la vieille femme en l'entraînant loin de la carte. Je ne cesse de penser à lui. Avoir vu ses seigneurs massacrés par ces bêtes venues du Nord. »

Un goût aigre emplit la bouche de la reine. D'ordinaire, les allusions d'Harrsing étaient bien plus subtiles. *À qui le garçon a-t-il pu parler ?*

« C'est une tragédie, sans conteste », dit-elle, timide, les yeux baissés.

Des héros assassinés, des fuseaux déchirés, un fou à la tête d'une armée. Le monde entier en danger. Erida entendait à nouveau les divagations troublées de Trelland. *Vérité ou folie ?* Elle était encore incapable de l'affirmer.

Dans le hall, les gardes-lions attendaient avec des dames de compagnie et servantes d'Erida. Toutes se levèrent pour attendre son bon plaisir, prêtes à la servir. Dans leurs robes multicolores aux jupes bouffantes, elles ressemblaient à un banc de poissons se déplaçant comme un seul animal. Pour chercher de la nourriture. Fuir un prédateur. Les deux.

« Faites prévenir dame Trelland et son fils, ordonna Erida à ses servantes. J'aimerais leur rendre visite et leur présenter mes respects pour les chevaliers tombés. »

Harrsing lui tapota l'épaule. « Après les requêtes.

— Bien sûr », soupira la reine, déjà lasse.

J'aimerais bien pouvoir me dispenser de cette tradition inutile. Le jour des requêtes impliquait de passer des heures sur le trône, à écouter les plaintes et les exigences de nobles, marchands, soldats ou paysans. Principalement, cela l'obligeait à garder les yeux ouverts et à détourner de son mieux les problèmes qu'on lui exposait.

« Combien de prétendants dans le lot ? » s'enquit-elle, lasse, en passant le bras dans celui de la vieille femme. Le record était pour le moment de douze dans la même journée.

« Un seul. On m'affirme qu'il est tout à fait charmant. »

Erida eut un rire de gorge dépourvu d'humour. « Dites-moi quelque chose d'utile. »

Toutes ses pensées d'Andry Trelland s'évanouirent, éclipsées par les exigences de la couronne.

« Bon, eh bien, allons-y. »

8

Sous l'étoile bleue

Andry

L'eau commençait à bouillir dans la cheminée de leur petit boudoir. Il aurait pu demander à des serviteurs d'apporter du thé des cuisines, mais Andry préférait le préparer lui-même. Il connaissait les goûts de dame Valeri et savait préférable de servir la boisson brûlante. Leurs quartiers, quoique fort beaux, étaient éloignés des grandes cuisines du palais. Par ailleurs, Andry aimait regarder l'eau en attendant qu'elle bouille. Cela lui donnait un sujet de réflexion en dehors du sang et du massacre. En dehors du froid et des murmures crépitants qui résidaient dans les coins de son esprit.

Il contempla le chaudron posé sur le feu, la surface agitée de bulles qui crevaient lentement. Des herbes tournoyaient sous l'effet d'un courant interne, paisible et prévisible. Andry tentait de se perdre dans le motif qu'elles dessinaient. Même ainsi, les cris des héros tombés le retrouvèrent. Il arracha son regard au feu, tentant de chasser les hurlements par un effort de volonté, mais les charbons continuèrent de crépiter, de brûler, fendus de flammes et de cendres.

Les mains blanches, les yeux rouges, la peau semblable à du bois carbonisé.

« *Ambara-garaï*, dit une voix faible. *Aie foi en tes dieux.* » Sa mère lui posa la main sur l'épaule, et Andry se retourna, tiré de son cauchemar éveillé.

Elle se tenait au-dessus de lui, un sourire mince mais lumineux aux lèvres. Sans réfléchir, il prit ses doigts et les embrassa, avant de se lever d'un bond.

« Asseyez-vous, Mère », encouragea-t-il, la soulevant à demi pour la déposer sur son fauteuil, près du foyer.

Valeri Trelland ne discuta pas. Grande et très maigre, elle se recroquevilla sur elle-même en s'installant sur le siège. Andry resserra le châle autour de ses épaules étroites, décidé à la garder bien couverte et à son aise. Malgré sa maladie et le froid qui semblait nicher dans sa poitrine, Dame Valeri restait d'une beauté frappante. On ne la disait pas pour rien le joyau de sa famille. Andry distinguait cette beauté même lors de ses pires journées, la lumière qui semblait luire sous sa peau, grenat sombre empli de soleil. Ses cheveux désormais courts étaient réunis près de la tête en petites tresses dont l'extrémité s'ornait d'anneaux d'or. Ses yeux semblaient plus grands au milieu de ses traits tirés. Ils étaient d'un vert rare, celui du blé en herbe hésitant à céder la place à l'or. Andry les lui enviait. Les siens étaient d'un brun boueux. *Ceux de mon père.* Le reste de sa personne, toutefois, il le tenait de Valeri, notamment sa chevelure noire et ses pommettes hautes.

« Et voilà », dit-il en lui préparant une tasse de thé avec des gestes aussi sûrs que rapides. *Citron, cannelle, clou de girofle, sel doux, miel.* Le produit de l'été dans la capitale gallienne, quand tout Terravast semblait quitter le Rhashir pour les neiges jydi.

Valeri prit la tasse et la huma en souriant. Les râles humides et saccadés de sa poitrine s'apaisèrent. Andry approcha une chaise du feu et s'assit, satisfait de regarder sa mère boire son thé.

Sa famille et lui n'avaient jamais possédé leur propre maison. Son père avait été chevalier au service du roi, sa mère dame de compagnie de la vieille reine puis d'Erida. Son foyer, c'étaient ces appartements qu'on leur avait généreusement laissés quoique son père soit mort depuis longtemps et sa mère trop malade pour servir encore. Parfois, il se demandait si les administrateurs de la reine ne les avaient pas tout bonnement oubliés. Le Nouveau Palais d'Ascal était une construction monstrueuse, entourée de murs sur son île, véritable ville à part entière, où habitaient et travaillaient des milliers de personnes au bon plaisir de la reine. Un écuyer et sa mère malade pouvaient aisément y passer inaperçus. Avant, quand il servait sire Grandel, Andry dormait dans les baraquements ou dans les quartiers des gardes-lions, à proximité de son seigneur pour le cas où on aurait besoin de lui. *C'est terminé.* Il ne se lamentait pas d'avoir perdu sa paillasse étroite dans une chambre emplie de garçons d'âges et d'odeurs variés. Les circonstances par lesquelles il était revenu s'occuper de sa mère constituaient toutefois un prix qu'il n'aurait pas voulu payer.

Le palais qui les entourait, bâti de pierres jaune et gris pâle, avait deux siècles d'existence. Ils habitaient l'aile orientale, une longue suite d'appartements brisés par des cours, en compagnie de la plupart des courtisans. Leur logement, à la base d'une tour, avait les parois légèrement courbes, et ses fenêtres évoquaient des yeux plissés. Des tapisseries colorées décoraient les murs, scènes de chasse, de joutes, de batailles et de festins. Naguère, elles enthousiasmaient Andry, le rendant impatient d'entamer sa vie de chevalier. À présent, les broderies aux couleurs vives lui semblaient ternes, les scènes qu'elles évoquaient mensongères.

Il n'y a pas de sang, songea-t-il alors que ses prunelles s'attardaient sur une représentation de la bataille des Lanternes : les légions en armure du Galland prenaient d'assaut les cités de

Larsie en brandissant haut leur grande bannière vert et or. Du fil d'argent figurait épées et javelots étincelants, mais les armes étaient propres et les Larsiens tombaient à genoux, se rendaient.

On ne nous en a même pas donné la possibilité. Il n'y avait aucune pitié en cette armée ni en cet homme. Andry ferma les paupières avec force et se détourna alors même que l'image maudite de Taristan apparaissait dans son esprit. *Sang-du-Cor dans les veines, lamefuseau à la main. De pierre, de flamme, de chair mortelle. Rouge le sang, noire l'armure, blanches les mains, blanche la cendre, et chauffées à blanc la douleur, la colère et la peine…*

« Que deviennent tes requêtes ? »

Andry cligna furieusement des yeux pour s'éclaircir les idées. La voix de sa mère chassait la piqûre brûlante de ses yeux. « Pardon… Comment ? »

Elle posa une main frêle sur la sienne. La lumière du feu dansait sur son visage, faisant étinceler ses yeux déjà brillants.

« Tes requêtes, *madero* », fit doucement Valeri. *Mon chéri.* « Tu as proposé tes services à plusieurs seigneurs et chevaliers. Tu me l'as dit la semaine dernière.

— Ah, o… oui », balbutia Andry en retrouvant sa voix. Il se prépara à une autre séance d'inquisition. « Oui, tout à fait, j'ai posé des questions dans les baraquements et à la cour. J'ai aussi envoyé quelques lettres », ajouta-t-il, une demi-vérité qui lui laissa un mauvais goût dans la bouche. Mentir était contraire au code des chevaliers mais, avec sa mère dans un tel état, avec de tels monstres qui jaillissaient encore à l'horizon, trouver un autre guerrier à qui servir d'écuyer n'était pas au premier rang de ses préoccupations. *J'ai écrit des lettres, oui, mais pas pour chercher un maître.*

Valeri vida sa tasse. « Quelque chose de prometteur ? »

Rapidement, Andry se leva pour lui servir encore du thé. Il lui tourna le dos afin qu'elle ne voie pas la fausseté inscrite sur son visage. *Je ne sais pas mentir.*

« Quelques pistes, répondit-il en remuant le miel. Le fils de monseigneur Konegin vient d'être adoubé et il aura besoin d'un écuyer.

— Si mes souvenirs sont bons, ce garçon a besoin de bien plus que cela », marmonna Valeri avec un petit rire.

Andry se retourna vers elle avec un sourire malicieux. « Buvez, dit-il en lui posant la tasse entre les mains. Le médecin doit venir vous voir aujourd'hui. Celui de la reine. »

Une étrange expression se peignit sur le visage de la malade mais disparut rapidement. « Oh, ce n'est pas nécessaire, soupira-t-elle. Il ne faut pas qu'elle s'en fasse pour moi. »

Andry éprouva une pointe d'agacement. Il poussa doucement la tasse vers la bouche de sa mère. Lorsqu'elle but, il entendit les bruits de sa gorge irritée et se prépara à une autre quinte de toux – qui ne vint pas. S'immobilisant d'un coup, elle le fixa d'un regard curieux.

« Il a fait ses études en Ibal », expliqua-t-il. Le continent nord n'était pas réputé pour ses grands médecins. « Le Dr Bahi n'est ni un saigneur gallien stupide, ni un guérisseur lunaire superstitieux… »

Valeri agita la main, soudain attentive. Son regard plongea dans celui de son fils. « Pourquoi la reine du Galland se soucie-t-elle de moi ?

— Vous étiez dame de compagnie de sa mère », répliqua-t-il en réprimant une grimace. *Je ne déforme pas la vérité : je la casse en deux.* « Vous l'avez connue fillette. Erida est une jeune femme compatissante.

— Tu connais l'histoire mieux que moi. Y a-t-il jamais eu au Galland une reine ou un roi compatissant ? » répondit la malade. Ses yeux filèrent vers les tapisseries murales, puis vers l'épée et le bouclier du père d'Andry, accrochés sur la pierre. Une longue griffure traversait l'écu, balafrant l'étoile bleue – le blason des Trelland –, et elle n'avait pas été gagnée à l'entraînement. « Cette ombre du vieil empire a-t-elle été forgée dans la compassion ou dans le sang ? »

Andry fit la grimace pour de bon. La dernière chose dont il avait besoin était de songer à son père, abattu dans un pré de Madrence, dépensé comme une vieille pièce de monnaie. « Mère, je vous en prie. »

Mais Valeri se leva en tremblant, et Andry ne put la forcer à se rasseoir. Le feu qui crépitait derrière elle l'auréolait d'or et de rubis.

« Quand je suis arrivée à la cour royale d'Ascal, j'étais une épouse étrangère que sa peau et sa voix mettaient à l'écart de presque tous ceux qui l'entouraient. Ce n'est pas par ma bêtise que j'y suis restée en haute estime, et je refuse qu'on prenne mon fils pour un imbécile. ». Ses mains se posèrent sur les joues d'Andry et le forcèrent à la regarder. « Que veut de toi Erida ? »

Le souffle se bloqua dans la gorge d'Andry. Imposer un tel fardeau à une femme d'ores et déjà accablée lui répugnait. Mais Valeri le fixait de ses yeux qu'illuminait le feu de cheminée, elle paraissait redevenue jeune, énergique, belle, et on ne pouvait rien lui refuser.

La reine Erida leur avait rendu visite une semaine plus tôt, pour présenter ses respects. Et pour essayer, avec une délicatesse et une prudence expertes, d'arracher à l'écuyer d'autres détails à propos du massacre des Compagnons. Il restait peu à dire qui ne concernât une certaine épée. Or les murmures étaient aussi clairs qu'un carillon.

De l'épée point ne parleras. Ou la fin de tout ce sera.

« Elle m'a déjà vu deux fois et, les deux fois, je lui en ai dit autant qu'à vous », répondit Andry, toujours tendu. Il aurait voulu aspirer en lui-même un peu de la force de sa mère – ce qui lui paraissait aussi impossible qu'arracher des flammes à des charbons mouillés. « Ce que j'ai vu dans les collines. Ce qui est arrivé à sire Grandel et aux autres. Le fuseau déchiré, l'armée,

Taristan et son sorcier. » Valeri plissa les yeux. Andry ignora la sensation d'être percé à jour, lu aussi clairement qu'une page de livre. « Je lui ai parlé de la fin de Terravast.

— Et elle ne t'a pas cru. » Ce n'était pas une question.

« Je ne sais pas. Je n'arrive pas à le déterminer. En tout cas, elle n'a pris aucune mesure. » Il secoua la tête. « Elle a inventé cette histoire de pillards jydi, raconté à la cour qu'il s'agissait d'une embuscade. Tout ce qu'elle m'a demandé, je le lui ai déjà donné. »

La pression des mains de sa mère augmenta sur ses joues.

« Y compris l'épée que tu as cachée sous mon lit ? » chuchota-t-elle.

Andry sursauta et ses yeux filèrent vers la chambre de la malade. Il serra les dents, se préparant à une poussée de murmures. Qui n'arriva pas.

Avec un léger tapotement dans son dos, Valeri l'attira de nouveau à elle. « Je ne suis pas idiote, *madero.* »

Il lui prit les mains et, sur des jambes tremblantes, se leva jusqu'à se dresser de toute sa hauteur, bien plus grand qu'elle. La peur qu'il sentait lovée au plus profond de son ventre, il la voyait reflétée en sa mère, et il ne savait ce qui était le plus pénible.

« Je ne lui ai pas parlé de la lamefuseau. Je n'en ai parlé à personne », jura-t-il à voix basse.

Elle eut un rire de gorge à la limite de la toux. « Pas même à moi. »

Lentement, Andry écarta de lui les mains de Valeri mais les garda dans les siennes. Elles étaient tellement petites, tellement fines ; elles dépérissaient, comme toute sa personne.

« Elle appartenait à Cortael du Vieux Cor, le mortel au sang-des-fuseaux, descendant de l'empire déchu. Il est mort dans la boue, avec les autres. Quant à l'épée… c'est tout ce que j'ai pu sauver.

— C'est une bonne lame, je n'en doute pas. Mais pourquoi ne l'as-tu pas donnée à Erida ? Ou rendue aux Aînés ? »

Le garçon ne put que secouer la tête, à peine capable de parler. Même à lui, la vérité paraissait ridicule, mais il ne pouvait refuser de répondre à Valeri, dont les yeux étaient pareils à deux lunes.

« Quelque chose en moi, une voix que je ne connais pas, me dit que je ne dois pas le faire. Qu'il me faut attendre. C'est de la folie, non ? »

Valeri se tourna vers le feu et observa un long moment les flammes, la respiration sifflante. « Ce sont peut-être les dieux de Terravast, les dieux de Kasie, qui te parlent ainsi, affirma-t-elle enfin. Ou bien c'est simplement ton instinct. »

Mais la voix n'est pas la mienne.

« J'en rêve toutes les nuits », dit-il sans inflexion. Il avait bâti en lui-même un mur pour tenter de tenir les souvenirs à l'écart. « Cette épée, l'acier rouge, sire Grandel et les North... Tous massacrés, même les Aînés, pourtant immortels. Tout est tombé devant cette armée, devant cet homme. Je le revois chaque fois que je ferme les yeux. » Andry lâcha sa mère et se passa la main sur le visage. Un engourdissement le gagnait. « Est-ce que père racontait des batailles comme celle-ci ? Je ne me rappelle pas. »

Je n'avais que 6 ans quand il est mort, au cours d'un combat dépourvu de sens, pour gagner tout juste un méandre du fleuve, une étincelle de plus dans la couronne du Galland.

Valeri secoua la tête sans hésiter. « Comme celle-ci, jamais, dit-elle vivement en tournant les yeux vers le bouclier pendu au mur. Jamais. »

Andry suivit son regard. L'étoile bleue griffée par le milieu lui était aussi familière que ses deux mains. C'était l'emblème de son père, et le sien seulement, gagné non par une longue lignée mais par lui-même, par sa loyauté envers la couronne, sa dévotion au roi défunt et son sacrifice suprême sur un lointain champ de bataille. Andry connaissait l'étoile mieux que le visage de son père, dont il ne conservait que des détails. Un sourire joyeux, une mèche de cheveux auburn, de longs bras qui se tendaient pour le soulever dans les airs ou attirer sa mère plus près. Sire Tedros Trelland était une brume dans ses souvenirs, fuyante, impossible à retenir.

Et son tombeau est vide, son corps n'a jamais été retrouvé dans la boue du champ de bataille. Il n'en reste plus que les os, à présent. S'il en reste quoi que ce soit.

« Est-ce que vous me croyez ? » chuchota l'écuyer – à sa mère et au bouclier. L'étoile bleue semblait le fixer avec colère. « Est-ce que vous croyez ce que j'ai vu ? Ce que j'ai entendu ? » Il prit une inspiration tremblante. « Ce que j'entends encore ? »

Valeri le prit fermement par les épaules et leva vers lui ses grands yeux.

« Je te crois. »

Cette confiance l'enveloppa à l'instar d'une armure.

« Alors, il faut prendre des dispositions. » Il s'écarta d'elle, déterminé. *Des dispositions supplémentaires, car certaines sont déjà prises.* Ses lettres filaient sur la route et sur la mer, confiées à chevaucheurs et navires. La plupart étaient à destination de Kasie, et l'une avait déjà reçu une réponse. « Il faut que vous vous teniez prête à partir en voyage. »

Valeri se décomposa. Andry aurait voulu arracher la maladie de sa poitrine.

« *Madero*, tu sais que je ne peux pas…

— Je ne l'entendrai pas, Mère. » Déjà, il la voyait tousser sur le pont d'un bateau, tandis qu'ils fuyaient, qu'ils mettaient la mer Longue entre eux et une armée née des fuseaux. « Nous partons ensemble ou pas du tout. »

Il n'y avait aucune peur en Valeri Trelland, dame née du clan Kiane. Elle se posa la paume contre la poitrine pour stabiliser son souffle.

« Alors nous partons. »

La colline des Héros luisait sous le soleil – vert et or, comme la bannière gallienne. C'était une autre île dans le delta du fleuve, aussi fortifiée que le palais. Mausolées et pierres tombales s'y alignaient en files interminables : chevaliers et grands seigneurs tombés pour le Galland. Les tombeaux des rois couronnaient la colline, ornés de statues et d'arbres en fleurs. La capitale, Ascal, accueillait plus d'un demi-million d'habitants, mais, à observer ces paisibles espaces verts, on ne s'en serait jamais douté.

Andry voyait l'ombre de la colline tous les matins depuis la cour d'entraînement du Nouveau Palais, les pierres pareilles à des doigts découpés contre le ciel. Des doigts qui se tendaient à présent vers lui, marbre blanc et granit noir, et dont il ne pouvait briser l'emprise. *Avec moi,* sifflaient-ils de mille voix vacillantes. *Avec moi,* gémissait sire Grandel, qui mourait à nouveau.

Le garçon marchait, le souffle rapide et oppressé, le sang battant à ses oreilles. La sueur coulait à travers ses cheveux courts. Il tenta de ne pas penser au cadavre de son ancien maître, mais à sa pierre tombale. Elle l'attendait déjà, flanquée de celles des North, au cœur d'une forêt de sépultures de chevaliers. Les obsèques seraient grandioses, puisque la reine y assisterait, et il avait fallu plusieurs semaines pour les préparer – malgré les cercueils vides.

Il franchit les portes du cimetière avec les autres écuyers, des garçons bien nés servant les grands chevaliers du royaume. Les chevaliers eux-mêmes étaient à cheval, dans leurs armures étincelantes et leurs capes multicolores. Derrière les écuyers venaient les pages, certains âgés de 7 ans seulement, vêtus de tuniques d'été légères aux couleurs de leurs chevaliers. Andry jeta un coup d'œil derrière lui pour voir deux d'entre eux se bousculer en silence. Par jeu ou par rivalité, il l'ignorait. Ces habitudes-là finissaient par passer à la plupart des garçons.

La plupart.

Un coude se planta dans ses côtes. Il le sentit à peine : trop de sujets encombraient ses pensées – les préparatifs du départ de sa mère, l'armée putréfiée sur la frontière, les tombeaux vides devant lui, l'épée cachée, le fuseau déchiré, les murmures qui l'accueillaient tous les matins.

« Je te parle, Trelland », lâcha quelqu'un d'une voix dure. Le coude frappa à nouveau.

Andry serra les dents. Il n'avait pas besoin de tourner la tête pour savoir que c'était Dacyl Tronne, surnommé par ses pairs Citron à cause de son nom, de ses cheveux jaunes et surtout de sa personnalité déplaisante. Comme les autres écuyers, Citron avait les cheveux courts, mais dressés sur le crâne telles des mauvaises herbes.

« J'ai le droit de savoir ce qui s'est passé, tout comme toi », siffla-t-il. Son visage pâle était semé de taches de rousseur. Son surcot rouge, qui volait au vent, était brodé au fil d'argent d'un faucon, le symbole de la famille North. Celui d'Andry était gris écartelé d'azur, le blason de sire Grandel. « J'étais l'écuyer de sire Edgar. J'ai le droit de savoir. »

Andry resta muet. Même cet imbécile de Citron connaissait l'histoire qui circulait dans les couloirs du palais, les mensonges racontés par la reine : des pillards jydi, un massacre au cœur des collines frontalières. D'autres rumeurs se tissaient également. La plus populaire concernait une embuscade par des Treckiens se faisant passer pour Jydi, des soldats déguisés, enfouis sous des fourrures, armés de haches à la place de leurs épées.

« Tu as le droit de te taire, Citron, répliqua-t-il. Fais preuve d'un peu de respect envers nos seigneurs. »

L'autre découvrit des dents aussi jaunes que ses cheveux. « Et voilà notre Andry, toujours meilleur que nous autres. »

L'intéressé ne frémit pas. Il s'agissait d'une pique familière, facile à ignorer, qui le suivait depuis ses débuts en tant que page. *Et c'est un compliment, même si Citron est trop bête pour le comprendre.*

« C'est pour ça que tu es encore en vie ? Trop bon pour que les loups jydi hurlent sur ta carcasse ? » Tronne mesurait une tête de moins qu'Andry mais était bien plus large et savait tirer parti de sa masse. D'un coup d'épaule, il écarta son rival avec brutalité et monta assez le ton pour que tous les écuyers l'entendent. « On ne me verrait pas sur la colline, avec mon seigneur mort et moi encore en train de fouler Terravast. Ça, c'est sûr. Je n'imagine pas la honte que ça peut être. »

Andry rougit et devint plus sombre que le surcot de Citron, à qui cette réaction inspira un sourire moqueur, provocateur.

Je ressens cette honte-là tous les jours, avait-il envie de hurler. Mais il resta muet, les dents serrées, continuant d'avancer avec les autres. *Il n'a jamais vu de vraie bataille. Aucun écuyer n'en a vu,* songeait-il en regardant ses camarades autour de lui. Même s'ils marchaient au même pas que lui, ils lui paraissaient extrêmement lointains. *Ils ne savent pas ce que c'est.*

Citron le fixait toujours, les yeux comme des poignards.

Il est jaloux, c'est tout. Je suis parti avec les chevaliers tandis qu'il restait en arrière.

L'envie est réciproque.

Une nouvelle fois, Citron le bouscula, et, une nouvelle fois, Andry ne réagit pas.

Il est de pires choses que toi en ce monde, Dacyl Tronne, et elles viennent pour nous tous.

La procession atteignit le secteur de la colline réservé aux gardes-lions qui vouaient leur vie à la protection de la famille royale du Galland : sire Thibald Brock, sire Otton du

Bois-Castel… Sire Konrada Kain, l'unique garde-lionne, tombée en défendant son roi lors de la bataille des Lanternes. Andry se demanda si leurs fantômes viendraient accueillir leurs frères et les guider dans le monde des dieux.

Mais les fantômes de sire Grandel et des North sont bien loin, si seulement ils existent.

Un pavillon dominait les sites funéraires : des chaises inoccupées, ombragées par un auvent de soie verte. La reine et sa suite n'étaient pas encore arrivées.

Quand les chevaliers mirent pied à terre, leurs écuyers se précipitèrent pour saisir les rênes et s'occuper des chevaux, permettant à leurs seigneurs de former les rangs. Les pages, poussés d'un côté, restaient hors du chemin. Parmi les écuyers, seuls Andry, Citron et celui de sire Raymon, Karl Daspold, n'avaient personne à servir. Karl, aussi gentil que Tronne était cruel, restait entre ses deux camarades. Un chien de chasse jaune et hirsute le suivait, le regard malheureux, attendant un maître qui ne reviendrait pas.

Trois chariots apportèrent les cercueils vides, tendus de soie. Rouge avec le faucon d'argent pour les North, gris et azur pour sire Grandel. Un détachement de la garnison du palais escortait chacun des chariots qui se rangèrent à proximité du pavillon. Andry estima que, même avant l'arrivée de la reine, il y avait là près d'une centaine d'hommes et de jeunes garçons assemblés pour présenter leurs respects. *Sire Grandel aurait apprécié,* se dit-il. Sire Grandel s'était toujours épanoui sous l'attention d'autrui.

Une sombre sonnerie de trompettes annonça l'arrivée de la reine et de sa suite, qu'Andry observa : monseigneur Konegin et son fils aux allures de troll étaient faciles à reconnaître, et le connétable, monseigneur Thornwall, était bien connu même des pages. En tant que commandant suprême de la grande armée du Galland, il occupait une vaste suite dans les baraquements du palais et visitait souvent les cours d'entraînement. Chevaliers et écuyers s'y mettaient pareillement en sang dans l'espoir de retenir son attention.

Pour le moment, Andry ne désirait que se faire oublier, passer inaperçu. Il baissa les yeux, priant que les grands seigneurs et grandes dames qui arrivaient ne s'occupent pas de lui.

Mais il était impossible d'ignorer la reine en personne. Quand elle descendit de cheval, tous s'agenouillèrent. Andry, relevant les yeux à travers ses cils, aperçut Erida de Galland. Ses dents se serrèrent à nouveau, cette fois de frustration.

Les gardes-lions entouraient la souveraine, l'armure brillant comme le soleil, la cape volant au gré de la brise. Andry voyait sous tous les casques les visages de sire Grandel et des North, leurs yeux vitreux, obscurs, morts. *Comme tout mourra si nous ne faisons rien.*

La lumière se reflétait sur l'acier, baignant la reine d'un éclat céleste. Sa robe gris nuage, la couleur royale du deuil en Galland, conférait à sa peau une pâleur lunaire. Une pierre rouge pendait à son cou, un rubis aussi flamboyant qu'un feu tout juste allumé. Comme elle inspectait ses chevaliers, ses yeux bleus perçants aperçurent Andry, dont elle soutint le regard un long moment.

Malgré la chaleur estivale, le garçon sentit un doigt glacé descendre le long de sa colonne vertébrale. Il baissa à nouveau la tête, jusqu'à ne plus voir que ses pieds et l'herbe entre eux. Une herbe qui faisait des vagues comme la mer. Il imagina sa mère sur un bateau, tournée vers le sud-est.

Nous irons dans sa famille. Il y a un bateau qui relie Ascal à Nkonabo. Quand elle sera en sécurité avec le clan Kiane, je pourrai retourner dans le Nord.

Andry Trelland avait déjà chevauché jusqu'à Iona, aussi se rappelait-il le chemin de la cité des immortels. *Remonter le fleuve, dépasser les falaises de granit et la forêt d'ifs, s'enfoncer au plus profond du val.* Il déglutit, terrifié par ce qu'il devait accomplir. Quitter sa mère malade et seule pour retourner à l'endroit qui condamnait le reste du monde à la destruction ? Cela lui paraissait d'une stupidité sans nom.

Mais que puis-je faire d'autre ? songea-t-il, l'estomac noué.

Je peux raconter aux Aînés ce qui nous est arrivé dans les collines, ce qui est sorti du temple. Ils prendront certainement les mesures de défense auxquelles Erida se refuse.

Et ils sauront que faire de la lamefuseau.

Le service commença, mais Andry ne l'écouta guère. Les murmures retentissaient de nouveau en lui, trop familiers, son seul repère depuis le massacre du temple. Malgré lui, il regarda à nouveau Erida. Les murmures s'enflèrent.

Ne parle pas, reste à distance, ordonnèrent-ils, hurlant d'un trop grand nombre de voix, toutes fragiles comme la glace. *De l'épée masque la brillance.*

Le vent d'été se leva, froid, agitant les bannières du Galland : le Lion sembla bondir dans le ciel. Sous l'auvent, la reine et ses dames de compagnie retenaient leurs jupes. Andry frissonna jusqu'à la pointe des orteils.

Et la lame et le sang sont du fuseau issus.

Cette fois, les voix n'en formaient qu'une : celle d'une vieille femme au timbre rauque comme un couteau tranchant de la soie, qui faillit renvoyer Andry à genoux. Le garçon, sous le choc, eut l'impression de recevoir un coup de pied au ventre, mais il ne pouvait réagir, pas ici, devant une centaine d'yeux. Devant la reine qui le fixait toujours de ses prunelles saphir.

Alors même qu'il souhaitait que la voix s'en aille, les poings serrés à ses côtés, Andry s'efforçait de se la rappeler. Mais elle lui filait entre les doigts, aussi insaisissable que de la fumée. Disparaissant dans un souffle de vent pour s'élever de nouveau dans le suivant.

Elle revint, semblant s'enrouler tout autour de lui.

Arrive un nouveau bras, et l'alliance est conclue.

9

Enfants de la traversée

Domacridhan

Domacridhan voyait tant de Cortael en elle. En dessous de l'influence maternelle, Corayne avait dans les veines du sang-du-Cor, aussi vital pour elle que ses racines pour un arbre. Et aussi enchevêtré. Elle le combattait, affrontant ce qu'elle ne comprenait pas.

Cortael était ainsi dans sa jeunesse, songea Dom en se rappelant son ami enfant. *Turbulent, toujours en quête, désirant plus que tout trouver la place qui était sienne mais hésitant à jeter l'ancre.* Tels étaient les fils du Vieux Cor : des humains nés du voyage et de la traversée, de la conquête et du passage d'une terre à la suivante. C'était inscrit dans leurs os et dans leur sang, dans leur acier, dans leurs âmes.

Et elle ne le comprend pas car elle n'a eu personne pour le lui dire.

Il la regarda négocier le prix de trois chevaux dans les écuries de Lemarta. Le marchand avait hâte de les voir tous les deux partir – ses yeux ne cessaient de revenir vers Dom, debout près de la jeune fille, l'épée au côté. Lui restait impassible sous ce regard, tentant de ne pas attirer plus d'attention que nécessaire.

Corayne convainquit sans peine le commerçant de rabattre la moitié de son prix et lui échangea une bourse contre des rênes.

Ils venaient d'acheter deux étalons et une jument, équipés de fontes pleines du nécessaire, tous des bais communs, robe brune et crinière noire. Dom songea à la bête tuée sous lui à Iona. Autant comparer des moineaux à un faucon, mais il ne se plaignit pas. Ces chevaux-là conviendraient : leur destination ne se trouvait qu'à quelques jours de voyage.

Corayne eut un sourire ironique quand ils s'écartèrent, menant les chevaux hors des écuries agglutinées près de la porte occidentale de Lemarta. Le soleil était haut dans le ciel, les ombres courtes.

« Je suppose que je n'arriverai pas à vous convaincre de travailler avec moi quand tout ça sera terminé ? fit-elle avec un humour dont il ne discernait pas l'origine.

— Je ne vous suis pas », répondit-il sur un ton raide.

Elle haussa les épaules. « On marchande plus facilement avec des commerçants terrifiés, et vous semblez leur faire cet effet-là. »

Dom se retrouva étrangement gêné. « Je suis terrifiant ? » demanda-t-il. Il blêmit et baissa le regard pour inspecter l'image qu'il présentait.

Bon, il y a mon épée, mes dagues, mes couteaux, mon arc et mon carquois, mais ce n'est pas grand-chose, se dit-il en faisant l'inventaire de son armement. Ses yeux passèrent de ses bottes de cuir cirées à ses braies et à sa tunique de belle coupe, puis à sa ceinture, à sa cape, et aux bracelets d'archer gaufrés lacés sur ses avant-bras. Tout ce qu'il portait était marqué de bois de cerfs aux couleurs pastel, vert, gris et brun doré, à l'image des vaux embrumés d'Iona. Sa cotte de mailles en bon acier et ses surcots de soie tissés par des maîtres étaient restés à Tíarma. *J'ai l'air d'un pauvre, pas d'un prince. Et elle, c'est encore pire.*

L'ample tunique de Corayne avait le bord effiloché, il y avait sur ses braies des taches qu'aucun lavage n'aurait su éliminer, et ses bottes se fendaient aux genoux, ridées comme la peau d'un mortel âgé. Elle avait rangé son manteau bleu marine, dont la chaleur la dispensait, et ne portait d'autre arme qu'un vieux poignard. Ses yeux paraissaient curieusement ouverts, comme s'ils se gorgeaient à chaque pas. Il la savait jeune, à peine sortie de l'enfance, et elle semblait auprès de lui si petite, si faible. Ce qui était toutefois le cas de la plupart des humains.

« Oh », fit-il. De nouveau, il baissa le regard, s'efforçant de se voir par des yeux de mortel. Cela lui semblait impossible, comme d'effectuer une traduction entre deux langues inconnues. « Ce n'était pas mon intention. »

Ces mots commencent à devenir désagréablement familiers.

Cela ne dérangeait pas Corayne. « Eh bien, continuez. Cette grimace-là nous sera très utile sur la route.

— Je ne grimace pas », répliqua Dom en grimaçant. Il tâta les coins de sa bouche et força ses lèvres à adopter un pli qu'il espérait moins inquiétant. « Vous vous attendez à des ennuis ? »

La route qui quittait Lemarta par l'ouest sinuait vers l'intérieur des terres, entre des collines hérissées d'une forêt de cyprès. Dom voyait clairement à plusieurs lieues au-dessus des falaises et de la mer Longue. Même le *Fils des tempêtes* n'échappait pas à son regard, un point noir aux voiles pourpres qui filait joyeusement vers la haute mer. Si le moindre danger se profilait devant eux, il le sentirait de très loin. Mais, sous d'aussi méridionales latitudes, dans les terres somnolentes de Siscarie, il n'était guère inquiet. Cela faisait de longs siècles que le Vieux Cor ne régissait plus ces rivages.

« Je suppose que des bandits ne vous dérangeraient pas beaucoup », admit Corayne. Elle observait non pas la mer mais la route sinueuse qui s'enfonçait dans les collines, ses pierres rose pâle cédant vite la place à une terre battue défoncée par les roues de chariots et charrettes.

Dom n'imaginait pas qu'un bandit pût être assez stupide pour affronter son épée, mais les mortels n'étaient de toute façon pas très malins. « Parce que je suis intimidant ? »

La jeune fille hocha la tête, satisfaite. Ses yeux étaient noirs même sous le soleil de midi.

Elle a les yeux de Cortael.

« Y compris quand vous n'essayez pas.

— Alors pourquoi ne puis-je pas simplement intimider le capitaine d'un navire pour qu'il nous emmène tout droit à Ascal ? » interrogea-t-il en se retournant vers Lemarta. Les bateaux de pêche s'agitaient comme des joyaux au milieu des hauts-fonds. « Pourquoi prendre la peine de gagner la capitale siscarienne à cheval ? »

Corayne eut un rire moqueur et arrêta délicatement sa jument. « Parce que, sur ces eaux, aussi effrayant que vous puissiez être, on craint encore davantage ma mère. » Avec un soupir, elle se souleva sur sa selle. Les mortels étaient des êtres dépourvus de grâce, mais elle se montrait alors particulièrement gauche.

Elle n'a pas l'habitude de voyager à cheval, comprit Dom avec une torsion des entrailles. *Cela va nous ralentir encore.*

« Nous tenterons notre chance à Lecorra, reprit Corayne en rassemblant les rênes d'une main. Le port de la capitale est dix fois plus grand que celui-ci. » Elle jeta un regard noir à Lemarta par-dessus son épaule. « Et je n'y suis pas connue comme ici.

— De toute façon, je préfère les chevaux aux bateaux, siffla la voix de Sorasa Sarn.

— Par les fuseaux », jura Corayne en sursautant quand la sicaire sortit du sous-bois.

Dom n'en fut pas autant affecté. Il savait que Sarn les suivait depuis la porte de la ville, où elle les avait quittés pour « éviter des problèmes » avec la garde. Cela lui paraissait assez ridicule. Elle escaladait les murs et se tapissait dans des ombres où, Dom le supposait, aucun mortel ne pouvait la voir. À son œil, elle se distinguait aisément parmi les feuilles et les troncs d'arbres, aussi éclatante qu'un deuxième soleil dans le ciel. À tout le moins, elle savait se déplacer dans les bois, marchant d'un pas léger au lieu de fendre les broussailles avec la grâce usuelle des mortels, digne d'une vache avec une patte cassée. Son silence était sa plus grande qualité. *Peut-être la seule.*

« Tu n'es pas obligée de venir si ça t'ennuie tant que ça, lâcha Dom, les deux séries de rênes toujours serrées fermement dans ses mains. J'ai trouvé dame Corayne. Notre quête est nôtre. Tu seras payée quand elle sera accomplie ; de cela, je te donne ma parole. »

Sous son capuchon, Sorasa plissa ses lèvres pleines.

Ça*, c'est une grimace,* songea Dom.

« J'ai appris il y a longtemps à ne pas me fier aux promesses des hommes, dit-elle. Même immortels. J'ai un investissement à protéger et je compte m'y employer. Nous étions d'accord pour aller jusqu'à Ascal. Je ne te donnerai aucune raison d'oublier notre marché. »

Dom ne voulait pas d'un autre poids mort pour ralentir leur progression, sans parler de menacer leur vie. Sorasa Sarn était pire qu'une mercenaire, achetée à grand prix, sans allégeance ni souci de Corayne et de Terravast. Il vaudrait mieux la laisser ici. *Et encore mieux la tuer sur place. Le monde ne pleurerait pas la perte d'une sicaire. Et viendra le jour où ce sera sa tête ou la mienne, si nous ne sommes pas déjà morts.*

Elle continuait de le fixer, et ses yeux de cuivre vibrants le clouaient sur place. Il soutint son regard sans bouger. Elle savait ce qu'il pensait, cela ne faisait aucun doute. Dom craqua le premier.

« Très bien », lâcha-t-il sèchement en jetant les rênes dans sa direction.

Elle les attrapa et se hissa en selle, très à l'aise, même si elle considérait avec dégoût l'étalon qui la portait, dont elle inspecta les flancs avec l'air d'un boucher examinant un méchant quartier de viande.

« Tu ouvriras la marche, Sarn. Je présume que tu connais le chemin de Lecorra. » Dom n'aimait guère appeler l'Amhara par tout autre nom que celui de sa profession, mais agir ainsi à présent lui aurait paru impoli.

À sa grande surprise, elle ne protesta pas et fit avancer son cheval sur la route d'une impulsion sur les flancs. *À tout le moins, on apprend à monter correctement dans la guilde des Amhara.* Corayne suivit le mouvement, donnant à sa jument quelques coups de talon peu assurés afin de la pousser au petit trot. Avec un soupir, Dom ferma la marche de leur étrange compagnie, le trio le plus mal assorti que Terravast eût jamais porté.

Voilà comment ont commencé tous nos problèmes. Une file de chevaux sur la route, une quête, et le monde dans la balance. Chassant son chagrin, il baissa les yeux sur la jeune fille qui chevauchait devant lui et dont le corps se balançait au pas de la jument, trouvait un rythme. Sous cet angle, il ne voyait pas ses yeux, ni le visage sévère de son père. Elle était, avec sa petite taille et ses cheveux noirs, aussi différente que possible de Cortael. *Elle n'en partagera pas le sort.* C'était une promesse qu'il faisait à Terravast, à Glorian Perdu, à Corayne – et à lui-même.

À cet instant, elle tourna la tête pour regarder la mer Longue. Le soleil mit ses traits en relief, et apparut de nouveau un fantôme en lequel Dom ne pouvait croire. *Cortael.* Il résidait dans les yeux de sa fille, dans sa manière d'offrir son visage au vent pour scruter l'horizon. Il y avait en elle un mouvement aussi permanent que celui des vagues ou des étoiles à travers le ciel.

Dom baissa la tête. Il tenta de penser à sa cousine Ridha, qui parcourait les enclaves. À Taristan et à son atroce sorcier, à leur armée jaillie d'un fuseau. À sa tante, calfeutrée dans les vastes salles de son palais. À tout sauf au cadavre gris de Cortael, embroché au côté de sa fille.

Il n'y parvint pas.

À la nuit tombée, ils étaient arrivés si loin dans les terres que Dom entendait à peine les vagues. *À tout le moins, Sarn ne nous gêne pas*, songea-t-il. La sicaire chevauchait dans un silence bienheureux, sans jamais se retourner ni baisser son capuchon. De temps à autre, sa main volait vers une de ses nombreuses bourses ou poches cachées, et on l'entendait ensuite mastiquer des fruits secs ou des graines. *Un bon repas pour un mortel qui voyage vite et léger*, admettait Dom. Corayne, pareillement, plongeait la main dans ses fontes pour s'offrir une collation de pain azyme, de fromage et de viande séchée en lamelles. Elle aussi était bien préparée pour le voyage.

Dom ne ressentait pas le besoin de manger. Les Vedera n'avaient pas faim aussi souvent que les mortels.

Et ils n'avaient pas à moitié autant besoin de sommeil.

Corayne ne tarda pas à se tasser sur sa selle ; son souffle ralentit et adopta un rythme profond, régulier. Dom se porta à sa hauteur, prêt à la rattraper si elle tombait. À une ou deux reprises, les paupières de la jeune fille battirent, ses yeux bougèrent sous l'effet d'un rêve.

« On devrait camper pour qu'elle se repose bien, marmonna Sarn d'une voix qui était à peine plus qu'un murmure pour des oreilles mortelles. Et les chevaux aussi. »

Dom fronça le sourcil et frotta le côté balafré de son visage. Qui lui faisait toujours mal. « Elle est en train de se reposer, dit-il. Les chevaux, on peut les pousser. Ou alors c'est toi qui préfères t'arrêter ? Je confesse que, toi, je n'ai aucune intention de te maintenir en selle.

— Tu me touches et tu perds tes mains, répondit-elle sèchement, gardant les yeux sur la route.

— Vous autres, les mortels, vous avez vraiment un sens de l'humour différent du nôtre. »

Elle lui jeta par-dessus son épaule un regard noir qu'il se rappela avoir vu à Byllskos. Quand elle avait failli lui planter un couteau dans l'épaule. Quand elle avait lâché sur lui un troupeau de taureaux furieux.

« Pour l'instant, j'ai encore besoin de mes mains », chuchota-t-il.

Corayne renifla dans son sommeil, tout son poids appuyé sur le bras de Dom. Le visage de la jeune fille au capuchon relevé, dans la faible luminosité, lui paraissait identique à celui de son père. L'immortel se rappelait le Cortael de 17 ans, à Iona, qui affirmait n'avoir pas plus besoin de sommeil qu'un Veder. Les semaines suivantes, il avait oscillé entre menacer ses professeurs et s'endormir dans la cour d'entraînement, l'épée à la main. Il appartenait à Dom de le réveiller, car c'était lui qui supportait le mieux les éclats subséquents.

Le souvenir se fit amer. Ce garçon qu'il avait formé était devenu un homme, désormais mort. Une graine qui avait poussé et s'était desséchée en pleine floraison. L'évoquer revenait à gratter une croûte tout juste formée, à écarter le sang séché pour saigner à nouveau.

« On s'arrêtera avant cette hauteur », décida-t-il froidement en désignant une colline basse, tache noire contre la nuit bleu foncé. *Est-ce que ça te fera fermer ta gueule de vipère ?*

« On s'arrêtera en haut, renvoya Sarn, et la douleur amère du souvenir céda la place à la frustration. Je ne veux pas me laisser surprendre dans un creux.

— Tu ne seras surprise par rien du tout », marmonna Dom, agacé.

Mais le doute grignotait les abords de sa conscience. *Il est sûr que nul ne nous poursuit. Ce maudit mortel et son prêtre rouge ignorent l'existence de Corayne, et ils ne peuvent pas courir Terravast à la recherche de la moindre branche de l'arbre sang-du-Cor.* Il scruta la forêt de cyprès, déchiffrant les ombres. *J'espère.*

« Je monterai la garde », dit-il.

Les yeux de la sicaire étincelèrent à nouveau, deux flammes sous les étoiles.

« Ça ne me rassure pas. »

Là-dessus, nous sommes d'accord, songea Dom, avant de se répéter qu'il aurait mieux fait de rompre un serment, pour une fois, et d'abandonner Sorasa Sarn morte au fond d'un fossé.

Au nord, les monts Corteth dessinaient une ligne déchiquetée floue, même à ses yeux. Au plus profond de l'été, il ne restait de neige qu'au sommet des plus hauts pics. Les Corteth, les Dents-du-Cor, s'élevaient à des dizaines de lieues, sur l'autre rive de l'Impera, le fleuve de l'Empereur qui sinuait à travers la vallée, coulant d'est en ouest jusqu'à Lecorra et à la mer Longue. Ils l'atteindraient bientôt et traverseraient ce cours d'eau d'où avait surgi le Vieux Cor. Dom ne savait quelles légendes conservaient les mortels de ces faits anciens, ni si elles recelaient un soupçon de vérité. À Iona, on avait davantage de certitude : les mortels d'une autre terre étaient arrivés sur celle-ci quelque part dans cette vallée dorée, franchissant un fuseau pour bâtir leur empire.

Des arbres couvraient le sommet de la colline, si bien que les voyageurs étaient invisibles de la route en contrebas. Ils ne firent pas de feu, Sarn ne l'aurait pas permis, mais l'air était assez chaud. L'Amhara dormait dans une position étrange, adossée à un arbre, si bien qu'elle n'avait qu'à ouvrir les paupières pour repérer Dom à l'autre bout du petit campement – ce qu'elle faisait toutes les vingt minutes, les yeux luisants comme des braises, avant de les refermer. Lui, chaque fois, la regardait en secouant la tête.

Corayne reposait entre eux, sous son manteau. Elle s'était réveillée juste assez longtemps pour se laisser tomber de sa selle et trouver un carré d'herbe moelleux.

Ses deux compagnes endormies, Dom s'autorisa enfin à manger un morceau, ne fût-ce que pour passer le temps. Il ne fallut pas longtemps à un lapin pour pénétrer dans leur cercle, le nez en mouvement et les yeux luisants. L'immortel ne fit aucun bruit quand il lui brisa la nuque et le dépouilla en quelques coups de couteau rapides. Puisqu'il n'y avait pas de feu, il se résigna à le manger cru, le foie en dernier.

Corayne releva doucement la tête, fascinée, les yeux écarquillés.

« Ça ne va pas vous faire vomir ? » murmura-t-elle.

Dom s'essuya les doigts sur la fourrure du lapin. « Nous ne vomissons pas », répondit-il.

Elle s'assit lentement, son manteau se déployant autour d'elle. « Vous ne dormez pas non plus », dit-elle, le menton posé sur la main. Dom se sentait comme une plante qu'on étudie ou une page d'énigmes à résoudre. Dans un sens, ce n'était pas déplaisant. La curiosité de la jeune fille était innocente.

« Nous dormons, mais rarement, expliqua-t-il. Nous en avons moins besoin que les mortels.

— Et vous ne vieillissez pas.

— Plus ou moins. »

Il songea aux mèches grises de Toracal, acquises en plusieurs millénaires. À sa tante, avec des rides sur le front, au coin des yeux et de la bouche, sur les mains. *Les Vedera sont dits immortels par ceux qui sont incapables de concevoir une vie se prolongeant des milliers d'années, plus longue que ne peuvent le mesurer les humains. La mort nous évite mais elle ne nous est pas inconnue.*

Il y avait de l'acier dans le monde, des lames susceptibles de les couper, voire de les tuer. L'immortalité semblait bien moins certaine à Dom depuis qu'il avait vu tant des siens mourir devant le temple, leur sang tout pareil à celui de n'importe quel vulgaire mortel arpentant Terravast. *Et mes cicatrices prouvent assez notre vulnérabilité, aussi relative soit-elle.*

« Heureusement que vous n'êtes pas très nombreux », dit Corayne d'une voix basse.

Dom sursauta, non de confusion mais de surprise. « Je vous demande pardon ? »

Elle chassa une mèche de cheveux de ses yeux. « Sinon votre espèce aurait conquis le monde, fut la réponse brutale.

— C'est une impulsion extrêmement mortelle », répondit Dom, sincère. Même quand il était jeune, conquérir les hommes de Terravast lui paraissait ridicule. Les mortels grandissaient puis se voyaient fauchés comme le blé d'été. Les royaumes naissaient puis mouraient. Ceux qu'il avait connus lors de son premier siècle étaient à présent tombés en poussière, tout juste des ombres au fond de sa mémoire. *Pourquoi se fatiguer à tendre la main vers ce qui risque de disparaître avant qu'on ne l'attrape ?*

Malgré cela, il y avait aussi des histoires de Vedera immortels ayant combattu aux côtés d'hommes de Terravast, ou contre eux. Pour la gloire, pour le plaisir, pour rien du tout. Dom n'imaginait pas un tel comportement des siens aujourd'hui. Ils défendaient leurs foyers en de rares occasions, mais rien de plus. *Ce sont des lâches à présent, terrés dans leurs enclaves, prêts à laisser ce monde tomber en morceaux autour d'eux.*

Corayne le fixait de son regard perçant. Elle avait le don de solliciter les confidences sans dire un mot.

« Les miens cherchent avant tout un moyen de rentrer chez nous, dit-il. Mais ce moyen a disparu, le fuseau s'est refermé et son emplacement même a été détruit voilà bien longtemps.

— Détruit ? demanda-t-elle en inclinant la tête de côté.

— Le sol sur lequel les miens sont arrivés est désormais au fond de la mer Longue, avalé par les vagues, répondit-il d'une voix douce, tentant de visualiser cet endroit où il n'était jamais allé. Chaque jour, nous espérons trouver un autre seuil, un autre fuseau. Un moyen de retourner en Glorian. »

Les dernières toiles d'araignées du sommeil semblèrent quitter Corayne, qui se pencha plus près, son intérêt aiguisé. Sa tresse emmêlée retombait sur son épaule, luisant d'un éclat presque bleu sous les étoiles.

« Votre monde doit être magnifique, dit-elle.

— Je suppose. » Dom haussa à nouveau les épaules. « Je suis né de Terravast, encore jeune parmi les miens, encore en train d'apprendre le monde dans lequel nous vivons désormais. Tout ce que je sais de ma propre terre m'a été enseigné par d'autres. »

Il sentit une pointe de regret familière, comme chaque fois qu'il songeait à cette terre inconnue, cette patrie qu'il ne verrait peut-être jamais. Un regret teinté d'une envie aigre à l'égard de quiconque connaissait Glorian et s'en rappelait les étoiles.

« Ils sont complets. Pas moi.

— C'est un trait que nous avons en commun, je crois », fit doucement Corayne. Elle ramena les genoux contre sa poitrine et les entoura de ses bras, alors que l'air restait chaud, même pour des mortels.

Dom plissa les yeux. Lui se sentait à plusieurs mondes de la jeune fille, et séparé d'elle par une plaque de verre. « Comment cela ? »

Elle baissa le regard sur l'herbe. « Je ne connais que par ouï-dire mon père, son sang, ce dont nous venons, ce que nous étions en naissant. » Ses doigts manipulaient nerveusement une feuille. « Et personne ne m'a dit grand-chose. »

Elle m'interroge, comprit-il en la regardant avec attention.

La curiosité n'avait pas quitté les yeux de Corayne, mais on y lisait aussi un désir, une soif des réponses qu'elle n'avait jamais pu obtenir, et sa puissante détermination à les trouver. Dom se rappela les savants de l'enclave qui épluchaient leurs archives à la recherche de quelque tome ou parchemin, d'un mot sur les fuseaux, de n'importe quel murmure de Glorian Perdu. *Mais je ne suis pas une bibliothèque ravie d'être explorée.*

La jeune fille laissait courir les mains dans l'herbe comme une enfant. C'était une bonne comédienne.

Cette blessure ne guérira jamais si tu ne cesses de la rouvrir, s'avertit-il. Pourtant il en avait envie. Envie de se rappeler Cortael et d'offrir à Corayne quelque chose qu'elle pourrait se remémorer également.

Ne fais pas ça. Ferme la porte sur ces décennies-là, laisse-les tomber en poussière au fil des siècles. Ainsi font les Vedera. Telle est notre seule défense contre trop d'années de souvenirs.

« Vous avez dans les veines le sang-des-fuseaux. Le sang-du-Cor, dit-il simplement, pour lui donner au moins *quelque chose.* Vos ancêtres étaient des voyageurs d'une autre terre, mortels comme les hommes de Terravast, mais différents. Certains les disent en fait nés des fuseaux eux-mêmes, mais le Vieux Cor a fini par tomber, et vos lignées se sont éclaircies au fil des siècles. » Les yeux de la jeune femme brillaient sous les étoiles, l'encourageaient à continuer. « Ce sang vous rend turbulents ; ambitieux ; il vous confère un besoin si profond que vous pouvez à peine lui donner un nom. »

Son regard noir sembla foncer encore. Il sentait sa compagne assoiffée de savoir.

« J'ai dit la même chose à votre père il y a plusieurs dizaines d'années. » La blessure se rouvrit, une déchirure dans son cœur. Dom fit la grimace mais continua : « Quand il enrageait à sa manière, frustré d'être un mortel parmi des statues vivantes, incapable de changer sa chair en pierre, aussi fort qu'il puisse essayer. » Son souffle se bloqua. « Je suis désolé que vous ayez dû grandir loin de tous ceux qui connaissent votre sang et ses exigences. Ceux qui savent ce qu'il fait de vous », ajouta-t-il doucement.

Cette fois, elle ne lui reprocha pas ces excuses. Son visage, au contraire, se fit dur ; ses yeux se muèrent en des fenêtres aux volets clos. Quoi qu'elle pût chercher, elle ne le trouvait pas.

« Et qu'en est-il de mon père, élevé par des êtres incapables de seulement deviner ce que cela fait de vivre dans un corps mortel ? dit-elle. Si vous avez pitié de moi, vous devez avoir aussi pitié de lui. »

La pique se planta profond, véritable aiguille chauffée à blanc. Dom fit la moue et détourna le regard. Il entendit Corayne se lever, ses pieds agiter l'herbe comme un vent violent.

« Les Aînés ne dorment pas, ne mangent pas, ne vieillissent pas, lâcha-t-elle. Mais vous saignez. Êtes-vous capables d'aimer ? L'avez-vous appris à mon père ? Parce qu'il ne m'aimait pas.

— Aucune créature d'aucun monde n'est incapable d'aimer », répondit Dom avec chaleur. Son antique tempérament gonfla, déborda d'une émotion qui l'emplissait et le laissait vidé tout à la fois. La colère lui paraissait toujours étrangère, corrosive. Sans l'avoir décidé, il traversa la colline herbue jusqu'à se dresser au-dessus de Corayne, aussi imposant qu'une montagne.

La jeune fille ne recula pas.

« Et il est sûr que j'aimais votre père, déclara-t-il. Comme un frère, comme un fils. J'étais là pour ses premiers pas, sa première dent, ses premières paroles – ses premiers hurlements, plutôt. J'étais là quand a été versée la première goutte de son sang. » En son for intérieur, il rugissait, revoyant la scène encore et encore. « Et la dernière. »

La bouche de Corayne se ferma sans rien laisser échapper : les questions, au bout du compte, lui manquaient. Par-dessus son épaule, Dom apercevait les yeux ouverts de Sarn, comme deux chandelles flamboyantes.

« Allez dormir, madame », murmura-t-il en tournant à la jeune fille son large dos.

Elle ne se fit pas prier pour obéir, s'étendant avec un soupir typiquement mortel. Bien vite elle cessa de remuer, les yeux clos, mais Dom entendait son cœur qui battait rapidement, son souffle saccadé. De l'autre côté de la clairière, le cœur de la sicaire, lui, avait un battement lent et régulier. Ses yeux ne se fermaient pas.

L'immortel fut tenté de lui adresser une grimace, mais une odeur étrange l'arrêta net.

De la fumée.

Il s'immobilisa, la tête levée. Il y avait non loin de là de la fumée dont le parfum s'enroulait autour de lui en une brume fantôme. Il ne la voyait pas, mais il en sentait, il en goûtait l'âcre brûlure. Ce n'était pas un feu de cheminée, ni un feu de broussailles. Rien de commun.

Mais c'était tout de même familier.

L'odeur de la chair brûlée, des mains fendues jusqu'à l'os, de la peau qui tombait en cendres.

La terreur lui fouetta le dos de haut en bas.

Sarn était déjà sur ses pieds, son capuchon arraché, tout le corps tendu. Elle lui jeta un regard intense, lisant la peur sur son visage.

« Corayne, debout. Sarn, les chevaux », aboya-t-il, déjà au côté de la jeune fille. Il la prit par les épaules et la hissa sur ses pieds avant qu'elle ne puisse ouvrir les paupières.

L'Amhara se dirigea sans discuter vers leurs montures, mais se figea à l'orée du sous-bois. Son épée jaillit du fourreau en chantant, elle affermit sa prise sur la poignée et leva au-dessus de sa tête une lame d'acier pareille à un oiseau de proie prêt à fondre du ciel.

Le sommeil des chevaux n'était pas troublé, Dom l'entendait, comme s'il ne se passait rien d'anormal. Pourtant, l'odeur de chair brûlée ne faisait que s'amplifier, au point que Corayne se plaqua une main sur le nez, les yeux humides.

« Qu'est-ce que c'est ? » demanda-t-elle d'une voix tremblante. Dom ne répondit pas mais se posta devant elle, gardant une main sur son bras.

Sarn recula de quelques pas mesurés, prenant soin de ne pas trébucher, l'épée toujours levée. Son attention était verrouillée droit devant elle, sur les ombres qui vacillaient entre les cyprès noueux. Dom n'avait pas besoin de prendre sa place pour savoir ce qu'elle voyait.

La seule question était : combien ?

Corayne ravala un hoquet de peur lorsqu'il tira à son tour une épée dont les bords effilés tranchèrent l'air. Il aurait aimé porter une armure mais le cuir devrait suffire, le plus longtemps possible.

Comment nous a-t-il trouvés ? Comment a-t-il pu savoir ? L'immortel jura, scrutant le sous-bois à la recherche du sorcier en robe écarlate et de Taristan lui-même – qu'il imaginait encore rire, avec le sang de Cortael formant des bulles sur ses lèvres, avec en main la lamefuseau, plus moqueuse qu'un sourire.

Les cadavres, les créatures corrompues des Terres-de-cendres et d'Asunder, faisaient de leur pas traînant l'ascension du flanc de colline. Le visage blafard privé de toute couleur, brûlé jusqu'à l'os, les lèvres déchirées, fendues, l'armure noire et huileuse comme du poulet sortant de la poêle. À la vue de leurs armes – couteaux rouillés et épées brisées, haches ébréchées et boucliers fendus –, Dom faillit tomber à genoux. Il resta debout par la seule grâce de Baleïr, quoique son corps eût envie de se briser. Le bras de Corayne lui paraissait glacé dans sa main. Ils avaient la possibilité de s'enfuir mais, sans chevaux, ils risqueraient de finir dans une embuscade au pied de la colline.

Le premier monstre sortit des arbres paré d'un sourire sans lèvres, grimaçant à l'adresse de Sarn et de son épée. Il avançait d'un pas lourd, sur des membres tordus, mais il marchait droit. L'Amhara se déplaça d'autant, recula dans la clairière en gardant ses distances, les yeux agrandis mais sans ciller. Des taches jumelles colorées marquèrent ses joues, seules preuves de sa peur. Son cœur, toutefois, continuait de battre lentement comme si elle ne faisait que dormir.

Six autres cadavres suivirent, et d'autres encore s'agitaient sous les arbres. Leur odeur était celle d'une pyramide de corps carbonisés, d'un enfer de pourriture.

« Hé, l'Aîné, siffla-t-elle entre ses dents serrées. Est-ce qu'on peut les tuer ? »

Malgré tout, Dom sentit un sourire sinistre étirer ses lèvres.

« Oui, on peut. »

Sarn cessa de bouger, campée sur le sol.

« Bien. »

Toute de grâce mortelle, elle décrivit un arc meurtrier tandis que son épée tranchait l'air selon une trajectoire oblique.

Dom restreignit son attention aux cadavres et à Corayne, gardant les uns et l'autre au premier plan de ses perceptions. La jeune fille derrière lui, les créatures devant, il s'élança. L'épée qu'il tenait à deux mains étincelait du pesant éclat des étoiles. La maniant comme un bûcheron sa cognée, il en frappa le premier monstre, qu'elle partagea en deux au niveau de la ceinture sans rencontrer plus de résistance que dans de l'eau.

Ont-ils toujours été si fragiles ? se demanda l'immortel en pivotant sur ses talons pour abattre un autre adversaire.

Malgré son entraînement de sicaire, Sarn trébucha, manquant de perdre l'équilibre quand son épée transperça un être venu des Terres-de-cendres. Retenant un cri stupéfait, elle se figea devant le mort animé.

Dom, qui observait son propre adversaire, eut peine à en croire ses yeux.

Au lieu de découper le monstre de l'épaule à la taille, de fendre la chair, l'épée l'avait traversé comme de la brume. Les bords de la blessure se rétractèrent, tandis qu'en montaient des volutes blanches, noires et d'un bleu spectral, puis l'ensemble se dissipa telle la fumée d'une chandelle soufflée et disparut dans le néant.

Sarn ne réagit pas, s'occupant d'un nouveau cadavre des Terres-de-cendres, puis des suivants – car ils sortaient encore du sous-bois, plus rapides à présent, allant jusqu'à courir, poussés à l'action par sa résistance. Jamais plus elle ne perdit l'équilibre.

Dom sursauta en regardant les deux êtres qu'il avait déjà abattus : au lieu de corps, il ne restait qu'un peu de fumée qui flottait au-dessus du sol et disparaissait dans l'herbe.

Corayne contemplait ce spectacle bouche bée.

L'une des horreurs poussa un rugissement torturé d'une voix inhumaine. Dom réagit avec une rapidité époustouflante, levant son épée pour parer un coup dangereux. Au lieu du choc attendu, il sentit la lame traverser l'armure rouillée du cadavre – et un nouvel habitant des Terres-de-cendres tomba dans le néant.

Les autres se comportèrent de même, disparaissant au premier coup reçu tandis que leurs armes se changeaient en poussière au contact de l'acier. Bientôt ne demeurèrent plus dans la clairière que le trio et l'odeur ténue du feu.

Sous les arbres, les chevaux continuaient de dormir.

Dom décrivit un large cercle, cherchant d'autres ennemis. Cherchant la ruse. Il s'attendait à ce que Taristan jaillisse de nulle part pour les agresser, à ce que le sorcier fasse tomber sur eux la foudre, et il crut percevoir à nouveau la cloche, le glas qui sonnait pour le temple et les guerriers tombés. Mais on n'entendait que la brise entre les cyprès. L'immortel avait le souffle bruyant, oppressé, non de fatigue mais de stupéfaction pure et simple.

Corayne s'effondra à terre d'un bloc, le visage blanc comme l'os.

Avant que Dom puisse l'atteindre, Sarn lui bloqua le passage. Le scorpion tatoué sur sa gorge semblait prêt à frapper.

« Qu'est-ce que c'était, ça, bordel ? » gronda-t-elle.

Le monde se mit à tournoyer autour de lui.

Il ouvrit la bouche, mais sa seule réponse fut de vomir du foie de lapin.

10

Charmes jydi

Corayne

Elle cligna des paupières. L'air était de nouveau chaud, comme le sang qui courait dans ses veines, et l'herbe douce entre ses doigts, mais la peur la paralysait encore. Elle scruta l'obscurité, cherchant un autre cadavre animé.

Telle est ta destinée.

La voix étrange résonna sous son crâne comme une cloche. Corayne grimaça tandis que les mots craquaient, crépitaient, ou bien coulaient, s'enroulaient. La voix était humaine et elle ne l'était pas, elle était plus que cela, moins que cela. Et tellement *froide*. La jeune fille en avait des picotements sur la peau.

Cela n'attend jamais, reprit la voix, avant de disparaître sans écho, ne laissant derrière elle qu'un souvenir.

Les démons aux visages blancs avaient eux aussi disparu. Leur odeur de fumée et de chair brûlée s'était évanouie avec eux.

Un rêve. Ils empirent, songea Corayne en ouvrant la bouche. Elle inspira avidement une bouffée d'air qui lui rendit des forces. *Je dormais et j'ai rêvé ces créatures rouges terribles, brisées, affamées.*

Mais il y avait là Dom plié en deux, crachant dans l'herbe. Il s'essuya la bouche d'un revers de main, presque aussi blanc que les créatures. Sorasa le surveillait en grimaçant, dégoûtée, l'épée à la main, toujours prête au combat. Quand elle jeta un coup d'œil à Corayne, son regard était dur.

Pas un rêve.

« Calme-toi, dit-elle sèchement. Respire lentement par le nez puis souffle par la bouche. » Tapotant Dom du plat de son épée, elle ajouta : « Toi aussi. » Il lui jeta un regard noir et cracha à nouveau.

Corayne fit ce qu'on lui disait, aspira, expira.

Pas un rêve.

Les tressautements de ses entrailles commencèrent à refluer, laissant derrière eux une vérité froide.

Pas un rêve.

« C'est ça qui est sorti du fuseau », déclara-t-elle. Un effort de volonté la remit sur ses pieds, les jambes tremblantes. « C'est ce que vous avez combattu au temple. Avec mon père. »

Dom se redressa. « C'est bien ce que je disais. » Son expression se fit encore plus sinistre, si c'était possible. « Ils viennent des Terres-de-cendres, un monde brûlé, fracassé par Asunder, consumé par l'enfer de Ce-qui-attend. Ils le servent, Lui, et ils servent votre oncle Taristan. »

Sorasa s'écarta de lui et inspecta son épée à la lueur des étoiles. L'acier était propre. Les lèvres de la sicaire se tordirent.

« Je suppose que, dans ton fameux temple, ils ne se transformaient pas en fumée, dit-elle en jetant un regard mauvais à l'Aîné. Ou alors je t'ai salement surestimé.

— Non, sûrement pas », gronda-t-il en désignant d'un doigt son visage barré de cicatrices.

Corayne tenta de ne pas penser à la manière dont lui avaient été infligées ces blessures, à l'aisance vorace avec laquelle on avait labouré sa peau de marbre. Elle sentait sur la sienne des couteaux et des ongles qui la déchiraient. Sa bouche s'emplit d'un goût aigre et elle faillit elle-même être malade.

« C'était une vision, peut-être des ombres. Une projection de ce qui sort du fuseau, marmonna Dom sans trop de conviction. L'œuvre du sorcier de Taristan ou de Ce-qui-attend lui-même. Ils doivent vous savoir vivante. » Il serra le poing de sa main libre « Vous chercher. »

La terreur créait une boule au fond de la gorge de Corayne. La terreur et cette curieuse vérité nouvelle : *Tout ce dont l'Aîné a parlé – le fuseau, mon oncle meurtrier, l'armée de cadavres… Ils existent. Et ils me traquent.*

« On devrait repartir », dit-elle entre ses dents serrées. Elle commença à rassembler ses maigres affaires, ne fût-ce que pour se distraire. « Inoffensifs ou pas, si ces monstres nous ont trouvés une fois, ils pourront nous trouver à nouveau. Et ce n'est qu'une question de temps avant que les vrais ne nous rattrapent.

— Enfin, quelqu'un qui a du bon sens », marmonna Sorasa en se dirigeant vers les chevaux.

L'Aîné ouvrit la bouche pour discuter, mais Corayne ne lui en laissa pas la chance. Il serait assez difficile de sauver le monde sans qu'ils soient tous les deux à couteaux tirés.

« J'en ai rêvé, dit-elle vivement, son manteau sur le bras. Avant même que vous ne me trouviez à Lemarta. »

Dom fixa encore un instant avec fureur l'ombre de Sorasa sous les arbres, puis il se détourna, son visage se détendit et un peu de couleur revint sur ses joues. « Des êtres des Terres-de-cendres ? »

Au lieu d'un frisson, Corayne ressentait un accès de chaleur écœurante, comme un jour d'été gagné par la pourriture. Cela s'installa dans sa gorge. Elle déglutit pour tenter de chasser cette étrange sensation.

« Des visages blancs, la peau brûlée », murmura-t-elle, tentant de se rappeler les rêves qui la hantaient depuis des semaines. Cela lui faisait drôle d'en parler à haute voix. « Et autre chose. Que je ne voyais pas mais que je sentais. Une présence qui m'observait. Une ombre rouge, guettant, attendant.

— Ce-qui-attend, chuchota Dom. Vous avez rêvé de Lui. »

La jeune fille sentit à nouveau la chaleur. « J'ai cru que ça, c'était aussi un rêve.

— L'armée de votre oncle n'est pas un rêve, pas même un cauchemar. » Dom remit son épée au fourreau. « Ces monstres sont bien réels. Et ils dévoreront Terravast si on leur en donne l'occasion. »

Dans le sous-bois, Sorasa continuait de détacher les chevaux avec des gestes mesurés. Quand elle jeta un coup d'œil vers la clairière, Corayne songea à un loup au fond de la forêt, invisible sauf pour ses yeux luisants.

« C'est un putrifuseau de contrat », siffla la sicaire en libérant le premier cheval. Dom se hérissa à nouveau, alors que Corayne, connaissant sa mère, savait préférable d'ignorer la remarque.

Meliz an-Amarat était exactement pareille : elle se plaignait des voyages difficiles ou des tâches ardues à entreprendre, mais elle les aimait d'autant plus. Le danger, le risque. L'occasion de prouver mille fois ses talents. Corayne devinait que Sorasa voyait là une chance. Après tout, sauver le monde entier devait compter pour quelque chose, même parmi les sicaires. Sans parler du paiement que pouvait se permettre un prince des Aînés.

Le premier cheval entra dans la clairière d'un pas ensommeillé, attiré vers la main de Dom par la grâce de l'Aîné ou simplement par le souvenir. Sorasa, son capuchon de nouveau relevé, guidait les deux autres. Seul le pli dur de sa bouche était visible, sa mâchoire serrée pour retenir ce qu'elle aurait voulu ajouter. Corayne prit les rênes de sa jument, tentant de faire fi pareillement des sensations de chaud et de froid, Ce-qui-attend et ce qui chuchotait, ce qui lui tiraillait les entrailles. Ce que tout cela pouvait bien être, elle l'ignorait.

Je suppose que je risque de mourir avant de le découvrir.

Corayne respirait avec aisance. Elle se sentait mieux sur le pont d'un bateau, comprenait planches et voiles mieux que les chevaux. Et la galère, toujours au port, lui offrait une belle vue.

Appuyée au bastingage de bois, la jeune fille observait la vieille ville de Lecorra. Une tache de couleur baignée de soleil, rendue floue par la chaleur de l'été. Elle s'étendait sur la rive nord de l'Impera et se déployait à l'instar d'un demi-soleil, avec fermes et champs étendus bien au-delà des murailles. La cité royale siscarienne et les temples se dressaient sur l'unique colline, entourée par un îlot vert de peupliers et de cyprès. Les antiques ruines du Cor étaient faciles à repérer dans la cité : leurs murs et leurs colonnades blanchis à la chaux contrastaient avec l'or, le rose, le jaune beurre et les tuiles rouge brique des constructions récentes. Statues et temples se dressaient encore, pâles, brisés, vers le ciel. Le reste de la ville évoquait de la mousse poussant sur un squelette de géant. Corayne se gorgeait de cette vue, savourant jusqu'à l'ombre du Vieux Cor. Son corps vibrait en réponse, se tendait vers quelque chose qui avait disparu depuis longtemps.

Ici, je sens mes ancêtres, aussi lointains qu'ils soient, s'émerveilla-t-elle, enfin capable d'identifier la sensation. *Je sens l'ombre de ce qui n'est plus.*

Le port accueillait des dizaines de galères, de barques, de balingers, de bateaux de pêche et de navires de guerre. Les voiles claquaient en un arc-en-ciel de couleurs, et les bannières de tous les royaumes de la mer Longue, voire d'au-delà, volaient au vent. Corayne aperçut un long vaisseau jydi battant pavillon de paix, ancré près d'une galère de guerre rhashirienne à trois ponts, sans parler d'une dizaine de vaisseaux de la marine ibalette. Ces derniers contrôlaient le détroit de Terravast, faisant la navette au point le plus étroit de la mer Longue pour collecter le prix du péage auprès de quiconque souhaitait passer. La jeune fille pouvait nommer les nombreux pavillons et bateaux comme elle nommait les étoiles. C'était un réconfort : établir une liste et comprendre, quand il existait désormais tant de choses qu'elle ne pourrait quantifier.

Les navires gardent du sens quand plus rien d'autre n'en a.

Le *Fils des tempêtes* devait avoir traversé la moitié de la mer Longue, à présent, mais Corayne continuait de guetter sa mère. *Sait-elle que je suis partie ? Kastio lui enverra-t-il un message pour lui dire que j'ai filé ? Fera-t-elle demi-tour pour me retrouver ?* Cette pensée l'emplissait d'angoisse. Mais une autre peur bouillonnait en elle, corrosive comme la rouille sur une lame. *Et si elle ne le faisait pas ?*

Ses phalanges blanchirent sur le bastingage. Quelle serait la pire de ces deux éventualités, elle était incapable de le dire.

L'Impera coulait sous le navire, ses eaux qui reflétaient un ciel blanchi de chaleur étincelaient d'un éclat d'argent.

Autour d'elle, l'équipage de la galère s'activait, se préparant à mettre à la voile pour Ascal, criant dans un mélange de langues intriquées que Corayne connaissait bien. Ces marins étaient compétents, pas aussi doués que ceux de sa mère, mais assez pour transporter des passagers. Si elle fermait les yeux, elle pouvait se dire qu'elle était à bord du *Fils des tempêtes*, que Cruelle Mel tenait la barre, et que c'était le port de Lemarta qui se dressait au-dessus d'eux. Elle retournerait bientôt à terre et agiterait son mouchoir à l'intention de ceux qui partaient tandis qu'elle demeurerait à l'ancre, condamnée à attendre.

Mais elle avait les yeux ouverts. Ces temps-là étaient révolus.

Elle sentit le vent sur ses gencives et se rendit compte qu'elle souriait. Malgré ses peurs et l'épée suspendue au-dessus de leur tête, elle se détendait. *Voilà ce que cela fait d'être libre.*

« On dirait un cheval échappé de son enclos », remarqua Sorasa sans inflexion.

L'Amhara, à quelques pas d'elle, appuyée au bastingage, réussissait à paraître à la fois attentive et inintéressée. Même avec son capuchon baissé, son expression restait indéchiffrable, impassible, de pierre. Mais le reste de sa personne racontait une histoire facile à lire, de ses mains gantées à ses vêtements lacés sous la gorge. Sa cape dissimulait son épée et elle avait rangé ses poignards. Tous ses tatouages étaient couverts, et elle laissait libres ses cheveux de jais, qui ondulaient d'être restés longtemps tressés. Ses yeux étaient maquillés, alourdis de poudre noire et soulignés d'un trait d'or. Elle ressemblait à une simple Ibalette, n'ayant de remarquables que des iris cuivrés qui passeraient aisément inaperçus sur un vaisseau de voyageurs.

Corayne fit de son mieux pour réprimer son enthousiasme et maîtriser ses nerfs. Pour se glisser aussi aisément que Sorasa derrière un masque. Elle se contraignit à hausser les épaules. « Je veux voir ça, répondit-elle en désignant Lecorra. Pendant que je le peux encore. »

Le masque de la sicaire glissa un peu, et une émotion passa sur son visage. Pas de la peur, mais quelque chose d'approchant. Une méfiance, un chat aux poils hérissés, une charge dans l'air avant l'orage. Qu'elle ait ou non voulu l'admettre, l'Amhara avait vu aussi bien que n'importe qui les êtres des Terres-de-cendres. Cela l'avait rendue nerveuse.

Corayne le sentait aussi, sous chacune de ses inspirations. Les monstres des Terres-de-cendres, Ce-qui-attend, son oncle qui la traquait. Elle n'en connaissait pas le visage mais, dans son esprit, les yeux de Taristan étaient identiques aux siens. D'un noir vide, affamé, dévorant.

« Est-ce que tu avais jamais rien vu comme… *eux* ? » murmura-t-elle. Une femme élevée à la guilde amhara, une tueuse-née, connaissait certainement mieux le monde que la fille d'une pirate consignée à terre.

La sicaire lui rendit son regard, les yeux de nouveau durs. « J'ai vu un tas de choses qui terrifieraient la plupart des gens, répondit-elle. Des monstres et des hommes. Surtout des hommes. »

Corayne se la rappelait sur la colline à la sortie de Lemarta, l'air qu'elle avait dans l'obscurité quand les créatures s'étaient changées en fumée. Le danger était passé, n'avait même jamais existé. Pourtant Sorasa avait peur.

« Donc c'est non, dit Corayne avec humour.

— Tu es loin de ton port d'attache, Corayne an-Amarat. » Le souffle de Sorasa était frais, ses yeux réduits à de simples fentes. La jeune fille avait l'impression qu'on lisait en elle à livre ouvert et détestait cela. « Et tu ne peux que t'éloigner encore. »

Corayne serra les dents et se détourna de la cité. Son regard tomba à nouveau sur la gorge de la sicaire, et elle se rappela le scorpion noir comme du pétrole, son dard courbe dressé pour frapper. *Ce tatouage était-il une récompense ou une punition ?* Elle combattit l'envie de poser la question.

« Toi aussi, tu es loin de chez toi, Sorasa. »

Le soleil étincelait dans les cheveux de l'Ibalette, illuminant chacune de ses boucles noires. Grâce au ciel dégagé et au capuchon baissé, Corayne distingua de vieilles cicatrices sur la peau exposée. De petites coupures refermées depuis longtemps, causées par une lame ou un poing, révélatrices de rudes années dans un endroit que la jeune fille ne verrait jamais. Sa curiosité croissante n'était toutefois pas destinée à être satisfaite. C'était au bas mot agaçant, comme de rencontrer une énigme qu'elle ne pouvait résoudre.

La sicaire changea de position. « Tu devrais peut-être aller voir Dom. Vérifier qu'il n'a pas pourri là-dessous, ou qu'il n'est pas encore malade », dit-elle, le bras tendu vers la soute. L'Aîné n'étant pas aussi habile à se déguiser, il passait la traversée jusqu'à Ascal sous le pont, dans un placard amélioré.

Au lieu d'obéir, Corayne serra plus fort le bois du bastingage. Elle demeura en place, refusant de se laisser chasser.

« Je n'aime pas la manière dont il me regarde, marmonna-t-elle. Il voit mon père. Il voit la mort. Il voit l'échec. » Elle sentait ses épaules ployer sous le poids d'un être qu'elle n'avait jamais connu.

Sorasa leva au ciel des yeux furieux. Elle haïssait l'immortel, cela au moins Corayne le savait. « Je suppose qu'un putrifuseau d'Aîné n'est pas habitué à ce genre de chose.

— Je crois qu'il voit aussi mon oncle », ajouta la jeune fille, crachant les mots, espérant chasser avec eux sa culpabilité. Ses joues la brûlaient. « Je ne savais pas que je leur ressemblais à ce point. »

La sicaire ne répondit pas mais l'observa de la tête aux pieds. *Cherchant le visage d'un prince déchu et d'un monstre en pleine ascension.*

« Je n'ai ma place nulle part », dit Corayne, dont la voix se brisa.

À sa grande surprise, Sorasa eut un sourire. « Il y a un tas de gens comme ça. Et nulle part, c'est tout de même quelque part.

— C'est idiot.

— Eh bien, si tu n'as ta place nulle part, nous avons peut-être la même, nous qui n'en avons aucune », avança-t-elle. Ses yeux de cuivre étincelaient, reflétant les lumières dansantes du fleuve.

Malgré la sensation déplaisante au creux de son estomac, Corayne se surprit à sourire aussi. « Peut-être, fit-elle en écho.

— Je n'ai jamais connu mes parents, continua Sorasa. Je sais seulement d'où ils viennent. Je ne pourrais pas te dire leurs noms, qui ils étaient, s'ils sont vivants ou morts. » Elle parlait sur un ton égal, sans émotion ni regret. Elle exposait un fait, rien de plus. Pas même un secret valant d'être gardé.

Corayne hocha la tête. Elle sentait la clef dans la serrure, clef qu'elle n'avait qu'à tourner pour ouvrir une porte vers sa compagne, les Amhara, leurs mœurs. « La guilde est ta famille ? » demanda-t-elle en se rapprochant.

Un coin de la bouche de Sorasa se souleva et son sourire devint cruel. Elle marmonna quelque chose entre ses dents, en un ibalet si rapide et violent que Corayne ne put le comprendre, avant de revenir à un primordial clair mais hérissé de poignards.

« Pas du tout », gronda-t-elle.

La clef se brisa.

Ni l'une ni l'autre n'ouvrit plus la bouche avant que le navire ne se mette en route, les eaux claires de l'Impera les emportant hors de la cité. Le cœur de Lecorra céda la place à ses murailles, à ses faubourgs, puis à des terres cultivées, et enfin à des forêts ou à des collines couvertes d'une végétation clairsemée. Des villages poussaient sur les berges, toits de tuiles d'argile et rues ensommeillées. Corayne se tourna vers la proue, afin de distinguer chaque nouvelle courbe du rivage au moment où elle arrivait en vue. Sorasa restait près d'elle sans cacher à quel point cette tâche l'ennuyait.

Sur le pont, d'autres voyageurs formaient des groupes. Pour la plupart des marchands, mais aussi deux messagers siscariens arborant la livrée d'un duc, et une troupe de comédiens qui jonglaient fort mal. Tous tenaient à demeurer hors de la cale et des bancs de nage puants. Corayne songeait à Dom, enfermé dans une minuscule cabine, une épaule effleurant un mur, l'autre celui d'en face, forcé de supporter les odeurs qui régnaient sous le pont.

Les autres voyageurs n'intéressaient pas beaucoup Corayne, pas alors que le vaisseau filait vers la haute mer, mais Sorasa les fixait intensément, jaugeant chaque personne à bord comme elle aurait jaugé un verrat de concours. La jeune fille lui jetait de temps en temps un coup d'œil, cherchant à glaner quelque chose et n'y parvenant jamais.

Juste avant le crépuscule, la sicaire se redressa et s'écarta du bastingage, les yeux sur une autre passagère.

Une vieille femme approchait, venant de l'autre bout du pont, d'un pas rendu irrégulier par les évolutions du bateau. Ses cheveux gris indisciplinés étaient tressés par endroits et ornés de plumes, d'os jaunis, de lavande séchée. Elle tenait un panier qu'elle présenta en souriant de toutes les dents qui lui restaient et en croassant en jydi. Corayne ne comprit que quelques mots mais ils furent suffisants.

« *Pyrta gaeres. Khyrma. Velja.* »

Jolies filles. Charmes. Souhaits.

Une marchande de vaines promesses, vendant des saletés sans valeur qu'elle appelait tours ou sortilèges. Un galet poli, des herbes quelconques attachées à l'aide de cheveux humains. *Des bêtises.*

« *Jys kiva* », lui répondit Corayne dans sa langue, avec un accent déplorable. Le message était assez clair : *pas intérêt.*

La vieille femme n'en sourit que plus largement et s'approcha encore, peu impressionnée. L'âge et les travaux avaient rendu ses doigts si noueux qu'ils ressemblaient à des branches brisées. « Pas de prix, pas de prix, dit-elle en primordial, avec un fort accent. Un cadeau de la glace. » Le panier cliquetait entre ses mains.

Sorasa, telle une sœur aînée protégeant sa cadette d'une voleuse, s'interposa entre Corayne et la Jydi. « Pas besoin, *Gaeda* », affirma-t-elle. *Grand-mère.* Son ton étrangement doux attirait fort peu l'attention des autres passagers. « Retourne à ton banc. »

La vieille femme, le visage ridé, pâle et couvert de taches, ne cessa pas de sourire. Elle semblait dépourvue de toute couleur, hormis pour ses yeux d'un bleu lumineux, pareil au cœur d'un éclair. Corayne, en la regardant, sentait une impression familière effleurer un coin de son esprit sans parvenir à l'identifier de manière consciente.

« C'est bon, Sorasa », murmura-t-elle en tendant la main à la vieille femme.

La Jydi baissa la tête et sortit un bouquet de brindilles gris-bleu de son panier, liées avec de la ficelle et du boyau ornés de perles d'os ou de nacre. « Les dieux te bénissent, les fuseaux te gardent », dit-elle en donnant le cadeau.

Sorasa s'en empara avant que Corayne ne le puisse, prenant les brindilles entre son pouce et son index gantés. Elle les renifla, sans respirer à fond, puis toucha le bois du bout de la langue. Après un moment, elle hocha la tête. « Les dieux te bénissent », dit-elle en faisant signe à la vieille femme de s'éloigner.

Cette fois, la Jydi s'écarta d'un pas traînant sans protester, son panier serré contre elle. Elle continua d'explorer le pont, offrant de pareils petits riens aux autres voyageurs.

« Ce n'est pas empoisonné », déclara Sorasa en jetant les brindilles contre la poitrine de Corayne.

La jeune fille les attrapa d'une main mal assurée et les considéra avec incrédulité. « Je ne vois pas pourquoi une vieille femme décrépite voudrait m'empoisonner.

— Les vieilles femmes ont plus de raisons de tuer que la plupart des gens. »

Corayne fit tourner les brindilles entre ses mains avec un sourire en coin. « Est-ce que me servir de garde du corps fait partie de ton contrat ? »

La sicaire retourna s'adosser au bastingage, appuyée sur les coudes. Elle offrit avec volupté son visage au soleil couchant. « Ma tâche consiste à te trouver et à te conduire à Ascal en vie. »

En vie. Une nouvelle fois, Corayne eut un frisson qui n'avait rien à voir avec la température. *Je suis marquée. Il y a dans mon sang une bénédiction et une condamnation tout à la fois.*

« Et le paiement ? s'enquit-elle, ne fût-ce que pour dire quelque chose. J'espère au moins que tu as exigé un prix très haut pour un prince des Aînés.

— Certainement. »

Combien ? avait envie de demander Corayne. Au lieu de cela, elle serra les dents et referma la main autour du charme jydi dont les perles se balançaient. Ce n'étaient d'ailleurs pas des perles, elle s'en aperçut en les observant de près, mais des phalanges de doigts humains sculptées en forme de crâne.

Quelques jours plus tard, Dom s'échappa de la minuscule cabine. À la surprise de Corayne, après avoir passé une semaine cloîtré avec des rameurs en nage, dans un air vicié, à boire de l'eau croupie sans beaucoup manger, il paraissait frais comme une rose. Il inspira une bouffée d'air pur et releva son capuchon avant de rejoindre la jeune fille près du bastingage.

Elle-même se sentait sale et un peu malade, son estomac encore agité des vagues de la haute mer, bien qu'ils aient à présent atteint les eaux calmes de la baie Miroir. Visiblement, sa mère ne lui avait légué ni son pied marin ni ses entrailles à toute épreuve. Mais elle oublia vite ses douleurs.

Un délicat crépuscule tombait, le ciel passant du rose au pourpre au-dessus de l'eau. Les lumières d'Ascal apparaissaient à l'horizon, telle une constellation naissante.

L'immense capitale du Galland enjambait le delta du Grand Lion, répartie sur les nombreuses îles semées à l'embouchure du fleuve. Ponts et écluses s'étendaient au-dessus des eaux, tels des colliers auxquels des torches servaient de pierres précieuses, leur lumière se reflétant là où l'eau douce rencontrait l'eau salée. Corayne tenta de ne pas garder la bouche ouverte.

« C'est gigantesque, hoqueta-t-elle. Je n'aurais jamais cru qu'une cité puisse être aussi vaste. »

Dom, à son côté, hocha la tête. « En effet. » Sous son capuchon, il avait le regard dur et une grimace désormais familière revenait sur son visage. Ascal n'était pas pour lui une source d'émerveillement mais un obstacle à surmonter. À craindre. En conséquence, Corayne avait peur également.

« C'était aussi une cité du Cor, autrefois », ajouta-t-elle, le sentant dans sa chair. Il y avait dans le sous-sol d'Ascal les ruines et les ossements d'un empire mort depuis mille ans. « Comment est-ce que je sais cela ? »

Elle s'attendait à ce que l'Aîné ait une réponse, mais les mots lui manquèrent ; ses traits restèrent tirés.

Sorasa leur lança à tous deux un curieux regard, puis désigna le rivage. « La ville a été détruite et rebâtie dix fois, à dix endroits différents. Ce qui était Lascalla est devenu Ascal, capitale du Galland, le grand successeur du Vieux Cor. » Elle cracha dans l'eau. « En tout cas, ça leur fait plaisir de le croire. »

Les dômes des temples et les tours des cathédrales griffaient le ciel sous le soleil couchant, traçant des lignes sanglantes. Les murailles à degrés d'Ascal, jaunes sous le soleil, dorées à l'aube et au crépuscule, maintenaient la cité hypertrophiée à la manière d'une ceinture. De la fumée montait des bas quartiers, un millier de filets d'un millier de foyers. Corayne plissa les yeux, cherchant le palais parmi les toits et les rues, mais ne trouva rien. *Il doit être enfoui au plus profond de la ville, gardé et entouré d'autres murs.* Son estomac tressauta à l'idée de circuler dans les rues jusqu'à la résidence royale, sans parler d'y entrer.

Bateaux et navires de tous pavillons glissaient sur les eaux, colonne de fourmis se dirigeant vers le port grouillant. Les ponts et les écluses les forçaient tous, hormis les plus petits, à emprunter le même chemin. Celui qu'occupaient les voyageurs s'inscrivit dans la file, et les mâchoires de la cité s'ouvrirent pour eux.

La sicaire fronça le nez. « Préparez-vous à l'odeur. »

Ils dépassèrent la forteresse abritant la garnison de la ville, aussi vaste que le château d'un seigneur, avec tours solides et remparts bien gardés. Les bannières vertes du Galland flottaient sur ses murailles – le lion d'or fier et massif. Corayne fixait ouvertement les tours de pierre de part et d'autre du delta. Toutes deux crachaient des chaînes gigantesques qui plongeaient dans l'eau et passaient au fond du fleuve, sous le trafic aquatique. La jeune fille savait que ces chaînes seraient au besoin levées, isolant efficacement le port et la cité. Elle ne pouvait s'empêcher de penser à l'armée de Taristan, aux soldats d'Asunder, rampant sur les maillons telles des araignées blanches silencieuses.

« Ce sont les dents du Lion », murmura Sorasa en désignant les tours qui gardaient le fleuve. Corayne se pencha plus près, voulant en entendre davantage. « Tous les navires doivent passer entre elles, hormis la marine de guerre du Galland quand elle rejoint le Havre-de-la-flotte. » Elle agita les doigts en direction d'une autre terre à l'embouchure du fleuve, puis d'un canal. « Par là, ça va à l'île de Tiber, pour les marchands. »

Tiber. Le dieu de l'or. Corayne le connaissait intimement : l'équipage de sa mère lui adressait ses prières avant tout voyage.

« Et nous ? » demanda-t-elle en regardant grandir la cité.

Sorasa plissa les lèvres. « Le port des Voyageurs, dit-elle. Le premier point où débarque quiconque vient à Ascal par mer. Il est toujours noir d'étrangers épuisés, de pèlerins, de fugueurs et de tous ceux qui cherchent fortune à la capitale. Bref, c'est le bordel. »

L'odeur les frappa avec force, comme un rideau puant qui se serait abaissé. Fumier, viande avariée, eau croupie, fruits pourris, transpiration, sang d'animaux de boucherie, déchets de toutes sortes ; parfum trop sucré, vin répandu, bière éventée ; fumée, sel, et puis un rare soupçon d'air frais tel le dernier hoquet d'un noyé. En dessous, une omniprésente impression d'*humidité*, tellement profonde que Corayne se demanda si toute la cité n'était pas en train de pourrir. Elle pressa sa manche contre son nez, respirant l'odeur familière de son foyer encore accrochée à son manteau. Oranges, cyprès, la mer Longue, l'huile de rose précieuse de sa mère. Un instant, ses yeux la piquèrent de larmes cruelles qui ne coulèrent pas.

« Où est le palais ? demanda-t-elle en clignant des paupières pour chasser la sensation déplaisante. Je suppose qu'on ne peut pas se planter devant la porte et demander à voir un écuyer. »

L'équipage entama son travail dans les gréements tandis que les rameurs, sous le pont, ralentissaient l'allure. Le tambour qui garantissait leur rythme battait comme un cœur.

« Non, j'en doute », dit Dom en prenant une inspiration à titre d'expérience. Son visage se plissa de révulsion. « Je n'ai jamais rien senti d'aussi répugnant », marmonna-t-il. Corayne ne pouvait qu'être d'accord.

« Tu es un prince des Aînés », fit Sorasa, moqueuse. Elle avait noué ses cheveux en une tresse serrée, prenant soin de la laisser pendre de manière à couvrir sa gorge. « Si quelqu'un peut frapper à la porte d'un palais, c'est bien toi. »

Dom secoua la tête. « Je n'ai pas supporté une semaine sous le pont pour me faire remarquer maintenant. Taristan n'ignore pas qu'Andry Trelland s'est échappé avec l'épée, et un écuyer du Galland est facile à pister jusque chez lui. L'ennemi peut très bien être en train d'observer le palais et la reine. » Il crachait ces paroles comme du poison. Sur le bastingage, ses doigts se crispèrent.

Il aimerait tordre le cou de Taristan, comprit Corayne.

Elle plongea les mains dans ses poches et se mordit la langue. « Il peut déjà avoir l'épée », dit-elle doucement. Ses doigts effleurèrent le charme jydi inutile, poussiéreux, mais aux perles lisses et fraîches. Ce contact ralentissait son pouls emballé. « Auquel cas nous faisons tout ça pour rien. »

Dom fronça les sourcils. « On ne peut pas réfléchir comme ça, Corayne. »

Parier sur un espoir insensé est le chemin assuré de l'échec. « Eh bien, moi, si.

— C'est ça ou accepter que le monde soit condamné, répondit l'immortel avec conviction. Moi, je ne l'accepte pas. »

Des torches flambaient dans ses yeux, reflets de celles des quais sur les deux berges du fleuve. Leur point d'arrimage, tout proche, dégagé, les attendait sur la rive nord.

Une nouvelle fois, Corayne vit des visages blancs, une peau usée jusqu'à l'os, du sang et des armures noires. La silhouette d'un homme ayant les mêmes yeux qu'elle. Même à présent, elle ne parvenait pas à y croire. *Je suis sur le pont d'un vaisseau qui n'est pas celui de ma mère, dans un royaume qui n'est pas le mien, à poursuivre une quête que n'a pas pu mener à bien le père qui m'a abandonnée.* Les événements de la semaine écoulée lui laissaient une impression de flou. Rien de tout cela ne semblait réel. Rien n'avait de sens. Pas comme les étoiles, ou ses plans, ses listes. Tout cela manquait d'équilibre. Et ses nerfs la picotaient.

Dom ajusta sa cape verte puis posa sur Sorasa un regard de défi. Son épée, son arc et son carquois cachés lui conféraient une silhouette massive. « Eh bien, sicaire des Amhara, légende des ombres, rapide avec la langue comme avec la lame, que suggères-tu que nous fassions à présent ?

— Je suggère que tu soudoies un garde à la porte des cuisines, comme tout le monde », répondit Sorasa.

Il eut un grognement ennuyé. « Et en plus discret ? »

L'Amhara, qui explorait le quai des yeux, ne répondit pas. Ses pensées étaient ailleurs – dans une taverne, une salle de jeu, un bordel, avec ses amis d'Ascal. Même si Corayne doutait que Sorasa Sarn tolère l'amitié. *Ou elle a seulement hâte de se débarrasser de nous. Son travail est presque fini. Dès que nous aurons posé le pied sur le quai, elle disparaîtra. Elle n'a rien accepté d'autre.*

Avec un soupir, la jeune fille donna un coup de coude dans le flanc de Dom. Elle se crut redevenue agente maritime, prête à négocier un prix entre deux partis. *Qui se détestent, et dont l'un ne saisit même pas très bien le concept de la monnaie.* Une perspective épuisante.

« Il va falloir que vous lui donniez davantage d'argent si vous voulez qu'elle nous introduise dans le palais de la reine, expliqua-t-elle.

— J'ai payé bien assez », répondit l'Aîné sur un ton sec. Corayne assena un nouveau coup de coude dans le mur de granit qu'était son abdomen. Il ne parut pas s'en rendre compte. « Nous trouverons un moyen nous-mêmes.

— Soit », souffla Corayne. Elle tendit la main à l'Amhara, la paume ouverte en un geste de bonne volonté. « Je suppose que c'est un au revoir, Sorasa Sarn. »

Sorasa considéra ses doigts avec dégoût.

La jeune fille n'en fut pas surprise. Elle retira sa main, et sa voix se fit plus sèche, cinglante. « Amuse-toi bien à nous regarder tâtonner vers ce qui sera peut-être la fin de Terravast. Tu conserveras ta fierté et tu auras quelques pièces d'or de plus à compter pendant que le monde tombera en miettes. »

Un sifflement franchit les dents découvertes de la sicaire, dont les yeux dansaient à la lueur des torches. Le navire atteignit son point d'arrimage dans un grincement de bois et un claquement de cordages. Sorasa oscillait gracieusement pour compenser les évolutions du pont sous leurs pieds. Une nouvelle fois, son masque glissa et Corayne vit de la colère. Du genre utile.

« Bon, si tu présentes les choses comme ça », grinça-t-elle enfin en se décollant du bastingage.

Corayne empoigna le bras de Dom et l'entraîna par son manteau, comme un chien en laisse. Ils fendirent ensemble la foule, manquant de perdre Sorasa dont ils apercevaient par intermittences le visage raide de frustration dans la cohue. La sicaire s'arrêta, laissant les autres voyageurs la contourner.

« Restez à ma hauteur », intima-t-elle, avant de murmurer autre chose en ibalet.

Corayne eut un sourire moqueur. Ayant grandi au milieu de marins, elle n'était pas étrangère aux gros mots.

« Je ne suis pas une guenon qui se mêle de tout », répondit-elle.

Sorasa sursauta, incapable de dissimuler sa surprise. « Tu parles ibalet ?

— Ne t'en fais pas, je ne dirai pas à Dom de quoi tu l'as traité. »

L'immortel arrivait derrière elle en soufflant : sur les quais, ses bottes étaient calamiteuses. « Je me moque de l'opinion d'une meurtrière », dit-il, ce qui était clairement un mensonge.

Corayne soupçonnait qu'il ne s'en moquerait pas du tout. Après tout, Sorasa l'avait traité d'âne stupide et entêté. *Quoique ma traduction ne soit peut-être pas exacte,* songea-t-elle.

En ibalet, les mots signifiant stupide *et* séduisant *se ressemblent énormément.*

11

Le fardeau de la sicaire

Sorasa

Elle ne se considérait pas comme une femme de conscience. Tout sens moral avec lequel elle avait pu naître était demeuré aux portes de la citadelle quand elle les avait franchies. On ne pouvait pas faire un Amhara avec un poids pareil. Pourtant, elle sentait une force peu familière mais puissante la tirer, l'entraîner hors de son chemin comme un hameçon planté dans les ouïes d'un poisson. Sorasa aurait voulu l'arracher, même au prix de chairs déchirées et de sang versé. Se laisser porter par le courant jusqu'à ce que l'occasion l'amène quelque part. Au lieu de cela, elle se retrouvait les dents serrées au milieu du port des Voyageurs, assaillie de tous côtés par la puanteur et le bruit, avec deux hameçons très persistants plantés en elle, qu'elle guidait dans les rues au mépris de son instinct. *La fille du Cor et l'Aîné réussiraient sûrement à entrer dans le Nouveau Palais sans se faire tuer. Et s'ils se faisaient tuer, tant pis.*

Mais les paroles de Corayne la rongeaient. *La fin de Terravast.*

Telle était bien l'impression que donnaient ces spectres d'un autre monde, aussi immatériels qu'ils aient été. Sorasa avait vu des hommes éventrés, brûlés, écrasés, empoisonnés, dévorés, à tous les stades de la mort et de la décrépitude. Tués par contrat, pour l'entraînement, pour le plaisir ou la faveur de Mercury. Des assassinats déguisés en rituels religieux ou en accidents sanglants. Des cadavres démembrés, éparpillés ou dissous dans la chaux vive. Des corps tordus par la torture ou les privations. Elle avait tout vu et presque tout fait. Mais il n'y avait rien, des neiges du Jyd aux jungles du Rhashir, qui l'eût remuée autant que cela. Le souvenir refusait de se laisser oublier, son goût et son odeur restaient vifs en elle. Sang, pourriture, fer. Et une *chaleur* qu'elle ne comprenait pas. Pour une femme née au milieu des sables, c'était le plus troublant de tout.

Elle déglutit avec peine. *Il n'y aura plus de guilde amhara si le monde se brise. C'est de la pure logique. C'est simple. La fin justifie les moyens.*

Au diable murailles, portes et ponts : il y avait d'autres routes pour atteindre l'île qui constituait le Nouveau Palais. Si l'Aîné ne voulait pas être vu, malgré tous ses efforts de toilette, Sorasa allait lui donner satisfaction. Elle ajusta sa cape de manière à la rendre informe, une tache de couleur anonyme, entre sable et fumée, à la lueur des torches. En tant que femme aux jolis traits et au corps sculpté par des années d'entraînement, elle risquait fort de se faire remarquer en ville, mais elle n'avait aucune intention de l'être par les gardes, et encore moins de leur laisser un souvenir.

À condition qu'on arrive à sortir du port, songea-t-elle, amère. *Entre la gamine qui ouvre de grands yeux devant n'importe quoi et la pierre tombale animée, ce sera un miracle si on arrive à minuit.*

Et Corayne ouvrait bien de grands yeux, bouche bée, en se gorgeant du spectacle de la ville. Sans Dom, elle aurait constitué une très bonne cible pour pickpockets et mendiants – mais l'Aîné encapuchonné derrière elle était une sentinelle que nul n'oserait ennuyer. En dehors, bien sûr, des ivrognes, des bagarreurs et des ivrognes bagarreurs. Ceux-là, rassemblés devant tavernes et auberges, à moitié dans l'ombre, agitaient leurs flacons et hurlaient sur l'immortel dans une grande variété de langages.

Dom hésitait, les lèvres plissées sous son capuchon. « Je crois que ces hommes veulent se battre avec moi, dit-il, interloqué.

— Je les comprends, marmonna Sorasa dans un souffle.

— Pourquoi veulent-ils faire ça ? Je suis deux fois plus grand qu'eux. »

Il observa à nouveau les tavernes, les hommes à face de rat vêtus d'habits imprégnés de graisse. Ils lui rendirent son regard en le conspuant, les lèvres retroussées sur des dents jaunies – ceux qui en avaient.

De ses doigts gantés, Sorasa fit signe à l'Aîné de continuer son chemin. « Les garçons font des trucs idiots pour se sentir des hommes, quel que soit leur âge. »

Auberges et tavernes poussaient comme de la mauvaise herbe dans toutes les rues étroites et noires de monde du port des Voyageurs. La plupart des gens quittaient ce dernier rapidement, si bien qu'un flux régulier entrait dans la cité. Sorasa les maintenait au beau milieu de ce courant, non loin d'un groupe de pèlerins en robe encore plus ébahis par leur environnement que Corayne. Elle lâcha un soupir de soulagement quand ils quittèrent l'île où l'on se bousculait pour franchir le Pont-Lune, ainsi nommé en raison de son arche en demi-cercle bien nette au-dessus du Cinquième Canal.

Le regard de Corayne accrocha soudain quelque chose, et la jeune fille ralentit le pas pour contempler le monstrueux Havre-de-la-flotte, tout aussi intimidant que les navires qu'il abritait. Il était creusé dans l'île suivante, un long chenal menant à un cercle intérieur. Là mouillaient tous les vaisseaux de la flotte de guerre, alignés comme des chevaux dans une écurie.

« C'est un cothon, dit Sorasa en poussant la jeune fille pour qu'elle se remette en marche. Et pas bien beau à voir. Une ombre des ports de guerre d'Almasad et de Jirhali, une mauvaise copie. »

Elle revoyait les deux cités, celle de l'Ibal et celle du Rhashir, chargées de brume de chaleur, d'ombre de palmiers : là où le Galland pouvait accueillir vingt navires de guerre, elles en abritaient aisément cent. Dans sa mémoire, les rues d'Almasad se changeaient en or, étincelant comme jamais. Sorasa se força à respirer encore l'air empuanti par la bière aigre de la capitale septentrionale. On aurait dit un seau d'eau froide.

« C'est typique du Galland. Tout a été très correctement volé et mal reconstitué, ajouta-t-elle en maintenant sa prise sur le bras de Corayne. Si tu continues à t'arrêter pour regarder tous les pavés et les caniveaux, je demande à Dom de te porter. »

La cité se déroulait autour d'eux, sombre et semée de lueurs vacillantes comme des gouttes de peinture rouge et or qui saignaient sur les eaux et dansaient dans le sillage des bateaux, des bacs et des petits esquifs à rames glissant sur les canaux. Sorasa s'orientait à mesure qu'ils marchaient, reconstruisait sa boussole interne. La jeune fille avançait à son côté d'un pas lourd, s'efforçant de tout voir.

« La Konrada, dit la sicaire avant que Corayne ne pût poser la question, en désignant la tour dressée au centre d'Ascal, noire contre les étoiles, ses fenêtres flamboyant de l'intérieur comme si un incendie faisait rage dans ses profondeurs. Cathédrale dédiée à tous les dieux de Terravast, tous les vingt, bâtie par Konrad le Grand. »

Derrière elle, Dom fit de son mieux pour sourire. Une expression qui paraissait déplacée sur son visage. « Pour quelqu'un qui déteste avoir des compagnons de voyage, tu fais un excellent guide. »

Sa voix posée et son ton supérieur cassaient la tête de Sorasa. « La tour est ouverte sur toute sa hauteur, trente toises du dôme au sol, continua-t-elle en lui jetant un regard noir. Tu sais ce qui arrive au crâne quand on tombe d'aussi haut ? »

L'Aîné se renfrogna. « C'est une menace, Sarn ?

— J'évoque de bons souvenirs, c'est tout, répondit-elle. J'en ai beaucoup dans cette ville. »

Les yeux de Corayne, au côté de Dom, faillirent rouler hors de sa tête.

Ils tentaient d'éviter les rues principales, d'emprunter surtout des ruelles. Les avenues qui reliaient les ponts comme un réseau sanguin dans un corps auraient été plus pratiques mais moins discrètes. Même la nuit, les marchés et les baraques foraines restaient animés, les fontaines engorgées de gens qui lavaient des vêtements ou emplissaient des seaux. Des chariots roulaient, des prêtres marchaient en rang, des chiens mendiaient des miettes et des chats hurlaient. La garnison patrouillait, lanternes levées et visages mous sous les casques. Des enfants riaient ou pleuraient à tous les coins de rue.

Alors que Corayne paraissait fascinée, Dom arborait une moue dégoûtée. Sorasa ne pouvait s'empêcher d'approuver l'Aîné. *Ascal est une ville répugnante,* jura-t-elle intérieurement en enjambant une flaque noire. Avec ses ponts, ses canaux pestilentiels, et les centaines de milliers d'individus vivant entre ses murs, la capitale était un bel exemple de la manière dont une cité ne devait pas être conçue. Tout y était infiniment plus chaotique qu'en n'importe quelle agglomération du Sud ou de l'Ouest.

Mais le chaos simplifie les choses, admettait-elle. *Dans une foule, une rue, dans les fondations d'une ville.*

Ils rejoignirent une grande avenue pour traverser le pont de la Foi, semé sur toute sa longueur de grandes torchères métalliques pareilles à des javelots. De jour, il serait occupé d'une rambarde à l'autre par des pèlerins cherchant la Konrada et la bénédiction des dieux. À présent presque vide, il n'accueillait que quelques prêtres errants dispersés qui marmonnaient dans leur barbe ou prêchaient au profit des mendiants.

Les voyageurs quittèrent le pont pour une place large et ronde. La sicaire combattit l'impulsion familière qui la poussait à s'enfuir. Elle se sentait exposée, faucon changé en campagnol. La tour cathédrale, dressée au-dessus d'eux, les observait avec une fière indifférence.

Sorasa, si elle détestait Ascal, devait reconnaître que la cité était grandiose dans tous les sens du terme, pour le meilleur et pour le pire. Ainsi le voulaient les rois du Nord, qui se considéraient comme des empereurs dont le fardeau et la bénédiction étaient de régner sur tous les coins de l'horizon.

Le Nouveau Palais, géant trapu posé derrière la cathédrale, ne faisait pas exception.

Corayne eut un soupir, ou plutôt un hoquet. Non d'admiration, mais de peur. « J'en avais une image dans la tête, murmura-t-elle tandis qu'ils continuaient de marcher, l'idée que je me faisais du palais.

— Et ça n'en approchait pas », devina Sorasa. *Je connais cette sensation,* songea-t-elle en se rappelant la première fois qu'elle avait vu le gigantesque édifice. *Le grand siège des rois galliens, le poing de ce pays.* Le spectacle lui avait coupé le souffle. Et le lui coupait presque encore aujourd'hui.

Le palais se dressait au cœur de la cité, entouré de murs sur l'île qui lui était dévolue tout entière, avec ses tours et ses donjons d'un gris délicat auquel les braseros enflammés des remparts conféraient des reflets dorés. Le lion du Galland rugissait sur une centaine de bannières vertes qui flottaient au vent telles des larmes d'émeraudes. Gargouilles et tourelles griffaient le ciel en haut des toits. Des torches flamboyaient sur les remparts d'une douzaine de tours, et des lumières brûlaient derrière nombre de vitraux étincelants. Il y avait une autre cathédrale à l'intérieur du palais, la Syrekom, monstrueuse par la taille, percée d'une rosace pareille à un œil gigantesque incrusté de pierres précieuses. Certaines portions du palais étaient neuves, leur pierre quasi blanche, leur architecture flamboyante et audacieuse, en un contraste absolu avec le reste. Le portail était une gueule de fer, ses mâchoires grandes ouvertes au bout du pont du Courage.

Une vingtaine de chevaliers s'alignaient sur ce dernier, armés de javelots, casqués, vêtus par-dessus leurs armures de soieries vertes brodées d'un lion rugissant. De nuit, au service de leur reine et de leur pays, ils paraissaient inhumains, dépourvus d'émotions.

« Ça fait trop de gardes à corrompre, dit sèchement Dom sous son capuchon.

— Je ne compte pas passer par un pont, répondit Sorasa avec un mordant égal.

— Tu comptes nager dans cette... cette *substance* ? » demanda-t-il en posant sur les canaux fétides un regard dégoûté.

Avant que la sicaire ne puisse cracher une réponse, Corayne s'en chargea. « De toute évidence, il existe un tunnel quelconque », dit-elle doucement. Ses yeux filèrent vers la Konrada, puis vers le palais. « Il y a autre chose en dessous de nous. Dans les ruines du Vieux Cor.

— Oui », confirma Sorasa sur un ton raide.

Elle détailla à nouveau la jeune fille de la tête aux pieds. À Lemarta, Corayne lui avait paru dépourvue d'intérêt, une gamine des bords de la mer Longue comme les autres, le visage marqué par le soleil et les cheveux emmêlés par le sel. *Intelligente, curieuse, turbulente, sans doute, mais quelle fille de 17 ans ne l'est pas ?* Elle n'abritait là-bas qu'une vague étincelle. À présent, elle flamboyait comme si une chandelle venait de s'allumer en elle. Et Sorasa était incapable de dire ce que cela signifiait.

« Il y avait une arène ici, où les Cors organisaient des courses de chars sur le sable, ou bien qu'ils inondaient pour mettre en scène des batailles navales, expliqua la sicaire à voix basse. Il n'en reste qu'un tout petit bout, à l'extrémité est du palais. Mais les fondations sous nos pieds – et même sous les canaux – sont un labyrinthe de tunnels, certains vieux de quelques décennies, d'autres de deux mille ans. Beaucoup ont brûlé quand l'Ancien Palais est tombé ; d'autres se sont effondrés ou inondés depuis l'époque du Vieux Cor. Mais pas tous. »

Corayne plissa à nouveau les yeux pour fixer la Konrada, observant la base plutôt que le pinacle. Le mur dédié à Immor leur faisait directement face. Le grand dieu du temps et du souvenir tenait la Lune et le Soleil à la même hauteur entre ses mains, et les étoiles formaient derrière sa tête comme une auréole. Dans sa poitrine s'inscrivait une fenêtre en rosace qui brûlait de lumières bleues et vertes. Une arche était percée entre ses pieds, une parmi vingt d'où se déversaient les échos de l'office du soir.

Sorasa, un sourire aux lèvres, fit signe à ses compagnons de la suivre vers la cathédrale. « Les caves de la Konrada ne renferment plus rien de valeur, mais elles sont profondes.

— Ce sera suffisant », dit Dom, sombre.

Corayne ne put que hocher la tête. Ses yeux s'agrandirent à nouveau et elle sembla redevenir la jeune fille de Lemarta, non la fille d'un prince défunt entre les mains de laquelle reposait le destin du monde.

« Je crois que les tunnels sentent encore plus mauvais que les rues », affirma Corayne d'une voix étouffée. Elle pressait sa chemise sur sa bouche et son nez, ne laissant visibles que ses yeux noirs qui inspectaient d'un regard dur les murs et le sol de terre battue, cherchant des défauts, semblant dévorer la maigre lumière.

Le grondement de Dom lui fit écho. « Je n'imaginais même pas que c'était possible. Et pourtant si.

— Marrant, les légendes des Aînés ne précisent pas que vous êtes *délicats* à ce point-là », lâcha Sorasa, qui ne pouvait cependant qu'acquiescer. L'air du tunnel se débrouillait pour sentir à la fois le renfermé et la pourriture. Ils circulaient alors en dessous du canal : les parois, humides en permanence, étaient couvertes d'une mousse qui luisait à la faible lumière de sa torche.

L'Aîné marmonna dans sa langue une réponse qui résonna dans le tunnel, vite avalée par l'obscurité. Les caves de la Konrada, désormais derrière eux, n'étaient occupées que par un prêtre gris qui reprendrait connaissance vers le point du jour.

À chaque pas, des souvenirs revenaient à la sicaire. Son premier contrat entre les murs du Nouveau Palais datait de quinze ans, le dernier de quatre seulement. Les deux s'étaient achevés par un homme mort dans ses appartements, une oreille et un doigt coupés, le contrat rempli et le message transmis. Elle n'en tirait ni fierté ni satisfaction. Le devoir accompli était sa propre récompense – du moins à l'époque.

Dans les sous-sols d'Ascal, au sein de l'humidité réfrigérante, Sorasa ne s'était jamais sentie aussi loin des Amhara et de la citadelle. Elle se mordit la joue. L'air froid qui traversait ses vêtements lui donnait l'impression de couver une maladie.

Au bout d'un long moment, le tunnel commença à monter. Dom tâta du dos de la main la pierre du mur. « On n'est plus sous le fleuve, dit-il en constatant que ses doigts revenaient secs. On doit être arrivés sous le palais.

— Oh, splendide, dit Corayne, dont la voix naviguait au bord de la panique. Si je ne crains plus d'être noyée, je vais pouvoir me concentrer sur ma peur de mourir écrasée. »

Un rire comme elle s'en autorisait rarement franchit les lèvres de Sorasa. « Ce n'est pas si grave, dit-elle. Protège-toi le crâne et les côtes. Tu t'en tireras. »

La jeune fille la regarda en clignant des paupières. « Tu es une personne très étrange, Sorasa Sarn.

— Le monde qui nous entoure est étrange », répliqua la sicaire. Ses yeux croisèrent ceux de Dom, qui fermait la marche, retombé dans sa moue perpétuelle. « Et de plus en plus à chaque seconde qui passe. »

L'Aîné ouvrit sa bouche sévère mais s'arrêta, les yeux plissés : son regard d'immortel voyait plus loin que celui de ses compagnes ; il y avait quelque chose dans l'obscurité.

Corayne leva les yeux vers lui, morte d'inquiétude. « Qu'y a-t-il ? » siffla-t-elle à voix basse. Sa main fila vers la botte où elle gardait un couteau petit et inutile.

Il faudrait lui apprendre à se servir de ça, songea Sorasa en remarquant sa mauvaise prise sur l'arme.

Dom se contenta de lever le menton. « Vous verrez. »

La barrière apparut en travers du passage. C'était une bonne vieille grille de fer sans serrure ni charnières, soudée à des plaques fixées des deux côtés du tunnel. L'obstacle était prévu pour empêcher de passer quiconque arriverait là, de l'une ou l'autre direction.

« Est-ce que c'est nouveau ? demanda Corayne, cherchant des réponses, un fait dont elle était coutumière. Ou bien tu as un plan pour contourner ça ?

— Je dirais que ça n'a pas loin de deux cents ans, soupira Sorasa en examinant le fer forgé. Et, oui, j'ai un plan. » Elle jeta à Dom un regard éloquent. « Il est très costaud et très agaçant. »

L'Aîné la considéra avec mépris. La lumière des torches incendiait ses cheveux d'or et jetait des ombres le long des traits marqués de son visage grave. L'obscurité comblait ses balafres.

« Moi, je suis agaçant ? » Ses yeux verts brûlaient comme des braises. « C'est toi qui nous as conduits à un passage bloqué. »

Sorasa observa ses grandes mains, ses larges épaules, et eut un reniflement de désintérêt. Elle se rappelait le taureau de Byllskos, arrêté et balancé de côté par l'immortel.

« Je nous ai conduits à un passage bloqué sur le point d'être débloqué. Il y a une différence », affirma-t-elle.

Dom plissa les lèvres et considéra à nouveau les barreaux de fer forgé. Son front se creusa de plis profonds, mais il resta immobile.

« Quoi, tu as peur de quelques bleus ? » l'aiguillonna Sorasa.

L'Aîné émit un bruit de gorge à mi-chemin entre le grognement et le soupir.

Il se fit bel et bien quelques bleus.

12

La dernière carte

Erida

La reine savait pourquoi son futur époux avait demandé des roses pour le matin. Écarlates, cramoisies, rubis, rouges comme le soleil à la première lueur du jour. Telle était la couleur du vieil empire, et les roses éclosent dans son ombre, fantômes rouges évoquant les ruines disparues. On les trouvait dans tout Ascal mais notamment dans les jardins du Nouveau Palais. De même poussaient-elles à Lecorra, l'ex-capitale, et dans les vieilles cités de province, de Kasie aux portes du Trec, partout où naguère régnait le sang-du-Cor. Erida devait admettre qu'elle aimait aussi les roses, et elle songeait à plusieurs manières d'en intégrer à sa coiffure pour la cérémonie. *Attachées avec des fils d'argent, tressées, épinglées. Assemblées en couronne, peut-être.*

Ses servantes s'activaient dans ses appartements, étalaient des robes du matin au sein du grand solarium. Elles travailleraient tard dans la nuit, inspectant le moindre pouce de soie et de brocart, cherchant des défauts sous les yeux des couturières qui se tordraient les mains. Tous les serviteurs dont on pouvait se passer pour les préparatifs ou le festin traquaient les roses.

La reine les voyait par la fenêtre traverser les jardins à la lueur des torches, un sécateur à la main.

La robe d'Erida pour la cérémonie serait vert et or, tandis qu'un voile crème couvrirait sa couronne, selon la tradition gallienne. Aujourd'hui, toutefois, pour complaire à son fiancé, elle était vêtue de cramoisi – couleur qui lui paraissait étrange mais nullement malvenue. Erida baissait les yeux en marchant, la soie de ses jupes bouffantes reflétant les lumières du long couloir. Ses doigts, où brillait l'anneau de l'État, s'agitaient. Le chemin n'était pas long entre ses appartements et la salle de réception. Elle aurait pu l'accomplir dans son sommeil, chaque tournant et chaque escalier gravé dans sa mémoire.

Ce soir-là, il lui parut à la fois interminable et bien trop court.

Mes femmes sont nerveuses, se disait-elle. Elles la suivaient à distance, la laissant marcher seule. Comme tout un chacun, hormis les membres du conseil de la Couronne, elles ignoraient qui elle avait choisi d'épouser et pourquoi. Erida n'avait parmi elles aucune confidente. Il était trop dangereux de partager ses secrets avec ses dames de compagnie, encore plus d'en prendre une comme amie. Trois d'entre elles étaient les filles de nobles galliens, les deux autres venaient des cours de Larsie et du Sardos. Leur allégeance allait à des pères ambitieux ou à des rois lointains.

Pas à moi. Une reine en exercice n'a pas d'amie proche. Le poids qui pèse sur mes épaules est bien différent et bien plus lourd. Mes pensées m'appartiennent, à moi et à nulle autre.

Elle croisa les doigts et retrouva un air calme bien répété, quoiqu'elle ne fût pas calme du tout. Son cœur battait rapidement, de peur et d'impatience. Elle allait présenter son fiancé à la cour ce soir même et l'épouser dès le lendemain matin, un événement annoncé quelques jours plus tôt seulement. Le palais n'avait depuis cessé de bourdonner. Seuls les conseillers d'Erida connaissaient son choix, et ils avaient juré le secret.

À sa grande surprise, ils semblaient avoir tenu leur serment, même Konegin.

De cela, au moins, elle pouvait se réjouir.

Pourtant, son cœur battait à tout rompre. *Il est le meilleur choix, le seul possible. Mais il pourrait causer ma perte, geôlier au sourire canaille, roi auquel ne manquerait que le titre, qui me tiendrait par une laisse ornée de joyaux.* C'était un risque qu'elle devait prendre.

Monseigneur Konegin espérait sans doute la surprendre, mais Erida s'attendait à le trouver devant l'entrée, et elle ne fut pas déçue.

« Monseigneur », le salua-t-elle, comme il s'approchait, comptant la couper de sa suite de femmes et de gardes.

Il était presque seul, simplement escorté de deux chevaliers lui ayant prêté allégeance. Alors que ceux de la reine portaient du vert à liséré d'or, ses hommes en armure arboraient des tuniques or à liséré vert, avec le lion rugissant renversé. Konegin lui-même avait un faible pour la couleur émeraude, du beau cuir de ses bottes au manteau de brocart attaché sous sa gorge par une épingle incrustée de pierres précieuses.

Sa révérence fut pitoyable, à peine un mouvement de sa tête blonde. La chaîne de sa fonction brillait à son cou. « Je suis content de trouver Votre Majesté avant que tout cela ne commence », dit-il.

Comme si tu n'étais pas tapi derrière un angle tel un chien attendant les reliefs du repas, songea Erida en se forçant à sourire.

« Ma foi, c'est déjà commencé, si je me fie à mon sénéchal », répondit-elle en désignant le petit homme trapu qui supervisait le palais et ses activités, dissimulé derrière les dames de compagnie. Très peu de courtisans royaux osaient s'interposer entre la reine et son cousin, pour l'or ou pour la gloire. « Les tonneaux sont en perce et je crois qu'on commence à servir le vin. De Siscarie, ce soir, n'est-ce pas, Cuthberg ? À présent que les Madrentins nous ennuient à nouveau à la frontière.

— O… oui, madame. Du rouge siscarien et un cru nironais de la baie Saphir pour votre table », répondit le sénéchal sur un ton saccadé, quoique la reine s'intéressât peu au sujet.

Elle soutenait le regard perçant de son cousin sans se départir de son sourire. Avec force, avec toute sa concentration.

« Je confesse que j'aurais aimé voir davantage votre promis, dit-il, partant à la pêche sans grand talent. J'ai eu fort peu l'occasion de m'entretenir avec lui. »

Erida chassa la remarque d'un geste. « Il passe l'essentiel de son temps aux archives, tant au Nouveau Palais que dans les caves de la Konrada. » C'était la vérité, donc facile à dire.

Konegin haussa un sourcil blond. « Il étudie l'histoire ?

— D'une certaine manière. Il veut en apprendre le plus possible sur le Galland avant de me rejoindre sur le trône. »

Le grand seigneur eut une moue de répugnance.

« Cousin, je comprends vos inquiétudes. » Elle lui parlait avec autant de douceur que possible. Konegin était une balance à équilibrer. Il devait avoir conscience de ce qu'elle valait, de son pouvoir de reine, mais ne pas s'en sentir menacé car cela le pousserait à l'action. « Vous savez, bien sûr, que j'attache le plus haut prix à votre conseil. »

Konegin plissa les lèvres, sa barbe masquant sa bouche. « Vous l'ignorez pourtant très facilement, et encore : quand vous me permettez de vous conseiller.

— Vous n'avez pas été ignoré. » *Seuls les hommes peuvent parler toute la journée et continuer de se croire silencieux.* « Mais le choix m'appartient. Vous avez fait serment à mon père qu'il en serait ainsi.

— C'est vrai, répondit-il sèchement. Et je le regrette. »

Une étincelle de colère jaillit dans la poitrine d'Erida. Toute parole prononcée contre son père l'était contre la couronne, le royaume, le sang qui coulait dans ses veines. Elle eut envie de faire exposer Konegin au pilori pour cette seule audace. *Quel bien cela ferait-il ? Son fils est pitoyable mais ses terres sont vastes et il a le bras très long. Bien plus de gens sont loyaux envers lui qu'envers moi. Il est préférable d'apprendre, de me fortifier, d'assurer ma position avant d'ouvrir la fosse aux serpents.*

Elle continuait d'avancer, d'un pas assez lent pour ne pas être impolie mais assez rapide pour garder son groupe en mouvement, avec le banquet à l'horizon. *L'équilibre.*

Konegin se mit à marcher à sa hauteur.

« Vous l'estimez de trop basse extraction pour moi, je le sais », dit-elle sur un ton égal. Elle regrettait, et ce n'était pas la première fois, de n'avoir pas hérité la haute taille de son père, afin de pouvoir regarder son cousin dans les yeux. « Je le comprends, mais croyez-moi quand je vous dis qu'à chaque seconde de ma vie, chaque fois que je respire, je pense au Galland, à la couronne, à notre pays. Cet homme est le bon choix pour nous tous, pour ce que nous pouvons *devenir.* »

Konegin eut un soupir dédaigneux. « Je crois en ce qui est de chair et de sang, en ce qui est réel, Erida. »

Devant eux, une large porte se profilait. *Sanctuaire.* Le passage, la grande salle, l'avenir. Plus de cousins détestables ni de fausses fiançailles, plus de rêves irréalisables, impossibles.

« Moi aussi », répondit Erida. *Plus que tu ne le crois.* « Mais, mon cousin, depuis des années, vous siégez à mon conseil et vous refusez tous les noms sur ma liste. Des princes du sang de Kasie, de l'Ibal, du Rhashir, du Trec, de tous les royaumes de Terravast. Les plus riches héritiers du Galland, les grands princes du Tyriot. Des hommes puissants et compétents. Vous n'en avez approuvé aucun, pas plus que vous n'avez fourni vous-même un nom. » Elle l'observait d'un œil sévère. « Suggérez un prétendant, cousin, si vous en avez un. Ou acceptez celui que j'ai choisi pour notre bien à tous. »

Monseigneur Konegin paraissait amer. Il mordillait ses lèvres fines, résistant aussi longtemps qu'il le pouvait. C'était un angle qu'il avait toujours évité, une carte qu'il ne voulait pas jouer encore. *Mais je te force la main. Pose-la et montre-la-moi*, songea Erida, presque avide. Elle sentait le triomphe lui agacer les dents.

« Mon fils n'est pas marié », grinça-t-il.

Le prince des crapauds. Monseigneur Troll, un garçon de 30 ans avec le caractère de son père, la faible constitution de sa mère et un estomac de morse. J'aimerais autant épouser un cadavre. L'odeur serait moins fétide.

Malgré tout, c'était une possibilité à envisager. Ne fût-ce que pour empêcher la couronne de finir sur la tête de son cousin. *Je ne serais pas la première femme qui se marierait pour ennuyer quelqu'un.*

« Votre fils est un membre précieux de ma famille, un cousin aussi aimé que vous l'êtes vous-même. » La reine et le grand seigneur faillirent tous deux éclater de rire devant ce mensonge aussi flagrant qu'audacieux. Ils échangèrent un sourire crispé, tels des adversaires de part et d'autre de leurs épées croisées. « J'imagine que les princesses et les riches héritières se bousculent pour demander sa main. » *Pour leur malheur, pauvres femmes.*

« Oh, oui, bien entendu, dit Konegin, sans épiloguer. Mais Heralt les oublierait toutes pour servir le Galland, pour servir notre sang noble et majestueux. »

Devant eux, les chevaliers qui flanquaient la porte en chêne à deux battants les ouvrirent sur une suite d'antichambres, toutes de bois sombre, laqué et poli, sculpté avec une perfection intriquée. Chaque arche était une gueule de lion rugissant, les crocs découverts. Erida les imagina se refermant derrière elle, barrant le passage à Konegin. *Ou le coupant en deux.*

« Réjouissons-nous qu'il n'ait pas à faire un tel sacrifice », dit-elle en pénétrant dans le passage. Ses chevaliers la suivirent, leur armure tintinnabulant dans l'espace réduit. Tous étaient larges d'épaules et très musclés, choisis pour leur force et leur dextérité. Sans parler de leur tact. Épaule contre épaule, ils restaient en formation, poussant efficacement à l'écart le cousin de la reine.

Monseigneur Rian Konegin s'immobilisa, sa cape retombant sur son épaule. Encadré dans la porte que franchissait le flot froufroutant des dames de compagnie, il évoquait un rocher au milieu de la mer, immuable, alors que les vagues s'abattaient tout autour de lui. Erida se détourna, satisfaite de sa performance. *La mer conquiert même les montagnes, avec le temps. Et tu vieilliras bien avant moi, ton pouvoir mourra quand le mien fleurira.*

Sa voix légère, musicale, adolescente, lui était un costume tout autant que sa robe écarlate.

« Bon appétit, mon cousin. »

13

Le nœud coulant

Corayne

Dom brossait poussière et terre de son manteau, se nettoyant après sa bataille contre la grille du tunnel. *Alors que son aspect devrait être très, très bas sur sa liste de priorités,* songea Corayne en le regardant refaire la tresse sur sa nuque, rassembler la moitié de sa chevelure en une natte sévère tout en marchant dans le tunnel désormais sec. *À tout le moins, il est efficace.* La barrière brisée, loin derrière eux, en était la preuve.

Quoique cela parût durer une éternité à la jeune fille, ils ne suivirent qu'encore à peine vingt minutes ce chemin sinueux dans l'obscurité profonde avant que la torche de Sorasa n'illumine le bas d'un escalier en spirale.

« Enfin », soupira Corayne. Elle avala une goulée d'air plus frais, sentant la différence.

Dom jeta un coup d'œil soupçonneux aux marches. « Toi d'abord, Sarn », gronda-t-il au fond de sa gorge.

La sicaire eut un sourire de mépris en montant les marches. « Un immortel qui se cache derrière une femme et une gamine. Quelle noblesse ! »

L'Aîné ne réagit pas à l'aiguillon, mais un muscle tressauta dans sa joue.

« J'ai 17 ans, je ne suis plus une gamine », marmonna Corayne en fronçant le sourcil devant l'escalier.

Ses jambes souffraient encore de toutes les journées passées en selle. La simple perspective de monter les marches lui donnait l'impression que ses cuisses la brûlaient. Et, au bout de quelques minutes, elles la brûlèrent bel et bien. Son souffle bruyant devenait plus oppressé à chaque seconde qui passait. Bien qu'elle courût dans les collines de Lemarta et montât sans ciller les marches du port depuis son enfance, ces degrés-là lui paraissaient infiniment plus rudes.

Elle tenta de les compter pour passer le temps et se détendre les nerfs. *Chaque pas nous rapproche du palais, d'une épée qui pourrait ne pas être là, d'une reine qui pourrait ne pas nous écouter.* Avancer dans le noir, dans l'inconnu, revenait à porter une bûche en travers des épaules. Cela rendait chaque pas plus lourd, même les plus faciles.

« Tu dis que ton écuyer est le fils d'une noble dame, fit Sorasa, dont la voix se répercutait en contrebas. Il doit être dans l'aile orientale, là où logent les courtisans. »

Corayne tentait de maîtriser ses halètements. Elle inspira un air humide. « C'est loin ?

— Pas particulièrement. »

Ce n'est pas une réponse.

« Tu ouvriras la marche, tu peux passer pour une servante des cuisines », ajouta Sorasa en regardant par-dessus son épaule. Sans ralentir le pas, elle détailla les vêtements de Corayne. « Demande les appartements de l'écuyer. Facile. »

La jeune fille observa ses bottes, ses braies et sa tunique raidie par les embruns salés. « Je n'ai pas tellement l'air d'une servante. »

Sorasa leva les yeux au ciel si fort que Corayne le sentit presque. « Tu es à l'intérieur des murs, soupira-t-elle. Alors lève la tête, aie l'air de te barber et exprime-toi simplement. De toute façon, tu es une fille. Inoffensive. Personne ne te regardera de trop près. »

Soudain, la jeune fille regretta que l'escalier ne soit pas infini. « Je ne sais pas si je pourrai faire ça.

— Ce n'est pas grave… », commença Dom, mais Sorasa le coupa d'un claquement de langue.

Elle pressa le pas, comme pour punir leur compagne de sa peur. « Tu es l'agente maritime d'une des plus célèbres pirates de la mer Longue, et en plus tu es sa fille. Je suis sûre que tu as des tripes d'acier, enfouies quelque part. »

La chaleur monta aux joues de Corayne, qui brûlèrent malgré l'air froid et humide de l'escalier. *Pas les tripes*, entendit-elle sa mère lui murmurer à l'oreille. Le souvenir lui donna le frisson et du courage tout à la fois. *Je vais te faire voir si j'ai les tripes.*

L'escalier aboutissait à une vaste salle au plafond bas soutenu par plusieurs dizaines de grosses colonnes, plongée dans la pénombre. Une crypte quelconque, très différente par le style des antiques tunnels d'où sortaient les voyageurs. Sorasa la leur fit traverser, suivant un chemin que personne d'autre ne voyait jusqu'à atteindre une nouvelle volée de marches. Celle-là, par chance bien plus courte, menait à une très vieille porte.

Sorasa se fit alors silencieuse et colla l'oreille au battant.

Dom souffla entre ses dents et posa les mains sur les épaules de la sicaire. Elle se tendit comme un prédateur, serrant le poing, tirant son poignard de l'autre main, lorsqu'il la poussa hors du chemin. Ses yeux s'agrandirent, ses narines s'évasèrent et, blême, elle prit une furieuse inspiration sifflante.

L'immortel lui lança un regard agacé avant d'approcher à son tour le visage de la porte, l'oreille contre le bois. Corayne faillit éclater de rire. Bien sûr : un Aîné avait l'ouïe plus fine qu'un mortel, même un Amhara. C'était de la simple logique.

Ce qui ne calma pas Sorasa le moins du monde. « J'ai tué des hommes pour moins que ça, gronda-t-elle.

— Tu peux essayer, si tu veux », répondit Dom, indifférent, concentré sur autre chose. Il écouta durant de longues secondes, tandis que la sicaire fulminait. « La pièce voisine et le couloir suivant sont vides. Il y a un garde qui fait sa ronde au-dessus de nous, mais il est en train de s'éloigner. » Il recula et baissa les yeux sur ses compagnes. « Vous devriez peut-être me laisser m'occuper de l'espionnage à partir de maintenant. »

Sorasa lâcha sa torche, qui cracha des braises sur les dalles du sol. « Il serait temps que tu te rendes utile, siffla-t-elle en tendant la main vers la porte.

— Il serait temps que vous la fermiez, tous les deux », marmonna Corayne.

La sicaire s'immobilisa, les dents découvertes en un sourire menaçant. Ses yeux de cuivre reflétaient la faible lueur de la torche quasi éteinte à leurs pieds. « De toute façon, ma présence ne vous ennuiera plus très longtemps. »

Corayne n'était pas surprise. Une tueuse n'avait aucune place dans leur quête : sa route s'arrêtait là. La jeune fille éprouvait pourtant une pointe de tristesse. « Tu pourras filer dès qu'on aura trouvé Trelland.

— Comme le vent, répondit Sorasa en hochant la tête, avant de lancer à Dom un sourire mauvais. Jusqu'à ce que quelqu'un achève sa tâche grandiose et remplisse sa part de notre marché. »

Les ombres jouaient sur le visage de l'Aîné, mettant ses traits en relief. Un instant, il parut vieux, comme si ses longues années d'immortalité le rattrapaient enfin. « Elle sera remplie.

— Sauf si tu meurs, répondit Sorasa sur un ton léger en empoignant avec force la poignée de la porte.

— Les dieux le veuillent, si ça me permet de ne plus jamais te voir », marmonna Dom alors que le battant s'ouvrait.

Corayne cligna vivement des yeux sous l'effet de la soudaine luminosité, et tout son corps se tendit. Elle se prépara à entendre crier un garde ou une servante, quelqu'un qui donnerait l'alarme. Mais Dom ne s'était pas trompé : il n'y avait personne de l'autre côté de la porte, seulement un débarras à moitié vide où l'air sec sentait le renfermé. La pièce était à peine utilisée, presque oubliée. De ce côté, la porte n'avait rien de remarquable, simple vieux panneau de bois menaçant de se fendre. Elle n'était munie ni d'une poignée, ni d'un bouton.

Personne ne reviendra par là.

Le couloir qui partait du débarras s'avéra aussi désert. Des tapisseries pendaient aux murs et de beaux tapis couvraient le sol, étouffant les pas des intrus. La plupart, de facture gallienne, étaient dus à des tisserands aussi dépourvus de talent que de sens artistique. Du vert et de l'or, encore et encore. *Ils n'en ont donc jamais assez de ces couleurs-là ?* se demanda Corayne tandis qu'ils dépassaient l'image tissée d'un lion à tête écrasée.

Elle se répétait de ne pas avoir peur. Elle accompagnait un prince des Aînés témoin de grandes terreurs. Si jamais ils étaient capturés avant de trouver Andry, ils seraient conduits devant la reine plus tôt que prévu, point final, et ils pourraient l'avertir tout autant. *Ou bien on nous jettera au cachot pour nous être introduits dans le palais.*

Elle chassa ces pensées et se concentra sur le rôle qu'elle devait jouer. Une servante garderait les yeux baissés, sans contempler des tapisseries qu'elle voyait toute la journée. *Tu travailles aux cuisines, plus précisément dans les jardins des cuisines.* Cela expliquerait ses mains et ses genoux salis par le voyage. *Tu t'occupes des… qu'est-ce qui est de saison en ce moment ? Les tomates ? Les choux ?* Son esprit tournait à toute vitesse, cherchant une bonne histoire à raconter. *Un courrier est arrivé des écuries ; il avait une lettre pour Valeri Trelland. Il m'a envoyée la lui porter.* Quoique Corayne ait passé des années à négocier pour le compte de sa mère cargaisons volées et denrées illégales, elle n'avait jamais assumé ses mensonges seule. Le *Fils des tempêtes* surveillait ses arrières.

Le Fils des tempêtes *est loin à présent. Il faut que je me débrouille sans lui.*

Sorasa et Dom choisissaient habilement leur parcours, évitant les bruits d'armure synonymes de gardes ou de chevaliers. Ils n'étaient entrés que depuis quelques minutes, mais les secondes semblaient s'étirer et le cœur de Corayne s'emballait.

« Des servantes, souffla Dom derrière son épaule. Au-delà des arches. »

La jeune fille serra les dents et se sentit hocher la tête. Devant eux, le couloir s'élargissait et le mur cédait d'un côté la place à des colonnes et à des arches ouvrant sur une roseraie florissante. Prenant son courage à deux mains, elle s'avança alors que ses compagnons restaient en arrière. *Tu travailles aux cuisines.*

Deux femmes agenouillées au milieu des roses emplissaient des paniers de fleurs écarlates. Leurs visages luisaient de sueur et elles portaient d'épais gants de cuir pour se protéger des épines.

« Dis-moi que Percy t'envoie pour nous aider, s'il te plaît », lança l'une d'elles avec un soupir. Elle s'essuya le front d'un revers de main. « À ce rythme-là, on va passer la nuit à cueillir des fleurs.

— Je... », fit Corayne d'une voix hésitante.

L'autre servante, plus âgée que sa camarade, agita une poignée de roses dans sa direction. « J'espère que tu as apporté des gants, ma cocotte.

— Non, désolée... », dit la jeune fille, une boule au fond de la gorge. Elle déglutit en observant les deux femmes. « J'ai un message pour dame Valeri Trelland. Une lettre, apportée par un courr...

— Trelland ? » La première servante blêmit. « Elle n'est pas morte ? »

L'estomac de Corayne s'affaissa jusqu'à ses pieds.

« Pas morte, non, répondit l'autre femme, qui agitait toujours ses roses. Elle est seulement malade. Le genre de longue maladie qui tue lentement. Elle ne quitte plus trop ses appartements. Mais elle reste plus gentille que toutes les autres réunies. » Puis elle tendit sa main chargée de fleurs. « Continue tout droit. Ses quartiers se trouvent au pied de la tour de la Dame. Cherche le portrait du roi Makrus. »

La jeune fille hocha la tête avec reconnaissance. « Merci. »

Comme elle se détournait, la servante la plus âgée lui lança d'une voix aiguë : « Et dis à Percy qu'on a besoin d'aide si on veut couper assez de fleurs pour demain matin !

— Je n'y manquerai pas », répondit-elle, bien qu'elle n'eût aucune idée de qui était Percy ni aucune intention de le chercher.

Le nœud qui comprimait sa poitrine se desserra et elle alla retrouver Dom et Sorasa qui l'attendaient de l'autre côté des arches. Tous les deux avaient longé la roseraie sans que les servantes ou Corayne elle-même les remarquent. La sicaire passa le pouce par-dessus son épaule, tandis que ses lèvres formaient des mots silencieux. « Par là. »

La tour de la Dame était déserte, ses occupants endormis ou absents, en train de festoyer, voire de s'employer à toutes sortes d'intrigues de cour. À en croire les servantes, un événement important devait se produire dans la matinée.

Corayne n'avait aucune idée du physique du roi Makrus, mais c'était de toute façon Sorasa qui ouvrait la marche. Ils finirent par arriver devant le portrait d'un individu qui, avec sa peau grêlée et sa silhouette massive, évoquait davantage un troll qu'un roi. *En plus, les portraits sont censés arranger les gens,* songea Corayne en regardant le tableau poussiéreux. Cet homme devait être d'une laideur inimaginable de son vivant.

Le portrait était accroché non loin de la porte des Trelland, dont les intrus s'approchèrent d'un pas rapide, comme si quelque chose avait pu les arrêter au dernier moment.

Corayne se sentait bizarre, détachée de son corps, comme si elle s'observait de loin. Rien ne lui paraissait réel, malgré l'odeur de poussière du couloir, le tapis moelleux sous ses bottes, le mur de pierre froid sous ses doigts. Elle prit une profonde inspiration et cligna des yeux, s'attendant presque à se réveiller dans son lit, à Lemarta, avec Kastio en train de préparer le petit déjeuner dans la pièce voisine. *Ce n'est qu'un rêve. Mon père, mon oncle, le fuseau déchiré, l'Aîné et la sicaire. Tout cela va disparaître, chassé par la lumière du jour.*

Mais le monde resta identique, insistant pour être vu et senti. Impossible à ignorer.

Corayne fixait la porte.

Dom fixait la porte.

Ils échangèrent un regard, tous les deux hésitants, tous les deux figés. Les yeux noirs rencontrèrent les yeux verts, le fer l'émeraude. Plusieurs siècles les séparaient mais, un instant, ils furent identiques, debout au bord du gouffre, terrifiés par l'inconnu en contrebas.

Et si l'épée a disparu ?

Et si l'épée est encore là ?

« Est-ce qu'on doit frapper ? se força à demander la jeune fille, la bouche soudain sèche.

— Oui, répondit Dom d'une voix rauque, avant d'ajouter en regardant par-dessus son épaule : Sarn… »

Mais il n'y avait personne derrière lui. Plus de femme vêtue d'habits passe-partout, enroulée dans sa cape, un unique tatouage visible à la lumière des torches.

Sorasa Sarn des Amhara avait disparu sans laisser de traces, comme si elle n'avait jamais existé.

Son absence alluma en Dom un feu qui consuma sa peur. Il frappa du poing sur la porte. « Plaise à Ecthaïd que les tunnels s'effondrent sur sa tête de meurtrière », siffla-t-il, nommant un dieu que Corayne ne connaissait pas.

L'estomac de la jeune fille se noua quand on tira le verrou. La porte s'ouvrit, laissant Corayne face à un très jeune homme, ce qui valut à son estomac un nouveau soubresaut.

Il était grand et musclé mais encore immature, sa croissance inachevée. Sa peau lisse, aussi parfaite que l'ambre poli, luisait avec chaleur. Il n'y avait que l'ombre d'une barbe sur ses joues, les premières tentatives d'un jeune garçon. Ses cheveux noirs étaient coupés court comme l'exigeait sa fonction. Car c'était bien entendu l'écuyer Andry Trelland, qui avait survécu au massacre du temple alors que tant d'autres étaient morts. Corayne, sans savoir pourquoi, s'était fait de lui l'image d'un homme, d'un guerrier comme les autres. *Mais il ne peut pas être beaucoup plus vieux que moi, pas plus de 17 ans.* Elle lui trouva d'abord le visage doux, empreint de gentillesse. Comme Dom, toutefois, il avait quelque chose d'écorché sous cet aspect plaisant, une blessure encore ouverte qui pourrait ne jamais guérir.

« Oui ? » dit-il simplement, d'une voix plus grave qu'elle ne s'y attendait. Trelland tenait la porte près de son épaule, empêchant sa visiteuse de voir derrière lui, sinon la lumière vacillante d'un feu. Il attendit sa réponse les yeux baissés sur elle, concentré au point de ne remarquer personne d'autre.

« Tu es Andry Trelland », dit doucement la jeune fille, renonçant à tout faux-semblant.

La bouche d'Andry tressaillit d'amusement. « En effet. Et toi, tu es nouvelle au palais », fit-il en la considérant avec bienveillance. Il nota ses mains sales. « Les cuisines ?

— Pas exactement.

— Écuyer Trelland », tonna Dom en se postant derrière Corayne, au-dessus de la tête de laquelle il voyait sans mal, si bien qu'il pouvait la laisser entre eux deux.

Les traits doux et amicaux disparurent du visage d'Andry ainsi que s'efface une ardoise. Ses yeux noirs s'agrandirent et il s'appuya lourdement contre la porte, comme si ses genoux avaient pu le trahir.

« Monseigneur Domacridhan », souffla-t-il. Il balaya des yeux le visage mutilé de Dom, scrutant les chairs déchirées. « Vous êtes vivant. »

Dom posa la main sur la porte et l'ouvrit en grand. Son front se plissa.

« Pour l'instant. »

Je m'appelle Corayne an-Amarat. Ma mère est Meliz an-Amarat, capitaine du Fils des tempêtes, *fléau de la mer Longue. Mon père était Cortael du Vieux Cor. Et ceci est son épée.*

La lamefuseau reposait dans son fourreau en travers des genoux d'Andry. Corayne ne parvenait pas à la quitter des yeux tandis que Dom et l'écuyer échangeaient le récit de leurs voyages respectifs après le temple. Si son œil ne la trompait pas, le fourreau était de cuir noir bouilli, deux fois huilé. De la belle ouvrage, solide, ancienne. Quoique pas aussi ancienne que l'épée : l'acier, qui paraissait froid même à distance, bourdonnait d'une force qu'elle sentait à peine et ne pouvait nommer. Andry n'avait pas encore tiré la lame. La jeune fille ne savait pas à quoi elle ressemblait ni s'il y avait encore du sang dessus – celui de son oncle, qui aurait dû mourir et n'était pas mort, ou celui de son père, qui avait vu sa vie s'écouler en rouge sur ses mains. La poignée, recouverte d'un cuir noir usé par une main différente, était propre, à tout le moins, la garde sertie de pierres étincelantes. À la lueur du feu, elles passaient de l'écarlate au pourpre, tels le crépuscule et l'aurore.

Il n'y avait pas de gemme incrustée dans le pommeau, mais la gravure d'une étoile ou d'un soleil à multiples rayons. Le symbole du Vieux Cor : une lumière depuis perdue – forgée sur une autre terre, imprégnée d'un pouvoir que Corayne ne pouvait appréhender.

« Elle est à vous », fit Andry lentement, et elle se rendit compte qu'il s'adressait à elle. L'Aîné et lui s'étant mis mutuellement au courant de leurs pérégrinations, il souleva l'épée sans hésiter et la tendit à la jeune fille. Les yeux de Dom suivirent la lame.

Corayne, qui transpirait déjà dans l'air chaud et renfermé du logement, se recula sur sa chaise devant le feu, les yeux agrandis. Son souffle se bloqua dans sa gorge.

Valeri Trelland se pencha sur son propre siège. « Il semble que vous en aurez besoin, ma chère », dit-elle d'une voix placide et lente.

Comme l'avait affirmé la servante, elle combattait à l'évidence une maladie – le corps frêle, la peau sombre privée de chaleur. Cependant, elle se tenait très droit et ses yeux verts étaient clairs. Elle n'avait pas peur.

« Très bien », lâcha Corayne avant de tendre les mains.

L'épée, forgée avec talent et bien entretenue, était plus légère qu'elle ne l'aurait cru. *Je n'avais encore jamais tenu une épée*, songea-t-elle, distraite. *Une véritable épée, pas un coutelas de pirate ou une hache. Une épée de héros.* Ses yeux s'étrécirent. *L'épée d'un héros mort.*

Malgré l'air chaud, l'arme était fraîche au toucher, comme tirée d'un fleuve ou d'un océan, voire arrachée au ciel nocturne entre les étoiles. La curiosité monta encore en Corayne, ouvrant grand des mâchoires affamées. Lentement, la jeune fille tira l'épée du fourreau sur la largeur de deux doigts, puis de la main. Le motif ciselé dans l'acier étincelant à la lueur du feu était ponctué de marques qui évoquaient de l'écriture. Un instant, elle se crut capable de les déchiffrer. *Un peu d'ibalet, de kasien, une boucle siscarienne* – mais non. Les mots du Vieux Cor étaient aussi perdus que l'empire, aussi perdus que son père. Corayne, transpercée d'une pointe de tristesse aiguë, remit la lamefuseau au fourreau avec un sifflement métallique.

Quand ses mains se refermèrent sur la poignée, elle eut l'impression de s'inscrire dans l'ombre d'un mort.

« Ainsi survivent les Compagnons de Terravast », dit Andry en se retournant vers Dom. Il carra la mâchoire, chassant un peu de douceur de son visage. « La quête n'a pas échoué, elle est simplement inachevée. »

Corayne avait perdu le compte des grimaces esquissées par les lèvres de Dom. Celle-ci fut certainement la pire à ce jour.

« C'est un point de vue, parvint-il à répondre, l'air confus. Nous ne sommes plus que deux.

— Trois », corrigea Corayne, se surprenant elle-même. Elle cligna farouchement des paupières. *Sois brave, sois forte,* se dit-elle, bien qu'elle se sentît à des lieues d'être l'un ou l'autre. Elle leva le menton, tentant de se rappeler la voix dont sa mère se servait sur le pont d'un bateau. Calme, responsable. « Nous sommes trois à présent. »

Dom l'observait avec intensité, les yeux emplis d'un chagrin languissant. Elle ne savait si elle devait le prendre dans ses bras ou le gifler pour le tirer de cet état. « Très bien », lâcha-t-il, la voix basse.

Comme si ce n'était pas ce qu'il voulait, ce qu'il demandait, comme si ce n'était pas pour accomplir cela qu'il était venu me chercher. Corayne grinça des dents. *Je suis ici parce que tu m'y as amenée,* songea-t-elle. *Tu pourrais au moins faire comme s'il ne s'agissait pas d'une condamnation à mort.*

« Et d'autres nous rejoindront bientôt », enchaîna Andry, enthousiaste, avant de quitter son siège d'un bond. Il se mit à faire les cent pas dans le boudoir, démontrant une énergie vibrante et, dans les circonstances, discordante. « J'ai averti la reine mais elle n'a rien fait du tout. Maintenant, avec vous, monseigneur, et vous, madame… » Il leur adressa un signe de tête à chacun, sans cesser de marcher de long en large. « … elle n'aura pas le choix. La reine Erida est farouchement protectrice de son royaume. Elle ne le laissera pas tomber en ruines sous les pieds de Taristan. »

Il marqua une pause devant un bouclier accroché au mur. Vieux, ébréché sur les bords, peint de gris et d'une étoile bleue que divisait en deux une longue griffure. L'écuyer le contemplait comme un prêtre aurait contemplé ses icônes et ses autels. Avec tristesse, Corayne se rendit compte qu'elle n'avait vu aucune trace de présence paternelle dans ces appartements. Elle observa à nouveau le bouclier abîmé, et le garçon qui se tenait devant.

Nous avons quelque chose en commun.

« Je vous aiderai, bien sûr, dit Andry, en se retournant vers eux. Je vais conduire Mère à Nkonabo, loin de ce qui pourrait la menacer, mais je reviendrai, je le jure. »

Une nouvelle fois, Dom parut peiné, et Corayne comprit ce qu'il ressentait. La fille du Vieux Cor et l'immortel n'avaient guère le choix, mais l'écuyer ? *Il faut voyager longtemps pour arriver en Kasie, et longtemps pour en revenir.*

« Tu n'as pas à faire ça, Andry, dit Dom.

— C'est mon devoir, répondit farouchement le garçon. Mon seigneur est tombé. Je le vengerai.

— Tu devrais rester avec ta mère. » Corayne regretta égoïstement ces paroles alors même qu'elle les prononçait. « La protéger. »

Andry se posta au côté de Valeri dans une attitude de gardien. « C'est ce que je ferai. Mais je suis un Compagnon. J'ai un devoir à accomplir.

— Très bien, mon fils », dit-elle, les yeux vides. Elle lui posa la main sur le bras, l'apaisant un peu. « Nous partirons cette nuit même. Je peux être prête et attendre sur les quais à l'heure où tu en termineras avec la reine. Tous les arrangements sont pris. Nous n'avons qu'à donner l'ordre.

— Je vais appeler votre servante et un porteur, murmura Andry en réponse, embrassant ses doigts repliés. Je vous retrouverai sur le bateau avant minuit.

— Plus tôt nous nous en irons pour Nkonabo, plus tôt tu pourras rentrer », conclut-elle avec un sourire mince, quoique agréable.

Cette déclaration parut satisfaire Andry, mais Corayne vit la crispation aux coins de la bouche de Valeri. La crainte derrière ses yeux couleur de printemps. Aucune mère n'enverrait volontairement son enfant vers le danger, même s'il le souhaitait de tout son cœur. Soudain, ce ne fut plus Valeri Trelland qu'elle vit assise près du feu mais Meliz an-Amarat, les cheveux ébouriffés par une brise salée, les lèvres remuant sans produire un son.

Emmène-moi avec toi, voulait à nouveau demander la jeune fille.

Jamais, résonna en écho.

« Vous devriez voir la reine ce soir », continua Valeri. Elle se leva de sa chaise, mal assurée sur ses genoux affaiblis. « Tout de suite. Avant que les gens ne soient trop pris par les festivités.

— Festivités ? » Dom inclina la tête de côté. La lumière du feu illumina ses cicatrices.

Pris d'un regain d'activité, Andry entreprit de fouiller dans les placards du boudoir. Il en tira des bagages assortis, deux sacoches pleines et soigneusement fermées. *Toutes les deux garnies pour un long voyage,* remarqua Corayne.

« La reine a 19 ans, et elle reçoit des demandes en mariage depuis son arrivée sur le trône il y a quatre ans, expliqua l'écuyer avec un soupir agacé. D'habitude, elle les repousse, mais je suppose que son conseil a enfin eu raison d'elle. Elle doit annoncer l'identité de son fiancé à la cour ce soir et l'épouser officiellement demain matin. »

Des roses pour la cérémonie, coupées à la main toute la nuit, songea Corayne en se rappelant les servantes dans la roseraie. Une roseraie qui serait absolument dévastée au matin, quand Erida épouserait l'homme qu'elle avait dû accepter. La jeune fille éprouva une pointe de pitié pour la reine. Autant qu'une roturière pouvait en éprouver pour une souveraine.

« Notre affaire est sans conteste plus importante, dit-elle. Et ce serait peut-être une occasion pour une fiancée contrainte. Une excuse pour retarder un mariage dont elle n'a aucune envie. »

Andry sourit, et son sourire, pareil à une étoile, l'illumina. « Ça pourrait marcher. »

Elle ne put empêcher ses lèvres de s'étirer également, en proie à une bouffée d'espoir rare au point d'être peu familière.

« La reine écoutera », affirma-t-elle, appuyée sur la lamefuseau. Quand elle s'en servit pour se remettre sur ses pieds, elle se rendit compte que l'épée mesurait plus de la moitié de sa taille. « Pas comme votre reine à vous, Dom. »

Ses grands membres se détendirent et l'immortel se leva avec grâce. On eût dit une statue animée, lente et délibérée, en contraste absolu avec l'énergie furieuse d'Andry. « Les mortels ont le sang chaud, ils se mettent vite en colère et sont vite prêts à se battre, dit-il. Ç'a été votre défaut au cours des derniers siècles. Peut-être cela sera-t-il aussi votre salut. »

Corayne se mordit la joue. *Les Aînés aussi se mettent en colère, à en juger par toi,* songea-t-elle avec chaleur. Elle avait très envie de le gourmander. *Tu es une bouilloire chauffée à feu doux, déjà furieux quand je t'ai rencontré, tu veux faire ton deuil sans avoir idée de comment t'y prendre, et tu cherches la vengeance sans savoir où la trouver. Tu es un prédateur sans gibier.*

Au lieu de cela, elle jeta un regard dur à l'épée dont les pierres précieuses étincelaient.

« Je ne sais vraiment pas comment je vais porter ça. »

14

Le chevalier vert

Ridha

Trois jours durant, elle maudit Sirandel, proférant des obscénités à chacun des pas du cheval de sa mère lancé au galop. En primordial, en bas vederien, la langue bâtarde née au fil des siècles en Terravast, et en vederien pur, la voix de Glorian, d'une terre qu'elle n'avait jamais connue. Ridha, princesse d'Iona, héritière de la monarque, enfant unique d'Isibel Beldane et de Cadrigan de l'Aurore, chevauchait avec fureur. La jument des sables, élevée pour l'endurance, lui obéissait encore mais même elle commençait à se fatiguer. Pas Ridha.

Tous des lâches, les renards et les cerfs, songea-t-elle, désespérant de son foyer ainsi que de l'enclave désormais laissée plusieurs lieues derrière elle. Elle maudit le palais d'arbres et de rivières des Sirandel, leurs grandes salles forestières et leurs caves de racines. Leur cité de splendeur immortelle, cultivée autant que bâtie, dissimulée au plus profond du Bois-Castel. Puisqu'elle était la fille d'Iona, l'héritière de la monarque, ils avaient festoyé et célébré sa présence qui leur inspirait un grand intérêt. Mais cela n'avait pas duré. La nouvelle qu'elle apportait était noire, sa requête impensable. Partir en guerre après des siècles de paix ? Combattre l'homme qui pourrait les ramener chez eux, même si cela signifiait abandonner Terravast à Ce-qui-attend et aux mâchoires d'Asunder ? Répandre le sang de Sirandel là où Iona refusait de verser le sien, pour une cause aussi redoutable ?

Votre mère est sage, avait dit le monarque de Sirandel, une expression grave sur son visage allongé. Ses cheveux étaient plus gris que roux, marqués d'argent par le temps. *Nous nous fierons à son jugement. Glorian nous appelle.*

Ridha avait eu envie de lui cracher à la face. Au lieu de cela, elle avait hoché la tête, bu les liqueurs offertes, mangé la nourriture donnée, et s'en était allée dans la nuit.

Même les loups l'évitaient, s'écartant du chemin tracé par les bêtes tandis qu'elle poussait sa jument à travers la forêt. Elle ne sentait plus l'armure luisant d'un éclat vert qui la couvrait, marquée des andouillers et du cerf dont elle désespérait à présent. *Est-ce qu'il pleut ?* se demanda-t-elle au bout d'un long moment en respirant l'air humide du Bois-Castel. De l'eau coulait bel et bien sur son visage, des doigts froids et moites qui traversaient ses cheveux noirs. *Depuis combien de temps suis-je trempée jusqu'aux os ?*

Une telle sensation n'était pas vederienne, mais un frisson naquit tout de même en elle. *Et pas à cause de la pluie.*

Encore une fois, elle jura de rage. Contre elle-même, surtout.

J'ai envoyé Domacridhan dans le monde seul, à la recherche d'assassins et d'héritiers du Cor, à la recherche d'une épée et d'une vengeance, sinon de la mort. Elle revoyait son bouillant cousin, aussi chaud qu'un fer au feu d'une forge. Tout de colère et de chagrin. Ni philosophe ni diplomate, il n'avait pas même les idées claires. *Et maintenant, avec la chute du monde à l'horizon ?* Elle resserra sa prise sur les rênes de la jument. Ses phalanges blanchirent sous ses gantelets. *L'ai-je envoyé à la mort ?*

Pire encore était la question plus égoïste : *Ai-je déjà échoué ?*

Comme les arbres défilaient sur les côtés, flous, feuilles vertes et troncs noirs sous le déluge, une silhouette blanche se dressa devant elle. Quoique fixe, elle suivait son mouvement, immobile mais avançant du même pas. Une image qui irritait les yeux, presque aveuglante, et Ridha ferma les paupières, laissant la jument trouver elle-même le chemin. La silhouette demeura visible. Elle n'avait rien d'étrange. Ridha aurait reconnu n'importe où le visage de sa mère, même dans un envoi où tout était brume – aussi irréel que réel, lointain et semé de rides.

« Rentre à la maison, disait Isibel. Les Sirandel ont refusé. Les autres refuseront aussi. » Elle semblait faite de cendres ; les contours de sa peau pâle et de ses cheveux argent et or se détachaient en flocons. L'envoi n'était pas très puissant, mais Ridha était du sang de la monarque : il ne fallait guère de volonté pour les relier. « Rentre à la maison. »

La princesse continua de galoper. *Pas question.* Elle serra les dents, sa résolution intacte. *Sirandel n'est qu'une enclave parmi d'autres, elle n'abrite pas les seuls guerriers immortels de Terravast. Je n'ai qu'à choisir, et à choisir bien. Sinon…*

Un autre refus souriant pourrait faire la différence entre la vie et la mort pour tout ce qu'elle connaissait, tout ce qu'elle aimait. Quoique Domacridhan n'eût aucun talent pour la magie, elle le revit lui aussi, le visage déchiré, sanglant, les yeux emplis des horreurs observées dans les collines.

Le temple du fuseau se dressait à quelques jours de cheval au nord-ouest, ce qui ne représentait pas pour elle une grande distance. Le frère de Cortael s'y trouvait peut-être encore, flanqué du sorcier et de l'armée que vomissait le seuil déchiré. *Combien y aurait-il de soldats à présent ? Domacridhan en estimait plus de cent sortis durant les premières minutes, assez pour exterminer ses compagnons. Il pouvait y en avoir à présent des milliers. Des dizaines de milliers.*

En elle, le froid s'intensifia, jusqu'à lui donner l'impression que ses os se changeaient en glace.

L'orée du Bois-Castel se présenta plus tôt qu'elle ne s'y attendait. Toutefois, elle n'avait pas emprunté ce chemin depuis plusieurs dizaines d'années, et les mortels étaient très doués pour détruire ce qu'ils ne pouvaient dompter. La forêt s'évanouit autour d'elle, cédant la place à une ceinture stérile de souches et de racines arrachées. Ridha entendait fonctionner les scieries à une demi-lieue de distance, sur les rives du Grand Lion, pour produire du bois de construction qui serait envoyé à Badentern, en aval, puis au port de commerce d'Ascal. Le chêne et le pin d'acier galliens, célèbres dans tout Terravast, rapportaient un bon prix en toute saison. On les utilisait pour fabriquer des tonneaux, des mâts de navire ou des boucliers. Le pin d'acier résistait même au feu – certains le disaient touchefuseau. Cette forêt était d'ailleurs naguère aussi parsemée de fuseaux qu'une garenne de terriers. Ils n'y avaient laissé que des vallons et des clairières, des sources chaudes d'où jaillissaient en alternance de l'eau et de l'acide corrosif, des fleurs susceptibles de guérir aussi bien que d'empoisonner. Des mortels aux yeux étranges, doués d'un soupçon de pouvoir magique, dont le nombre avait diminué au cours des derniers siècles. Tels étaient les fuseaux, abandonnant bienfaits et fléaux dans leur sillage, souvenirs de portes qui étaient et ne seraient jamais plus.

La jument des sables s'appelait Nirez, le nom ibalet d'un vent d'hiver qui rafraîchissait le désert impitoyable lorsqu'il soufflait de longs jours d'affilée, marquant le changement de saison et l'aube de l'an nouveau dans le Sud. Ce vent commençait à tomber, l'allure fluide de Nirez à perdre son rythme. Un demi-pas d'écart, pas davantage, mais Ridha sentit le changement.

Elle n'était pas son cousin. Elle ne tuerait pas sa monture sous elle. En grande partie parce qu'elle ne pourrait jamais se procurer une autre jument des sables dans la région, et que les poneys galliens étaient gras et stupides. Elle en croisa beaucoup quand le champ de souches céda la place à des terres cultivées et à des pâturages, aussi verts et dorés que la bannière au lion. Des haies découpaient le paysage, bordant les douces collines, séparant le blé de l'orge. C'était une journée claire et bleue, et le soleil était ici plus chaud que dans l'épaisse forêt. L'armure de la jeune femme luisait comme un miroir, et nombre de fermiers interrompirent leur travail pour la regarder passer. Quoique prête à tirer l'épée si elle rencontrait brigands ou bandits de grand chemin, elle n'en trouva aucun. Le Galland profond était une région endormie, sillonnée de patrouilles, protégée par le vaste royaume.

Le premier village où arriva Ridha était petit mais disposait d'une auberge et d'une écurie passable. Il n'était que midi, aussi la cour s'avéra-t-elle presque vide quand la princesse y pénétra au trot, Nirez soufflant avec force, ses flancs noirs couverts de transpiration. Les palefreniers, un garçon et une fille d'à peine plus de 10 ans, furent lents à réagir. Ils s'avancèrent dans la cour d'un pas lourd, le visage couvert de taches de rousseur et coloré par la chaleur.

Le garçon lança un regard dédaigneux à cette femme en armure, tandis que la fille la contemplait bouche bée de ses yeux pâles tout ronds.

« C'est trois sous pour mettre votre cheval à l'écurie, lâcha le petit palefrenier en s'essuyant le nez. Un autre pour la paille et l'eau, un autre pour le bouchonnage.

— Madame… sire », ajouta sa compagne avec une révérence qui consistait surtout à s'accroupir. Sans doute la toute première qu'elle exécutait.

En réponse, Ridha jeta une pièce d'argent en direction des deux enfants. La fille s'en empara la première et la fit tourner entre ses mains sales, s'étonnant de l'image du cerf.

« C'est pas un sou ! » s'écria le garçon, mais la princesse marchait déjà vers l'auberge, son sac et ses fontes sur le bras. Elle avait payé plus de trois fois ce qu'ils demandaient, en une monnaie non dévaluée par le Trésor public d'une cité qu'ils ne verraient jamais.

Ridha, quoique noble et immortelle, n'était pas étrangère aux auberges. Contrairement à la plupart des membres de sa famille, elle en avait vu beaucoup au cours de ces quatre siècles passés en Terravast, dans nombre de coins du continent septentrional. Les tavernes du Tyriot, les brasseries d'Ascal, les chalets à bière jydi, les popines siscariennes imprégnées de vin, les bars à gorzka treckiens où l'on servait un alcool blanc qui rendait aveugle si on en abusait. Elle plissa les yeux devant la vieille enseigne pendue au-dessus de la porte de l'auberge, immobile dans l'air tranquille. Le nom était effacé.

À l'intérieur, des fenêtres étroites et les quelques braises qui rougeoyaient dans le foyer entretenaient la pénombre. Les yeux de l'immortelle balayèrent rapidement l'auberge, n'ayant besoin d'aucun délai pour s'adapter à l'obscurité. La plus grande partie du rez-de-chaussée était occupée par la salle commune, meublée de quelques tables et d'un long bar contre le mur du fond. Sur la gauche, un escalier montait vers quelques chambres étriquées. Sur la droite, derrière une porte, quelqu'un ronflait – peut-être l'aubergiste. Une serveuse se tenait au bar, très probablement sa femme. La mère des deux enfants, soupçonna Ridha. Elle avait les mêmes taches de rousseur, les mêmes cheveux de sable et la même attitude curieuse.

Deux clients occupaient l'angle du fond, confortablement calés entre l'âtre et le mur, devant une chope d'étain. Ils avaient des couteaux à la ceinture et des bottes à bout ferré, mais aussi le teint rougeaud. La boisson faisait perler la sueur à leurs fronts, et il leur manquait dents et cheveux : ils ne constituaient pas une menace sérieuse.

« Que puis-je pour vous… *mademoiselle* ? » demanda la serveuse. Ses yeux détaillaient le visage et l'armure de Ridha. « J'ai une chambre à louer, six sous la nuit, sept avec le couvert. La bière en sus. »

Cette fois, Ridha prit soin de compter ses pièces. Exhiber de l'argent devant les enfants ne tirait pas à conséquence mais aurait été risqué devant les autres : s'ils tentaient de la dévaliser, elle devrait perdre du temps et de l'énergie à rosser des fermiers. Elle posa sept sous sur le comptoir.

« J'ai déjà payé les palefreniers pour s'occuper de mon cheval », ajouta-t-elle avec un signe de tête en direction de la porte.

La serveuse inclina la tête. « Je veillerai à ce qu'ils fassent le travail. Ces petits démons ont de plus en plus tendance à partir se promener. La chambre est en haut des marches, première à droite, dit-elle avec un geste de la main. Pour quelques sous de plus, je peux vous faire couler un bain. »

Quoique la route eût été longue, Ridha secoua la tête. Elle s'était baignée pour la dernière fois à Sirandel, dans un bassin d'argent, assistée de servantes munies d'huiles parfumées et de savon à la lavande. Elle n'avait aucune intention de gâcher ce souvenir dans un baquet minuscule devant un feu chétif.

La chambre étroite et mansardée, percée d'une seule fenêtre, était munie d'une courte paillasse et d'une couverture élimée, rongée par les souris sur les bords. Ridha entendait des rongeurs aller et venir du jardin au toit à l'intérieur des murs. Elle n'avait aucune intention de dormir cette nuit-là. C'était Nirez qui avait besoin de repos, pas elle. Elle se débarrassa tout de même de son armure, qu'elle rangea dans un coffre avec son épée et ses fontes, mais elle conserva son poignard sous sa longue tunique anthracite, un couteau dans sa botte et ses bijoux : un pendentif ainsi que l'anneau d'Iona en argent au pouce de la main gauche.

Un long moment, elle envisagea de s'asseoir sur le lit et de contempler le mur jusqu'à l'aube, ce qui aurait certainement été aussi productif que de retourner en bas. Toutefois, son corps dériva et ses pieds avancèrent sans bruit jusqu'à ce qu'elle se retrouve dans la salle commune. Elle annexa une table proche de la cheminée, le dos contre le mur frais, et agita la main pour appeler la serveuse.

Bière amère, soupe claire, pain étonnamment bon, songea-t-elle en récapitulant son repas. Elle mangea en traçant du doigt sur la nappe les contours d'une carte qu'elle seule voyait. *Où puis-je aller ensuite ?* se demanda-t-elle à nouveau. Elle passa en revue les enclaves : toutes éloignées, un long voyage dans toutes les directions, tous les choix risqués. *Qui a des chances de m'aider, qui risque de m'envoyer promener ?*

Dans l'angle, les deux hommes échangeaient des propos d'une voix grasseyante, marquée d'un accent gallien à couper au couteau. Ridha tentait de ne pas les écouter mais la Veder immortelle qu'elle était entendait sans mal leurs battements de cœur, sans parler de leur conversation.

« Elle est mariée ou elle se marie bientôt », grommelait l'un des deux. Il acheva sa bière en inclinant la chope, puis il rota et fit claquer ses lèvres. Ridha lui lança un regard mauvais qu'il ne remarqua pas. « Je ne sais plus trop. »

Son compagnon était mince, avec de forts avant-bras nus jusqu'aux coudes. Un bûcheron. Il secoua la tête. « Allez, Rye, je suis sûr qu'on le saurait, si la reine était déjà mariée. Il y aurait eu une annonce. Un chevaucheur. » Il agita la main vers la porte. « Je sais pas, moi, un lion qui descendrait l'allée d'un pas royal pour rugir la bonne nouvelle. »

Rye eut un rire dur. « Tu crois que la reine se soucie de nous avertir de ce qu'elle fait, Pole ?

— On est ses sujets, bien sûr qu'elle s'en soucie », répondit Pole, indigné, en bombant le torse. Ridha sentit s'étirer les coins de sa bouche. *Une monarque mortelle a tout juste le temps de se connaître elle-même, elle n'est pas près d'apprendre votre existence, maître Pole.*

Rye partageait cette opinion. Avec un nouveau rire, il abattit la main à plat sur la table. « Elle ne connaît même pas le nom de notre village, encore moins celui de ses habitants.

— Sans doute, marmonna Pole à regret, le rouge aux joues. Alors avec qui ?

— Avec qui quoi ? » répondit l'autre en s'emparant d'un morceau de pain qu'il trempa dans sa soupe. Il mangeait comme un ours, salement et sans se préoccuper de rien. Un liquide brun dégoulinait de sa barbe grisonnante.

Pole soupira. « Avec qui elle se marie ?

— Tu crois que j'en sais quelque chose ? renvoya Rye en haussant les épaules. Ou que tu reconnaîtrais le nom si je le savais ?

— Sans doute pas », répondit Pole, de nouveau gêné. Il gratta sous sa casquette de feutre un cuir chevelu presque chauve. « Elle, elle le sait peut-être », ajouta-t-il soudain avec un mouvement du menton.

Ridha repoussa lentement sa bière, se libérant les mains.

Rye, trop occupé de sa soupe, ne s'en rendit pas compte. « Qui ça ?

— Elle, la fille bizarre. » La voix de Pole se fit murmure. Ridha continua de l'entendre clairement, comme s'il hurlait à travers la salle commune. Il la désigna même d'un doigt noueux. « Elle a déboulé ici habillée en chevalier, avec une armure de six pieds et la cape assortie. »

Il fallut à Rye un peu plus de temps que nécessaire pour comprendre de quoi il parlait. Enfin, il remarqua Ridha assise à table, le dos au mur, les yeux sur son assiette. « Ah, oui, dit-il, prouvant qu'il l'avait complètement oubliée. Elle le saura peut-être. »

Pole se mit alors pour de bon à crier, tout en grattant une croûte sur son cou. « Hé, est-ce que vous savez qui la reine épouse ? » lança-t-il d'une voix dure et éraillée.

Ridha réprima son envie de se boucher les oreilles, de s'en aller ou de chasser l'importun. *J'aurais dû rester là-haut et contempler le mur.*

« Je vous demande pardon ? » dit-elle, la voix adoucie de n'avoir pas été employée pendant des jours.

Les deux hommes se regardèrent en levant les yeux au ciel, très paternalistes. « La rei-ei-ne », dit Pole en allongeant le mot. *Comme si j'étais complètement idiote, alors que c'est à moi qu'ils demandent un renseignement.* « Qui est-ce qu'elle épouse ?

— Quelle reine ? » répondit Ridha, l'élocution tout aussi lente. Une myriade de reines, mortelles et immortelles, régnaient et se mariaient de ce côté-ci des montagnes et de la mer Longue. En elle-même, elle espéra que Nirez reprenne rapidement des forces, afin d'être libérée de cette auberge.

Rye cligna de ses yeux bruns comme la boue. Sa bouche s'amollit un peu et il regarda son compagnon, désorienté. « Il n'y a pas qu'une seule reine ? » siffla-t-il à voix basse.

Baleïr me protège.

Pole chassa la question d'un geste de la main. « La reine du Galland, dit-il, comme s'il s'agissait de la chose la plus évidente au monde. La reine Erida.

— Je ne peux pas dire que j'en sais grand-chose. » C'était la vérité. Ridha ne s'était guère éloignée d'Iona depuis vingt ans, ne dépassant jamais l'ouest du Monadhrion. Les royaumes mortels changeaient si vite, même en deux décennies. Les souvenirs qu'elle en avait ne méritaient pas d'être conservés.

Les deux hommes s'esclaffèrent à l'unisson. À présent, Pole pensait bel et bien stupide cette femme trop grande qui jouait au chevalier dans une armure d'emprunt. « Elle règne sur notre royaume depuis quatre ans… Vous devriez la connaître », articula-t-il.

Un battement de cœur pour une Veder, songea Ridha. « Désolée mais non, répondit-elle en baissant les yeux. Aucune idée de qui elle peut bien épouser. » *Et je m'en fiche complètement.*

La femme de l'aubergiste s'essuya les mains sur son tablier, sortit de derrière le bar et passa entre Ridha et les deux hommes, auxquels elle sourit en débarrassant leur table. Qu'elle reprît la conversation à son compte fut un répit bienvenu.

« Ça doit être un grand prince. Ou un autre roi, lança-t-elle en empilant les assiettes. C'est comme ça que ça marche, non ? Ces gens-là restent entre eux. Ils font ça en famille, pour ainsi dire. »

Tandis que Pole et Rye discutaient encore de sujets dont ils ignoraient tout, Ridha se recula sur sa chaise. Alors que la cheminée, à peine allumée, laissait la salle fraîche et obscure, l'immortelle brûlait d'un étrange feu intérieur. Ces histoires de reine et de mariage la déstabilisaient, car elle était elle-même princesse et, comme n'importe quelle autre femme de sang royal, elle avait un devoir envers un trône et une enclave. Les Aînés vivaient longtemps, en apparence une éternité, mais ils avaient néanmoins besoin d'héritiers. Isibel Beldane et Cadrigan de l'Aurore s'étaient mariés moins par amour que pour se renforcer, pour avoir un enfant qui garderait l'enclave quand la monarque ne le pourrait plus. *À tout le moins, j'ai du temps, ce que n'ont pas les mortels. À tout le moins, ma mère ne me force pas à faire des choix qui me déplaisent.* Sentant de nouveau une chaleur déplaisante au niveau de son col, elle fronça les sourcils et tira d'un doigt sur sa tunique. *Mais est-ce si sûr ? N'est-ce pas ce qui arrive en ce moment ? Les décisions d'une autre qui me poussent à agir, en accord ou en opposition ?*

Elle serra les dents, sentant monter une colère désormais par trop familière. *Des lâches,* songea-t-elle à nouveau. À Sirandel et à Iona, où les guerriers vedera préféraient rester assis et se terrer que se battre. *Ils nous condamnent par leur peur.*

Le flot de bière ne se tarissait pas. La femme de l'aubergiste emplit les chopes des hommes avec un large sourire, puis celle de Ridha, qui n'avait pourtant aucune intention de boire encore de cette eau de vaisselle mal brassée, mais remercia tout de même d'un signe de tête.

« Bon, et cette proposition du vieux Joe ? » chuchota soudain Pole, la main levée pour dissimuler sa bouche. Cela n'empêcha pas Ridha de l'entendre, et elle en était fort marrie.

« Joeld Bramble est cinglé, renvoya Rye, dédaigneux. Ça ne donnera rien. Ne t'occupe pas de ça. »

Pole s'appuya sur les coudes, débordant d'enthousiasme. Il jeta un coup d'œil suspicieux dans la salle, comme si des oreilles avaient pu pousser sur les murs. « Joeld Bramble a des parents sur la côte. Ils disent que la Vigilante est extrêmement tranquille pour cette période de l'année. Pas un Jydi, pas une expédition. Pas une seule galère de pillards repérée depuis la saison dernière. »

Ridha gardait les yeux baissés sur la table gravée d'initiales grossières et de mots qui l'étaient encore plus. Son attention, toutefois, ne quittait plus les deux hommes. Le mariage d'une reine mortelle l'indifférait mais ça, c'était différent. Étrange. Elle sentit ses cheveux se dresser sur sa nuque.

« Alors il croit pouvoir prendre leur place, hein ? marmonna Rye. Avec quoi ? Un canoë ?

— Je dis ça comme ça. Si les pillards jydi ne viennent plus piller, quelqu'un d'autre peut s'en charger. Se faire passer pour eux. Détruire un sanctuaire, voler les trésors de quelques églises, peut-être piquer quelques chèvres, et puis disparaître de l'autre côté du Bois-Castel, ni vu ni connu. » Pole énumérait sur ses doigts les étapes de son plan minable et insensé. Ce n'était cependant pas ce projet qui intéressait l'immortelle. Elle fronça les sourcils, tentant de réfléchir. « Tout le monde accuse les Jydi et, nous, on rentre à la maison riches. »

Rye restait silencieux, les lèvres pincées, en regardant son compagnon, qui grimaça, prêt à une nouvelle rebuffade. Elle ne vint pas. « Peut-être que le vieux Joe a une idée », dit-il enfin, avec un clin d'œil.

La chaise de Ridha grinça sur le sol, un bruit choquant au milieu du silence. Les deux hommes sursautèrent, tournant les yeux vers la princesse qui se levait. Elle ne doutait pas d'être plus grande qu'eux, même pieds nus.

« Est-ce que votre vieux Joe sait pourquoi les Jydi ont cessé leurs pillages ? » demanda-t-elle sans préambule en les fixant tour à tour. Ils en demeurèrent bouche bée, puis Rye se renfrogna, le visage plissé.

« Vous écoutez notre conversation privée ? » lâcha-t-il, mauvais.

Ridha pêcha un sou dans sa poche et le laissa sur la table pour la bière. « J'aurais peine à faire autrement. »

Pole paraissait moins vexé. Cette attention semblait même lui faire plaisir. « Non, il ne l'a pas dit », répondit-il.

Il n'échappa pas à l'immortelle qu'il se poussait sur son siège, lui faisant une place à leur table si elle en avait envie. *J'aimerais encore mieux me serrer contre un troll que contre ce chauve couvert de croûtes.*

« Il ne le savait pas, vous voulez dire », soupira-t-elle.

Pole haussa les épaules. « C'est pareil.

— Qu'est-ce que ça peut vous faire, à vous, dame chevalier ? » cracha Rye, cherchant à l'insulter par ce qui était en fait un compliment.

Bien qu'elle n'eût aucune raison de s'expliquer, Ridha s'entendit le faire néanmoins. Même la serveuse écouta, penchée en avant, faisant mine de nettoyer un verre à l'aide d'un chiffon sale.

« Les pillards jydi sont bons marins et bons guerriers, dit l'Aînée. Des coupe-jarrets, des pirates nés des neiges d'été et des tempêtes d'hiver. C'est un peuple rude. S'ils ne lancent plus d'expéditions, il y a une raison. Une bonne raison. »

Même les immortels connaissaient la morsure de leurs lames, ou du moins l'avaient connue lors des siècles passés. Les Jydi n'avaient pas peur des Vedera, et ils ne les avaient pas non plus oubliés, au contraire des autres royaumes mortels. L'attrait de leurs richesses était trop grand. Ridha elle-même avait combattu un groupe de pillards aux côtés de sa famille, sur les côtes nord du Calidon, quelques décennies plus tôt. Elle s'en souvenait encore.

« Je vous suggère de répéter cela à votre ami », avertit-elle en se dirigeant vers l'escalier.

Quoique le soleil fût encore haut dans le ciel, le crépuscule distant de plusieurs heures, Ridha s'enferma pour la soirée, car elle avait du travail à faire, des plans à établir.

Sa décision était prise.

Un peu après minuit, les deux hommes tentèrent de la dévaliser. Elle les jeta tous les deux par la fenêtre ouverte. À en juger par sa retraite à cloche-pied, le pauvre vieux Pole s'était brisé une cheville dans la chute. L'aubergiste et son épouse firent leur propre tentative une heure avant l'aube, quoique la femme parût hésitante. Ridha laissa un coup de hache rouillée glisser sur son armure avant de conseiller à son adversaire de ne plus agresser les voyageurs, en particulier les femmes. Cette fois, elle prit soin de fermer la fenêtre avant de le jeter à travers, répandant des éclats de verre dans toute la cour en contrebas.

À tout le moins, les enfants avaient fait leur part : Nirez était pansée, désaltérée, bien reposée et prête pour la longue route de Kovalinn, l'enclave sise au plus profond des fjords et des montagnes du Jyd. Il se passait quelque chose d'anormal dans le Nord, d'aussi anormal que dans le temple.

Peut-être était-ce déjà en train de frapper à la porte, ou d'abattre les murailles.

Ridha d'Iona avait l'intention de le découvrir.

15

Le chemin choisi

Corayne

Quelque part dans le palais, une cloche sonna. Dehors, il faisait nuit noire, et on apercevait par les fenêtres les piqûres d'épingle des étoiles. Dom ralentit le pas, hésitant pour la première fois depuis que Corayne le connaissait. Elle tourna les yeux vers lui, inquiète. À sa grande surprise, ce fut l'écuyer qui lui fit signe de s'écarter.

« Il va bien, dit Andry en échangeant un regard avec l'Aîné. Continuons. »

La lamefuseau s'avérait peu commode. Puisqu'elle était trop longue et encombrante pour que Corayne la ceigne, du moins pas sans heurter quelqu'un ou quelque chose à chaque tournant, Dom et Andry avaient bricolé sa ceinture d'armes pour qu'elle puisse se porter dans le dos. La jeune fille avait jeté sur ses épaules son manteau bleu afin de la dissimuler aux yeux indiscrets, mais le fourreau qui se plantait dans sa chair lui en rappelait à chaque pas la présence. Si l'épée n'était pas trop difficile à porter ainsi, elle serait impossible à tirer en cas de besoin. Toutefois, Corayne ne s'attendait pas à disputer un duel de sitôt, avec la lamefuseau ou autre chose.

Les gardes, qui connaissaient Andry, le saluaient de la tête tandis qu'il guidait son petit groupe à travers le palais, vers le banquet de la reine. Une suite de couloirs les mena à un long hall au plafond voûté et aux gigantesques piliers soutenant des arches pointues. De jour, la salle aurait été magnifique grâce à ses nombreux vitraux intriqués – sombres et aussi ternes que du sang séché à pareille heure. Quelques courtisans évoluaient parmi les piliers – des couples, surtout, chacun dansant autour de l'autre, prédateur et proie décrivant des cercles.

Au fond, une haute porte de chêne renforcée de ferrures, entrouverte, laissait s'échapper de la musique et un brouhaha de conversations. Andry la tira, son visage imberbe figé par la détermination. Croisant le regard de Corayne lorsqu'il la fit entrer, il lui adressa un léger hochement de tête.

« Elle écoutera », murmura-t-il, comme s'il cherchait aussi à s'en convaincre lui-même.

Sans que la jeune fille sût pourquoi, cela lui calma un peu les nerfs, assez pour empêcher ses mains de trembler.

Dom suivit le mouvement, grand et massif, la cape renvoyée en arrière pour dévoiler sa belle tunique et sa large silhouette. Nombre de courtisans lui lancèrent un coup d'œil intrigué lorsqu'ils pénétrèrent dans la grande salle – un canyon de marbre, de verre et de chandelles. Toutefois, l'intérêt soulevé par le petit groupe fut de courte durée. Le banquet de fiançailles de la reine Erida était bien avancé : des serviteurs circulaient entre les tables avec des plats de viandes rôties et de légumes frais d'été. Dom les esquiva tous, obstinément concentré, les yeux fixés sur le mur incurvé au fond de la salle. Corayne l'imitait, découvrant une estrade surélevée derrière laquelle s'alignaient des fenêtres voûtées et des bannières au lion. Des lustres pendaient du plafond, sur deux rangées, anneaux de fer forgé massifs, aussi larges que des carrosses, retenus par des chaînes aux maillons épais. Sur l'estrade, une grande table couverte d'un long jeté vert brodé d'or accueillait une parade d'assiettes et de gobelets en argent. Une douzaine d'hommes et de femmes assis souriaient et discutaient entre eux. La plupart avaient la peau et les yeux pâles. Quoique Corayne ne l'eût encore jamais vue, elle reconnut sans l'ombre d'un doute la jeune reine.

Elle l'avait souvent mentionnée dans son registre. Les navires d'Erida de Galland sillonnaient la baie Miroir et la mer Longue tels des lions dans la prairie, chassant pirates et contrebandiers, protégeant leurs eaux. Mais leurs capitaines étaient faciles à corrompre. Il ne manquait au Galland que le nom pour être un empire vaste et repu, aux frontières lointaines, surtout préoccupé d'accroître facilement ses richesses : par le commerce, les taxes et l'assujettissement. Il y avait l'escalade des escarmouches de frontière avec la Madrence, les expéditions jydi tous les étés, mais rien pour interrompre les longues moissons ni le flux de l'or. Les vaisseaux marchands galliens étaient des proies faciles, lentes et bouffies. Corayne s'attendait à ce que leur reine mérite les mêmes qualificatifs.

Elle se trompait cruellement.

Erida était jeune, cela au moins était vrai, elle avait un doux et beau visage, une peau de nacre. Elle ne parlait pas à ses voisins mais les écoutait attentivement bavarder à ses oreilles, l'expression aussi paisible que la surface d'un étang. Sa couronne était d'or, de même que ses autres bijoux, incrustés de toutes sortes de pierres précieuses, véritable arc-en-ciel de rubis, d'émeraude et de saphir. Sous les chandelles des lustres, sa robe éclatait d'un rouge sang profond et viscéral, coupé de cramoisi et d'écarlate, aussi vif qu'un cœur encore battant. Corayne se fût attendue à une nouvelle apparition du vert gallien, mais peut-être le rouge était-il traditionnel pour les mariages ?

Soudain la reine croisa son regard, et, même depuis l'autre bout de la salle, la jeune fille remarqua le bleu vif de ses yeux. La tête inclinée de côté, elle regarda approcher le petit groupe, accordant tour à tour son attention à Corayne et à Dom, puis à Andry qui les suivait de près.

Erida se leva vivement et fit signe de s'écarter aux chevaliers postés au pied de la table d'honneur.

« Laissez-les passer », ordonna-t-elle d'une voix légère et musicale. Ne leur donnant aucune raison de s'inquiéter.

Les gardes en armure dorée reculèrent afin d'ouvrir un passage au trio. Corayne plissa les lèvres, espérant qu'Andry et Dom se chargeraient des explications. Elle n'avait nulle envie d'évoquer la destruction du monde devant une foule en train de festoyer.

L'écuyer s'inclina rapidement, adressant un signe de tête à plusieurs occupants de la table ainsi qu'aux chevaliers de la reine, avant d'honorer la souveraine elle-même. « Madame », dit-il en se penchant cette fois très bas.

« Écuyer Trelland, répondit-elle avec un signe de tête. Je suis contente que vous reveniez dîner avec nous après un si long deuil, déclara la reine en croisant les doigts. Votre mère se joindra-t-elle à nous ? Dame Valeri est toujours la bienvenue à ma table. »

Dame Valeri est à mi-chemin du port à l'heure qu'il est, sinon déjà à bord d'un navire en partance pour la Kasie, songea Corayne. Ils l'avaient dépêchée sur cette route-là un peu moins d'une heure plus tôt, douillettement calée dans une chaise à chevaux en compagnie de deux servantes pour son long voyage.

Andry secoua la tête. « Ma mère ne se sent pas encore assez bien pour participer à un banquet, j'en ai peur. Mais j'ai emmené deux autres personnes devant Votre Majesté, qui serait bien inspirée d'écouter ce qu'elles ont à dire. »

Erida n'hésita pas, son sourire de cour bien en place. « Soit.

— En particulier, précisa le garçon. Dans l'intimité de vos appartements. » Il s'inclina à nouveau et ajouta rapidement : « Si tel est votre bon plaisir. »

Il est né derrière les murs d'un palais et il a été élevé à la cour, devina Corayne, emplie d'espoir. *Il sait parler aux nobles et aux têtes couronnées sans cesser de projeter une impression résolue.*

Une nouvelle fois, la reine dévisagea Corayne et Dom, les jaugea. Ce qu'elle vit en eux, la jeune fille n'aurait su le dire.

« Sa Majesté ne saurait abandonner ainsi son banquet de fiançailles, déclara le noble assis près d'elle, le regard acéré. Son futur époux n'a pas même encore été présenté à la cour.

— Cela peut attendre quelques minutes, mon cousin. Notre ami Trelland n'a aucune raison de mentir et je me fie à son jugement », répondit Erida, en tournant vers lui un sourire vainqueur, pareil à un rayon de soleil – mais qui n'atteignait pas ses yeux. Il posa sa coupe et ouvrit la bouche pour discuter.

« C'est une question d'une grande urgence, madame », lâcha Corayne. Elle laissa monter sur son visage toute son angoisse, tout le besoin qu'elle éprouvait. Mais son espoir également, le peu qu'il s'en trouvait dans les coins de sa tête. « Votre royaume dépend de vous. Le *monde* dépend de vous.

— Le monde », répéta la reine en fixant Andry. Il lui rendit son regard, l'air tout aussi désespéré que la jeune fille, tentant de communiquer autant d'informations que possible sans parler. Dom, entre eux, gardait la bouche fermement close, mais une veine palpitait dans sa gorge. Corayne craignait qu'il n'explose, voire qu'il ne traîne purement et simplement Erida hors de la salle, s'ils perdaient encore une minute en affectations polies.

La souveraine le perçut.

« Très bien, dit-elle en rassemblant ses jupes. Venez avec moi. »

Pas moins de six gardes revêtus de l'armure au lion suivirent le mouvement en formation, flanquant la reine qui menait ses visiteurs à l'écart de la table d'honneur. Il y eut des murmures sur l'estrade et dans toute la salle de banquet, mais cela ne parut pas déranger Erida : elle continua de marcher, la couronne portée haut et fier. Corayne ne put s'empêcher de laisser grandir en elle l'espoir telle une fleur au soleil. Pourtant, une sensation de froid lui piquait encore les doigts et les orteils, comme si elle était restée trop longtemps sous une pluie d'hiver. Une sensation étrange, difficile à ignorer, implorant d'être remarquée. La jeune fille plongea les mains dans les poches, espérant les réchauffer un peu. Ses doigts effleurèrent le charme de la vieille Jydi, ses brindilles et ses éclats d'os poli.

Ils n'allèrent pas bien loin, prenant quelques marches derrière l'estrade, qui descendaient jusqu'à un couloir des deux côtés duquel s'inscrivaient des portes, certaines ouvertes sur des salons obscurs : âtres éteints, étagères garnies de livres et longs canapés semés de coussins. Erida mena sa troupe jusqu'à une pièce ronde, la base d'une tour, au plafond bas orné de gravures détaillées. *Encore des lions,* songea Corayne, lasse. Il y avait là quelques chaises et une table solide, mais nul ne se préoccupa de s'asseoir.

Les gardes ne restèrent pas. La reine les congédia d'un rapide geste de la main et d'un regard éloquent en direction de la porte. Ils obéirent, la laissant seule avec un écuyer et deux inconnus.

Elle doit vraiment se fier à Andry, pensa Corayne. *Ou être plus idiote que je ne le croyais.*

« Bon, vous venez me parler du fuseau », dit sèchement Erida. Ses traits restaient les mêmes mais la douceur en avait disparu. Elle était désormais de pierre, résolue, et la sévérité de son front démentait son jeune âge. « J'ai entendu deux fois le récit de la bouche d'Andry Trelland. Je peux aussi bien l'entendre encore de la vôtre. »

Pas idiote du tout.

Dom releva le menton. « Je suis Domacridhan, prince d'Iona, ce que vous appelez un Aîné, fils de Glorian Perdu. Vos chevaliers ont répondu à l'appel de ma tante, la monarque. J'ai été témoin de leur massacre devant le fuseau et j'ai vu l'armée surgie d'un monde brûlé, dit-il, parlant rapidement, avec dureté. Tout ce que vous a dit Trelland est vrai, et vous ne devez pas gaspiller une minute de plus du temps qui nous reste. J'espère seulement qu'il n'est pas trop tard pour arrêter Taristan du Vieux Cor. »

Corayne fronça le nez devant l'accusation qui brûlait dans ces paroles. Quoique Dom fût un prince immortel, Erida était reine et ils avaient besoin de son aide plus que de toute autre. Elle se cuirassa pour encaisser l'inévitable : refus et congédiement.

Cela n'arriva pas.

Erida hocha la tête à l'adresse de Dom, les mains de nouveau jointes. Un rubis clignotait à son doigt, gros comme un grain de raisin. « Et vous ? demanda-t-elle en posant sur Corayne ses yeux saphir. Vous avez survécu aussi.

— Je ne me trouvais pas là-bas, madame », lança Corayne. L'épée froide, contre son dos, lui dérobait sa chaleur. Une part d'elle-même aurait voulu se défaire de la lamefuseau, la donner à qui serait mieux armé qu'elle pour entreprendre la tâche de sauver le monde. À Dom, à Erida, voire à Andry.

Le reste, la part qu'elle ne comprenait pas mais qui croissait chaque jour, refusait d'abandonner l'épée.

« Mon père s'y trouvait, lui », reprit-elle, tentant de paraître regretter un homme qu'elle n'avait jamais rencontré. Le masque d'Erida tomba un peu. « Cortael du Vieux Cor. Il était de sang-des-fuseaux, capable d'ouvrir – ou de refermer – tout fuseau encore en existence. »

Les yeux de la reine s'agrandirent tandis qu'ils la détaillaient de la tête aux pieds. *Voit-elle en moi le fuseau, la vibration d'un objet lointain, perdu ? Suis-je aussi différente que j'en ai l'impression ?*

« Donc, c'est aussi dans votre sang, dit enfin Erida d'une voix dure comme l'acier. Vous pouvez en faire autant. Vous pouvez tout arranger. »

Corayne haussa les épaules. « C'est l'idée, oui. »

La salle ronde était idéale pour faire les cent pas. La reine s'y employa lentement, tel un philosophe cherchant des réponses au sein d'une bibliothèque. Une rougeur monta à ses joues pâles. « Taristan dispose d'une armée. Quoique vous paraissiez tous les trois assez capables, je doute que vous puissiez l'affronter seuls.

— Nous en serions incapables, madame », confirma la jeune fille. Elle regrettait de ne pouvoir le montrer, de n'avoir d'autres preuves que le visage balafré de Dom et le récit d'Andry. « Je n'en ai vu que des ombres, mais cela m'a suffi.

— Alors le monde repose sur moi. » Erida leva le menton. En la voyant de profil devant un feu peu ardent, Corayne songea aux rois sur les pièces de monnaie, à leurs portraits ciselés dans l'or ou le cuivre. « Sur mes armées, mes soldats. Sur mon sang autant que sur le vôtre.

— C'est cela », répondit simplement Dom.

Corayne lui lança un regard noir puis osa avancer d'un pas, son manteau pendant sur ses épaules. De près, la souveraine et elle se révélaient à peu près de la même taille. En toutes autres choses, elles n'auraient su être plus différentes : une fille de pirate et une reine en exercice.

« Si cela peut vous aider, murmura la première, on ne peut pas demander à quelqu'un qui déclare la guerre à l'enfer de se marier. »

Les sourires sincères d'Erida étaient peu spectaculaires : un coin de sa bouche qui se relevait. Elle lâcha un bref gloussement ironique. « J'aimerais que ce soit vrai », dit-elle avec tristesse. Ses épaules s'affaissèrent sous la résignation. « Mais j'ai donné mon accord. Je dois l'honorer pour le meilleur ou pour le pire. Je regrette d'avoir douté de vous, Andry, et de n'avoir pas agi plus tôt », ajouta-t-elle en s'approchant de l'écuyer. Il ne se rengorgea pas comme l'auraient fait la plupart des hommes, mais resta immobile quand elle lui prit les mains. Il semblait déconcerté par ce contact, avoir envie de le rompre. « Je n'arrivais pas à y croire – je pensais que mentir à la cour était le meilleur choix –, mais avec vous trois debout devant moi… » Elle les considéra à nouveau et frémit, révélant la jeune femme sous la couronne. Effrayée, isolée, mais d'une bravoure sans faille. « Je vois la vérité, à présent.

— Je remercie Votre Majesté », murmura l'écuyer en lui reprenant lentement ses mains.

Elle acquiesça avant de taper dans les siennes. À ce signal, la porte de la salle s'ouvrit, dévoilant les chevaliers qui attendaient dûment dans le couloir. « Eh bien, allons-y », soupira Erida.

Ils sortirent à sa suite, file d'étranges canetons derrière une cane encore plus étrange. Corayne devait se contraindre à ne pas sautiller en marchant. Même si l'armée de son oncle se dressait devant elle, avec l'enfer pour la soutenir, elle se sentait plus légère que jamais, emplie d'espoir – et même optimiste. La reine du Galland allait les aider. La plus grande armée du Nord était avec eux et d'autres la suivraient certainement. Elle avait Dom pour la protéger, une reine à son côté… Chacun de ses pas depuis Lemarta était un bond vers une vie qu'elle n'eût jamais crue possible. Chaque moment était plein de danger, d'exaltation, de liberté. Chaque matin lui apportait un nouvel horizon.

Si ma mère me voyait à présent, songea-t-elle.

« Alors, sang-des-fuseaux ? Une descendante du Vieux Cor ? »

La reine ralentit le pas pour marcher à sa hauteur, tandis que les chevaliers à l'armure d'or les entouraient.

La jeune fille lui jeta un coup d'œil en coin et éprouva une nouvelle bouffée de soulagement. « Ne me le rappelez pas, murmura-t-elle, ce qui arracha un autre rire à la reine.

— Nous ne choisissons pas notre naissance, Corayne. » Erida porta la main à la couronne sur son front. « Il nous faut arpenter le chemin qui s'étend devant nous. »

Corayne secoua la tête. Le froid s'insinua à nouveau dans ses doigts, plus vif qu'auparavant. « Je ne sais pas trop pourquoi mon chemin doit mettre en jeu la fin du monde. »

À sa grande surprise, la reine du Galland lui prit gentiment la main et y imprima une pression rassurante, tout en la fixant avec intensité, comme si elle contemplait un étang profond.

« À tout le moins, nous l'arpentons ensemble », dit-elle. Elle la lâcha. « Je crois en vous, Corayne. Quelque chose dans vos yeux… C'est sans doute votre sang. L'héritage que vous portez. »

La jeune fille aurait aimé disposer d'un miroir. Elle aurait aimé voir ce que la reine voyait en elle, ce que Dom avait vu en son père. Quelque chose dans ce noir sans fond.

« Je n'en sais rien du tout.

— Il est aussi possible que ce soit l'épée. La lamefuseau. » Les yeux d'Erida se posèrent très vite sur la hanche puis sur les épaules de Corayne, fixant son manteau avec un sourire malicieux. Devant eux, la porte qui les ramènerait à la salle de banquet s'ouvrit en pivotant, les baignant d'une vague de brouhaha. « Vous l'avez, n'est-ce pas ? J'ai cru comprendre que nous en aurions besoin.

— Oui », chuchota la jeune fille, tandis que, côte à côte, elles franchissaient la porte.

Elle sentait derrière elle Andry et Dom, ainsi que les chevaliers en armure dorée. L'armée des Terres-de-cendres et l'enfer de Ce-qui-attend étaient bien éloignés, à peine un vague souvenir. Et son oncle n'était qu'une ombre à l'horizon, une montagne qu'il faudrait simplement escalader.

On peut y arriver.

Erida monta aisément sur l'estrade, accoutumée aux regards d'une centaine de courtisans. Quand elle leva la main pour obtenir le silence, ils obéirent, les conversations mourant pour devenir murmures dans la salle caverneuse. À la table d'honneur, les conseillers bondirent sur leurs pieds pour lui céder le passage dans sa robe rouge sang. Elle les salua de la tête, revêtue de son froid sourire officiel.

Corayne et ses compagnons restèrent debout sur le côté, n'ayant nulle part où s'asseoir ni où aller sans provoquer un remue-ménage. Les chevaliers les imitèrent, formés en demi-cercle autour d'eux. Dom joignit ses grandes mains derrière le dos. Andry demeura dressé de toute sa hauteur, les yeux plissés, concentré, regardant la reine préparer son public. Sa mâchoire se crispa quand elle ouvrit la bouche.

« Messeigneurs et gentes dames, je vous remercie de vous être joints à moi ce soir », dit-elle en inclinant la tête avec grâce. Ses courtisans lui répondirent de même. *Ils l'adorent*, comprit Corayne. L'amour que portait la cour gallienne à sa jeune reine était évident. *L'aimeront-ils demain, quand elle enverra leurs enfants guerroyer contre un fou et un démon ?*

« Je sais qu'il m'a fallu beaucoup de temps pour fixer mes fiançailles, peut-être trop pour certains d'entre vous », continua la reine. Derrière elle, des conseillers échangèrent un sourire ironique et il y eut quelques rires avortés. Elle ne s'en formalisa pas. « Mais, avec l'aide de mon illustre conseil, j'en suis arrivée à une décision et j'ai accompli la volonté de mon père, le roi Konrad, qui a bâti tout ce que vous voyez. » Erida leva une main étincelante et désigna le plafond voûté, les piliers, les grandes arches de verre et les rosaces de la salle. « Son vœu pour moi et pour le Galland, nous le partageons tous. Nous sommes le Vieux Cor ressuscité, la gloire du monde, les héritiers d'un empire que notre destinée est de rebâtir. Avec mon époux à mon côté, j'ai l'intention d'accomplir cette destinée. »

Plusieurs courtisans attablés levèrent leur coupe et burent à longues gorgées. Quelques-uns signifièrent leur accord par des acclamations. Même le noble revêche qu'elle avait appelé son cousin abattit le poing sur la table d'honneur.

Corayne sentit le coup vibrer dans sa poitrine comme un tambour de guerre. Près d'elle, Andry frissonna. De la sueur perlait sur sa lèvre supérieure et il avait le souffle étrangement court. La jeune fille, les sourcils froncés, lui posa la main sur le poignet. Il avait la peau froide, moite.

« Andry ? chuchota-t-elle. Tout va bien. Ta mère a besoin de toi, et nul ne te reprochera de partir la protéger. »

L'écuyer prenait des inspirations tremblantes au rythme desquelles se soulevait et retombait son torse mince.

« J'ai cru entendre… Est-ce qu'elle t'a interrogée à propos de la lamefuseau ? » murmura-t-il.

Corayne plissa encore le front, désorientée. « Oui. »

Il lui prit la main sans tourner la tête, ses yeux ne quittant pas le visage d'Erida. La jeune fille sursauta quand leurs doigts se joignirent. Les lèvres d'Andry se retroussèrent, découvrant ses dents blanches régulières. Ce n'était pas la honte qui marquait son visage, ni le regret.

La terreur.

« Je ne lui ai jamais parlé de l'épée », souffla-t-il, abasourdi.

Froid et chaud montèrent en Corayne, le feu et la glace, une peur brûlante et un choc réfrigérant. Elle blêmit, les yeux ronds, incapable de bouger, enracinée sur place. *Je ne lui ai jamais parlé de l'épée.* Elle était pourtant là, la barre d'acier qui courait le long de son dos, sous son manteau, appuyant désagréablement entre ses omoplates. Forgée sur une terre perdue, jumelle de son sang, la seule autre chose au monde à pouvoir empêcher une apocalypse.

Je ne lui ai jamais parlé de l'épée.

Dom lui empoigna l'épaule, assez fort et avec assez de désespoir pour lui faire mal. Elle leva lentement les yeux pour croiser son regard et vit la peur d'Andry, qui était aussi la sienne, reflétée sur le visage du prince. C'était pire qu'en haut de la colline, avec les ombres des cadavres qui avançaient, affamées, l'épée levée, les mâchoires largement écartées. *Comment cela pourrait-il être pire ?* avait envie de hurler Corayne.

Mais elle n'était pas stupide.

Elle le savait.

Les chevaliers resserrèrent leur formation, leur coupant toute retraite. Ils n'avaient nulle part où se tourner, nulle part où s'enfuir. La jeune fille entendait le moindre cliquetis d'armure de leurs gardiens, le moindre grincement d'acier, tandis que la reine, gorgée de l'adoration de sa cour, laissait sa voix monter haut et clair dans la salle de banquet, résonner contre les piliers et les voûtes. Du côté opposé de l'estrade, deux silhouettes apparurent, l'une grande et mince, l'autre drapée dans une cape cramoisie.

La main de Dom sur l'épaule de Corayne desserra son emprise, tandis que l'Aîné poussait un soupir douloureux et mettait un genou en terre, un poignard planté dans le flanc, son sang chaud et écarlate jaillissant de la blessure. Un des chevaliers se dressait au-dessus de lui, le visage sévère sous son casque. La jeune fille ouvrait la bouche pour hurler quand elle sentit la pointe acérée d'un autre poignard prête à s'enfoncer entre ses côtes. Le chevalier debout derrière elle soufflait avec force sur sa nuque, assez près pour lui trancher la gorge s'il le désirait.

« Reste tranquille, siffla-t-il, ou tu es morte. »

Elle avait un couteau dans la botte, une épée dans le dos.

Inutiles entre mes mains, songea-t-elle avec un hurlement intérieur.

Elle ne pouvait que rester là, debout, hoquetant entre ses dents serrées, à regarder Dom perdre son sang tandis qu'Erida encourageait les nouveaux venus à s'approcher. Le premier avança en pleine lumière avec le sourire malicieux, le pas souple et la fière arrogance d'un conquérant.

« C'est avec une grande joie que je vous présente mon prince consort, mon époux, un fils du Vieux Cor, héritier des lignées du vieil empire et père du nouveau monde qui s'étend devant nous », dit Erida. Son doux visage était angélique. « Le prince Taristan du Vieux Cor. »

La cour se leva pour applaudir l'élu de la reine, toute la table d'honneur déjà debout et chantant les louanges des fiancés. Le rugissement déferla comme une vague, emportant Corayne toujours plus bas, la noyant, la clouant au sol, lui retirant tout espoir de rescousse.

C'est lui.

Celui qui partageait sa chair et son sang. Le jumeau de son père. Son monstre.

Les cheveux pareils à du cuivre sombre, l'ombre d'une barbe, une bouche fine qui se prêtait peu au sourire. Le nez long, le front pareil à une barre de fer. Un visage l'un dans l'autre séduisant : une belle poupée pour ficelles maléfiques. Taristan du Vieux Cor, prince de sang-des-fuseaux, traître envers le monde tout entier.

Il fit à peine mine de remarquer la cour, à laquelle il n'accorda qu'un regard acéré avant d'observer l'Aîné à genoux, l'écuyer et Corayne.

La distance qui les séparait s'évanouit. Ses yeux étaient à l'image de ceux de la jeune fille, noirs, infinis, un ciel sans étoile ou les grands fonds de l'océan. Ils n'étaient pas vides : il y avait en eux quelque chose, une présence que Corayne sentait à peine mais qu'elle connaissait pourtant. Elle la voyait dans ses rêves. Rouge et affamée, sans forme, sans pitié.

Ce-qui-attend.

Qui la fixait dans les yeux de son oncle, attendant le moment de frapper.

L'homme derrière Taristan ne pouvait être que le Rouge. Le sorcier paraissait squelettique, la peau blanche, les cheveux blonds et des yeux rouge pâle, cerclés d'une chair rose. La bouche à peine ouverte, il inhala, goûtant l'air. La jeune fille sentit des griffes chaudes se refermer sur elle, tâter sa peau exposée.

On porta des toasts, les coupes se levèrent à nouveau, mais Corayne n'entendit rien de tout cela. Elle restait figée, prise entre le poignard du chevalier et le regard affamé de son oncle qui semblait prêt à la dévorer tout entière.

Il pourrait très bien le faire.

D'un pas souple et délibéré, Taristan longea la table, la main tendue vers les conseillers d'Erida. Tous serrèrent ses doigts rudes ou baisèrent ses phalanges, lui jurant allégeance, se déclarant ses féaux, le complimentant pour cette belle alliance. Seul le cousin de la reine hésita, attendant un long moment avant de prendre sa main.

Les yeux du prince ne quittaient pas le visage de Corayne. Un fil courait entre eux, une corde qui allait des mains de l'un à la gorge de l'autre. Taristan se hissait le long de ce filin, de plus en plus proche, jusqu'à ce que la jeune fille ait peine à respirer.

Elle trembla quand il s'arrêta devant elle, baissant des yeux emplis de menace. Par-dessus son épaule, Erida observait, la tête haute. Il n'y avait en elle aucune peur, aucune stupeur. Aucun regret.

Taristan leva le poing, et Corayne se prépara à recevoir un coup, se recroquevillant sur elle-même.

Au lieu de la frapper, il empoigna son manteau et l'arracha, déchirant aisément l'étoffe bleue.

Du coin de l'œil, Corayne vit la poignée de l'épée étinceler à la lumière, ses pierres flamboyer. Elle voulut reculer mais sentit le poignard du chevalier percer ses vêtements, manquant de fendre sa peau. Elle ne pouvait se cacher nulle part.

« Écartez-vous de moi », parvint-elle à articuler.

Par terre, continuant de perdre son sang, Dom fulminait. « Je te tuerai », gronda-t-il à l'adresse de Taristan, une main pressée sur son flanc. Trois chevaliers en armure complète se tenaient au-dessus de lui, la main sur l'épée, mais Corayne le croyait tout de même capable d'essayer.

« Es-tu si pressé de répéter tes erreurs, Domacridhan ? » fit Taristan sur un ton las. Puis il empoigna Corayne à la gorge, le dos tourné au reste de la cour. Pour quiconque l'observait dans la salle, il semblait s'adresser à quelques invités, dont l'un s'était agenouillé avec respect. Les convives étaient trop absorbés par leurs réjouissances pour remarquer quoi que ce soit d'anormal. « Dois-je la tuer devant toi, elle aussi ? »

Il sourit à la jeune fille. Corayne aurait voulu cracher, lutter, mais elle s'aperçut qu'elle avait la bouche sèche et l'esprit vide de tout choix. Cette situation-là ne figurait pas dans ses diagrammes ni dans ses listes. Elle n'avait pu s'y préparer. Ils avaient craint que la reine n'accorde pas foi à leur parole, mais qu'elle choisisse l'autre camp ? Qu'elle le choisisse, *lui* ?

Je n'ai pas le plan du chemin qui s'étend devant moi.

« Écartez-vous », répéta-t-elle, les poings serrés. Alors que la chaleur du pouvoir du Rouge s'abattait sur elle, ses mains et ses pieds demeuraient froids, presque gelés, une sensation qui remontait vers ses poignets et ses chevilles.

Taristan se contenta de secouer la tête en tendant la main vers l'épée. Sa prise s'affermit autour de la gorge de la jeune fille quand ses doigts se refermèrent sur la poignée de la lame-fuseau. Il sourit à ce contact.

« Ceci ne t'appartient pas », murmura-t-il. Son souffle était étonnamment doux sur le visage de Corayne.

Quelque chose en elle se rompit d'un seul coup. Une vague froide chassa la chaleur et la poussa à glisser la main dans sa poche. Une force inconnue attirait ses doigts, les guidait jusqu'au charme jydi, le bibelot inutile. Il lui parut gelé, aussi dur que la glace, et ses brindilles étaient taillées en pointes acérées.

La jeune fille n'avait jamais eu aussi peur.

Avec un effort de volonté, elle regarda les yeux de Taristan où des paillettes de sang cramoisies s'éparpillaient autour des iris. Ils semblèrent danser quand il empoigna l'épée, la tirant à demi du fourreau. Le prince ne regardait pas Corayne mais l'acier, et ses lèvres bougeaient sans émettre de son tandis qu'il lisait les runes ésotériques gravées sur la lame.

Les brindilles jydi lui labourèrent la joue comme une poignée d'aiguilles, leur féroce morsure bleue traçant des lignes déchiquetées dans sa chair. Il poussa un cri aigu, bondit en arrière, et l'épée glissa de nouveau dans son fourreau. Corayne s'attendait à sentir le poignard s'enfoncer entre ses côtes, percer ses organes, mais ce ne fut pas le cas.

Au lieu de cela, le garde-lion posté derrière elle lâcha un cri étranglé : du sang jaillissait sous le hausse-col d'or qui couvrait sa gorge. Dom bondit sur ses pieds et s'attaqua aux autres chevaliers, tandis qu'Andry se trémoussait et brisait l'étreinte de celui qui le tenait par quelques mouvements fluides nés de la surprise et de la dextérité. Ensemble, ils ouvrirent une brèche dans la garde de la reine alors que le chaos et la désorientation explosaient dans la grande salle.

Erida cria quelque chose ; Taristan se remit péniblement debout ; le Rouge traversa l'estrade tel un nuage d'orage écarlate, les mains levées, la bouche formant une incantation. Corayne, choquée, était au bord de l'évanouissement. Ses genoux menaçaient de se dérober sous elle quand quelqu'un la ceintura et l'entraîna en arrière.

« Cours, maudite des dieux que tu es, *cours* ! » siffla une voix féminine familière.

La jeune fille pouvait à peine respirer. Elle trouva pourtant la volonté de bouger, de s'élancer sur les dalles. Le charme jydi demeurait dans sa main, les brindilles n'en étaient plus gelées, mais leur extrémité brisée dégoulinait d'un sang trop sombre pour des veines de mortel.

Quelqu'un la propulsa de l'autre côté de la porte ouverte sur le côté de l'estrade, l'encourageant à continuer.

Elle regarda en arrière pour voir un flot de gardes, l'épée tirée, la cape flottant derrière eux. *Courir est inutile*, songea-t-elle vaguement. *Je pourrais aussi bien m'asseoir et attendre.*

Puis retentit une espèce de coup de tonnerre, suivi du cri aigu d'une chaîne qui se déroulait, des maillons de fer glissant dans leurs anneaux à une allure saisissante. L'un des nombreux lustres de la grande salle s'abattit, écrasant quelques hommes en armure. Ce ne fut pas le dernier à tomber. Les chaînes qui les soutenaient se détendaient les unes après les autres, comme se propagent des rides à la surface d'un étang, chaque cercle de fer et de flammes atterrissant dans un nuage de poussière et brisant autant de tables que de bras et de jambes. *Boum, boum, boum* – le battement d'un tambour de guerre. Un des lustres tomba sur l'estrade, au beau milieu de la table d'honneur, qu'il fendit en deux. Corayne cherchait du regard une robe cramoisie, une couronne incrustée de joyaux, une louve déguisée en reine, mais Andry l'attira plus loin dans le couloir, lui bouchant la vue.

Sorasa Sarn fut la dernière à franchir la porte, qu'elle barricada derrière eux, les coupant de la salle de banquet. Elle posait sur eux des yeux écarquillés, des yeux fous, tandis qu'elle observait tour à tour la blessure de Dom, Corayne, et le visage d'Andry, empourpré, haletant. Le poignard qu'elle tenait à la main dégouttait d'un liquide écarlate.

« Il faut vraiment que je fasse tout ici alors ? » cracha-t-elle.

16

Bonnes affaires

Sorasa

L'or était lourd dans la bourse attachée à sa cuisse sous ses braies. Les pièces reposaient à plat les unes contre les autres, silencieuses malgré leur nombre. Tout sicaire susceptible de se trahir par leur cliquètement n'aurait pas mérité de les posséder, et Sorasa Sarn les méritait jusqu'à la dernière. L'or de l'Aîné la conduirait très loin, financerait un voyage dans n'importe quel coin de Terravast. *Si le Galland déclare la guerre à l'enfer, je veux être loin.*

Elle serra les dents, tentant d'oublier l'odeur âcre de chair brûlée, de pourriture et de mondes brisés. *Sauver le monde n'est pas un travail pour des assassins,* se dit-elle. *Va ton chemin, Sarn.*

En un rien de temps, elle crocheta une serrure et trouva de nouveaux vêtements dans un logement vide. Elle abandonna sa cape et sa tunique en échange d'une robe rouge cerise bordée de fil d'or et d'argent – trop ample, mais parfaite pour dissimuler son épée, ses poignards et son fouet enroulé. Elle conserva aussi sous les jupes bouffantes ses jambières de cuir et ses bottes. Avec ses cheveux défaits, elle pourrait toujours passer pour la servante d'une noble dame, voire pour une noble dame du Sud en visite. Ces masques-là étaient faciles à enfiler, et elle les portait bien.

Elle dépassa des servantes chargées de paniers de roses que la lueur des torches faisait paraître cramoisies. Les femmes filaient à toute vitesse, se plaignant des épines et du mariage de la reine.

Ce soir-là, ce n'était pas l'occasion qui appelait Sorasa Sarn, mais une sinistre curiosité.

Même à la citadelle, protégée d'un côté par les falaises et la mer, de l'autre par le désert, les Amhara se tenaient informés des événements du monde. La reine Erida y était bien connue, tout comme ses nombreux prétendants éconduits. Princes, seigneurs de la guerre, riches barons et héritiers pauvres. Aucun n'était digne de la reine gallienne.

Or quelqu'un l'est aujourd'hui.

Sorasa ralentit le pas, hésitante, à une jonction de couloirs. La grande salle s'étendait droit devant, les quartiers des serviteurs sur la gauche, avec leurs couloirs étroits et sinueux, véritable garenne de débarras, de dortoirs, de cuisines ou de caves, incluant une brasserie, une crèmerie, une buanderie et une boulangerie. Sans parler de sa propre porte extérieure, de son propre quai et d'un pont menant au reste de la cité.

La décision ne prit qu'un moment.

Les quartiers d'habitation, la grande salle et l'aile orientale, récents, un ensemble de couloirs voûtés, de murs hauts et de vitraux, étaient achevés depuis moins de dix ans : splendides, magnifiques, et terriblement vulnérables, conçus pour le style plutôt que pour la sécurité. Une dizaine d'alcôves et de balcons facilitèrent la progression de Sorasa. Elle continua son chemin, le menton haut levé devant les serviteurs et les yeux baissés devant les gardes, son attitude allant de celle d'une dame à celle d'une servante et réciproquement sur un rythme fluide. Comme toujours, elle fut étonnée de constater avec quelle facilité on pouvait traverser un palais sans se faire arrêter, sans susciter une question ni même un regard curieux.

Pas étonnant que tant de femmes servent la guilde. *Les Amhara ont grand besoin de passer inaperçus, et qui pourrait passer plus inaperçu des hommes qu'une femme ?*

Un couloir longeait le mur sud de la grande salle, reliant l'aile orientale à la forteresse par une rangée de piliers à face de lion, parfois stoïque, parfois rugissante, toujours aussi royale qu'un monarque. Les portes entre les piliers, sur la droite, étaient ouvertes pour montrer la salle du banquet dans toute sa splendeur. Un chevalier s'encadrait dans chacune, tourné vers l'extérieur, regardant passer Sorasa d'un regard terne. Feu le père de la reine Erida n'avait épargné aucune dépense pour son palais, couronnant la table d'honneur d'un mur courbe percé de vitraux brillants comme des pierres précieuses. Soie et velours verts dominaient les courtisans assemblés, chacun se voulant plus verdoyant que son voisin. Un imbécile semblait porter une crinière de lion en guise de col. Au jugé de Sorasa, plus de deux cents nobles seigneurs et gentes dames festoyaient là, portant des toasts à la reine et à son promis. Ce dernier ne se trouvait pas encore sur l'estrade, s'il fallait en juger par la chaise vide au côté de la reine. Erida, avec sa robe aussi rouge qu'un rubis poli et son visage d'un blanc lunaire, était bien en évidence au centre de la table d'honneur. La cible idéale pour quiconque voudrait lancer le Galland dans une crise de succession.

Pas mon boulot, pas mon problème, songea Sorasa en observant à nouveau les chevaliers.

Elle longea les festivités, écoutant les bavardages d'une oreille, puis franchit un angle et monta alors les marches qui menaient à une galerie supérieure.

Laquelle courait autour de la grande salle en une large mezzanine ouverte, par chance dépourvue de courtisans errants. Les lustres, anneaux de fer forgé massifs, étaient suspendus au niveau de la galerie par de lourdes chaînes qu'aux deux bouts de la salle des maillons rivetés fixaient au plafond à double voûte.

Le banquet se déroulait en contrebas dans toute sa gloire. Des visages pâles circulaient de table en table, se penchaient les uns vers les autres pour chuchoter ou hurler, certains dansaient, certains mangeaient, tous buvaient à profusion. Sorasa avait épié bien des cours royales au fil des ans, du Rhashir au Calidon, et, si langues et coutumes variaient, les gens étaient partout les mêmes, prévisibles. La plupart se posaient sans doute des questions à propos du fiancé de la reine, eux aussi.

Est-ce que Mercury est au courant ? se demanda la sicaire en se fondant dans les ombres de la galerie.

Il se trouvait certainement à la citadelle, ses cheveux gris tombant sur ses épaules, assis dans son vieux fauteuil, au centre d'un millier de fils tirés de tous les coins de Terravast. Lettres et oiseaux voyageurs, espions, murmures et codes.

Le maître des Amhara voit toutes les pièces du grand puzzle, tandis que nous autres tâtonnons dans le noir pour en trouver les bords.

Les lèvres de Sorasa se retroussèrent de dégoût. La laisse de Mercury l'avait toujours blessée, même à l'époque où elle bénéficiait de sa faveur. Elle détestait et adorait tout à la fois l'attention qu'il lui accordait.

Les minutes s'écoulaient comme de l'eau. Elle avait appris la patience dans les cellules de la citadelle, alors qu'elle était une enfant vibrant d'énergie nerveuse incontrôlée. Cette énergie lui avait vite été retirée par l'entraînement : une nuit dans le noir avec pour seule compagnie un lézard armurier rhashirien. Long de plus de dix pieds, avec des mâchoires qu'aurait pu lui envier un loup, l'armurier était redoutable mais quasi aveugle : pour ne pas être dévorée vivante, elle n'avait disposé que d'un seul moyen : rester immobile. Adopter la même technique à présent, en n'ayant à s'inquiéter que de chevaliers et de courtisans avinés, n'était rien du tout.

Elle ne compta pas moins de dix coupes de vin renversées, trois plateaux écrasés, et un vieillard ronflant dans son assiette de légumes verts. Les autres bavardaient et buvaient, même à la table d'honneur. Sorasa reconnut dans le voisin de la reine son cousin plus âgé, monseigneur Konegin. *Combien Erida paierait-elle pour savoir qu'il a offert aux Amhara une rançon de roi s'ils la tuaient ?* se demanda-t-elle. *Ou que la vieille conseillère a racheté le contrat avec assez d'or pour faire couler une galère de combat ?*

Le banquet devenait plus bruyant à chaque plat qui circulait, à chaque flacon de vin qu'on vidait. *Bientôt, les courtisans seront trop ivres pour se rappeler qui elle a choisi.*

Un mouvement léger lui attira l'œil, non en contrebas mais de l'autre côté de la galerie, sur le balcon en face du sien, tout aussi plongé dans l'ombre et tout aussi désert, sauf pour deux silhouettes à peine visibles. Sorasa leva la main pour se protéger de l'éclat des lustres et permettre à ses yeux plissés de s'adapter à la pénombre où elle se tenait.

L'un des hommes, droit et mince, avait un port de soldat, la main posée sur la hanche où l'on distinguait la poignée d'une bonne épée. Sa cape noire, ouverte, montrait une doublure de velours pourpre à motif d'écailles. La tête baissée, n'exposant que les reflets de ses cheveux roux sombre, il fixait la table d'honneur. L'autre était un prêtre encapuchonné de cramoisi. À en juger par ses couleurs, un célébrant de Syrek, le dieu de la destruction et de la création, de la conquête et de la paix. Un des protecteurs du royaume de Galland, dont les souverains se piquaient d'être conquérants et créateurs.

Ni l'un ni l'autre, distraits comme tout le reste du palais par le mystère sur le point de se dévoiler, ne firent attention à elle. Ils l'emplissaient instinctivement d'une pointe de crainte glacée. Ils ne parlaient pas, mais le soldat se balançait sur ses pieds, et ses doigts se fermaient et s'ouvraient tour à tour sur la poignée de son épée. *Impatient.* Pas comme le prêtre, qui était une statue écarlate, le visage blanc comme l'os sous son capuchon.

Les ordres célébrants servent leurs dieux et leurs grands prêtres, pas les rois et les reines. Il doit écouter pour le compte d'un autre, récoltant des propos à transmettre, supposa Sorasa en détaillant à nouveau le prêtre. *Mais le soldat ? Qui sert-il ?*

Il n'avait pas un port noble. Ce n'était ni un chevalier ni un grand seigneur, et aucun diplomate ne se serait caché pendant un banquet. Toutefois, ce n'était pas non plus un garde du palais, pas dans cette tenue, sans armure ni blason à tête de lion sur la poitrine.

Elle ne le quitta pas des yeux tandis qu'elle se déplaçait avec prudence dans les ombres, les pas étouffés par l'épais tapis qui couvrait le sol de la galerie. *C'est peut-être un espion,* songea-t-elle. *Un sicaire des Amhara ou d'une autre guilde.* Elle l'examina à nouveau : grand et mince, des muscles durs visibles au niveau du cou, de ceux qu'on acquiert à la dure, par nécessité. *Il peut aussi s'agir d'un simple coupe-jarret trouvé au fond d'un caniveau. Un chien enragé lâché dans la nature.*

Sa concentration fut brisée par l'agitation en contrebas : trois personnes s'avançaient entre les longues tables du banquet, épaule contre épaule. Dont deux qu'elle reconnut.

Alors ils ont trouvé leur écuyer.

La reine ordonna à ses chevaliers de s'écarter, permettant aux trois visiteurs d'approcher de sa table. Sorasa regretta de ne pouvoir entendre leur supplique, aussi absurde qu'elle fût. *Dom, ce nuage d'orage incarné, Corayne et son courage vacillant...* « Nous requérons l'aide de Votre Majesté pour vaincre une armée de démons menée par mon oncle dément. Oui, je suis seule à pouvoir l'arrêter. Oui, je suis une jeune fille de 17 ans. Oui, je suis parfaitement sérieuse. »

Mais Erida ne les renvoya pas. Au lieu de cela, elle leur fit signe de la suivre, le visage doux, ouvert, afin qu'ils puissent discuter en privé du destin de Terravast. *Parlez-lui des cadavres sur la colline,* songea Sorasa en se rappelant comment sa lame les avait traversés. *Parlez-lui du massacre. Parle-lui donc de tes cicatrices, Domacridhan.*

« Domacridhan. »

Le soldat avait sifflé le nom, et sa voix s'était propagée le long de la galerie. Une voix venimeuse.

Sorasa se pressa contre une colonne, fondue dans les ombres.

L'inconnu jeta un regard furieux à l'Aîné puis à Corayne, avant de lever le visage en pleine lumière. Ses yeux noirs familiers semblaient étinceler d'une lueur rouge – une illusion due aux chandelles.

Des fils se nouèrent dans l'esprit de Sorasa, tissant une image et induisant une déduction. La réalité s'assembla telles les plates d'une armure de qualité.

Tous les réflexes qu'avait jamais acquis Sorasa Sarn prirent feu d'un coup, la bombardant d'injonctions.

La première, la plus forte, hurlait : *FICHE LE CAMP !*

« Regarde son visage, Ronin », murmura le soldat au prêtre, qui ne bougea pas d'un pouce. *Ce n'est pas un prêtre, du moins, il ne sert aucun dieu de Terravast.* « Je croyais que les Aînés étaient censés guérir de leurs blessures.

— C'est le cas. Quand ils sont blessés par des armes de ce monde », répondit Ronin le Rouge, le sorcier. Il croisa les mains sous ses robes. « Mais une lamefuseau ? Les armes des Terres-de-cendres, d'Asunder, bénies par Ce-qui-attend ? Ces plaies-là ne se referment pas aussi facilement. Voilà pourquoi les Aînés se terrent dans leurs enclaves, terrifiés, alors même que le prince a survécu pour leur parler de nous. Ils savent ce que nous pouvons faire. Ils nous craignent, nous, plus que n'importe quelle armée mortelle de Terravast. »

Sorasa n'osa pas se rapprocher encore. Ses mains s'agitèrent sous sa jupe et ressortirent armées d'un petit couteau. Elle fendit tranquillement les côtés de sa robe, s'accordant davantage de liberté de mouvement.

Fiche le camp ! lui hurla à nouveau son instinct. Elle sentait déjà le palais se refermer sur elle, de pierre et de verre, de soie et de vin. *Merde à l'Aîné, à la fille et à l'écuyer. Merde à Terravast.*

« Elle nous ressemble », lança sèchement Taristan. Il regardait Corayne quitter la salle par une porte latérale à la suite de la reine et de ses chevaliers. « À moi et à mon frère. »

Au moins Dom l'accompagne, se dit Sorasa, les dents serrées. *Six chevaliers contre un Aîné. Un bon rapport de force. Il a survécu à pire.* Son cœur battait à tout rompre. *Mais il pourrait succomber. Et alors il ne resterait que l'écuyer, un jeune garçon. Corayne pourrait aussi bien être morte.*

Et Terravast pourrait aussi bien être détruit.

La frustration grignotait sa peur, s'efforçant de la dominer. *Ce n'était pas dans le contrat,* pensa-t-elle avec fureur, en regrettant de ne pouvoir hurler. De ne pouvoir s'enfuir. *Mais où ? Pas chez moi, pas même à la citadelle. Ce-qui-attend dévorera les deux, avec Taristan à son côté, les poings de ses crocs.*

« Je dois dire que je suis encore choqué qu'elle ait accepté. »

La voix de Taristan se rapprochait, ainsi que ses pas discrets mais tonitruants aux oreilles de Sorasa. Il tapota la poignée de son épée, faisant cliqueter contre le métal l'anneau qu'il portait, à l'instar d'une petite cloche haineuse.

La sicaire se laissa tomber les genoux pliés, sur la pointe des pieds. *Je peux foncer vers l'escalier, sauter par-dessus le balcon, me servir de la tête d'un noble pour briser ma chute…* Ses choix défilaient en elle.

Cette pourriture de traître et son sorcier familier réduisaient la distance qui les séparait à une allure régulière mais paresseuse. « Elle a l'ambition dans le sang », répondit Ronin, serein.

Sa voix possédait une qualité étrange : un second niveau de son, comme si quelqu'un parlait en même temps que lui, d'un timbre plus profond, en harmonie. L'effet était perceptible même quand le sorcier se taisait.

« Il est bon que nous l'ayons trouvée les premiers, avant l'autre.

— Un choix que nous n'avons pas eu besoin de faire, s'esclaffa Taristan. Je ne vois pas de sorcière avec ma nièce. »

Les robes de Ronin sifflaient sur le tapis comme un serpent. La voix supplémentaire avait disparu, ne laissant que la sienne propre. « Quoi qu'il en soit, nous avons une alliée puissante en la reine du Galland. Corayne du Vieux Cor sera bientôt morte et n'aura plus aucune importance. »

Sorasa risqua un œil étréci autour du pilier. Les deux hommes se tenaient devant un autre escalier dont les degrés descendaient jusqu'à la grande salle. Taristan leva les yeux vers les lustres, et la lumière illumina ses traits durs. *Elle lui ressemble bel et bien.*

« Si elle possède l'épée de mon frère, nous n'avons qu'à la lui prendre et à l'enfermer », dit-il en tapotant à nouveau sa propre épée. Le fourreau qui en masquait l'acier était de cuir argent et noir. Des gemmes étincelaient sur la poignée, aussi rouges que des tiques gonflées de sang.

Ronin haussa les épaules. « Pour qu'elle meure quand Ce-qui-attend viendra réduire ce monde en cendres sous tes pieds ? dit-il en franchissant l'arche au côté de Taristan. Crois-moi, mon ami, la tuer sans attendre est un acte de pitié. Quant à l'Aîné, qu'il vive, qu'il *assiste à tout*... »

Leur rire cruel résonnait à chaque marche le long de l'escalier incurvé.

Fiche le camp, fiche le camp, fiche le camp.

Sorasa s'accorda cinq secondes de peur et d'indécision. Cinq seulement.

Son souffle siffla dans ses narines, sortit brutalement entre ses dents. *Un*. Taristan était le fiancé de la reine. *Deux*. L'armée d'Erida allait protéger le fuseau, le passage qui vomissait un océan de cadavres. *Trois*. Aucun royaume isolé ne pourrait résister à Taristan et Erida. *Quatre*. Sorasa Sarn n'était personne. Elle ne pouvait influer en rien sur les grands événements du monde. *Cinq*.

Elle se redressa et fila tel un chat entre les piliers, avant de se laisser tomber à genoux au bout de la galerie. Juste en dessous d'elle se trouvait la table d'honneur, en face de la porte entrebâillée qu'avaient franchie la reine et Corayne.

Il y a quelque chose que je peux faire.

Elle déchira de nouveau sa robe, découpant un carré de tissu couleur vin. Si elle avait épuisé à Byllskos ses poudres d'usage courant, la noire lui restait, glissée à sa ceinture dans son triple emballage – plus petit que sa paume. Avec précaution, elle l'ouvrit et saupoudra de petits grains sombres le centre du carré d'étoffe. Les écritures sur le paquet étaient presque effacées, la langue d'Isheïdie à peine reconnaissable. *Ça vaut cinq fois son pesant d'or.*

Elle forma une bourse, nouant les coins serrés, mais prenant soin de laisser libre toute une longueur de tissu. Elle l'espéra assez longue. Elle l'espéra assez courte.

En bas, deux chevaliers franchirent la porte devant Corayne et la reine, puis Dom et l'écuyer dégingandé, flanqués des quatre derniers gardes-lions. Sorasa scruta d'abord Dom, cherchant sur son visage un signe d'inquiétude, la moindre indication qu'il se doutait de ce qui l'attendait.

Elle faillit jurer tout haut. *Bien sûr qu'il ne se doute de rien.*

« Je sais qu'il m'a fallu beaucoup de temps pour fixer mes fiançailles, peut-être trop pour certains d'entre vous », déclara la reine, ce qui fit rire ses courtisans comme des hyènes.

Il n'y avait aucune chandelle à portée, pas même celles des lustres, aussi Sorasa s'arrangea-t-elle avec un morceau de silex et l'acier de son poignard, les frappant l'un contre l'autre afin de produire des étincelles.

Le feu prit, le bord du tissu commença à brûler.

Elle n'eut pas le temps de s'inquiéter de perdre une main ni d'être vue. Elle ne pensa qu'à bien viser. Le poids de la bourse, la flamme qui montait le long de la mèche improvisée. La chaîne solide fixée au mur en haut du balcon, par une plaque de métal rivetée au plus profond de la pierre tendre. Les maillons de fer montaient jusqu'au plafond, traversaient un premier anneau, descendaient jusqu'à un lustre, remontaient jusqu'à l'anneau suivant, et ainsi de suite, à l'imitation d'un collier semé de pierres précieuses.

Sorasa se pencha et balança le bras, concentrée sur le bout de ses doigts, quand la petite bourse quitta sa main. Elle refusait d'imaginer l'échec – la flamme qui s'éteignait, la poudre qui se répandait, le projectile qui manquait sa cible. Alors que, dans la salle, la reine en robe rouge sang pivotait sur ses talons, elle jeta son petit paquet. Il décrivit lentement un arc de cercle, montant puis retombant jusqu'à frapper la chaîne et le mur, moment auquel il se renversa. La mèche enflammée se retrouva derrière, continuant de se changer en fumée et en cendres. Puis l'ensemble se glissa en place, logé à la perfection entre les maillons de la grande chaîne et le mur de pierre.

De son pas léger et rapide, elle reparcourut le fer à cheval de la galerie. Au moment où les chevaliers se resserrèrent autour de Dom et Corayne, les masquant à sa vue, elle éprouva une familière impression de défaite. *Est-ce qu'ils ont déjà compris ? Est-ce qu'ils sentent le nœud coulant autour de leur cou ? Corayne sans doute. Elle n'est pas idiote.*

La voix d'Erida résonnait dans l'escalier en spirale, montant à la rencontre de Sorasa qui descendait. « C'est avec une grande joie que je vous présente mon prince consort, mon époux, un fils du Vieux Cor, héritier des lignées de l'Ancien Empire et père du nouveau monde qui s'étend devant nous. » Applaudissements et félicitations montèrent dans tout le grand hall, s'enflant comme une vague. « Le prince Taristan du Vieux Cor. »

Maintenant, songea Sorasa, tentant d'imposer sa volonté à la bourse dissimulée qui brûlait. Comme si elle aussi était sorcière, touchefuseau, et non une mortelle sachant tuer avec talent. *Maintenant,* implora-t-elle, s'adressant à Lasrine l'Étoile du matin, à Syrek, à Immor, à Meïra des eaux, à tous les dieux et à toutes les déesses adorés en Terravast.

Ils ne répondirent pas.

Au bas des marches, elle adopta une allure modérée afin de ne pas se faire remarquer. Ses yeux vifs examinèrent la scène, cherchant une occasion, si petite fût-elle. Tout autour d'elle, des courtisans se levaient et applaudissaient, appelant leur chère jeune reine. Sorasa empoigna un flacon de vin en argent sur la table la plus proche, et s'en servit de bouclier pour se rapprocher de l'estrade, sans jamais ciller.

Dom, à genoux, desserrait les doigts et les serrait tour à tour pour former un poing tremblant, alors que plusieurs chevaliers lui maintenaient les épaules. Les courtisans ne remarquaient pas qu'il était blessé, agenouillé sous l'effet de la douleur, non de son respect pour la reine ou son fiancé. Son expression n'avait pas changé, le visage renfrogné, les lèvres figées en leur habituelle grimace, mais on voyait clairement sa tension. *Il souffre beaucoup.* Corayne était pareillement prise au piège : un chevalier se tenait bien trop près d'elle et lui plantait dans le flanc un poing ganté sûrement armé d'un couteau. La fille de Siscarie, la fille du soleil, était blanche comme un spectre : ses yeux écarquillés regardaient au-delà de l'estrade, au-delà de la table d'honneur, au-delà de la reine…

Sorasa n'eut pas besoin de tourner la tête pour savoir qui elle contemplait ainsi.

Taristan traversa l'estrade d'un pas modéré, satisfait de sa victoire. Son sourire suffisant évoquait un croissant de lune quand il s'arrêta devant Corayne et lui arracha son manteau bleu. L'épée qu'elle portait dans le dos était identique à la sienne, sa jumelle. L'autre lamefuseau.

C'était bien l'écuyer qui l'avait… et à présent Taristan va s'en emparer.

L'immortel siffla quelque chose que Sorasa n'entendit pas, mais elle vit l'éclair de rage qui traversait son visage. Taristan marmonna en retour, amusé, avant de tourner le dos à la salle, sa haute silhouette masquant Corayne aux courtisans.

Le poignard plaqué contre le poignet de la sicaire attendait son heure, impatient. Son épée demeurait cachée sous ses jupes fendues, trop voyante pour être tirée dès à présent. *Maintenant, maintenant, maintenant, maintenant,* priait-elle, se maudissant d'avoir prévu une mèche aussi longue. La bourse, toujours en place, brillait d'une petite étincelle. Sorasa pressa le pas, le flacon de vin entre les mains, et arriva à proximité de la table d'honneur. Les chevaliers ne prêtèrent aucune attention à une servante supplémentaire, malgré ses jupes déchirées. *J'y suis presque.*

Un hurlement monta dans la grande salle. Taristan s'écarta de Corayne et porta la main à sa joue, du sang coulant entre ses doigts. Son sorcier s'élança sur l'estrade, la bouche remuant avec ferveur, criant une prière, une incantation ou les deux.

Sorasa n'entendit rien du tout ; le monde se rétrécit dans ses yeux. Il était temps d'agir.

Elle peignit de rouge deux armures de gardes-lions.

Du vin pour la plus proche, que le flacon frappa au beau milieu de la poitrine. Le liquide se répandit sur le chevalier quand elle fit mine de trébucher, simple servante maladroite, et de se rattraper à lui. Ce poids soudain et délibéré le fit tituber, reculer, et elle passa devant lui, la lame au creux de la main, concentrée sur le chevalier qui menaçait Corayne. Il renvoya le bras en arrière, ce qui fit étinceler le couteau froid et effilé tenu contre les côtes de la jeune fille. Sorasa, plus rapide, frappa entre les articulations de l'armure et planta son poignard dans les veines du cou. L'homme crachota et tomba, portant les mains à sa gorge tandis qu'il se couvrait d'écarlate. Son sang chaud et humide jaillit sur les mains de sa meurtrière alors même qu'elle les refermait sur Corayne. La jeune fille restait figée, véritable poids mort, les jambes plantées au sol, le corps de plomb.

S'il faut que je traîne cette fille jusqu'aux quais, je jure par Lasrine…

« Cours, maudite des dieux que tu es, *cours !* » cracha Sorasa, en la poussant de profil dans une soudaine brèche au sein du mur de chevaliers. Trois de plus étaient étalés par terre. Dom se dressait au-dessus d'eux, un poignard dans le flanc, une grande traînée sanglante imprégnant sa tunique et son pantalon, maculant ses bottes.

Sorasa voyait leur épreuve comme une équation, son esprit se réduisant à la bataille et aux circonstances, comme on le lui avait appris. *Trois par terre, un qui se dépêtre encore du vin, celui-ci mort.* Bondissant par-dessus le chevalier qui s'étranglait avec son sang, elle partit à la suite de Corayne. Elle espérait que Dom et l'écuyer seraient assez malins pour les suivre, car ce serait sûrement le cas de Taristan et des chevaliers d'Erida.

Une explosion fit venir un de ses rares sourires sur ses lèvres, sourire qui s'élargit quand elle entendit le bruit de la chaîne en train de filer. Elle marqua une pause à la porte du couloir pour jeter un coup d'œil au chaos. Les lustres s'abattaient l'un après l'autre, se changeant en marteaux qui fendaient les tables, envoyaient en vol plané assiettes et corps humains. Les courtisans tentaient de les éviter en bondissant les uns par-dessus les autres, tandis que la table d'honneur se vidait rapidement, les conseillers fuyant dans toutes les directions. Taristan se remettait sur ses pieds, pris dans la mêlée, une joue couverte de coupures, pendant que Ronin le Rouge injuriait le plafond. La reine se retrouvait prisonnière de ses gardes-lions qui la protégeaient des débris.

L'Aîné passa le premier devant la sicaire, blanc comme un linge. Puis vint l'écuyer, Trelland. Sorasa les ajouta à son compte.

Quatre vivants.

Elle prit une longue inspiration déchirée. *Fiche le camp,* disait encore son instinct – un simple murmure à présent.

Facile à ignorer.

Fermant la porte, elle mit en place la barre dans un grand choc de bois contre bois. Au sein de la grande salle, les lustres continuaient de s'abattre avec un bruit de tonnerre. Son cœur battait à l'unisson, sur un rythme régulier. Le danger nourrissait quelque chose en elle, assez pour doucher momentanément toute peur.

Ses trois compagnons ne pouvaient en dire autant. Quand Corayne tendit la main derrière elle pour vérifier qu'elle détenait toujours l'épée, ses doigts tremblaient horriblement et elle avait les yeux comme des soucoupes, le noir des iris bordé de cercles blancs. La lamefuseau était toujours là, telle une estafilade en travers de son dos, si longue par rapport à son corps menu que l'effet en était comique. Près d'elle, Dom, adossé au mur, se mordait les lèvres en tâtant le poignard planté dans son flanc. Seul l'écuyer semblait capable de se rendre utile. Faisant de la charpie de son manteau bleu et gris, il la pressa contre la plaie de l'Aîné.

« Il faut vraiment que je fasse tout, ici, alors ? » lança Sorasa en essuyant son propre poignard. La fin de vie écarlate du chevalier égorgé disparut en quelques mouvements rapides.

La sicaire examina le long couloir donnant sur les chambres et antichambres à l'usage de la reine et de son conseil.

Corayne regardait à travers elle comme si elle n'avait pas été là.

« Cette porte ne tiendra pas », murmura-t-elle en reculant d'un pas. Déjà, on tambourinait de l'autre côté. De nombreux « on ». Le battant tressautait sur ses gonds, forçait contre la barre. « Elle est avec lui. La reine est avec *lui*.

— Merci. Moi aussi, j'ai des yeux, renvoya Sorasa. Est-ce que tu peux courir, l'Aîné ? »

Dom, le flanc gauche peint de cramoisi, ne put que grimacer. Il y avait aussi du sang dans sa barbe, rougissant ses poils dorés. « Ce n'est rien », dit-il. Il repoussa Trelland. « Les Vedera guérissent vite.

— Ne fais pas… », commença Sorasa en se précipitant vers lui.

Mais il n'était plus temps d'arrêter cet imbécile d'immortel maudit des dieux. Il arracha le poignard d'un seul geste et le jeta, répandant au sol quelques gouttes écarlates. Puis le sang jaillit entre ses côtes, véritable fontaine, et il vacilla. Un soupir lui échappa tandis qu'il mettait de nouveau un genou en terre.

« Oh », hoqueta-t-il.

Corayne voulut le rattraper et glissa dans la flaque de sang immortel. « Par les fuseaux ! »

Sorasa avait sur la langue une puissante odeur cuivrée quand elle poussa l'Aîné à s'allonger par terre.

« Je n'arrive pas à croire qu'on puisse être encore aussi bête après mille ans de vie, dit-elle en lui déchirant sa tunique autour de la blessure. C'est quasiment un exploit.

— Cinq cents, siffla Dom entre ses dents serrées, comme si cela pouvait faire une différence.

— Immortel ou pas, tu es très susceptible de te vider de ton sang. »

Curieusement, il parut surpris de cette possibilité.

Sorasa l'ignora pour ne pas être tentée de le tuer elle-même. Au lieu de cela, elle continua de déchirer ses vêtements, utilisant tout ce qui pouvait constituer un bandage. Trelland lui offrit sa charpie et elle la poussa dans le trou béant où les côtes apparaissaient d'un blanc luisant entre des muscles rouges et durs. À tout le moins, Dom ne défaillit pas pendant qu'elle le bouchait à la manière d'un seau affligé d'une fuite.

« Encore d'autres idées brillantes, l'Aîné ? »

Il fut sur ses pieds plus vite qu'elle ne l'eût cru possible et se dressa au-dessus d'elle dans ses habits déchirés, le torse nu à la lumière des torches du couloir. Sa peau, comme ses os, était pâle et étincelante.

« Fuyez, fit-il d'une voix mal assurée.

— On ne reviendra pas par où on est venus. Ni par le pont de la cuisine, le pont du Courage ou les quais de la garnison… » Sorasa s'interrompit, passant en revue tous les chemins, toutes les voies d'évasion qu'elle connaissait, et tous se fermaient hermétiquement sous ses yeux. « Je peux sortir d'ici, mais pas avec vous tous.

— Eh bien, ça nous aide », lâcha sèchement Corayne.

La porte retentit d'un nouveau coup quand un objet lourd et volumineux la percuta. Sans doute une table employée comme bélier. Il ne faudrait pas longtemps au battant pour s'abattre, ni à des gardes d'Erida pour arriver par l'autre côté. Les fuyards disposaient peut-être de quelques minutes.

Ou secondes.

Trelland s'approcha d'une fenêtre pour observer les jardins parfaitement entretenus. Des torches y tressautaient un peu partout, tandis que les gardes étaient alertés, dépêchés. Derrière les pelouses s'étendait un labyrinthe de haies intriquées plongé dans l'ombre. La cathédrale du palais se dressait au-dessus, fière, intimidante, une merveille. Ses colonnes courbées évoquaient une cage thoracique. Le visage de l'écuyer se durcit.

« On devrait essayer la Syrekom, dit-il à voix basse.

— La cathédrale ? » s'esclaffa Sorasa. Le sang du chevalier et celui de Dom formaient en séchant des croûtes sur son visage et ses mains. Il n'y avait aucune différence entre sang de mortel et celui d'immortel. Le goût était le même. « Demander asile ne marche que dans les histoires, petit écuyer. Nous sommes dans la réalité. »

Quelques chevaliers exploraient les jardins, on voyait s'agiter leurs torches, mais aucun ne pénétrait dans le labyrinthe. Sorasa rassembla ses souvenirs de la cathédrale Syrekom qui s'étendait au-delà, un monstre de verre et de marbre gris, un des joyaux de la couronne d'Ascal, bâtie pour honorer le dieu le plus grand et le plus terrible du Galland.

« La Syrekom », répéta Trelland, plus fermement.

Sa main tressauta, cherchant une épée absente. Il n'avait pas d'armure, pas même de couteau visible. Seulement son pantalon et son manteau déchiré, aux manches un peu courtes. Encore en pleine croissance, il restait un gamin malgré tout ce qu'il avait vu. *Mais sa voix n'est pas celle d'un gamin en ce moment.*

« Je vais nous faire traverser le labyrinthe. Ensuite… » Il jeta un bref coup d'œil à la blessure de Dom. « J'espère que vous savez tous nager. »

Sorasa fixa l'Aîné, auquel des hoquets rapides et tourmentés tenaient lieu de souffle. Il lui renvoya un regard noir.

« J'ai appris à nager avant que ta lignée n'existe », gronda-t-il, furieux, en partant à une allure frénétique. Elle s'attendait presque à ce qu'il marche tout droit dans un mur. Au lieu de cela, il défonça une porte d'un coup de pied et la laissa pendre au bout de ses gonds dorés.

Peut-être qu'il va se noyer, songea Sorasa, distraite. C'était à moitié un souhait.

17

Pour cette terre

Andry

Le Nouveau Palais avait été pour lui un foyer, un sanctuaire, une école, une cour d'entraînement. Désormais, c'était une prison, un terrain de chasse, le billot du bourreau.

Andry sentait la hache suspendue au-dessus de sa tête tandis qu'il guidait ses compagnons vers le bout du labyrinthe, courant aussi vite que voulaient le porter ses longues jambes. Dans les baraquements, il avait appris à courir en armure. Cela l'avait rendu fort lorsqu'il était couvert d'acier, rapide lorsqu'il ne l'était pas. Il se sentait alors nu et vulnérable. *Je n'ai même pas un couteau*, songea-t-il, frustré. Bien sûr, il ne pouvait pas s'en faire grief. Comment se serait-il attendu à ce qu'Erida se tourne contre eux, contre lui, contre *Terravast* ?

Mais ça ne date pas de ce soir, se dit-il. Il se mit à trembler de la tête aux pieds : cette prise de conscience larguait ses amarres et l'entraînait en haute mer. *Elle était déjà contre nous, les dieux savent depuis combien de temps. Elle était avec lui, le jumeau de monseigneur Cortael. Ce putrifuseau de bâtard.* L'injure claqua douloureusement dans sa tête. Même lorsqu'il fuyait pour sauver sa vie, Andry Trelland n'aimait pas les grossièretés.

Des cris s'élevaient tout autour du palais, les torches des chevaliers de la reine qui les traquaient flamboyaient dans les jardins, mais tout cela n'existait qu'aux confins de son esprit. Pour Andry, il n'y avait que le labyrinthe – et sa mère.

Au port des Voyageurs, à l'heure qu'il est. Cela ressemblait à une prière attendant d'être exaucée. *Sur un navire, en sécurité, douillettement installée dans son fauteuil, avec ses servantes pour s'occuper d'elle. Les voiles hissées, et un capitaine en partance pour son pays natal.* Son cœur se déchirait dans sa poitrine quand il imaginait Valeri Trelland appuyée au bastingage, attendant son fils. *J'aurais dû l'accompagner. Je ne devrais pas être ici.* Le labyrinthe semblait se refermer autour d'eux avec ses haies parfaitement taillées, chaque feuille bien à sa place. Andry aurait voulu l'incendier jusqu'à ce qu'il n'en reste que des cendres. *Je n'ai besoin que de quitter cette île. C'est tout ce que j'ai à faire. Sortir du palais, et atteindre les quais.* Il avait le souffle court, inspirait par le nez, expirait entre ses dents. *Quitter l'île. Atteindre les quais.*

Corayne, haletante, s'efforçait de rester à sa hauteur. Au sein du palais, elle ne lui avait pas paru si petite mais, à présent, avec sa grande épée sur le dos, avec le monde sur ses épaules, elle lui semblait sur le point de disparaître dans le néant. Seuls ses yeux, inchangés, se débrouillaient pour être plus noirs que le ciel au-dessus de leurs têtes. Elle se retourna, tentant de percer du regard les haies disposées en spirale. Monseigneur Domacridhan et l'Ibalette couraient toujours derrière eux.

Une sonnerie de trompe fit sursauter Andry. Le son, lourd et fier, faisait naître dans l'air un frisson.

« Qu'est-ce que c'était ? » demanda Corayne, hors d'haleine. La trompe sonna à nouveau.

« La garnison du palais », répondit le garçon en pressant le pas. Il serrait douloureusement les dents.

Jamais encore il n'avait vu la garnison appelée au combat. Enfant, il avait souvent souhaité que les soldats soient convoqués dans leurs splendides armures pour défendre la reine et la cour. *Eh bien, là, je vais sans doute être exaucé.*

Domacridhan boitait et chaque pas lui réclamait un effort. Un sang noir dans la pénombre coulait entre les doigts de la main qu'il pressait contre ses côtes. *La dernière fois que je l'ai vu, il disparaissait sous une marée de cadavres,* songea Andry. *Il a survécu au temple – il peut certainement survivre à ça.*

L'Ibalette, les dents découvertes, poussait l'immortel en avant quand il traînait trop. « Combien d'hommes dans la garnison, Trelland ? » interrogea-t-elle d'une voix inquiète.

La chevalerie et l'étiquette l'auraient exigé, mais, compte tenu des circonstances, Andry estima préférable de ne pas demander son nom à cette dame. « Deux cents. Assez pour soutenir un siège.

— Je suis flattée », répondit-elle.

Deux cents soldats. Deux cents épées. Deux cents boucliers. Deux cents hommes que je connais, avec lesquels je me suis entraîné, et que j'ai croisés chaque jour dans les baraquements. Deux cents hommes assermentés, fidèles à la reine, au Galland, au Lion. L'écuyer ne doutait pas de leur résolution, même de ceux qu'il considérait comme des amis. *Ils me tueront comme n'importe quel autre ennemi. C'est à cela qu'ils ont été formés.*

Et j'en ferais autant à leur place.

« Par ici », siffla-t-il en se dirigeant vers ce qui ressemblait à une paroi végétale solide. Il se glissa aisément dans la brèche que dissimulaient les haies.

Là où le reste du labyrinthe était une œuvre d'art, avec allées empierrées et fontaines chantantes, ce passage-là était étroit et mal entretenu, à peine un chemin de terre entre les arbustes dressés des deux côtés. Il s'agissait d'un secret bien partagé : nombre d'écuyers, de chevaliers, de dames, voire de membres de la famille royale, venaient là avec des compagnons pour passer quelques instants à l'écart des curieux.

Le vent froid sur sa peau exposée faisait frissonner Andry. Il serra encore les dents, se préparant à entendre la voix qui venait avec le froid, les murmures, vieux et jeunes. La voix qu'il ne se rappelait qu'à peine mais ne pouvait jamais oublier.

Dans une seule direction, ta route s'étend, écuyer, gémit-elle, cassante.

Andry émit un grondement bas au fond de sa gorge tandis que les murmures se dissipaient dans sa tête. Il tituba, perdit un peu de vitesse mais s'obligea à continuer.

« Est-ce que ça va ? » entendit-il demander Corayne, dont la voix fut ensuite engloutie par les murmures.

Brûle la vie derrière toi, sauve du feu le monde entier.

Ils disparurent à nouveau, retombant avec le vent, regagnant le néant, pendant que s'enflaient les cris à l'extérieur du labyrinthe. Le clocher de la cathédrale Syrekom se dressait devant les fuyards, ses arches semblant les narguer. Les cris s'amplifièrent encore, et des flammes vacillantes apparurent entre les feuilles, échappées des allées, de plus en plus proches.

Corayne regardait toujours Andry avec intensité, ralentissant le pas pour rester à son côté. Elle lui tendit une main timide. Il la prit sans réfléchir et sentit des doigts chauds sous les siens.

« Ce n'est rien », dit-il. Son souffle était une suite de halètements oppressés. « Ça va. »

Un gémissement monta derrière eux alors que Dom, victime d'une nouvelle faiblesse, mettait un genou en terre. L'Ibalette grommela un juron dans sa langue.

« Continuez ! » lança-t-elle avant que l'un ou l'autre des jeunes gens pût s'arrêter.

Corayne voulut se retourner mais Andry l'entraîna à sa suite. « Ils nous rattraperont », dit-il en serrant sa main avec force.

Est-ce que c'est un mensonge ? se demanda-t-il. *Est-ce que ça a encore seulement de l'importance ?*

Les ombres des haies vacillaient, hautes et étranges, entre l'éclat blanc des étoiles et la lumière rouge des torches. L'une d'elles prit vie et se jeta en avant : une large silhouette se dressa sur le chemin, sa belle tunique rouge et argent tachée de vin.

« Ah, dis donc, Trelland », croassa Citron, qui vacillait sur ses jambes. Il arborait un large sourire moqueur sur son visage rougeaud et luisant de transpiration. Une coupe étincelait dans sa main. Quand il l'agita entre Andry et Corayne, un liquide rouge sombre s'en échappa. « Emmener une fille dans les chemins creux. Je ne t'en aurais pas cru capable. »

Andry lâcha sa compagne et la poussa pour lui faire dépasser l'autre écuyer. Sa paume effleura le fourreau de la lamefuseau. Il lui parut froid comme la glace.

« Bonne nuit, Citron », grinça-t-il. *Le mieux est de ne pas s'occuper de lui, de le laisser tourner dans le noir.* « Profite bien de la fin du banquet.

— Bois un coup avec moi, mon frère », encouragea le jeune ivrogne d'une voix grasse. Il lui passa un bras autour du cou. « Et présente-moi à ton amie », ajouta-t-il en tendant l'autre pour bloquer le passage. La coupe heurta le torse de Corayne, répandant du vin sur sa chemise. Le sourire de Citron s'élargit quand il la vit mieux. « Bonsoir, madame. »

La jeune fille baissa les yeux sur ses habits tachés, puis les releva vers Andry, dont elle croisa le regard. La frustration faisait rage en elle, aussi brûlante que des braises. *Non,* aurait-il voulu dire. *Continue à avancer.*

« Bon banquet », fit-elle d'une petite voix, le prenant par surprise.

D'une torsion, elle échappa à Citron, prenant soin de tourner le dos aux haies pour dissimuler la lamefuseau. Par chance, l'écuyer massif était trop ivre pour remarquer la tenue de

Corayne, peu digne d'une dame, sans parler de l'épée accrochée derrière son épaule.

« Très bien », marmonna Andry en tentant de se dégager.

Les torches se rapprochaient. Ils n'avaient plus beaucoup de temps avant de perdre tout espoir d'évasion.

Mais Citron resserrait son étreinte, ses doigts cherchant une meilleure prise sur le col de son condisciple. Il remarqua enfin les torches vacillantes et les cris qui résonnaient dans les jardins. « Qui est-ce qu'ils cherchent ? » demanda-t-il, le regard plus vif. Il se lécha les lèvres. « C'est l'appel de la garnison, Trell. On devrait aller les aider.

— C'est ça, Citron, va les aider », répondit Andry en essayant de lui faire lâcher prise.

L'autre se hérissa, changeant d'humeur. Il leva le poing.

« Et voilà, Trelland », siffla-t-il. Son haleine sentait le vin et les oignons. « Tu te crois encore meilleur que nous autres, alors même que ton seigneur est mort et enterré. Tu es le pire de tous les écuyers. » L'insulte se planta dans sa cible, aiguisée comme un poignard. Mais Citron n'en avait pas terminé. Il se tourna à nouveau vers Corayne. « Vous savez qu'il a fait tuer son chevalier, hein ? »

Andry sentit ses joues rougir sous la chaleur.

La jeune fille grimaça, oubliant sa comédie, et planta ses yeux dans ceux de l'écuyer aviné. « Il a survécu, ce qui est plus que ne peuvent en dire les chevaliers. »

Citron prit l'air railleur en soutenant son regard furieux, les lèvres retroussées, non sans la détailler à plaisir. Cette fois, Andry le vit remarquer sa tresse à moitié défaite, ses habits salis par le voyage, les vieilles bottes de cuir qu'elle avait aux pieds. « Qu'est-ce que tu regardes, dis, espèce de garce miteuse ? »

La rage d'Andry fut pareille à un coup de tonnerre. Il brisa en un instant l'étreinte de l'autre écuyer, et l'empoigna par son col de chemise. « *Dacyl* », gronda-t-il.

Corayne, toutefois, semblait moins offusquée que furieuse, le menton levé. Ses yeux d'un noir absolu, grands ouverts, avaient de quoi mettre mal à l'aise.

« J'essaie de deviner combien de temps il va te falloir pour te pisser dessus, écuyer », lâcha-t-elle en réponse à la question.

Citron s'empourpra et voulut se jeter sur elle, mais Andry le retint fermement, usant avec bonheur de sa taille et de sa sobriété. « Ça suffit », dit-il d'une voix basse, comme pour apaiser un animal.

Cela ne fit que décupler la colère de l'ivrogne, qui se dégagea d'une secousse. Toutefois, il n'eut pas l'occasion de parler à nouveau : tel un miroir doré, apparut contre sa gorge un poignard dont la lame flamboyait à la lueur des torches.

« Oui, ça suffit largement », affirma la femme qui venait de se matérialiser sur le chemin. Sa main serrait les cheveux paille de Citron et lui tirait la tête en arrière, exposant sa gorge. Quoiqu'il ne la vît pas, il se figea : il sentait la lame sur sa peau.

« Moins que je n'aurais cru », commenta Corayne en jetant un coup d'œil aux jambes de l'écuyer ainsi immobilisé.

Même si voir ramper son condisciple le réjouissait, Andry savait ne pouvoir s'attarder. Il s'avança, la main tendue vers le poignard ibalet, une œuvre d'art en bronze dont la poignée représentait un serpent lové. La femme qui le tenait était calme, son visage trop immobile.

« Ne le tuez pas, s'il vous plaît », dit-il, la voix emplie de force. *La dernière chose dont on a besoin, c'est de répandre encore du sang.*

La bouche de la femme tressaillit de contrariété. « Rappelle-toi la compassion de Trelland, mon garçon », souffla-t-elle en écartant sa lame de la gorge offerte.

Citron croisa le regard d'Andry, chargé de tout le remords dont il était capable. « Merci… »

Le poing de la femme le cueillit à la mâchoire, phalanges contre os, et lui propulsa la tête sur le côté avec une force dévastatrice. L'écuyer tomba le nez dans la poussière, assommé net.

« C'était nécessaire, ça ? » lâcha Andry, bouche bée. Citron restait allongé à plat ventre, une flaque de salive se formant déjà sous sa tête.

L'Ibalette remit sèchement son poignard au fourreau. « Tu voulais qu'il vive. »

Le garçon sentit un nouvel accès de froid. Il déglutit avec peine en contemplant le dos de la femme. Dom, toujours boitant, sortit de l'ombre pour la rejoindre. Elle avait une allure de prédateur, tout en angles. Les cours du Galland n'étaient pas étrangères aux Ibalettes, mais il n'en avait encore jamais vu comme celle-ci. La robe en lambeaux, du sang sur les mains et le visage. Pas le sien, celui de Dom. *Et aussi d'un chevalier. Elle a tué sire Welden dans la salle de banquet*, songea-t-il en se rappelant le vieux soldat qui avait saigné à mort, la gorge ouverte. Ce souvenir menaçait de le rendre malade.

Corayne se porta à son côté, le bras tout proche du sien. Le clair de lune lui conféra un teint très pâle quand elle jeta un regard en arrière au corps inconscient de Citron tandis qu'ils s'en éloignaient. La violence ne semblait pas la déranger tant que ça.

« Qui est cette femme ? Qu'est-ce qu'on est en train de faire, là ? marmonna Andry.

— C'est une question que je me pose depuis un moment », souffla la jeune fille.

Franchissant une autre brèche de la haie, ils faillirent se jeter dans un étang peu profond abritant des nénuphars et des poissons paresseux. De l'autre côté, une arche ouvrait sur une place aux dalles de pierre posées pour évoquer des rayons de soleil jaillissant de la cathédrale. Les murs du Nouveau Palais se dressaient jusqu'au sanctuaire sans brèche ni défaut. Des lueurs pareilles à des lucioles traversaient les fenêtres voûtées sombres et inquiétantes, reflets des torches de la garnison qui se frayait un chemin à travers le labyrinthe en une poursuite assidue.

Dom ne prenait plus de retard, mais ses jambes remuaient sans le moindre rythme. Il filait au côté de l'Ibalette qui avait tiré du fourreau une épée luisante. Bien faite et lançant de noirs éclairs, quoique simple, inexistante auprès de la lamefuseau.

La Syrekom bâillait telle une bouche garnie de portails voûtés et de gargouilles – dieux ailés et rois de pierre – qui baissaient sur les passants des yeux vides. Les portes incurvées étaient en chêne massif et verrouillées pour la nuit. Même avec sa blessure, il ne fallut à l'Aîné que deux coups de pied pour les ouvrir. Il haletait, chancelant, plus blafard que la lune. Une pointe de crainte pour la vie de Domacridhan vint s'ajouter à toutes les préoccupations d'Andry.

La nef de la cathédrale s'étendait devant eux, assez haute pour abriter une forêt, ses piliers alignés sur deux rangées jusqu'à la paroi du fond, percée de vitraux. Ils remontèrent l'allée qui séparait les rangées de bancs déserts. Seuls quelques cierges achevaient de se consumer sur leur support. La plupart s'éteignirent au moment où les fuyards les dépassèrent en courant.

« Par les dieux, ne tuez pas de prêtre, je vous en supplie, murmura Andry en jetant un coup d'œil à l'Ibalette.

— Ce ne serait pas mon premier », répondit-elle simplement.

Une lumière rouge grandissait au sein des vitraux, vacillante, flamboyante, née d'une centaine de torches, alors que les soldats de la reine pénétraient dans le parc de la cathédrale.

Andry monta les marches menant à l'autel d'or massif où le grand prêtre célébrait ordinairement ses services. Six vitraux le surmontaient : les hauts faits du puissant Syrek. Après des années de pratique, il pouvait les citer tous de mémoire. Chaque image de flamme, de guerre, de conquête ou de création était représentée en rouge, vert et or, emplie d'épées et de lions, étincelante au soleil, inquiétante dans le noir. Le garçon fit la grimace quand Dom souleva un brasero de bronze et le propulsa dans le chef-d'œuvre vitré le plus proche, qui vola en éclats avec un cri de vieille femme et cracha des morceaux de verre dans le fleuve en contrebas.

« Laissez-vous porter par le courant et restez sous l'eau aussi longtemps que possible », aboya l'Ibalette en désignant le vitrail brisé. Elle inspecta l'épée que portait Corayne, resserrant pour elle les boucles des sangles. Une nouvelle fois, la jeune fille regarda en arrière, trouva les yeux d'Andry. Cette fois, il vit en elle de la peur. Seulement un éclair, mais c'était suffisant.

Il baissa le menton, lui adressant le meilleur encouragement dont il était capable.

Elle lui répondit de même, résolue.

Dom franchit le vitrail le premier, et Corayne le suivit par un plongeon gracieux. L'Ibalette n'hésita pas, sautant dans le noir. Son corps ne fit presque aucun bruit en perçant la surface de l'eau.

Andry s'approcha des bords déchiquetés du vitrail. L'eau était assez claire ; la plus grande partie des ordures restait bloquée par les écluses qui empêchaient les bateaux d'arriver au palais. Ils n'allaient pas nager au milieu de la fange. Cela ne rendait pas le saut plus facile. Ni les pensées qui tourbillonnaient dans son esprit.

La lumière des torches incendiait les vitraux, et il entendait les ordres aboyés dehors, comme des claquements de fouet : la garnison arrivait. Il n'y avait plus rien derrière lui, que l'acier et le feu. La reine était l'alliée de Taristan, l'homme qui avait tué sire Grandel, monseigneur Okran, Cortael – son propre jumeau – et tous les autres, dont les corps avaient été laissés aux corbeaux.

Ils me tortureront. M'interrogeront. Me puniront d'avoir caché l'épée, aidé Corayne. C'était une évidence. Andry voyait déjà les cachots de la citadelle. *Ensuite, ils diront que je suis un traître et ils me tueront.*

Pourtant, il ne parvenait toujours pas à sauter. Ce n'était pas la chute qui l'effrayait, les six mètres le séparant du fleuve sombre et rapide. Elle aurait aussi bien pu être de cinq centimètres ou de dix mille mètres. De toute manière, cela lui paraissait être une fin, une porte qui se refermait. Le constat d'échec de tout ce qui s'était produit auparavant.

Mon père, mort pour le Lion, par devoir envers une couronne que j'ai trahie. Il se força à siffler. *Une couronne qui nous a trahis, moi et le monde entier. Je n'ai rien fait de mal.*

Je n'ai rien fait de mal, se répéta-t-il en se laissant tomber dans le vide. Pour la première fois, il trouva un certain réconfort dans les paroles murmurées.

Brûle la vie derrière toi.

L'époque de l'écuyer Andry Trelland était sans conteste en train de flamber.

Il vit lorsqu'il atteignit l'eau le visage de sa mère, un instant suspendu dans une obscurité froide et infinie. Comme le courant le poussait, il ne résista pas, retenant son souffle sous la surface. Il n'y avait ici aucune chaleur rouge comme celle qu'il avait vue en Taristan dans le hall. Pas d'ombre maléfique qui se mouvait derrière les ténèbres. Seulement le fleuve, seulement des mains froides qui l'entraînaient.

Et ces maudits murmures qui évoquaient la glace, l'hiver, solidifiés en une seule voix.

Tiens-toi debout, inébranlable et valeureux.

Viennent les ténèbres ; tes choix sont peu nombreux.

Andry, enfant d'Ascal, né et élevé dans la capitale, connaissait bien les canaux, et y nager le faisait frissonner. La bouche fermée, il tentait de ne pas penser à tout ce que l'eau charriait depuis les bas quartiers de La Tête-de-chien en amont et les abattoirs du Rivage-des-Bœufs. Dans le noir, il pouvait faire semblant de croire le fleuve propre. En outre, ils étaient difficiles à voir, difficiles à suivre.

Les murmures cessèrent, laissant Andry seul dans sa tête. Sa propre voix à présent résonnait en lui. *Sortir du palais. Atteindre les quais.* À chaque inspiration, il se répétait : *Atteindre les quais.*

Il nagea aux côtés des autres jusqu'à ce que l'Ibalette se dirige vers la rive. Tous sortirent de l'eau un à un, dégoulinants, prenant pied sur la berge étroite – un triangle de sable et de boue à moitié couvert par une avancée de la rue.

Andry se remit vivement sur ses pieds, imité par Corayne. La jeune fille tapota les sangles de la lamefuseau, dont elle vérifia la présence tout en écartant ses cheveux de ses yeux. L'épée était toujours là, en sécurité dans son fourreau.

« Lève-toi ou cache-toi », siffla la femme, en foudroyant du regard un Dom toujours étalé. Son regard brûlait comme deux chandelles jumelles. « Je doute que, même à trois, on réussisse à traîner hors d'ici un gros paquet comme toi. »

L'immortel gémit, trop faible pour répondre, mais se redressa à genoux, une main plaquée sur sa blessure. Il semblait saigner un peu moins, malgré l'effort effectué pour nager.

Andry se porta vivement à son côté et passa la main sous son bras.

« Remettez-vous sur vos pieds, monseigneur, chuchota-t-il en soutenant l'Aîné, presque aussi lourd qu'un chevalier en armure. Appuyez-vous sur moi.

— Et sur moi », intervint Corayne, qui prit son autre bras – et faillit s'effondrer sous le poids.

« Merci », murmura Dom, l'air surpris, un peu de rose sur ses joues pâles. Surpris de leur aide ou de sa propre faiblesse, Andry l'ignorait. Sans doute des deux. « Heureusement que ma cousine n'est pas là ; je n'aurais pas fini d'entendre parler de ça.

— Je ne manquerai pas de tout lui raconter si jamais je la rencontre », dit Corayne, souriant malgré l'effort.

L'Ibalette, pendant ce temps, arrachait le reste de sa robe déchirée pour révéler chemise humide et braies. Sa silhouette paraissait ainsi plus fine mais nullement frêle : tous ses muscles étaient bien formés, bien durs, comme des cordes enroulées sur elles-mêmes. Des tatouages étaient visibles au cou et sur les poignets, là où sa peau bronzée était exposée à l'air. Andry aperçut une aile d'oiseau, un texte ibalet en écriture cursive, une constellation et un poignard en demi-lune, avant de détourner les yeux, l'estomac soudain tordu.

« Mes excuses, madame », articula-t-il en fixant le sol humide.

Elle eut un rire moqueur. « Jamais vu un corps de femme, petit écuyer ? » Elle paraissait amusée. « Je crois qu'il est un peu tard pour te préoccuper d'honneur. »

Le visage du garçon s'échauffa et ses joues virèrent au rouge vif. « Si je dois trahir le royaume pour la sauver, je le ferai », bredouilla-t-il. *Je ne pourrais plus reculer, même si je le voulais. Je ne peux qu'aller de l'avant.*

En amont, des lumières flamboyaient, les torches inondant les rues à mesure que les détachements de recherches quittaient le Nouveau Palais. Andry visualisa la cathédrale, les chevaliers de la garnison debout devant le vitrail brisé, contemplant le noir abîme du canal. *Les prédateurs dont nous sommes les proies.*

Dom suivit son regard. « Ils seront bientôt sur nos talons.

— Ils y sont déjà », cracha l'Ibalette en escaladant la berge avec une application féline. Elle portait désormais une espèce d'écharpe, dissimulant son visage avec des lambeaux de sa robe reconvertis.

L'écuyer déglutit avec peine et s'efforça de réfléchir en dépit du chaos qui régnait dans sa tête. Tous clopinèrent lentement le long de la pente, à la suite de la sicaire.

« La garnison va se déployer », dit Andry en surveillant la rue. *Sortir. Gagner les quais.* « Elle va effectuer sa jonction avec la garde de la cité, les gars des autres baraquements – la reine Erida dispose d'une véritable armée ici. » Quand ils atteignirent le sommet, il tendit sa main libre, désignant le canal. « On a fini de traverser. Il n'y a plus de canaux ni d'îles. Si vous allez assez vite, vous avez des chances d'arriver aux portes extérieures avant ceux qu'ils y auront envoyés. » La cité s'étendait autour d'eux en spirale, toile d'araignée formée de rues et de ponts. « Vous aurez quitté la ville avant qu'elle ne soit bouclée plus hermétiquement qu'une souricière. Allez tout droit jusqu'aux murailles. La porte du Conquérant est la plus grande, celle où il y a le plus de passage, mais celle de Godherda est moins bien gardée. En tout cas, elle devrait l'être en ce moment. »

Corayne lui lança un regard noir de l'autre côté de Dom, les lèvres plissées en une ligne sinistre comme un coup de poignard. « *Nous aurons* quitté la ville, corrigea-t-elle sèchement. À moins que tu n'aies des projets que j'ignore, Trelland ? »

Andry sentit un muscle tressaillir dans sa joue. Il déglutit avec peine et s'écarta délicatement de Dom, dont il prit soin de ne pas compromettre l'équilibre précaire. « Allez vers le nord », dit-il d'une voix ferme.

Les yeux de la jeune fille s'agrandirent, non de peur mais de colère. « Où iras-tu ? »

La réponse n'était que trop évidente. « Je ne quitte pas ma mère.

— Tu te feras prendre, gronda Dom, le souffle oppressé, le visage tordu de douleur. Et tuer, Andry. Prendre et tuer. » Ses yeux verts vacillaient. « Taristan n'hésitera pas à ôter la vie à un jeune garçon. Le sang innocent ne dérange pas ce démon déguisé en homme.

— Je le sais. » Andry ne se rappelait que trop clairement le regard que le jumeau de Cortael avait porté sur Corayne

– comme sur un objet, un obstacle à écarter pour atteindre l'épée accrochée dans son dos. « Mais je ne peux pas l'abandonner. »

J'ai déçu tous les autres. Je ne décevrai pas celle dont la vie a le plus d'importance pour moi.

Corayne, cependant, refusait de se laisser influencer : « Le port des Voyageurs est de l'autre côté de la ville.

— Je sais où c'est, répondit-il, à présent impatient.

— Mais peux-tu y arriver ? » demanda Dom, en se forçant à avancer d'un pas tremblant vers l'écuyer. La jeune fille se déplaça en même temps que lui, vacillant sous son poids.

« Bon voyage à tous » fut la seule réponse d'Andry. Il baissa la tête et s'inclina avec respect.

Corayne le coupa d'un murmure dur et sifflant : « Tu dis toi-même qu'ils vont boucler la ville. » Quelque chose flamba en elle comme une torche. De nouveau, elle regarda l'eau et la cité sur ses îles, avec ses murailles et ses lumières innombrables. « Les capitaines n'attendent pas de se retrouver bloqués dans des ports fermés. Le navire aura atteint la baie Miroir avant que tu n'arrives sur les quais, et ta mère sera à son bord.

— Quoi que tu choisisses, une mort possible ou une mort certaine, fais vite », siffla l'Ibalette, ombre dans la rue.

Andry s'était déjà mis en branle, ses bottes claquant sur les pavés. *Sortir, atteindre les quais*, se dit-il, comme une prière. Tout pour ne pas entendre le prochain raisonnement de Corayne. En son for intérieur, Valeri Trelland l'appelait, ses mains chaudes l'attiraient près d'elle, dans son étreinte pareille à une couverture douillette.

« Tu vas te faire tuer en essayant », fit Corayne, déjà un écho, presque inaudible.

Andry Trelland n'avait jamais vu la Kasie, mais il en avait assez entendu parler par sa mère. Le port de Nkonabo, la ville semée de monuments d'albâtre et d'améthyste. La maison des parents de sa mère, sa cour et son jardin verdoyant, le petit étang empli de poissons pourpres. Une famille qu'il ne connaissait pas assemblée devant les portes, l'invitant à entrer, l'accueillant dans son nouveau foyer.

Il pressa le pas, le cœur battant, comme s'il avait pu courir jusqu'en Kasie.

Mais même le grand royaume au-delà de la mer Longue appartient à Terravast, et Terravast va brûler. Un feu jaillit dans son esprit, engloutissant les temples, les tours, les murailles, les rues, tandis que des soldats cadavériques submergeaient le monde. Il se répandait dans la cour, ses flammes dévoraient les jardins, faisaient bouillir l'eau de l'étang, cuisaient les poissons vivants. Et sa mère mourait avec eux, hurlant dans son fauteuil, les bras tendus vers un fils qui ne pouvait la sauver.

Les yeux d'Andry le piquaient. Au bord des larmes, il sentit son cœur se déchirer en deux quand ses bottes s'immobilisèrent dans une glissade. Au loin, la garde de la ville se mettait en chasse.

Il n'atteindrait jamais le port. Et sa mère ne serait en sécurité nulle part si le monde était détruit.

« *Ambara garaï* », chuchota-t-il en tournant les talons.

Aie foi en tes dieux.

18

Se faire tuer en essayant

Domacridhan

Dom n'aurait pas cru possible de regretter la sensation de l'acier planté entre ses côtes, mais c'était pourtant le cas. Sa vue se troublait comme jamais – à cause de la douleur ou de la perte de sang, il l'ignorait, n'ayant jamais assez ressenti l'une ou l'autre. Ni lorsqu'il s'entraînait à Tíarma, ni durant les batailles des siècles passés, pas même au temple, le visage déchiré, sanglant, entouré par l'armée infernale des Terres-de-cendres. Ce qu'il éprouvait aujourd'hui était bien pire. *Et je l'ai fait tout seul,* jurait-il.

Corayne, toujours calée sous son bras, avançait d'un pas régulier. La mâchoire ferme comme une hache, résolue et acérée, elle le soutenait le long de la berge. Dom appuyait avec force la main sur l'entaille de son côté, les doigts poisseux de son propre sang. La pression était douloureuse mais le gardait en vie et lui servait en outre de distraction.

Plus ils s'écartaient de l'écuyer, plus gonflait le chagrin dans sa poitrine. *À tout le moins, je n'aurai pas à le regarder mourir,* songea-t-il, amer. Son angoisse fut toutefois de courte durée.

Il entendit soudain des pas, de longues enjambées familières qui s'efforçaient de les rattraper, et se retourna pour voir Trelland les suivre à la trace, laissant derrière lui les canaux et le port des Voyageurs.

« Elle s'en tirera, assura Corayne d'une voix sombre quand il les rejoignit. Et toi aussi. »

Andry ne répondit pas, tête basse. Il était discret, prenait soin de ne rien montrer, mais l'immortel l'entendait pourtant pleurer. Il avait le même air qu'au temple : les yeux vitreux, dépassé, brisé par le massacre. Et continuant pourtant d'avancer par devoir, sans même une étincelle d'espoir pour éclairer sa route.

Ils traversèrent vivement un marché. Des boutiques en clayonnage enduit de torchis et des maisons particulières à structure de bois se dressaient au-dessus d'eux, leurs fenêtres pareilles à des yeux vides. Dom n'entendait encore aucune patrouille tandis qu'ils continuaient de suivre dans les ruelles la chemise blafarde de Sarn. Ce qui lui donnait l'impression de suivre un fantôme.

À quelle vitesse les nouvelles circulent-elles dans une ville comme celle-ci ? se demanda-t-il, songeant aux portes. À chaque tournant, leur périple pouvait trouver son terme, mais il se prolongea cependant. *Peut-être Etchaïd a-t-il exaucé ma prière, finalement, et protège-t-il notre route.*

Ou alors c'est juste qu'on a de la chance.

Leur chance se maintint. La porte de Godherda se profilait devant eux, ses battants de chêne et de fer clos mais non barrés, avec seulement deux soldats pour la garder. Comme l'avait dit Andry, elle était petite, à peine plus large qu'une porte de maison inscrite dans les murailles d'Ascal. Facile à défendre, facile à oublier.

Sarn pressa le pas, imitée par Corayne, entraînant Dom qui traînait les pieds. Andry lui prit à nouveau l'autre bras, soutenant une partie de son poids jusqu'à lui permettre de presque courir.

Encore une fois, sa vue se brouilla, des points noirs se mirent à grandir et à rapetisser devant ses yeux.

« Continuez d'avancer un pied après l'autre, monseigneur », l'encouragea l'écuyer, qui lui semblait à la fois très proche et très éloigné de lui.

Des cloches se mirent à sonner quelque part, résonnant dans l'air et sous le crâne de Dom. Il ferma les yeux avec force tandis que leur écho hurlant se répercutait. Un instant, il fut de retour au temple, à contempler la tour blanche et entendre l'impossible glas de la vieille cloche.

Les gardes crièrent quelque chose, leur voix ponctuée par les crissements de leur armure et le chant de l'acier qu'on tirait.

Les cloches leur donnent un ordre. Leur reine commande. Nous arrivons trop tard.

« Mets la barre en place. On est en train de fermer le port... », ordonna le premier garde. Sa phrase s'acheva par un gargouillis humide.

Dom ouvrit les yeux pour voir Sarn abattre le second, l'épée dégoulinant de rubis. La porte bâilla derrière elle, brèche entre les battants qui s'élargit rapidement.

Ce fut Corayne qui poussa Dom de l'autre côté, donnant un coup de pied dans un des panneaux de bois pour l'ouvrir en grand.

L'Aîné ne pouvait guère que continuer d'avancer, son énergie enfin épuisée, sa blessure sur le point de remporter la rude bataille contre son corps. *Ne tombe pas,* se dit-il, avant de se répéter les paroles de l'écuyer. Les cloches continuaient de sonner, accompagnées par une dizaine de trompes dans toute la ville, à chaque porte ou tour de guet. Dom tenta de réfléchir, de rassembler ses souvenirs de la région. Quelles routes s'offraient à eux ? Quel était le pays au-delà d'Ascal ? Mais il avait peine à garder les yeux ouverts, sans parler de mettre un plan au point.

Tu te feras tuer en essayant. Le dernier argument lancé par Corayne à Andry lui restait en tête, aussi sonore que les cloches.

Cela semble être ton destin, songea-t-il, sentant le désastre étendu au-dessus d'eux comme un nuage d'orage. Pas d'alliés, pas de direction. Seulement une épée et une adolescente à peine capable de la manier. *Te faire tuer en essayant.*

Dom, davantage qu'il n'en sentit les flancs sous ses mains, perçut l'odeur du cheval sur lequel on le hissa – en travers de la selle, tel un sac de grain. L'envie le saisit de présenter des excuses à l'animal. *D'habitude, je suis très fort pour ça,* pensa-t-il vaguement. Par ses yeux étrécis, il vit le sol se mettre à défiler sous lui.

Les autres ? se demanda-t-il. Il tenta de remuer la tête mais une main ferme le maintint en place.

Il s'accrocha à la vie aussi longtemps qu'il le put, jusqu'à ce que rien n'existe plus pour lui que le claquement des sabots. Cloches et trompes s'évanouirent et les ténèbres l'engloutirent.

La lumière dansait derrière ses paupières : ombre et soleil, ombre et soleil. Elle se mouvait au rythme d'un craquement de vieux bois, peut-être un claquement de toile. Ou d'ailes ? *Baleïr est ailé. Le dieu du courage est avec moi, je suis dans son étreinte, et il me ramènera en Glorian, là où seuls les morts peuvent désormais se rendre.*

Quelqu'un le tenait d'ailleurs bel et bien, des doigts fermes se pressaient contre sa cage thoracique et sa poitrine. Et il entendait des battements de cœur. *Les dieux ont-ils un cœur qui bat ?*

Un élancement douloureux dans les côtes le fit grimacer, inspirer entre ses dents serrées. Ses paupières battirent. La lumière était aveuglante, mais chaude et dorée. Quelque chose passait devant lui avec régularité, masquant le soleil. Il plissa les yeux pour tenter de distinguer ce qui l'entourait. *Le monde des dieux est certainement au-delà de mon entendement.*

Il y avait un mur en face de lui, un toit au-dessus, du bois en dessous, une roue qui grinçait derrière une fenêtre et, plus bas, le clapotis d'un cours d'eau. Quelque part, des souris couraient. Des toiles d'araignées garnissaient les angles.

Dom gémit quand revint une sensation familière, chaude et aiguë.

« Je ne savais pas qu'on pouvait encore avoir mal après la mort », parvint-il à articuler.

Ses battements de cœur s'accélérèrent et une nouvelle pointe de douleur le traversa. Moins forte, davantage une piqûre qu'un coup de poignard.

« Restez tranquille, Dom. Elle a presque terminé. »

La voix était lasse – voire agacée. Ce n'était pas une voix de dieu.

Ignorant le conseil, il tenta de remuer et aurait presque réussi sans les deux paires de mains qui le maintenaient.

« Corayne ? » chuchota-t-il, cherchant à apercevoir la jeune fille. Il en vit des portions. Des cheveux noirs bordés d'un éclat rouge, de trop petites mains nues aux articulations écorchées. Elle sentait toujours le fleuve. Et le sang. Toute la pièce sentait le sang, une odeur entêtante, chargée de l'âcre morsure du fer.

« Oui, c'est moi, souffla-t-elle. Nous sommes tous là. Et il n'y a que nous. »

Le monde se stabilisa un peu. « Où sommes-nous ? » Il regarda à nouveau vers la fenêtre inondée de soleil, découvrit la roue qui brassait l'eau pour alimenter le moulin. « Je me croyais mort.

— Si seulement », fit la voix venimeuse de Sarn.

La piqûre revint, perçant sa peau. Puis il sentit quelque chose glisser vivement, se resserrer. Avec un sursaut, Dom comprit que l'Amhara était en train de le recoudre, de refermer ses chairs déchirées. Il ne la voyait pas du tout, sentait seulement ses doigts fermes et prudents qui s'activaient.

« Je n'avais encore jamais vu personne survivre après avoir perdu autant de sang », ajouta-t-elle sèchement.

Dom tenta de lui adresser une grimace, mais il ne put qu'à peine s'agiter sur la table grossière. Le bois craquait, gémissait sous son poids. Il se rendit compte que sa chemise avait disparu, que même les lambeaux lui avaient été retirés.

« Où est Andry ? » demanda-t-il soudain en levant la tête. Une nouvelle fois, les deux femmes le maintinrent.

« L'écuyer a vu la raison dans les paroles de Corayne et c'est tant mieux, dit Sarn. Ils étaient en train de fermer le port quand on a filé. Il nous a suivis hors de la cité.

— Je me rappelle… en partie. Mais où est-il à présent ? s'enquit Dom, frustré. Je n'entends pas battre son cœur. »

Corayne contourna un peu la table, lui maintenant toujours l'avant-bras d'une main. Elle n'était pas très forte. « Vous entendez les battements de cœur ? s'étonna-t-elle, impressionnée. Depuis quand ?

— Euh… depuis ma naissance ? » répondit Dom, hésitant. Il laissa de nouveau son regard errer dans la pièce, notamment sur les épaisses couches de poussière recouvrant toutes les surfaces.

Sarn acheva une autre suture. « On est dans une ferme abandonnée, à quelques lieues d'Ascal, à l'ouest. Trelland pille la maison pendant qu'on se terre dans ce moulin délabré. Du moins, il fait semblant. En réalité, il se tracasse pour sa mère. » Son dédain était tristement évident.

Cette fois, Dom ne laissa pas Corayne le retenir. Il se hissa sur les coudes et se tourna face à la sicaire. Le capuchon baissé de Sorasa Sarn pendait autour de son cou, révélant ses lèvres pleines pressées si fort qu'elles disparaissaient presque. Comme Corayne, elle avait des poches sombres sous les yeux, et la poudre noire qui bordait ses paupières s'était étalée. Ni l'une ni l'autre n'avaient dormi et les mortels avaient grand besoin de sommeil. Malgré cela, la rage qui couvait dans le cœur de l'Aîné, née du chagrin et de l'échec, se souleva comme des braises qu'on tisonne pour obtenir des flammes. *Comment ose-t-elle juger ce garçon ?* Il découvrit les dents, serra les poings. Sarn ne frémit pas plus qu'elle n'écarta les mains de son côté. Elle maniait l'aiguille avec constance.

« Tu es vraiment dépourvue de cœur, Amhara », gronda-t-il.

Elle le piqua à nouveau. « Merci. »

Dom fit la moue. « On est trop près de la ville. » Le moulin lui paraissait soudain confiné, comme s'il risquait de s'effondrer sur eux à tout moment. « On devrait reprendre la route. »

Sarn, à son grand dépit, ne fut guère touchée par l'accusation. « On n'a pas pu courir très longtemps, à cause des tentatives de chirurgie sauvage de quelqu'un. »

Il tenta de repousser ses mains, de lui prendre l'aiguille. « Je peux faire ça moi-même, tu sais », dit-il sèchement. À présent qu'il voyait sa blessure à la lumière du jour, il en comprenait la gravité. Et il reconnaissait à son corps défendant que la sicaire cousait extrêmement bien.

« Je ne sais pas pourquoi, j'ai du mal à le croire, répondit-elle, intolérante.

— Et moi qui croyais en avoir fini avec ces chamailleries ridicules », intervint Corayne en appuyant des deux mains sur les épaules de Dom. Il retomba à plat en soufflant. « J'ai à me préoccuper de la reine, de son armée et de mon oncle maudit. Si on essayait de ne pas allonger la liste ? »

L'immortel se sentit curieusement réprimandé. La chaleur lui monta aux joues. « Je ne te donnerai pas une pièce de plus, Sarn. *Pas un sou* », dit-il, optant pour une autre tactique. *Sans paiement, il est certain que l'Amhara disparaîtra.* « Tu es libre de t'en aller et de faire ce que tu veux.

— Ma foi, j'aimerais assez survivre aux prochaines années, dans un monde qui n'aura pas été conquis par des échappés de l'enfer, répondit Sarn sans se troubler, annihilant ses espoirs. Le meilleur moyen est sans doute de rester avec la gamine, étant donné que, toi, tu ne sers pas à grand-chose.

— Alors qu'une sicaire toute seule si ? » cracha Dom. Elle planta à nouveau l'aiguille, plus violemment que nécessaire. Il ne protesta pas : son corps était déjà en train de guérir. La douleur diminuait à chaque seconde qui passait, et il s'en sentait assez satisfait.

Jusqu'à ce qu'elle baisse la tête pour amener sa bouche à deux doigts de ses côtes. Il sentit son souffle sur sa peau, le long des lèvres refermées de la plaie, et faillit bondir à bas de la table quand elle noua le dernier de ses points de suture et trancha le fil avec les dents. Sarn restait impassible mais un triomphe malicieux dansait dans ses yeux.

Derrière lui, Corayne ne parvint pas à retenir son rire. « Pour ce que nous devons accomplir à présent, je prends tous ceux qui se présentent », dit-elle en tapotant l'épaule de Dom.

Ses yeux dérivèrent vers un angle de la pièce. L'immortel se redressa sur son séant et suivit son regard pour découvrir la lame-fuseau, debout et à moitié dissimulée. Un rayon de soleil tombait juste devant elle, empli de grains de poussière tourbillonnants. À l'intérieur du moulin, l'épée n'avait rien de remarquable, elle ne ressemblait pas même à une relique. Les joyaux de sa poignée étaient ternes, son acier éteint. Dom se la rappelait dans les coffres d'Iona, entourée de cent chandelles aux reflets dansants. Elle y était demeurée plusieurs siècles, à l'abri des ravages du temps. Il se la rappelait dans la main de Cortael, quand le temps était venu pour lui d'en prendre possession. Aucune magie, mis à part son lien avec les fuseaux, n'habitait cet acier qui semblait pourtant l'ensorceler. L'épée était une relique d'un monde mort, d'un peuple quasi disparu. Elle lui parlait un langage que Dom lui-même ne pouvait comprendre. Il se demanda si la lame parlait ainsi à la fille de Cortael. Il n'en savait rien. La jeune fille était difficile à déchiffrer, avec ses yeux qui ne cessaient de filer çà et là et son esprit qui fonctionnait à toute allure. Elle changeait de chemin trop souvent pour qu'il la suive.

« On ne peut pas espérer refermer le fuseau du temple, à présent », murmura Dom. Avec précaution, il descendit de la table, mettant ses jambes à l'épreuve. Elles le soutinrent : la faiblesse due à sa blessure commençait à s'évanouir. « Pas sans une armée pour l'atteindre. Il aura réuni des milliers de ces spectres, des dizaines de milliers. La colère des Terres-de-cendres et de Ce-qui-attend s'accumule. » Malgré l'air chaud du moulin, il frissonna ; ses poils se dressèrent sur ses bras nus. « Et puis il y a Taristan lui-même. Je ne sais pas comment le tuer. » Il songea à Cortael et à l'épée qu'il avait plongée dans la poitrine de son frère. *Cela n'a pas servi à grand-chose. Cela n'a servi à rien.* « S'il peut seulement l'être. »

Les yeux de Corayne suivirent à nouveau la lamefuseau sur toute sa longueur, et son regard se troubla. Puis elle cligna des paupières comme si elle sortait du sommeil. Tournant le dos à l'épée, elle s'approcha du mur contre lequel s'empilaient plusieurs caisses, sans parler de quelques fontes volées prises sur les chevaux non moins volés qui attendaient dehors. Au bout d'un moment, elle trouva une chemise gris foncé faite d'un tissu grossier et la lança à Dom. Il la fit passer par-dessus sa tête, fronçant le nez devant l'odeur et le contact du vêtement mal coupé.

« Concentrons-nous sur ce que nous pouvons faire, pas sur ce qui est impossible, dit Corayne. Nous disposons d'une lamefuseau. Nous disposons de sang-des-fuseaux, d'un prince immortel d'Iona qui a assisté à l'éventration d'un fuseau et à l'alliance d'Erida avec mon oncle. Nous disposons de… tout ça, ajouta-t-elle en désignant plus ou moins Sarn, appuyée contre la fenêtre. Il doit y avoir d'autres personnes qui nous écouteront. D'autres souverains, des Aînés, *n'importe qui.* »

Dom remonta les manches de la chemise qui, étrangement, s'avéraient trop longues. « J'ai une cousine, l'héritière du trône d'Iona. Elle parcourt en ce moment Terravast pour demander l'aide des autres enclaves. Si quelqu'un peut rassembler les

Vedera, c'est bien elle », dit-il, autant que songer à Ridha lui soit douloureux.

Corayne inclina la tête. « Eh bien, c'est déjà quelque chose.

— Ce n'est rien du tout, en gros, marmonna Sarn.

— C'est *quelque chose* », dit sèchement la jeune fille.

La sicaire haussa les épaules, peu convaincue. Repoussant une tresse par-dessus son épaule, elle regarda par la fenêtre.

Dom entendit enfin à l'extérieur Andry, qui franchit la porte d'un pas précipité.

L'écuyer était moins échevelé que les deux femmes. Même ses meurtrissures n'étaient pas si étendues. Avec son abord amical et sa silhouette dégingandée, il pourrait aisément passer pour le fils d'un riche fermier ou un jeune marchand voyageant dans les campagnes. Il avait le genre de visage auquel les gens se fiaient ou ne faisaient pas attention.

« Sorasa, tu devrais... », commença-t-il en passant le pouce par-dessus son épaule. Puis il vit Dom debout et s'inclina en une révérence rapide, souvent répétée. « Oh, content de vous voir éveillé, monseigneur. »

Sarn retroussa les lèvres. « Ne l'appelle pas comme ça. »

Dom ignora la sicaire, comme il s'y efforçait toujours. « Merci, Andry. Qu'y a-t-il ? »

Dehors la roue tournait, les engrenages grinçaient et le ruisseau continuait de clapoter. Des oiseaux chantaient dans les champs, un vent léger agitait les feuilles. Dom eut beau tendre l'oreille, il n'entendit rien d'anormal. Après Ascal, le calme de la ferme était choquant.

Andry les regardait tous tour à tour, maintenant d'une main la porte ouverte. Il désigna le bâtiment principal de la ferme, une ruine, de l'autre côté du chemin, à moitié cachée par des pommiers noueux. Abandonnée depuis des années, peut-être dix.

« Je crois qu'il y a quelque chose que vous devriez voir, dit-il. Vous tous. »

19

Ainsi parlent les os

Corayne

Dans son pays, le temps se divisait en longues portions, des semaines ou des mois, pour s'adapter aux exigences du commerce, aux voyages du *Fils des tempêtes* et au cycle des saisons. Les jours étaient un grand couloir, un long passage dégagé, bordé de portes ouvertes. À Lemarta, cela signifiait des journées d'attente, des préparatifs minutieux tenant compte de tempêtes lointaines ou de bouleversements politiques sur une côte étrangère. Corayne, souvent, s'ennuyait, à contempler l'horizon appuyée sur son registre, sur ses lettres et ses rapports. Mais elle avait le temps de manœuvrer, de réfléchir, de planifier.

À présent, il lui semblait traverser de nouveau le labyrinthe de haies, ne cessant de franchir à l'aveuglette des angles derrière lesquels l'attendaient les dieux savaient quoi. Elle ne pouvait que réagir et espérer survivre. Ce n'était pas tout à fait idéal.

« Qu'est-ce qu'il peut bien y avoir, maintenant ? » marmonna-t-elle tandis que tous suivaient Andry hors du moulin.

La ferme abandonnée était baignée de brume à la lumière du matin, un brouillard doré qui adoucissait les haies et les champs en friche. C'était aussi beau qu'un tableau, et Corayne détestait cela. *Trop tranquille, trop sûr,* se dit-elle en couvant d'un regard noir le chemin défoncé. Tout lui paraissait receler un piège. La lamefuseau, accrochée dans son dos avant de sortir du moulin, compressait des ampoules récemment acquises sur ses épaules et sa taille. Cela ne fit rien pour améliorer son humeur.

Andry les encouragea à franchir le seuil de la maison en ruine. La moitié du toit restait en place, bien que davantage composée de toiles d'araignées que de poutres. Le reste du bâtiment était à ciel ouvert, comme si un géant avait planté le poing au milieu du plafond. Des débris s'entassaient dans les angles, la plupart des meubles étaient brisés ou avaient disparu, et un chaudron de fer était à demi enfoui dans le foyer. Tout ce qui pouvait être utile s'alignait par terre, en rangées ordonnées comme des régiments. *Andry n'a pas perdu son temps.*

Sorasa renifla le chaudron, les yeux étrécis. Corayne la suivit et, regardant à l'intérieur, découvrit un tas d'os bouillis. Malgré le soleil chaud qui brillait au-dessus de la maison, ils semblaient irradier le froid.

« Animaux, marmonna la sicaire. Mais frais. »

À l'autre bout de la pièce, Andry se dressait au-dessus d'un tas de haillons, ses joues cuivrées teintées de rouge. « Je ne l'ai pas remarquée au début, dit-il hésitant. J'ai fait pas mal de bruit mais elle n'a pas bougé. »

Corayne se tendit en observant à nouveau les haillons. Il était difficile de savoir ce qui se trouvait en dessous. Le froid des os semblait émettre des vibrations sonores. « Tu as bien dit *elle* ? »

Andry déglutit. « Je ne sais pas si elle...

— Elle est vivante », affirma Dom en inclinant la tête de côté. Apparemment, il entendait bel et bien les battements de cœur, un de ses talents les plus déroutants. La liste ne cessait de s'allonger.

Il se pencha au-dessus des haillons, accroupi sur les talons, et inhala profondément, comme un chien qui cherche une odeur. Avec douceur, il écarta la première couche d'étoffe, une couverture faite de morceaux cousus ensemble, de toutes les couleurs de la saleté. Une tête couverte de cheveux gris frisés apparut à ses pieds, ornée de brindilles, de feuilles et de tresses semées de perles qui inspirèrent à Corayne une grimace. Pourquoi ? La jeune fille n'eût su le dire.

Elle avança d'un pas sur des genoux tremblant d'épuisement. Une main se referma sur son bras, les doigts douloureusement plantés dans la chair.

« Attends, avertit Sorasa en la retenant.

— Madame, nous sommes au regret de vous déranger », dit Andry en mettant un genou en terre près du tas de haillons. La tête grise ne bougea pas. Corayne se tordit le cou pour distinguer le visage, mais l'Aîné et l'écuyer lui bouchaient la vue.

Dom passa la main sur sa barbe blonde. « Elle est plongée dans un profond sommeil. Trop profond pour une mortelle.

— Laisse-la et fichons le camp, dit Sorasa. Elle n'a pas vu nos visages, elle ne pourra aider personne qui nous cherche. »

L'Aîné se mordit les lèvres. « Tu es sûre de ça ? »

La sicaire haussa les épaules. « Bon, d'accord, tranche-lui la gorge.

— Sorasa », siffla Corayne avec un sursaut.

Andry carra les épaules. « Vous ne ferez pas ça », aboya-t-il, et, l'espace d'un éclair, la jeune fille vit le chevalier en lui.

La sicaire les considéra tour à tour, interloquée. « Vous êtes traqués par la reine du Galland et un roi démon. Je recommande de ne pas leur faciliter le travail. »

L'endormie s'assit brusquement, comme si elle ne dormait pas le moins du monde. Ses yeux s'ouvrirent, bleus comme le plus brillant des cieux. Sa bouche était pareille à une entaille, des lèvres fines bordées de rides, le résultat de toute une vie passée à sourire.

« Tuez-moi et, demain, Terravast est perdu », dit joyeusement la vieille femme. Sa voix chantante, espiègle, était marquée d'un accent familier. Son regard se planta dans celui de Corayne tel un bélier, tandis qu'un sourire déchiqueté éclairait son visage pâle ridé. « Eh, quoi, *pyrta gaera* ? Ne m'as-tu déjà vue ? »

La jeune fille serra les dents pour retenir un cri stupéfait.

« Toi », souffla-t-elle. *La vieille du bateau, la colporteuse jydi. Bibelots inutiles et chansonnettes idiotes.*

Dom se redressa alors que la femme se mettait péniblement sur ses pieds. « Vous la connaissez ?

— Elle est arrivée à la capitale sur le même bateau que nous, répondit Sorasa, qui s'interposa entre Corayne et la Jydi. Elle est montée quand on a fait escale à Corranport puis elle est descendue à Ascal avec tout le monde. » Ses yeux examinèrent la vieille femme, qui restait la même qu'à bord de la galère, emmaillotée dans un châle et une robe sale dépareillés. Ses pieds nus étaient noirs de poussière. « Tu nous as suivis.

— Je ne vois pas comment, Sorasa », souffla Corayne. *Des quais jusqu'au palais, puis pendant qu'on fuyait la cité. Ça n'est pas possible. Il aurait fallu qu'elle sache avant nous où on irait.* Sa main tressautait à son côté. Le froid lui picotait les doigts.

La vieille femme secoua la tête en souriant.

« C'est plutôt vous qui m'avez suivie, croassa-t-elle en lissant sa chevelure ébouriffée. Du moins vos chevaux, braves petits. » Elle se dirigea d'un pas traînant vers le chaudron posé dans la cheminée. Ses mains fragiles battaient, pareilles à des ailes d'oiseau.

Sorasa repoussa Corayne, s'écartant avec elle du chemin de la Jydi.

Laquelle, sans s'occuper de ceux qui l'entouraient, retourna le chaudron pour jeter les os au sol. Des côtes, des pattes, des vertèbres et des crânes. De rat, de lapin, d'oiseau. Tous impeccablement nettoyés, blancs comme des nuages. Elle les laissa tomber librement, former une image que personne d'autre ne voyait.

« Vous êtes une sorcière », devina Andry, qui paraissait ébloui.

La vieille femme ne répondit pas, continuant d'inspecter son œuvre. Souple pour son âge, elle pivotait, se tortillait, allait jusqu'à se laisser tomber à terre pour inspecter sous tous les angles les os éparpillés.

« Une sorcière », murmura Corayne. Dans sa poche, ses doigts se refermèrent autour d'un minuscule fagot. Elle le sortit et en vit les pointes noires de sang séché.

La Jydi haussa les épaules. « Je suis ce que je suis, et je dois être moi. » Puis elle émit un claquement de langue contrarié et, tout en fouillant dans les os, se caressa le menton de sa main couverte de taches de vieillesse. « J'aurais dû faire ça à l'abri d'un sous-bois.

— Pourquoi m'avoir donné ça ? » demanda Corayne, qui tenait le charme d'une main tremblante, les perles d'os pendant entre ses doigts.

La vieille Jydi ne répondit pas.

Dom, qui mesurait deux fois sa taille, sinon davantage, la contourna à distance. « Je crois que "Qui êtes-vous ?" est une meilleure question.

— Ou alors : pourquoi est-ce qu'on s'occupe de ça ? » lâcha Sorasa, les yeux étincelants d'impatience. Elle tendit le bras vers les chevaux attachés de l'autre côté du chemin. « Il faut qu'on se remette en route.

— Je t'ai donné quelque chose ? » murmura la femme, lointaine. Elle regarda enfin Corayne et les brindilles qu'elle tenait encore. La désorientation assombrissait ses yeux brillants.

La jeune fille serra les dents. « Oui, sur le bateau, *Gaeda.* » *Grand-mère.* « Tu te rappelles ? » Elle tendit le bras, amenant le charme à portée de la vieille femme, qui fondit dessus comme un rapace et s'en empara. Corayne frissonna au contact de ses doigts glacés.

« De la ficelle et puis des petits bouts de bois, dit la Jydi en inspectant son œuvre. C'est quelque chose mais ce n'est rien à la fois. » Elle fit rouler les perles entre ses paumes puis lécha les pointes ensanglantées. Tous les autres firent la grimace quand elle planta le charme dans sa robe.

« Sarn a raison, on ne peut pas rester ici », souffla Dom. *Assez désespéré pour donner raison à Sorasa.* « Les soldats d'Erida vont nous chercher, nous et la lamefuseau. Il faut qu'on conserve notre avance. »

Andry commença à faire le tour de ses piles bien ordonnées, prenant soin d'éviter les ossements. « Le Galland a toute une armée cantonnée à Canterweld, à une demi-journée de cheval au nord. Elle se lancera à nos trousses dès ce soir, si elle n'y est pas déjà. Dix mille hommes pour passer la campagne au peigne fin. » Secouant la tête, désespérant déjà de leurs chances, il emplit un sac de tissu à bandages, d'une pelote de ficelle et, à la surprise de Corayne, d'une bouilloire ébréchée. « Si la reine mobilise... »

Il s'arrêta au milieu de sa phrase quand la sorcière lui posa sur l'épaule une main noueuse pareille à une serre.

« Garde-le, *gaera*, c'est un bon élément », dit-elle en lui tapotant distraitement le dos puis le visage. Le garçon émit un petit bruit, les yeux écarquillés. L'ignorant, la sorcière tendit deux doigts vers Dom et Sorasa. « Eux, je ne sais pas, mais mieux vaut deux que néant. »

Sorasa posa sur ses hanches deux mains couvertes de sang. « Elle a vu nos visages et elle n'arrête pas de faire des vers. Il faut la tuer.

— Je ne crois pas que ce soit la solution pour franchir tous les obstacles, dit faiblement Andry.

— Jusqu'ici, ça m'a plutôt réussi », répliqua l'Amhara sans plaisanter.

Corayne aurait donné cher pour disposer d'un de ses diagrammes, à tout le moins d'une carte. « Ce qu'il nous faut, c'est un plan d'action. Une direction, un cap.

— Rester hors des prisons galliennes est un plan suffisant, répondit Sorasa. Chevaucher jusqu'à la première frontière puis reprendre nos marques en sécurité. Pas dans une grange en ruine à trois lieues du bourreau. »

La perspective d'une autre nuit sans sommeil se profila soudain, aussi lourde et précaire que le toit effondré. Corayne se passa la main sur le front, essayant de réfléchir. Tout ce qui l'entourait lui paraissait lent, flou, et une chaleur propice au sommeil, en elle, combattait la fraîcheur vivifiante.

Elle se mordit la lèvre. « Ce fuseau ne va pas se refermer tout seul.

— Dis plutôt *ces* fuseaux », corrigea la vieille femme sur un ton léger, en appuyant sur le pluriel. Elle poussa du pied une colonne vertébrale de lapin et lâcha un petit cri de triomphe avant d'arborer un large sourire. « Ainsi parlent les os. »

Le vent dans les champs tomba, devint silencieux. Andry se figea au-dessus de son bagage tandis que Dom s'appuyait à un mur effondré, les articulations blanches sur la pierre. Lentement, il baissa la tête. Sorasa ne bougea pas, le corps trop immobile, le visage impassible, neutre – comme si elle se retenait, luttait pour garder son calme. Corayne peinait à respirer, tant il lui semblait avoir reçu un coup de marteau dans la poitrine. L'air contenu dans ses poumons en sortit doucement, avec un sifflement.

« Il n'y en a pas qu'un seul », chuchota-t-elle, tournée vers Dom. Il croisa son regard avec dans le sien quelque chose qui ressemblait à de la honte.

« Déjà, murmura-t-il. Déjà. »

Furieuse, Sorasa bondit en avant, les mains agitées. Elle plongea les yeux dans ceux de la vieille femme, comme si elle pensait y trouver quelque chose. « Pourquoi est-ce qu'on y croirait ? » cracha-t-elle.

La sorcière écarta un autre os, le laissant rouler jusqu'aux pieds de la sicaire. Son sourire se fit fragile.

« Amhara tombée, Amhara oubliée, Amhara brisée », dit la sorcière, chacun de ses mots semblable à un couteau. Sorasa recula en frémissant : le coup portait.

« Ils t'appellent Amhara. » La sorcière les considéra tous tour à tour, ses yeux lançant des éclairs. « Mais tu es Osara. »

La sicaire heurta le mur en ruine de la maison, dont les pierres brisées montaient à la hauteur de ses épaules. Ses yeux étaient grands ouverts, sa bouche remuait, mais rien n'en sortait. Corayne n'avait aucune idée de ce que signifiaient les paroles de la vieille femme, mais elles retiraient tout son allant à Sorasa Sarn.

« Qu'est-ce qu'elle raconte ? interrogea-t-elle. Qu'est-ce que ça veut dire, Osara ? »

L'Amhara ne répondit pas. Ses narines s'évasèrent et elle baissa la tête, ses yeux de crépuscule fixant ses pieds d'un regard brûlant.

Ce furent les paroles d'Andry qui les ramenèrent tous à la réalité. « Il y a un autre fuseau. Une autre armée. »

Dom quitta des yeux Sorasa, désormais silencieuse, distraite. « C'était le plan de Taristan depuis le début. Plus il ouvre de fuseaux, plus faible devient le monde, plus mince la frontière entre Terravast et Ce-qui-attend. C'est comme détruire des piliers de soutènement. Il était sûr d'en déchirer un autre avant que nous ne puissions contre-attaquer. »

Corayne entendit clair comme le jour la défaite dans sa voix. Elle la ressentit également mais refusa de se laisser dévorer par elle. Au lieu de cela, elle prit la sorcière par le bras – aussi froid que ses doigts, même à travers ses vêtements.

« Sais-tu où, *Gaeda* ? » demanda Corayne. Cela revenait à essayer d'empoigner la chaîne d'une ancre en train de couler. C'était inutile. « Où se trouve le fuseau, voire où il pourrait nous mener ? Est-ce qu'une autre armée est déjà là ? »

La Jydi la fixa d'un regard perçant, debout au milieu des ossements éparpillés. Elle en remua un sans regarder. « Non. Non. *Non.*

— Très bien », reprit la jeune fille, se raccrochant là où elle le pouvait. La chaîne tressautait entre ses mains. « Est-ce qu'on peut espérer combattre ce qui va le franchir ? Au moins le retenir assez longtemps pour… faire ce que j'ai à faire, quoi que ce soit ? »

Mon sang, la lame. Un autre fuseau. Son estomac s'agitait. *Une autre chance.*

« Nous ne sommes que quatre, Corayne, grommela Dom.

— Cinq, renvoya-t-elle sans lâcher la sorcière. Est-ce qu'on peut y arriver ? »

La vieille femme la contempla un long moment, comme elle avait contemplé les os.

Est-ce qu'elle peut lire l'avenir en moi aussi ? se demanda la jeune fille. *Ou bien n'est-ce que des bêtises, un truc de bateleur ? De la camelote, comme ses charmes.* Cependant les brindilles avaient dégagé un froid brûlant dans sa poche, et griffé de bleu le visage de Taristan, elles avaient fait saigner, hurler, un homme qui ne pouvait pas être blessé. Corayne n'aurait su dire pourquoi, mais elle avait envie de les remettre dans sa poche.

« Il faut que nous partions, répondit enfin la Jydi. Et Valtik est mon nom. »

Levant le menton, elle claqua de ses doigts tordus.

Corayne se prépara à un événement extraordinaire, mais rien n'arriva, pas de sort pour rassembler les os ni emballer quelques objets utiles. Si la sorcière était bien touchefuseau, sa magie n'était pas de celles dont parlaient les histoires entendues par la jeune fille. Valtik donna un nouveau coup de pied dans les ossements, les écartant pour gagner la porte démantelée.

Sorasa, contre le mur, restait muette, les lèvres pincées au point d'en devenir invisibles. Valtik se tourna vers elle au passage, le doigt tendu.

« Et il faut être sept, ajouta-t-elle. Garde bien ça en tête. »

Corayne ne saisissait pas. À sa grande surprise, elle vit en revanche la sicaire acquiescer.

Sept.

« Je ne comprends pas et j'aimerais savoir de quoi tu parles », déclara sèchement Dom en traversant la pièce.

Valtik sortit sur le chemin. Elle fredonnait tout bas et remuait la poussière de ses pieds nus, comme une petite fille de paysans profitant d'une matinée de repos.

« Je te parle, sorcière », gronda Dom, dont la haute stature emplissait l'encadrement de la porte.

Elle se contenta de lever les deux mains, tendant les cinq doigts de l'une, deux doigts de l'autre. *Sept.*

Dom jura à voix basse dans la langue des Aînés, inconnue de tous ses compagnons.

La sicaire reprit enfin ses esprits et se décolla du mur pour rejoindre Dom dans le passage. « Nous sommes venus à Ascal chercher un marteau, dit-elle, les bras croisés. Mais pourquoi se servir d'un marteau quand une aiguille peut faire l'affaire ?

— Je ne sais pas de quoi tu parles non plus », lâcha Dom.

L'Amhara se contenta de partir à la suite de la Jydi, sa tresse battant derrière elle.

Corayne leva les yeux au ciel et poussa l'immortel hors de la maison délabrée. « Il y a déjà Valtik qui fait des vers, alors ne te mets pas à parler par énigmes, Sorasa, lança-t-elle, exaspérée. Je refuse de sauver le monde dans des conditions pareilles. »

Si c'est seulement encore possible, songea-t-elle en grinçant des dents.

Dans le chemin envahi par la mauvaise herbe, Dom leva ses mains massives et marmonna à nouveau de violents chapelets de jurons dans sa langue. Il marcha en traînant les pieds jusqu'aux chevaux attachés près du moulin.

« Il va falloir que vous chevauchiez avec la sorcière, Corayne, dit-il, l'air contrit.

— Je ne crois pas, répondit la jeune fille, les yeux fixés droit devant elle.

— En tout cas, moi, je... », bredouilla l'Aîné avant de s'arrêter net en suivant son regard.

Là où se trouvaient quatre chevaux quelques minutes plus tôt, il y en avait désormais cinq. Une jument grise aussi commune que les autres broutait l'herbe comme si de rien n'était. Elle était même équipée d'une selle et de rênes. Valtik, debout près d'elle, lui caressait machinalement l'encolure.

« Ils suivent mes pas. » La sorcière haussa les épaules, une lueur bleue aliénée dans les yeux. « Plus tard, tu verras. »

Sorasa avait déjà enfourché son propre cheval volé, non sans guetter la sorcière du coin de l'œil. *Amhara tombée. Oubliée. Brisée. Osara.* Ces mots-là l'avaient atteinte comme rien d'autre ne l'avait pu, pas même Dom. *Pourquoi ?*

Un soleil chaud brillait au-dessus d'eux, mais il y avait dans la brise une fraîcheur qui annonçait l'hiver. Corayne croisa les bras sur la poitrine pour combattre un frisson. Andry se porta à sa hauteur, son bagage sur l'épaule. La bouilloire cliquetait à l'intérieur, lourde et inutile.

« Tu comptes inviter Taristan à prendre le thé ? demanda-t-elle, les yeux sur le poids mort. C'est ce que je balancerais par-dessus bord en premier si mon navire avait une voie d'eau. »

Sentant son regard, il remonta un peu le sac sur son épaule. « C'est une chose que je sais faire », dit-il. Une légère rougeur colorait ses joues. Il détourna les yeux en direction de leurs compagnons. « C'est un petit bout de ma maison. »

Il ne regardait ni les chevaux, ni la sorcière, ni Dom qui entrait d'un pas lourd dans le moulin. Il regardait à travers eux. Son cœur se trouvait ailleurs, ou aurait voulu s'y trouver. En compagnie de sa mère malade, quelque part sur la mer, tourné vers le sud, poussé par un vent puissant.

« La route de Kasie est sûre », déclara Corayne. Ce n'était pas un mensonge : à cette période de l'année, les routes maritimes de l'est étaient dégagées et aisées à négocier pour un capitaine compétent. « Plus que toutes celles qu'on va emprunter.

— Qu'est-ce que tu peux en savoir ? » Cette soudaine sécheresse la prit par surprise. Même dans le palais, alors qu'ils fuyaient pour sauver leur vie, il s'était montré gentil. Mais elle le connaissait finalement à peine : ils ne s'étaient rencontrés que la veille au soir. *J'ai déjà l'impression que ça fait toute une vie.*

« Je sais ce que c'est de faire des vœux en pensant à un navire », murmura-t-elle avec un pincement au cœur.

Les yeux d'Andry Trelland fondirent comme du beurre au fond d'une poêle. Corayne se détourna rapidement et manipula les sangles de la lamefuseau, les ajustant pour se donner une contenance. Elle avait chaud aux joues.

« C'était mon métier, autrefois », ajouta-t-elle d'une voix dure.

Andry se mordit la lèvre. « C'est ce que voulait dire Sorasa quand elle affirmait que tu t'y connaissais en bateaux.

— J'en connais quelques-uns. Un plus que les autres. » Le *Fils des tempêtes* se dressa devant elle avec ses voiles pourpres et sa coque peinte familières, sa brune capitaine aux yeux riants à la proue. L'aveu jaillit d'elle sans qu'elle le veuille : « Ma mère est une pirate. »

Elle baissa la tête, n'ayant aucune envie de voir un jugement ou un inconfort supplémentaire sur le visage d'Andry Trelland. Il avait déjà connu trop d'épreuves. *Sans parler du fait que c'est un écuyer, élevé pour devenir un chevalier honorable. Sa mère est une noble dame, belle, intelligente, et bien plus gentille que tous les parents que j'aie jamais connus.*

« Ça doit être... exaltant, dit-il, pesant ses mots avec soin.

— Pour elle. » *Pas pour moi. Pas pour ceux qu'elle vole ou tue.* « C'est la première fois que j'exprime ça à haute voix. Les autres sont au courant. Il est normal que tu le saches aussi.

— Je ne vois pas quelle importance ça a. » Corayne tourna la tête pour trouver Andry en train de la fixer, le visage bordé d'or par le soleil d'été. Il l'observait intensément. « Ce qu'est ta mère, ou ce qu'était ton père. »

Mon père. Elle avait vu Taristan de bien trop près à son goût, et il avait le même visage que Cortael – dont, pourtant, elle ne parvenait pas à se faire une image. Le portrait ne tenait pas. Il était faux, et la jeune fille savait pourquoi. Qu'elle en ait vu le jumeau n'avait aucun intérêt : elle ne verrait jamais Cortael lui-même. N'en restaient que des cendres et des os. Il était perdu pour elle, sans espoir de retour. Un homme dont elle n'avait jamais voulu, et qui n'avait pas voulu d'elle. Pourtant, cela la déchirait.

« Tu l'as vu mourir. Tu l'as connu. » *Tu as entendu sa voix. Tu as vu son visage.*

Andry se dandina d'un pied sur l'autre, mal à l'aise. « Un peu.

— Davantage que moi. »

Le cri de Sorasa les sépara. Juchée sur sa selle, l'écharpe de nouveau autour du cou, un châle ou une couverture sale couvrant les épaules, elle pourrait passer pour fermière ou mendiante si on n'y regardait pas de trop près.

« Il y a trois jours de cheval jusqu'à Adira, lança-t-elle. J'aimerais mieux les faire sans avoir une armée gallienne sur les talons.

— Adira ? » s'exclamèrent Corayne et Andry à l'unisson, les yeux écarquillés. Alors toutefois que l'écuyer était incrédule

– voire abasourdi –, la jeune fille éprouvait une rare poussée d'enthousiasme.

Dom semblait partager les inquiétudes du garçon. Il se hissa sur sa selle et fit avancer son cheval à la hauteur de celui de Sorasa, qu'il toisa de toute sa hauteur, les yeux étincelants. « Tu ne peux pas être sérieuse.

— La sorcière a dit sept, affirma Sorasa avec clarté. Adira nous permettra d'arriver à sept.

— Adira nous fera tuer », soupira Andry en montant souplement en selle.

Après un moment de flottement, Corayne parvint à mettre le pied à l'étrier et à passer gracieusement la jambe au-dessus de la selle. Elle n'en continuait pas moins de sourire. *Adira.* Il n'y avait pas un marin à bord du navire de sa mère qui n'avait une histoire à raconter sur le Port adoré, un lieu de pèlerinage pour quiconque vivait à l'écart des lois de toutes les couronnes.

« Tu étais au temple, Trelland, dit Corayne en se penchant vers l'écuyer. Ne me dis pas que tu as peur de quelques ivrognes et coupe-jarrets. »

Sorasa sourit et fit claquer ses rênes. « Pas seulement quelques-uns.

— Les dieux aient pitié de nous », murmura Andry dans un souffle.

20

Saignez pour moi

Erida

« C'est au tour du prétendant, madame », dit dame Harrsing en se penchant vers l'oreille d'Erida, assise sur son trône.

Toutes les deux poussèrent un soupir agacé. La vieille femme et la reine avaient vu des centaines de prétendants au fil des ans, nobles ou paysans, hommes et femmes, riches et pauvres, beaux, laids et entre les deux. Ils n'avaient qu'un seul point commun : être assez stupides pour se croire capables de tenter la reine de Galland.

À la plupart des cours, les plaideurs étaient entendus en public, dans la salle du trône ou un grand hall empli de courtisans venus s'amuser. Pas au Galland. La salle des requêtes était ici petite et confortable. Lambrissée, les murs ornés de tapisseries, elle était surélevée à un bout pour accueillir la reine, les conseillers de son choix et ses gardes-lions. Aujourd'hui, le pénible honneur revenait à dame Harrsing et à six gardiens, dont la moitié presque endormis. D'autres chevaliers étaient postés à proximité, dans les halls et couloirs adjacents, au cas où le besoin s'en ferait sentir. Erida les soupçonnait de somnoler aussi.

Elle ne pouvait leur en vouloir. Plus que tout, elle aurait aimé dormir, elle aussi, mais il lui restait encore une heure d'audiences à supporter. Je peux m'accommoder d'un rêveur aux yeux emplis d'étoiles de plus, *songea-t-elle en chassant d'un geste de sa main couverte de joyaux le diplomate madrentin qui se tenait devant elle.*

Il s'inclina très bas, quoique visiblement insatisfait, et quitta la salle des requêtes. La reine s'inquiétait peu des lubies de la Madrence : elle l'oublia dès qu'il eut disparu à sa vue, la laissant attendre la personne suivante assez brave pour approcher.

Erida cligna des paupières, surprise quand non pas un mais deux hommes s'avancèrent vers elle. La plupart des prétendants étaient faciles à identifier, soit par leur blason soit par leur expression. Pas ces deux-là. L'un était une espèce de prêtre vêtu d'écarlate, son capuchon baissé pour révéler une peau pâle et des cheveux blonds presque blancs. Il marchait les mains jointes, dissimulées dans ses manches. La reine supposa qu'il s'agissait d'un célébrant de Syrek, le dieu protecteur du Galland, quoiqu'elle n'eût jamais vu de robes pareilles lors des services auxquels elle avait assisté.

L'autre n'avait ni blason ni rien qui permît de l'identifier aisément. Il était pâle et rouquin – sans aucun doute originaire du continent septentrional, mais elle ne parvenait pas à se faire une idée plus précise. À en juger par ses bottes couvertes de boue et son manteau sale, il avait fait un long chemin. Ses mains étaient gantées, mais elle aurait parié qu'il avait les ongles sales. Un soldat, *devina-t-elle à sa démarche, à sa mâchoire volontaire et à ses épaules carrées.* Un commandant d'avant-poste, quelque part, qui a remporté la victoire dans une embuscade insignifiante et décidé de me conquérir moi aussi.

L'épée visible sous la cape la fit hésiter. Tandis qu'il marchait, les pans de ses vêtements s'écartèrent et elle aperçut l'éclat de pierres précieuses. Rubis et améthyste, rouge et pourpre. Aucun simple soldat ne porte une épée comme celle-ci, *songea-t-elle.*

Contrairement à tous les autres, il ne s'agenouilla pas, pas plus que le prêtre. Une forte tension s'installa dans la salle, et les chevaliers en armure s'agitèrent un peu.

« Bienvenue, plaideurs, déclara Erida à haute voix en considérant tour à tour les arrivants, tout en récitant des mots qu'on lui avait gravés dans le crâne. Que désirez-vous du Lion ? »

Le soldat releva lentement la tête pour soutenir son regard. Même dans la salle bien éclairée par torches et lustres, ses yeux étaient sombres, noirs comme le jais mais sans son éclat. Ils semblaient aspirer la pièce. Malgré elle, Erida sentit qu'ils l'attiraient.

« Je n'ai rien à demander mais le monde à offrir. Je désire vous accorder ma main en mariage, et vous faire présent de Terravast tout entier. » Il tendit le bras et, même à distance, elle crut sentir ses doigts. « Je suis Taristan du Vieux Cor. Du sang-des-fuseaux dans les veines, une lame-fuseau à la main. Prenez les deux. »

Un instant, Erida éprouva de la peur. De la terreur à l'état pur.

Elle avait déjà entendu ce nom – des lèvres d'un écuyer avec du sang sur les mains.

Par la force de l'habitude, le masque qu'elle affichait ne frémit pas, aussi efficace qu'un bouclier derrière lequel elle se cacha, prenant des inspirations égales et régulières. Il ne fallut que quelques secondes à sa peur pour fondre tel le fer à la forge.

Elle se reforma, devenant d'acier.

Puis il n'y eut plus que la résolution. Un projet.

Un choix.

En raison de l'intervention intempestive de la petite souris au sang-des-fuseaux, de l'écuyer, de l'Aîné colossal et de l'autre femme, l'inconnue, la cérémonie de mariage d'Erida ne put avoir lieu dans la Syrekom. La reine du Galland ne pouvait se marier au milieu des éclats de verre, avec les indices d'une catastrophe visibles un peu partout. La cour allait déjà parler du banquet pendant plusieurs semaines ; il n'était pas besoin de jeter davantage de bois dans ce feu-là.

Par chance, Ascal ne manquait pas de cathédrales. La Konrada était assez proche et assez grandiose pour un mariage royal.

Erida avait une armée de serviteurs à sa disposition, sans parler d'une armée tout court, et tous, infatigables, travaillèrent toute la nuit aux préparatifs. On tendit sur le clocher de la Konrada de nouvelles bannières, aussi dorées qu'un rayon de soleil, et on éparpilla des roses dans le sanctuaire. On briqua le marbre, on nettoya les vitraux, on épousseta les bancs et on chassa les mendiants à la pointe de la lance. Au matin, la procession qui partit du palais offrit un spectacle à couper le souffle. Tandis que la cour paradait sur le pont du Courage, les citoyens d'Ascal se massèrent le long des canaux voisins, se tordant le cou pour mieux voir.

Erida était difficile à ignorer, seule au milieu d'un cercle de chevaliers, son voile crème traînant derrière elle sur six bons mètres. Sa couronne d'épousée était un bel anneau d'or incrusté de roses à pétales de rubis et tiges d'émeraude. Taristan la suivait, resplendissant en rouge impérial, fils du Vieux Cor par l'image autant que par le sang. Ayant échangé sa cape boueuse contre soie et brocart, il semblait très différent de l'homme qu'elle avait rencontré dans la salle du trône. Son allure de soldat lui restait, toutefois. Nuls beaux atours n'auraient su masquer son cœur meurtrier.

Ascal les acclama tous les deux. En elle-même, Erida acclamait elle aussi.

Il était la promesse d'un empire. La promesse d'un mari qui pouvait offrir autant qu'elle offrait. Qui détenait autant de valeur que de faiblesse. Assez haut pour l'aider, assez bas pour ne pas la contrôler. Une perle rare pour une reine en exercice.

Malgré les *événements* de la nuit précédente, la cérémonie se déroula sans problème. Le soleil continuait de briller, les dieux de bénir cette union. Monseigneur Konegin ne fit aucune tentative de coup d'État avant que les vœux ne soient prononcés. Personne d'autre ne fit choir un lustre – et encore moins une demi-douzaine – sur les courtisans.

L'un dans l'autre, un succès, se dit Erida en observant la foule étincelante au sein de la cathédrale.

La cérémonie s'acheva à la mode traditionnelle du Galland, quoique de manière plus grandiose que des noces vulgaires au sein du royaume. Le grand prêtre du panthéon divin présenta Prédomine, l'épée de mariage de la lignée d'Erida, et la tint entre les époux, sa poignée pareille à une croix dressée. La lame, vieille de deux cents ans mais trop belle pour la guerre, n'avait jamais connu le sang. Tous les rois et reines du Galland s'étaient unis en la tenant à la main, les doigts joints, en un défi à qui voudrait les séparer. Erida la prit avec joie, appréciant le contact de la poignée gainée de cuir. *Je suis la première reine en exercice à tenir cette épée,* songea-t-elle quand la main chaude de Taristan couvrit la sienne. Le grand prêtre lâcha l'arme, les laissant la tenir tous les deux. Les joyaux incrustés dans la garde, émeraudes et diamants, étincelaient sous les vitraux de la Konrada. Les dieux eux-mêmes les observaient depuis leurs murailles. Erida sentait leur regard de marbre.

Elle espérait que son père les observait également.

« Par cette épée, vous conquerrez quiconque cherchera à vous séparer, dit le grand prêtre en une bénédiction pour le couple et une prière au puissant Syrek. Votre allégeance doit aller l'un à l'autre et à la couronne. »

Erida, la première, inclina la tête pour toucher du front le pommeau. « À toi, à la couronne », déclara-t-elle. C'étaient les vœux ultimes, les paroles qui la liaient, aussi s'attendait-elle à les ressentir comme une chaîne autour du cou. Elle n'éprouva rien du tout. Ni joie ni peur. Rien ne changea en son cœur. Le chemin qu'elle empruntait demeurait large et droit.

« À toi, à la couronne », répondit Taristan en s'inclinant à son tour quand elle se redressa.

Ses yeux noirs suivirent le mouvement de la reine. Il allait tête nue, le roux de sa chevelure luisant d'un sombre éclat en l'absence de toute couronne de prince consort. Taristan avait refusé même un simple bandeau. Il n'aimait ni l'or ni les joyaux. Bien qu'il eût passé toute la nuit à quadriller la ville avec la garnison, il n'en donnait nullement l'impression. Erida ne voyait pas de poches sous ses yeux, aucun signe de fatigue sur son visage – où planait la seule ombre sinistre de l'échec, un sentiment qu'ils partageaient. *Pour l'instant.*

Et puis, bien sûr, il y avait les quatre sillons tracés sur sa joue gauche, en dessous de l'œil. Ils n'étaient pas si profonds mais on ne pouvait manquer de les voir et ils refusaient de s'effacer.

Au moins, il reste séduisant, songea Erida en contemplant son visage. Les griffures ne masquaient pas les traits qu'une ossature solide rendait plus sauvages que beaux. *Je ne peux pas en dire autant de la plupart des gens.* Et c'était un homme, un vrai. Pas un freluquet qui jouait à manier l'épée, ni un petit garçon monté en graine, couvé jusqu'à l'âge adulte. Taristan du Vieux Cor marchait du pas qui était sien, sûr de lui et concentré sur son but. Il n'était étranger ni au sang ni à l'ambition. Elle avait vu cela lors de leur première rencontre. Et de la deuxième, la veille au soir. Elle le voyait encore cette fois, la troisième, alors qu'aussi rigide qu'une statue, sa détermination solide comme le roc, il devenait son époux.

Quand il se redressa à son tour, les dés étaient jetés. Erida se prépara à subir une vague de regret qui ne vint pas.

Tel est le chemin que j'ai choisi.

Elle détailla son nouveau prince consort de la tête aux pieds. Les acclamations de la cour servile noyèrent la voix du grand prêtre, dont elle n'avait de toute façon nul besoin d'entendre les paroles. Taristan ne souriait pas, les lèvres figées, comme en un défi. Elle ne lui sourit pas non plus. Il lui rendit son regard, yeux noirs contre yeux bleus. Il n'était pas impénétrable. Ses désirs étaient clairs, son utilité évidente. Chacun d'eux pouvait apporter quelque chose à l'autre, d'égal à égal.

Il est le bon chemin.

Quand Prédomine fut rendue au grand prêtre, les mains des époux ne se séparèrent pas. Elles resteraient jointes jusqu'au retour au Nouveau Palais. Taristan avait la peau chaude mais nullement désagréable au toucher, et la paume d'Erida se nichait étrangement bien dans la sienne. D'un même pas, ils se détournèrent de l'autel et prirent la tête de la procession qui sortit de la cathédrale, dans l'allée tapissée de vert tendre. Taristan ne parlait pas, aussi taciturne que durant leurs premières rencontres. La deuxième avait certes eu lieu en des circonstances peu idéales : ils n'avaient échangé que quelques mots avant que le banquet ne se change en désastre. Et la première avait été plus proche d'une négociation militaire que d'une demande en mariage, avec les deux camps en armure et bien clairs dans leurs intentions.

Le sorcier rouge de Taristan s'inscrivit dans la procession, un point écarlate à la limite du champ de vision d'Erida, hors du cercle des gardes-lions qui l'escortaient. Il s'appelait Ronin. Touchefuseau et dégingandé, il se sentait mal à l'aise au milieu de la foule et passait le plus clair de son temps aux archives, traquant dans tomes et parchemins fragiles les allusions à des fuseaux disparus depuis une éternité. À présent, s'il ne parlait pas, son capuchon rouge baissé montrait un visage blanc et des yeux toujours en mouvement, cernés de rose. À Erida, il rappelait un rat sans poils.

Dehors, la chaleur de l'été continuait de monter, et la reine se réjouissait de la courte marche la séparant de l'ombre fraîche de son palais.

Les canaux résonnaient des voix d'Ascal. Depuis les ponts et les quais, les sujets d'Erida rugissaient leur approbation, leurs visages formant une mer rosée. Elle agita la main et fit signe à Taristan de l'imiter. Susciter l'amour du vulgaire était toujours sage, surtout lorsque c'était facile. Or le vulgaire n'aimait rien tant qu'un mariage, la splendeur d'une existence qu'il ne pouvait connaître apportée près de lui l'espace d'un battement de cœur. Il était difficile de résister à la joie, aussi factice qu'elle fût.

Erida se nourrissait de l'amour du peuple pour sa reine. Un réconfort autant qu'un bouclier. *Tant qu'ils m'aiment, je suis en sécurité.*

Lorsqu'ils atteignirent le pont du Roi, les doigts de Taristan s'agitèrent contre les siens, se desserrèrent.

« Attendez que nous soyons hors de vue, avertit-elle, les dents découvertes en un sourire exagéré. Il ne faut pas donner aux gens l'occasion de colporter des ragots. Ils trouveront assez de raisons de le faire sans qu'on les aide. »

Le prince grimaça mais obtempéra. Il avait des cals sur les paumes et au bout des doigts, des surfaces endurcies par des années de maniement de l'épée. Ce contact faisait un peu frissonner la reine. Taristan du Vieux Cor avait connu de rudes années, et il en portait le témoignage dans sa chair. Elle tenta de ne pas imaginer ces mains-là ailleurs, comme elles le seraient plus tard. Il n'y avait pas de mariage sans coucher, pas de lien matrimonial sans lien des corps. *Une épée à l'église et une épée au lit*, disait le dicton populaire.

« Peu m'importe l'opinion de la cour », marmonna-t-il, presque inaudible.

Toutes les pensées de la nuit de noces et du beau visage de son époux se volatilisèrent. Erida refusa de lever les yeux au ciel. *J'ai toute une vie pour lui apprendre combien il a tort ; je n'ai pas besoin de commencer tout de suite.*

« Ce doit être très agréable », lança-t-elle sans inflexion.

Elle n'avait jamais eu de rêve particulier pour son mariage, quoique ses dames de compagnie l'aient souvent interrogée à ce sujet. Elle avait inventé pour les satisfaire. *Une cathédrale emplie de fleurs, des chevaux blancs comme le lait, de la dentelle madrentine, l'épée des noces étincelant comme la foudre, un voile aussi long qu'un fleuve, des cadeaux envoyés par tous les monarques de Terravast, jusqu'aux plus reculés.* Une partie de ces vœux-là s'étaient réalisés sans trop d'efforts.

Mais ce qu'Erida aurait réellement voulu en ce jour, pas même une reine en exercice ne pouvait l'obtenir. Sa mère était morte. Son père était mort. Ni Konrad Righand ni Alisandra Reccio n'avaient vécu pour voir leur fille couronnée ou mariée. Elle avait tenté en pure perte de les sentir avec elle, comme elle avait senti les dieux dans la cathédrale : le vide habituel était demeuré. La blessure datait de plusieurs années mais, aujourd'hui, elle saignait à nouveau. Même en sachant qu'ils n'apparaîtraient pas, il lui était difficile de ne pas chercher ses parents des yeux.

La salle de banquet étant dévastée, les lustres du père d'Erida brisés sur le carrelage, la réception eut lieu dans les jardins du palais, sous des tentes assemblées à la hâte, avec une armada de serviteurs agitant de longs éventails. À tout le moins, par l'unique brèche pratiquée dans les murs du palais, une bonne brise soufflait de la lagune.

La table des mariés était séparée des autres, les laissant en tête à tête. Même les conseillers royaux étaient installés à part, autour d'une longue table, en compagnie d'un Ronin arborant un air furieux au milieu d'eux. La reine plaignait dame Harrsing qui tentait en vain d'engager la conversation avec le sorcier.

Erida s'assit et reprit sa main à Taristan, dont le sang était trop chaud pour la saison. La température ne semblait pas déranger le prince, malgré son épais pourpoint rouge et les lourdes chaînes en or pendues entre ses épaules. Ses joues demeuraient pâles ; il n'y avait pas de sueur sur son front.

Un serviteur lui offrit une coupe de vin. Il la prit sans boire, observant les facettes du cristal taillé, les laissant accrocher la lumière. Taristan du Vieux Cor était noble de sang mais non de naissance. Il n'était pas accoutumé aux richesses des rois, ni à leurs attentes.

« Vous allez me fixer comme ça toute la journée ? » demanda-t-il en levant le regard pour le plonger dans le sien.

Elle ne cilla pas, peu intimidée. « D'où venez-vous ? »

La réponse fut rapide, stoïque. « Je suis le sang du Vieux Cor. »

Erida résista encore à l'envie de lever les yeux au ciel. Au lieu de cela, elle but une gorgée de vin, prenant quelques secondes pour calmer sa frustration. « Je voulais dire : où êtes-vous né ?

— Je n'en sais rien, répondit-il, haussant les épaules sans y penser. Mes parents étaient morts ou disparus quand j'ai eu assez de bon sens pour les chercher. » Ses doigts jouaient sur la coupe en cristal, cherchant des défauts. « Les Aînés ont emmené mon frère à Iona et ils ont fait de lui ce qu'il était. Le reste du monde a fait de moi ce que je suis. »

Pensive, Erida tentait d'écouter entre les mots, de lire les pensées qui filaient dans l'esprit de son nouvel époux, dont les yeux abyssaux avaient l'opacité de la pierre, aussi impénétrables que son visage.

Taristan repoussa le vin. Au contraire de la plupart des rebelles, il ne semblait pas avoir le goût de la boisson. « J'ai passé ma vie à voyager.

— Même enfant ? » Elle visualisait un orphelin ayant grandi à la rude, sans argent, ne pouvant compter que sur son intelligence puis sur ses poings. *Puis sur son sang, sa grande lignée, enfouie comme un diamant attendant d'être découvert.*

« Il ne pousse pas de racines au sang-du-Cor, dit-il, sévère. Je n'aime pas l'interrogatoire auquel me soumet Votre Majesté. »

Erida but une nouvelle gorgée de vin avant de répondre : « Je suis votre reine. Ma volonté est souveraine. » *L'accord est déjà passé, nos rôles sont écrits, mais je puis aussi bien les lui rappeler.*

« Faites comme vous voulez », dit-il en haussant de nouveau les épaules. Les courtisans étincelaient devant eux, impatients de boire et de manger, même par une telle chaleur, mais aussi nerveux que des lapins : les événements de la nuit passée ne s'oubliaient pas si facilement. « Votre volonté me dérange peu, tant que nous gardons en vue le même objectif. »

Le monde sous le Lion, un empire du Galland, Terravast au creux de ma main. La gloire du Vieux Cor ressuscitée. Dans son imagination, la carte fixée au mur de la salle du conseil se couvrait de vert comme les prés d'herbe au printemps. Elle sentait déjà le monde entier étendu devant elle, les espoirs de ses ancêtres réalisés entre ses mains de femme. *Le vœu de mon père exaucé.*

Elle baissa la tête pour dissimuler un sourire, usant de ses cheveux comme d'un bouclier. Elle avait la conquête dans le sang. Cela la rassasiait mieux que n'importe quel banquet.

Le premier des vingt et un plats – vingt pour les dieux, un pour le royaume – fut très vite apporté. Le menu d'origine prévoyait du potage mais, étant donné la chaleur, les cuisines s'étaient sagement rabattues sur un assortiment de fines herbes, de sauces froides, de confitures épicées, de viandes séchées et d'épais fromages blancs.

Erida, bien qu'elle eût peu d'appétit, fut servie la première.

« La garnison de la ville continue ses recherches », dit-elle à voix basse en tapotant son assiette. *Tranquillement, discrètement. On fouille tous les fossés, tous les égouts à la recherche de Corayne et de sa lamefuseau. On ne doit donner aucune raison de s'alarmer au peuple ni à la cour.* « En outre, plusieurs compagnies ont quitté le fort de Canterweld pour passer la région au peigne fin. Si elle peut être trouvée, elle le sera. » Les griffures sur la joue de Taristan n'étaient plus aussi bleues que la veille : elles viraient au violet tandis que les cernes se formaient. « C'est une bonne chose qu'elle vous ait attaqué. Personne ne s'étonnera qu'on la poursuive. »

Taristan parut gêné de cette attention. Il tourna la tête pour dissimuler la blessure. « Il y a d'autres questions à régler », gronda-t-il. Une lueur rouge flamboya dans son regard, une illusion d'optique due au soleil qui filtrait à travers les tentes agitées par le vent.

Cette fois, la reine leva bel et bien les yeux au ciel. Elle se demanda si son nouveau mari allait être aussi prévisible que les autres hommes. En cela, semblait-il, ils étaient tous les mêmes.

« Je connais mes devoirs, Taristan », répondit-elle avec fraîcheur, prenant soin de l'appeler par son nom. Ni par un titre, ni par un mot gentil. Pas de *monseigneur*, pas de *Votre Altesse*, et c'était par calcul. *Je suis roi* et *reine. Mon rang est bien plus élevé que le tien, d'où que vienne ton sang.* « Ces questions seront réglées. »

Le prince siffla et vida sa coupe d'un trait furieux, le vin assombrissant ses lèvres. « Je ne parle pas des bêtises que requiert votre cour après un mariage, dit-il. Cela pèse fort peu dans mes pensées, comparé à ce qui doit advenir. »

Erida cligna des paupières, surprise, mais fit de son mieux pour ne pas le montrer. Une reine ne devait pas jouer ses cartes aussi facilement.

« Et que doit-il advenir ? demanda-t-elle. Vous avez vingt mille... *hommes* dans les contreforts des montagnes de Terravast, attendant vos ordres devant un fuseau déchiré. » Des *hommes* qui étaient les cadavres d'un monde brûlé, des soldats brisés, pour le moins armés jusqu'aux dents, et dévoués à son nouveau prince consort. Ils avaient tué sire Grandel et les North, des chevaliers qu'elle avait connus toute sa vie. Mais dont les fantômes l'inquiétaient peu. « Ils ne sont certes pas méprisables mais ils ne sauraient résister aux hommes à ma disposition si je rassemblais toute la puissance du Galland.

— Vous savez que l'armée des Terres-de-cendres n'est pas tout ce que m'a donné le fuseau. » Malgré le soleil ardent, une obscurité semblait s'étendre autour de Taristan. Erida la sentit peser sur sa peau nue, comme la caresse d'une plume.

« Oui, le temple vous a fait quelque chose », dit-elle, en lui effleurant timidement le bras. Ses yeux se posèrent sur la poitrine de son époux, là où une épée s'était enfoncée dans son cœur. Pour un observateur, ils pouvaient offrir un tableau de jeunes mariés prudents. Plutôt que de loups en train de prendre la mesure l'un de l'autre. « Le fuseau vous a fait quelque chose. »

Taristan, aussi calme que la surface d'un étang – et tout aussi opaque –, regardait les doigts de la jeune reine sur son bras.

Erida déglutit et retira sa main. Elle se félicitait de leur petite table, loin des oreilles et des yeux indiscrets d'une cour qui ne comprendrait pas. Pour Konegin et les autres, Taristan était un époux choisi en raison de son sang, un fils du Vieux Cor n'ayant guère que sa dynastie à offrir en héritage à leurs enfants. Un marchepied vers le vieil empire, chemin que devraient tracer leurs héritiers, les empereurs et impératrices ressuscités qui s'approprieraient ce legs par la conquête. Mais la reine se rappelait ce qu'avait dit Taristan dans sa salle des requêtes quand elle avait ordonné aux autres de les laisser. Quand il s'était coupé la main et avait saigné puis guéri sous ses yeux. Quand il avait parlé de sa destinée, de ce que cela leur rapporterait à tous les deux.

Elle ne pouvait laisser passer pareille occasion, ni alors ni à présent.

« Et il y a un autre fuseau déchiré dans le désert, par lequel se répand un monde oublié. » Elle lui répétait ses propres mots, les promesses qu'il avait prononcées en faisant sa demande en mariage. Fuseaux déchirés, armées gagnées. Au temple, dans les dunes. D'autres suivraient si Taristan et son sorcier remplissaient leur part du marché. « Comme vous l'avez dit, chaque fuseau vous apporte de la force, donc à moi aussi. Dans votre corps, dans votre armée. Alors, cette force, prenez-la », chuchota-t-elle.

Son poing se serra sur la table, mettant en valeur ses doigts ornés de bagues serties de joyaux. Elle aurait voulu tenir en main Prédomine ou la lamefuseau que portait son mari au côté. Une arme assortie au feu qu'elle sentait brûler en elle.

« Prenez votre épée, saignez pour moi, et je saignerai pour vous. Remportez la couronne dont nos ancêtres n'ont pu que rêver. »

Il prit une inspiration sèche, la scrutant à son tour, et elle sentit presque l'air qu'il aspirait entre ses dents. Il avait 33 ans, ce qui faisait de lui son aîné de quatorze ans. Dans les milieux royaux, ce n'était pas si énorme. Toutefois, il semblait plus vieux que son âge. En raison de l'existence qu'il avait menée ou du sang-du-Cor dans ses veines, Erida l'ignorait. *Porter une couronne vous met à l'écart*, pensa-t-elle. Elle avait senti toute sa vie la présence de la sienne, avant même qu'elle soit posée sur sa tête. *C'est peut-être pareil pour lui ; le poids d'une destinée qui ne s'allège jamais. Jusqu'à devenir une seconde nature.*

Il continua de la fixer, les yeux noirs, un muscle tressaillant dans la mâchoire. Le fils du Vieux Cor, rebelle et meurtrier, n'aimait recevoir des ordres de personne. *Les hommes n'aiment jamais ça.*

« Un mariage est une promesse, et nous nous sommes promis le monde entier l'un à l'autre », dit Erida avec chaleur, en se forçant à détourner les yeux de lui. Elle s'attaqua à son assiette, qui ne lui apporta aucun plaisir. Elle ne voulait qu'une chose : en terminer avec toutes ces bêtises. *Je suis plus à l'aise dans la salle du conseil que dans la salle à manger.*

Taristan eut un rire bas, aussi rude que ses mains.

Elle soutint son regard, se cuirassant contre le mépris qu'elle pensait y lire. Au lieu de cela, elle découvrit un éclat de fierté.

« C'est le Lion qui devrait vous prendre comme emblème », dit-il en désignant les bannières qui couvraient les tentes. Vert et or, rugissantes. « Vous êtes deux fois plus féroce, et deux fois plus affamée.

— C'est un compliment ?

— Cela voulait l'être », répondit-il.

À la table la plus proche, quoique tout de même distante de quelques toises, le sorcier rouge restait assis, maussade. Malgré tous les efforts d'Harrsing, il ignorait les conseillers qui l'entouraient. Monseigneur Konegin faisait comme s'il n'existait pas et ne parlait qu'à son laideron de fils. Tous les deux avaient le teint gris des vaincus. Erida leur accorda peu d'attention. Konegin était un obstacle, oui, mais bien petit comparé à la route qui l'attendait. Et elle avait un allié contre lui, un allié puissant, qui ne pouvait être tué par nul homme, nul acier.

C'était le sorcier qui lui attirait l'œil.

« Au début, j'ai pris Ronin pour un prêtre. »

Taristan mangeait la viande déposée dans son assiette et ne touchait pas au reste. « Les dieux muets et inutiles ne présentent aucun intérêt pour moi, marmonna-t-il.

— En Galland, nous prions avant tout Syrek. Dieu de la guerre, de la victoire, de la conquête, dieu de la vie. Et, dans quelques écritures, quelques enseignements, dieu de la mort en sus. Le dieu de l'enfer et du paradis, à parts égales. Vous n'avez qu'à décider en quelle face vous voulez croire, laquelle vous voulez adorer. »

Elle songeait aux statues, aux idoles, aux innombrables vitraux et tapisseries décrivant Syrek et son épée sanglante, sa lance enflammée, avec le soleil formant comme un halo autour de lui, fumée et victoire dans son sillage.

« Les écritures disent qu'il a présidé à la création du Vieux Cor en introduisant votre peuple en Terravast depuis leur monde perdu. » Erida se pencha en avant. « Il a peut-être l'intention de recommencer.

— Peut-être », acquiesça Taristan sans hésiter.

Quand le serviteur revint, la reine ne refusa pas un autre verre de vin rubis.

« Où Ronin vous entraînera-t-il ensuite ? » s'enquit-elle lorsqu'il fut reparti. Le vin était frais, au moins, un soulagement dans la chaleur. Et il l'enivrait un peu, arrondissant ses angles après une longue nuit et une matinée plus longue encore.

« Il a trouvé quelques pistes prometteuses dans les archives de la cathédrale, des rumeurs de fuseaux au fil des siècles et au-delà. » Erida eut envie de demander des précisions mais se retint. « Nous partirons vers l'est.

— Et que nous apportera le prochain fuseau ? » *L'invulnérabilité. Une armée. Et, dans le désert, le pouvoir de régner sur les mers. Que va-t-il encore arriver ?*

« Je ne le sais jamais avant que la traversée ne soit accomplie. Je pourrais ouvrir une porte vers n'importe quel monde existant, connu ou inconnu. Vers Glorian, la patrie des Aînés, ou bien le monde perdu de mes ancêtres. Vers les fournaises furieuses d'Infyrna, les landes gelées de Kaldine, vers Syderion, Dérive, Irridas, Tempête », dit-il, énumérant des terres qu'Erida ne se rappelait qu'à moitié avoir entendu citer dans des leçons religieuses et des contes parlant des fuseaux.

« Ou même la Croisée des Chemins, la porte de toutes les portes. » La voix de Taristan se fit murmure. « Voire Asunder. » Il se tourna vers son sorcier, dont il chercha le regard rouge. Quelque chose passa entre eux, un message que même Erida ne pouvait saisir. « Si la fille reste introuvable à la nuit tombée, vous devrez envoyer un détachement en Ibal et dans les collines. »

Un coin de la bouche d'Erida se souleva en un sourire ironique. *Corayne du Vieux Cor est à peine plus qu'une enfant, un moineau isolé alors que les faucons décrivent des cercles.* « Vous avez peur qu'elle ne passe à travers des sables brûlants et une armée ? Elle a déjà eu du mal à s'enfuir de mon palais...

— Mais elle s'en est échappée », renvoya Taristan. L'éclat rouge était revenu dans ses yeux, une simple lueur, comme le bord d'une pièce de monnaie. « Elle n'est pas seulement ce qu'elle paraît, et ceux qui l'accompagnent non plus. » Son expression s'assombrit tandis que se rejoignaient ses sourcils noirs froncés. « Envoyez ce détachement, madame. »

Envoyer des hommes garder un temple dans des collines situées à l'intérieur de mes frontières sera assez facile. Il suffit de rester discret, de détourner l'attention. Erida serra les dents. *Mais dépêcher une compagnie en Ibal, un royaume étranger ? De l'autre côté de la mer Longue, dans les Grands Sables, avec une redoutable marine de guerre qui me barre le passage... comment déguiser cela ? Comment seulement donner un tel ordre ?*

Taristan soutint son regard tandis qu'elle réfléchissait, observant les pièces tomber en place. Elle aurait voulu s'écarter de son regard, réfléchir seule, établir ses plans à son habituelle manière mesurée. Mais elle n'avait aucun moyen d'échapper à l'homme assis près d'elle. *Et je ne dois pas en avoir. C'est mon mari, mon choix, le chemin que j'emprunte. Je puis l'utiliser à ma guise. Je ne dois pas me cacher de lui.*

Bien qu'aucune réponse ne lui vînt, Erida savait qu'elle finirait par en trouver une à force de volonté. Elle hocha lentement la tête et il eut un sourire – aussi cruel qu'une lame de couteau.

« Très bien, dit-elle. Vous partirez ce soir. »

Il jeta un nouveau coup d'œil à Ronin. Le sorcier posa ses mains blanches sur la table et se leva alors qu'on commençait à servir le deuxième plat autour de lui.

« Je m'en irai dans une heure », répondit Taristan en imitant le sorcier.

Erida le regarda se mettre sur ses pieds, évitant avec soin de manifester son émotion. Elle n'était pas la seule à le voir. Tous les yeux se levèrent avec le prince consort, certains courtisans arborant un sourire grossier, d'autres chuchotant. Erida n'aimait pas être acculée dans un angle, mais elle devait affronter celui-là.

Avec un soupir, elle se leva également, abandonnant assiette et coupe.

« Il vaut mieux qu'on vous croie impatient qu'indifférent », siffla-t-elle. Il lui lança un regard acéré, restant pour une seconde incandescente désorienté.

Puis elle l'entraîna. Les gardes-lions les suivirent à distance respectable.

« Un seul plat du banquet de mariage, marmonna-t-elle en lui prenant le bras avec violence. Je pense que nous avons battu le record. »

La résidence royale était étrangement silencieuse. Presque tous les domestiques du palais, y compris les servantes personnelles des dames, avaient été réquisitionnés pour la cérémonie et la réception. Les couloirs emplis d'échos donnaient l'impression de bâiller tandis qu'Erida montait les marches bien connues menant à sa chambre à coucher. Les gardes-lions la suivaient d'un pas lourd dans leurs armures qui grinçaient, mais ils ne la suivraient plus très longtemps. Le coucher d'une reine en exercice n'aurait pas de témoins. Pas même le sorcier rouge qui marchait derrière les chevaliers, le regard halluciné.

Il ne faisait pas si chaud entre les pierres épaisses du palais, mais Erida sentait tout de même la chaleur remonter le long de ses bras et de sa colonne vertébrale. La paume de Taristan restait pressée contre la sienne, ni l'un ni l'autre ne souhaitant briser l'illusion de couple qu'ils présentaient. Comme il avait inspecté sa coupe, à table, il examinait tout avec attention – murs, tapis, tapisseries –, se gorgeant d'un monde qu'il n'avait jamais connu. Tout cela était en revanche aussi familier à Erida que son propre visage. Elle tenta de voir son univers par les yeux de quelqu'un d'autre. Cela produisit sur elle un effet bizarre.

Son solarium aussi long qu'une galerie était illuminé par une baie vitrée qui dominait les jardins. Elle voyait les tentes aussi grandes que des voiles de navires, et le miroir vert qu'était la lagune au-delà. Les chevaliers s'alignèrent devant les fenêtres en une formation ordonnée. Leur chemin s'achevait là. Ils interdiraient l'accès à la chambre mais n'iraient pas plus loin.

Autant en finir le plus vite possible. Ce qui est fait n'est plus à faire.

Taristan, le visage figé, se tourna vers Ronin avant qu'Erida ne le puisse. « Tiens-toi prêt à partir. »

Le sorcier, sans discuter, tourna souplement les talons, sa cape rouge voletant derrière lui. Il quitta la longue antichambre sans un mot et disparut par une autre porte, en quête d'un escalier dérobé. *Il n'est là que depuis quelques semaines, et il connaît le palais aussi bien que mes plus anciens serviteurs.*

Il arrivait rarement à la reine Erida de Galland d'ouvrir elle-même une porte, aussi s'efforça-t-elle de ne pas laisser les deux battants de chêne épais qui menaient à sa chambre lui résister. Ils pivotèrent sur des gonds bien huilés, plus lourds que dans son souvenir, pour révéler ce qui évoquait le cœur d'une autre cathédrale.

Le sol était couvert de tapis, des miroirs précieux décoraient les murs, et des rideaux pendaient devant arches et piliers. Les fleurs rouges qui s'épanouissaient dans des vases parfumaient l'air. Une fenêtre en rosace permettait au soleil d'illuminer la chambre, et le cercle de lumière arc-en-ciel baignait le lit – une antiquité. En hiver, il était possible de tirer tout autour des rideaux, afin de le protéger du froid, mais ces rideaux restaient grands ouverts en été, si bien que les oreillers et les couvertures de brocart étaient difficiles à ignorer. Erida n'avait jamais vu cette pièce si vide ni si immobile. Avec un sursaut, elle se rendit compte qu'elle ne s'était jamais trouvée seule dans sa chambre à coucher, pas une seule fois dans sa vie.

La porte se ferma en claquant. Malgré elle, malgré le calme qu'elle tentait de projeter, la reine tressaillit.

Taristan lâcha sa main. « Ceci est de peu d'utilité », grommela-t-il avec un petit geste les englobant tous deux.

Puis il se débarrassa de la chaîne d'or allant de l'une à l'autre de ses épaules. Quand sa cape tomba également, formant une flaque de soie couleur sang, il s'approcha non du lit mais de la première fenêtre, qui dominait les tours de l'ancien palais et, au-delà des murailles, le fleuve, les canaux, les ponts. Là s'étendait Ascal, servie sur un plateau. Taristan semblait prêt à dévorer la ville tout entière.

Erida ôta sa couronne avec davantage de soin et la posa sur une coiffeuse. « Pour moi, en effet », répondit-elle, satisfaite d'avoir un sujet de discussion. Cela rendrait la situation moins étrange. « Mais un héritier cimenterait *votre* position précaire ici. »

Le prince s'adossa à un pilier, les bras et les chevilles croisés. « Perte de temps. Je n'ai pas besoin d'un enfant ; j'ai besoin de fuseaux, rétorqua-t-il. Je songerai à notre dynastie quand Terravast nous appartiendra. »

La reine lâcha un rire moqueur et s'attaqua aux boutons de nacre qui couraient le long de son dos. Il était difficile, presque impossible, de les défaire sans le secours de servantes. Taristan la laissa se débrouiller sans s'écarter de la fenêtre.

« Vous êtes un homme comme il y en a peu, dit-elle, en le regardant par-dessus son épaule. Malheureusement, mon époux, nous ne pourrons refaire le monde que lorsqu'il sera à nous. Pour le moment, il y a des règles. »

Les boutons cédèrent enfin, passant dans les boucles qui les maintenaient jusqu'à ce que la robe pende mollement autour d'Erida. Elle s'en défit aussi nonchalamment qu'elle le put et apparut vêtue de sa seule chemise en soie, légère comme une aile de colombe, qui laissait fort peu de place à l'imagination. Pourtant, Taristan ne bougea pas, même quand la reine se percha au bord du grand lit.

« Ne vous y trompez pas : mon cousin Konegin saisirait la moindre occasion d'entraîner votre chute et de faire annuler un mariage qu'il n'approuve pas.

— Eh bien tuez-le », déclara-t-il simplement, empli de désintérêt.

Erida aurait menti en disant n'y avoir jamais songé, surtout ces derniers temps. Konegin avait son utilité, mais le danger qu'il représentait commençait à la surpasser.

« Si seulement la vie était aussi simple », dit-elle en manipulant sa jupe transparente. *Peut-être, si j'enlève tous mes vêtements, pourrais-je le pousser à l'action et en finir.* Puis une autre pensée la saisit et elle tourna la tête, les yeux écarquillés, vers son prince consort. « Par les dieux, seriez-vous chaste, Taristan ? »

Il eut en réponse un sourire en coin, curieusement parachevé par ses griffures, qui fit surgir une fossette dans sa joue. Ses yeux noirs étincelèrent et Erida combattit l'envie de briser son regard.

« Nullement », répondit-il. Sa main fila vers les fermoirs d'or de son pourpoint. « Mais ne l'êtes-vous pas, vous ? N'est-ce pas là une de vos *règles* ? » Il agita la main pour englober toute la chambre, se servant de l'autre pour ouvrir son vêtement à sa gorge. Un épiderme pâle apparut en dessous.

Enfin, songea Erida en serrant les dents. Elle ne savait trop ce qui était le plus frustrant – son mari obtus ou le battement accéléré de son propre cœur.

« Certaines règles sont moins importantes que d'autres, et plus faciles à briser si on sait s'y prendre », répondit-elle sur un ton de désintérêt. La reine du Galland n'était liée que par ce que voyait la cour, et il était plus simple de dissimuler des liaisons, avec hommes ou femmes, qu'une fièvre ou un coup de froid. « Alors finissez-en donc. »

Le pourpoint s'ouvrit, révélant une chemise ouverte aux lacets pendants. Les pectoraux de Taristan tendaient sa peau, bien formés par les années, sculptés comme un rêve de jeune fille. Sa peau lisse était cependant couverte de cicatrices dont Erida n'avait jamais vu de pareilles, des lignes blanches le long de la clavicule. Alors qu'elle en suivait le tracé des yeux, elle se rendit compte qu'il s'agissait des veines du prince, proéminentes, semblables à des racines ou à un éclair fourchu. De ses yeux bleus agrandis, dévorants, elle le regarda réduire la distance qui les séparait. *Tout son corps est-il ainsi ?* se demanda-t-elle. *Est-ce le prix qu'exigent les fuseaux ?*

« Est-ce cela que vous voulez, Erida de Galland ? »

Soudain, il se dressa au-dessus d'elle, la couvant d'un regard brûlant, une mèche de cheveux rouges retombant sur son front. Elle empoigna le col de son pourpoint, décidée à le lui enlever, mais il lui saisit les poignets et écarta ses mains. Même si son étreinte fut délicate, sa peau était brûlante sur celle de la reine.

« Finissez-en », répéta-t-elle, cette fois dans un murmure. Une prière autant qu'un ordre.

Il se pencha en avant, se rapprocha encore. Erida sentit une odeur forte de fumée sur sa peau, un parfum de braises tout juste enflammées.

Puis il la lâcha. « Pas comme ça. »

Elle resta immobile quand il s'activa derrière elle, jetant oreillers et couvertures au sol. Soie et lin délicat tombèrent du lit au hasard. Il alla jusqu'à déplacer le matelas pour faire bonne mesure, la forçant à bondir sur ses pieds.

« Qu'est-ce que vous faites ? » interrogea Erida en regardant tour à tour son époux et le lit dévasté.

Il ne répondit pas, observant les couvertures. Au bout d'un long moment, il s'estima satisfait et hocha la tête. Il se rapprocha alors de la reine, concentré, lui caressant les cheveux des yeux. Ses doigts ne tardèrent pas à prendre le relais, dénouant les tresses, ébouriffant les boucles cendrées jusqu'à ce qu'elles tombent en mèches erratiques et négligées. Erida le fixait sans parler, furieuse. Elle avait envie de le chasser à coups de gifles. Elle avait aussi envie de l'attirer plus près : la chaleur de ses doigts était à la fois une menace et une promesse. Taristan gardait les lèvres plissées, le souffle régulier, sans la regarder dans les yeux. Enfin, il tira sur la chemise, abaissant une manche jusqu'à ce qu'apparaisse une épaule blanche marquée de trois petites taches de rousseur que peu d'hommes avaient jamais vues.

Avant qu'elle ne puisse seulement sursauter, il s'empara d'un poignard, s'entailla la paume de la main et la passa sur les draps blancs, y laissant une ligne sanglante.

Ce fut seulement lorsqu'il recula, mettant plusieurs pas entre eux, qu'il releva la tête. Sa paume guérit sous les yeux de la reine, les chairs se ressoudèrent, et il n'eut plus qu'à essuyer le sang qui la maculait encore. Il passa ensuite son autre main dans ses cheveux, les ébouriffant autant que ceux de la reine. Erida, en proie à une colère volcanique, le fixait avec toute la rage et toute l'indignation qu'elle pouvait réunir. Seul changement sur le visage stoïque de Taristan, deux taches roses marquaient le haut de ses joues.

« Je vous préviendrai quand Ronin se sera orienté », dit-il, s'inclinant en une courte et raide révérence. En cela seulement il se montrait maladroit, comme un lion qui aurait tenté de jouter à la lance.

« Il y a trop de sang », affirma Erida d'une voix neutre, les yeux sur les couvertures chiffonnées, sentant la chaleur monter dans tout son corps. *Comment oses-tu ?* songea-t-elle en passant la main dans sa chevelure détruite. Elle avait envie de l'étrangler.

« Assez pour satisfaire le premier noble imbécile qui osera demander à voir nos draps.

— Les gens jaseront tout de même », dit-elle entre ses dents serrées. *Si tu hausses encore une fois les épaules, je te tue et je trouve quelqu'un de moins insupportable à épouser.*

Taristan jeta son pourpoint avec un sourire amusé, ne gardant que sa chemise rentrée dans ses braies. Semblant plus à l'aise sans les insignes de la royauté, il roula des épaules. Les veines blanches se déplaçaient au gré de ses muscles.

« Que Votre Majesté les laisse jaser », répondit-il avant de tourner les talons. Déjà concentré sur un autre fuseau, il n'articulerait rien de plus proche d'un adieu.

Dans son sillage, la reine brûlait. *Pas comme ça,* songea-t-elle, rappelant encore et encore ces mots dans son esprit. C'était une énigme qu'elle ne savait pas résoudre.

21

Les yeux ouverts

Sorasa

Une fuite à cheval n'aurait pas été le choix de Sorasa. Les terres agricoles de la vallée fertile du Grand Lion, composées de douces collines et de champs variés fournissaient peu de cachettes sous le soleil. Les montures dont ils disposaient étaient à peine supérieures à des chevaux de trait, y compris la jument grise que la sorcière jydi s'était débrouillée pour faire apparaître. Il n'y aurait pas de galop effréné vers la frontière. *Pas sur ces rosses boiteuses*, songea la sicaire en désespérant du cheval volé qui la portait. Ce n'était pas une jument des sables, ce n'était que l'ombre des chevaux de sa patrie, qui filaient comme le vent fait chair.

Elle ouvrait à nouveau la marche, avec Andry à sa gauche. L'écuyer avait à tout le moins une bonne vue, et il ne cessait de scruter l'horizon derrière eux. Il nommait les châteaux quand ils se découpaient au sommet des collines, désignait les fiefs de tel seigneur ou de telle dame. Des renseignements pour la plupart peu utiles, mais Corayne, au moins, les absorbait et ne cessait de poser des questions.

La jeune héritière du Cor, semblable à un haillon dans l'eau, s'imprégnait de toutes les informations possibles à propos des terres qui l'entouraient. Elle portait sur les épaules un châle volé, pour dissimuler la lamefuseau accrochée dans son dos. Et elle disposait d'un chapeau tout prêt au cas où ils croiseraient une patrouille. Non que Sorasa – ni Dom, d'ailleurs – dût laisser à des soldats l'occasion de voir son visage. La sicaire en aurait plutôt tué dix que risqué de voir l'un d'eux révéler un indice sur leurs déplacements. Son attention, très souvent, quittait la route pour se poser sur Corayne. C'était aussi le cas de Dom, dont les yeux quittaient rarement les épaules de la jeune fille, comme si son seul regard avait pu la protéger des dangers du monde.

Valtik ne semblait remarquer aucun d'eux. La sorcière laissait son cheval vagabonder, restant à la hauteur de ses compagnons mais s'écartant du chemin pour traverser haies brisées et champs de blé dont les épis montaient jusqu'à sa selle. Elle chantonnait à mi-voix, en jydi et en une autre langue que nul ne connaissait. Bien entendu, les paroles rimaient. Sorasa tenta d'ignorer la chanson.

J'ai déjà assez à m'inquiéter de l'écuyer, de l'Aîné et de l'espoir apparent du monde. Je refuse de perdre du temps et de l'énergie à m'inquiéter aussi de la sorcière.

Les routes de campagne bifurquaient entre collines et ruisseaux. Les paysans prêtaient peu d'attention aux voyageurs et nul ne patrouillait là, mais les chemins, sinueux, revenaient souvent en arrière. À mesure que passaient les heures, les fermes se firent plus rares, séparées par bois et broussailles plutôt que par des haies. Les chevaux ralentirent, avançant d'un pas hésitant.

« Notre seul avantage est la vitesse », déclara Andry en se redressant sur sa selle alors qu'ils franchissaient une nouvelle étendue broussailleuse. Il poussait son cheval au côté de celui de Sorasa. « Si on atteint la voie corienne de l'ouest, on pourra forcer les chevaux et avancer plus vite. »

Sorasa grimaça quand Corayne imita Andry et fit avancer sa monture sur son autre flanc. Elle détestait être encadrée par quoi que ce soit, et surtout par des adolescents.

« J'ai toujours voulu voir une voie corienne », dit Corayne. Elle alla jusqu'à lâcher un soupir mélancolique.

« C'est sur une voie corienne que je t'ai rencontrée, espèce de petite sournoise, renvoya Sorasa, et le visage de la jeune fille s'allongea. Si la reine du Galland a un peu de jugeote, elle va envoyer ses éclaireurs les plus rapides le long de toutes les routes, avec ordre de chercher un écuyer maigre comme un clou, un troll immortel plus une fille avec une cape, une épée et toujours plein de questions à poser. » Sorasa pressa ses talons, et son cheval partit en avant. « Si vous voulez prendre les voies coriennes, soit, mais on se jettera dans un piège facile. »

La voix profonde de Dom résonna derrière elle. « Tu as sûrement un plan pour te débarrasser de tous les ennemis qu'on peut croiser, Sarn, dit-il, pince-sans-rire.

— Ouais : dans la plupart des cas, te jeter sur eux », renvoya Sorasa. Il répondit par un grondement indistinct. « Pas de grandes routes, Corayne », ajouta-t-elle enfin. La jeune fille se tassa sur sa selle, contrariée. Sorasa vit une centaine de répliques se presser sur ses lèvres. « Les chemins de terre et les sentiers forestiers ne nous conduiront pas à Adira très vite, mais ils nous y conduiront en vie.

— Et une fois qu'on y sera ? » Andry chevauchait de nouveau à sa hauteur, nullement découragé. En selle, il paraissait plus âgé, plus à l'aise, maître de la situation. « Tu vas nous vendre à un esclavagiste du nord ou parier nos vies aux dés ? »

Sorasa eut envie de l'ignorer. Le silence était un mur de pierre que peu de gens savaient escalader, et la crainte qu'Adira inspirait à l'écuyer était inconséquente, sinon stupide. Toutefois, elle avait l'impression qu'il la harcèlerait jusqu'aux portes de la ville si c'était nécessaire. Elle découvrit les dents en ce qui était à peine le cousin d'un sourire.

« J'ai été vendue comme esclave avant de savoir marcher, Trelland. Je n'ai pas l'intention d'imposer ça à qui que ce soit, même à monseigneur Domacridhan », dit-elle en désignant l'Aîné d'un signe de tête. Il était facile de feindre d'ignorer la soudaine pitié qui se peignit sur le visage des autres. Même Dom s'adoucit un peu, comme du granit érodé par des siècles de vent et de pluie. Sorasa détestait cela. « Et je doute qu'un seul d'entre vous rapporte grand-chose dans les tripots. La sorcière, peut-être. »

Corayne et Andry échangèrent des regards incertains et se turent. Avant que Sorasa pût s'en réjouir, toutefois, la voix de Dom s'éleva à l'arrière du groupe.

« Tu comptes recruter d'autres individus de ta sorte dans ce cloaque ? » gronda-t-il.

Sorasa retint un soupir frustré. *Comment quelques rumeurs de vols, de meurtres et d'entreprises criminelles officielles ont-elles pu influencer ainsi tout le monde ?*

« Des assassins et des mercenaires, continua Dom. Liés par l'argent, non par l'honneur ou le devoir.

— Est-ce que je suis encore payée pour mes services, l'Aîné ? » renvoya-t-elle sèchement en se tournant sur sa selle pour lui faire face. Le regard infernal de Dom se planta en elle. « Non, je ne cherche pas d'Amhara, dit-elle, se reprenant. Un de nous suffit. Mais j'ai deux autres personnes en tête.

— Des meurtriers et des voleurs, alors, entendit-elle Dom marmonner.

— C'est toujours mieux qu'une reine alliée à nos ennemis. Ou qu'une monarque immortelle trop effrayée pour quitter son palais », fit Sorasa sur un ton encore plus dur. Elle attendit de Dom son habituel sifflement ou une grimace de frustration. Il fut assez bon pour lui offrir les deux.

La sicaire fit descendre à son cheval la berge d'un ruisseau et franchit des hauts-fonds rocheux. Là, l'air était plus frais, la luminosité plus douce. Sa contrée d'origine, quoique dominée par la vaste beauté des Grands Sables, était aussi un pays d'eau : les lacs des oasis, plusieurs milliers de lieues de côte ensoleillée, et le puissant Ziron qui jaillissait des montagnes et dansait vers le nord-est dans le désert, donnant vie à Qaliram et Almasad avant de se jeter dans la mer Longue. Sorasa se sentait mieux avec l'eau qui léchait ses bottes et les fermes qui s'évanouissaient derrière eux.

Les autres la suivirent dans le ruisseau, muets, préoccupés. Andry, qui craignait la prochaine ville. Corayne, qui craignait l'épée dans son dos. Dom, qui craignait presque tout.

Et j'ai peur moi aussi. Ignorer la peur ou le doute ne faisait jamais aucun bien.

Les terres frontalières entre Galland et Larsie n'étaient pas réellement sauvages. Une heure de cheval dans n'importe quelle direction les conduirait à une ferme, un château ou un village. Pour le moment, cependant, il leur semblait enfiler une aiguille, et c'était une bonne chose : un chemin qu'ils ne voyaient pas mais qu'ils sentaient pourtant.

Même si le cheval qu'elle montait était presque inutile, Sorasa lui flatta l'encolure d'une main.

« Par ailleurs, dit-elle, un seul des deux peut être considéré comme un meurtrier. Mieux vaudra éviter le sujet. »

« Je peux prendre la première garde. »

Andry la regardait de toute sa hauteur. Il était plus grand et plus large que l'Amhara. Bien campé, il avait posé ses mains brunes sur ses hanches, et ses yeux sombres paraissaient noirs dans la faible luminosité du soir. Même dans ses habits déchirés, imberbe mais le visage marqué de légers bleus, il avait tout à fait l'air d'un chevalier.

Sorasa détacha les fontes de son cheval et les souleva. « Très noble de ta part, écuyer », dit-elle en allant les poser par terre un peu plus loin. La clairière était un bon site où camper, à mi-hauteur d'une éminence rocheuse, avec d'un côté le roc massif et de l'autre des arbres pour les dissimuler. « Mais je crois que l'Aîné s'en sortira. »

Corayne, à l'orée du campement, baissait les yeux vers la vallée du Lion vert. Sous une lune noire et des étoiles masquées par les nuages, il n'y avait qu'obscurité. Son épée posée à plat auprès d'elle, la jeune fille faisait jouer ses épaules, chassant les douleurs provoquées par le poids de l'arme.

« Dom devrait dormir, dit Corayne en jetant un coup d'œil à l'immortel, qui se raidit sous la suggestion. Guérir. Ce n'est pas tous les jours qu'on perd la moitié de son sang. »

Il travaillait à bâtir un feu. Le petit bois commençait à rougir. « Je doute que ç'ait été la moitié », dit-il en faisant la moue.

Sorasa et Corayne levèrent les yeux au ciel précisément au même instant.

« On montera la garde à deux », dit la sicaire en tapotant l'épaule de l'écuyer. Il plissa les lèvres mais ne discuta pas. « Je n'ai pas l'intention de dormir pendant une nouvelle vision de cadavres. Ou pire. »

La sorcière revint brusquement, du lierre dans les cheveux. Elle sourit de toutes ses dents tandis que sa monture rejoignait les bêtes attachées.

« Oh, je n'attendrais pas qu'arrive un autre envoi », dit Valtik sur un ton léger, en s'asseyant dans la poussière. Ses pieds nus se dressèrent devant elle, leur plante aussi noire que le ciel. « Les fils sont réunis, c'est terminé pour moi. »

Dom se leva et la regarda en fronçant les sourcils. « Un envoi ? souffla-t-il, incrédule.

— Vous voulez bien m'expliquer ? demanda Corayne, en les regardant tour à tour.

— C'est de la magie veder, rare même parmi les miens. » L'immortel contourna la sorcière pour lui faire face. Elle ne cessa pas de fixer ses mains occupées à tisser quelque chose que Sorasa ne voyait pas. « Les Vedera les plus puissants sont capables d'envoyer des images, des visions. La plupart du temps pour porter un message. »

Valtik émit un bruit de gorge bas et fourra son ouvrage dans sa manche. Elle gardait le dos aux flammes qui croissaient. « Cette magie n'est pas que vôtre. » Puis elle empoigna la bourse qu'elle portait à la ceinture et agita les os qu'elle contenait. « Tâchez de trouver des lapins. Je manque d'ossements, gamin. Quel sort tragique est donc le nôtre. »

Sorasa eut envie de faire remarquer l'absurdité qu'il y avait à appeler « gamin » un immortel de 500 ans. *À moins que ce ne soit pas absurde. À moins que, pour elle, il ne soit bel et bien qu'un jeune garçon. Putrifuseau de sorcière.* Elle inspecta de nouveau Valtik à travers les ombres. La vieille femme était aussi tordue qu'une racine, et ses yeux ne paraissaient pas naturels, bleus comme le cœur de la foudre.

« C'est toi qui les as envoyés. » La voix de Corayne était dure, du même acier que son visage. Elle referma les doigts sur le cuir du fourreau de l'épée. « Les cadavres, les fantômes. »

Je les sentais. Ils étaient brûlés, brisés. J'entendais l'air qui sifflait dans leurs poitrines dévastées. Je les sentais, je sentais la chaleur des flammes éternelles. Ils étaient comme de la fumée, réels et irréels, sous mes yeux. Sorasa serra les dents, scrutant le visage de Valtik à la recherche d'une réponse. La vieille femme ne bougea pas.

« C'est toi qui les as envoyés », répéta Corayne entre ses dents. Un air froid soufflait sur eux par intermittences, un avant-goût de l'hiver. « C'est aussi toi qui m'as envoyé des rêves ? Les cauchemars que j'ai faits tout l'été ?

— Ce n'est pas moi qui ai touché à ton sommeil, croassa la Jydi. Mais l'être enfoui profond, très sombre et très vermeil. »

Corayne sentait l'angoisse lui griffer la gorge. Le souvenir de ses cauchemars suffisait presque à changer le soleil en ombre. Elle déglutit avec difficulté mais ne perçut aucun mensonge chez la vieille femme.

Soudain, l'écuyer sursauta à l'instar d'un cheval effrayé, saisi d'une illumination. Il s'avança vers la sorcière, incrédule. « Je n'ai plus entendu les murmures depuis que je vous ai trouvée.

— Les murmures… quels murmures ? » bredouilla Dom.

Trelland l'ignora. « Beaucoup de voix, dont une qui fait penser à l'hiver. Une voix comme la vôtre. » Son souffle se bloqua. « Ça fait des semaines que vous me parlez, que vous me dites quoi faire. Tenir l'épée cachée, abandonner ma mère…

— Comment ? articula Dom. Des murmures ? Un envoi ? C'était l'armée de Taristan, les habitants des Terres-de-cendres, exactement… »

Valtik ne répondit pas, satisfaite de les regarder patauger. Sorasa l'observait, elle, les bras croisés, restant à distance, loin du cercle de lumière du feu de camp étique.

« Je crois qu'au lieu de comment, on devrait demander pourquoi, murmura la sicaire. Pourquoi murmurer à l'oreille d'Andry Trelland ? Pourquoi envoyer des ombres de cadavres à nos trousses dans la nuit ? »

À sa grande surprise, Valtik redressa la tête d'un coup, arborant un sourire de folle. Durant une seconde inquiétante, elle eut l'air déséquilibrée. Le petit bois crépitait dans son dos, les flammes dessinant sa silhouette voûtée, laissant son visage dans l'ombre, à demi visible. La lumière suscitait des illusions. Les dents de la sorcière étaient trop longues et elle semblait avoir des yeux de chat, les pupilles pareilles à des fentes au milieu du bleu étrange des iris. Ses tresses mêlées de lierre luisaient d'un éclat métallique. Sorasa serra les dents, tentant par un effort de volonté de voir ce qui était et non ce que la sorcière voulait qu'elle voie.

« Tu sais pourquoi, toi, l'Oubliée », dit Valtik en clignant des paupières. Elle changea de position et les ombres s'écartèrent, montrèrent de nouveau une vieille femme. « Pour te guider. Pour les guider. Pour vous ouvrir bien grand les yeux, après vos pas en tant de lieux. »

Les muscles de la sicaire se crispèrent, durs comme des cordes enroulées. « Cesse de m'appeler comme ça, sorcière.

— Je ne donne aux gens que le nom de ce qu'ils sont », répondit Valtik avec un sourire en demi-lune. Elle agita les pieds telle une enfant jouant devant la cheminée.

« Et que serais-tu, toi, alors *Gaeda* ? » s'enquit Corayne en s'agenouillant près d'elle. Andry se tendit, prêt à l'écarter de la sorcière que, sans crainte, elle regardait intensément dans les yeux.

Et qui lui posa une main ridée sur la joue.

La jeune fille ne s'écarta pas, laissant Valtik regarder fixement en elle.

« Ah ! L'étoile polaire », dit enfin la vieille femme en lui pinçant le nez. Puis sa main fila sous sa longue cape et sortit le charme de brindilles et d'os, toujours maculé de sang séché. Elle le lui mit dans la paume, lui refermant les doigts l'un après l'autre. « Ou bizarre est mon nom, ajouta-t-elle en ricanant.

— Là, je suis d'accord », intervint Dom.

Corayne, en équilibre sur ses talons, pivota vivement vers lui. « Allez dormir », lança-t-elle avec force. Il blêmit puis ses joues et son cou prirent des couleurs. Nul ne l'avait probablement plus envoyé au lit depuis des siècles, si cela lui était jamais arrivé.

« Je ne suis pas un bébé mortel », bredouilla-t-il.

Corayne se leva et haussa les épaules, peu impressionnée par sa taille de géant. « On a besoin de vous en forme, Dom.

— Je… oh, très bien », lâcha-t-il en s'écartant du feu de camp à grands pas.

Sorasa faillit hurler quand il s'allongea par terre comme un chien, sans manteau, sans couverture, sans couche d'aucune sorte. Il se contenta de croiser les bras, le visage tourné vers le ciel, et ses yeux se fermèrent aussitôt. Le ronflement qui suivit fut instantané et insupportable.

« Quelqu'un m'arrêterait si je voulais l'étouffer ? » marmonna-t-elle en agitant une botte dans sa direction. Devant la désapprobation d'Andry et de Corayne, elle ajouta sèchement : « Je plaisante. Andry, je te réveillerai quand ce sera ton tour de garde. »

L'écuyer baissa le menton. « Très bien.

— Et toi, pas d'envois, pas de murmures… », renchérit Sorasa en se retournant vers la sorcière. Mais Valtik avait disparu sans laisser de trace, pas même l'étrange odeur de terre qui la suivait partout.

« Oh, la voilà repartie, railla la sicaire en fixant les ténèbres avec l'impression étrange qu'elles lui rendaient son regard. Splendide. »

Chaque jour, Sorasa pariait avec elle-même. Qui craquerait le premier et succomberait à la curiosité ? Le lendemain après-midi, elle pensa que ç'allait être Dom, quand ses yeux étrécis se posèrent sur elle avec leur habituelle fureur. Mais il ne parla pas. Corayne était la meilleure candidate. La jeune fille avait des idées sur tout, de la force du vent soufflant sur la baie Miroir à la saison des moissons dans les basses terres. Elle ne résisterait sans doute pas à l'envie d'interroger Sorasa Sarn, la Déchue, l'Oubliée. Il y avait aussi Trelland, plus discret que les deux autres, mais qui lui lançait toute la journée des regards à la dérobée : même les chevaux avaient conscience de l'intérêt qu'il lui portait. Valtik était déjà au courant et ne se préoccuperait pas de l'interroger. *Elle doit passer ses journées à chercher des rimes,* pensa Sorasa en grinçant des dents.

Au bout du compte, ce fut Corayne qui trouva le courage nécessaire. Elle eut le tact de poser la question quelques jours plus tard, le soir, à l'écart des autres qui s'employaient à monter un nouveau campement élémentaire. Andry, utilisant sa ridicule bouilloire, préparait du thé.

« Osara », dit la jeune fille, laissant le mot en suspens.

Le ciel était clair. Sorasa leva les yeux vers les étoiles, qu'elle fixa plutôt que sa compagne. Elles ne se connaissaient que depuis quelques semaines et il était parfois facile d'oublier que la jeune fille avait du sang-du-Cor dans les veines et une pirate pour mère. *Pas ce soir,* songea Sorasa.

« C'est un titre qu'on donne aux Amhara saignés et exilés de la guilde », dit-elle simplement.

Déchue, Oubliée, Brisée. Tous ces mots avaient le même sens, tous étaient prononcés avec le plus profond et le plus virulent mépris. *Osara,* dans sa langue, était celui qui faisait le plus mal. Monseigneur Mercury l'avait appelée ainsi devant la guilde, dont tous les yeux fixaient la balafre récente sur ses côtes, qui saignait encore. Plus grossière que les autres, quelques lignes tracées avec une pointe acérée, sans se soucier de sa douleur. Elle n'avait pas émis un son tandis qu'on la lui imposait, la marquant à jamais, la chassant des rangs des Amhara. Sorasa elle-même jugeait le châtiment approprié à la faute.

« C'est ce que je soupçonnais », chuchota Corayne. Cela n'empêcherait pas l'immortel d'entendre leur conversation. Sorasa regrettait seulement qu'il n'entende pas toutes les injures qu'elle lui adressait en elle-même. « Dom ne le savait pas quand il t'a trouvée à Byllskos. Quand il t'a engagée pour me chercher.

— J'étais la première Amhara à croiser son chemin, voilà tout, la plus facile à débusquer, la seule à n'être plus protégée par la force de la guilde. » Elle explora des yeux la clairière plane, entourée par une épaisse forêt. La frontière était proche, les arbres plus denses qu'au fond de la vallée. Sorasa s'enfonça dans le sous-bois, et Corayne la suivit sans poser de question. « Il ne sait pas comment fonctionne l'argent, ni d'ailleurs la plus grande partie du monde. Bien sûr que j'ai pris son contrat, même si la guilde ne m'y autorise plus. »

La jeune fille plissa les yeux, et Sorasa se prépara à la question inévitable. Le pourquoi. La raison des mots tatoués dans sa chair.

Mais elle ne vint pas.

« Qu'est-ce que tu vas faire de l'argent ?

— Que font les gens de l'argent, d'habitude ?

— La plupart vieillissent et grossissent dans le confort. » Son regard s'attardait sur les doigts tatoués de la sicaire. Sous l'encre, ils étaient tordus et balafrés, couverts de cals par l'arc et l'épée. « Je ne crois pas que ce soit ce que tu veux. »

Sa scrutation était agaçante. Sorasa lui adressa un rictus assez acéré pour trancher la chair. « Tu crois que faire la contrebande de l'acier et tracer des routes de commerce pour un bateau à bord duquel tu n'as jamais navigué te donne la moindre idée de ce que je veux ?

— Je pense que grandir avec une mère pirate, une femme ayant tout l'argent qu'elle peut désirer et une fille qu'elle dit aimer, une femme qui ne recule jamais devant les risques ni les récompenses de la mer m'en donne une petite idée, dit Corayne en croisant les bras, froide. Je sais qu'il t'a offert davantage que de l'argent. Quelque chose de plus précieux que tout l'or des coffres d'Iona. C'est juste que je n'arrivais pas à deviner quoi. »

Jusqu'à maintenant.

« Très bien, Corayne an-Amarat. Impressionne-moi. Dis-moi ce que tu *crois* savoir », siffla Sorasa. Elle se sentait dans la peau d'une voyageuse solitaire face à un lion des montagnes, écartant grand les bras pour l'effrayer. Une sensation étrange pour une tueuse devant une jeune fille, même aussi vive d'esprit et claire de regard que celle-ci.

« Tu voudrais te faire admettre à nouveau dans ta guilde et tu ne peux pas acheter ton retour, sinon ce serait déjà fait. »

Sorasa n'avait jamais vu Meliz an-Amarat, dite Cruelle Mel, capitaine du *Fils des tempêtes,* furieuse et farouche maîtresse de la mer Longue. À en juger par les traits de Taristan, sa fille ne tenait pas d'elle physiquement, mais elle la portait dans le ton de sa voix, dans sa résolution d'acier, sa quête obstinée, inflexible. Pour Meliz, celle des trésors, des butins, du profit. Pour Corayne, celle de la vérité, qu'elle traquait à la manière d'un chien de chasse.

« Les sicaires aiment l'or », insista-t-elle. Ses yeux prirent un regard lointain ; elle fouillait dans ses pensées tout en parlant. « Mais ils aiment encore plus le sang. La guilde des Amhara est célèbre pour son habileté. Et quelle tâche exige plus d'habileté que tuer un Aîné ? »

J'ai demandé de l'or, et il l'a payé. J'ai stipulé un prix plus élevé que tout. Les richesses d'Iona, le trésor d'une reine immortelle déposé à mes pieds. Il l'a promis sans y penser.

Et quand j'ai demandé sa vie, sa gorge tranchée de ma main, dans un lieu de mon choix, sous les yeux que je voudrais… il n'a pas hésité non plus à me le promettre.

Il était inutile de nier : Corayne la percerait à jour. Elle n'insisterait pas, mais elle saurait. *Qu'est-ce que j'en ai à faire ? J'ai infligé pire à de meilleures personnes, et pour moins que ça.*

La guilde vaut bien la vie d'un immortel insupportable. C'est un prix que je suis ravie de payer.

« Si tu t'inquiètes pour la grosse tête de Domacridhan, ce n'est pas la peine », continua Sorasa. Ils se trouvaient désormais à proximité de la côte, puisque la baie Miroir s'étendait à quelques lieues au sud. Une brise fraîche chargée d'un parfum de pluie lointaine soufflait entre les arbres. La sicaire inspira avec gourmandise. L'odeur de la pluie restait pour elle une curiosité. « On a une longue route à faire. »

Corayne déglutit à plusieurs reprises. Les étoiles se reflétaient dans ses yeux. « Et à la fin ?

— Si on survit, tu veux dire ? » *Un assez grand si.* « On s'occupera de ce pont-là quand il sera temps de le traverser.

— J'aimerais être sûre que le pont en question ne sera pas coupé en deux. »

La constellation de la Licorne luisait brillamment au-dessus de leurs têtes – un bon présage, disait-on. Un signe de chance. Sorasa n'y croyait pas, mais c'était tout de même un réconfort. Il y avait des licornes dans son pays, parmi les fameux troupeaux de Shiriens des dunes. Noires à corne d'onyx, blanches à corne de nacre ou brunes à corne de bronze. Elle les avait vues de ses yeux plus d'une fois. Dans le Nord, elles avaient presque disparu, de moins en moins nombreuses à chaque année qui passait, mais le Sud savait protéger ses merveilles. Sorasa avait hâte d'en revoir une, une merveille de chair plutôt que de lumière.

Elle s'écarta d'un pas de Corayne, resserrant les pans de son manteau volé. L'été était encore là, mais elle sentait un frisson gagner son sang du désert.

« Interroge la sorcière si tu veux connaître l'avenir. “Ainsi parlent les os.” » Elle ricana, les yeux levés au ciel.

Une expression aigre apparut sur le visage de la jeune fille. « Je ne crois pas que ça marche comme ça.

— Si seulement ça marche tout court, répondit Sorasa. Elle a beau être putrifuseau, elle ne nous aide pas beaucoup, hein ? Ou plutôt, elle ne nous aide que quand elle en a envie.

— Je crois que ces gens-là préfèrent le terme *touchefuseau.* Et elle nous aide bel et bien.

— Des insultes et des énigmes. Ce n'est pas le genre d'aide dont on a besoin. » Cette fois encore, la sorcière n'était pas en vue. Pour ce qu'en savait Sorasa, elle pouvait se cacher à trois pas ou à trois lieues de là. C'était frustrant, c'était exaspérant. La vieille femme ne manifestait aucune impatience, malgré tous ses avertissements concernant le monde et sa destruction. « Elle dit qu'il y a un autre fuseau déchiré. Bien. Où est-il ? Que fait-il ? Que sommes-nous censés affronter, et comment ? Elle s'attend à ce qu'on pénètre en enfer et qu'on affronte nous-mêmes Ce-qui-attend, ou quoi ? »

Elle sursauta quand Valtik surgit à la limite du sous-bois, deux lapins morts pendant à sa ceinture. « Si je vous révélais tout, adieu l'amusement, annonça-t-elle sans changer de pas. Ce serait entonner un chant enquiquinant.

— Il existe trop de jurons en trop de langues pour que j'en choisisse un », gronda Sorasa à l'adresse de la sorcière. *Qu'est-ce que je fous là ?* se demanda-t-elle pour la centième fois.

Les cadavres se dressaient en réponse, toujours aussi atroces, malgré leur origine révélée. Dans un sens, c'était même pire : penser qu'ils n'étaient qu'un envoi, l'ombre de ce qu'affrontait réellement le monde. Les innombrables mains de Taristan du Vieux Cor, lui-même celle de Ce-qui-attend.

Au bout d'un moment, elle se rendit compte que Corayne était toujours là, laissant les ombres défiler lentement autour d'elles. Elle regardait Sorasa comme elle aurait contemplé la mer, analysé la marée. C'était pour le moins déconcertant.

« Tu ne m'as pas demandé pourquoi j'avais été exilée. »

Corayne remua soudain, comme tirée d'un engourdissement. « Je pense que ça n'intéresse que toi », murmura-t-elle d'une voix presque inaudible, en s'écartant. C'était à son tour de prendre la première garde.

Sorasa tenta de se rappeler la dernière fois qu'elle avait sincèrement dit merci à un être vivant. *Des années sinon des dizaines d'années*, s'aperçut-elle en fouillant dans ses souvenirs.

Bon, ça ne servirait à rien de changer ça maintenant.

22

Une bonne douleur

Andry

Ils traversèrent l'Orsal sous le couvert de l'obscurité, les uns derrière les autres sous l'œil vif d'un croissant de lune. L'eau de la paisible rivière leur montait jusqu'aux genoux. *Nous sommes en Larsie à présent,* se dit Andry, sentant la frontière invisible qu'ils franchissaient. Il s'attendait à un soulagement qui refusa de se manifester. *La reine du Galland nous traquera où que nous allions, tant que nous détiendrons une lamefuseau. Tant que Corayne vivra.* L'écuyer frissonna, et pas à cause de l'eau qui traversait ses braies.

La jeune fille chevauchait à son côté, ployant sous le poids de l'épée. Dès qu'ils furent sortis de la rivière, elle commença à somnoler, la tête inclinée sur la poitrine. Andry, souriant, s'émerveilla de cette capacité à dormir en selle – ou sur le terrain qu'ils choisissaient pour camper, quel qu'il soit. Même avec le poids du monde sur les épaules, Corayne an-Amarat avait le don du sommeil.

Mais elle ne dort pas profondément, songea-t-il. Malgré la faible luminosité, on distinguait bien ses cernes sombres. Ses yeux remuaient sous ses paupières, emportés par quelque rêve.

Quand ils campèrent enfin, près d'un bouquet de saules pleureurs, l'écuyer fut enchanté de prendre la première garde. Sorasa annexa un arbre en guise de tente, disparaissant sous un rideau de feuilles, tandis que Dom en choisissait un autre et faisait signe à Corayne de l'accompagner. Même lorsqu'elle dormait, il n'était jamais très loin d'elle. Elle bâilla, à moitié éveillée, trébuchant sur les racines.

Tout bon écuyer savait laver et sécher des vêtements de voyage, et Andry Trelland en était un. Il passa son tour de garde à entretenir le matériel, à racler la boue sur le cuir, à huiler l'acier, et à s'occuper des chevaux, se perdant dans des travaux qu'il détestait naguère pour donner à son esprit matière à se concentrer en dehors de la fin du monde. Quand il fut l'heure de réveiller Dom, le campement était d'une propreté absolue, les fontes organisées, et les chevaux profondément endormis, sabots propres et robe lustrée.

Les branches des saules s'écartèrent, montrant deux formes allongées parmi les racines, enroulées dans leur cape. Pour une fois, Corayne était tranquille, le visage au repos, la bouche entrouverte. Ses cheveux noirs s'éparpillaient autour d'elle à la manière d'une sombre auréole.

Les joues d'Andry s'échauffèrent dans la nuit fraîche, et il détourna les yeux pour s'intéresser à la masse impressionnante de l'Aîné. À sa grande surprise, Dom dormait, le front plissé, les paupières fermement closes, et ses lèvres remuaient en silence. Une expression douloureuse marquait ses traits.

« Monseigneur ? » chuchota Andry, si bas qu'il s'entendit à peine lui-même.

Les yeux de l'Aîné s'ouvrirent d'un coup. Son regard vacilla le temps qu'il reprenne ses marques, se hissant hors du sommeil comme certains se hissent hors de la mer.

L'écuyer se mordit les lèvres, inquiet. *Ça ne lui ressemble pas,* songea-t-il, mais, avant qu'il ne pût proposer de prendre un second tour de garde, Dom se mit sur ses pieds en silence et jeta la cape d'Iona sur ses épaules. Il partit sans un mot, se glissant entre les branches de saule.

Andry le suivit. *Eh bien, maintenant, au moins, je peux dormir,* se dit-il, mais il hésita en voyant le comportement de l'immortel qui, au lieu de traverser le campement et d'en gagner le périmètre, comme à son habitude, s'installait sur un rocher et fixait ses bottes. Sa mâchoire remuait et il avait le regard lointain, l'esprit visiblement ailleurs.

« Est-ce que c'était un mauvais rêve ? » s'entendit demander l'écuyer. Ignorant l'épuisement croissant qui voulait l'abattre, il prit possession du rocher voisin de celui de Dom.

« Les Vedera ne rêvent pas », protesta l'Aîné avec un reniflement pincé. Andry se contenta de l'observer, un sourcil haussé. « Pas souvent. »

Le garçon haussa les épaules. « Si vous avez envie de discuter, si vous avez besoin de parler à quelqu'un…

— Tout ce dont j'ai besoin, c'est de la tête de Taristan sur une pique », lâcha Dom en adressant une grimace aux étoiles.

Sa rage était évidente, mais il y avait en dessous… de la douleur. Andry la sentait en lui. Colère et chagrin se mêlaient pour ne plus former qu'un et le soutenir autant que l'écarteler.

« J'en rêve aussi, de ce jour-là au temple, murmura-t-il. Je les vois mourir chaque fois que je ferme les yeux. »

L'Aîné ne répondit rien, aussi silencieux que la pierre sur laquelle il était assis. Son visage était impassible, ses yeux pareils à des fenêtres aux volets clos. Quoi que pût éprouver Dom, il luttait pour ne pas le montrer. Mais Andry le percevait.

Il se rapprocha un peu.

« Vous aviez déjà perdu quelqu'un, avant tout ça ? »

Un immortel a sûrement déjà vu mourir des gens, mais pas si proches. Peut-être est-il incapable de faire son deuil, ou bien ne comprend-il pas du tout la mort. Peut-être n'en a-t-il jamais eu besoin.

Le silence s'étendait comme une couverture, et le visage de Dom restait dépourvu d'émotion. Andry attendit. Il avait appris la patience lorsqu'il était page, une leçon facile à assimiler dans les couloirs du Nouveau Palais. En tirer profit à présent que son ami en avait besoin ne lui coûtait nullement.

Enfin l'immortel se secoua, les yeux luisants, étrangement humides.

« Mes parents m'ont été enlevés quand j'étais enfant, rappelés en Glorian par les dieux des Aînés, lâcha-t-il lentement – et chaque mot était une bataille. Il y a à peu près trois cents ans. Le dernier dragon de Terravast terrorisait la côte calidonienne. Ils sont partis d'Iona en quête de gloire. » Sa voix se brisa, tandis que ses mains massives se tordaient. « Ils ne l'ont jamais trouvée. »

Andry déglutit avec peine.

« Mon père est mort quand j'étais enfant, moi aussi », se força-t-il à dire. La souffrance était émoussée par les années, elle ne le blessait plus depuis longtemps. Pourtant, l'absence de son père restait un point douloureux, un vide qu'il ne pourrait jamais combler. « C'était bien moins exaltant qu'un dragon. Juste une escarmouche de frontière minable. Des victimes des deux côtés, sans vraie raison. »

L'écuyer releva les yeux pour découvrir l'Aîné en train de le dévisager, l'observant comme il l'aurait fait avec un adversaire.

« La mort de Cortael me paraît… différente, dit Dom, cherchant les mots justes. Pire. »

Andry acquiesça avec ferveur. « Parce que nous y étions. Parce que nous avons survécu alors que les autres non. »

Sire Grandel et les North se dressèrent devant lui, le visage blafard dans la mort, l'armure rouillée, le corps commençant à pourrir. Monseigneur Okran lui apparut aussi, surmonté de l'ombre d'un aigle kasien. Andry ne ferma les yeux avec force que pour retrouver ces images aussi vives derrière ses paupières. Il ne pouvait les fuir.

« Nous avons survécu et, en partie, nous le regrettons. Que je vive alors qu'ils sont sous terre n'a aucun sens, se força-t-il à dire, les yeux brûlants. Un écuyer vivant et tant de chevaliers morts. »

La voix grave de Dom grondait dans sa gorge, étouffée d'une émotion qu'il ne savait pas ressentir. « Si je le pouvais, je te ferais chevalier ici même. Tu l'as sûrement gagné, à présent. »

Un autre personnage rejoignit les guerriers abattus dans l'esprit d'Andry : un chevalier du Galland au sourire facile et au blason orné d'une étoile bleue. *Père,* songea le garçon, appelant un être qui ne lui répondrait jamais. *Je ne me rappelle même pas sa voix.*

Il rouvrit les paupières, se forçant à laisser la réalité chasser les visions, et fixa l'Aîné vert comme la forêt, gris comme la pierre.

« Je ne crois pas que ce soit un chemin que je puisse encore arpenter », marmonna-t-il. Cela lui donna l'impression de se défaire d'une ancre et de partir à la dérive en haute mer. Sans entrave mais sans but, libre mais en terrain dangereux. « La bataille des Lanternes s'est livrée par ici, dit-il soudain, en scrutant les saules qui bordaient la berge. Galland et Larsie s'affrontant pour une frontière infertile.

— Je connais mal votre histoire récente », répondit Dom, sur un ton contrit.

Andry faillit éclater de rire. *La bataille des Lanternes a eu lieu il y a un siècle.* « Ma mère en avait une tapisserie dans notre salon. Les grandes légions. Le Galland, couvert d'or et triomphant après la reddition larsienne. Je la fixais souvent, j'essayais d'imaginer mon visage parmi les chevaliers, le Lion sur ma poitrine, une victoire entre mes mains. » Il revoyait en esprit l'image tissée, mais les couleurs en étaient trop vives, les soldats du Galland soudain haineux, leurs traits secs et menaçants. « À présent, je me dresse contre eux. Tout ce que j'aie jamais connu, tout ce que j'aie jamais voulu, a disparu.

— Je ressens la même chose, déclara Dom à la surprise d'Andry. Que quelqu'un d'autre soit prince d'Iona. Je ne veux plus rien devoir à cette terre peuplée de couards et d'imbéciles égoïstes. » L'Aîné inspira entre ses dents, sa poitrine se souleva puis retomba. Il jeta un coup d'œil au saule derrière les branches duquel dormait leur grand espoir, minuscule sous sa cape. « Cortael ne m'a jamais parlé de Corayne. »

Andry suivit son regard. « Pour la protéger ? »

Dom secoua la tête. « Je crois qu'il avait honte. »

L'écuyer sentit ses dents claquer, à la fois de colère et pour retenir un juron. *Je n'insulterai pas un mort.* « Alors il ne la connaissait pas », répondit-il plutôt, les yeux toujours fixés sur le saule. La brise en agita les branches, révélant Corayne nichée entre les racines. *Intelligente et brave Corayne.* « Aucun père ne pourrait avoir honte d'une telle fille.

— En effet, admit Dom, la voix étrangement épaisse.

— Mais vous avez tout de même le droit de regretter son absence. Vous avez le droit de ressentir un vide. » Le conseil s'adressait autant à lui-même qu'à Dom.

Comme un peu plus tôt, l'Aîné renifla et devint de pierre. « Le chagrin est une affaire de mortels. Je n'en ai pas l'usage. » Il bondit du rocher, le visage débarrassé de toute émotion.

Andry se leva en secouant la tête et le rejoignit. « Le chagrin nous atteint tous, monseigneur Domacridhan, que nous y croyions ou pas. Le nom que vous donnez à ce qui vous déchire n'a pas d'importance. Cela vous dévorera tout de même si vous lui en donnez la chance.

— Et comment puis-je me défendre contre cela, écuyer ? » demanda l'Aîné en élevant la voix. Par chance, Corayne n'en fut pas éveillée. « Comment puis-je affronter ce que je ne vois pas ? »

Dans les cours d'entraînement, les chevaliers entrechoquaient leurs gantelets, s'empoignaient la main et s'aidaient les uns les autres à se relever après un coup particulièrement violent. Sans réfléchir, Andry leva la main, la paume ouverte, une offre autant qu'un plaidoyer.

« Avec moi, dit-il. Ensemble. »

Dom fit de son mieux pour ne pas lui écraser les doigts quand leurs mains se joignirent.

« C'est votre tour de garde », marmonna l'écuyer, que la force de sa poigne faisait grimacer.

Mais c'était une bonne douleur.

23

Sous la main du prêtre

Corayne

Corayne avait entendu presque tout l'entourage de sa mère, et Meliz elle-même, raconter des histoires d'Adira. Les tables où l'on jouait aux cartes, les concubines et les bordels, les marchés nocturnes où se vendaient des denrées venues de tout Terravast, volées ou non. De véritables écailles de dragon, antiques et cassantes, dans les boutiques de bibelots. Des mages touchefuseaux préparant toniques et poisons devant les tavernes. Des bandes de brigands et des équipages de pirates ravitaillant leur compagnie. La couronne de Treccoras, le dernier empereur du Cor, gagnée aux dés à la Maison de la Chance et de la Fortune, et immédiatement perdue dans les marais. Des histoires mais aussi de l'Histoire – surtout entendue de la bouche de Kastio. Quand on le poussait à s'exprimer, il parlait d'années reculées, de siècles lointains, comme s'il récitait un tome universitaire ou bénéficiait d'une mémoire impossiblement longue.

La ville s'appelait sous l'Ancien Empire Piradorant – le port Adoré, littéralement. La petite cité et le territoire qui l'entourait avaient juré allégeance au Vieux Cor bien avant que n'en arrivent les armées. Il n'y avait pas eu conquête. La ville était une épouse consentante, et les Cors l'avaient traitée comme telle. Ses murailles étaient dorées, ses rues emplies de richesses. Elle s'épanouissait telle une fleur gorgée des rayons d'un soleil généreux. Mais l'empire était tombé, la nuit venue, et le monde avait continué dans son ombre. Le royaume naissant de Larsie avait grandi et fini par se heurter à son puissant voisin, le Galland. Les Larsiens s'étaient battus pour défendre leur frontière d'un empiètement. La ville qui portait désormais son nom moderne occupait les fissures entre les deux.

Nichée entre des royaumes en guerre, souvent isolée par une bataille ou un blocus, Adira avait survécu par des moyens peu honorables. Des navires pirates violaient régulièrement le blocus gallien pour en nourrir les affamés. Coupe-jarrets et autres bandits contournaient les armées retranchées. À l'intérieur des murs, la ville pourrissait comme une pomme. La Larsie n'avait pas le pouvoir de l'arracher aux criminels qui la dirigeaient, et le Galland ne s'en souciait pas. Les rois galliens aimaient les capitales étincelantes et les grandes étendues de terres riches, pas les taudis fortifiés sur des péninsules marécageuses, aux rues emplies de couteaux rouillés et de rats d'égout. Adira s'adaptait au monde, devenant ce qu'elle avait besoin de devenir.

La péninsule, une langue de terre jetée dans la baie à l'embouchure de l'Orsal, paraissait gris-vert quand on s'en approchait par le nord. La rivière courait à travers les marais et crachait de la vase dans l'eau salée plus bleue. Adira se dressait au bout de la péninsule, entourée d'un mur, couronne de pierre moussue, et d'une palissade en bois. Une allée empierrée zigzaguait à travers les marais, semée de pas moins de six ponts-levis, tous levés. Traversant les sites les plus boueux, c'était une merveille de construction corienne, à l'image des voies, des aqueducs et des amphithéâtres au sein des vieilles frontières. Aucune armée de Terravast ne prendrait d'assaut Adira par la terre.

Tandis qu'ils chevauchaient sur l'allée, avant que ne tombe le brouillard, Corayne aperçut les quais. Les mâts d'une dizaine de navires encombraient le port à l'instar d'aiguilles dans une pelote. Tous des pirates ou des contrebandiers. Pas un seul pavillon appartenant à un royaume officiel. La jeune fille sourit comme à Lecorra, attirée vers ce lieu où elle avait en quelque sorte des racines. Mais, cette fois, ce n'étaient pas les échos touchefuseaux de Cortael qu'elle ressentait. Ce pays était celui de sa mère, de Cruelle Mel.

Andry faisait contrepoids à cette évidente exaltation par sa terreur pure. On aurait dit que, pour lui, le premier pont-levis levé vers le ciel était une main plate prête à s'abattre et à les écraser tous. Un écuyer d'une noble cour n'avait pas sa place en pareil endroit. Il se voyait déjà comme le nez au milieu de la figure – même à côté de Dom, et c'était là une barre très haute à franchir.

« Hé, ne t'inquiète pas », lui murmura Corayne en rapprochant son cheval du sien. Elle se pencha, le dos meurtri par l'épée. « La moitié des histoires qu'on raconte ne sont même pas vraies. On ne fera pas bouillir ta tête pour vendre ton crâne. »

Les rênes craquèrent dans la main du garçon, dont les yeux s'écarquillèrent. « Celle-là, je ne l'avais jamais entendue. »

Le premier pont-levis s'abaissa sans qu'ils prononcent un seul mot, sans même un pot-de-vin versé par Dom ou une menace proférée par Sorasa. De l'autre côté se tenaient deux gardes édentés, le teint gris, muets. Corayne songea que leur faire un peu bouillir la tête les embellirait sans doute.

« Remontez vos capuchons », intima la sicaire en mettant son écharpe. Elle disposa le châle autour de ses épaules de manière à pouvoir manier aisément son épée et les poignards passés à sa ceinture.

Dom l'imita, le visage comme sculpté dans la pierre, écartant la grande cape d'Iona de sa hanche gauche. Il paraissait un peu plus léger, ces temps-ci. *La route doit lui réussir,* songea Corayne. Le brouillard s'épaississait, masquant presque Valtik qui avançait lourdement, fermant la marche. Sur son cheval gris, avec ses vêtements gris, elle était une ombre au même titre que les gardes du pont, un fantôme des marais. Même ses yeux vifs étaient voilés, couverts d'une couche de gris comme le reste du monde.

Corayne se sentait comme un cheval équipé d'œillères. Seuls existaient l'allée et le silence du brouillard qui étouffait tous les bruits. La terre autour d'Adira résidait en une espèce de terrain médian n'appartenant à aucun royaume, isolé par une étroite barrière de boue.

Au deuxième pont-levis, les gardes avaient l'arc prêt et un carquois empli de flèches sur la hanche. Corayne soupçonna que d'autres se dissimulaient dans les marais.

« Vous êtes perdus ? » demanda l'un d'eux, zézayant entre ses dents cassées. Il avait les joues grêlées.

« Pas encore », répliqua Sorasa.

Le pont-levis s'abaissa.

Ainsi en alla-t-il chaque fois : les gardes lançaient des questions et Sorasa répondait. Corayne ignorait s'il s'agissait ou non d'un code, mais elle mémorisa néanmoins les réponses. *« Vous êtes perdus ? Pas encore. Qu'est-ce que vous voulez ? La même chose que vous. Qui connaissez-vous dans la ville ? Trop de gens pour les citer. Allez-vous causer des problèmes ? C'est très probable. »* En vérité, c'était sans doute l'alliance d'une Amhara tatouée et d'un homme imposant, une vraie montagne munie d'une épée, qui abaissait les ponts-levis. Les autres membres du groupe étaient sans conséquence. Même Valtik gardait la bouche fermée et suivait le mouvement dans un silence rébarbatif.

Le dernier pont-levis tomba sans qu'on leur adresse la parole, reliant l'allée à la colline où était bâtie la ville. La brume se leva tandis qu'ils grimpaient, et le monde cessa un peu d'être flou. Une agglomération de taudis se dressait autour des portes et des murailles, vaguement organisée : la cité débordait de ses limites. Cela ressemblait à n'importe quel bas quartier, le désespoir en moins.

Adira paraissait plus grande de près : juchée sur la pente, jaillissant de la brume, avec un panorama clair dans toutes les directions – sur les marais et l'allée embrumée, sur les eaux calmes de la baie Miroir. La frontière, pourtant guère éloignée, semblait à mille lieues. *Taristan et Erida ne peuvent pas nous atteindre ici.* Comme s'intensifiaient l'odeur et les bruits de la ville, Corayne se sentit prise dans son étreinte. Elle inspira l'air frais salé, le visage levé vers le soleil. C'était l'un des coins des plus dangereux de Terravast. *Et nulle part nous ne serions davantage en sécurité.*

« Tous ces ponts-levis, et ils laissent les portes ouvertes », constata Andry en observant les murailles de la ville.

En effet, les portes béaient, seulement flanquées de deux gardes appuyés sur de vieux javelots, plus pour le principe que pour l'usage. Corayne eut un sourire en coin. « Je suppose qu'après six ponts-levis, le marais, et tous les gens qui nous ont vus arriver, il n'y a aucune raison de garder les portes fermées toute la journée. »

Les gardes étaient vêtus de cuir et d'étoffe grossière. Comme ceux des ponts-levis, ils ne portaient ni uniforme ni couleur pour désigner leur fonction. Ils observaient, silencieux mais attentifs.

Sorasa n'adressa la parole à aucun d'eux, poussant son cheval en avant. Elle se contenta de baisser son écharpe et d'exposer son visage en franchissant les portes la première. Peut-être était-ce une illusion née de la luminosité irrégulière, mais il sembla à Corayne que les épaules de la sicaire s'affaissaient, comme si elle relâchait sa tension. Un havre criminel faisait à une tueuse à gages l'effet d'une berceuse.

Andry abaissa son capuchon sur ses yeux, ne laissant visible que sa mâchoire crispée. En dépit de son malaise, il ressemblait moins à un écuyer qu'à un voyageur, las mais sans peur. Ses doigts ne s'en tordaient pas moins sur ses rênes. Corayne éprouva l'étrange impulsion de lui prendre la main. Elle cligna des paupières, surprise, et repoussa cette envie. La chaleur lui monta toutefois au visage et elle souhaita ne pas rougir.

La muraille n'était pas très épaisse, à peine autant que trois hommes côte à côte. La jeune fille la franchit rapidement : elle ne pouvait s'empêcher de remarquer les fentes qui perçaient le plafond, et l'idée qu'on pût jeter sur eux de l'huile bouillante lui donnait la chair de poule.

« Au moins, ça ne sent pas aussi mauvais qu'à Ascal », grommela Dom en franchissant la porte, une main sur la poignée de son épée. Valtik le suivait de près.

Ils débouchèrent sur une place étrangement calme, mais il faisait encore jour. Corayne supposa que la plupart des résidents d'Adira dormaient encore pour se remettre de la nuit précédente, et que les autres n'étaient pas en état de remarquer quelques cavaliers de plus dans les rues.

Sorasa poussa son cheval vers l'ouest, passant devant une statue décapitée, aux mains levées en une attitude suppliante. Quelqu'un avait accroché du linge sale à ses doigts.

« Je ne savais pas qu'il pouvait exister autant de débits de boissons », chuchota Andry en se penchant vers Corayne alors qu'ils dépassaient une enfilade de tavernes, toutes plus étriquées les unes que les autres. Contrairement à Dom et Sorasa, il restait désarmé. Ce qu'il possédait de plus dangereux était la bouilloire qui cliquetait doucement dans ses fontes.

« Tu veux qu'on fasse un tour ? » répondit-elle. La place donnait sur un labyrinthe de rues plus calmes que les environs de la porte. Un vieil homme, sur un balcon, faisait d'une voix faible l'article de jeux de hasard, et une femme lui criait de se taire. « Je doute que ça dérange Sorasa. »

Andry éclata de rire en croisant son regard. De près, les yeux du garçon évoquaient des pierres noires semées d'ambre.

« Je crois que Dom et Sorasa préféreraient nous attacher et nous traîner que nous laisser explorer », fit-il en levant le pouce par-dessus son épaule. L'Aîné chevauchait juste derrière eux, les yeux fixés sur le dos de Corayne. *Je pourrais aussi bien être déjà attachée.* « Pas que j'en aie envie.

— Oh, allons, écuyer Trelland », fit Corayne, souriante. Elle se pencha encore un peu, empoignant le pommeau de sa selle pour se stabiliser, et jeta un coup d'œil à la rue - qui lui fit l'effet d'une veine où vibrait une vie qu'elle ne voyait pas. Deux hommes sortirent en titubant d'un tripot, tentant de se battre mais manquant tous leurs coups. Ils lui rappelaient tellement l'équipage du *Fils des tempêtes* que son cœur se serra. « Tu n'es pas curieux ? »

Andry observait les deux antagonistes. « J'ai déjà vu des ivrognes, tu sais. »

Deux chevaliers qui ont un peu abusé du vin vieux de la reine ne constituent pas des ivrognes, songea Corayne.

« Il y a autre chose à faire que boire, ici », répondit-elle.

Andry hocha la tête. « Et j'espère qu'on va en finir vite.

— Peut-être pas trop vite », renvoya-t-elle. Il la regarda, un sourcil interrogateur haussé. Elle se mordit la lèvre, savourant le moment. « C'est agréable de te voir t'inquiéter de quelque chose qui n'est pas la fin du monde », dit-elle enfin, presque trop bas pour des oreilles de mortel.

Sous son capuchon, l'écuyer sourit et son visage s'éclaira.

« De même, Corayne.

— Les lois d'Adira sont simples. » La voix de Sorasa, aussi douce qu'un claquement de fouet, les frappa tous les deux. La sicaire se retourna sur sa selle, dirigeant son cheval avec les genoux et l'étau de ses cuisses gainées de cuir. « Il n'y en a pas », conclut-elle simplement.

Corayne sentit que l'avertissement s'adressait surtout à Dom, qui comprenait à peine les règles d'une cité de mortels normale, encore moins d'une ville dirigée par des hors-la-loi. Et à Andry, qui regardait leur environnement bouche bée.

« Tuez un homme dans la rue si vous voulez, mais sachez que vous pourrez être tués tout aussi facilement. Volez une bourse si vous êtes prêts à être volés en retour. Il n'y a pas de garnison, pas de garde municipale. Seulement les veilleurs des ponts-levis, des murailles et des portes, et leur objectif n'est pas de vous protéger mais de protéger Adira. » Sorasa agita les doigts dans la direction d'où ils venaient. Comme elle l'avait dit, il n'y avait pas d'autres gardes en vue, en un contraste flagrant avec toutes les cités que connaissait Corayne. « Rien ni personne d'autre. On peut tout vous prendre, de n'importe où. Ouvrez l'œil. Ne me perdez pas de vue. » Puis elle empoigna la bride de la monture de Corayne, qui se rapprocha en hennissant. Sorasa plongea dans les yeux de la jeune fille un regard à percer l'acier. « Ne t'éloigne pas.

— Je n'y penserais même pas », se défendit l'intéressée comme une enfant accusée. *Je ne peux pas vraiment partir en exploration avec la lamefuseau entre les épaules, alors que sont en balance le salut de Terravast et sa destruction.*

« Bien, approuva la sicaire. Et, avant que tu ne commences à poser des questions, on se dirige vers la Main-du-Prêtre. »

Andry blêmit. « Il y a des prêtres ici ?

— Pas de ceux auxquels tu es habitué, écuyer », répondit Sorasa en souriant.

La Main-du-Prêtre était une église, ou du moins l'avait été à une époque, lors des deux derniers siècles. À présent, c'était un marché, les bancs depuis longtemps retirés pour faire de la place aux étalages. De la fumée s'accumulait au plafond, retenue par le dôme de l'ancien sanctuaire dédié à Tiber, dieu du commerce et des artisans, dont le visage était peint sur les murs, coiffé de son habituelle couronne de pièces de monnaie. Corayne le connaissait bien.

L'endroit n'était pas très ordonné. L'odeur d'une soupe trouble montait d'un étalage de cuisinier, tandis qu'un marin tyri à la bouche garnie de dents d'or exposait une cage emplie de corbeaux aux yeux ronds. Un homme vendait des os d'animaux près de deux sœurs jumelles qui priaient devant des rangées étincelantes de perles et de joyaux. Il y avait des négociants en étoffes, des poissonniers, des marchands de primeurs et des étalages apparemment dévolus à la vente de bric-à-brac. *Des biens volés*, comprit Corayne en observant les marchandises au passage. Elle revit ses cartes, marquées des lignes commerciales dans toute la mer Longue. Elle eut un sourire ironique en identifiant l'aspect huileux caractéristique de l'acier treckien sur un établi, alors que le Trec gardait la mainmise sur ses mines et ses artisans. Elle se serait bien attardée un peu, mais Sorasa leur fit traverser l'église comme s'ils étaient tous encordés. Seule Valtik s'arrêta, bien sûr devant un étalage de côtes, de vertèbres et de fémurs qu'elle manipula avec un sourire mou. Elle en essaya même quelques-uns, les faisant sauter entre ses mains à la manière d'un joueur de dés.

Peut-être était-ce l'idée. *Pour l'instant, mon destin ressemble à un coup de malchance.*

Dom restait juste derrière elle. Pour une fois, il ne paraissait pas si déplacé. Les rues étaient calmes mais il y avait un monde fou à la Main-du-Prêtre, et nombre d'Adiriens s'avéraient aussi imposants que l'Aîné. Spadassins, bandits, gladiateurs, marins aux joues abîmées par le soleil. Voleurs souples et belles courtisanes venus de tout Terravast circulaient entre eux. Un homme à la peau pâle et étincelante comme le diamant alla jusqu'à adresser un clin d'œil à Dom et à lui envoyer un baiser tout en lui faisant signe de le rejoindre.

Corayne cessa de s'intéresser aux étalages pour scruter les visages, espérant repérer les individus que Sorasa voulait recruter pour leur quête. Elle faillit s'arrêter devant un Ibalet, à l'allure similaire à celle de la sicaire, avec une ceinture de poignards et des yeux de faucon, mais que sa compatriote dépassa sans lui accorder un regard. Bientôt, la longue marche à travers l'église s'acheva, et ils arrivèrent devant l'autel abandonné. Au lieu d'un prêtre pour réciter les Écritures sur un ton monocorde, deux chiens couchés haletaient en esquissant un sourire baveux.

« Ils sont là ? demanda Corayne en se retournant pour balayer l'église du regard. On les a manqués ? » Quelques yeux les suivaient, les observaient avec attention. Les deux paires les plus évidentes appartenaient à des hommes aux longues robes grises et aux bottes de cuir neuves qui semblaient appartenir à un ordre religieux – bien qu'il n'y eût pas de religion sous ce toit. « Nous sommes suivis, déclara Corayne sans élever la voix.

— C'est moi qui suis suivie », soupira Sorasa. Elle agita même la main en direction des hommes. « Ce n'est rien du tout. Les Frères du Crépuscule sont des guignols. »

La mâchoire d'Andry s'affaissa. Son regard passa de Sorasa aux hommes en robe, tandis qu'il s'exclamait sans se soucier de baisser le ton : « Les Frères du Crépusule ? Ce sont des tueurs, des assassins…

— Et moi, je suis quoi ? La crémière ? » Sorasa adressa un sourire malicieux d'abord à Andry puis aux Frères qui, avec un regard de mépris, tournèrent les talons dans un envol de robes théâtral. De l'acier étincelait sous leurs vêtements, des épées nues, sans fourreau. « Comme je disais : des guignols. Ils attendent de me trouver seule pour me refaire une proposition. Tout ça pour que je puisse encore refuser. »

Elle ne se soucia pas de développer.

Dom s'intéressait davantage aux dalles de pierre plates et usées, sous leurs pieds, qui composaient l'estrade de l'autel. Il les frotta de sa botte.

« Il y a autre chose là-dessous, dit-il sèchement.

— Rien ne t'échappe, l'Aîné », acquiesça Sorasa, en faisant signe à ses compagnons de la suivre derrière l'autel ébréché. Les chiens les accompagnèrent, toujours haletants, les couvant d'un regard inquiétant. Andry se pencha pour gratter la tête de l'un d'eux.

S'apercevant que Corayne l'observait, il haussa les épaules. « Un chien de criminel reste un chien. »

Une volée de marches étroites se dissimulait derrière l'autel, entre l'estrade et le mur extérieur. Un autre portrait de Tiber, avec des pièces de monnaie jaillissant de sa bouche, dominait la cage d'escalier. Sorasa lui donna une tape familière sur le nez en descendant. Corayne l'imita dans l'espoir d'une bénédiction.

Une salle carrée, naguère une crypte, s'ouvrait au sous-sol. Trois des murs abritaient de longues ouvertures rectangulaires, des caveaux devant accueillir des cercueils – par chance vides. Corayne déglutit, mal à l'aise dans ce décor. Mais, à tout le moins, aucun squelette ne souriait de toutes ses dents dans la pénombre.

Sur l'unique mur plein, une torche brûlait, décentrée, plantée dans briques et mortier. Quand sa lumière vacillait, Corayne distinguait ce qui ressemblait à une porte, presque fondue dans le mur. Seuls les contours en étaient visibles, là où elle ne pouvait s'aligner parfaitement.

Sorasa, toutefois, ignora cette porte pour plonger sans hésiter la main dans un des caveaux et frapper au mur du fond. Cela fit un bruit de bois. Au bout d'une seconde, la paroi coulissa et deux yeux apparurent là où se putréfiaient naguère les cadavres.

« Cinq... », dit Sorasa, avant de s'interrompre et de compter ses compagnons. Valtik était restée en haut. « Quatre. La sorcière se fait des relations.

— Tu connais la règle : pas plus de deux », fut la réponse rauque. Les yeux ne restaient pas en place. Ils étaient verts et humides, entourés d'une chair rose et grasse.

Sorasa se pencha plus près. « Depuis quand est-ce que les règles signifient quoi que ce soit, par ici ? »

Avant qu'on ne lui réponde, une voix mâle s'éleva derrière le panneau coulissant. « Est-ce que c'est Sarn que j'entends ? » interrogea-t-elle.

Les yeux se levèrent au ciel. Sorasa n'eut pas le temps d'ajouter un seul mot : le panneau se remit en place en claquant et resta clos.

Dom gronda d'un rire grave. « Tu fais cet effet-là à la plupart des gens. »

Un grincement annonça qu'un mécanisme jouait à l'intérieur du mur, tandis que deux fermoirs s'ouvraient avec un petit bruit métallique. Corayne sursauta quand la porte inscrite dans le mur de briques pivota vers eux, lourde, sur de grands gonds en fer. La salle ainsi révélée était longue, bien éclairée par des torches et, çà et là, la lumière du jour.

Sorasa adressa à l'Aîné un sourire – ou plutôt ce qu'elle put produire de plus approchant. « C'est sûr », dit-elle en passant dans la pièce voisine d'un pas allègre.

La crypte originale s'étendait sur toute la longueur de l'église qui la surmontait, soutenue par de larges piliers couverts de toiles d'araignées, et percée de hautes fenêtres pour admettre au moins un peu de lumière naturelle. Sa luminosité se modifiait du bleu au blanc en fonction des nuages qui passaient. D'autres caveaux en perçaient les murs, bourrés de caisses, d'outils et de vivres, ainsi que d'une infinité de parchemins voisinant avec des litres et des litres d'encre multicolore.

Corayne examina tout cela, remarqua des blocs de bois qui évoquaient étrangement des tampons à imprimer, ainsi que plusieurs moules en fonte, et ses yeux s'étrécirent.

Nous sommes dans l'atelier d'un faussaire.

« Charlon Armont », fit Sorasa en s'approchant d'un jeune homme trapu penché au-dessus d'un établi. Elle prononçait son nom avec une flamboyance et des intonations chantantes toutes madrentines. « Ravie de te voir. »

Il leva les yeux, dont un grossi par une loupe. L'autre était d'un brun de vase, comme les cheveux épais qu'il tirait en arrière et tressait serré. Lorsqu'il se redressa, il révéla un abdomen de fort-à-bras et de larges épaules rondes. Il était bâti comme un travailleur de force, solide comme une muraille. Pourtant ses mains étaient fines et délicates, habiles – et sa peau d'une pâleur contre nature, comme s'il passait l'essentiel de la journée dans cette crypte. *C'est sans doute le cas,* songea Corayne.

« Ne mens pas, Sarn. Tu es trop douée pour ça, ça me met mal à l'aise », dit-il en ôtant sa loupe – laquelle resta pendue à la cordelette qu'il portait autour du cou. Sans baisser les yeux, il rassembla les papiers éparpillés sur son bureau et les jeta dans une boîte dont il déroba à la vue le contenu. Corayne tenta d'en apercevoir une partie mais il bougeait trop vite. « Ça ne te ressemble pas de venir accompagnée, constata-t-il, avant d'ajouter en toisant les compagnons de l'Amhara : surtout ce genre de compagnie. » Sa curiosité s'amplifia tandis que son regard passait d'Andry à Dom puis à Corayne, les jaugeait.

La jeune fille lui rendit la pareille. Armont ne paraissait pas plus de 20 ans : visage dépourvu de rides, peau lisse comme le marbre et couleur de lait au miel.

Son assistante, la personne à qui appartenaient les yeux verts, se tenait à proximité, hésitante – petite, avec une tignasse de cheveux frisottés couleur sable. Charlon la congédia d'un signe de tête et elle s'éclipsa par la porte maçonnée, qui se referma. Le mécanisme qui la commandait, au-dessus du passage, était clairement visible de l'intérieur. Elle disposait en outre de plusieurs cadenas et on pouvait la munir d'une barre solide.

Il a l'air prêt à soutenir un siège, songea Corayne.

« On vit une drôle d'époque », répondit Sorasa en écartant largement les mains. Ses deux paumes étaient aussi tatouées que ses doigts. Sur la droite, le soleil. Sur la gauche, un croissant de lune.

Charlon hocha la tête. Il se défit de sa loupe, la rangeant dans la ceinture d'outils qui entourait ses hanches larges. On aurait dit un taureau. *Un taureau très nerveux.* « Oui, on entend des choses curieuses.

— Quel genre de choses ? » s'enquit vivement Corayne.

Elle avait l'impression d'être revenue chez elle, à Lemarta, d'écouter des marins faire assaut d'anecdotes à la taverne ou des marchands bavarder sur les marchés. Cela lui donnait envie d'y plonger les dents, d'arracher quelque chose d'utile à des propos sans objet. À une certaine époque, elle aurait cherché la piste d'un vaisseau financier transportant de l'or. À présent, peut-être une rumeur sur les mouvements de Taristan, où il comptait se rendre, voire d'où il venait. *Quel fuseau se déchirera ensuite, et lequel est déjà déchiré ? Quels nouveaux dangers rôdent à l'horizon, nous attendant, nous et quiconque sera pris dans la bagarre ?*

Charlon la fixa avec attention et elle lui rendit son regard sans ciller. « Des tempêtes hors saison, répondit-il. Des villages qui se taisent. Des troupes galliennes en marche, et pas pour une guerre dont on a entendu parler. Des navires qui s'échouent en pleine mer », continua-t-il en se caressant le menton. Il avait le bout des doigts taché d'un bleu foncé terne. *Des années d'encre.* « Il y en a un qui est arrivé ce matin tant bien que mal, la coque presque éventrée. Et puis il y a cette histoire sur la reine du Galland qui aurait épousé un anonyme sans or ni château. »

Corayne frémit. *Non, mais il a une armée.*

« Eh bien, les nouvelles vont vite par ici, intervint Andry, peu assuré. Par ailleurs, je m'appelle Andry Trelland », ajouta-t-il en tendant la main.

Charlon ne rendit pas le geste, perturbé par cette politesse.

« Tant mieux pour toi, marmonna-t-il. Que puis-je dire ? Nous habitons ce monde. Nous aimons rester informés. Pas vrai, Sarn ? »

Un coin des lèvres de Sorasa tressaillit, trahissant un sourire. « Si tu veux des informations, viens à Adira.

— Et sois prêt à les payer, répondit Charlon du tac au tac. Alors, que te faut-il ? » De sa main teintée de bleu, il désigna les caveaux. « J'ai des sceaux tout neufs fabriqués pour les ducs siscariens, et, avec le bordel au Rhashir, j'ai une piste pour de vraies plaques d'impression singholi. Pas donné mais facile. Tu imprimes tes billets rhashiriens et tu les blanchis en achetant or ou terres avant que leur trésor ne se rende compte de rien. »

Corayne sentit sa mâchoire s'affaisser. *Des plaques d'impression de la banque de Singhola, le trésor du Rhashir. Des sceaux nobles.* Et, à en juger par la collection d'encre, de papiers, de plumes et de cire qui emplissaient les étagères, bien d'autres choses encore de même provenance. *Il doit pouvoir contrefaire des lettres de change ou des lettres de course de toutes les couronnes le long de la mer Longue ; des ordres scellés à la cire. Un authentique bouclier pour n'importe quel navire contrebandier ou pirate en exercice.* Ses mains furent agitées d'un sursaut quand, observant encore les étagères, elle remarqua le symbole de la marine tyri, une sirène brandissant une épée. *Avec un tel tampon de cire bleue, Mère pourrait franchir n'importe quel blocus maritime, entrer dans n'importe quel port sans qu'on lui pose une seule question.*

« Vous voyez quelque chose qui vous plaît ? » Charlon suivit son regard et s'approcha d'un pas, les yeux étrécis. « Si vous avez de quoi payer, j'ai ce qu'il vous faut. »

Ce fut seulement là que Dom bougea et se dressa au-dessus d'eux. Le solide Charlon tordit le cou pour lever les yeux vers lui. « Vous devez avoir de l'argent sur vous, avec un garde du corps comme ça, dit-il, nerveux.

— On ne cherche ni des sceaux ni de la fausse monnaie, lâcha sèchement Sorasa, les ramenant à la tâche en cours. On te veut, toi. »

Le faussaire eut un rire sec pareil à un aboiement. Il agita le doigt à son intention. « On vit vraiment une drôle d'époque. Je crois que je ne t'avais encore jamais entendue plaisanter.

— Elle ne plaisante pas, monsieur, précisa Corayne en s'arrachant à la collection de sceaux métalliques.

— Monsieur », ricana-t-il. Une nouvelle fois, il agita la main à l'intention de Sorasa, comme s'il la réprimandait. « Alors, tu vas m'expliquer ce que tu veux ? Et puis je te répéterai pourquoi je ne peux pas quitter les murailles de cette cité. »

La sicaire n'hésita pas mais, comme elle ouvrait la bouche, Corayne sentit un frisson dévaler sa colonne vertébrale, déglutit et leva la main pour lui couper la parole.

« Laisse-moi faire », dit-elle en se débarrassant de sa cape.

Cela lui prit un long moment, mais elle parvint à ôter la ceinture d'armes de ses épaules. *Je commence à savoir m'y prendre.* Charlon ouvrit des yeux ronds quand elle tira la lamefuseau de son fourreau. Ses mains tremblaient sur la poignée, l'arme restait très lourde, mais elle lui paraissait désormais familière. *L'épée de mon père.*

Même dans cette crypte, l'acier gravé, marqué par un monde perdu, brillait d'un éclat étrange. Il se gorgeait de la lumière disponible, se mettant à briller alors que la salle s'assombrissait, un miroir de flammes froides qui finit par emplir tout l'univers de Corayne. Lorsqu'elle en écarta enfin les yeux, elle vit Charlon fixer la lame avec la même intensité, une concentration absolue. C'était un artisan. Il savait reconnaître une œuvre antique, délicate et complexe lorsqu'il en voyait une.

« Ce n'est pas de l'acier ordinaire », souffla-t-il. Il ne s'avança pas pour toucher l'épée, même s'il en avait l'envie. « Ça ne vient pas du Trec. Pas de chez les Aînés non plus. » Ses yeux filèrent à nouveau vers Dom, et on pouvait presque voir tourner les rouages de son esprit.

Corayne secoua la tête. « C'est une lamefuseau », murmura-t-elle. Le visage de Charlon devint plus pâle qu'elle ne l'aurait cru possible. « Forgée dans un monde oublié, la terre de mes ancêtres.

— Vous êtes d'une lignée du Vieux Cor. » Charlon cessa de contempler l'épée pour la fixer, elle. « Vous avez du sang-du-Cor. »

Elle soutint son regard. « Oui.

— Ceux des vôtres qui arpentent encore Terravast sont rares », dit-il.

Corayne plissa les lèvres et remit l'épée au fourreau. La lame chanta sur toute la longueur du cuir. « Si nous échouons, il n'y aura plus grand monde pour arpenter Terravast.

— Pardon ? » demanda Charlon, un sourire flottant toujours sur son visage.

Elle revit Taristan dressé au-dessus d'elle, la main tendue vers l'épée, sans autre souci que son désir. Dans sa vision, les balafres bleues étaient déjà présentes le long de sa joue, seules marques sur sa peau pâle. Elle avait envie de le griffer ainsi jusqu'à le réduire en charpie, l'expulser du monde et de ses peurs.

« Vous avez raison : la reine du Galland a épousé un homme sans titre et apparemment sans but, reprit-elle simplement. Sans autre but que la destruction de Terravast par l'éventration de ses fuseaux. Le monde entier brûlé, brisé et conquis sous l'autorité de la reine, de lui-même et de Ce-qui-attend. »

Elle sentait à nouveau l'odeur des cadavres, bien qu'ils n'aient été qu'un envoi dû à la magie de Valtik. L'écho de la menace véritable. Comme dans ses rêves la présence rouge qui rôdait derrière les ombres. Elle en sentait le poids à présent, et l'étreinte se resserrait quand elle songeait à Ce-qui-attend, à Son influence croissante dans le monde. Elle ignorait si Charlon voyait la terreur peinte sur son visage, mais elle la discernait sur celui des autres : dans l'éclat des yeux d'Andry, le pli de la bouche de Dom, le masque posé devant la figure de Sorasa afin de dissimuler un afflux d'émotions.

Le faussaire tapota des doigts sur son établi. Son sourire s'était figé. La jeune fille s'attendait à ce qu'il éclate de rire. Au lieu de cela, il observa leurs visages et vit leur peur.

« Oh, rien que ça ? »

Après avoir entendu ce que Corayne avait à dire de son oncle, cette histoire de croquemitaine devenu réel, ainsi que les souvenirs qu'avaient Dom et Andry de la bataille au temple du fuseau, Charlon eut besoin d'air. Il entraîna ses compagnons d'un pas rapide à travers la Main-du-Prêtre puis dans les rues, et les guida jusque sur les quais, marmonnant dans sa barbe tout en jetant des regards noirs à Sorasa, qui les supportait avec désintérêt. Valtik les rattrapa à l'extérieur de l'église, l'odeur du froid dans son sillage.

« Qui c'est, celle-là ? demanda Charlon en inspectant la sorcière.

— Plus tard », lui répondit-on à l'unisson.

Une pluie fine se mit à tomber, faisant remonter le long de la colline une brume qui entra dans la cité. Quand ils atteignirent le port, un rideau gris s'étendait sur la baie, dévorant les navires ancrés dans les eaux les plus profondes. Malgré le temps, les rues s'emplissaient alors que le jour déclinait et que les quais crachaient des marins.

Le port d'Adira s'étendait au-dessus de l'eau : de grosses planches clouées entre elles pour former une esplanade. Il reliait la péninsule à une série d'îlots rocheux pas plus grands que des cathédrales. Les îles étaient indépendantes et bâties. L'une accueillait un dôme en forme d'oignon orange pâle, le signe caractéristique d'une église treckienne. Une autre était entourée d'une palissade peinte en bleu de guède et marquée de nœuds blanc et vert. *Des symboles jydi.* Charlon les guida tous vers une île au sommet plat, couronnée d'un jardin verdoyant et d'un petit campanile. Des bannières jaune d'or et blanc s'étendaient entre les toits.

Un quartier isheï. Les battements de cœur de Corayne doublèrent de vitesse. L'Isheïdie se situait au bord de la carte, au bout de Terravast, plus loin encore que les vieilles frontières du Cor. Même Cruelle Mel n'y était jamais allée, car ces terres déchiquetées s'étendaient loin des marées de la mer Longue.

L'île sentait les fleurs odorantes et la viande grillée, avec un parfum sous-jacent de thé capiteux. L'Isheïdie gouvernait les montagnes et la Couronne de Neige, un royaume de hauts pics au nord du Rhashir. Ses marins, peu nombreux, s'assemblaient ici, échangeant des nouvelles sous les auvents des cantines et des salons de thé. Il y avait aussi des prêtres en robes blanches, aux longs cheveux luisants qui tombaient tout droit dans leurs dos. Tous paraissaient baignés de clair de lune, même sous les nuages gris. Les Isheï avaient de hautes pommettes plates et les yeux noirs. Leur teint variait de la porcelaine au bronze, et pouvait même parfois être encore plus foncé, mais tous avaient les cheveux noirs, de longs cils et le sourire facile. Corayne les fixait, incapable de contenir son émerveillement. Elle ne parlait pas isheï mais elle aurait pu les écouter tout l'après-midi en prenant des notes dans son cahier. Sorasa dut presque l'empoigner au collet pour l'entraîner.

À sa grande joie, Charlon les fit entrer dans un salon de thé et lança un bonjour chaleureux au patron. Il devait être un habitué. Les trois autres clients, deux Isheï et un Ibalet vêtu de soieries, lui adressèrent des signes de tête depuis le long bar installé au milieu de l'établissement.

Pour la première fois depuis qu'il avait posé le pied à Adira, Andry semblait à l'aise, apaisé par le parfum du thé en train d'infuser. Il se détendit quand ils furent assis, le dos collé à un mur solide. Dans le cocon de chaleur qu'était le salon de thé, avec la pluie qui tombait au-dehors, Corayne se sentait aussi soulagée qu'en avait l'air l'écuyer. Avant qu'elle n'ait seulement le temps de songer à commander, il y eut une tasse dans sa main et sur la table une théière qui fumait doucement.

Charlon préleva dans un vase une fleur aux pétales bleus en forme d'étoile. Il les écrasa dans sa main et les jeta dans sa tasse avant de boire. « Donc le monde est au bord de la destruction, il a peut-être même déjà basculé, et, pour je ne sais quelle raison, vous avez besoin que je me joigne à cette… » Il les considéra tour à tour. Cette fois, son attention leur fit l'effet d'une insulte. « Cette joyeuse bande de héros ? »

Sorasa ricana dans son thé.

« La sorcière a dit sept, répondit Corayne. Sorasa nous a menés à toi. Je me fie à son jugement. »

Ce fut à Dom de ricaner. Il n'était pas très doué pour cela, et ce qu'il émit évoqua un grognement humide.

« Je ne comprends toujours pas très bien cette histoire de sorcière. » Charlon se tourna vers les auvents de l'établissement ouvert sur la rue. Valtik ne s'était pas assise, choisissant de rester debout sur le trottoir pour recueillir de l'eau de pluie dans sa tasse vide.

« Nous non plus », renchérit Dom.

Le faussaire but une nouvelle gorgée de thé. « Et toi, l'Aîné, quelles sont tes idées sur la question ?

— Nous sommes assez nombreux, expliqua ce dernier sur un ton raide. En fait, je crois qu'on pourrait se passer de quelqu'un.

— Une grande famille unie dans la joie, à ce que je vois. » Le jeune homme éclata de rire. « Eh bien, quelle que soit la raison pour laquelle mon aide est requise par votre projet...

— Refermer le prochain fuseau qui sera déchiré, le coupa Corayne.

— Où qu'il puisse être », ajouta Andry, presque dans un souffle en lui jetant un coup d'œil doux mais sans remords. La jeune fille hésitait entre s'agacer et lui donner raison. Il y avait encore tant de choses qu'ils ignoraient, ils devaient encore monter tellement plus haut.

Mais on ne peut pas se laisser impressionner par l'ampleur de la tâche, sinon on est fichus.

« J'ai une bonne raison de rester à Adira. » Charlon posa les mains sur la table, heurtant le bois du bout d'un doigt dans un élan de ferveur. Hors de sa crypte, il paraissait ordinaire, sans rien de remarquable. Il était presque trop facile d'oublier son atelier empli de sceaux et d'encre, ses doigts tachés de bleu. « Pas de lois signifie pas de couronne. Pas de primes. Je me ferai peut-être couper la gorge ce soir, mais personne ne me traînera hors de ces murs pour me ramener sur le territoire de la couronne afin d'y être jugé ou exécuté. Adira est indépendante, et la rue se tournera contre quiconque se dresse contre elle. Ici, je suis en sécurité. Je peux fermer les yeux sans me demander si la louve temur ne va pas me dévorer. »

Andry inclina la tête de côté. « La louve temur ?

— Sigil, j'en fais mon affaire », intervint Sorasa avant que Charlon ne puisse s'expliquer.

Sigil ?

Le faussaire prit l'air fanfaron et claqua des lèvres. « J'aimerais beaucoup voir ça, mais ça ne vaut pas de risquer ma tête. Elle me ferait enchaîner avant le coucher du soleil et dépêcher vers les échafauds du royaume le plus offrant.

— La liste est longue », apprécia Sorasa sans rire. Elle était assise étrangement sur son siège, tournée vers la salle. Toujours les réflexes de la sicaire qui s'attend à une attaque ou qui prépare la sienne. Cela faisait grincer les dents de Corayne.

« Il est bon d'être fier de son travail, dit Charlon en haussant les épaules. Et j'aimerais continuer à travailler, ce qui me serait impossible sans tête. Je ne mettrai pas les pieds hors de ces murs.

— Tu crois vraiment que Sigil du Temurijon campe dans le marais pour attendre des gars comme toi ? Tu as une très haute opinion de toi-même, Charlie. » Sorasa eut un rire froid et sec. « C'est la meilleure chasseuse de primes du monde. Aux dernières nouvelles, elle traquait des bandits pour le prince héritier de Kasie et semait la terreur dans la forêt des Arcs-en-ciel. À l'autre bout du monde. »

Un peu de tension quitta les épaules de Charlon.

Il a raison, songea Corayne avec une ombre de triomphe. *Sorasa ment très bien.*

« Mais je connais en revanche quelqu'un qui t'attend », ajouta la sicaire en baissant la voix. Ses yeux passèrent du visage de Charlon à ses mains – qui se crispèrent sur la table, les articulations blanchies.

« Ne fais pas ça, Sarn », grommela-t-il. De nouveau, il rappela à Corayne un taureau, auquel on aurait cette fois agité un chiffon rouge devant les yeux. « Ne parle pas de lui. »

Sorasa ne se laissa pas impressionner.

« Si Terravast brûle, lui aussi. »

Un ressort se tendait derrière les yeux de Charlon, qui découvrit les dents. « Ne me parle pas de Garion », gronda-t-il, soudain aussi dangereux que n'importe quel autre criminel d'Adira.

La sicaire n'en continua pas moins, prédatrice en chasse, sentant sa proie à sa merci. « Je l'ai vu, tu sais. À Byllskos. »

Charlon blêmit, ses joues déjà pâles se changeant en albâtre. « Est-ce qu'il va bien ? » murmura-t-il en se penchant contre elle sans le moindre respect. Son désespoir, aux yeux de Corayne, était aussi flagrant que la pluie battante à l'extérieur. Qui que puisse être ce Garion, il était très important pour le faussaire.

« Aussi bien que d'habitude, fit Sorasa avec un geste de désintérêt. Vaniteux, d'une fierté exacerbée. Et furieux que je lui aie piqué son contrat. »

Le ressort se brisa, se détendit, et Charlon hocha la tête. Ses impulsions meurtrières disparurent à la manière d'un rideau que l'on tire. « Bien, remarqua-t-il d'une petite voix en se passant un doigt sur les lèvres. Je suppose que tu ne peux pas… le pousser à se joindre à ton entreprise, lui aussi ? »

Ce fut au tour de Sorasa de durcir le ton. « Ce n'est plus au rang de mes possibilités.

— Parfait, se réjouit Charlon en regardant la table. Parfait. » Puis il adressa à Corayne un regard agressif et sa voix reprit de la vigueur. « Qu'est-ce que tu en penses, fille du Cor ? »

La jeune fille cligna des paupières, prise à contre-pied.

« De tout ça, clarifia-t-il. De ta quête pour sauver le monde et de la place que j'y occupe ? » Il désigna l'épée qu'elle portait sur le dos.

Elle la sentait le long de sa colonne vertébrale, cuir et acier froid. La plupart du temps, c'était un poids mort, une ancre. À présent, ce contact la rassurait, et elle s'appuya contre l'arme en espérant qu'un peu de son acier pénétrerait ses os.

Elle leva la tête, renvoyant en arrière sa tresse de cheveux noirs.

« Je pense qu'on est traqués par un royaume et un démon. Le démon, tu n'y peux pas grand-chose. » *L'escalade est tellement longue, et je ne peux regarder ni en haut ni derrière moi.* « Mais le royaume, l'armée… il sera agréable d'avoir quelqu'un comme toi pour nous aplanir la route. »

La réponse sembla plaire à Charlon, qui tapa dans ses mains et se laissa aller en arrière. « Je peux vous obtenir des sauf-conduits dès ce soir. Avec des sceaux d'envoyés diplomatiques. Des marques de voyage. Aucune ville ne vous sera barrée, aucun palais interdit, aucune patrouille n'osera vous arrêter. Seule la reine elle-même pourra exiger votre arrestation. Tout cela a un prix, bien sûr », ajouta-t-il en jetant un coup d'œil à Dom.

L'Aîné fit la moue. « J'aurai vendu tout Iona avant que cette histoire ne soit terminée.

— Mais quel bien cela fait-il à un fuseau qui brûle dans la nature ? Voire à deux fuseaux ? continua Charlon, posant la question qui les tourmentait tous. À quoi pourrais-je bien servir ? »

Sorasa ne semblait pas partager ses doutes. « On s'en rendra sûrement compte.

— Sauf que je ne viens pas, lâcha sèchement le faussaire. Et vous ne savez même pas où vous allez.

— Pour ça, laisse-nous faire », s'entendit dire Corayne.

Laisse-moi faire.

Déjà, les fils se rapprochaient petit à petit. Elle n'avait besoin que de les tisser pour obtenir quelque chose de sensé, une simple direction.

Elle sentit les yeux de flamme cuivrée de Sorasa. La sicaire ne souriait pas mais paraissait tout de même triompher. Tendant le bras au-dessus de la table, elle prit Charlon par l'épaule.

« Est-ce que je serais ici si tout ça n'était pas réel ? » murmura-t-elle en se penchant pour qu'il ne voie plus qu'elle. Sa voix baissa d'une octave, sévère. « Est-ce que je risquerais ma vie pour moins que la fin du monde ? »

La mâchoire du faussaire se crispa. « Non, sûrement pas », reconnut-il d'une voix grave, avant de se taire. Sorasa le laissa réfléchir un long moment, prendre sa décision. « Et Garion ? Il faut l'avertir. »

La sicaire réprima le sourire qui voulait s'épanouir sur ses lèvres. « Entre toi et moi, je suis sûre qu'on trouvera moyen de lui faire passer un message, proposa-t-elle. Il ne se fatigue pas vraiment à effacer ses traces. »

Un coin de la bouche de Charlon se souleva. « Non, en effet.

— Je vais t'aider à faire tes bagages, Charlie », dit-elle en le hissant sur ses pieds avec une tape dans le dos.

Dans la rue, la pluie sifflait.

« Je me doute que tu vas m'aider, oui, Sarn. »

Corayne et les autres restèrent au salon de thé, devant une théière qui semblait toujours pleine. Le patron isheï était un homme diligent, aux mains rapides, avec lequel Andry entama joyeusement une conversation à voix basse sur les infusions. Quelle sorte d'épices, quelles racines utilisaient les Isheï pour dégager les poumons ou favoriser le sommeil ? Corayne les regardait bavarder avec animation par-dessus sa tasse.

Il n'a rien à faire ici avec nous, malgré tous ses efforts. La fin du monde ne convient pas à Andry Trelland. Il ne mérite pas ça.

L'écuyer sentit qu'elle l'examinait et jeta un coup d'œil par-dessus son épaule. La chair de poule se dressa sur ses avant-bras forts et minces, tendus de muscles acquis par des années de travaux et d'entraînement à l'épée. Il les frotta de ses doigts pour les lisser.

« Qu'est-ce qu'il y a ? » marmonna-t-il en se retournant vers elle.

Corayne resserra la pression sur sa tasse, tentant d'en aspirer en elle la chaleur et lutter contre le froid le long de sa colonne vertébrale. Elle secoua la tête.

Le salon de thé était tranquille, paisible. Trop à son goût. Elle avait envie de bruit et d'activité. Elle avait envie de voir et d'entendre ce qui se passait.

« La mer Longue est calme en été, dit-elle enfin en méditant les paroles prononcées par le faussaire dans la crypte. Peu de tempêtes. Quant à des naufrages, des navires qui s'échouent en pleine mer ? Impossible. Il n'y a pas de récifs, pas de bancs de sable. Et que disait Charlon à propos de soldats galliens en mouvement ? Où vont-ils ? Pourquoi Erida les envoie-t-elle au-delà de ses frontières ?

— Elle nous cherche, proposa Andry.

— Je doute qu'elle nous cherche là où nous ne sommes pas. Il n'est pas très difficile de nous suivre, et nous allions de toute évidence dans une certaine direction. » *Nous marchions vers l'ouest. Mais où vont ses armées ?* Son esprit s'enflamma, le brasier jaillissant de charbons toujours rougeoyants. « Elle a envoyé des soldats à nos trousses, mais il y en a d'autres ailleurs. Qui cherchent quelque chose. Ou qui *gardent* quelque chose. Peut-être les deux. »

Dom empoigna sa tasse avec une telle force qu'une fêlure apparut le long du flanc d'argile, comme un éclair noir. « Le deuxième fuseau.

— C'est possible. »

Corayne se passa la main dans les cheveux, exaspérée. C'était comme poursuivre le coucher du soleil : impossible. Il restait tout juste hors de portée, même du navire le plus rapide ou du cheval le plus vif. Quelque chose effleurait le bout de ses doigts avant de s'échapper à nouveau.

« Valtik ? fit-elle en élevant la voix pour être entendue de la sorcière qui continuait d'examiner le ciel pluvieux en faisant tourner l'eau dans sa tasse. Que disent les os ? »

La vieille femme répondit en un jydi sonore et très emmêlé, trop rapide pour que Corayne le déchiffre, voire en comprenne un traître mot. Cela évoquait une mélodie au rythme apaisant. *Et inutile.*

Avec un soupir, la jeune fille commença à se lever. « Valtik... »

Une nouvelle exclamation en jydi lui coupa la parole. Lancée non par la voix de la vieille femme mais par une autre. Profonde, masculine, joyeuse. *Familière.*

Corayne se laissa retomber sur son siège avec un choc douloureux, ses cuisses heurtant avec violence le banc de bois dur. Elle inclina la tête, baissa les yeux et remonta son capuchon, tentant de se recroqueviller sur elle-même le plus vite possible. Soudain, le salon tranquille s'avérait trop bruyant et ses murs se rapprochaient autour d'elle. Elle avait envie de disparaître ; elle avait envie de se lever et d'attirer le plus d'attention possible. Son corps lui semblait déchiré en deux.

Les mains chaudes d'Andry la prirent par les épaules, à travers sa cape. « Corayne, qu'est-ce qui ne va pas ? »

Dom écarta largement les bras, s'appuyant à la table. Il tourna vers la porte un regard de faucon prêt à tout. Un assassin, une armée, jusqu'à Taristan lui-même.

Au lieu de cela, il ne vit que Valtik, son étrange sourire aux lèvres, qui jacassait sous la pluie. Elle levait la tête pour regarder en face un pillard jydi chauve, dont la moindre surface de peau exposée était balafrée ou tatouée de nœuds complexes, et qui répondait avec empressement à ses rimes.

« Il s'appelle Ehjer », murmura Corayne sous son capuchon. *Recruté il y a dix ans, dévoué à ma mère. Un pirate. Un pillard. Un vieil ami.* « L'autre, c'est Kireem, un navigateur gherien du golfe du Tigre. »

Un second homme se tenait bien au côté d'Ehjer, deux fois plus petit, un œil couvert d'un bandeau orné d'éclats de pierre noire. Des cicatrices dépassaient de ce bandeau, des lignes violet foncé qui contrastaient fortement avec sa peau ocre. *Malin comme une licorne, capable de naviguer aux étoiles lors de la nuit la plus noire.*

Tous les deux étaient ensemble depuis aussi longtemps que se le rappelait Corayne. Les liaisons entre membres de l'équipage étaient autorisées tant qu'elles ne nuisaient pas au navire, et le couple avait maintenu un bon équilibre. À ce moment, loin de leurs fonctions, les deux hommes auraient dû se détendre.

Or elle ne les avait jamais vus plus nerveux.

Le Jydi dépassa Valtik et entra dans le salon en compagnie du marin au bandeau. Ils gagnèrent tout droit le bar, s'installant près des autres clients, le dos à la salle.

« Sont-ils une menace ? » murmura l'Aîné sans les quitter des yeux.

Corayne secoua la tête une seule fois.

« Tu connais leur équipage ? » souffla Andry, assez près pour qu'elle sente sa chaleur. Elle le regarda de sous son capuchon, rencontrant ses grands yeux pareils à des lacs aux eaux calmes.

« Aussi bien que moi-même. Le *Fils des tempêtes* est ici », chuchota-t-elle.

Et ma mère aussi.

Si je me lève maintenant, ils ne me remarqueront pas. Je peux traverser la place, courir jusqu'aux quais. Cela ne me prendra qu'un moment. Elle imagina ses bottes qui s'activaient, chaque pas plus rapide que le précédent, jusqu'à résonner sur les planches et le long de la passerelle pour la jeter entre les bras de sa mère. Il y aurait des cris, des disputes, peut-être la porte verrouillée de la cabine de la capitaine… Mais Meliz an-Amarat était là. *Cruelle Mel* était là. *Nous pourrions partir avec la marée. Vers l'horizon de notre choix. Vers le danger ou en sens inverse.*

Corayne savait bien quelle direction sa mère choisirait pour toutes les deux.

Et ce serait la fin du monde.

Toute sa volonté lui fut nécessaire pour rester sur son siège, serrant le bord du banc dans la crainte d'en bondir soudain.

« On ne ferait pas mieux de sortir d'ici ? » demanda Andry en lui posant à nouveau la main sur l'épaule.

Corayne ne répondit pas, les yeux fixés sur le large dos du Jydi. Déglutissant avec peine, elle porta un doigt à ses lèvres, intimant le silence.

« Je ne t'avais jamais vu boire du thé, Ehj », dit Kireem d'une voix musicale, parlant primordial avec l'accent de son Gheran natal. D'un mouvement d'épaules, il se débarrassa de son manteau usé par le sel.

Ehjer eut un rire sonore sur son tabouret. « La tempête m'a fait sonner la tête comme la cloche de Volka. Je ne crois pas que je pourrais toucher à l'hydromel de ma mère, encore moins avaler l'*yss* qu'on sert dans les tavernes d'Adira », se justifia-t-il, en sifflant le mot jydi qui signifiait *pisse*. Un des premiers que Corayne avait appris dans cette langue. « Mille mercis, mon ami, ajouta-t-il en levant sa tasse à l'adresse du patron. Alors, est-ce que le navire s'en tirera ?

— On a perdu un mât et sauvé la coque de justesse. » Kireem écrasa des fleurs dans sa propre tasse et les touilla d'un air distrait. « Qu'est-ce que tu en penses ? »

« Perdu un mât et sauvé la coque. » Le cœur de Corayne s'emballa. Elle tenta d'imaginer le fier et farouche *Fils des tempêtes* pénétrant dans un port en titubant comme un animal blessé. *« Presque cassé en deux »*, avait dit Charlon en décrivant un pauvre vaisseau pour lequel la jeune fille avait à peine éprouvé de la compassion. À présent, c'était différent. À présent, elle avait peur pour cette galère et son équipage. Sous la table, ses articulations blanchirent.

Jusqu'à ce qu'il n'y ait plus le banc sous ses doigts mais une peau plus sombre que la sienne qui réchauffait sa chair engourdie. Elle pressa la main d'Andry avec reconnaissance.

« Tu en sais plus que moi, renvoya Ehjer sur le ton tonitruant qu'il considérait comme un chuchotement. La capitaine te parle, à toi.

— Quelques semaines si les provisions arrivent à entrer. Mais avec la mer dans l'état où elle est…

— Jamais vu le Sarim comme ça. » Ehjer but bruyamment une gorgée de thé. « Des tourbillons, des trombes, du tonnerre… c'était furieux. Les dieux en personne qui se livraient bataille dans l'eau. »

Kireem ne toucha pas à sa tasse, son œil unique fixé sur la vapeur qui s'élevait du thé. Il la suivait, subjugué ou ébloui. « Je n'avais jamais rien vu comme cette chose-là », siffla-t-il. Le navigateur servait sous les ordres de Cruelle Mel au bas mot depuis la naissance de Corayne, et rien ne l'avait encore déstabilisé à ce point.

« D'où est-ce que ça venait ? » Le grand Jydi était tout aussi troublé.

Kireem haussa les épaules. « De nous deux, c'est toi le dévot, Ehj.

— Ça ne veut pas dire que je comprends pourquoi la déesse des eaux a envoyé un monstre nous dévorer. »

Corayne, vive comme l'éclair, cessa d'observer les marins de sa mère et se tourna vers Dom. Il lui renvoyait déjà un regard noir, la bouche pincée, réduite à une simple ligne. *Un monstre. La déesse des eaux.* Son estomac bouillonnait comme l'océan furieux.

Kireem baissa à nouveau la voix. « Tu as vu ce que la capitaine lui a arraché du ventre ?

— J'étais occupé à trancher le tentacule qui retenait Bruto. La bête l'étouffait encore, alors même qu'elle saignait à mort. »

Les autres clients, visiblement, les écoutaient, de même que le patron du salon de thé. Tout le monde se figea, cessant de faire mine de n'être pas indiscret. Il sembla à Corayne qu'elle risquait d'oublier de respirer.

Un tentacule.

« Trois Ibalets, des marins de la Flotte d'Or », siffla Kireem. Ses doigts se refermèrent autour du poignet d'Ehjer, lui plantant dans la peau des ongles pareils à des griffes. « En armure de mer complète et soieries teintes, à moitié dévorés. Au milieu du pont, avec les tripes pourries de la créature. »

Ehjer repoussa prudemment son thé. « Meïra des Eaux est vorace.

— Je n'arrive pas à croire ça », s'esclaffa Kireem, mais son œil contait une autre histoire : agrandi, inquiet, il s'agitait follement, cherchant en Ehjer une réponse que le navigateur ne pouvait accepter.

« Tu n'as pas besoin de le croire », répondit Ehjer. Il se lécha les lèvres et effleura du bout des doigts les tatouages de ses joues, suivant le tracé des volutes d'encre. Cela sembla l'apaiser un peu. « *Gud dhala kov ; gud hyrla nov. Les dieux vont où ils veulent et agissent selon leur bon plaisir.* » Puis il éleva la voix pour retrouver son habituel rugissement et fit un geste en direction de la terrasse du salon de thé, où se tenait toujours Valtik. « Ah, *Gaeda,* viens t'asseoir, bois quelque chose, dit-il en lui faisant signe d'approcher. Raconte-moi des histoires du pays ! J'en ai bien besoin ! »

Sans accorder un regard à ses compagnons, Valtik bondit presque à l'intérieur de l'établissement, ses tresses dégoulinant d'eau de pluie. Corayne ne l'aurait pas crue capable de se comporter encore plus bizarrement, mais la vieille sorcière y parvint pourtant : elle recommença à bavarder en jydi, tout en tapotant Ehjer sur les deux joues et en suivant du doigt le tracé de ses tatouages.

Ce fut une distraction suffisante.

Corayne sortit rapidement dans la rue, une main tenant son capuchon, la seconde froide d'avoir lâché celle d'Andry. Les autres la suivirent en silence, mais elle entendit les questions qui roulaient en eux. Elle cherchait désespérément des réponses, tentant de comprendre les propos des marins dont le navire, non loin de là, était endommagé au-delà de toute mesure.

Tisse les fils, se dit-elle en aspirant entre ses dents. *Mets les pièces en place.*

Une nouvelle fois, elle eut envie de courir. Le *Fils des tempêtes* serait facile à trouver. Démoli, flottant bas parmi les fiers navires et les galères du port.

Cruelle Mel, Meliz an-Amarat, Mère. Elle avait envie de hurler tous ces noms pour voir lequel lui vaudrait une réponse. *Elle est tout près, je le sens. Peut-être au marché du port, en train de négocier des provisions. Et s'en sortant mal puisque je ne suis pas là.*

L'humidité de ses joues ne pouvait être due à la pluie. La pluie ne piquait pas les yeux.

Ses paroles suivantes sortirent avec rudesse, comme un poignard arraché à son propre corps.

« Je sais où est le deuxième fuseau. »

24

La louve

Domacridhan

Alors que le soir tombait sur Adira, Dom se tenait à nouveau derrière l'épaule de Corayne qui faisait des achats, dépensant libéralement son argent ionien. Le marché nocturne s'animait à mesure que le ciel s'obscurcissait. Dans sa hâte, la jeune fille se souciait peu de marchander. Elle veilla à équiper Andry d'une bonne épée avec ceinture d'armes, et trouva pour elle-même une longue dague effilée. La lamefuseau lui était toujours inutile, trop peu maniable entre des mains non entraînées. Dom, quant à lui, disposait de son épée ionienne, de facture vedera, vieille de plusieurs siècles mais aussi tranchante que le jour où elle était sortie de la forge. L'immortel avait perdu son arc à Ascal, aussi en choisit-il un nouveau et, après un long moment d'hésitation, un second pour Sorasa. Le sien, quoique trop cher, était bien fait, une double courbe d'if noir qui ne venait pas de son pays mais dont la belle longueur de bois lui en rappela tout de même les vallées.

Après les armes, Corayne s'attaqua aux vivres. Viande séchée, biscuits secs, outres de vin fortifiant, une bourse de sel, des haricots, un sac de pommes. Des aliments qui se conserveraient pendant le voyage.

Et dans le désert.

Dom avait la gorge sèche. Il sentait déjà le sable, abrasif sur sa peau, piquant dans ses yeux. C'était un enfant d'Iona né dans la pluie, la brume et les vallées verdoyantes emplies de vie. Il n'aimait guère la chaleur, et l'idée de visiter l'Ibal lui déplaisait. Les dunes comme des montagnes, le soleil furieux, sans merci. En outre, il n'avait aucune envie d'accompagner Sarn chez elle, où elle se moquerait de son inconfort si elle ne l'aggravait pas.

Ils retournèrent rapidement à la Main-du-Prêtre. Corayne avait le sens de l'orientation et se dirigeait bien dans les rues. Dom, chargé de leurs provisions, des sacs pendus aux deux épaules, se faisait un peu l'effet d'un cheval de bât. Il s'attendait à bavarder, or Corayne resta silencieuse, dissimulée sous son capuchon. La voir ainsi refermée sur elle-même l'inquiétait. Andry, qui marchait près d'elle, chercha à lui arracher quelques mots, mais, même avec lui, elle refusa sèchement d'engager la conversation.

Son pas ne ralentissait jamais, y compris au milieu de la foule. Elle marchait comme si s'arrêter était synonyme de se laisser rattraper. Deux ou trois fois, elle se retourna vers le port, le scrutant de ses yeux sans profondeur.

Personne ne nous a suivis, avait envie de lui assurer Dom, comme si cela pouvait la tranquilliser, mais il savait que tel ne serait pas le cas. *Le* Fils des tempêtes *est ici. Le vaisseau de sa mère, l'équipage de sa mère. Toute son existence jusqu'au moment où je l'ai trouvée.*

Il aurait suggéré de s'attarder un moment s'ils en avaient eu le temps, si le monde n'avait dépendu de leurs actes. *Plus de « si » qu'on ne peut en compter.* Une perspective terrifiante pour un immortel, dont la vie entière consistait en plusieurs siècles de chemins non choisis. Dom avait assez de ses propres « si » à supporter. Il ne pouvait pas encaisser en plus ceux de Corayne.

Charlon et Sorasa les attendaient dans la cour de la Main-du-Prêtre, entourés de leurs chevaux et d'une mule extrêmement bougonne. L'animal aux longues oreilles retroussait les babines tandis que Charlon achevait de préparer ses fontes, y glissant une nouvelle liasse de parchemins.

« Je m'attendais à plus de réticences de ta part, lui dit Dom. Si le danger qui te menace est aussi grand que tu le dis. »

Ce danger n'étant bien sûr que le châtiment d'un grand nombre de crimes envers un grand nombre de royaumes, semble-t-il.

Charlon sourit en réponse. « Il m'a semblé que Sarn me trancherait la gorge si j'hésitais trop, rétorqua-t-il en caressant la mule. Et puis, si Sigil décide de partir en chasse, je ne détesterais pas les voir essayer de s'abattre l'une l'autre. Toi non plus, je parie, hein, l'Aîné ? Ou préfères-tu Veder ? C'est ainsi que vous vous appelez, non ?

— J'ai peu de préférences », répondit Dom d'une voix fragile. Il rêvait d'abandonner Sarn à presque tous les tournants, mais il se rendit compte qu'il ne l'imaginait pas en train de livrer un combat à mort avec une chasseuse de primes, et certainement pas pour protéger quelqu'un d'aussi insignifiant que Charlon Armont.

Le faussaire était bâti de telle manière qu'il paraissait tassé sur lui-même, les jambes courtes et le ventre rond, les bras curieusement longs pour sa taille. Parmi ses sacs de parchemins, de plumes, de sceaux et de tampons, Dom ne manqua pas de remarquer l'éclat d'une hachette et d'une épée courte. Sans parler d'un vilain crochet au bout d'une corde. Pour le tout dernier venu dans une quête ayant pour but de sauver le monde, il était sans conteste bien équipé.

« J'aime être prêt à tout, déclara-t-il en suivant le regard de l'immortel.

— C'est bien. Mais les virages de notre chemin se sont révélés assez peu prévisibles. »

Chaque pas depuis Iona, depuis que la monarque m'a envoyé dans les ombres annonçant l'apocalypse en marche. Dom bondit en selle pour tenir à l'écart les souvenirs, surprenant son cheval. Sa cape retomba sur ses épaules. *Elle n'a plus l'odeur de chez moi, celle de la pluie et des vieilles pierres.*

La cour de la Main-du-Prêtre était naguère un cimetière, mais on en avait arraché la plupart des pierres tombales comme des dents gâtées. À présent, elle servait de point de rendez-vous à proximité du marché et était noire de monde. Dom entendit cependant la voix de Corayne, aussi basse qu'elle fût.

La jeune fille, debout près de la clôture tordue, levait les yeux vers une Sorasa déjà en selle.

« Le deuxième fuseau est en Ibal », murmura-t-elle.

La sicaire se pencha vers elle. À la surprise de Dom, Sarn ne sourit pas, ne parut même pas satisfaite. Ses yeux cuivrés s'étaient voilés. Elle serrait les dents. « Comment peux-tu en être sûre ?

— J'en suis sûre », fut tout ce que répondit Corayne, d'une voix d'acier.

Puisqu'elle lui tournait le dos et que son capuchon était relevé, Dom ne voyait pas son visage. Il distinguait en revanche le front plissé et les yeux baissés, inquisiteurs, de Sarn – qui frémit, cherchant des doutes en Corayne. L'immortel n'aurait pas confié sa vie à Sorasa Sarn, ni celle de personne d'autre. Il lui faisait en revanche confiance pour survivre. Elle ne risquerait pas sa peau sans raison.

« Bien, marmonna-t-elle, serrant les rênes avec force au point de faire trépigner son cheval. On va partir vers l'ouest et on fera halte à la croisée des chemins avant de trouver un passage sur la mer Longue. »

Dom fit la moue à la perspective d'un nouveau trajet en bateau, surtout au coude à coude avec ce groupe de voyageurs dépenaillés qui s'agrandissait régulièrement. *Au moins je ne passerai pas celui-là fourré sous le pont comme un cadavre dans un tombeau agité par le roulis,* songea-t-il.

« On devrait trouver à s'embarquer ici », siffla Corayne. Elle regarda brièvement par-dessus son épaule, de nouveau vers le port. Ses yeux s'agrandirent. « Ce ne sont pas les vaisseaux qui manquent.

— Tu as dit que tu te fiais à mon jugement. Fais-moi confiance encore une fois. On part vers le sud et, d'ici quelques jours, on filera vers les sables aussi vite que les vents pourront nous porter. »

Il y avait dans la voix de Sarn une inflexion que Dom n'avait pas encore entendue. Au cours des longues journées écoulées depuis qu'il l'avait trouvée à Byllskos, elle s'était montrée frustrée, agacée, lasse, enragée et souvent emplie d'ennui. Pas désespérée. *À présent, elle l'est,* comprit-il en déchiffrant son expression soigneusement masquée. Il la connaissait assez, à son corps défendant, pour remarquer le pli des lèvres, la crispation de la mâchoire, le minuscule étrécissement des yeux de tigre.

« Soit », approuva Corayne en pivotant sur ses talons. Lorsqu'elle monta sur son cheval aux fontes pleines à craquer, ses joues dorées étaient pâles comme la lune.

De peur ou de frustration, Dom n'en avait aucune idée. *Les mortels sont incompréhensibles, notamment Sorasa Sarn.*

Il poussa sa monture le long de celle de la sicaire tandis qu'ils sortaient du vieux cimetière. Elle fit d'abord mine de ne pas le voir, concentrée sur la tâche de vérifier le contenu de ses fontes. Il aperçut son fouet et nombre d'éclats d'acier ou de bronze, à côté de petits paquets qu'il lui sembla reconnaître. Quelques-uns étaient bleus, d'autres verts ; l'un était un petit cube noir couvert d'écritures en isheï. Visiblement, elle avait fait provision de ses ingrédients favoris.

Lorsqu'ils atteignirent la porte d'Adira, elle lâcha un soupir.

« Allez, dis ce que tu as à dire, l'Aîné. »

Cela donna à Dom l'impression de remporter une victoire. Un coin de sa bouche se releva, malicieux. Il baissa les yeux vers Charlon qui oscillait sur sa mule, quelques pas devant eux, planté entre Andry et Valtik et n'appréciant la compagnie ni de l'un ni de l'autre.

Dom désigna le faussaire d'un coup de menton. « Tu utilises ce jeune homme comme appât. »

C'était censé être un reproche. Sarn le prit tout autrement.

« Tu commences à saisir, hein ? » dit-elle en éperonnant son cheval à l'orée des marais.

La Larsie était une mer de hautes herbes jaunes et de coteaux, à la terre trop pauvre pour qu'on y cultive grand-chose. Comme la nuit tombait, les yeux de Dom perçurent des terres vallonnées désertes, sans fermes ni forêts, quasi stériles. Ce néant était douloureux. Une pointe de mal du pays le traversa. Il ne s'était jamais aventuré aussi loin à l'ouest, les voyages de sa longue vie ne l'ayant porté que jusqu'à la frontière gallienne. Le temps qu'il passait au soleil plus rude de pays étrangers, loin du sien, était pour lui synonyme de malheur. Il aurait voulu revoir des bois, des vallées, des rivières gonflées par la pluie et le dégel. Un cerf sous la ramée d'un if, sa ramure confondue avec les branches. La vieille pierre grise de Tíarma, en haut de la crête qui jaillissait fièrement du brouillard, ses fenêtres pareilles à des yeux luisants. La monarque dans sa robe d'argent, agitant la main devant les portes. Ridha souriante dans la cour de l'écurie, son armure abandonnée, son épée oubliée et superflue.

Les reverrai-je jamais ?

Les étoiles du ciel ne lui donnaient aucune réponse, voilées par les nuages et le doute.

La voie corienne restait trop dangereuse. Ils empruntèrent un chemin de terre plus ancien que l'empire, défoncé par des siècles de passage de chariots. Chaque pas les éloignait un peu plus d'Ascal et du domaine de la reine. Même ainsi, Dom sentait Taristan lui souffler à nouveau sur la nuque, il en entendait la voix haineuse, moqueuse.

Dois-je la tuer devant toi, elle aussi ?

Le cuir des rênes craquait entre les mains de Dom, menaçant de se déchirer. Il avait envie d'aller jusqu'au bout, de sentir se briser quelque chose qui n'était pas son cœur.

Le soleil se leva, le soleil se coucha, et ils continuèrent leur chemin, épuisés, les yeux cernés. Les mortels somnolaient de temps en temps, la tête oscillant au pas des chevaux. Tous sauf Corayne. Alors que les heures passaient, que l'aube laissait la place au jour, elle ne dormait toujours pas, et son pouls n'avait rien de paisible. L'épée, gargouille dans son dos, formait une bosse contrefaite sous sa cape et la contraignait à se courber.

Dom avait envie de lui prendre l'arme, d'alléger son fardeau, mais ç'aurait été s'emparer de tout ce qui restait de son père en Terravast.

Ce n'est pas à toi de la manier, se reprocha-t-il vivement. Il aurait voulu entendre de nouveau les questions de Corayne et les gentilles platitudes d'Andry. Les répliques sifflantes de Sarn, rapides et sèches comme le fouet enroulé sur sa selle. Même les rimes de Valtik, aussi agaçantes qu'elles soient, auraient été préférables à ses propres pensées.

Si près de la frontière, il n'y avait de ville qu'Adira, toutes les autres ayant été rasées ou abandonnées au fil de plusieurs siècles de combats. Dom ne voyait pas même un village ni un château à l'horizon. Ce fut seulement l'après-midi, quand le soleil s'inclina vers la lointaine chaîne des montagnes de Terravast, qu'il vit au loin une tache d'où montait un filet de fumée. *Une taverne ou une auberge*, comprit-il lorsqu'il distingua mieux le bâtiment, le toit de chaume et la cheminée de pierre découpés contre le ciel. L'ensemble, en forme de fer à cheval, se dressait à l'intersection de deux routes. *Une croisée des chemins.*

À une demi-lieue, l'odeur aigre de la bière lui fit froncer le nez. *Je ne crois pas que ça va me plaire*, songea-t-il tandis qu'ils approchaient et que le soleil tombait derrière les montagnes.

Quand Sarn leur fit franchir la porte de la taverne, il comprit qu'il ne se trompait pas.

L'intérieur présentait un net contraste avec le chemin désert et le paysage vide. Toutes sortes de gens étaient assemblés dans la salle commune turbulente : voyageurs et marchands, prêtres et vagabonds, dont les vies se croisaient ici comme les routes dehors. À en juger par l'écurie pleine, c'était une soirée animée, et le patron, au bar, n'interrompit pas ses activités à l'entrée des nouveaux venus, accordant à peine un regard à leur étrange équipage.

Dans cette partie du monde où l'est et l'ouest commençaient à se heurter, il était difficile, même à eux, de paraître déplacés. Un Veder immortel, une sorcière jydi, une sicaire aux yeux de cuivre, un écuyer royal, un repris de justice et la fille de la pirate, l'espoir de Terravast. *Non, mais quel bazar*, songea Dom alors que Sarn annexait un angle de la salle.

Son regard noir et la masse de Dom suffirent à envoyer quelques clients chercher des chaises ailleurs, leur laissant un coin où s'entasser. Bien trop exigu au goût de l'Aîné, qui s'adossa au mur plutôt que de s'asseoir, se sentant pareil à une statue et regrettant de n'en être pas une.

Corayne baissa son capuchon et s'assit, se plantant dans l'angle étroit entre la table et le mur. Elle s'adossa pour soulager un peu son dos du poids de la lame.

Dom s'attendait à voir Andry, qui ne cessait de lancer à la jeune fille des regards discrets, s'installer à côté d'elle. Au lieu de cela, l'écuyer se faufila jusqu'à lui, l'expression douce mais assombrie par l'épuisement.

« Comment ça va ? » s'enquit-il en baissant les yeux vers le flanc de Dom.

Les chairs refermées ne faisaient plus souffrir l'immortel. Il sentait toutefois encore le couteau entre ses côtes, qui déchirait en se plantant, qui déchirait en ressortant.

« Mieux » fut tout ce qu'il put dire.

Andry ne poussa pas le sujet et sourit sans desserrer les lèvres. « Vous allez avoir une sacrée cicatrice.

— Les Vedera ne gardent pas de cicatrices », répondit Dom sans réfléchir. Puis il se rappela son visage, les longues balafres déchiquetées dont il ne se débarrasserait jamais. Les armes et les monstres des fuseaux ne tranchaient pas la chair vederienne de la manière qu'il connaissait. « La plupart du temps. »

Au moins je ne suis pas seul dans ce cas, songea-t-il en revoyant le visage de Taristan. Les lignes sur sa joue, tracées par la magie jydi et la main de Corayne. *Il a des cicatrices qui valent les miennes, à présent.*

Il n'était pas dans les habitudes d'Andry Trelland de gigoter nerveusement. Toutefois, il remuait les doigts, et ses yeux ne cessaient de chercher non leur table, ni même le bar, duquel tout garçon de son âge aurait pu vouloir s'approcher, mais l'escalier courbe qui montait vers les chambres du premier étage.

« Si tu veux te retirer, personne ne t'arrêtera », dit doucement Dom en baissant les yeux vers le garçon.

Comme à Ascal, Andry était écartelé entre devoir et désir. *Il marchera, il se battra et portera sa charge jusqu'à ce qu'il tombe. Ou jusqu'à ce que quelqu'un lui donne la permission de reculer et d'être un peu moins fort.*

Dom sentit une brûlure dans sa poitrine en se rappelant Cortael au même âge, détenteur de la même résolution obstinée, parfois mal avisée.

« Tu n'es utile à personne si tu dors à moitié, Trelland, réagit-il en lui posant la main sur l'épaule. Je ne manquerai pas de te réveiller s'il y a le moindre problème. »

Une vague de soulagement déferla sur Andry, dont les épaules parurent soudain s'affaisser sous le poids des derniers jours. Il adressa à Dom un signe de tête reconnaissant et, après un unique regard vers leur table, quitta la salle commune. Quoique mortel, l'écuyer, malgré ses membres grêles et ses enjambées trop longues, détenait une grâce peu commune. Il louvoya entre les tables et monta l'escalier quatre à quatre, disparaissant à l'étage avec son bagage et sa cape.

Dom, satisfait de lui-même, se retourna vers les autres, désormais installés autour d'une table piquée de petits trous. « Nous devrions en faire autant, ordonna-t-il. En ce moment, ce qu'il nous faut, c'est du repos. »

Quatre chopes furent posées brutalement sur la table, débordant de bière et d'écume. Dom sourit en voyant les mortels tendre avec empressement la main vers leur boisson. Charlon empoigna la plus proche et la vida d'un trait. Corayne ne tarda pas à l'imiter.

Elle leva les yeux vers l'Aîné par-dessus le bord de son verre. « Ce n'est pas seulement le sommeil qu'il cherche, ajouta-t-elle. Je ne crois pas que les tavernes lui réussissent.

— Un écuyer qui n'aime pas les tavernes, ni les serveuses, ni boire aux frais de quelqu'un d'autre. » Charlon éclata de rire, tout en levant la main pour commander une autre bière. « Aussi rare qu'une licorne, un gars comme ça. Cela dit, pour être franc, je ne comprends pas très bien ce qu'il apporte à la table.

— C'est grâce à Andry Trelland qu'on dispose de la lamefuseau et même d'une chance de sauver le monde », répliqua froidement Corayne, un regard indéchiffrable dans ses yeux de fille du Cor.

Charlon leva une main apaisante. « D'accord, d'accord. *Ca galle'ans allouve ?* » marmonna-t-il en haussant un sourcil à l'adresse de Sarn.

Dom ne parvint pas à réprimer un rictus. Il ne parlait pas madrentin, mais il savait désormais que c'était à coup sûr le cas de la jeune fille. Avec le même mouvement des lèvres, la sicaire croisa son regard, partageant pour une fois le même sentiment.

Corayne s'empourpra et sa main se resserra autour de son verre. « Je ne verrais rien de plus ridicule que tomber amoureuse en un moment pareil, dit-elle sèchement. Par ailleurs, si tu as envie de parler de moi, je te suggère de le faire en jydi. Je peux suivre une discussion dans à peu près n'importe quelle autre langue. »

Valtik caqueta joyeusement dans son verre.

Et Charlon éclata de rire lui aussi, rougissant de surprise. Il posa sur sa poitrine une main aux doigts bleus nus. « Eh bien, *m'apolouge.* » Il paraissait authentiquement désolé.

À moins qu'il ne sache mentir en face aussi bien que sur parchemin.

« Alors pourquoi l'Ibal ? » demanda Sarn sur un ton sec, les ramenant à la tâche en cours – que personne ne risquait pourtant d'oublier. Elle prit une première gorgée de bière, fit la grimace et reposa son verre avec un juron ibalet.

Dans la cour de la Main-du-Prêtre, elle avait paru tout aussi dégoûtée par la perspective de rentrer chez elle. Pour quelle raison ? Dom n'aurait su le dire. *Mais je ferais bien de le découvrir avant qu'on ne mette les pieds dans le sable et que ce qu'elle craint, quoi que ce soit, ne nous tombe sur la tête.*

« J'en ai entendu assez à Adira. » Corayne s'assombrit comme un nuage d'orage et baissa la voix dès que la conversation tomba sur le fuseau. « Une galère pirate a failli sombrer dans la mer Longue, sur le courant de Sarim, le long de la côte ibalette. »

Charlon fronça les sourcils. « Et c'est bizarre, ça ?

— Un monstre pourvu de tentacules a essayé de démanteler le navire. Oui, je dirais que c'est bizarre. » En face d'elle, le faussaire perdit son attitude joviale ; ses yeux s'écarquillèrent d'incrédulité. « Il avait dans le ventre des marins de la flotte d'Or.

— Érodé jusqu'à l'os, érodé jusqu'au sang », roucoula Valtik en retournant son verre vide. Elle en commanda un autre de ses doigts ridés. « Un fuseau embrasant, un fuseau inondant. »

Sarn grinça des dents, la frustration écrite dans tout son corps tendu. *Je ne peux pas lui en vouloir.*

« Il y a quelques mois, continua Corayne, ignorant la sorcière, j'ai entendu dire que la cour ibalette avait quitté son palais de Qaliram pour partir dans les montagnes. J'ai cru que c'était sans importance… étrange, mais sans importance.

— J'ai entendu la même rumeur, acquiesça Sorasa. Tu crois qu'ils savaient que quelque chose n'allait pas, qu'ils l'ont su bien avant nous tous ?

— L'Ibal n'est pas devenu le pays le plus riche de Terravast grâce à sa bêtise, répondit Corayne en hochant la tête. Taristan a pu déchirer le fuseau du désert avant même que les Compagnons n'arrivent au temple. Ou bien juste après, filant vers le sud pendant que Dom et Andry s'échappaient. Ce fuseau est ouvert depuis les dieux savent quand, et il crache sa bile dans la mer Longue, quelque part sur la côte ou dans un fleuve. » Elle serra les dents et son regard se fit lointain, tandis que son esprit quittait la taverne pour une destination évidente : au-dessus des vagues. « Je ne savais pas qu'il y avait des monstres marins dans les Terres-de-cendres.

— Il n'y en a pas, dit Charlon, le teint rougeaud à la lueur des chandelles. C'est un monde brûlé. Si ce que tu as entendu est vrai, si des créatures des profondeurs franchissent un fuseau pour sauter dans la mer Longue… » Il laissa un peu sa phrase en suspens, les yeux brillants. « … elles viennent de Meer. »

Un frisson dévala la colonne vertébrale de Dom, qui se décolla du mur et se rapprocha de la table. « Le monde des océans », dit-il, ce qu'ils savaient déjà tous. Son front se plissa. « Mais pourquoi Taristan choisirait-il une porte vers un monde qu'il ne contrôle pas ? Au-delà de l'influence de Ce-qui-attend ?

— S'il ne déchire que ce qu'il trouve, il n'a pas tellement le choix, répondit le faussaire en haussant les épaules. D'après les écritures, la déesse Meïra nous est venue de Meer, apportant avec elle les eaux de son monde et toutes les créatures vivant sous les vagues. Que cela soit vrai reste à voir, mais le monde lui-même est clairement réel. Et il est ici. »

Dom sentit un muscle tressaillir dans sa mâchoire. Il regretta de n'avoir pas prêté plus d'attention à ses leçons, une demi-vie plus tôt, quand Cieran parlait aux jeunes immortels des dieux et de Glorian, des traversées perdues vers leur propre monde et tant d'autres. Son esprit, alors, vagabondait dans les vaux, dans la cour d'entraînement, dans les rivières. Pas dans la classe.

Il secoua la tête. « Alors Taristan déchire pour déchirer, sans se soucier du résultat.

— Ou il sait exactement ce qu'il fait, intervint Corayne. Et il compte emplir la mer Longue de monstres, coupant le monde en deux. » Son poing se serra. « L'Ibal, la Kasie, le Sardos, le Niron, leurs armées et leurs flottes. Toute l'aide qu'ils pourraient offrir, siffla-t-elle, son épuisement cédant la place à de la colère. C'est une bonne stratégie.

— Et qui affaiblit Terravast, quel que soit le monde où mène le fuseau qu'il déchire », ajouta Charlon avec un profond soupir. On aurait dit qu'une ombre épaisse venait de s'abattre sur eux, plus obscure encore que les précédentes. « Chaque fuseau ouvert de force induit un déséquilibre. Une abomination pour les dieux. » Les yeux clos, Charlon embrassa ses paumes et les leva rapidement, ouvertes vers le ciel. Un geste sacré.

« Tu as été prêtre », murmura Corayne en l'observant.

Charlon lui adressa un clin d'œil. « Un petit moment, attesta-t-il avec un large sourire. Mais leur vœu de célibat, ce n'était pas pour moi. »

Comme les autres éclataient de rire, Dom entendit du bois craquer sous des pieds lourds et sentit le déplacement d'air d'un corps en mouvement. Il se tourna pour voir une femme large d'épaules et presque aussi grande que lui s'avancer dans la salle commune.

Elle avait fière allure, en armure de cuir bouilli et grèves, les bottes couvertes de boue jusqu'aux genoux, une hache portée dans le dos aussi aisément qu'une cape. D'après sa tenue et son visage aux pommettes hautes, sa peau d'un bronze profond, comme une pièce de monnaie polie, elle venait des steppes du Temurijon. Ses cheveux aile de corbeau, courts mais épais, retombaient sur un de ses sourcils. Ses yeux étrécis, aussi acérés que ceux d'un oiseau de proie, étaient fixés sur une seule silhouette. Elle ressemblait à feu Surim, de l'enclave de Tarima, qui avait traversé la moitié du monde à cheval pour trouver la mort au milieu des Compagnons.

La salle se fendit devant elle, les voyageurs s'écartant de son chemin avant qu'elle n'ait besoin de les pousser. Son visage était ici connu et respecté, voire craint. Dom se leva pour lui barrer le passage, mais elle s'arrêta net, se parant d'un sourire comme on brandit un couteau.

« Quel dommage que tu sois passé de l'enluminure des manuscrits à leur contrefaçon, Charlie », railla-t-elle, la main sur la hanche. Ses doigts étaient balafrés, noueux, dix fois brisés et ressoudés.

Charlon paraissait peu surpris de la voir. Il se contenta de secouer encore la tête et, s'emparant de la bière dédaignée par Sarn, de se la verser au fond de la gorge. « En train de traquer des bandits dans la forêt des Arcs-en-ciel, hein ? soupira-t-il en claquant de la langue à l'adresse de la sicaire.

— J'ai dû être mal informée, répondit calmement Sarn. Prends un siège, Sigil. »

Dom resta en place, hésitant à laisser l'étrangère approcher de Corayne. Et à recevoir des ordres d'une Sorasa Sarn.

Sigil, la louve du Temurijon, ne semblait pas impressionnée par sa masse. Toutefois, elle ne bougea pas. « Une autre fois, Sarn. J'ai des affaires à régler avec le Roi des Encres.

— Le Roi des Encres, ricana Charlon dans sa barbe. Quel surnom idiot. »

Sarn l'ignora. « Je suis occupée à sauver le monde, Sigil. Tes affaires peuvent attendre.

— Charlon Armont ! lança Sigil, la voix dépourvue d'émotion, comme si elle récitait une prière devant un autel, prêtre célébrant de l'ordre madrentin des Fils de Tiber. Il y a une prime sur ta tête et j'ai solennellement juré de l'encaisser. »

Une chasseuse de primes. Dom l'observa à nouveau, tentant de lire son parcours sur elle. Elle avait dû surveiller les portes, attendre que sa proie les franchisse.

« Dans quel royaume va-t-elle te traîner, c'est la question, marmonna Sarn avec un demi-sourire. Le Tyriot ? »

Charlon embrassa à nouveau ses paumes. Cette fois, le geste parut grossier, et Sigil se hérissa. « Non, on m'y reproche juste quelques exportations illégales. Ce sera ma patrie, à coup sûr. »

La chasseuse de primes continua : « Tu es recherché par la couronne de Madrence... »

Le faussaire sourit et poussa Sarn du coude. « Tu vois ?

— ... pour violation de domicile, vol, incendie, destruction de biens sacrés, contrefaçon, banditisme, corruption de prêtre, corruption d'officier, corruption de noble, corruption de membre de la famille royale, tentative de meurtre et meurtre, récita Sigil avec de parfaites intonations. Par ordre royal et religieux, moi, Sigil du Temurijon, je suis chargée de te ramener à la cour de Partepalas afin que tu sois jugé de tes multiples crimes. »

Les accusations étaient de la plus haute gravité. *Tentative de meurtre. Meurtre.* Dom était très tenté de se pousser du chemin de Sigil et d'emmener Corayne. Qui ne viendrait pas : elle ressemblait à une enfant subjuguée par une pièce de théâtre, n'ayant peur de personne et sûrement pas du prêtre déchu. Tout en sirotant sa bière, elle regardait tour à tour les antagonistes avec de grands yeux de hibou.

Le très ordinaire Charlon semblait à présent un peu plus remarquable, et une lueur étrange habitait son regard. Son sourire acquit une connotation un peu plus sombre.

Sarn croisa les bras et posa le pied sur le siège inoccupé qu'avait refusé Sigil. « Je suis vraiment contente de ne pas être obligée de réciter quoi que ce soit avant de tuer quelqu'un.

— Prends garde ou je t'emmène aussi, lâcha Sigil, quoique sans conviction, ses yeux ne quittant pas Charlon. Allons-y, prêtre. C'est dans ton intérêt.

— Je crois que c'est *ton* intérêt que tu défends, Sigil. » Une nouvelle fois, la sicaire tenta de la faire asseoir. Sa botte tapota la chaise. « Prends un siège. »

La chasseuse de primes empoigna souplement sa hache. « Je prendrai le criminel et rien d'autre. Par ailleurs, je ne crois pas qu'il y ait assez de place à ta table pour nous tous », dit-elle en écartant d'un revers de main ses cheveux courts de son visage.

Dans l'angle le plus éloigné, un homme se leva. Il était, comme auraient dit les mortels, grand comme une maison.

Près de la cheminée se retournèrent deux hommes qui auraient pu passer pour des ours avec leurs corps massifs et leurs barbes brunes broussailleuses.

À la porte de la cuisine, un cuisinier au tablier maculé de sang de cochon apparut, son hachoir à la main.

Et ainsi cela continua-t-il. Le monde entier se fit silencieux, voyageurs, marchands et anonymes épuisés ouvrant de grands yeux devant le conflit qui couvait. Six autres hommes se dressèrent à travers la taverne, certains dans l'escalier, d'autres venant d'arriver de la cour. Armés et monstrueux, assez colossaux pour inspirer de la peur à n'importe qui. Même à un immortel.

Dom tourna vivement la tête vers Sarn. Espérant qu'elle voyait, espérant qu'elle savait.

La sicaire portait à nouveau son masque, les traits figés, indéchiffrables, froide et immobile comme une pierre. Elle dégrafa sa cape et la laissa tomber. Sur une hanche, son fouet enroulé ; sur l'autre, l'épée incurvée et les poignards. Ses sacs à malice s'alignaient à sa ceinture. Elle lui rendit son regard avec cette lueur meurtrière familière dans les yeux.

Corayne tentait de se recroqueviller sur son siège mais ne trouvait nulle part où aller. Elle se tourna vers Dom, dans la tête duquel un plan naissait déjà. Un plan simple : *la sortir d'ici.*

« Je te dis la vérité, Sigil. » Méthodique, Sarn commença à dérouler son fouet, ses yeux passant de la chasseuse de primes aux hommes qui se rassemblaient derrière elle. « Le monde de Terravast est menacé de destruction. Et j'ai besoin de toi pour m'aider à le sauver.

— Tu devrais l'écouter », s'entendit gronder Dom, qui tirait tout le profit possible de ses deux mètres. Cela ne lui permettait de dominer Sigil que de quelques centimètres mais il les utilisait bien.

Elle leva vers lui un regard méprisant, prenant la mesure de son épée. « Tu te ramollis, Amhara. Tu n'avais encore jamais eu besoin de garde du corps. »

Dom referma les doigts sur la poignée de l'épée. Affermit sa prise. « Je suis le prince Domacridhan d'Iona, fils de Glorian Perdu. Tout ce que je garde, ce sont les espoirs du monde.

— Tu perds ton temps, Sigil », soupira Sarn avant de tirer son poignard.

La chasseuse de primes hésita une seconde, se mordillant les lèvres.

« Un immortel ? fit-elle en observant ses spadassins. Les chances me paraissent égales. »

Enfin, Sarn se leva. Charlon, près d'elle, l'imita, un éclat d'acier pincé entre les doigts. Leurs chaises tombèrent au sol bruyamment.

Corayne se pressa dans l'angle, la gorge agitée au-dessus du col de sa cape, hésitant entre crainte et fascination.

Dom prit une inspiration fortifiante. *J'espère seulement ne pas me refaire poignarder*, songea-t-il en interceptant le premier coup d'un poing dur comme une masse. Le spadassin qui se trouvait derrière hurla quand la poigne de l'immortel lui broya la main, brisant ses doigts comme des brindilles. Dom le frappa alors à la gorge, ce qui le jeta au sol où il resta agité de convulsions, peinant à respirer. *En voilà un dont le cas est réglé.*

Il voulut ensuite s'attaquer à Sigil, mais les ours barbus l'empoignèrent par la taille et le soulevèrent de toutes leurs forces. Tous les trois roulèrent à terre, traversant une portion de mur qui n'était guère qu'une fine paroi de bois peint. Dom aperçut un homme et une femme nus dans la chambre voisine, tous deux hurlant. D'instinct, il marmonna des excuses, moment auquel un des ours lui enroula un bras autour de la gorge et serra, dans l'intention de lui broyer la trachée. C'était un peu inconfortable, aussi Dom se contraignit-il à se lever, soulevant sans peine son adversaire. Il choisit de ne pas tirer l'épée mais de lancer un coup de coude qui atteignit l'homme au centre du torse. L'os craqua sous l'impact. *Un deuxième.*

Dans la salle commune, les autres clients de la taverne s'enfuirent ou se joignirent à la bagarre, certains avec leur bière à la main. Un homme très vieux et très édenté tenta de frapper Sigil avec une chope en étain, mais elle le repoussa d'un coup rapide. Pendant ce temps, Sarn enroulait son fouet autour des chevilles d'un autre spadassin et s'en servait pour le faire choir. Son poignard frappa tel un crochet à venin de serpent, aussi vif que mortel. Du sang jaillit sur son visage, ainsi que sur les mains de Charlon. Le faussaire ne disposait pas de sa hachette, seulement d'un minuscule triangle d'acier qu'il tenait entre deux doigts. Quand il donna un coup de poing au cuisinier, il lui en plongea la pointe acérée dans l'œil. Ensuite, il le soutint tandis qu'il glissait au sol, et ses lèvres articulèrent rapidement une prière en madrentin.

Les spadassins étaient brutaux mais mal entraînés, habitués à obtenir ce qu'ils voulaient en se dressant de toute leur hauteur et en faisant les gros yeux. Seul leur nombre posait problème, plus Sigil qui valait aisément ses cinq hommes encore valides.

Le fouet de Sarn frappa à nouveau, cette fois pour s'enrouler autour de l'avant-bras cuirassé de la chasseuse de primes – laquelle se para de son sourire implacable et tira sur la lanière pour amener son adversaire à sa portée. La sicaire sentit ses bottes glisser sur la bière répandue, accélérant sa progression. Mais elle souriait elle aussi, car elle utilisait le mouvement à son avantage. Le fouet toujours en main, elle s'en servit d'ancre pour se renverser en arrière et décoller les deux pieds du sol. Ils frappèrent à la mâchoire Sigil, dont la tête effectua un quart de tour forcé. Dom fit la moue. *Morte ou assommée.*

Sigil du Temurijon n'était ni l'une ni l'autre.

Elle fit rouler ses épaules et cracha du sang, les dents peintes d'un rouge repoussant. « Ça fait plaisir de te retrouver, Sarn », grimaça-t-elle en jetant le fouet.

La sicaire roula sur elle-même pour se retrouver accroupie, une main sur le plancher, l'autre levée comme une queue de scorpion, armée de son poignard sanguinolent. La poudre noire autour de ses yeux s'était étalée, formant des traînées sombres comme entraînée par des larmes.

Dom doutait que Sorasa Sarn en eût jamais versé une seule.

« Pareil pour moi, Sigil. »

Avant qu'il ne puisse se glisser entre elles, un des spadassins se précipita vers Corayne, toujours pressée contre le mur. L'Aîné empoigna la table et la projeta au loin, renversant les verres qui roulèrent au sol.

Valtik continuait tranquillement de siroter sa bière tandis que la bagarre se déroulait autour d'elle.

Comme le tueur tendait la main, Corayne frappa, son long couteau décrivant des arcs furieux tandis qu'elle essayait de s'écarter avec maladresse. Une étoile de peur jaillit dans la poitrine de Dom, un bref instant seulement, puis il empoigna le spadassin par le cou et le jeta au sol.

Un orage violent emplissait la taverne, le craquement des os et des meubles brisés tenant lieu de tonnerre, tandis que les hurlements, les cris aigus ou les caquètements évoquaient une foudre crépitante. Sigil et Sarn dansaient l'une autour de l'autre, chacune portant des coups mais jamais assez bien pour mettre l'adversaire hors de combat. Connaissant tant leurs forces que leurs faiblesses respectives, elles jouaient des deux. Sarn était plus rapide, plus agile, mais ne pouvait lutter contre la puissance de la chasseuse de primes. Les deux femmes tournaient en rond, Sigil tentant de s'approcher de Charlon, Sarn la tenant à distance. L'ex-prêtre passait le plus clair de son temps à prier, allant de corps en corps sans trop se préoccuper du chaos qui l'entourait.

« Je crois qu'elles aiment ça », hoqueta Corayne, bien en sécurité sous le bras de Dom. Elle vit la sicaire esquiver une assiette. Dans l'angle, Valtik battit des mains, ravie.

« On n'a pas le temps de laisser Sarn s'amuser », gronda Dom. Il balaya d'un regard noir la salle commune dévastée par le combat, la cheminée qui crachait de la fumée, les tables fracassées, l'aubergiste terré au milieu de ses barriques, les clients encourageant les combattants ou saisissant l'occasion de régler de vieilles querelles.

Les trois spadassins encore debout avançaient vers Charlon. Le teint blême, le cou épais et les yeux stupides, chacun tenait à la main une hachette.

Dom serra les dents. *Sarn est occupée, Valtik ne sert à rien, Corayne sait à peine manier une arme et Andry se débrouille pour dormir pendant tout ça.* Avec un soupir, il poussa la jeune fille vers la sorcière et entreprit de mettre un terme à cette soirée ridicule.

Il n'aimait pas la violence. C'étaient la dextérité, le défi, l'arc gracieux que décrivait l'acier, la danse stratégique du corps et de l'esprit qui attiraient Dom vers le combat. À Iona, dans les cours d'entraînement, c'était la meilleure des raisons. C'était de l'art. Dans le reste de Terravast, cela avait toujours un but : le sang était versé, mais non sans raison, et il l'était rarement. Or, l'immortel en avait vu davantage lors de l'année écoulée que durant les siècles précédents ; cela le rendait malade. Il provoqua rapidement la défaite de ses adversaires du moment, et il la leur rendit douce.

Le premier reçut un bon coup à la tête qui l'éteignit à l'instar d'une bougie soufflée. Le deuxième perdit la capacité de se tenir debout, le genou déboîté. Le troisième, Dom l'empoigna à la gorge et le souleva à bout de bras, l'étranglant jusqu'à ce que ses yeux se ferment et que ses battements de cœur ralentissent.

« Assez ! gronda-t-il alors que le spadassin glissait au sol avec un bruit mou. Assez ! »

Les autres occupants de la taverne s'écartèrent craintivement de ce géant aux cheveux blonds et aux yeux verts. Certains se figèrent en pleine bagarre, le poing levé, la main serrée autour d'un cou. Les spadassins encore vivants se tordaient sur le sol en gémissant ou s'éloignaient en rampant comme des vers.

Sigil et Sarn n'y prirent pas garde : la seconde, enroulée autour de la première, tentait de la broyer à mort entre ses cuisses. La chasseuse de primes éclata de rire et empoigna son adversaire par la taille avant de la jeter au milieu des décombres. L'Ibalette atterrit rudement, et un sifflement de douleur fusa entre ses dents.

Soudain, Sigil se retrouva coincée contre le mur extérieur en pierre, qui ne céda pas, avec l'avant-bras de Dom calé sur la gorge, sous le menton. Il la regarda bien en face, toutes ses pensées se concentrant en une seule.

« Assez », répéta-t-il sans lâcher prise, alors même qu'elle le bourrait de coups de pied.

Le visage de la guerrière se violaça quand il augmenta sa pression, lui coupant la respiration.

Sarn, encore à terre, leva lentement la tête.

« Je suis disposée à négocier, Sigil », dit-elle. Bien qu'ils aient gagné, tous leurs adversaires hors de combat, sa voix était chargée de défaite.

Cela fit frissonner Dom et surprit la louve du Temurijon.

Mais ce fut efficace.

Sigil hocha la tête dans la mesure de ses moyens. Ses jambes pendaient déjà, ses bras se ramollissaient. Dom recula et la posa sur ses pieds. Portant vivement la main à sa gorge, elle hoqueta et inspira une grande goulée d'air. Ses yeux vifs cherchèrent Charlon, dont les doigts tachés dessinaient des symboles secrets au-dessus du cuisinier, puis Sarn.

Elle déglutit avec difficulté. « Discutons. »

Sur sa chaise, Valtik caqueta, d'abord en jydi, puis dans la langue commune qu'ils connaissaient tous. « Marteau et Clou, Sept à présent sont les Compagnons, vent et grêle, pour enfer ou paradis partons. »

Dom était désormais habitué aux divagations de la sorcière, mais il n'en sentit pas moins un frisson remonter le long de son dos.

Des pas résonnèrent dans l'escalier, légers, bien équilibrés, les pieds effleurant à peine les marches. Dom se tourna pour voir Andry penché en avant, la mâchoire pendante et les yeux gonflés. Il observait la taverne où semblait être passé un ouragan.

« Qu'est-ce que j'ai raté ? »

25

Les larmes d'une déesse

Erida

Erida s'attendait à des cauchemars. Un jugement quelconque des dieux ou de sa conscience. Le remords ou le regret de son choix. Ce n'était pas simplement un mariage mais une alliance avec un homme auquel elle ne pouvait se fier. Cependant, elle avait vu la peau de Taristan tranchée par une lame et guérie en quelques secondes. Elle avait lu les rapports catastrophés de ses meilleurs éclaireurs, leur description d'une armée différente de toute autre en Terravast. Et les chasseurs de la flotte avaient eux aussi envoyé des messages : des monstres repérés dans la mer Longue, des créatures qu'on n'avait pas vues depuis des siècles, plus à leur place dans les mythes et les livres pour enfants. Tout ce qu'avait promis Taristan, les cadeaux des fuseaux, s'était réalisé. Ce qu'elle désirait était à sa portée, plus proche à chaque seconde qui passait, à chaque fuseau déchiré.

Et la culpabilité ne venait pas.

La reine dormait bien, sans cauchemars ni rêves. Même sur la route, où le repos était en général difficile. Chaque matin, sous sa tente ou dans son carrosse, elle s'éveillait revigorée. Continuer à aller de l'avant lui était étrangement facile, et l'allure de son convoi reflétait son attitude ambitieuse.

L'automne approchait, la chaleur de l'été les abandonna quand ils quittèrent les basses terres. La procession traversait de vertes collines pour quitter la vallée fertile du Grand Lion et se diriger vers l'est. Un vent frais du nord balayait le paysage, chargé de l'odeur de pin du Bois-Castel. Il ferait encore plus froid à la frontière madrentine, en raison des vents détournés par les montagnes.

Le dernier matin fut très frais. Erida en profita, choisissant de monter à cheval plutôt que de s'enfermer dans le carrosse massif mais étouffant. L'air froid la rendait alerte comme un faucon. Le capuchon de son manteau de velours émeraude renvoyé en arrière, elle serrait fermement de ses mains gantées les rênes de cuir huilé.

Si certaines de ses dames étaient tout aussi ravies d'échapper au coffre roulant, quelques-unes ronchonnaient à voix basse en se cachant la bouche de la main. Erida, habituée à épier les conversations, les entendit néanmoins. Elle les écouta depuis sa selle, gardant les yeux sur la voie corienne qui s'étendait devant elle.

« La reine impose une allure plus soutenue que la plupart des armées », disait à ses compagnes Margit Harrsing, une des nombreuses nièces de dame Bella. Fiola Velfi, la fille d'un duc siscarien, fit « Mmm-mmm » de sa voix haut perchée, sans marquer d'accord ni de contradiction. Cette jeune femme aux cheveux noirs, élevée à la villa royale de Lecorra, véritable nid de vipères, avait plus que les autres le talent de l'intrigue. Elle donnait rarement, peut-être jamais, sa véritable opinion sur quoi que ce soit.

La comtesse Herzer, 14 ans, avec des mèches bouclées aussi idiotes que ses réactions, ne se soucia pas de baisser la voix.

« Sa Majesté a hâte de revoir son mari, dit-elle, déclenchant des rires épars parmi les dames. Je trouve ça très romantique. »

Une langue de feu dévala la colonne vertébrale d'Erida. La reine resta droite, paisible, mais ses lèvres se pressèrent jusqu'à disparaître et, derrière elles, ses dents se serrèrent tandis qu'elle pesait ses choix. *Une femme amoureuse est faible, sans parler d'être loin de la vérité,* songea-t-elle. *Il ne convient pas que mes dames et, par extension, ma cour croient leur reine réduite à l'état de jeune fille souriant d'un air stupide avec des étoiles au fond des yeux, et courant rejoindre le premier homme à l'avoir touchée.*

Mais ce n'est pas inutile non plus. Taristan occupe une position précaire. Ma faveur le stabilise, lui donne de l'importance. Et cela m'aide au bout du compte à maintenir mon contrôle sur lui.

Elle choisit de ne pas répondre, ni dans un sens, ni dans l'autre. La comtesse Herzer voulait être entendue, provoquer une réaction. Erida de Galland ne lui donnerait pas cette satisfaction. Il y avait trop en jeu pour se laisser entraîner dans des joutes pour pauvres esprits.

Par ailleurs, la manière dont les dames semblaient murmurer à propos de Taristan ne lui échappait pas. Leurs conversations variaient, portant sur tous les sujets, de son physique à son attitude stoïque, mais en revenaient toujours à la façon dont il semblait avoir ensorcelé la reine, obtenant sa main dès leur première rencontre. *Pour des raisons qui vous échappent.* C'était frustrant, mais, finalement, elle se réjouissait de leur ignorance. Et de leurs conclusions. Ses entreprises seraient facilitées si nul ne les attendait d'elle.

La frontière de Madrence se rapprochait, quelque part au-delà des collines boisées, au fond d'une autre vallée fluviale. Erida se la figurait à l'image des lignes sur sa carte, dessinée noir sur blanc, avec une suite de châteaux galliens bâtis le long du fleuve et ses soldats alignés entre eux comme des rangées de perles. Leurs lignes avaient tenu pendant des années mais les terres frontalières restaient précaires, pareilles à un tas de petit bois sec n'attendant que quelques étincelles pour s'enflammer. Erida apportait une chandelle, prête à tout embraser.

La Madrence était un pays doux rendu fort par les montagnes qui le flanquaient et ses voisins paisibles. La Siscarie, seulement préoccupée de son histoire illustre, cherchait en elle-même la gloire, tandis que le Calidon vivait en autarcie entre ses propres montagnes, dans ses vallées profondes. À présent que le moment s'y prêtait, le Galland n'avait qu'à tendre la main. Pousser vers le sud jusqu'à la mer, prendre d'assaut les châteaux et la capitale avec une telle vitesse et une telle force que le roi vieillissant ne pourrait que se rendre. On n'avait pas connu de telle victoire depuis des dizaines d'années, depuis le temps de son grand-père. Erida se voyait déjà hisser le Lion sur les rivages madrentins, dans tous les palais, tous les châteaux. *Comme le peuple m'aimera alors.*

La lettre de Taristan était glissée sous son habit d'équitation, le parchemin frottant contre sa peau nue afin qu'elle ne l'oublie pas. Comme si elle avait risqué de l'oublier. L'écriture en dents de scie était pareille à une cicatrice, l'encre lui brûlait les doigts comme les mains de Taristan avaient brûlé sa peau.

Nous nous dirigeons vers vos terres frontalières mouvantes. Ronin nous guide jusqu'à une colline couronnée d'un château délabré et dont les pentes sont couvertes d'épineux. Retrouvez-moi là.

Le message, dépêché rapidement, n'était arrivé que deux semaines après le départ de Taristan.

Pas étonnant que mes dames jasent, admit Erida en son for intérieur. *Il ne m'a fallu que quelques heures pour partir le rejoindre.*

La reine attribuait sa hâte à la faim qui vivait en elle ainsi qu'en tout souverain du Galland. La volonté de conquérir, de réunir davantage de terres.

Une volonté qui montait en elle, affamée, dévorante, un peu plus forte à chaque lieue parcourue.

Le château Vergon était en ruine, ses murailles et ses tours s'étaient effondrées vingt ans plus tôt. De la mousse couvrait ses pierres, et une jeune forêt poussait dans ses grandes salles, les racines plantées au fond de caves et souterrains. Après des semaines sur la route, Erida voyait avec plaisir cette coquille creuse dont les derniers murs se dressaient, noirs contre le ciel bleu, sur la colline couronnée d'épineux. Comme toutes les massives forteresses alignées là, il gardait la vallée de la rivière Rose, appelée Riverosse, de l'autre côté de la frontière. Erida sourit en découvrant cette silhouette : elle savait que le château Herlin et le château Lotha se dressaient telles des ombres jumelles, une à chaque bout de l'horizon. Le front gallien était désormais dépourvu de brèches, les forces galliennes rassemblées.

Et d'autres restent à être libérées.

Elle n'avait encore vu cette frontière qu'une seule fois, enfant, alors qu'elle accompagnait son père dans une campagne. Il avait remporté une grande victoire près de la branche nord de la Rose, un précieux passage en Calidon. Erida se rappelait que cela se déroulait en hiver, à cause de l'air glacial sur ses joues, un vent vif qui soufflait de la Vigilante où rôdaient des pillards. Cette nouvelle expérience était différente à tout point de vue. L'air était frais mais assez chaud pour qu'on s'habille léger. L'armée qui attendait était la sienne. Son père était mort et enterré. La bataille n'était pas encore gagnée, la victoire encore invisible.

Mais assez proche pour qu'on la goûte.

La Troisième Légion tenait toujours la frontière, dix mille soldats entraînés à la perfection par les années passées en terrain orageux. La Première l'avait récemment rejointe, doublant les effectifs. C'était comme si une ville avait jailli du sol d'un jour à l'autre, les tentes agglutinées dans l'ombre des châteaux, la plupart dissimulées aux yeux des espions postés sur l'autre rive. La Madrence savait que l'armée d'Erida massait ses forces, mais ne pouvait savoir dans quelle mesure, pas sans s'aventurer au-delà du fleuve et risquer la colère du Galland. Bien employé, un unique éclaireur surpris pouvait fournir un *casus belli*. La petite nation n'allait pas donner à Erida une autre raison de l'attaquer. Elle en avait déjà assez.

La jeune reine songea à monseigneur Thornwall et à ses paroles dans la salle du conseil, son opinion sur la campagne madrentine. Cela lui donnait l'impression de regarder de l'autre côté d'un canyon. Comme si sa vie était coupée en deux : avant la proposition de Taristan, sa promesse, la décision qu'elle avait prise – et après.

Ils quittèrent la voie corienne le plus tard possible, écartant de la large route antique la grande procession de la reine pour la jeter en un terrain plus rocailleux. L'ombre du Vergon tombait sur eux, mais Erida n'en sentait pas le froid. Souriante, les yeux levés vers le château en ruine, elle se laissa gracieusement glisser de sa selle.

Taristan n'était pas en vue au pied de la colline ni sur le sentier étroit tracé entre les épineux pour monter jusqu'au Vergon. Sa propre garde, un détachement de soldats grisonnants empruntés à la garnison d'Ascal, s'employait à élargir le chemin en question, attaquant les plantes dépourvues de fleurs à l'épée et à la hache, ce qui ajoutait au chaos végétal.

À l'approche de la reine, ces hommes se mirent au garde-à-vous, se figeant sur place. Leur capitaine se reconnaissait aisément à la cape bordée de vert jetée sur son épaule.

« Madame », dit-il en pliant le genou de son mieux dans son armure complète.

Erida hocha la tête. « Capitaine, fit-elle, je suppose que mon mari est dans les ruines ?

— En effet, madame, répondit vivement l'officier. Son Altesse nous a ordonné d'attendre ici », ajouta-t-il, presque contrit, en se mordillant la lèvre.

Elle se para de son plus beau sourire, étirant les coins de sa bouche vers ses oreilles. « Vous avez bien fait d'obéir au prince consort », reconnut-elle avec une grâce courtoise.

Le capitaine poussa un soupir de soulagement tandis qu'Erida se tournait vers ses compagnes, qui demeuraient à cheval ou à la portière du carrosse, contemplant le paysage avec fascination.

« Mesdames, il est inutile que nous abîmions toutes nos jupes, leur lança la reine. Je vous invite à attendre ici avec le capitaine. Je suis sûre que ses hommes prendront bien soin de vous toutes. »

À en juger par la rougeur du capitaine et les regards malicieux qu'échangèrent les dames de compagnie, nul n'élèverait d'objection.

Ne restaient donc que les gardes-lions pour l'accompagner, six chevaliers en armure d'or et cape verte pareille au printemps entre les noirs épineux. Plus d'un habit se déchira pendant l'ascension de la colline.

Une nouvelle fois, Erida sentit dans sa main Prédomine, l'épée conjugale plantée entre elle et son mari, leur défense contre le monde. Et l'un contre l'autre.

Une arche isolée restait debout là où se trouvaient naguère les portes de la grande salle du Vergon, à demi étouffée par un frêne aux feuilles teintées de jaune – encore un signe avant-coureur de l'automne. La reine marqua une pause, la main sur l'écorce rude.

« Je vous appellerai si j'ai besoin de vous », dit-elle en se tournant vers son escorte.

Les chevaliers lui renvoyèrent un regard sévère sous leurs casques. Ils avaient envie de refuser, elle le savait. Avant la métamorphose de son monde, elle se serait fiée à leur jugement. Mais les gardes-lions pourraient peu de chose si Taristan et le sorcier se tournaient contre elle. Son mari était insensible aux armes de Terravast, et l'autre chargé de magie, touchefuseau.

Que ses chevaliers la suivent de près ou attendent ses hurlements pour charger vers la gloire et la mort ne ferait guère de différence.

Sire Emrid émit un bruit de gorge bas quand elle leur tourna le dos et franchit l'arche. Il n'avait qu'un an de plus que la reine, c'était le plus jeune et le moins discipliné des gardes-lions. Elle eut la bonté d'ignorer cette tentative pour contredire la reine du Galland, et laissa ses chevaliers en arrière.

Le toit de la grande salle avait disparu, ne laissant que des tas de pierres et de mortier, des ruines. De la mousse recouvrait tout d'un manteau de velours, dessinant la masse des blocs de maçonnerie. Elle était élastique sous les pieds d'Erida, douce, et ses bottes y laissaient de légères empreintes. Celles de Taristan en avaient laissé aussi.

Elle les suivit.

La jeune reine éprouvait la sensation trop familière d'être observée. Elle se demanda si les fantômes des anciens habitants du lieu s'attachaient encore aux vieilles pierres. La suivaient-ils à présent, parlant à voix basse de la reine du Galland, comme le reste du monde ?

Elle imagina ce qu'ils pourraient dire. *Mariée à un anonyme. Reine depuis quatre ans et elle n'a rien accompli. Pas de conquête, pas de victoire.*

Attendez un peu, leur dit Erida. *J'ai encore de l'acier en moi.*

Elle trouva Taristan et le sorcier dans la vieille chapelle, devant l'unique vitrail intact, au verre bleu, rouge et or. La déesse Adalen versait des larmes de saphir sur le cadavre de son amant mortel, à la poitrine ouverte par les chiens d'Infyrna, un monde de feu et de jugement. Leurs silhouettes apparaissaient au fond de l'image, brûlantes, impies. Erida connaissait bien les écritures : l'amant d'Adalen donnait sa vie pour la sauver des chiens flamboyants. Étrangement, les écritures ne mentionnaient jamais son nom.

Ronin le Rouge, quoique agenouillé près du vitrail, ne priait pas. Il chuchotait, les yeux clos, la voix trop basse pour qu'on l'entende, mais le dos tourné à la déesse. Taristan, tigre aux crocs découverts, rôdait dans l'ombre du mur de la chapelle. Il avait abandonné son habit de cour au profit des cuirs rudes et du vieux manteau usé dans lesquels elle l'avait vu pour la première fois. Il ressemblait aussi peu que possible à l'époux d'une reine. La lamefuseau flamboyait dans sa main, tirée de son fourreau, l'acier clair reflétant le ciel bleu et blanc.

Ses yeux rencontrèrent ceux d'Erida à la manière de la foudre frappant la terre.

La souveraine cessa de marcher, se figea. L'air crépitait entre eux, œuvre d'un fuseau déchiré ou assez proche pour qu'on en sente la présence. Brûlant ou disposé à brûler. Elle prit une profonde inspiration, espérant ainsi en sentir le goût.

« C'est fait ? » demanda-t-elle, les yeux en mouvement.

La chapelle restait peu remarquable. Vieille pierre, blocs brisés, mousse et racines. Les arbres n'étaient pas assez vieux pour former un nouveau toit. Elle ne voyait rien de déplacé, rien pour suggérer un fuseau déchiré, une terre ouverte, un nouveau cadeau offert – une armée ou un monstre.

« Pas encore », répondit Taristan, la voix aussi profonde que dans son souvenir. Elle sentait toujours les doigts de son époux dans ses cheveux, revoyait son sang sur son lit.

Erida jeta un coup d'œil à Ronin, puis contempla à nouveau le château brisé qui les entourait.

Elle prit une autre inspiration. Elle ne voyait pas trace d'un fuseau, mais elle sentait la vérité. « Un tremblement de terre a détruit ce château il y a vingt ans. On a dit que c'était la volonté des dieux ou un simple acte de la nature. Mais ce n'est pas vrai, n'est-ce pas ? » Le soleil qui frappait directement le vitrail illuminait Adalen. « Il y a ici un fuseau, fermé mais en attente. C'est lui qui a démoli le château, lui et rien d'autre. »

Les yeux du sorcier s'ouvrirent d'un coup, sa psalmodie interrompue. « Vos livres d'histoire le disent clairement à qui détient assez d'esprit pour le comprendre, siffla-t-il. Même les échos ont de la puissance. »

Ses yeux cernés de rouge coururent sur la peau d'Erida, des poignets à la gorge. La jeune reine eut l'impression d'un tisonnier porté au rouge, assez près pour dégager une chaleur étouffante mais pas suffisamment pour brûler. Elle releva le menton. Le sorcier ne prendrait pas l'ascendant sur elle avec ses tours de magie.

Ce fut Taristan qui se glissa entre eux, brisant le regard cru de Ronin.

« J'ai pensé que vous aimeriez assister à cela », dit-il, découpé contre les larmes d'Adalen.

Dans le ciel, un nuage passa devant le soleil, les plongeant dans l'ombre. Le vent les trouva dans ce cadavre de château et tira de ses doigts invisibles sur les vêtements de voyage de la reine, agita ses cheveux tressés en couronne autour de sa tête, chassant un rideau brun cendré devant ses yeux.

Elle rendit son regard à Taristan.

« En effet, cela me plairait. »

Tournant les talons, il s'approcha du vitrail et leva sa main libre, le poing serré. Sans émettre un son, il fracassa le visage de la déesse, projetant des éclats bleus et blancs sur le sol moussu. Quelques-uns se plantèrent dans ses phalanges et il les en ôta en grimaçant.

Il ressent encore la douleur.

Erida ouvrait de grands yeux, fascinée.

« Quand vous êtes venu à moi, je me suis demandé si tout cela n'était pas qu'une illusion », murmura-t-elle. Quelques gouttes de sang coulèrent des coupures de Taristan et tombèrent dans l'herbe avant que la peau ne se referme.

Il observa son poing où restait pas même l'ombre d'une cicatrice. « Vous trouvez que ça a l'air d'une illusion ? » gronda-t-il.

Le sol étouffait les pas de la reine tandis qu'elle avançait, ses jupes formant un cercle autour de ses jambes. « Un escroc et son sorcier familier », dit-elle en prenant la main de Taristan pour la faire tourner entre les siennes. Le sang était toujours là, mais rien d'autre. « Usant de magie mineure pour tromper une reine.

— De magie mineure », cracha Ronin, ses robes écarlates autour de lui. Il se leva souplement, aussi rouge que sa tenue. « Vous ne savez pas de quoi vous parlez. »

Erida s'empourpra, le regard pareil à une volée de flèches. Très peu d'individus en Terravast auraient osé lui parler sur ce ton. « Alors, éclaire-moi, sorcier. »

Ce fut Taristan qui répondit, l'épée levée, la poignée serrée au creux de son poing. L'arme reflétait son visage, les cicatrices d'un blanc nacré laissées par les égratignures sous son œil. « J'ai trouvé cette épée dans les trésors d'Iona, sous une forteresse des Aînés. On m'a traité de voleur pour avoir repris mon bien, une arme que maniaient mes ancêtres, alors même que mon frère portait sa jumelle. »

Il laissa courir le doigt sur l'étrange acier gravé de runes en une langue qu'Erida ne lisait pas. La reine tenta de visualiser l'enclave des Aînés, cachée du monde, entourée de brume. *Et la destruction qui s'y est introduite, un mortel de sang-du-Cor, doté d'une rancune immortelle et d'une volonté de fer.*

« Ce jour a été long à venir. C'est Ronin qui m'a trouvé et m'a dit ce que j'étais. Le sorcier rouge a sorti un mercenaire de la boue d'un camp retranché treckien et l'a changé en conquérant », continua Taristan, sa voix grave mais puissante résonnant dans la poitrine d'Erida. Sans réfléchir, il décrivit un moulinet erratique à l'aide de l'épée. « Je savais dans ma chair que j'étais différent, que je n'étais pas un homme comme ceux qui m'entouraient, satisfaits de se battre, de baiser, de cultiver les champs, de boire leur argent et de pisser leur vie jusqu'à ce qu'il n'en reste rien. Je voulais l'horizon davantage que n'importe quel nectar, n'importe quel trésor, n'importe quelle concubine. »

Ronin releva le menton, le regardant comme il aurait regardé un fils bien-aimé. Il passa près de lui, effleurant son épaule d'une main blanche. « C'est la tradition du Vieux Cor. De tous tes pareils, déclara le sorcier en continuant d'avancer. C'est le fuseau dans ton sang.

— Vous êtes enfants de la traversée », intervint Erida, se rappelant ses leçons de son mieux. À l'héritière du Galland, on avait enseigné l'histoire du Vieux Cor autant que toute autre partie de son héritage. Son père lui en contait les épisodes le soir pour l'endormir. *Enfants de la traversée, enfants de la conquête. Destinés à régner sur le monde entier, mais ils sont tombés. Ils ont échoué. Nous sommes leurs successeurs.*

Et je le prouverai. Elle en était convaincue.

Taristan se retourna, sa haute silhouette se découpant contre le vitrail brisé. Il semblait contempler les ruines du château Vergon, mais la reine savait qu'il voyait plus loin que cela. En arrière. Dans son propre passé.

« Les Aînés ont pris mon frère, plus âgé de quelques minutes, ils l'ont choisi pour quelques secondes de vie en plus, pour rien d'autre. Il serait leur champion, leur empereur, leur chien, leur épée pour tailler un chemin qui les ramènerait chez eux. » Les mots lui étaient comme arrachés ; la couleur montait à ses joues pâles. Le fils du Vieux Cor traça une ligne furieuse dans la mousse, tranchant comme de la chair le tapis vert. Quoique grand et puissant, prince du Galland, prince du Vieux Cor, insensible aux blessures, méprisant la douleur, il inspirait à Erida de la pitié. *Non, pas le Taristan d'aujourd'hui. Mais le garçon qui a grandi tout seul, abandonné, sans rien posséder d'autre que la route sous ses pieds.* « Ils m'ont laissé hurlant dans la nature. Et je suis devenu l'épée de quelqu'un d'autre, la bête de quelqu'un d'autre. »

Le battement de cœur d'Erida se fit erratique. *La mienne,* songea-t-elle trop vite.

Il croisa de nouveau son regard mais n'ajouta rien. Un muscle tressautant dans sa joue. Une partie de lui hésitait, se retenait. Le regard de la reine descendit sur sa gorge : des veines blanches gonflaient au niveau du col, visibles sous les lacets. Elles s'étaient étendues depuis leur dernière rencontre, comme les racines d'un arbre.

Ronin passa au milieu du couple royal et adressa à Erida un regard méprisant, exposant de petites dents.

Elle ravala sa révulsion. *Écarte-toi de moi, espèce de rat,* pensa-t-elle.

« Vous servez vos dieux, des juges silencieux dans leur prison de verre coloré, morts. Leurs prêtres parlent au nom d'ossements depuis longtemps tombés en poussière, déclara le sorcier. Si ces dieux ont jamais eu des os. »

Une bouffée de chaleur accablait Erida. La sueur perlait sur sa nuque comme si elle avait la fièvre, comme si elle était malade. Les dernières paroles de Ronin ne cessaient de tourner dans son esprit.

« Et qui servez-vous, Taristan ? » demanda-t-elle d'une voix tremblante.

Son mari baissa ses yeux noirs.

« Vous le connaissez sous le nom de Ce-qui-attend. »

La première impulsion d'Erida fut de s'esclaffer, mais rire de Taristan du Vieux Cor lui semblait synonyme de signer son arrêt de mort. Sa deuxième impulsion fut d'appeler ses chevaliers. De sacrifier autant de gardes-lions que nécessaire pour échapper au fou furieux auquel elle s'était stupidement enchaînée.

La troisième impulsion, plus forte, plus sombre, était aussi ancrée plus profondément que les autres.

Pour moi, Ce-qui-attend sort d'une histoire de fantômes, c'est le méchant des fables, l'ombre sous le lit ou le craquement sous la porte. Il change de conte en conte. Les Ténèbres rouges, le Roi déchiré d'Asunder. Il est les deux et aucun. Il n'est pas réel.

Il n'est pas réel.

Les yeux plongés dans ceux de Taristan, cependant, elle ne pouvait le dire à haute voix. Une nouvelle fois, elle vit l'étrange éclat, l'écarlate mouvant au milieu du noir, un éclair ou un reflet. Elle balaya du regard le décor qui les entourait. Il n'y avait pas de rouge devant lui, seulement du vert, du gris et du bleu. *Comment est-ce possible ?*

Qu'ai-je fait ?

Que ferai-je encore ?

À nouveau, elle s'attendait à des regrets, des remords qui ne vinrent pas. *Mon ambition est plus forte que n'importe quelle honte.*

« Ce-qui-attend », s'entendit-elle répéter, en détachant bien les mots. Ses dames auraient pouffé d'entendre sa voix trembler. Monseigneur Konegin s'en serait délecté. *Et leurs opinions n'ont aucun intérêt.* « Donc, tu es bien prêtre, sorcier. D'une certaine manière. »

Ronin se para d'un sourire haineux. « Prêtre du seul dieu que ce monde connaîtra jamais.

— Et toi, Erida ? » demanda Taristan, s'approchant jusqu'à ce qu'ils ne soient plus séparés que de quelques centimètres. Air et acier, souffle chaud et lamefuseau. « Le serviras-tu comme nous le servons ? »

Ai-je le choix ? Sans savoir pourquoi, en regardant dans les yeux du Vieux Cor, elle comprit que oui. Taristan la dominait de sa stature et la fixait sans bouger de ses iris noirs, d'ordinaire si indéchiffrables, à présent emplis d'un sombre et triste espoir.

Les doigts de la reine effleurèrent les cicatrices sur la joue de son mari, un contact bref, léger comme une plume. La peau blanche paraissait aussi chaude qu'une flamme. « Il y a des briseurs de châteaux, des briseurs de chaînes, des briseurs de rois et de royaumes, dit-elle d'une voix de fer.

— Lequel suis-je ? »

Le pouvoir courait dans les veines d'Erida, délicieux, séducteur. Elle en voulait plus ; il lui en fallait plus. « Tu es un briseur de terres, Taristan. Tu voudrais détruire notre monde et bâtir un empire sur ses ruines. »

Un feu lui brûla le poignet quand la rude main de son époux effleura la sienne.

Elle se tenait là sans trône, sans couronne, sans aucun symbole de la souveraine qu'elle était de naissance. Pourtant, elle ne s'était jamais sentie aussi royale.

« Moi aussi. »

Le sourire de Taristan évoquait un loup, un lion, un dragon. Tous les prédateurs de Terravast réunis en un seul visage, avec leur beauté féroce et le danger qu'ils représentaient. Ce fut en sentant un courant d'air sur les gencives qu'elle sut arborer un sourire identique au sien.

Cuir et fer furent glissés entre ses mains avant qu'elle n'eût le temps de s'en rendre compte, et ses doigts se refermèrent sur la poignée de la lamefuseau. L'épée était tendue, sa pointe à deux doigts du cœur de Taristan – qui se pencha pour presser le torse contre la pointe acérée. Un peu plus et il saignerait.

Le sourire d'Erida s'élargit. Le contact de l'arme lui plaisait.

Avec des gestes délibérés, sans jamais détourner le regard du sien, Taristan posa la paume sur la lame tranchante.

« Laisse-moi saigner pour toi », murmura-t-il.

La reine n'avait pas besoin d'autre encouragement : elle tira sur l'épée, pratiquant une longue coupure sur la paume de son époux. La lame se couvrit de rouge sombre, gainée d'un sang pareil à du sirop.

« Voilà », dit Ronin en contemplant le visage pulvérisé d'Adalen. Le soleil luisait à travers la brèche, révélant une poussière si épaisse qu'elle semblait presque assez solide pour être touchée. Le sorcier fit exactement cela, levant une main blanche aux doigts tremblants pour la passer dans les rayons lumineux.

Taristan reprit l'épée sans un mot. Les deux mains serrées sur sa poignée, il marcha d'un pas raide jusqu'au vitrail d'Adalen et la brandit, tel un bûcheron devant un arbre.

La lamefuseau trancha l'air, reflétant un instant le soleil lorsqu'elle en traversa les rayons.

Alors la lumière même se fendit, vola en éclats à l'image du vitrail, répandant des fragments jaunes et blancs. Un crépitement emplit l'air, le son d'un fer rouge plongé dans l'eau, d'une pièce de soie ou d'un parchemin déchiré – Erida aurait été incapable de le dire. Ce n'était rien de connu, rien qu'elle ait jamais entendu. Le son résonna dans l'air, dans ses os, remonta en vibrant le long de sa colonne vertébrale jusqu'à lui donner l'impression qu'il allait l'étouffer. L'air sur son visage, agressif, lui picotait les joues comme les premières atteintes du gel. Sa bouche s'ouvrit toute grande, tandis qu'elle prenait une longue inspiration, et elle sentit à la fois le goût du fer et celui du sang.

Toute sa vie, comme la plupart des enfants, elle avait imaginé les fuseaux. Les récits variaient ; l'Histoire était vague. Cela faisait mille ans : seuls certains Aînés s'en souvenaient et, ces derniers siècles, ils n'avaient guère été communicatifs. Même à présent, la jeune reine avait en tête l'image d'un grand pilier pareil à un éclair, veiné de pourpre, figé dans son éclat, abritant une arche qui menait au monde suivant. Une porte ouverte. Une colonne. Quelque chose d'assez énorme et d'assez beau pour receler un pouvoir aussi rare.

Elle se trompait.

Le fil était suspendu dans l'air, haut de sept pieds, fin comme une aiguille et facile à manquer si on l'observait sous le mauvais angle. Il étincelait, d'or puis d'argent, vacillant comme le soleil sur un plan d'eau paisible.

Taristan le fixait, transfiguré, et le fuseau se reflétait dans ses yeux d'un noir de charbon, fendait leur obscurité. Le prince ne se soucia pas de nettoyer son épée : il la rangea au fourreau avant de passer la main aussi près du phénomène qu'il l'osa. Le fil lumineux s'inclina, se tendit vers sa peau, à un pouce de laquelle il s'arrêta.

La reine serra les dents et recula d'un petit pas. Ce qui allait franchir le seuil, et ce pouvait être n'importe quoi, n'éprouverait aucune loyauté envers elle. Elle déglutit avec peine, tentant de ne pas montrer sa peur.

Son époux ressentit tout de même son malaise et se détourna du fuseau. Quand il observa son visage, elle se sentit pâlir.

« T'aurais-je effrayée ? demanda-t-il d'une voix trop douce. Tu n'es pas idiote, et seule une idiote n'aurait pas peur. »

Erida aurait voulu mentir. Admettre une faiblesse n'était pas un luxe que pouvait s'offrir une reine.

« Je suis terrifiée », se força-t-elle à avouer.

Le fuseau luisait pour elle, l'attirait. Elle sentit ses entrailles se tordre en réponse, tous ses nerfs chanter une alarme. L'or et l'argent étincelaient. En eux résidait une autre couleur. D'abord, elle crut à du noir mais, après un examen plus attentif, reconnut le plus foncé et le plus fatal des rouges. Elle le sentit comme un souffle sur sa peau, doux et inquiétant. Une promesse. Cela l'observait.

Ce-qui-attend.

Elle releva le menton. « Et j'ai l'intention d'utiliser cette terreur à mon avantage.

— Bien. » La fierté marqua le visage de Taristan, qui baissa la main. « La peur ne doit pas être ignorée, seulement maîtrisée.

C'est une leçon que j'ai apprise il y a longtemps. Il est bon que je n'aie pas besoin de te l'enseigner.

— Où mène ce seuil ? » voulut-elle savoir en faisant un autre pas – cette fois en avant, ses pieds bougeant d'eux-mêmes tandis que son esprit énumérait toutes les raisons qu'elle avait de rester loin. Le fuseau lui faisait dresser les cheveux sur la nuque. « Qu'est-ce qui va arriver ? Une autre armée ? »

Elle le fixait de près à présent, s'attendant à apercevoir ce qui se trouvait au-delà. Mais elle ne vit rien du tout, pas même la présence rouge. Le fuseau sifflait, un serpent tenant ses ennemis à distance.

« Les bienfaits de Ce-qui-attend », murmura Ronin.

Il se porta auprès de Taristan. Quoique presque nain à côté de l'homme du Vieux Cor, avec sa silhouette chétive, il ne paraissait pas petit. Le fuseau l'emplissait d'une puissance à laquelle Erida n'aurait su donner un nom. Le magicien poussa Taristan du coude.

« Prends ce qui t'est offert », l'encouragea-t-il.

Le fuseau luisait dans les yeux du prince – qui le regarda fixement, sans ciller, avant d'y plonger soudain la main.

Erida s'attendait à ce qu'il se retrouve brûlé, coupé, blessé d'une manière ou d'une autre. Au lieu de cela, ses doigts s'enfoncèrent aussi aisément qu'entre deux rideaux, écartant les pans de cette terre pour atteindre la suivante. Toute sa main disparut, puis son poignet et son bras, bien au-dessus du coude. De l'autre côté, il n'y avait que le vide.

La bouche de Taristan se crispa et ses dents se serrèrent avec force tandis que son corps tressautait – une seule fois. S'il souffrait, il ne le montrait pas.

« Taristan », s'entendit chuchoter Erida. À sa propre surprise, elle le prit par l'épaule, trouva une prise dans ses habits de cuir, et s'efforça de le tirer en arrière.

Le fuseau le rendit sans difficulté.

Des diamants gros comme des œufs, sans défaut, hors pair, échappèrent à sa main, roulant sur ses doigts pour atterrir dans l'herbe. Erida les prit d'abord pour des blocs de glace, certains bruts, d'autres clairs, trop gros et trop nombreux pour être des gemmes. Elle en ramassa un, s'attendant à le trouver gelé. Au lieu de cela, elle sentit une pierre dure et pesante au creux de sa paume.

« Irridas, souffla Ronin en se penchant pour inspecter les pierres. Le monde étincelant.

— Patrie de Tiber, dieu des richesses », renchérit-elle par réflexe, citant les écritures.

Les pierres étaient splendides, mais Erida régnait sur un riche royaume. Il était difficile d'impressionner une femme comme elle avec des joyaux. Elle se redressa, un diamant dans sa main serrée, fixant le visage de Taristan.

Quand les lèvres fines de son mari s'étirèrent en l'ombre d'un sourire, elle déglutit. « Et quoi d'autre ?

— Rien ne t'échappe », répondit-il en lui prenant la gemme. Sa peau nue était déjà pâle, mais Erida remarqua la progression régulière des veines blanches dans sa chair. Elles ressemblaient à celles qui se trouvaient déjà sur sa poitrine, croissant, se ramifiant, tandis que quelque chose croissait et se ramifiait en lui.

Ses doigts se refermèrent sur le diamant. Ses articulations saillirent, les os durs tendant la peau, et la pierre tomba en poussière, coulant comme de la lumière d'étoile entre ses doigts.

Cette fois, il sourit de toutes ses dents blanches, prédateur fondant sur sa proie.

Sa chair brûlait quand il leva la main vers le visage de la reine et la posa sur sa joue. Son sang lui laissa une trace visqueuse sur la peau mais, curieusement, elle n'en fut pas dérangée.

Dans le fuseau, quelque chose gronda.

26

Douleur et peur

Corayne

Sigil montait à cheval comme volent les oiseaux, avec une aisance incroyable, impossible, une seconde nature. Les Temur étaient des cavaliers légendaires qui naissaient pratiquement en selle, et elle ne faisait pas exception à la règle. Sa monture n'était pas un poney des steppes mais un hunter marron aux longues jambes et à l'étoile blanche sur le front.

Elle conservait une corde attachée au pommeau de sa selle et à celui de Charlie, qu'elle forçait à conserver la même allure qu'elle sans se soucier de ses regards noirs. Il rebondissait sur sa mule comme un sac de pommes de terre, et, à chaque arrêt, marchait prudemment, en faisant la grimace. Pas plus que Corayne il n'était très à l'aise en selle, et Sigil ne cessait de le railler à ce sujet. Leurs rapports étaient curieux, bourrus mais civils, en dépit du fait que l'une comptait amener l'autre au pied de l'échafaud. Ils partageaient de vieilles plaisanteries et d'encore plus vieilles insultes. De toute évidence, la chasseuse de primes poursuivait le faussaire depuis très longtemps.

« Je ne suis pas fâchée de sortir de ce marais », admit Sigil en levant le visage vers le soleil tandis qu'ils trottaient le long d'un chemin de campagne. Des taches de rousseur parsemaient ses joues. Elle les menait vers le sud-ouest, laissant derrière eux les brumes adiriennes. Corayne connaissait la géographie aussi bien que n'importe qui mais n'avait aucune idée d'où ils se rendaient.

Sorasa oscillait au rythme de son cheval, son capuchon à nouveau relevé. « Je n'arrive pas à croire que tu sois restée si longtemps les pieds dans la boue à attendre un butin aussi insignifiant », fit-elle en lançant un regard de côté à Charlie.

Sigil se redressa fièrement. « Je n'ai jamais manqué de ramener un criminel à la justice.

— Et tu n'as jamais manqué d'encaisser le prix du sang, s'esclaffa Charlie près d'elle, moqueur.

— Le prix du sang ? Épargne-nous ta morale, prêtre, renvoya-t-elle en souriant. Il me semble qu'entre autres choses on t'accuse de meurtre. »

Sur sa propre monture, Andry toussa, faisant de son mieux pour dissimuler une grimace désapprobatrice. *Et son mieux n'est pas très bon,* se dit Corayne en voyant l'écuyer se tortiller. Dom, le visage figé, tentait de masquer sa propre consternation. *Te voilà entouré de criminels, prince,* songea la jeune fille.

« C'était lui ou moi », assura Charlie avec légèreté, en agitant la main. Le mouvement faillit le faire choir de sa selle. « Garion des Amhara m'a bien appris cette leçon. »

Un autre Amhara ? Avant que Corayne n'ouvre la bouche pour s'en informer, Sorasa lança un regard malicieux au faussaire par-dessous son capuchon.

« Je dirais que tu lui as appris une ou deux choses aussi », déclara-t-elle en lâchant son rire sec et contenu.

Charlie s'empourpra d'un rouge furieux mais rit avec elle, et ils échangèrent un regard éloquent. *Encore une histoire bizarre, plus longue qu'on ne pourrait le croire.* À les regarder tous les deux, Corayne ne pouvait se défendre d'être amusée. Ils lui rappelaient l'équipage du *Fils des tempêtes*, un ramassis de tueurs et de bandits, à l'aise ensemble mais pas moins dangereux pour autant.

La chasseuse de primes tendit le cou pour regarder en arrière, se tordant dans son armure de cuir. Son propre sourire était cassant. « Je m'étonne que Garion ne t'ait pas attendu dans les marais, comme moi. Tu n'étais pas exactement difficile à trouver. »

Le sourire de Charlie s'effaça, remplacé par un froncement de sourcils douloureux. Avec un mouvement maladroit, le faussaire se laissa glisser à bas de sa selle et atterrit rudement dans la poussière de la route. « Je crois que je vais marcher un moment », grommela-t-il, titubant sur des jambes mal assurées pour mettre un peu de distance entre eux.

Sigil le laissa prendre du retard.

« Ce n'était pas gentil », commenta Sorasa d'une voix neutre, sans jugement – une simple affirmation.

Sigil haussa les épaules. « Je ne suis pas payée pour être gentille. »

Andry se pencha pour réduire la distance qui le séparait de Corayne. « Elle est peut-être encore plus dure que Sorasa », dit-il du coin des lèvres.

Dom, qui fermait la marche, eut un rire moqueur. « Je ne savais pas qu'il y avait un concours de la pire personnalité », croassa-t-il.

Sorasa répondit du tac au tac. « Avec toi dans le coin, l'Aîné, ce n'est plus un concours. »

Sur la route, Charlie leva le pouce par-dessus son épaule, son malaise oublié. « Est-ce que tous les immortels ont un manche à balai dans le cul, ou c'est seulement lui ? »

Le rire général se répercuta dans les champs larsiens, agitant les hautes herbes. À la grande joie de Corayne, même les lèvres de Dom tressaillirent, trahissant un sourire.

« Debout. »

Corayne ouvrit les yeux avec un sursaut de terreur, s'attendant à voir son oncle, le sorcier rouge ou même Ce-qui-attend en personne, une ombre géante prête à la déchiqueter. Au lieu de cela, elle trouva Sorasa penchée au-dessus d'elle, le reflet du petit feu de camp dans ses yeux cuivrés.

Tremblante, la jeune fille se hissa sur les coudes et explora le campement du regard. Des braises luisaient dans un cercle de pierres. Tout à côté, un Charlie assis, à peine éveillé, enveloppé dans sa cape, tisonnait les flammes. Sigil le surveillait, alerte comme un faucon. La lune avait disparu mais les étoiles continuaient de briller. L'horizon oriental se teintait à peine de bleu.

« Il fait encore noir, protesta Corayne en se frottant le visage. Je ne suis pas de garde... »

Mais la sicaire la prit par l'épaule pour la mettre sur ses pieds. L'air nocturne la mordit cruellement quand sa cape s'ouvrit.

« Dépêche-toi. On n'a pas beaucoup de temps avant qu'ils ne reviennent », dit Sorasa en la poussant vers le feu, près duquel se tenait Sigil. La jeune fille titubait, tentant de reprendre ses esprits alors que le sommeil s'évanouissait en elle. « J'aurais dû faire ça depuis longtemps. »

Faire quoi ? se demanda Corayne en s'éveillant tout à fait. Elle ouvrit grand les yeux et fixa Sigil, dont l'attention quitta pour elle le prêtre fugitif. Le doute la saisit alors, teinté de peur. Avec un sursaut, elle réalisa que Dom et Andry avaient disparu, puisqu'il n'y avait plus personne là où ils s'étaient installés pour dormir.

« Où est Dom ? » s'enquit-elle, mal à l'aise, méfiante. Autant que ses protecteurs puissent l'embarrasser, elle se sentait toute nue sans eux. Trop vulnérable. « Et Andry ? »

Sorasa lui lâcha le bras, les laissant toutes les deux plantées au centre du campement. Elle croisa les bras sur la poitrine et recula d'un pas, tapant du pied. « Le renfrogné ambulant et le noble écuyer sont partis chercher le petit déjeuner. »

Corayne faillit sursauter quand Sigil se mit à tourner autour d'elle comme d'un cheval vendu aux enchères. Déglutissant, elle entreprit de tourner elle aussi, pour la garder en vue. « Je peux faire quelque chose pour toi, Sigil ?

— La lamefuseau est trop longue pour qu'elle la manie correctement », dit enfin la chasseuse de primes en la prenant par les épaules. La jeune fille se déroba, surprise, en se sentant secouée. « Elle n'est pas non plus assez lourde pour une hache. Pourquoi pas des lames digitales ? »

Il fallut à l'intéressée une seconde pour comprendre que Sigil ne s'adressait pas à elle.

« Elle est trop lente, répondit Sorasa, qui la mesurait également du regard. Le tir à l'arc est aussi hors de question. »

Corayne les considérait tour à tour, le front plissé, pour une fois complètement perdue. Puis toutes les pièces du puzzle se mirent en place en même temps. « Est-ce que… est-ce que vous allez m'apprendre à me battre ? »

La lumière du feu étincela sur les dents de Sorasa. « Si j'avais un an devant moi, oui. Je pourrais te rendre passable », répliqua-t-elle avec un sourire en coin. Puis elle la détailla de bas en haut et secoua la tête. « Si jamais je rencontre ta mère, j'aurai deux mots à lui dire. Quelle leçon à négliger ! »

Mes compétences de combat ne sont pas la seule chose qu'elle a négligée, songea Corayne, amère.

« Même quand ce n'est pas l'apocalypse, le monde est dangereux pour les femmes », ajouta Sorasa, en désignant tour à tour la chasseuse de primes et elle-même.

Sigil eut un large sourire. « Alors on est devenues dangereuses.

— Tu veux danser avec nous ? » La sicaire tendit la main en un geste de cavalier au cours d'un bal. « Nous qui n'avons notre place nulle part ? »

Tout agacement ou toute anxiété né de son sommeil interrompu s'effaça : Corayne hocha la tête avec empressement, songeant à la lamefuseau dans son fourreau et au long poignard acheté à Adira. *« Nous qui n'avons notre place nulle part. »*

« Apprends-moi », dit-elle, retenant son souffle.

Elle mordit la poussière avant de comprendre ce qui lui arrivait, renversée sans même un avertissement. « Mais, qu'est-ce qui te prend, bor… », s'exclama-t-elle, la respiration sifflante, en se remettant difficilement sur ses pieds.

Pour atterrir de nouveau par terre, alors que Sorasa se déplaçait en un éclair de membres flous.

La jeune fille tomba à plat sur le dos en crachotant, alors que l'air quittait brutalement ses poumons. Elle entendit Charlie rire en sourdine, enveloppé dans sa cape. Sigil ne se joignit pas au combat, se contentant d'observer en silence.

Sorasa se pencha au-dessus de Corayne comme elle l'avait fait quelques minutes plus tôt, avec un sourire exaspérant aux lèvres. Agitant ses doigts tatoués, elle lui tendit la main.

« C'est la manière douce, ça ? » se força à demander son élève, cherchant à reprendre son souffle.

Sorasa tira avec force pour la hisser sur ses pieds. « Absolument, rétorqua-t-elle. Maintenant, tiens-toi mieux. Sur la pointe des pieds. Tu auras un meilleur équilibre et tu changeras plus facilement de direction. »

La sicaire fit la démonstration, décollant la plante des pieds du sol pour se dresser, les jambes légèrement fléchies. Elle commença à osciller d'avant en arrière, les épaules et les genoux alignés. Corayne imita autant que possible la posture. Cette fois, quand Sorasa attaqua, elle parvint à rester debout trois secondes complètes avant de se retrouver par terre.

Elle fit la grimace, le dos un peu douloureux. « Désolée, grinça-t-elle, éprouvant dans sa fierté la morsure de l'échec.

— C'était mieux, répondit seulement Sorasa quand elle l'aida encore à se relever.

— Je devrais peut-être juste retourner dormir », avança Corayne en se massant l'épaule. Toutefois, elle demeurait sur la pointe des pieds, prête, au cas où on l'attaquerait à nouveau. « Laisser le combat aux gens qui s'y connaissent. »

Sorasa fit mine de ne pas l'entendre.

« Je ne crois pas qu'on ait une épée assez légère pour elle. » Sigil recommença à décrire des cercles. Quoique pas encore en armure, elle paraissait gigantesque. « À moins que tu ne veuilles lui donner la tienne ?

— J'aimerais mieux lui offrir un bras, s'esclaffa Sorasa avant de se retourner vers Corayne. Il faudra que la dague que tu as achetée à Adira fasse l'affaire. » Elle la tira des fontes de la jeune fille. La lame étincela à la lueur des braises : très simple, le fil aiguisé et la poignée recouverte de cuir. La sicaire frappa dans l'air, de taille puis d'estoc. « Bien équilibrée... tu peux la prendre à une ou deux mains. Je conseille deux si tu veux vraiment faire mal. »

La dague dansait toujours, glissant autour de ses doigts dans un mouvement trop rapide pour que l'œil le saisisse.

« Cabotine », gronda Charlie en prenant une gorgée d'eau à sa gourde. *Non, c'est du vin,* réalisa Corayne lorsqu'elle vit un liquide noir couler sur les lèvres du faussaire.

« Tiens. » Sorasa, se rappelant à son attention, mit la dague dans ses mains mal assurées.

La jeune fille serra les dents lorsqu'elle referma les doigts sur la poignée. Si la lamefuseau était trop lourde pour elle, elle lui était au moins familière. Cette arme-là lui paraissait étrange entre ses mains, déplacée.

Sorasa ne lui laissa qu'un moment pour s'adapter avant de corriger sa prise. Elle redisposa ses doigts, les dépliant et les repliant l'un après l'autre. « Serré mais pas trop, tu comprends ? Ne bloque pas tes articulations, ni celles des mains ni les autres. »

Une nouvelle fois, Corayne rougit. Elle détestait mal faire et n'en avait pas beaucoup l'expérience. *Du moins, c'était le cas autrefois, jusqu'à ce que le monde décide de me tomber sur la tête.*

« Bien », acquiesça Sorasa en observant sa main. Sa propre lame, ou plutôt une de ses nombreuses lames, étincela avant que son élève comprenne seulement qu'elle l'avait tirée. La jeune fille blêmit et recula d'un pas. « Ne t'inquiète pas, l'encouragea la sicaire. Tu es à plusieurs générations de pouvoir croiser le fer avec moi. Contente-toi de regarder, d'imiter, de mémoriser. Ça, tu sais faire, hein ? »

Oui, je sais, songea Corayne, dont la rougeur céda la place à un sourire timide.

Les exercices n'étaient pas difficiles, fondés sur la répétition et la mémoire. *Dégainer, parer, frapper d'estoc, frapper de taille, tenir la poignée à deux mains, revers, changement de main.* Corayne ne mettait pas la même force derrière ses coups, et sa forme n'était rien comparée à celle d'une Amhara, déchue ou non. *Mais c'est mettre quelque chose là où, auparavant, il n'y avait rien,* pensa-t-elle en épongeant une goutte de sueur.

« Excellent… au moins, maintenant, je sais tenir une dague », lâcha-t-elle quand Sorasa ralentit, en rangeant son arme à sa ceinture.

La sicaire eut un sourire en coin. « Si seulement tu savais tenir ta langue. »

Jusqu'alors, Sigil s'était contentée d'observer. Elle passa aux actes : tout en roulant les épaules, elle fit signe à Sorasa de s'écarter. « Voyons si tu sais balancer un coup de poing, sang-du-Cor, annonça-t-elle en baissant sa garde et en s'inclinant pour mettre son visage à portée. Vas-y. »

Derrière elle, Charlie fit le geste de porter un coup. « Elle ne plaisante pas.

— Ne serre pas le pouce dans ton poing, sauf si tu veux te casser la main », ajouta Sorasa en s'asseyant près du faussaire sur le sol herbu, penchée en arrière.

Corayne les observa tous les deux en clignant des paupières, puis se retourna vers Sigil. La chasseuse de primes se contenta de lui rendre son regard, dans l'expectative. Le bord de sa mâchoire ressemblait à une enclume.

« C'est comme ça que les Temur montrent leur affection ? » demanda Corayne d'une voix faible en carrant les épaules. *Tiens-toi mieux*, songea-t-elle en modifiant sa posture.

« Nous autres, Temur, usons librement de notre amour et de notre colère », répondit Sigil comme on énonce un fait. Elle inclina la tête, présentant le visage pour un coup.

Lorsque ses phalanges atteignirent leur but, Corayne comprit qu'il s'agissait d'une très mauvaise idée. Elle hurla de douleur, la main en feu, et faillit tomber en se tenant le poignet. « Par les fuseaux », jura-t-elle en secouant des doigts déjà rouges, près d'enfler. « Larmes d'Adalen », s'exclama-t-elle encore, avant de continuer à jurer dans toutes les langues qu'elle connaissait.

Sigil se redressa en ricanant.

« Alors ? interrogea Sorasa, un sourcil haussé.

— Honnêtement, pas aussi mal que j'aurais cru », répondit la chasseuse de primes, qui paraissait étonnée.

Cela ne diminua pas la douleur de Corayne mais cela la rendit plus facile à supporter. « Tu n'es pas la première personne à qui je donne un coup de poing, siffla-t-elle entre ses dents, tout en continuant de secouer la main. Les autres, ça m'avait fait moins mal, c'est tout. »

Avec fierté, Sigil se gifla puis frappa du poing sa large poitrine. « Les os d'acier des Innombrables ne seront jamais brisés », se vanta-t-elle – un cri de ralliement des Temur.

Charlie ne la laissa pas se vanter longtemps. Il inclina la tête sur le côté, faisant mine de réfléchir. « Je ne t'ai pas cassé le bras, à Pennaline ?

— Ce n'est pas toi qui m'as cassé le bras, c'est ton amoureux, répondit sèchement Sigil en pliant et dépliant le bras en question, sur lequel Corayne ne vit aucun signe de blessure. Et il s'est servi d'un marteau.

— Ah, oui, c'était le bon temps », fit Charlie, mélancolique.

Il paraissait déplacé de rire alors que tant de choses étaient en jeu, mais Corayne rit tout de même. « On ne vous a jamais dit que vous êtes bizarres, tous autant que vous êtes ? »

Sigil lui lança un clin d'œil. « Nous sommes *tous* bizarres, fille du Cor. Et tu es loin d'en avoir terminé », admit-elle, en lui faisant signe de recommencer. La jeune fille s'exécuta sans enthousiasme, affrontant une chasseuse de primes deux fois plus massive qu'elle.

« Tape ici. Un, dit la Temur en levant la main droite, paume ouverte. Tape ici. Deux. » La main gauche. « Et ne garde pas les pieds en place. Baisse-toi quand je frappe.

— Je préférerais que tu ne frappes pas », marmonna Corayne, la main toujours en proie à une douleur cuisante.

Sigil ne lui laissa pas le temps de grommeler davantage, ses deux mains dansant l'une après l'autre. « Une, deux, deux, une, deux, une, une. » Elle levait l'une après l'autre ses paumes massives pour recevoir les coups.

Quand elle cria « Baisse-toi ! », Corayne, prête, se laissa tomber en souriant sous le balayage effectué par un long bras.

« Bien ! lança Sigil avec un large sourire, exposant de grosses dents. Bonne concentration. Tu as de la constance, tu sais où garder les yeux. C'est quelque chose. » Elle tapota Corayne sur le front. « Maintenant *baisse-toi* », caqueta-t-elle.

Je suppose que je devrais être habituée à me retrouver par terre, à l'heure qu'il est, songea Corayne en atterrissant dans l'herbe avec un choc douloureux. Elle lâcha un souffle saccadé. Il lui semblait avoir été frappée par les sabots d'un cheval au galop ; elle avait la tête qui tournait, et mal au coin de sa bouche humide d'un filet de sang.

« Est-ce que tu as peur ? » Le visage de Sorasa se profila au-dessus d'elle, couronné d'étoiles éblouissantes.

Corayne n'eut pas la force de mentir. « Oui. »

À en juger par le sourire que cela lui valut, c'était la bonne réponse.

« La peur est un instinct bien aiguisé, aussi utile que n'importe quelle lame d'acier, dit la sicaire. Elle m'a gardée en vie plus souvent que je ne saurais le dire. Alors conserve cette peur en toi, laisse-la t'emplir, laisse-la murmurer et te guider, mais ne la laisse pas te commander. »

Corayne hocha la tête en tremblant. « Je ne la laisserai pas me commander. »

Sorasa parut satisfaite. « Il n'y a pas de meilleures professeures que la peur et la douleur.

— Par les ailes de Baleïr, qu'est-ce que tu fais ? »

Un éclair de cheveux d'or et d'yeux émeraude poussa l'Ibalette hors de son chemin et hissa Corayne sur ses pieds. La jeune fille vacilla, mal assurée, serrant le bras qui s'offrait à la soutenir. Elle avait encore mal mais elle s'appuya sur cette douleur. *La douleur signifie que j'ai appris quelque chose.*

Sorasa retroussa les lèvres, tigre avant l'ouragan. Le rouge aux joues, elle planta un doigt dans la poitrine de l'Aîné. « Je fais ce qu'on aurait dû faire dès la première seconde quand on l'a trouvée. »

Dom s'empressa de relever le défi et renvoya du tac au tac : « Corayne est l'espoir du monde, la seule chose qui se tient entre Terravast et une destruction complète. »

La sicaire leva les mains, exaspérée, perdant petit à petit son infinie maîtrise de soi. « *Exactement !* Et elle doit savoir se défendre au cas où on ne pourrait pas le faire pour elle. »

Sentant qu'on lui tapotait la lèvre, Corayne se tourna pour trouver Andry près d'elle, un mouchoir au bord taché de rouge à la main. Elle le prit avec reconnaissance et le pressa contre sa bouche ensanglantée.

« Ça va. Ce sont de bonnes profs », dit-elle en se glissant entre Dom et Sorasa. *Presque aussi bonnes que la douleur et la peur.* « Même si je ne suis pas douée pour grand-chose. »

L'Aîné et la sicaire, qui se foudroyaient du regard, cessèrent au même moment précis, tournèrent les talons et s'éloignèrent. *Dieux merci*, songea Corayne.

Tandis que les autres s'employaient à préparer le petit déjeuner, Andry hésita, restant à proximité.

Corayne tâta sa lèvre du bout des doigts, puis se rendit compte qu'elle était sans doute couverte de poussière. Quoique Andry Trelland l'eût désormais vue dans toutes les tenues, elle se sentait étrangement gênée devant lui.

« Tu pourrais aussi améliorer tes qualités de cavalière », marmonna-t-il en laissant traîner une botte sur le sol.

Quand elle le frappa à l'épaule, elle prit soin de laisser le pouce en dehors.

27

Serpent

Andry

Ils montèrent à bord du navire marchand dans un village de pêcheurs, cette fois sur les conseils de Sigil, qui semblait savoir tout ce qu'ignorait Sorasa, en l'occurrence que le passage sur un vaisseau en partance pour Almasad était bon marché.

« Encore un maudit bateau », cracha Dom en contemplant la mer en contrebas.

Après deux jours sur l'eau, Andry remerciait sa bonne étoile de ne pas être affligé du mal de mer, condamné à se vider les entrailles par-dessus le bastingage, comme c'était le cas de son compagnon. L'Aîné allait un peu mieux ce jour-là, mais il restait aussi vert que sa cape, et accordait toute sa concentration aux vagues qui léchaient le flanc de la galère larsienne. Les autres évitaient de l'approcher ; seul Charlon ne cessait de lui proposer du vin qu'il refusait invariablement. Valtik lança sur lui un charme qui parut aggraver son malaise. Sorasa, elle, l'ignorait totalement pour tenir une grande conversation avec la chasseuse de primes à la proue du navire – deux femmes aussi différentes que la nuit et le jour.

Sigil, grande et large d'épaules, le visage tourné vers le ciel, jouissait de la lumière du jour. La sicaire était une ombre auprès de la louve du Temurijon : elle parlait en remuant à peine les lèvres, et son visage demeurait figé, alors que Sigil souriait ou grimaçait facilement.

Andry aurait voulu épier leurs propos, ne serait-ce que pour passer le temps.

Corayne, elle, essayait, restant aussi près qu'elle l'osait des deux femmes, au milieu du pont long et plat de la galère, cachée derrière une pile de caisses maintenue par un filet.

Elle sourit quand Andry se faufila jusqu'à elle et s'appuya au bastingage.

« Honorable écuyer, tu viens jouer les indiscrets avec moi ? » demanda-t-elle en le gratifiant d'un petit coup de coude.

Il eut le bras qui bourdonna à ce contact. « Je crois qu'elles m'écorcheraient vif si j'essayais, répondit-il sans mentir. Et toi ? Tu as compris de quoi elles parlent ?

— Je ne suis pas idiote mais je ne lis pas dans les pensées, Trelland. » Corayne plissa les yeux, tournée vers la proue, les sourcils froncés sous la concentration. « Quoi qu'elle ait promis à la chasseuse de primes, c'est forcément énorme. Quelque chose qui vaille plus cher que Charlie. »

Charlie. La familiarité de Corayne avec le fugitif madrentin n'était pas une surprise. Après tout, elle était habituée à fréquenter des criminels. Par ailleurs, elle passait la moitié de ses nuits à potasser les sceaux et les tampons du faussaire pour les mémoriser à son propre usage. Le prêtre déchu et la fille de la pirate étaient devenus amis rapidement.

« Elle s'est peut-être offerte elle-même, suggéra Andry. La tête des assassins doit être mise à prix. »

Corayne eut un petit rire. « Je crois que Sorasa vendrait jusqu'au dernier passager de ce navire avant de se risquer elle-même. »

Andry eut un large sourire. « Elle vendrait Dom deux fois », dit-il, ravi d'entendre Corayne pouffer à nouveau. Sans trop de réflexion, il ajouta : « Mais pas toi. » C'était après tout la vérité.

Le sourire de la jeune fille disparut comme s'il lui avait jeté un seau d'eau froide. Elle tourna le visage au vent, scrutant le vaste horizon bleu. Le soleil qui se reflétait sur les vagues ornait son visage de nuances d'or. Ses yeux demeuraient indéchiffrables, noirs comme la poix, deux trous prêts à engloutir le monde.

« Ils veillent tous sur moi comme si j'étais une gamine », murmura-t-elle, la main crispée sur le bastingage.

Andry pesa ses mots. S'il avait pu invoquer une tasse de thé pour elle, il l'aurait fait. *Mais menthe et miel ne changeront pas sa situation.*

« Ont-ils tort ? » demanda-t-il prudemment, en observant le visage de la jeune fille, dont le front se plissa. Elle ne bougea pas, mais il sentit à son attitude qu'elle avait envie de toucher l'épée dissimulée sous sa cape. « Si tu n'arrives pas devant le fuseau, alors tout cela ne sert à rien. »

Elle lui lança un regard vif, les dents découvertes. « Il y en a d'autres. Je ne suis pas la seule idiote sur Terre à avoir du sang-du-Cor dans les veines.

— Et où sont-ils, les autres ? » interrogea l'écuyer, d'une voix toujours douce. Andry Trelland avait vu à l'entraînement assez de chevaux affolés et d'écuyers au caractère volatil pour savoir conserver une apparence de calme. *Même si Corayne an-Amarat est plus terrifiante que tout le reste.* « Tu es notre meilleur espoir. Ce n'est pas sans conséquences. »

Elle soupira, croisant les bras sur la poitrine. « Est-ce qu'il faut absolument que, parmi ces conséquences, il y ait un immortel taciturne qui écoute mes battements de cœur ? gronda-t-elle en désignant de la tête Dom, à quelques toises de là.

— Si ça te garde en vie, oui. » La chaleur envahit ses joues, tandis qu'une rougeur se faisait jour sur sa peau brune. *C'était osé, ça, Trelland.* « Je veux dire qu'on a besoin que tu restes en vie... »

Corayne leva les mains. « On ne sait même pas comment ça fonctionne. Mon sang, la lame. Et ensuite quoi ? On l'agite ? » Elle renvoya sa cape en arrière pour l'effet théâtral, révélant un instant le fourreau accroché dans son dos. Le rouge aux joues, frustrée, elle passa la main dans sa chevelure dénouée. Ses mèches noires s'incurvaient dans l'air marin, se plaquaient à sa gorge.

« On traversera ce pont-là quand on y arrivera, marmonna-t-il en se forçant à détourner le regard. On a Valtik, et Charlon – Charlie – semble savoir de quoi il parle, même s'il est un peu jeune pour être à la fois prêtre *et* fugitif... »

La jeune fille se rapprocha de lui, s'arrangeant pour l'acculer le dos aux caisses. La bouche d'Andry se referma en claquant.

« Tu en as vu un, toi. Tu étais là-bas. Avec les Compagnons. »

Les omoplates pressées contre le bois, il sentit la chaleur se diffuser dans son corps. Son entraînement ne l'avait pas préparé à Corayne. Aux nobles dames timides derrière leurs mains, voire ourdissant des complots dans la soie, peut-être, mais pas à la fille qui se tenait devant lui, une épée dans le dos, des cartes dans les poches et une nuit sans étoiles dans les yeux.

« C'est maintenant que je suis avec les Compagnons », dit-il, s'efforçant de changer de sujet.

Elle leva vers lui des yeux furieux, la bouche entrouverte. « Tu étais là-bas », fit-elle, plus bas cette fois.

Je ne veux pas me rappeler. Je revois assez ça dans mes cauchemars. Mais il ne pouvait rien refuser à ces yeux-là. Il sentit ses dents grincer, émail contre émail. Le craquement du bois et des cordages, le clapotis des vagues, tout cela s'évanouit alors que le vent se faisait trop chaud sur son visage, et il n'entendit plus que des hurlements. Il tenta de les ignorer, tenta de revoir le temps d'avant, quand le monde était différent. Quand il était encore enfant.

Il commençait à pleuvoir. Les nuages pesaient au-dessus de nos têtes. Les portes du temple étaient closes, tout était calme. Ils étaient tous vivants.

« Je ne l'ai pas vu mais je l'ai senti », indiqua-t-il. Puis il ne vit plus que du noir : ses paupières s'étaient fermées avec force. Un peu de fraîcheur atteignit sa main quand Corayne l'effleura de ses doigts frêles mais volontaires. « C'était comme juste avant que la foudre ne tombe. »

Il se rappelait les poils de ses bras dressés tandis que les vibrations du lieu le bouleversaient au plus profond de son être. *Comme si le monde était déséquilibré.* Ses doigts se crispèrent et il éprouva tout cela à nouveau.

Andry se força à rouvrir les yeux, s'attendant presque à voir Taristan devant lui, pas la fille qui allait en annihiler les mauvaises actions. Il ne vit que Corayne. D'aussi près, il distinguait les taches de rousseur semées sur son nez, l'ombre d'un ancien bronzage sur ses joues. Elle ressemblait à son père et à son oncle, tout en étant totalement différente.

Une mouette cria, brisant sa concentration.

Sa main échappa à celle de la jeune fille. « Tu crois pouvoir trouver le fuseau ? » demanda-t-il en posant les coudes sur le bastingage. En s'écartant d'elle.

Elle plissa les lèvres et l'imita, mit un peu de distance entre eux. « Ehjer disait qu'ils naviguaient dans le Sarim, un courant côtier. » Son ton se durcit. On l'imaginait aisément sur le pont d'un autre navire, des papiers à la main, donnant des ordres à un équipage et à des marchands. « Près de la baie de Sarian, puisqu'ils ont réussi à rejoindre Adira. Et le monstre avait dévoré des marins de la flotte d'Or. »

Andry soupira, heurtant le bois de ses phalanges. « Comment réduire le champ de recherche ? L'Ibal dispose de la plus grande marine au monde.

— Divisée en flottes. La flotte de la Couronne patrouille dans le détroit de Terravast et au large d'Almasad, la flotte des Gemmes sur la côte sud, là où sont exploitées les mines de pierres précieuses. La flotte des Tempêtes poursuit les pillards jusqu'à la mer de Gloire. La flotte d'Or défend l'Aljer, les mâchoires de l'Ibal. » Ses ongles tapotaient le bastingage. « Je te parie toutes les pièces d'or du monde que le fuseau n'en est pas loin, dans l'eau ou à proximité. »

L'écuyer ne connaissait pas aussi bien Terravast qu'une fille de pirate, mais ses maîtres n'avaient pas négligé la géographie. L'Ibal était vaste, un puissant royaume de montagnes, de déserts, de fleuves et de côtes, ses cités pareilles à des pierres précieuses dans un bouclier d'or. Le grand port d'Almasad pouvait, disait-on, rivaliser avec Ascal, et la capitale, Qaliram, était encore plus magnifique, une merveille de monuments et de palais sur les bords du Ziron. Des troupeaux de chevaux sacrés traversaient le paysage tels des nuages d'orage, passant des prairies au désert sous la protection des lois ibalettes. Il y avait les Grands Sables, une mer de dunes semblables à des vagues dressées, coupée de canyons et de plaines de sel. Ensuite, les innombrables oasis, certaines assez grandes pour que des villes s'y soient construites, certaines n'accueillant que quelques palmiers. Et puis la célèbre côte ibalette, falaises et douces pentes au-dessus des eaux vert pâle où patrouillait la plus grande marine du monde. Les Cors avaient naguère conquis l'Ibal antique, mais non sans payer le prix fort : les rois locaux avaient survécu, ne le cédant en puissance qu'aux empereurs du Nord. Le cœur du garçon s'emballa à l'idée de voir de telles merveilles, des endroits aussi fabuleux, si loin du pays qu'il considérait comme le sien.

Il secoua la tête. « Ça laisse beaucoup de terrain à explorer. »

À sa surprise, Corayne haussa les épaules. Elle paraissait enchantée de ce défi, nullement découragée. « Comme tu disais, on a Valtik et à présent Charlie. Ils auront peut-être une idée. Si Taristan a pu découvrir un vieux fuseau, pourquoi pas eux ? »

Andry observa les experts en question. Tous les deux étaient fort occupés. Charlon, accroupi à l'ombre de la voile, la langue entre les dents, la loupe fichée dans l'orbite, une plume trempée dans l'encre à la main, noircissait avec soin un parchemin. Des documents de passage pour leur arrivée en Ibal. Il ressemblait à un crapaud hypertrophié, transpirant même à l'ombre. Valtik n'avait surpris personne en attrapant un poisson-dague rayé et couvert d'épines. Elle l'écailla, ignorant les regards noirs de l'équipage devant ce spectacle sanglant, puis le dévora tout cru presque entier, arborant un sourire rouge tout en chantonnant pour elle-même le compte des arêtes.

Ce n'est pas vraiment convaincant, comme vision.

Le navire de commerce filait sur l'eau, poussé par un vent puissant, sa proue fendant des vagues ondulées. Andry, qui ne s'était encore jamais trouvé hors de vue de la terre, aspira une bouffée d'air salé. Il s'attendait à se sentir mal à l'aise durant ce voyage, mais seule la faim lui agitait l'estomac.

Il sentait les yeux de Corayne sur son visage, l'observant lui plutôt que la surface des eaux. « Ta mère doit être à Aegironos à l'heure qu'il est, dit-elle, tandis que le vent lui agitait à nouveau les cheveux. Les navires partant pour la Kasie se ravitaillent dans le golfe des Voyageurs. Des eaux tranquilles. Une très belle ville. »

Il tenta de la visualiser. Tenta de voir sa mère souriante sous un soleil plus chaud, la peau de nouveau luisante, alors qu'elle se laissait aller dans un fauteuil. Il savait qu'elle désirait ce voyage, qu'elle voulait depuis des années revoir son pays. *Son vœu se réalise*, se dit-il, tentant d'atténuer la honte qui se cachait sous chaque pouce de sa peau. *Et elle sera en sécurité.*

« Tu as déjà visité le continent sud ? » demanda-t-il.

Corayne secoua la tête en se mordillant la lèvre. « Ma mère a du sang du Sud, donc moi aussi, mais je ne connais du monde que ce que m'en ont dit ceux qui avaient le droit de le voir.

— Tu le vois à présent. »

Elle le foudroya du regard. « Je ne crois pas que ça compte, Trelland.

— Peut-être après. » Il haussa les épaules. *Après* paraissait tellement insensé et impossible, bien au-delà de leur portée. Ils mourraient sans doute en sauvant le monde ou bien pendant l'apocalypse qui suivrait leur échec. Mais l'espoir d'un après, aussi lointain qu'il fût, lui faisait comme un baume sur une peau fiévreuse. Andry s'y plongea, poursuivant la sensation.

« Je ne peux plus exactement être écuyer. » *Pas au service d'une reine qui essaie de me tuer.* « Avant de mourir, un des Compagnons – un chevalier de Kasie qui s'appelait Okran – m'a invité à Benaï. » *Peut-être mon dernier bon souvenir avant que tout ne se transforme en cendres.* Andry aurait voulu revenir en arrière, empoigner les rênes du cheval d'Okran, l'entraîner loin du temple et de la mort. « Il a promis de me montrer le pays de ma mère, et son peuple. »

Le visage de Corayne était tout à fait immobile ; seuls ses yeux bougeaient. Andry se sentit fouillé. Elle lisait en lui comme en ses cartes, reliant un point à un autre, atteignant une conclusion qu'il ne pouvait connaître.

Malgré cela, il vit qu'elle comprenait. Corayne était plus que lui assoiffée du monde. Elle savait ce que c'était que regarder l'horizon en formant des vœux.

« Peut-être après, murmura-t-elle. Ta mère pourra te montrer tout ça elle-même. »

L'espoir coulait dans la poitrine d'Andry, glissait entre ses doigts, laissant derrière lui une vague douleur. Quelque chose lui disait que ce rêve ne se réaliserait jamais.

Andry ne dormait pas sous le pont, où l'air était chargé et où des marins puants rotaient et lâchaient des pets toute la nuit. Seuls Charlon et Sigil pouvaient supporter cette atmosphère. D'ailleurs, la chasseuse de primes restait peut-être à proximité de son fugitif pour en prévenir toute tentative d'évasion – y compris au beau milieu de la mer. Seuls les dieux savaient où était Valtik, capable de disparaître n'importe où, même à bord d'une galère de commerce. *Sans doute pendue à une corde par-dessus bord, en train d'appâter des tortues pour récupérer leurs carapaces.*

Andry dormait donc sur le pont. Le balancement léger du navire le berçait. Il se sentait coincé entre sommeil et éveil, peu enclin à rêver du temple, de l'épée et du contact des mains rouges mutilées sur sa peau. Dans ses cauchemars, le cheval trébuchait, l'épée tombait, il glissait de sa selle et se faisait dévorer, l'espoir du monde mourant avec lui.

La lumière des étoiles traversait ses paupières, plus vive qu'il ne l'avait jamais vue. Si loin de la terre, de la fumée et de la lumière, les astres étaient pareils à des aiguilles appartenant à ce monde et plantées dans le paradis des dieux. Andry tentait d'ignorer Corayne qui somnolait à quelques pas de lui, en partie dissimulée par Domacridhan assis à son côté. Elle ne présentait sous sa cape qu'une masse informe, l'épée à moitié cachée près d'elle, une mèche de cheveux noirs ondulés visible sous le capuchon.

La première secousse parut insignifiante. Une vague errante. Une rafale de vent gonflant la voile.

Andry ouvrit les yeux pour découvrir la mer calme, la voile pendante. *Une illusion du sommeil,* songea-t-il. *Comme quand on a l'impression de tomber*. Même Dom ne remua pas, éternelle sentinelle contemplant ses bottes.

L'écuyer se laissa à nouveau aller en arrière, bien au chaud sous sa cape, l'air salé frais sur son visage. *Je ne sais pas pourquoi les gens se plaignent tant que ça de naviguer. C'est plutôt agréable.*

La deuxième secousse fit craquer la coque, et le vaisseau s'inclina sous eux. Un mouvement encore léger, souple, régulier. Un des hommes de quart murmura quelque chose à un autre en un larsien dur et sifflant, marqué de désorientation. Un autre se pencha par-dessus le bord de la galère, contemplant les eaux noires.

Andry vit Dom se redresser, son visage blanc encore plus pâle dans la pénombre, ses lèvres tressaillant sous sa barbe d'or. L'Aîné fixait la proue, où Sorasa dormait debout, les bras serrés autour d'elle-même en une solide étreinte.

Quelque chose se déroulait dans l'obscurité, hors des faibles sphères lumineuses qui se balançaient sur les mâts à la proue et à la poupe. L'écuyer regardait attentivement autour de lui, les yeux plissés.

Dom fut sur ses pieds en une seconde, élevant la voix pour lancer un avertissement, courant déjà.

Pour une fois, il ne fut pas assez rapide.

Un puissant bras vert et gris jaillit des ténèbres et s'enroula autour de la poitrine d'un marin. Humide, luisant, il réfléchissait la lumière tel un ventre de limace. L'homme lâcha un hoquet humide, tout l'air chassé de ses poumons, avant de passer par-dessus bord.

Andry cligna des paupières.

Quel rêve étrange.

Puis le bateau se souleva, Dom cria, et un autre marin passa par-dessus le bastingage, assez vivant pour hurler, les chevilles emprisonnées par un long cordage humide, incurvé et charnu.

Le son de sa voix fut coupé brutalement par la gifle des vagues lorsqu'il plongea sous la surface.

L'écuyer voulut se lever mais se prit les pieds dans sa cape, les membres toujours alourdis par le sommeil. « Qu'est-ce que c'est ? » s'entendit-il demander d'une voix rauque.

Les lanternes se balançaient au rythme des évolutions du navire, différent de celui des vagues. Quelque chose les poussait. Quelque chose agitait la galère comme un jouet.

Corayne cligna des paupières, le regard brouillé, tandis que Dom la hissait sur ses pieds et lui mettait la lamefuseau entre les bras. Ses yeux trouvèrent Andry, alors que leurs lèvres formaient la même question et que le bateau oscillait sous leurs pieds.

Ses paroles moururent avec l'homme d'équipage suivant : une queue incurvée pareille à un fouet s'enroula autour de sa gorge et le fit passer par-dessus bord. Andry, bouche bée, regarda ce Larsien de près de cent kilos disparaître dans la mer.

« Le fuseau », souffla l'écuyer, sentant la terreur lui griffer la gorge. *Était-il là ? Dans les vagues en dessous d'eux ?* Non : il n'y avait pas d'électricité caractéristique dans l'air, aucune anomalie. Seulement la nuit qui s'emplissait de hurlements. Le fuseau était encore loin mais ses monstres s'étaient déployés largement.

Des marins s'exclamaient de-ci de-là et passaient à l'action, tirant des cordages, attachant les voiles. La plupart empoignaient des armes : épées incurvées et longs javelots, plus adaptés à la pêche. L'un se mit à crier dans la cale, appelant le capitaine et le reste de l'équipage.

Sigil surgit avant quiconque, poussant devant elle le prêtre fugitif, l'air grave. Sa hache tournoyait dans sa main libre.

Andry se releva avec difficulté et se précipita vers le mât. L'Aîné y avait adossé Corayne avant de s'interposer entre elle et le bastingage. « Je devrais vous attacher », dit-il, grimaçant, en regardant la grand-voile.

« Pas question, répondit-elle sèchement. J'éprouve un intérêt personnel à ne pas me noyer. »

Dom l'ignora. S'emparant d'une corde, il la lui enroula autour de la taille. « Vous ne vous noierez que si le navire coule. Et, si nous sommes coulés par un serpent de mer, vous pourriez aussi bien être morte de toute façon. »

Le visage doré de la jeune fille pâlit à la lueur des lanternes. Elle ne résista pas quand la corde se tendit, la plaquant contre le mât. Au lieu de cela, elle jeta un coup d'œil à Andry. L'écuyer s'attendait à voir sur son visage la terreur qu'il ressentait dans son cœur. Mais il n'y avait en Corayne an-Amarat qu'une froide détermination.

« Mon sang vient autant de l'eau salée que du fuseau », dit-elle avec gravité.

Andry aurait voulu pouvoir dire la même chose. Une nuit épaisse encerclait le bateau, les lanternes n'étant qu'une faible défense contre la bête reptilienne qui nageait alentour.

« Un serpent de mer », parvint-il à souffler.

Le bastingage de la galère se hérissait désormais de marins armés tenant leurs crochets ou leurs coutelas comme des aiguilles. Ils scrutaient l'eau, prêts pour la prochaine attaque.

« C'est bien mieux qu'un kraken », chantonna Valtik, ses pieds nus et sales esquissant un petit pas de danse sur le pont. Un squelette de poisson complet pendait à sa ceinture. « Notre chance est certaine. »

Sigil fit la grimace. Sa hache étincela. « Elle parle toujours comme ça ?

— Malheureusement », répondit Sorasa en apparaissant à la lueur de la lanterne fixée au mât. Sa dague de bronze brillait d'un sombre éclat. « Bon, sorcière. Immortel. » Elle considérait tour à tour Dom et Valtik. « Des suggestions ? »

La vieille femme sourit de toutes ses dents et s'attacha près de Corayne, enroulant la corde autour de ses poignets.

« Survivre », répliqua Dom, grave.

La sicaire leva les yeux au ciel. « Je ne sais pas lequel de vous deux est le plus inutile.

— Allumez d'autres lanternes et ouvrez l'œil », lança Sigil sur un ton de commandement. Quoique Andry ne la connût pas très bien, sa présence était familière et apaisante, comme celle d'un des chevaliers ou des instructeurs qui lui apprenaient à manier l'épée. Elle s'approcha du bastingage, ses bottes martelant le pont, en aboyant des ordres que répétait le capitaine larsien debout à la proue, le visage gris de peur. « Capitaine Drageda... », lança-t-elle soudain pour l'avertir.

La grande tête du serpent se dressait derrière lui, avec ses yeux jaunes fendus verticalement et ses mâchoires ouvertes sur l'éclat de ses crocs blancs acérés. Le monstre frappa, engloutit le capitaine la tête la première puis fila retrouver la sécurité des eaux. Des javelots rebondirent sur sa peau écailleuse, des crochets manquèrent d'y trouver une prise. Seule l'épée de Dom fendit la peau du monstre, lui tirant un sang noir qui éclaboussa le pont et dégoulina tout le long de la lame, visqueux comme de l'huile.

« Sortez les rames... il faut regagner la terre ! » cria un marin dont la panique montait. Quelques autres approuvèrent, lâchant vivement leurs crochets.

Andry serra les dents, sa toute nouvelle épée pesait contre sa hanche. Ses mains tremblèrent lorsqu'il la sortit du fourreau. Il respirait fort, tentant de ne pas songer à la dernière fois qu'il avait tiré une arme pour le combat. « Restez où vous êtes ! hurla-t-il avec plus d'audace qu'il n'en ressentait.

— Oubliez les rames... ce monstre va les briser comme des allumettes ! » rugit Corayne d'une voix si forte qu'elle prit tout le monde par surprise. La jeune fille se tendait contre les cordes qui la maintenaient en sécurité. « Servez-vous des voiles, mais protégez les mâts coûte que coûte ! »

Les marins ignoraient qui était Corayne et étaient peu enclins à obéir aux ordres d'une adolescente à leur propre bord. Certains coururent vers la cale et le pont de nage, leurs bottes glissant dans l'eau de mer répandue. Ce fut Charlon qui leur bloqua le passage.

« Vous l'avez entendue », dit-il en agitant un doigt taché d'encre.

Les yeux de Sigil lançaient des éclairs et s'illuminaient à mesure que des lanternes s'allumaient d'un bout à l'autre de la galère. « Défendez les mâts, messieurs », ordonna-t-elle avec le plus grand sérieux.

La chasseuse de primes en armure, la hache à la main, était plus difficile à ignorer qu'une gamine inconnue. La première, elle se mit en position, tournant le dos à Corayne, laissant Dom protéger l'autre côté du mât. Tous les deux bougeaient à l'unisson, décrivant de lents cercles, scrutant l'obscurité qui entourait le vaisseau. Andry les rejoignit sans poser de question. Cela, il le comprenait : il s'était entraîné toute sa vie à se battre aux côtés de ses camarades.

Une forme noire s'agitait au-dessus de lui. Il sursauta et leva son épée, mais ce n'était que Sorasa qui escaladait souplement le mât, un arc en bandoulière, un carquois empli de flèches pendu à la ceinture. Son poignard étincelait entre ses dents tandis que la voile claquait autour d'elle, gonflée par un vent soudain plus fort. Peu gênée, elle se nicha sur la croix que formaient mât et vergue.

Le serpent revint à la charge, décidé, saignant encore lorsqu'il se dressa au-dessus du navire en un arc gracieux et terrible. Ses yeux s'embrasèrent et ses mâchoires s'ouvrirent largement quand il se laissa tomber sur les marins massés près du bastingage opposé. Il y eut du bois fendu, des os brisés, et les coutelas se heurtèrent en vain aux écailles épaisses. Dom chargea, l'épée levée, en poussant un cri de guerre d'Iona. Une flèche le dépassa, le frôlant assez près pour ébouriffer ses longs cheveux. Elle se ficha dans le serpent qui replongea aussitôt, emportant avec lui deux marins dont les armes gisaient sur le pont, abandonnées.

Andry espérait qu'arrive l'aurore. La lumière du jour. Car, autant qu'on pût allumer de lanternes le long du navire, les ténèbres envahissaient tout. Le serpent frappa encore et encore, fouettant de sa queue ou se dressant et plongeant vers le pont. La galère, qui prenait de la gîte à chaque coup, menaçait de chavirer sous la force de la bête. Seul le vent la sauvait, hurlant sous les étoiles, emplissant les voiles d'une brise qui la poussait en avant. Et il était froid à faire frissonner.

Les marins abandonnèrent un à un le bastingage pour entourer le grand mât. Le monstre siffla à leur adresse, formant un anneau autour de la proue, qu'il menaça de démanteler. Il faillit recevoir une flèche dans l'œil pour sa peine et s'éclipsa au moment où Dom et Sigil chargeaient, leurs armes étincelant d'un même feu. Andry les suivait : même quand sa raison n'arrivait pas à croire en ce qu'il combattait, ses muscles se rappelaient les gestes du combat.

Le serpent, plus long que le navire, gros comme le tronc d'un vieux chêne, crachait, saignait et inondait le pont d'eau de mer à chacune de ses apparitions. L'écuyer abattit son épée au moment exact où les écailles passaient hors de sa portée, manqua de perdre l'équilibre et sentit le sel lui piquer les yeux. Sa vue se brouilla mais il les garda ouverts, étrécis à de simples fentes, alors que la bête se dressait à nouveau au-dessus d'eux. Cette fois, elle arriva à portée de gueule de Corayne, dont les bras n'étaient pas plus longs que ses crocs.

Charlie, poussant un grognement, lança un filet à la tête de l'animal. Le serpent l'esquiva, comme ricanant, tandis que sa queue balayait le pont. Un nouveau morceau de bastingage fut pulvérisé sous la force du coup, et des vagues couronnées d'écume blanche déferlèrent sur le pont.

D'instinct, Andry, trempé comme une soupe, se dirigea vers cette brèche sans perdre sa prise sur la poignée de l'épée.

Une voix hurla son nom mais il ne s'arrêta pas, glissant jusqu'à se retrouver en position pour bloquer la retraite du serpent. Derrière lui, il n'y avait rien, que le vide et les vagues dévorantes.

La bête posait sur lui un œil jaune luisant et sifflait entre ses crocs. Son corps massif se lovait sur le pont, se ramassait pour frapper. Andry se campa, malgré ses bottes prêtes à déraper sur les planches glissantes.

« Avec moi », gronda-t-il dans un souffle en soutenant l'horrible regard.

La hache et la flèche frappèrent à l'unisson, la première au cou, la seconde au centre d'un œil énorme, pareil à une lampe. Le hurlement du serpent fut différent de tout ce qu'Andry avait déjà entendu. Le monstre se contorsionnait en criant, évoquant à la fois un ouragan et une femme âgée.

Sigil poussa une exclamation joyeuse en arrachant sa hache des écailles dans un éclaboussement de sang noir. Elle ne perdit pas un instant avant de frapper encore, comme un bûcheron découpe un vieil arbre mort.

Enragée, la bête se convulsa de toutes ses forces, son corps et sa queue ondulant sur le pont, renversant marins et cargaison, les envoyant plonger dans la mer Longue. Andry se figea quand elle fila vers le mât avec assez de force pour le briser en deux.

L'épée de Dom chut sur le pont, soulevant des éclaboussures en frappant les lattes inondées, tandis que son propriétaire s'élançait avec une rapidité d'immortel, les bras écartés. Il bloqua la queue en mouvement avec un rugissement étouffé et serra les dents avec force, tandis que ses bottes raclaient le pont. Ce fut suffisant pour sauver le mât, mais le serpent alors se tendit et s'enroula autour du prince ionien.

Corayne hurla, luttant contre ses cordes, tendant faiblement les bras vers Dom.

Plusieurs flèches tombèrent comme autant d'étoiles filantes et transpercèrent le serpent. Sorasa jeta au loin son carquois vide puis bondit sur le pont. Elle se rapprocha de la créature en dansant, esquivant toutes ses attaques. Son poignard planté avec abandon trancha les chairs, ouvrit une longue blessure dans la gorge du monstre.

Lequel n'en continua pas moins de palpiter et de s'enrouler autour de Dom jusqu'à ce que seul le visage de sa victime reste visible, tordu en ce qui ne pouvait être qu'une douleur affreuse. Un mortel aurait déjà été brisé, et l'Aîné était au seuil de la rupture.

Andry s'élança, l'épée étincelante, sa pointe à la hauteur de la section la plus épaisse du serpent. Il visa bien, plongeant l'épée à cinq centimètres du corps de Dom. Elle s'enfonça jusqu'à la garde, transperçant écailles et muscles durs. De l'autre côté, Sigil maniait sa hache à une vitesse aveuglante pour des résultats similaires.

Le serpent rugit, ses anneaux se desserrèrent un peu et son sang inonda le pont de la galère, plus noir que le ciel nocturne. Andry le sentit jaillir sur ses mains, chaud et visqueux. Sans lâcher prise, il poussa une plainte étouffée et agita son épée, la tordit dans le corps de la bête afin d'infliger les blessures les plus graves possibles.

Le monstre perdit son second œil sous le poignard de Sorasa et poussa un cri aigu pitoyable. Dom grimaça quand les anneaux meurtriers s'affaissèrent autour de lui. Pour les écarter un peu plus, Andry, les bras gainés de sang frais, empoignait les écailles et tirait.

« Merci », souffla l'immortel en tapotant l'épaule de l'écuyer. Sorasa bondit à son côté et l'encouragea à s'asseoir sur le pont.

Aveugle, déchiré, le serpent se tordait et frissonnait, tout en lançant son chant de mort. Les marins survivants le poussaient vers le bastingage brisé, non sans le conspuer de leurs cris. Il tressautait, glissait, plus lent à chaque seconde qui passait.

« Faites-le tomber du bateau, lança Corayne par-dessus les cris du monstre mourant et le vent rugissant. Avant qu'il ne nous entraîne au fond avec lui. »

Charlie plaqua le dos contre la bête, assez brave pour pousser le serpent qui respirait encore. « Un coup de main, s'il vous plaît ? » lança-t-il sèchement à l'équipage.

Avec l'aide de Sigil, ils rejetèrent la créature condamnée à la mer. Dès qu'elle toucha les vagues, le vent mourut et la voile se mit à pendre mollement.

Andry tomba à genoux, épuisé, étourdi. Le sang répandu tacha ses vêtements jusqu'à la ceinture mais il n'y prêta guère attention, respirant par petits hoquets successifs.

« Merci », répéta Dom, hors d'haleine, en se laissant aller sur le dos.

Dès qu'il fut allongé, Sorasa libéra Corayne en deux ou trois coups de poignard. La jeune fille se jeta en avant et s'approcha d'Andry, les mains tremblantes, l'observant avec attention.

« Ça va très bien », murmura-t-il, quoique sa voix démentît ses propos.

Toujours attachée délibérément, Valtik inclina la tête sur le côté et adressa aux survivants un sourire malicieux. « Quelqu'un a-t-il pu lui arracher une dent ? dit-elle, comme elle eût demandé une deuxième chope de bière. Car pour sûr le venin sort des crochets du serpent. »

Nul n'eut la force ni l'envie de lui répondre.

28

Le plus offrant

Corayne

Le bastingage pulvérisé à bâbord et à tribord. La cargaison perdue. Le capitaine mort, ainsi qu'une douzaine de matelots. L'un dans l'autre, pas si mal pour une bataille contre un serpent de mer.

Corayne estima les dégâts d'un œil acéré avant de s'installer avec le navigateur du vaisseau, désormais capitaine *de facto*. Ce petit homme trapu lui rappelait Kastio. Ensemble, ils tracèrent une route qui tirerait parti des vents et des courants du détroit. Les doigts de la jeune fille dansaient sur les cartes en parchemin déroulées comme un tapis. Un soleil chaud luisait ; l'air était clair et empli de sel. Elle se sentait à sa place.

Une nouvelle fois, Dom se retrouvait parmi les blessés, nu jusqu'à la taille, le torse couvert d'ecchymoses noires ou bleues en forme d'écailles. Il n'émit pas un son quand Sigil examina son torse, cherchant des doigts une trace d'hémorragie interne. Sorasa traînait autour des deux guerriers, une longue marque rouge sur la joue, souvenir d'un coup de queue du serpent. L'Aîné gardait la bouche fermée, mais son irritation était évidente. Seule une tasse de thé sortie de la bouilloire d'Andry le calma un peu, tandis que l'écuyer faisait le tour des marins pour leur offrir l'infusion odorante.

Quand la nuit tomba, ils étaient prêts, les hommes de quart postés et des lanternes pendues dans tout le navire. Les heures obscures s'écoulèrent sans incident, de même que la nuit suivante. Rien d'autre ne jaillit des profondeurs, mais chacun resta sur le qui-vive, jetant aux vagues des regards inquiets.

Aucun navire n'avait jamais été plus soulagé de rencontrer la flotte de la Couronne d'Ibal, les fiers vaisseaux de guerre alignés le long de la pointe la plus étroite de la mer Longue tels des crocs dans une gueule de lion. Leur pavillon bleu roi et or flottait au vent. Le navire marchand hissa le sien, le taureau blanc sur champ bleu pâle larsien, et tous les marins poussèrent une acclamation ou agitèrent les bras.

Corayne ne partageait pas leur alacrité. Au lieu de se réjouir, elle regardait Charlie mettre la dernière main à leurs documents de passage. Les sceaux semblaient parfaits : l'aigue-marine tyri frappée de la sirène guerrière dont les écailles étaient dessinées à l'encre d'or véritable. Comment le faussaire avait pu réaliser quelque chose d'aussi beau sur le pont d'un navire, Corayne n'aurait su le dire. Elle s'émerveillait du courrier diplomatique, les lettres qui les désignaient comme les agents d'une compagnie marchande du Tyriot.

« Pas mon meilleur boulot, avoua Charlie, les dents serrées, comme elle regardait par-dessus son épaule. Il vaudrait mieux avoir un peu de variété. Tu peux passer pour ibalette ou ahmsarienne, de même que Sarn. Mais je n'ai pas eu le temps de fabriquer un nouveau sceau.

— Ceux-là iront très bien, affirma-t-elle. Ce qui importe, c'est la coupe de nos épaules, pas celle du sceau. »

Jamais très loin d'elle, Dom se rapprocha, concentré sur l'horizon. Il comptait les vaisseaux en remuant les lèvres. « Je suis prince d'Iona, dit-il en croisant les bras. Cela a forcément une importance, non ? »

Charlie eut assez de tact pour ne répondre ni par des mots, ni par une mimique.

« Il est impossible de briser le blocus de la flotte de la Couronne sans des préparatifs compliqués ou un coup de chance incroyable », évoqua Corayne. *En outre, les têtes couronnées de notre monde sont peut-être encore fascinées par les Aînés, mais le commandant d'un vaisseau militaire s'en moque. Peut-être ne croira-t-il même pas en votre existence.* Sa mère rencontrait les gardiens du détroit de Terravast chaque fois qu'elle partait vers l'ouest, et Corayne prenait soin d'éviter les complications. « Quiconque passe acquitte un péage. Soit vos papiers sont assez bons pour justifier le prix habituel, soit il faut négocier. Certains commandants sont faciles à corrompre mais on ne peut pas savoir à l'avance sur lequel on va tomber. »

Ils cinglaient vers la flotte. L'un des vaisseaux, plus lourd, flottait bas. Corayne sentit la faim de sa mère se déployer dans sa poitrine. Cette grosse galère à trois mâts, posée comme un crapaud sur un étang, serait emplie d'or et de lettres de change signées par de célèbres nobles ou diplomates, voire par des souverains payant leur écot à Qaliram. Meliz an-Amarat fantasmait souvent la prise de pareil vaisseau des impôts, mais les déplacements s'en effectuaient sous bonne garde. Le risque était trop grand, même pour un tel butin.

Le cœur de Corayne battit à tout rompre quand un vaisseau ibalet se rangea le long du leur, son pont chargé de bons marins vêtus de soie légère bleu turquoise. Ni sur l'eau ni dans la chaleur du Sud, on n'avait l'usage d'une armure. Les matelots ibalets nageaient bien et maniaient l'épée mieux encore. De lourdes plates n'auraient fait que les ralentir. Comme les armes de Sorasa, leurs épées et leurs poignards luisaient au soleil d'un éclat de bronze – une démonstration de force.

Le navigateur rencontra le commandant ibalet, muni de son registre et autres papiers. À la manière dont il s'exprima, ses mains décrivant des trajectoires courbes, Corayne devina qu'il parlait du serpent. Cela suffit à impressionner le commandant, lequel n'accorda qu'un coup d'œil rapide aux faux papiers. Il balaya du regard l'équipage, qui gardait les traces du combat, mais ne s'attarda pas. Pas même sur Sigil, à l'évidence non originaire du Tyriot, ni sur Valtik, qui paraissait plus faite pour le tombeau que pour un navire marchand.

Quelques minutes plus tard, ils reprenaient leur route et cinglaient vers la côte ibalette.

Ensuite, ce fut la grande cité d'Almasad.

L'Ibal était un pays voilé d'une lumière douce, couvert d'une brume de chaleur par le soleil qui s'inclinait vers l'ouest. D'immenses palmiers et des jardins florissants bordaient la côte, aussi verdoyants que n'importe quelle forêt du Nord. Corayne s'en émerveilla. Le rivage était hérissé de roseaux et de lotus bleu pâle bordant des plages de sable. Une ligne jaune étincelait à l'horizon, là où s'élevaient les premières dunes. Villages et villes se succédaient le long du littoral, en haut de falaises ou au bord de l'eau, plus importants à chaque lieue franchie. Des pêcheurs s'activaient dans les hauts-fonds. Des bateaux cabotaient les uns derrière les autres, tels des chariots sur une voie corienne, grandes galères de combat ou petits esquifs propulsés à la gaffe.

Enfin, Almasad apparut, sortant de l'air miroitant, son port étalé sur les deux rives du puissant Ziron. Ce n'était pas la capitale de l'Ibal mais une cité splendide tout de même, emplie de monuments de grès et de piliers de roche calcaire étincelante. Le fleuve étant trop large pour des ponts, des péniches pareilles à des fourmis grouillantes le traversaient d'une berge à l'autre. Comme l'avait dit Sorasa, son cothon éclipsait celui d'Ascal. Les quais circulaires de la marine de guerre formaient une ville à part entière, fortifiée et gardée par des marins vêtus de soie. Corayne voulut compter les dizaines de navires qu'accueillait le port mais fut incapable de dénombrer les voiles ni les pavillons étincelants de l'Ibal et de ses flottes.

Des chaussées surélevées entouraient la ville tels les rayons d'un soleil, menant eau douce et voyageurs dans les nombreux quartiers d'Almasad. Elles n'étaient pas fissurées et délabrées comme les ruines du Vieux Cor. Leur calcaire blanc luisait sous le soleil, aussi brillant qu'une étoile filante. Splendides propriétés, citadelles et places pavées s'étendaient sur les deux rives du fleuve, ornées de motifs jaune pâle, vert et bleu vif. Un palais royal se dressait en haut de l'unique colline, entouré de murailles de grès et de tours couronnées d'argent. Il dominait le Ziron de ses nombreuses fenêtres et de ses balcons inoccupés. Comme Corayne le savait, la cour royale d'Ibal ne se trouvait pas ici, ni même dans la capitale encore plus grandiose. Elle s'était transportée plus au Sud, dans les montagnes, se cachant ou attendant son heure. *Ces gens-là savent qu'il se passe quelque chose d'anormal,* songea-t-elle en serrant les dents.

Des statues d'anciens rois flanquaient le fleuve, plus hautes qu'un clocher de cathédrale, le visage érodé par les siècles. La galère passa dans l'ombre qu'elles jetaient depuis des milliers d'années.

« Est-ce que ce sont des empereurs ? » questionna la jeune fille, appuyée au bastingage, en les regardant avec émerveillement. Comme en Siscarie, comme au Galland, l'Ancien Empire avait jadis régné ici. Elle examina les statues, cherchant des traits de son père, d'elle-même. Elle n'en trouva pas. « Du Vieux Cor ? »

Sorasa, penchée dans la brise chaude, contemplait l'eau, pas la rive. « Tu trouves qu'ils ont l'air de conquérants nordiques ? » demanda-t-elle avec un sourire fier.

De fait, ce n'était pas le cas : tant leurs traits que leurs vêtements différaient de ceux des empereurs de l'autre côté de la mer Longue. Chacun montait un bel étalon et portait un manteau en soie imprimée orné de plumes de coq. *Ils ressemblent plus à ma mère*, songea Corayne en reconnaissant la forme des lèvres et des pommettes.

Sorasa se redressa. Les craintes qu'elle ressentait en rentrant chez elle semblèrent s'évanouir. « L'Ibal est né avant le Cor et il a survécu, alors que l'empire est mort depuis longtemps. »

Certes, l'Ibal était véritablement *vivant*. Diverses portions des berges du fleuve étaient envahies de bateaux, d'enfants en train de se baigner, ou des formes noueuses de crocodiles. Des oiseaux blancs au long cou battaient des ailes dans le ciel, chassant des poissons cuivrés étincelants. Sur les chaussées, on circulait à pied, à cheval ou en chariot, à perte de vue dans toutes les directions. Les Ibalets de la côte avaient la peau dorée, leurs visages étaient un prisme de toutes les nuances du soleil. Ceux du sud et de l'est avaient le teint plus sombre, du brun-rouge de la cornaline ou d'un noir de jais. Ils étaient issus de terres lointaines – la baie Saphir, la Kasie, voire le lointain royaume de Niron, niché dans la forêt des Arcs-en-ciel. Leurs voix retentissaient dans toutes les langues du Sud, certaines familières à Corayne, d'autres aussi étrangères que l'isheï.

Alors qu'Ascal puait et prenait à la gorge, véritable assaut contre les sens, Almasad était un baume. L'air était sucré, parfumé par les jardins de lotus ornant le Ziron. De la musique dérivait dans les rues, jouée sur les places publiques ou chez des particuliers le long du fleuve. Et l'eau elle-même était propre, à l'opposé des canaux fétides qui traversaient la capitale de la reine Erida. Tandis qu'ils gagnaient le rivage, Corayne avait presque envie de plonger dans le courant vert clair aussi tentant qu'un bain parfumé.

Un deuxième inspecteur accueillit leur navire sur les quais. Corayne songea à Galeri, de Lemarta, les poches pleines de pots-de-vin cliquetants, et à son registre mensonger. L'officier de port ibalet, une femme dont le léger vêtement couleur crème s'ornait d'insignes de fonction reliés par une chaîne en or, semblait bien plus alerte.

Une nouvelle fois, le navigateur se couvrit du manteau du capitaine et s'avança, tandis que l'équipage déchargeait dans le chaos habituel. L'officier de port et lui passèrent en revue ce qui restait de la cargaison, inspectant les caisses.

Corayne et ses compagnons, assemblés le long du bastingage, observaient la circulation en contrebas. Une autre galère était amarrée près de la leur, en pire état encore, ses voiles déchirées et ses rames brisées hérissées comme les épines d'un porc-épic. Elle penchait d'un côté, tel un ivrogne, tandis que son équipage débarquait aussi rapidement que possible.

Corayne déchiffra ce navire. *Sardosi, voiles noir et blanc – un transport de céréales.* L'équipage faisait rouler rapidement de grands tonneaux sur le quai, de crainte que le navire ne sombre avec sa cargaison.

« Ça va être un vrai bazar, dit-elle à voix basse, tournée vers Dom et Andry. Les contrôleurs des quais font plus attention à la cargaison qu'aux passagers. On peut leur filer sous le nez, deux par deux. »

Un tonneau rebondit sur la passerelle et atterrit rudement. Ses cerceaux de bois se rompirent sous le choc, et il se démantela avec un sifflement de grain qui glisse. Les deux équipages ainsi que l'inspectrice ibalette et son équipe poussèrent des cris désolés.

Sur le pont, Sorasa remit une fronde à sa ceinture, le visage découvert mais inexpressif. « Toi d'abord, fit-elle, empoignant Corayne par le bras, avant d'ajouter pour les autres : On se retrouve au Pilier rouge, le *takhan*. » Elle désigna de la tête l'obélisque impossiblement haut qui s'élevait au-dessus des toits. À un quart de lieue, pas davantage, estima Corayne, mais pour l'atteindre il faudrait traverser la portion la plus dense de la ville.

Dom se porta à sa hauteur, et cette masse lui fit comme un mur solide, réconfortant. Ensemble, ils franchirent la passerelle tandis que l'autre galère craquait : son flanc bâbord s'enfonçait rapidement.

L'inspectrice ibalette ne les arrêta pas, déjà très occupée par un second tonneau qui explosait comme un œuf. Ils sortirent des quais puis traversèrent la place principale et s'enfoncèrent dans le quartier du port très animé. Des fleurs poussaient à toutes les fenêtres et dans tous les angles inoccupés, semblait-il, près de pots de pierre emplis d'huiles parfumées et de chandelles de suif disposées à intervalles réguliers. Un moyen ingénieux de combattre les odeurs terribles d'une grande cité.

Sorasa connaissait le chemin, aussi les guida-t-elle droit vers le Pilier rouge à travers un labyrinthe de bâtiments de pierre et d'argile. Des voyageurs fatigués les croisaient, cherchant des auberges aux murs épais ou des cours fraîches et ombragées. Malgré les nombreux bars à vin et tavernes, Corayne vit très peu d'ivrognes ou de mendiants. Les rues d'Almasad étaient tenues d'une propreté remarquable, tant par les balayeurs que par des patrouilles itinérantes de soldats vêtus de soie et de maille.

Un marché aux poissons accueillait un arc-en-ciel d'étalages, chacun vendant une espèce différente venue de la côte ibalette ou du Ziron sinueux. Corayne en reconnaissait la plupart : poissons-chats huileux, carpes massives, queues de crocodile, poissons-globes hérissés de piquants. Son cœur bondit à la vue d'un tentacule incurvé fièrement brandi par un marin aux muscles saillants. Mais ce n'était qu'un bras de poulpe, d'un noir d'encre. Les monstres marins du fuseau n'étaient pas arrivés jusqu'ici.

Prise en sandwich entre Dom et Sorasa, Corayne soupira. Une fraction de seconde, elle se retrouva au seuil de sa chaumière, dans la nuit bleutée d'un été siscarien. La route s'étendait devant elle, la suppliant de l'emprunter.

Son choix était déjà fait.

Valtik et Andry les suivaient à distance. L'écuyer était facile à repérer : il dominait de près d'une tête la plupart des Ibalets, et il avait la peau plus sombre, sans parler d'être habillé à la mode du Nord. Alors que les autochtones portaient des robes amples et des chapeaux pour combattre la chaleur et le soleil, Andry avait conservé sa tunique, ses jambières de cuir, et sa cape sur les épaules. Il hocha la tête en croisant le regard de Corayne avant qu'elle ne franchisse un angle et ne le perde de vue.

Elle cligna des yeux, désorientée, en voyant un autre visage la fixer.

Le sien.

Le mur de briques qui entourait les quais, vieux de plusieurs siècles, était percé d'une dizaine de portes ouvertes. Au contraire des chaussées, il paraissait délabré là où sa surface était exposée, mais de vieux papiers collés le couvraient presque tout entier. Annonces, publicités, lettres à demi effacées dans toutes les langues mais surtout en écriture ibalette, baroque et élégante. Des visages de criminels et de fugitifs s'affichaient aussi là, leurs mauvaises actions détaillées sous leurs noms.

Corayne ne se donna pas la peine de lire la longue liste de crimes sous les dessins qui les représentaient, Dom, Andry et elle, mais leurs noms étaient assez clairs : CORAYNE AN-AMARAT, DOMACRIDHAN D'IONA, ANDRY TRELLAND. Il y avait même un croquis grossier de Sorasa, les yeux soulignés de noir, aussi menaçante qu'un cauchemar.

« Recherchés par la couronne gallienne », dit doucement Sorasa en lisant les mots griffonnés au-dessus de leurs portraits. Ils s'approchèrent, attirés vers eux-mêmes comme un navire vers un tourbillon. « En raison de crimes contre le Galland. Forte récompense pour toute information, capture ou cadavre. »

Les doigts de Corayne effleurèrent son visage dessiné, les lèvres trop fines, la mâchoire trop carrée. Dom et Andry étaient plus ressemblants. Elle soupçonnait Taristan d'avoir guidé l'artiste, s'il n'avait pas réalisé les portraits lui-même.

Le papier était glissant sous ses doigts, encore humide.

« C'est tout neuf », nota-t-elle, la voix tremblante.

Sorasa jura en sourdine. « Affichés dans tous les ports de Terravast, dans tous les royaumes qui craignent ou aiment le Galland. Nous sommes traqués dans tous les coins du monde.

— Par hommes et bêtes », murmura Corayne. Il importait peu de savoir qui tenait l'épée posée sur sa nuque, un démon squelettique ou un officier de la garde aux ordres d'une reine. L'histoire s'achèverait néanmoins par la destruction du monde.

Dom avait la voix basse, gutturale. « Il faut sortir de cette ville.

— Pour une fois, je suis d'accord avec le troll », répondit Sorasa en arrachant les affiches.

Almasad était l'un des plus grands ports de la mer Longue, et ses quais bondés s'étendaient en éventail depuis le rivage. À quelques rues de là, la cité se détendait, faisant place à des voies plus larges et moins bondées. Nombre de domiciles privés et autres bâtiments étaient entourés de murs, isolés par des palmeraies et des bouquets de cyprès. Les grandes avenues, aussi larges que des canaux, passaient sous les chaussées surélevées. Certaines pouvaient être couvertes par les toiles aussi grandes que des voiles de navire attendant d'être tendues sur de longues cordes et des armatures en bois. Partout, des ombres fraîches et attirantes disaient les rues conçues pour minimiser la chaleur du sud. Ces quartiers paisibles étaient malheureusement plus difficiles à traverser sans se faire remarquer. Surtout quand sa tête était mise à prix.

Le Pilier rouge, sculpté dans un unique bloc de granit couleur rouille, se dressait au beau milieu d'une place. Haut de plus de quinze toises, c'était une colonne carrée qui s'effilait en pointe comme une pyramide. Le visage sculpté de Lasrine, déesse du soleil et de la lune, du jour et de la nuit, de la vie et de la mort, apparaissait sur chacune de ses faces.

Les voyageurs, capuchons relevés et têtes baissées, se hâtèrent de le dépasser. En voyant approcher une troupe de soldats ibalets en armures ornées de soie, Sorasa poussa Corayne dans un logement en sous-sol sombre et enfumé, sous un immeuble résidentiel évoquant un jeu de construction. La jeune fille sentit ses yeux la piquer tandis qu'ils s'habituaient à la pénombre.

Quand elle vit enfin clair, elle se rendit compte qu'ils se tenaient dans une cave à légumes au plafond si bas que Dom était obligé de rester courbé, et aux parois de terre battue percées de portes ou de passages voûtés menant à des pièces étriquées obscures.

« Je suppose que tu sais ce que tu fais », soupira Corayne. Herbes sèches et boisseaux de plantes pendaient du plafond, parfumant l'air. Des pas résonnaient à l'étage supérieur.

La sicaire gardait un œil glissé par l'entrebâillement de la porte. Un unique rayon de soleil divisait en deux son visage.

« Plus ou moins, répondit-elle. Ici, c'est un peu une auberge pour la pègre d'Almasad. Des voleurs, des pickpockets, un assassin de temps en temps. Et à présent ceux qui fuient la reine Erida.

— Ma tante ne tolérera pas cela. » Dom appuyait la joue contre le plafond. « Je suis prince d'Iona. Me donner la chasse aussi ouvertement, c'est déclarer la guerre à mon enclave. »

Corayne tenta de ne pas lever les yeux au ciel. Elle inspecta la cave, retournant les plantes avec désintérêt.

La sicaire ne s'écarta pas de la porte ; sa voix resta sans inflexion. « Ton enclave refuse de se battre pour sauver Terravast mais elle se battrait pour toi ? Je ne sais pas pourquoi, j'en doute.

— Que tu n'aies aucune conception de l'honneur et du devoir ne signifie pas que les autres n'en ont pas », riposta Dom, échauffé. Sorasa le foudroya du regard, le soleil illuminant un de ses yeux de cuivre.

Une tige de lavande s'effrita entre les doigts de Corayne et emplit la cave de son parfum floral entêtant, que la jeune fille aspira au fond des poumons, espérant un effet calmant. Elle fut déçue.

« Je ne sais pas ce que nous devons faire à présent, dit Corayne en s'interposant entre les deux antagonistes. Le fuseau est forcément proche des mâchoires, donc à plusieurs jours de marche dans le désert. Aucun navire ne nous y emmènera par mer, pas avec nos têtes affichées dans le port.

— Essayons de savoir où nous voulons aller avant de nous demander comment », renvoya Sorasa. Elle franchit la porte sans un bruit, laissant des grains de poussière tourbillonnants dans son sillage.

« Bon débarras », marmonna Dom. Attirant à lui une caisse, il s'y assit et redressa le cou.

« Sans elle, vous seriez encore en train d'arpenter Terravast de long en large à ma recherche, fit Corayne, en se frottant les mains pour chasser la lavande. Vous pourriez au moins faire semblant de ne pas la haïr. »

L'immortel poussa un soupir dramatique et s'adossa au mur. « Je m'efforce toujours de ne pas mentir. »

Avant que la jeune fille ne puisse éclater de rire ou répondre sèchement, Sorasa revint, suivie de Valtik et d'Andry. L'écuyer avait le rouge aux joues, le capuchon relevé, le corps vibrant de tension. La sorcière avait ramassé quelque part une écharpe colorée, décorée de balances, et se l'était nouée autour de la tête.

« Vous avez vu ? demanda Andry, tendant vers la rue un doigt tremblant. C'est nous, dehors. Déjà.

— On a vu les affiches, l'écuyer, souligna Sorasa, tenant la porte à Charlie et Sigil qui entrèrent avec un peu plus de quiétude. C'est pour ça qu'on se cache au lieu de profiter du soleil. »

Corayne s'approcha de la vieille sorcière et lui prit la main. Sa chair paraissait légère, sa peau aussi fine que du papier. « Que disent les os, Valtik ? » s'enquit-elle en laissant monter toute son anxiété dans ses yeux. Valtik lui rendit son regard de ses iris toujours bleu vif. « Je sais qu'ils te disent quelque chose. N'importe quoi.

— Ne vous donnez pas cette peine, intervint Dom. La sorcière sait se montrer inutile précisément quand on a le plus besoin d'elle. »

Sorasa ferma la porte, les plongeant tous dans l'ombre. « Ça vous fait un point commun, ça, non ? »

Au soulagement de Corayne, Dom ignora la pique et Valtik eut un sourire rapide. Sa main libre vola vers sa ceinture et détacha d'une traction sur une cordelette la bourse emplie d'os. Ils s'éparpillèrent à ses pieds, jaunes ou blancs, débarrassés de toute trace de sang ou de chair.

« Voyons voir ça », dit la sorcière en les regardant tomber – au hasard, semblait-il. Les autres regardaient aussi mais ils cherchaient une configuration qu'elle seule voyait. Elle n'hésita pas : ce que dissimulaient les os était clair comme le jour. « Nous sommes dans le pays convenable. » Elle tourna ses yeux de bleuet vers Corayne, les planta en elle. « Mais il faut trouver un miroir… des miroirs sur le sable.

— Pourquoi tolérons-nous ces bêtises jydi ? » siffla Sigil. Son visage de bronze avait rougi sous la chaleur, mais ce n'était rien comparé à un Charlie déjà couvert de coups de soleil. « Et combien de temps allons-nous nous terrer ici ? » La chasseuse de primes était elle aussi obligée de plier les genoux de crainte de se fendre le crâne contre le plafond. « Ce n'est qu'une question de temps avant qu'un des tiens n'arrive ici et ne nous vende.

— Rassure-toi, Sigil, les Amhara préféreraient me tuer eux-mêmes que laisser une reine du Nord s'en charger, répondit Sorasa sur un ton léger. Mais, oui, il faut bouger. Almasad n'est pas Ascal : on n'y ignore pas aussi facilement les criminels. » Elle se mordit la lèvre. « Des miroirs sur le sable, hein, Valtik ? Une idée de ce que ça peut signifier ? »

La sorcière n'avait rien de plus à offrir. Passant les mains sur le sol de terre battue, elle ramassa les os pour les remettre dans sa bourse.

Charlie ouvrait des yeux brillants même dans la pénombre. Il embrassa ses deux paumes, comme il l'avait fait dans la taverne à la croisée des chemins. « L'étrangeté suit les fuseaux. Elle imprègne leur voisinage même avant qu'ils ne s'ouvrent et après qu'ils se sont fermés. Les écritures appellent cela l'ombre des dieux. Ainsi naissent les touchefuseaux quand ils sont effleurés par la magie », affirma-t-il en désignant la vieille femme accroupie – qui semblait fort peu magique. « S'il y a un fuseau ouvert dans ce pays, on en verra le signe.

— Mais certains d'entre nous ne peuvent pas exactement se promener dans Almasad l'oreille tendue pour chercher le signe en question, objecta Corayne.

— Il n'y a pas ma tête sur ces affiches, remarqua Sigil. Je peux faire un tour, tendre l'oreille. Avec de la chance, je rapporterai des éléments dont vous tirerez quelque chose. »

Sorasa lui offrit un de ses rares vrais sourires. « Merci, Sigil.

— Je suis du genre simple, Sarn, informa la chasseuse de primes avec un haussement d'épaules. Je sers le plus offrant. Pour l'instant, c'est toi. »

La sicaire enchaîna sans hésiter : « Les ruines d'Haroun, à la sortie de la ville, déclara-t-elle. Au crépuscule. Charlie, tu peux te déplacer librement aussi. Est-ce que tu te sens capable de nous trouver des chevaux ? De les tenir prêts à la porte de la Lune ? »

Avant que le prêtre déchu ne puisse acquiescer, Dom secoua la tête, toujours appuyé au mur. « Et s'ils nous abandonnent ? » quémanda-t-il en lorgnant tant Sigil que Charlon.

Ce n'est pas une question idiote. Corayne se mordit la lèvre, combattant sa nervosité. À l'autre bout de la pièce, Andry fronçait les sourcils. *On a commis assez d'erreurs jusqu'ici. Est-ce que nous fier à deux criminels inconnus en est une autre ?*

Les yeux de Sorasa flamboyèrent, menaçants. « Alors ils abandonnent Terravast à la ruine et eux-mêmes à la destruction.

— Toujours gaie, Sarn », commenta Charlie. Il ouvrit grand la porte, laissant entrer une lumière si vive que Corayne grimaça. L'ombre de Sigil se projeta tel un géant couché à ses pieds.

« Quoi qu'il en soit, marmonna Corayne, on n'a pas tellement le choix. »

Sorasa, renfrognée, claqua la porte derrière ceux qui venaient de sortir. « Exactement. »

Ils ne pourraient pas rester longtemps dans cette cave. Sigil avait raison : que les patrouilles ibalettes ou un quelconque criminel découvre leur groupe hétéroclite n'était qu'une question de temps. Même un vulgaire voleur n'hésiterait pas à les livrer s'il échappait à l'épée de Sorasa. La sicaire les mena donc vers l'est, empruntant un passage humide et boueux qui rejoignait la surface dans une ruelle écartée où pendait du linge à sécher. À la consternation de Corayne, leur guide se montrait plus nerveuse qu'un lapin, explorant tous les angles, évitant alcôves et égouts comme s'ils risquaient de se refermer sur elle en claquant.

« C'est moi qui affabule ou Sorasa Sarn a peur ? murmura Andry.

— Elle est terrifiée, répondit Corayne.

— Il y a toute une mer entre nous et Taristan, son armée, l'autre fuseau… » Il ralentit le pas pour marcher au côté de la jeune fille. « De quoi peut-elle bien avoir peur ?

— De ses semblables », constata-t-elle, frappée de cette révélation alors même qu'elle la formulait.

Une Amhara déchue, oubliée, brisée. *Osara.* Cela devait aussi signifier *condamnée.*

Le sang de Corayne gela dans ses veines, et sa peau se mit à la picoter, malgré la chaleur sèche de l'Ibal. Elle se lécha les lèvres, sentant le goût de la sueur et du sel. *Il n'y en a plus pour très longtemps à présent.* Le crépuscule approchait, le ciel virait au rose trouble. *On va retrouver Charlie et Sigil. On aura des chevaux. On pourra quitter cette ville et ces affiches, et il n'y a pas de patrouilles dans les dunes. Il n'y a absolument personne.*

La prudence de Sorasa, qui évitait grâce à sa boussole intérieure les quartiers animés, leur permit de négocier les ruelles sans incident. Il leur fallut louvoyer prudemment pendant des heures, contourner patrouilles et marchés noirs de monde, mais la densité des bâtiments commença à diminuer. La chaussée qui les surmontait adopta une pente descendante, soutenue par des arches de plus en plus basses, jusqu'à rejoindre une avenue pavée. Almasad était construite au bord des Grands Sables et n'avait nul besoin de murailles au-delà du port. Aucune armée ne pouvait l'attaquer par le désert. Les routes et les rues disparaissaient naturellement, avalées par les dunes sans cesse mouvantes. Même le parfum des fleurs s'affaiblissait, remplacé par l'odeur du sable chaud et les effluves sous-jacents d'une herbe que Corayne n'aurait su nommer.

Les ruines d'Haroun n'étaient pas un temple, comme elle l'avait soupçonné, mais une tour massive à l'orée de la ville, tombée tel un arbre cassé en deux. Il n'en restait qu'une colonne creuse, un escalier en spirale montant en son centre à l'instar d'une colonne vertébrale, et ne menant nulle part. Le toit manquait, arraché au grès solide.

« Volé », commenta Sorasa en suivant le regard de Corayne. Ses doigts manipulaient avec insistance sa manche de chemise. « L'Œil d'Haroun a été volé avant la chute de la tour, quand les Cors ont vaincu l'Ibal antique. Le reste, le toit de bronze, a été découpé morceau par morceau après l'effondrement. Fondu pour faire des armes, des pièces de monnaie, des bijoux. Les gens du Nord n'honorent pas le passé comme nous autres dans le Sud. »

Corayne observa à nouveau les ruines, le front plissé. Elle tenta de les imaginer dans l'Antiquité. « Pourquoi construire un phare aussi loin de la mer ?

— Bien vu », admit Sorasa en dénudant son avant-bras. Les lignes noires de ses doigts se poursuivaient sur son poignet, formant les cils d'un œil ouvert qui montait jusqu'à mi-chemin du coude. La pupille abritait le Soleil et la Lune, un croissant enroulé autour d'un cercle enflammé. « Ce n'était pas pour les marins. L'Œil d'Haroun brûlait jour et nuit pour guider les caravanes à travers les Sables.

— J'aurais aimé voir ça », articula la jeune fille, une lamentation bien trop fréquente dans sa vie.

Sorasa recouvrit son tatouage. Un autre luisait sur la face intérieure du bras, une espèce d'oiseau. « Oublie ce souhait, Corayne. Il ne te fera aucun bien. »

Si seulement c'était si simple.

« Le crépuscule est passé », grommela Dom. Il jeta un regard noir au ciel qui se parait de pourpre. « Ton prêtre a intérêt à ramener des chevaux. Moi, je peux partir chasser les fuseaux dans le désert à pied, mais vous ?

— Mais oui, renvoya sèchement Sorasa en agitant la main vers les dunes. Pars devant, on te rattrape. »

Encore une fois, Valtik se laissa tomber par terre. Elle traîna les ongles dans le sable, dessinant des spirales et des nœuds jydi. « Par sable et pluie, par sel et grain, perdre aujourd'hui, gagner demain, chantonna-t-elle.

— Valtik, par pitié », soupira Corayne, sur les nerfs.

La première étoile luisait dans le ciel, au-dessus du désert. La jeune fille tenta de l'identifier et se rendit compte qu'elle en était incapable. *Je ne connais pas les étoiles d'ici. Je ne connais pas le chemin qui nous attend. Je ne saurais même pas retourner d'où je viens.*

Si elle plissait les yeux, les dunes pouvaient se muer en mer Longue, leurs dos ondulés pareils aux vagues. Elle tenta de visualiser les falaises de Siscarie, avec Lemarta dans le lointain et, derrière, la chaumière. Le vaisseau de sa mère à l'horizon, qui rentrait. *Comment sont les vents ?* songea Corayne, remuant les lèvres en silence. La brise qui agitait sa chevelure n'était pas celle qu'elle se rappelait, trop chaude et sèche, mais elle pouvait tout de même faire semblant. *Favorables, puisqu'ils me ramènent à la maison.*

Andry conservait ses distances, faisant les cent pas, décrivant des trajectoires de plus en plus proches des ruines de la tour. La jeune fille se réjouissait de cet éloignement, trouvant un étrange réconfort dans l'espace qui les séparait. Durant les longues semaines passées sur la route, elle n'avait jamais été vraiment seule. Elle ne l'était pas non plus alors mais se sentait mieux que lorsqu'on la surveillait nuit et jour.

Curieusement, la lamefuseau pendue dans son dos lui semblait plus légère. En tout cas, elle la remarquait moins. Son port n'était pas plus confortable, et le cuir du fourreau la faisait transpirer là où il touchait ses vêtements, mais, d'une certaine manière, le poids était moindre. Comme si l'épée géante était désormais un membre plutôt qu'un morceau de métal. Corayne tendit la main par-dessus son épaule, ses doigts effleurant la poignée usée par la main de son père, ses indentations adaptées à un homme mort. *Elles ne seront jamais à moi,* songea-t-elle en baissant le bras.

Le soleil disparut tout à fait, son disque d'or glissant sous l'horizon occidental, laissant derrière lui des taches rouges et pourpres. Quoique Corayne n'ait jamais connu de journée plus chaude que celle-là, la nuit fut presque instantanément froide, le sable perdant rapidement sa chaleur. Du bleu puis du noir apparurent, comme une couverture tirée d'un bout à l'autre du ciel, piquetée de nouvelles étoiles. En les voyant, la jeune fille poussa un soupir soulagé. *Voici le Dragon. Voici la Licorne.*

Le monde était encore sien. N'importe quel navigateur saurait se diriger à présent. *Et moi aussi.*

Des miroirs sur le sable.

« Sorasa ! » cria-t-elle en revenant d'un pas rapide sur le sol sablonneux. Ses compagnons pivotèrent au son de sa voix.

Ce fut Dom qui la rejoignit le premier. « Qu'y a-t-il ? » s'enquit-il, les yeux agrandis par l'inquiétude.

La jeune fille s'adressa à la sicaire. « L'Œil était un miroir, n'est-ce pas ? demanda Corayne en reprenant son souffle. Un miroir enchanté ? Particulier ? *Touchefuseau* ?

— Tout à fait. » Sorasa empoigna son bras à travers sa manche, serrant instinctivement le tatouage. « Il luisait sans brûler, aussi brillant qu'un deuxième soleil.

— D'où venait-il ? D'ici ? » s'informa Corayne en lui posant la main sur l'épaule.

L'Ibalette fronça les sourcils. « Non, pas d'Almasad, murmura-t-elle, fouillant dans ses souvenirs. Ce sont des prêtres de Lasrine qui l'ont trouvé dans le désert. Dans une oasis.

— Une oasis. Est-ce qu'elle a un nom ? » La jeune fille sentait Valtik les fixer en silence de ses yeux bleus. « *Où ça,* Sorasa ? »

Une flèche se planta bruyamment entre elles avant que la sicaire ne puisse répondre, et Corayne se retrouva jetée à terre, à moitié enfouie dans le sable, écrasée par le poids de Dom. Il ne la laissa pas se relever, la maintenant d'une main, tirant son épée de l'autre. La jeune fille leva les yeux derrière ses cheveux défaits pour le voir observer la cité. Une autre flèche siffla près de la tête de l'immortel, le manquant d'un doigt, agitant les longs cheveux renvoyés derrière son oreille. Celle-là venait de la tour, de la direction opposée à la première.

De la glace se forma dans les entrailles de Corayne.

Une embuscade.

Elle se tortilla, s'efforçant de se relever, mais la main de Dom était comme un poids mort sur sa colonne vertébrale. Le sable lui emplissait la bouche d'une saveur chaude. Elle tordit le cou, cherchant Andry, et vit alors Sigil sortir des ruines de la tour, accompagnée d'un contingent de soldats. Corayne grinça des dents, si furieuse qu'elle ne pouvait pas même hurler.

En une seconde, elle compta quarante soldats approchant de la tour. Vingt d'Ibal, épées de bronze et soieries rose pâle par-dessus l'acier. Vingt du Galland, cape verte caractéristique et petits yeux de cochon sur un visage pâle luisant de sueur, sévère sous le casque. La chasseuse de primes se tenait au milieu d'eux, les armes à la ceinture. Elle porta deux doigts à ses lèvres et siffla, un son sec et aigu qui perça les oreilles de Corayne.

Quarante autres soldats quittèrent le couvert des faubourgs d'Almasad, tous ibalets, tous avec une flèche encochée à leur arc.

Un chapelet de jurons dans sa langue natale jaillit des lèvres de Sorasa tel le sang d'une blessure ouverte. Des soldats l'entourèrent, l'épée tirée, tandis que Sigil approchait.

La sicaire mit tout son cœur dans son crachat et ne manqua pas sa cible.

« Ne le prends pas personnellement, Sarn, dit la chasseuse de primes de sa voix traînante, en s'essuyant la joue d'une main. Tu sais ce que je suis, et je sais ce que tu es. Ose me dire que tu n'en aurais pas fait autant ? »

La voix de Sorasa était un sifflement de serpent. « Au plus offrant. »

29

L'ours de Kovalinn

Ridha

La jument des sables manquait à la princesse d'Iona, mais le Nord gelé aurait été une punition cruelle pour une bête aussi loyale, élevée pour courir dans les sables ibalets, pas pour errer à travers des fjords gelés. Ridha l'avait libérée avant de traverser la mer Vigilante sur un des rares vaisseaux jydi partant pour commercer, non pour piller. Dans une Ghald envahie par le givre, elle avait acheté un poney plus massif, à poil long, ainsi qu'un manteau de fourrure mité, qui lui serviraient mieux dans les terres sauvages du Jyd.

Quoique veder, immunisée contre la plupart des inconforts du monde des mortels, Ridha n'appréciait pas d'avoir aussi froid. Bien qu'on ne soit qu'au début de l'automne, le Jyd était déjà glacial.

Pendant la traversée de la mer de Gloire, elle vit passer des galères jydi arborant la voile blanche de la paix. Navires de commerce ou transports de voyageurs. Les pillards arboraient des voiles grises, froides comme le fer et le ciel d'hiver, et Ridha n'en remarqua aucune. Cela confirmait les propos des voleurs de l'auberge : aucun Jydi ne lançait d'expédition. *Ce n'est pas rare*, songea-t-elle en longeant à cheval la côte rocheuse. *C'est impossible.*

Kovalinn s'inscrivait dans la Vyrand, la grande chaîne de montagnes en forme de loup qui constituait l'épine dorsale du Jyd. Ridha se rappelait l'enclave de ses cousins nordiques pour y être allée en mission diplomatique durant sa jeunesse, plusieurs siècles auparavant, au côté de sa mère. Domacridhan, trop jeune pour les accompagner, était resté à la maison. Sortant alors à peine de l'enfance, encore en pleine croissance, il avait pleuré sur son épaule avant son départ.

Elle regrettait amèrement qu'il ne soit pas avec elle à ce moment pour lui servir de bouclier autant que de béquille.

Les mortels jydi n'étaient pas aussi ignorants des Vedera que leurs plus méridionaux voisins, et une femme portant les armes les intriguait bien moins. Quand Ridha traversa des villages en chevauchant vers le nord, peu d'enfants du Jyd s'effarouchèrent de sa présence. La plupart étaient blonds ou roux, mais le pays accueillait quiconque savait manier la hache, la pelle ou la voile. La peau noire, de bronze ou de porcelaine, toutes les nuances, du blanc à l'ébène, étaient présentes dans le Nord gelé, de Ghald à Yrla en passant par Hjorn, dans tous les villages et toutes les fermes.

Il en allait de même à Kovalinn.

Quand elle atteignit l'embouchure du fleuve dans le fjord de Kova, une Veder l'attendait, stoïque comme un vieux chêne. Grande et mince, emmitouflée dans des fourrures, la peau semblable à une topaze étincelante, les cheveux noir et argent formant de petites tresses attachées par de fines chaînes. Ridha ne la connaissait pas mais elle leva néanmoins la main en guise de salut, la paume aussi blanche que la neige du matin accrochée à ses cils.

Comment on savait qu'elle allait venir, la princesse le devinait sans peine. *Mère a dû faire un autre envoi, cette fois au monarque des neiges.* Elle tenta de ne pas songer à Isibel d'Iona, un filet de magie aux cheveux d'argent, agités par une brise fantôme. *Rentre à la maison. Rentre à la maison.*

Est-ce un écho ou un souvenir. Elle n'aurait su le dire.

« Je suis Ridha d'Iona. »

Elle scruta le visage de la femme. *Si Mère a déjà contacté Kovalinn, je fais peut-être tout ça pour rien.*

L'autre Veder inclina le front. « Je suis Kesar de Salahae, bras droit du monarque de Kovalinn. Il vous souhaite la bienvenue sur ses terres et est impatient de s'entretenir avec vous.

— Et moi avec lui. »

Au loin, un vent froid agitait les flocons à la chute régulière. Le fjord se dégagea en amont assez longtemps pour montrer une mâchoire de granit au sol enneigé, du haut de laquelle une cascade plongeait vers le fleuve et la mer. Au sommet, tout au bout d'un chemin sinueux taillé dans le roc, se dressait Kovalinn. Même de loin, on distinguait les ours sculptés des portes, leur fourrure taillée dans le pin noir.

Sous sa cape et son acier, Ridha frissonna. Le vent se remit à souffler et l'enclave disparut derrière la neige.

L'ours était le symbole de Kovalinn, inscrit dans ses portes, tissé dans ses tapisseries, sculpté dans de gigantesques pins pour dominer toute la longueur de la grande salle. C'était aussi un gardien vivant. L'un de ces plantigrades dormait profondément près du trône, ses pattes massives sur le museau, la ligne du dos pareille à une montagne. Il ronflait en sourdine, le nez collé aux pieds du jeune garçon qui dirigeait cette enclave des Vedera. L'enfant roux se pencha sur son trône pour gratter derrière les oreilles l'animal dont la seule tête était presque aussi grosse que lui.

Dyrian de Kovalinn, les yeux gris perle, sourit avec amour à son animal familier. Le plus jeune Veder à avoir jamais régné sur

Terravast, il n'était âgé que d'un siècle. Des taches de rousseur parsemaient son visage blanc. Ses habits étaient simples : une cape brune bordée de noir et, sur sa tunique, un ours suggéré par des volutes d'ambre, de jais et de jaspe. Le cercle d'or torsadé autour de sa gorge répondait à celui de son poignet, mais il ne portait pas de couronne. Sur ses genoux reposait une branche de pin vivante, aux aiguilles d'un vert chasseur luxuriant.

Ridha s'agenouilla, son manteau de fourrure rejeté sur l'épaule, l'acier de son armure encore froid d'avoir chevauché le long du fjord. Elle l'observait avec attention, pesant sa jeunesse.

Le garçon n'était pas seul : des conseillers l'entouraient, assis ou debout. Kesar se tenait à sa droite, peu gênée par l'ours endormi. La femme assise à sa gauche était à l'évidence sa mère : les cheveux aussi roux que les siens, rassemblés en deux longues tresses sous un anneau de fer forgé, elle était large d'épaules, bâtie sur le même modèle que Ridha. Un nuage de fourrure de renard blanc couvrait ses épaules, une robe en cotte de mailles tombait sur ses jambes croisées. Ses yeux étaient deux silex qui ne cillaient pas.

La princesse d'Iona mettait en balance le monarque et ses diplomates. Qui commande l'enclave ? Qui *parle* pour Kovalinn ? *Qui dois-je convaincre.*

« Il est plus gros que d'habitude », dit Dyrian en se redressant sur un trône trop grand pour lui : ses bottes de fourrure ne touchaient pas les dalles de l'estrade. Il paraissait plus jeune que son âge, le visage encore grassouillet. L'épée à son côté et le poignard dans sa botte étaient adaptés à sa petite taille. « Il prend de la graisse pour l'hibernation », ajouta-t-il en souriant de toutes ses dents, dévoilant un espace entre les incisives.

Ce sourire n'atteignait pas ses yeux.

Ridha leva le menton. Son attention se concentra sur le monarque et non sur les autres, qui avaient à eux tous vécu plusieurs milliers d'années.

« Et vous, sire ? demanda-t-elle. Comptez-vous hiberner également ? »

Derrière lui, la bouche de sa mère tressaillit mais ne s'ouvrit pas. Comme Ridha l'avait deviné, nul ne parlait pour Dyrian en dehors de Dyrian lui-même.

Le garçon posa les mains sur les accoudoirs de son trône, sculptés à l'image de son animal familier.

« On dit que les Ioniens tournent autour du pot », fit-il, amusé. Ses yeux gris clair étaient ceux d'un loup, non d'un enfant. « Pas vous, princesse.

— Pas moi », répondit-elle.

Un frisson la parcourut. Le grand hall de Kovalinn était un vaste espace au toit de chaume et aux murs de troncs d'arbres taillés. Ce jour-là, il servait de salle du trône au monarque et n'accueillait d'autre spectateur que son conseil. Deux fosses couraient sur toute sa longueur, rougeoyant de braises ardentes et de flammes, mais les portes restaient grandes ouvertes, laissant entrer l'écho de l'hiver. La neige dansait sur les dalles, tourbillonnait autour des bottes de Ridha.

Elle tenta d'ignorer le froid. « Que vous a dit ma mère dans son envoi ? »

Dyrian se tapota les lèvres d'un doigt, pensif. « L'essentiel, répliqua-t-il enfin. Un fuseau déchiré, les autres en danger. Le sang et la lame entre les mains maléfiques servant Ce-qui-attend et sa faim dévorante. »

Les entrailles de la princesse se tordirent. Cette chanson lui était bien connue, mais elle faisait la grimace chaque fois qu'elle l'entendait.

Le monarque se pencha en avant, les mains sur les genoux. Ses yeux de loup lançaient des éclairs. « Une calamité qu'il nous est déjà impossible de maîtriser. »

Ridha restait debout, gracieuse mais le visage fermé. « Je ne suis pas d'accord. »

Le garçon sourit à nouveau. Il jeta un regard de côté à sa mère, et leurs yeux étincelèrent pareillement, en un message que Ridha ne sut déchiffrer.

« Oh, je vous croyais ici en visite amicale, avança-t-il en haussant les épaules. Soit, Ridha d'Iona, que voulez-vous de nous ? »

Eh non, ceux dont les années sont innombrables n'ont pas tendance à se préoccuper du temps perdu. Même quand ils le devraient, songea Ridha en se mordant la langue. Une nouvelle fois, elle observa les conseillers, pesant leur influence comme elle avait pesé celle de Dyrian. *Je ne suis pas diplomate,* se dit-elle. *Je ne suis pas douée pour ça.*

Et Dom, ce serait encore bien pire.

« Je veux que vous vous battiez », lâcha-t-elle en enserrant la poignée de son épée. Son regard tomba sur la branche de pin que le monarque tenait sur les genoux. « Déposer la branche, prendre la hache. » Elle se sentait désespérée. Sa voix l'était, en tout cas. Ridha détestait cela, mais elle ne s'arrêterait pas. *Si je suis obligée de supplier, tant pis.* « Terravast n'est pas encore perdu et, je crois, mérite d'être sauvé.

— Ce n'est pas l'avis de votre mère, protesta Dyrian. La monarque d'Iona est née en Glorian. Je ne peux pas lui en vouloir de saisir toute occasion de retrouver la contrée de nos ancêtres, le monde qui chante dans son sang. Elle a le mal du pays, comme tant des nôtres. » Il se tourna sur son siège pour examiner ses compagnons immortels. Certains, âgés de plusieurs milliers d'années, avaient les cheveux gris et le cœur sur une autre terre. Ils observaient la scène en silence, le visage pareil à un mur de pierre que nul ne pourrait jamais escalader.

Ridha se sentit malade, son estomac se tordit.

Puis le monarque se retourna vers elle, une lumière intense dans ses yeux de loup.

« Moi pas », dit-il, sévère.

Elle sentit le souffle quitter son corps. « Sire… »

La mère du monarque se leva, sa robe de mailles étincelant comme des écailles de poisson. Elle mesurait plus de deux mètres et avait la peau laiteuse. Pourtant, c'était une reine guerrière, aux mains couturées de cicatrices.

« Qu'est-ce qui vous a amenée ici ? » demanda-t-elle. Sa voix était étrangement rauque. Ridha déglutit en remarquant une autre cicatrice, une ligne d'un blanc de nacre en travers de sa gorge. « De toutes les enclaves, nous ne sommes ni la plus puissante ni la plus vaste. Le voyage n'est pas facile, même avant l'hiver, même pour une immortelle comme vous. Pourquoi nous, Ridha d'Iona ?

— Les pillards de la mer Vigilante n'ont pas lancé d'expéditions. Aucune voile grise sur les flots », répondit la princesse. Leur dire qu'elle avait appris cela de mortels déjà en train de tomber en poussière, dans une taverne anonyme, était inutile.

« Leurs vaisseaux n'ont pas été vus cette saison. Les villes et les villages des royaumes du Sud n'ont pas brûlé. » Cela faisait des dizaines d'années, mais Ridha se rappelait encore avoir vu les longues galères émerger d'un nuage de fumée, avec des flammes derrière elles. Tels des dragons jaillissant de la mer.

Les Vedera de Kovalinn ne répondirent pas.

Ridha s'avança lentement. Si c'était une victoire, elle la sentait presque glisser entre ses doigts. « Que fuient-ils ?

— Fuir ? » Dyrian s'esclaffa. Il jeta un regard à sa mère toujours debout, presque une ourse elle aussi. « Non, les pillards du Jyd ne fuient pas. »

La peur remonta le long de la colonne vertébrale de Ridha. La peur… et l'espoir. Sa voix tremblait quand elle demanda : « Alors que se préparent-ils à combattre ? »

Aux pieds du monarque, l'ours remua et ses redoutables mâchoires s'écartèrent en un bâillement, dévoilant des crocs longs de plus de sept centimètres, jaunes et humides. Il leva vers son maître des yeux endormis mais chaleureux, et cligna des paupières. À nouveau, Dyrian gratta sa fourrure, s'attirant un grondement de gorge satisfait.

Cette fois, le monarque ne sourit pas. Il ne ressemblait plus à un enfant.

« L'ennemi que nous devrons tous affronter, répondit-il. Que nous choisissions ou non de le faire. »

30

Contre les dieux

Sorasa

Il y avait trois prisons à Almasad. Une sur pilotis, les cellules en partie inondées à marée haute et des crocodiles pour ronger les barreaux. Une dans les faubourgs, entre la ville et les dunes, à ciel ouvert, si bien que les prisonniers se retrouvaient couverts de coups de soleil et de cloques au bout de quelques heures de captivité. La troisième, enfouie sous la citadelle de la garnison, au centre de la ville, disposait de cellules obscures, fraîches et sépulcrales, aussi sûres qu'un tombeau. Les deux premières étaient déplaisantes mais gérables. Sorasa Sarn était sortie de l'une et de l'autre, à la nage ou par un peu d'escalade.

Elle serra les dents quand on les conduisit, ligotés et bâillonnés, à la troisième, dont elle maudit le nom : *Taltora.*

Sorasa gardait la tête basse. Avoir l'air vaincu n'était pas bien difficile. Après tout, Sigil les avait trahis.

J'aurais dû m'en douter, songea-t-elle tandis que leurs pas résonnaient dans les couloirs. *Elle n'a pas vu les cadavres sur la colline. Elle n'a jamais vu Taristan du Vieux Cor, le sorcier rouge à son côté. Sigil est fille de Terravast, elle obéit encore à des règles qu'elle comprend.*

Et elle a raison : à un autre moment, j'en aurais fait autant, se dit encore Sorasa.

Les officiers ibalets les conduisirent à une salle de garde sous la forteresse-prison, illuminée par des torches, les murs bordés d'étagères et de coffres. Ils ne perdirent pas de temps à les débarrasser de leurs armes, soulageant Dom et Andry de leurs épées. Corayne grimaça dans la lumière vacillante, les yeux trop écarquillés, alors qu'on lui ôtait sa cape et la jetait au loin. Elle résista faiblement, s'étouffant derrière son bâillon, quand on déboucla la lamefuseau et la lui retira avec précaution.

Dom aurait voulu se révolter contre ses ravisseurs, mais six hommes suffisaient à l'empêcher de s'échapper – aidés d'une lourde chaîne enroulée autour de ses poignets et de ses chevilles. *Sigil les a prévenus,* ragea Sorasa en le voyant se démener en vain.

La chasseuse de primes n'était pas en vue, les Galliens en capes vertes non plus. Tandis que les gardes fouillaient Valtik, s'étonnant des babioles qu'elle transportait, Sorasa imagina Sigil au réfectoire de la garnison, entourée par les troupes du Nord. Ou bien dans le bureau du directeur de la prison, recevant la reconnaissance de mérite qu'elle devrait présenter à Ascal pour être payée. *La deuxième solution, sans doute. Sigil ne commence à s'amuser que quand ses affaires sont réglées.*

Lorsque son tour arriva, Sorasa se tassa dans l'ombre, tentant de dissimuler son visage. Elle grimaça quand un garde avec un insigne de fonction l'examina, les yeux plissés sous des sourcils sombres et broussailleux. Il avait le visage de faucon d'un noble ibalet, les yeux d'une chaleureuse nuance caramel. Elle reconnut sa barbe noire, bien taillée et huilée pour former des boucles parfaites sous ses pommettes. Sans lui ôter son bâillon, il l'empoigna par le menton et lui tourna la tête d'un côté puis de l'autre. Enfin, il baissa le regard, remarqua les tatouages de sa gorge, les lignes de ses doigts.

Il poussa un soupir sonore. « Déjà revenue, Amhara », constata-t-il avec lassitude.

Sorasa sourit et, en une manœuvre souvent pratiquée, expulsa le bâillon de sa bouche par des mouvements de la langue et des lèvres. « Bar-Barase, je vois que tu es devenu lieutenant, remarqua-t-elle, moqueuse, en désignant son insigne de la tête. Félicitations. »

Il serra les dents. « Mettez les autres en cellule, espacés régulièrement, ordonna-t-il sans joie ni zèle. Laissez ses chaînes à l'immortel. Celle-ci, déshabillez-la entièrement. Examinez le moindre repli de peau. »

À l'autre bout de la pièce, Corayne émit une petite plainte derrière son bâillon et voulut avancer d'un pas. Un garde l'arrêta. Dom lui-même se battit avec davantage d'acharnement, menaçant de terrasser ses six gardes jusqu'à ce qu'un septième lui passe un bras autour du cou. Ils continuèrent de lutter alors même qu'on les escortait hors de la pièce à la pointe du javelot ou de l'épée.

Sorasa, les mains toujours attachées, haussa les épaules en les voyant partir. « Plus vite on commencera ça, plus vite on aura terminé. »

Le lieutenant retroussa les lèvres et fit signe à deux femmes parmi les gardes, assez dures pour avoir été taillées dans le granit du Pilier rouge. Sorasa les laissa officier, tous les muscles tendus. Elle contemplait le dos de ce lieutenant qu'elle détestait.

Il n'y a rien de plus énervant qu'un officier honnête.

Cela ne prit pas longtemps. Sorasa Sarn avait été déshabillée et fouillée dès son enfance – un processus courant à la guilde, où les acolytes étaient encouragés à voler nourriture, argent et tout ce dont ils pouvaient s'emparer. Elle remarqua à peine la fouille au corps destinée à trouver des armes dissimulées de son cuir chevelu à ses orteils.

Elle compta les cellules au passage, mémorisa tous les virages qu'on lui fit prendre. Taltora était un labyrinthe sous une forteresse. L'air y était frais et sec. À la sicaire, les gardes prirent tout ce qu'elle possédait : sa ceinture, son épée, son arc, ses poignards, toutes ses bourses de poudres précieuses et, pis que tout, la bourse d'or attachée sur sa cuisse. Cet or ionien parti dans les coffres de Taltora, où il ne ferait qu'amasser la poussière sous l'œil attentif du zélé lieutenant Bar-Barase. *Cet imbécile trop coincé n'en profitera même pas,* se lamenta Sorasa en marchant dans les couloirs.

Quatre gardes l'escortaient, l'épée tirée. Les éliminer ne servirait à rien : six autres arriveraient en courant, et elle finirait assommée, enchaînée dans une cellule profonde, sans même bénéficier d'une chandelle. Non, elle se comporta en prisonnière modèle, les poignets attachés derrière le dos, ayant remis à la hâte ses jambières, ses bottes et sa chemise. Ses cheveux noirs pendaient librement sur son épaule, emmêlés par le voyage.

Après le quatrième virage, elle entendit Valtik : la sorcière délirait de nouveau en jydi. Sa voix résonnait sur le sol de terre battue et le plafond de pierre ; on aurait dit un fantôme hantant son mausolée. Pour une fois, Sorasa fut satisfaite de l'entendre brailler. La vieille femme agita un doigt à son intention en la voyant passer, découvrant bien trop de dents.

Après le virage suivant, elle découvrit Corayne et Andry, séparés par une cellule vide. La sicaire s'attendait à les trouver affolés, notamment l'écuyer, mais tous les deux se tenaient derrière les barreaux, l'œil dur et fier, le bâillon ôté.

« Ils t'ont fait du mal ? » demanda Corayne, les mains serrées autour du fer.

Sorasa secoua la tête. « Est-ce que ça en a l'air ? »

La cellule de l'Aîné se trouvait en face des autres, seule de son côté de l'allée. Dom, à moitié invisible dans la pénombre, était enchaîné au mur comme un animal enragé. Même son cou était attaché, ce qui le forçait à se tenir très droit, le dos collé à la paroi. Ses chaînes cliquetèrent quand il changea de position.

« Un peu exagéré, vous ne trouvez pas ? dit Sorasa aux geôliers. C'est juste un gros toutou. »

Dom eut un rire moqueur, luttant contre la chaîne qui lui entourait la gorge.

Les gardes ne répondirent pas et ouvrirent une autre cellule avec un grincement métallique, tournant une clef dans la serrure bruyante. Ils y poussèrent Sorasa, les poignets toujours attachés, puis claquèrent la porte avant de s'en retourner dans le couloir.

Leurs pas s'évanouirent, laissant les cinq captifs dans le silence et la pénombre, la seule lumière provenant d'une unique torche. Entre les cellules vides et la longue allée qui les séparait, nul ne pouvait seulement toucher quiconque du bout des doigts, sans parler de se rendre utile. Avec l'immortel enchaîné comme il l'était, ils avaient en outre peu d'espoir de s'ouvrir un chemin par la force. Leur bélier renfrogné n'était plus disponible.

« Ce n'est pas tout à fait idéal », gronda Dom à l'adresse du plafond.

Corayne tapa du pied, exaspérée, soulevant un nuage de poussière. « On peut le dire comme ça, fit-elle sèchement. Tu te fiais à la chasseuse de primes. »

Sorasa, sans frémir de l'accusation, entreprit d'explorer sa cellule, cherchant un défaut aux barreaux. « Charlie est encore dehors. »

Le rire moqueur d'Andry résonna. « Oh oui, il va sûrement venir nous chercher, lui.

— Il pourrait bricoler quelque chose, supposa Corayne en les regardant tour à tour. Un document, une lettre diplomatique, qui nous ferait gagner un peu de temps.

— Sigil ne laissera rien passer. » Sorasa continuait son inspection. Les barreaux étaient plantés fermement dans le sol et le plafond. Elle creusa un peu la terre battue, tentant de faire un trou, mais le fer s'enfonçait trop profond. « Elle va nous traîner tous à Ascal. » *Encore un voyage sur des mers hostiles, pour mourir sous la hache du bourreau ou entre les mâchoires d'un serpent de mer. Épuisant.* « Sauf si on y met bon ordre.

— On est quarante pieds sous terre, Sarn », objecta Dom d'une voix plate. Il se débattit à nouveau contre ses chaînes, le visage rouge sous l'effort. Sans résultat.

« Enfermés dans des cages. Enchaînés, ajouta Corayne en agitant la main en direction de l'Aîné. Je doute que, même toi, tu y puisses grand-chose.

— Tu as raison », dit Sorasa. Ensuite, prenant une longue inspiration, elle bondit sur place, les genoux levés, et passa ses poignets liés sous ses pieds. Quand elle toucha terre à nouveau, ses mains étaient devant elle. Un vieux truc enseigné à tous les acolytes de la citadelle. « Les Ibalets sont des geôliers comme les autres, mais Taltora est une saloperie de cachot. Les conduits d'aération sont trop petits même pour un gamin. Croyez-moi, j'ai vu des gens essayer. »

Elle commença à remuer les poignets l'un contre l'autre, tirant sur ses entraves à chaque mouvement. Elles étaient faites d'une corde de bonne qualité, bien tressée, et les nœuds étaient serrés, mais il suffisait de les faire travailler. Petit à petit, elle se donna un peu d'espace. Elle avait adopté un rythme lent, régulier, voire hypnotique, s'y laissant glisser aussi aisément que dans un étang chaud.

« Le seul chemin pour sortir est celui par lequel on est arrivés. Quatre tournants, quatre rangées de cellules. Ensuite les salles de garde, l'antichambre, et on atteint le cœur de la citadelle. Là, il faut traverser la cour des baraquements et les bureaux de la garnison avant de retrouver la rue. Puis courir jusqu'au désert, où peu de gens sont capables de survivre à pied, même s'ils évitent d'être abattus par la cavalerie avant d'arriver aux dunes. » Les autres firent une grimace plus prononcée à mesure qu'elle détaillait les obstacles, mais elle se contenta de hausser les épaules, sans cesser d'agiter les poignets. « Réjouissez-vous que ce ne soit pas une prison treckienne, une fosse où on serait à moitié enfouis dans nos propres déchets. Ou ascalienne, d'ailleurs, à la merci de gardes complètement stupides qui oublient de nourrir leurs prisonniers. Non, Taltora est agréable, comparée à celles-là. »

Sa main droite se libéra la première, glissant entre les liens ; la gauche suivit aussitôt, et Sorasa se passa la corde autour du cou. Elle en aurait l'usage s'il fallait étrangler quelqu'un.

Les autres la regardaient avec de grands yeux.

« Tu es déjà allée en prison, constata Andry.

— Je suis déjà allée dans *cette* prison », précisa-t-elle. Les mains libres, elle remonta sa manche gauche, exposant un tatouage intriqué représentant une aile d'oiseau.

« Eh bien ? » Corayne appuyait le front contre les barreaux, les yeux emplis d'espoir. Cette fille s'enflammait facilement. Sorasa en était presque jalouse. *La capacité d'espérer m'a été arrachée il y a longtemps.* « On n'a pas vraiment de temps à perdre. Ça fait des heures, déjà. »

La sicaire, par de petits tapotements, sonda la chair de son bras le long des plumes d'encre. Arrivée au bout de l'aile, elle se planta les dents dans la peau. « Les gardes connaissent bien mes méthodes, à l'heure qu'il est », dit-elle du coin de la bouche.

Au bout d'un moment, elle sentit la petite bosse métallique de l'épingle, s'en empara et la fit aisément glisser hors de sa peau. La grosse aiguille d'acier luisait d'un éclat cramoisi. Elle n'était pas longue, pas plus qu'une phalange. Sorasa ignora la douleur et la goutte de sang qui tachait son tatouage.

« Mais ils sont toujours incapables de fouiller quelqu'un proprement », ajouta-t-elle, triomphante, sa prise entre les dents.

Dom l'observait, méprisant. « Tu comptes raccommoder une chemise ? »

Elle ne répondit pas, occupée à sortir une deuxième épingle dissimulée dans l'aile de l'oiseau.

« Oh, joli coup, lâcha Andry, fasciné.

— Merci, Trelland. Il est agréable d'être appréciée à sa juste valeur », se réjouit-elle en entreprenant de crocheter la serrure de la cellule à l'aide de ses instruments ensanglantés.

Son cœur battit plus fort quand la porte s'ouvrit, pivotant sur des gonds miséricordieusement silencieux. *Et maintenant, et maintenant, et maintenant,* résonnait crescendo dans sa tête. Les gardes avaient manqué ses outils de serrurerie mais pris tout le reste. Son matériel. L'épée de Dom, la *lamefuseau.* En outre, il y avait probablement une centaine de soldats entre eux et la rue, parmi lesquels Sigil du Temurijon. Sorasa serra les dents, tentant de se rappeler une position plus précaire dont elle se fût déjà sortie.

Ma foi, je n'avais encore jamais essayé de sauver le monde, donc rien ne me vient.

La voix de Dom grinça à ses oreilles. « Et maintenant, Sarn ? »

Elle eut envie de se glisser entre ses barreaux et de serrer la chaîne autour de son cou jusqu'à ce qu'il ne puisse plus respirer, encore moins parler. Au lieu de cela, elle traversa l'allée et sc mit au travail sur la cellule d'Andry.

« Si ta vie ne dépendait pas de notre capacité à sortir d'ici, je dirais que tu te gausses, l'Aîné », lâcha-t-elle par-dessus son épaule.

Les chaînes de Dom cliquetèrent quand il releva le menton de son mieux. « Les Vedera ne se gaussent pas. »

Andry poussa sa porte avec un signe de tête reconnaissant.

« Valtik ? interrogea-t-il en se tournant vers la sorcière. Un sort quelconque ? »

Toujours sur le sol de terre battue, cette dernière haussa ses épaules étroites. « Écoutez les cloches au bon moment », suggéra-t-elle. Pour la première fois depuis leur rencontre, Sorasa estima que la vieille femme paraissait fatiguée, sa voix trahissant son âge avancé. « C'est ce que disent les ossements. »

Andry fit la moue, passant les bras entre les barreaux pour l'aider à se lever. L'expression de l'écuyer était aussi noire qu'un nuage d'orage. « J'ai entendu assez de cloches pour toute ma vie. »

Les épingles tournèrent dans une autre serrure et la cellule de Corayne s'ouvrit. La jeune fille sortit en trombe, cheval fou battant la terre de ses sabots. « On ne peut aller nulle part sans la lamefuseau », déclara-t-elle. Elle se penchait en avant pour compenser un poids qu'elle ne portait plus. Sans sa cape, sans l'épée dans son dos, elle paraissait très petite et très jeune, telle une enfant qu'on viendrait d'arracher à son lit.

Puis elle serra les dents, se plantant sur le chemin de la sicaire sous les yeux de laquelle l'enfant disparut.

« La lamefuseau, répéta-t-elle, les yeux d'un noir de jais.

— Je sais, siffla Sorasa en ouvrant rapidement la serrure de Valtik.

— Tu crois que Charlie nous attend toujours ? » Corayne la suivait de près, irradiant des ondes de désespoir.

« Je n'en sais vraiment rien », se força à répondre la sicaire en ouvrant la dernière cellule. Dom la foudroyait du regard depuis le mur, dans la position inconfortable que lui imposaient ses chaînes. Elle s'approcha de lui avec ses épingles nues, levées comme des poignards. « Essaie de ne pas mordre, l'Aîné.

— Pourquoi ferais-je ça ? renvoya-t-il, hargneux. Tu dois avoir du venin dans le sang. »

Son premier poignet fut libéré, puis le second. Pour la gorge, ce fut plus ardu : Sorasa dut repousser les cheveux de Dom pour trouver le cadenas qui maintenait la chaîne en place.

Elle ricana en lui libérant les pieds. « Seulement un petit peu », dit-elle comme il s'abattait, tas de muscles endoloris.

Corayne avait raison : il n'y avait pas un instant à perdre. Pourtant la sicaire se surprit à regretter qu'ils ne soient pas plus profond dans les cellules de Taltora, ne serait-ce qu'afin d'avoir quelques secondes supplémentaires pour réfléchir. Ils allaient se jeter dans l'inconnu, sans plan ni espoir de trouver la lumière de l'autre côté. Il faisait nuit noire, mais cela n'aurait aucune importance tant qu'ils ne seraient pas dehors après avoir franchi les barrages des salles de garde, de la garnison, de la citadelle elle-même.

Son esprit tournait à toute vitesse, cherchant une occasion.

Pour la première fois de sa vie, Sorasa Sarn n'en trouva aucune.

La porte se dressait devant eux, planches de cèdre renforcées de fers, gonds plats, solides. Elle l'imagina cédant sous la force de Dom et s'ouvrant sur une pièce emplie de soldats armés jusqu'aux dents.

Notre seul espoir est la surprise. Trouver une épée, un poignard, n'importe quelle arme disponible. Nous battre jusqu'à ce que la supériorité numérique revienne de notre côté. Laisser le travail de force à Dom. M'occuper du reste.

Et par-dessus tout, elle le savait, *garder Corayne an-Amarat en vie.*

Dom fixait la porte, les traits tirés, concentré. Elle comprit qu'il tendait l'oreille afin de déterminer combien de personnes se trouvaient de l'autre côté et lesquelles exactement.

« J'en abattrai le plus possible », murmura-t-il en scrutant ses compagnons. Même Valtik s'était placée devant Corayne, et Andry s'efforçait de les protéger toutes les deux, ses longs bras écartés.

L'écuyer croisa le regard de l'Aîné, et ils échangèrent un signe de tête avec gravité.

« Avec moi, dit le garçon, résolu.

— Avec moi », répondit en écho Domacridhan d'Iona, tout en s'écartant de la porte à reculons, d'autant qu'il l'osa. Deux pas, trois, dix. Jusqu'à ce que plusieurs toises s'étendent entre le panneau de bois et lui.

Il se jeta en avant tel l'éclair, courant si vite que Sorasa sentit le déplacement d'air autour d'elle. Elle se prépara, souhaitant qu'il réussisse à défoncer la porte, sachant qu'elle devrait le suivre aussi vite que le tonnerre suit la foudre.

Le battant céda sous l'épaule de l'immortel, s'arracha à ses gonds et tomba à plat comme un pont-levis. Dom ne perdit pas l'équilibre. Resté sur ses pieds, il se rua à l'extérieur et manqua de percuter une table en chêne massif par-dessus laquelle il bondit en pivotant, agile comme un daim dans la forêt.

Sorasa se précipita à son tour, tenant fermement à distance la peur qui voulait la faire claquer des dents. Elle attendit la piqûre d'une épée, la coupure d'un poignard, le coup douloureux d'un bouclier ou d'un poing.

Rien n'arriva.

Sigil, assise sur une chaise, avait posé ses grandes bottes sur la table, les jambes croisées au niveau des chevilles, les lèvres couvertes de la graisse du pilon de poulet qu'elle tenait à la main. Une mèche de cheveux bruns tombait devant un de ses yeux. Tout en dévorant la viande qui s'accrochait encore à l'os, elle considéra tour à tour l'Aîné et la sicaire, le regard malicieux.

« Deux heures pour sortir d'une cellule, ricana-t-elle. Sarn, je crois que tu perds la main. »

Leurs armes étaient disposées sur la table, la lamefuseau en sécurité dans son fourreau. Le sang de Sorasa courait à toute vitesse dans ses veines, chantait sous l'effet de l'adrénaline. Son masque d'indifférence glissa, montrant un véritable sourire.

« Une épidémie de sieste ? s'enquit-elle en levant la tête vers le plafond.

— Tu n'es pas la seule à t'y connaître en poudres et poisons, répondit Sigil. Ils ont carrément une bonne descente, ces soldats. Toute la garnison s'est endormie comme un bébé.

— Ravi que tu aies repris tes esprits, chasseuse de primes. Nous trahir, c'est trahir le monde et ta propre survie », déclara Dom, sombre, en prenant ses armes sur la table.

Sigil se délectait de ce jugement. « Je ne vous ai pas trahis, l'Aîné. Du moins, je ne vous ai pas trahis longtemps.

— Et qu'as-tu appris pendant les deux heures que tu as passées avec la garnison de la citadelle ? » interrogea Corayne en sanglant à nouveau la lamefuseau dans son dos. Elle lâcha un soupir de soulagement lorsque l'épée retrouva sa place et que ses épaules s'affaissèrent encore. « C'était ton but, non ?

— Toi, tu es futée, acquiesça la louve du Temurijon. Les soldats galliens avaient un capitaine bavard et surtout très bête. Il a été ravi d'échanger des nouvelles – je crois qu'il avait envie de partager ma prime, ou ma couche. Aucune chance ni pour l'une ni pour l'autre, bien sûr. » Elle manipulait distraitement le fer de sa hache. « D'après lui, ils ne sont pas les seuls soldats galliens en Ibal. Deux cents sont arrivés il y a une semaine, droit à Almasad. »

Andry sursauta. « La reine ne peut pas envoyer autant de soldats dans un royaume étranger, pas sans déclaration de guerre.

— Je doute que ça la préoccupe, marmonna Corayne. Est-ce qu'il t'a dit où ils allaient ? »

Sigil leva le menton, croisant le regard de Sorasa. Après tant d'années, elles se connaissaient assez pour se comprendre sans avoir besoin de parler. La sicaire vit de la répugnance en la chasseuse de primes, peut-être même de la peur.

« Une oasis sur la côte d'Aljer, dit-elle. Du nom de Nezri. »

Sorasa ressentit cette peur, elle aussi, et s'en servit pour se guider.

Des miroirs sur le sable.

Cela faisait des années que la fille de l'Ibal n'avait pas chevauché dans ses déserts, montée sur une jument des sables, volant au-dessus des dunes qui l'avaient vue naître. Rien d'autre ne valait vraiment cela. Ni se tenir à la proue d'un navire, ni conduire un char. Pas même se pencher dans le vent au bord d'une falaise, avec le royaume étendu là comme une couverture vert et bleu, pas même avoir le monde entier entre les dents. Dans le cœur de Sorasa Sarn, rien n'égalait le frisson procuré par le désert, la nuit, une chevauchée rapide sous les plus brillantes étoiles, avec le souffle sain d'un vent froid dans ses cheveux et, pour seuls bruits, ses battements de cœur accompagnant les incessantes évolutions des sables antiques.

Se laissant aller en arrière sur sa selle, serrant les cuisses avec force pour ne pas être désarçonnée quand son dos toucha le cuir, elle fixa le ciel. La jument des sables qui frémissait sous elle galopait à un rythme régulier, parfait. Avec la brise sur son visage et les étoiles au-dessus d'elle, Sorasa se vida l'esprit, chassant de sa tête fuseaux et Aînés, sang-du-Cor et épées enchantées. C'était une tactique de la guilde : chercher la clarté par la paix.

Elle n'avait jamais été très douée pour cela.

La sicaire se rassit, reprit ses rênes en main et glissa les pieds dans ses étriers. Sa jument filait à toute allure, ravie de galoper. Les autres l'imitaient, leurs sabots pareils à des météores entre les dunes.

Comment Charlie s'était procuré sept juments des sables noir, roux et or, Sorasa l'ignorait, mais elle en était sans conteste ravie. Aucune créature n'était aussi rapide, aucune bête aussi hardie. Les lieues défilaient en un clin d'œil autour d'eux tandis que le ciel roulait vers l'aube.

Avec les provisions nécessaires et une bonne préparation, on circulait aisément dans les Grands Sables de l'Ibal. *C'est le soleil qui tue, pas les étoiles.* Déterminant leur route en se fiant aux constellations, ils formèrent une colonne sur les dunes. Sigil prit la tête, Dom à son côté. Tous les deux chevauchaient encolure contre encolure et s'observaient, les cheveux de la chasseuse de primes aplatis sur son crâne, ceux de l'Ancien flottant comme un fanion d'or.

Ils couraient vers un fuseau déchiré, d'où s'échappaient les monstres de Meer.

Le monde des océans, entouré par une mer de dunes. Sorasa était incapable de l'imaginer, mais bien des choses dépassaient son entendement ces temps-ci. Elle limitait ses réflexions à ce qu'elle pouvait contrôler et accomplir. Une autre tactique de la guilde. *Tout ce que je peux faire à présent, c'est chevaucher et prendre de vitesse une apocalypse qui ressemble au soleil levant.* Elle la sentait : une épée contre sa nuque. Taristan et Ce-qui-attend, les mains tendues pour s'emparer du monde. Et une autre lame accrochée au-dessus d'elle, de plus en plus proche à chaque seconde qui passait.

Reviens et je ne te laisserai pas un lambeau de chair sur les os.

Elle entendait en son for intérieur la voix de monseigneur Mercury, aussi claire que les étoiles dans la nuit d'encre. La citadelle des Amhara se dressait au nord, à plusieurs lieues sur la côte, là où les sables atteignaient un flanc de falaise, trop loin pour qu'elle la voie. Pourtant elle n'osait pas regarder. Le cheval aurait risqué de changer de direction, le chemin de se modifier. Sorasa Sarn aurait quant à elle risqué de perdre toute maîtrise et de rapporter sa carcasse chez elle.

L'aube s'accompagna d'un rideau de chaleur, comme l'ouverture d'un four. La sicaire entraîna encore ses compagnons aussi longtemps qu'elle le put, poussant ces étrangers dans leurs derniers retranchements. Jusqu'à ce que le soleil soit trop haut, trop fort, au point que les poches d'ombre entre les dunes eurent presque disparu. Les chevaux luisaient de transpiration et leur pas jusque-là parfait commençait à devenir erratique. Même Dom poussa un soupir de soulagement quand elle décida de camper.

Elle mit pied à terre dans un sable si chaud qu'il la brûlait à travers ses bottes. Un éparpillement de rochers à la base d'une dune leur fournit un abri ombragé accueillant. Il faisait toujours une chaleur infernale mais, là, c'était supportable. Les voyageurs tendirent en outre leurs capes pour former de petites tentes et disposer d'encore plus d'ombre. Andry s'endormit aussitôt, commençant à ronfler dès qu'il fut allongé. Charlie ne tarda pas à l'imiter tandis que Dom prenait le premier tour de garde, le visage enfoui dans l'ombre de son capuchon. Valtik se prépara un nid en creusant les couches inférieures du sable, plus fraîches, avant de faire signe à Corayne de la rejoindre. Sorasa haussa un sourcil mais ne prit pas la peine de demander où une sorcière du Nord avait acquis les habitudes du désert.

« Il y aura des gardes en haut du canyon, murmura Sigil en se débarrassant de son armure, sans laquelle elle restait aussi volumineuse, toute de muscles et de membres épais. Des archers, des arbalétriers. Ça ne sera pas beau à voir. »

Sorasa se protégea les yeux et scruta l'horizon, le ciel bleu vif posé sur un or miroitant. Si elle portait toujours des vêtements ternes, noirs, bruns ou gris sale, ses couleurs favorites étaient le bleu et l'or. Le bleu roi du drapeau. L'or du sable. La nuance céruléenne du ciel infini. L'éclair jaune des pièces de monnaie. Ils étaient en Ibal. Ils étaient chez elle.

L'automne commençait tout juste. Les autres ne pouvaient sentir le changement dans les vents, ni la minuscule baisse de température, mais cela n'échappait pas à une fille du cru.

« Le canyon, j'en fais mon affaire », dit-elle en tapotant l'épaule de Sigil.

La chasseuse de primes lui répondit par un rire bourru. « Tant mieux, parce que j'aimerais autant ne pas être encore obligée de te sauver la vie. »

Tant qu'ils poursuivirent leur route, ils dormirent aux heures les plus chaudes, se levant avant le crépuscule. C'était épuisant, même pour Sorasa, longtemps restée absente de son pays. Les lèvres gercées de Corayne saignaient. Dom se couvrait de la tête aux pieds, transpirant sous sa cape et son capuchon. Le pauvre Charlie s'évanouissait presque tous les matins, rouge de la pointe des doigts à celle des orteils. Sigil transpirait sous son armure, le visage luisant, et Andry garda son capuchon relevé plusieurs jours d'affilée pour se protéger les yeux. Seule Valtik, tête nue et les yeux grands ouverts, semblait insensible à la chaleur et au soleil. Sa peau d'ivoire ne changeait jamais d'aspect. *Un putrifuseau de sort,* supposait Sorasa.

Le soleil sapait leurs forces mais leur laissait passer des nuits paisibles, bien que trop courtes. Une semaine s'écoula dans un silence quasi absolu. Leurs outres à eau s'allégeaient, leurs réserves de vivres s'amenuisaient. La douceur des pommes achetées à Adira, terminées depuis beau temps, n'était plus qu'un souvenir.

Sorasa ne s'inquiétait pas. Ce n'était plus l'été, et la ligne rouge apparaissait à l'horizon comme elle le devait, grandissant à chaque heure de trajet. Les falaises jetaient des ombres longues, baignant d'un air frais le désert et la terre fissurée par un lac saisonnier. Il faudrait plusieurs mois avant que les pluies d'hiver ne ressuscitent le plan d'eau. Quelques plantes hardies poussaient encore dans les fêlures du sol, alimentées par une nappe souterraine qui filtrait à travers terre et sable. Les juments des sables tentaient de les attraper au passage, leurs babines se tendant vers la moindre tache verte.

« Vous avez l'intention de les contourner ? » demanda Dom un matin, ses yeux d'immortel posés sur les falaises encore éloignées de plusieurs lieues. Elles s'étendaient du nord au sud sur toute la largeur de l'horizon, déchiquetées, une muraille de pierre couleur rouille. « Ou bien de les traverser ?

— Contourner prendrait plusieurs semaines. Les Marjeja entourent l'Aljer comme un croissant de lune. On passera par le canyon. » Les flancs du cheval étaient lisses sous sa main, aussi stabilisants qu'une ancre. La jument des sables frémit à ce contact, qu'elle cherchait à favoriser. « Et on ne sera pas seuls. »

Sorasa acheva de réunir ses cheveux en un chignon serré sur la nuque. Avec un effort de volonté, elle leva les yeux pour fixer les chevaux dispersés dans le lit à sec de la rivière, le canyon figurant à une demi-lieue de là une brèche dans la muraille des falaises. La sicaire paraissait tranquille, mais son cœur battait à tout rompre dans sa poitrine et son estomac se tordait. Il y avait là environ deux cents Shiriens de toutes les couleurs, crème, sable ou rouge sang, plus quelques spécimens d'un noir d'obsidienne. Tous broutaient la terre crevassée, chassant les végétaux dans les ombres croissantes des falaises. Le troupeau ne comptait que quelques étalons, le reste étant formé de juments intelligentes et de poulains encore en pleine croissance sur leurs membres grêles. Ces bêtes ressemblaient fort aux juments des sables, mais tout l'Ibalet les en savait distinctes, plus fortes, plus rapides et infiniment plus sauvages que leurs cousines domestiques. *C'est mal,* songea Sorasa, qui éprouvait déjà de la honte. *C'est impie, un crime contre les dieux et le monde.*

Les autres suivaient son regard, transpirant déjà avec l'arrivée de l'aube.

« On va les regarder toute la journée ou bien..., questionna Charlie avec un demi-sourire, laissant sa phrase en suspens.

— Ce sont des Shiriens. »

La peau de Sorasa se hérissait à l'idée de ce qu'ils devaient faire.

« Après les dieux, il n'y a rien de plus sacré en Ibal que ces troupeaux. Ils sont le vent fait chair, plus rapides que l'orage, plus féroces que les loups des sables. À l'époque du Vieux Cor, l'empire les traquait et transportait des Shiriens sauvages de l'autre côté de la mer. Loin de chez eux, la plupart mouraient. Cela n'arrive plus. » Sa bouche s'assécha. « Déranger ou capturer un Shirien sauvage est passible de la peine de mort. »

Corayne se tortilla sur sa selle. « Ça fera une ligne de plus sur les affiches, grommela-t-elle.

— Ils sont comme un hommage aux dieux, aux rois ibalets, à la grande et terrible gloire de l'Ibal, parfois conquis, jamais abattu. » Sorasa se sentait malade mais elle n'en continua pas moins de parler. *À tout le moins, je dois leur faire comprendre.* « Sur cette terre, ils sont libres d'aller et venir, de la côte au lit de la rivière, des falaises aux prairies, des montagnes à l'ombre des oasis. Ils sont vraiment libres », murmura-t-elle, sentant le vent dans ses cheveux, le jugement des dieux dans ses os. Et les yeux émeraude de Dom sur elle, doux pour une fois, dépourvus de leur agressivité habituelle.

« On ne leur fera aucun mal, gronda-t-il en inclinant la tête. Tu as ma parole. »

Sorasa ne put que hocher la tête, la bouche trop sèche, tandis qu'il poussait sa jument en avant et commençait à descendre le long de la dune, Sigil à son côté.

Saïdin nore-sar

« Les dieux me protègent. »

Saïdin nore-mahjin.

« Les dieux nous protègent. »

La sicaire s'inquiétait davantage pour les chevaux sacrés que pour la plupart de ses compagnons. *Valtik s'arrange toujours pour survivre à tout. Andry s'en sortira aussi. C'est un bon cavalier, à l'aise en selle. Charlie pas tant que ça mais, s'il se fait piétiner, tant pis. Son sang à lui ne risque pas de sauver le monde dans un avenir proche.* C'était de Corayne qu'elle se préoccupait, lisant la tension dans les épaules de la jeune fille, la crispation de ses doigts sur les rênes de sa monture, une jument des sables de la couleur d'un grenat.

« Tiens bon, lui dit Sorasa. Quoi que tu fasses, ne lâche pas prise. Un bras sur la selle, les deux pieds dans le même étrier. Je serai juste à côté de toi, Dom également. Personne ne te laissera tomber. »

Corayne baissa le menton en un ferme acquiescement, son expression révélant la force qui l'habitait – même si ses mains tremblantes contaient une autre histoire. Pour une fois, la lame-fuseau n'était pas dans son dos, car elle l'aurait déséquilibrée. Le temps de la course, ils l'avaient accrochée à sa selle de manière à ne pas l'encombrer, la sanglant aussi solidement qu'ils l'avaient osé.

Si on perd ce cheval-là..., songea Sorasa. Elle tenta de déterminer les issues possibles, les erreurs qu'ils pourraient commettre. Il y en avait trop pour qu'elle les explore toutes, trop de variables s'en mêlaient pour qu'elle fasse des prévisions, et elle n'avait de toute façon le temps de se préparer à aucune, encore moins à toutes.

Sigil savait conduire des chevaux, s'y étant initiée dans les steppes, avec les solides poneys trapus du Temurijon. Elle poussa sa monture entre les juments shiriennes pour rejoindre un étalon qui se tenait à part, le cou tendu, les oreilles frémissantes.

Dans les dunes, un peu plus haut, Sorasa enroula les rênes autour de ses mains, tandis que ses talons et ses cuisses se resserraient sur sa monture.

Le cri de bataille des Innombrables, la grande armée de l'empereur temur, monta du troupeau, un hurlement aigu pareil à la rencontre brutale de la foudre et du métal. Ajouté au galop de la jument de Sigil et à l'éclair de sa hache, cela suffit à faire partir l'étalon au galop. Les muscles frémissaient sur ses flancs telles des rides à la surface de l'eau, magnifiques, comme forgés dans le métal et non faits de chair. Alors qu'il se dirigeait vers la plaine, il trouva sur son chemin Dom, dont l'épée étincelant des rayons du soleil l'effraya.

Ensemble, les deux guerriers le poussèrent en direction du canyon, et ses hennissements montèrent au-dessus du lit asséché. La horde lui répondit, soulevant la poussière pour suivre au grand galop son chemin tonitruant.

« Ne lâche pas », répéta Sorasa, en se penchant pour frapper sur le flanc la jument de Corayne.

Tous s'élancèrent, se mêlant aux Shiriens, l'odeur de la poussière et des animaux sauvages imprégnant l'air. Le cœur de Sorasa bondissait avec les chevaux, dont les sabots battaient un rythme identique. Autant se joindre à un orage, tomber dans une tempête. La sicaire vibrait, tressautait, tandis que sa jument des sables s'adaptait au pas du troupeau, de tous ces corps pressés les uns contre les autres pour suivre la charge de l'étalon. Elle galopait au côté de Corayne, leurs genoux se touchant presque. Quant aux autres, elle n'aurait su le dire. Il n'y avait que la fille du Cor, la lamefuseau, et le flanc écarlate de son cheval, comme un phare discerné du coin de l'œil.

Les falaises se dressaient, colossales, leur roc percé de la fente étroite du canyon. Le monde de Sorasa se resserra, finit par se résumer aux parois rouges et au roulement de tambour d'un millier de sabots, au rythme de son sang, à l'adrénaline qui fusait dans son corps. Corayne se penchait très bas sur l'encolure de sa jument, accrochée à elle, les dents découvertes mais serrées avec force. Une ombre dorée familière étincelait un peu plus loin, près d'une étoffe vert foncé qui volait au vent. Dom s'était posté sur l'autre flanc de Corayne alors qu'ils arrivaient à l'ombre des falaises et sentaient l'air frais tomber sur eux à la manière d'un rideau de théâtre. Les sabots de la horde résonnaient sur la pierre en un rugissement assourdissant.

« Maintenant ! » hurla Sorasa, mais sa voix se perdit dans le vacarme. Elle ne pouvait qu'espérer que les autres la voient et la suivent.

Les mains serrées sur ses rênes et le pommeau de sa selle, elle sortit le pied gauche de l'étrier et le fit passer par-dessus le dos du cheval en un mouvement souple. Ses muscles se tendirent alors qu'elle demeurait en équilibre, une botte à l'étrier, l'autre casée de son mieux à proximité. Sa monture ne ralentit pas le pas, poussée par la horde : des siècles d'élevage ne pouvaient surpasser l'instinct ancestral, et les juments des sables avaient du Shirien au fond de leur lignée. Il n'était pas aisé de se plaquer ainsi contre le flanc de l'animal, la tête baissée vers la selle. Le sol poussiéreux filait sous la sicaire comme un cours d'eau semé de rochers irréguliers et érodés. Elle tentait de ne pas baisser les yeux ni s'imaginer piétinée. Au lieu de cela, elle regardait à droite et à gauche, en avant et en arrière, cherchant à voir entre les vagues de chair sauvage qui déferlaient.

Son estomac se retourna quand elle aperçut des soldats sur les imposants rochers, leurs silhouettes bien découpées en haut des falaises. Des archers observant le canyon. Elle fit la grimace, s'attendant à tout instant à sentir une pointe de douleur aiguë. Une flèche dans la gorge. Cela n'arriva pas.

Ça marche, comprit-elle, manquant de perdre prise sous le choc. Au lieu de quoi, elle renforça sa détermination, se serrant plus près du cheval.

Elle repéra Andry, la tête pressée contre le flanc de sa jument baie et, plus grand que Sorasa, contraint de se plier pour empêcher ses jambes de traîner au sol. Il croisa son regard, alors que sa monture louvoyait au milieu des Shiriens : les sourcils figés en une ligne sombre, il ne faiblissait pas. Sigil, derrière lui, elle aussi trop grande, s'enroulait autour du cheval, un bras et une jambe sur son dos, les autres sous son ventre. Valtik et Charlie, perdus dans la mer, n'étaient pas en vue. À tout le moins, si elle ne les apercevait pas, les éclaireurs galliens éventuels ne les verraient pas non plus.

Corayne restait à sa droite, le souffle oppressé, saccadé. Ses phalanges blanchissaient sur les rênes et la selle alors qu'elle luttait pour ne pas perdre prise. Elle se balançait non loin de Dom, lequel ne tenait sa jument que d'une seule de ses mains géantes : l'autre était refermée sur la selle de Corayne, afin qu'ils avancent d'un même pas. Il pressait le torse contre la fille du Cor, son agilité d'immortel les empêchant tous les deux de connaître une mort horrible sous les sabots déchaînés.

Les chevaux couraient à tombeau ouvert, leurs crinières semblables à des drapeaux dans le vent, leurs sabots soulevant cailloux et poussière. Un nuage suivait la horde, rose et embrumé, obscurcissant les hauteurs des falaises. Les silhouettes des archers s'évanouirent, perdues dans la poussière. Sorasa se permit une petite poussée de triomphe. S'ils tenaient assez longtemps, la horde allait les faire traverser jusqu'au bout.

Le canyon semblait s'étirer éternellement. Il s'élargissait ou s'étrécissait sans cesse, forçant le troupeau à s'adapter, et les montures des fugitifs avec lui. Sorasa fit la grimace quand un cheval la heurta, manquant de la broyer contre les côtes de sa jument. Un cri d'alarme monta. On aurait dit la voix de Charlie. Sorasa tenta de prier – qu'ils tiennent bon, que les éclaireurs ne tendent pas l'oreille. Tout ce qu'elle pouvait faire, c'était serrer les dents et rester en place, alors même qu'elle sentait glisser sa propre prise sur sa selle.

Si l'entrée du canyon était une brèche obscure, sa sortie, blanche colonne de jour, étincelait aussi fort qu'une étoile. Elle apparut au détour du dernier virage et Sorasa, meurtrie, privée de forces, faillit crier de soulagement. *Oh, que la horde galope encore plus vite !* supplia-t-elle tout dieu qui voudrait bien l'écouter.

Dom et Corayne avaient pris de l'avance, leurs chevaux galopant l'un contre l'autre. L'Aîné avait un pied dans l'étrier de la jeune fille et une main sur chaque selle, tandis qu'elle, serrée contre sa poitrine, pressait le visage contre sa cape. Le dos tourné vers l'avant, il permettait au vêtement de tomber sur eux et de dissimuler sa compagne.

Non sans l'aveugler, lui.

La sicaire prit une inspiration sèche, presque hurlante, quand elle vit le chemin se diviser autour d'un rocher qui jaillissait du sol comme un poignard. La horde passa de part et d'autre de l'obstacle, manœuvrant avec aisance. Dom et Corayne, eux, n'y parviendraient pas : leurs juments maintenues ensemble, toutes les deux haletantes, le blanc des yeux furieux, chargeaient en hurlant et s'efforçaient de se séparer, mais Dom, les doigts glissés sous la sangle des deux selles, était plus fort.

Sans réfléchir, Sorasa se redressa sur le dos de sa jument et lui planta les talons dans les flancs. La bête hennit et partit à toute vitesse, dépassant telle une flèche noire les Shiriens qui les entouraient. Si les éclaireurs la voyaient, la sicaire s'en moquait.

« Donne-moi la main ! » cria-t-elle en arrivant à la hauteur de l'Aîné et de la fille du Cor.

Ils levèrent les yeux vers elle, choqués. Le visage de Dom, déjà rouge d'épuisement, le devint de colère.

« Tu vas nous faire tuer... », commença-t-il, mais Sorasa l'ignora, le bras tendu.

Le rocher se dressait, menaçant, plus proche à chaque seconde qui passait, tel un marteau prêt à les couper en deux.

Corayne leva la tête, emplie de terreur, mais ses yeux étaient toujours les mêmes, plus noirs que le ciel nocturne. Des yeux d'un autre monde.

« DONNE-MOI LA MAIN ! » hurla encore la sicaire, sentant déjà l'impact de l'os contre le roc. Ses doigts tendus ne rencontraient que de l'air. Quelque chose siffla non loin d'elle, un bruit qu'elle ne connaissait que trop bien. *Une flèche*, songea-t-elle, distraite.

Puis la main de Corayne fut dans la sienne. Alors que Dom criait, Sorasa tira aussi fort qu'elle le put, et crut sentir son épaule se démettre sous le poids soudain. Une seconde durant, le temps se suspendit, se ralentit infiniment. La jeune fille dériva vers elle, les bras écartés, les yeux emplis de terreur, passant à deux doigts du rocher. Derrière elle, l'immortel réagit en un éclair : repoussant un des chevaux d'un coup de pied, il atterrit sur l'autre, un bras plaqué sur la lamefuseau pour l'empêcher de se décrocher.

Comme le rocher passait entre eux, les yeux de Dom ne quittèrent pas ceux de Sorasa, qui ressentit comme un javelot au milieu des entrailles ce regard d'un inflexible vert tempête. Quoique pas aussi furieux qu'il savait l'être, pas aussi dégoûté. Ils s'écartèrent l'un de l'autre, négociant la division du chemin avant de se heurter à nouveau, Corayne se tenant tant bien que mal entre eux, frissonnant contre le dos de la sicaire.

Un cri retentit en hauteur, l'aboiement d'un soldat. Une volée de flèches s'abattit sur la horde, touchant les chevaux qui les entouraient. Sorasa sentit les traits avec une douleur aussi aiguë que s'ils se plantaient dans sa propre chair. Son cœur saignait pour les Shiriens qui, eux, saignaient pour elle. Elle lâcha un juron dans un souffle et fit claquer ses rênes tout en poussant à coups de talon la jument des sables jusqu'à ses limites.

« Plus vite, siffla-t-elle, à sa monture et à elle-même. Plus vite. »

Le canyon ouvrait sur un désert au sable plus blanc que les dunes dorées. Ils s'y engouffrèrent avec les Shiriens, le grand étalon entraînant toute sa horde. Les soldats allaient les suivre.

Sans doute commençaient-ils déjà à descendre des falaises ou à faire signe au reste de leur compagnie. L'élément de surprise dont Sorasa aurait aimé se prévaloir avait disparu.

Mais nous sommes vivants. C'est suffisant.

La mer se trouvait à quelques lieues de là, le golfe d'Aljer, si proche qu'elle croyait le sentir. Après plusieurs journées dans le désert, la saveur salée de l'eau était d'une impossible lourdeur sur sa langue. Mais l'oasis s'étendait avant cela, une tache noire à une lieue de distance dont l'ombre faisait espérer des palmiers, de l'eau fraîche et un petit avant-poste destiné aux caravanes et aux pèlerins. Un endroit sacré, touchefuseau.

Et à présent déchirefuseau.

« Continuez », ordonna-t-elle à qui pouvait l'entendre, quiconque avait réussi à traverser le canyon.

Elle sentait les mains de Corayne sur sa taille, leur pression inégale mais immanquable. Dom, sur leur droite, avait l'épée. Sorasa retint un cri de triomphe et faillit pleurer de soulagement.

On est assez nombreux.

Elle n'osa pas regarder en arrière, de crainte de voir leurs compagnons brisés, piétinés.

À l'horizon, l'oasis miroitait, vision étrange – comme le fil d'une lame posée sur le sol. Acier. Argent. Mercure.

Son souffle se bloqua dans sa poitrine.

Des miroirs sur le sable. L'Œil d'Haroun.

Et ceci.

Comme le sable cédait la place à l'élément liquide, les sabots des juments soulevèrent de l'eau au lieu de la poussière, mais elles continuèrent de galoper. Le Shirien de tête ne s'étant pas arrêté, tous les chevaux plongèrent dans la couche d'eau peu profonde jetée sur le plus rude désert de Terravast.

Elle était d'un froid choquant.

Sorasa frissonna comme jamais. Alors que l'impitoyable soleil de l'Ibal lui martelait le visage, c'était l'eau de Meer qui clapotait autour d'elle, éclaboussant les jambes de sa jument.

« Je crois que c'est là », souffla Corayne à son oreille.

31

Sang et lame

Corayne

Corayne sursauta quand un jet d'eau la frappa en pleine face, lui piquant les yeux et remontant dans son nez. Une eau trop froide et chargée d'une substance grise qui laissa des rayures sur sa peau. Quand elle tenta de les essuyer, elle se tacha les mains. Elle n'avait encore jamais rien vu de tel. L'oasis était inondée : un nouveau lac se formait sur le sable chaud, le changeant en boue visqueuse. La jeune fille distinguait à peine les collines basses de Nezri, les palmiers aux feuilles vert et brun pendantes. La ville se nichait au milieu, petite, discrète, avec ses bâtiments tout de peinture bleue et de pierre blanche décorée. Corayne entendait des vagues déferler, ou bien une cascade, ou les deux. *C'est impossible,* songea-t-elle en clignant des paupières sous l'assaut de l'eau qui étincelait au soleil, presque aveuglante.

Elle n'avait pas le temps de s'interroger. Les soldats galliens qui gardaient le canyon allaient les poursuivre, et d'autres se trouvaient à Nezri pour protéger le fuseau. Penchée en avant, elle appuya la joue contre le dos chaud de Sorasa, dont le battement de cœur ferme et régulier lui maintenait les pieds sur terre.

« Est-ce qu'on a réussi ? » haleta-t-elle, s'efforçant de se faire entendre par-dessus le vacarme des sabots qui soulevaient les gerbes d'éclaboussures.

Les Shiriens se déployaient, reniflant et secouant la tête. Sans les parois du canyon pour la canaliser, leur formation perdit sa cohérence, et Corayne, cessant d'être encerclée, eut l'impression de pouvoir à nouveau respirer. Elle observa les chevaux, cherchant des cavaliers assis ou pendus à leurs selles.

Il n'y avait rien derrière eux, sinon le nuage de poussière et, à l'intérieur, l'éclair caractéristique du soleil sur l'acier. *Le lion se précipite déjà.* La jeune fille siffla entre ses dents.

« On est là ! »

Andry, de nouveau en selle, le visage strié de poussière rouge, se portait à leur hauteur en haletant. Une tache de sang s'épanouissait sur sa manche, révélant une blessure. Les yeux de Corayne s'y dirigèrent tout droit.

« Un des chevaux m'a mordu, expliqua l'écuyer en reprenant son souffle. Ç'aurait pu être pire. »

Une autre jument se joignit à eux, peinant visiblement sous le poids de Charlie Armont. « Sans déconner, je suis pas passé loin de crever », croassa le faussaire, le visage violacé. De vilaines brûlures laissées par les rênes marquaient ses bras. *Il a dû être traîné tout le long du canyon.* « J'ai failli perdre mon matériel ! Mes encres, mes sceaux… »

Sigil sortit de la brume de chaleur, silhouette miroitante qui se solidifia peu à peu. Son cheval dansait sous elle. « Un enfant te battrait à la course, prêtre, déclara-t-elle sans sourire. Et la sorcière ? »

Corayne n'aurait su dire ce qui monta en elle, une impression, un instinct ou quelque chose de plus profond, mais elle ne se soucia pas de chercher Valtik du regard, ni au milieu de la horde, ni à l'horizon. « Elle viendra quand on aura besoin d'elle. »

Elle sentit Sorasa se raidir sous ses mains, qui regarda par-dessus son épaule. « On aurait bien besoin d'elle en ce moment, il me semble. »

Des soldats devant, des soldats derrière. Un fuseau entre eux.

Corayne se tourna vers Dom, une main sur ses rênes, l'autre sur la lamefuseau. Il suivit son regard et baissa la tête. Une fois de plus, elle le revit en haut des falaises de Lemarta, agenouillé sur la route, implorant son pardon. *Me demandant de sauver le monde.*

Plus ils approchèrent de Nezri, plus le niveau de l'eau monta, jusqu'à atteindre les genoux des chevaux, les forçant à ralentir pour se mettre à trotter. Les Shiriens sautillaient, ruaient, renâclaient devant cet élément étranger à leur contrée. La protection que fournissait leur nombre disparut à mesure que les juments des sables laissèrent la horde derrière elles.

« Des miroirs sur le sable », murmura Sorasa, le soleil dans les yeux, les joues mouchetées de gris par l'eau étrange. Elle leva la main pour se protéger de la lumière et inspecter l'avant-poste qui les attendait.

Corayne l'imita, regardant par-dessus son épaule. Leurs paumes étincelaient de gouttes sombres semblables à des pierres précieuses. Une colonne d'eau, telle une gigantesque fontaine, jaillissait dans l'air, haute de quinze toises, aussi large qu'une tour, impossible source fusant du bassin de l'oasis et rugissant aussi fort qu'une centaine de vagues déferlantes. Elle retombait en pluie sur la ville à ses pieds. Cette eau-là aussi affichait une étrange coloration grise, comme du pétrole ou de la pourriture. Corayne la sentait tracer des lignes sales sur son visage et sa gorge.

Nezri était d'ordinaire animée, mais il n'y avait aujourd'hui personne aux abords de la ville. Ni habitants, ni caravanes de marchands, ni pèlerins en route pour le temple de l'oasis. *Peut-être que le fuseau les a chassés – ou alors les hommes d'Erida les ont tous tués.*

« Il y a au moins deux cents soldats du Galland dans cette ville, gronda Sorasa en tirant son épée de bronze du fourreau sanglé sur sa selle. Tenez-vous fermement, ne vous arrêtez pas. Trouvez le fuseau et conduisez Corayne jusqu'à lui. »

Des lames chantèrent en se libérant de leurs fourreaux. Une hache mordit l'air. Un crochet au bout d'une ficelle tournoya en un cercle paresseux. Corayne chercha sa dague, encore sur sa hanche. La poignée, peu familière, lui paraissait mal adaptée à sa main, en dépit du petit entraînement que lui avaient fait subir Sorasa et Sigil.

Sept contre deux cents soldats du Galland postés devant un fuseau. Impossible, mais pas plus que tout ce qui avait précédé ce moment. *On a déjà accompli de telles choses,* pensa Corayne, tentant d'y croire, d'être brave. Pour sa mère, où qu'elle soit, pour son père défunt. Pour les amis qui l'entouraient et le monde qui menaçait de s'effondrer sur eux tous.

« Dom, l'épée ? » s'enquit-elle, tentant de ne pas trembler. Sa voix vacillait mais pas la main qu'elle tendit, la paume levée.

La lamefuseau étincelait, ses ciselures soulignées par le soleil du désert. Une nouvelle fois, Corayne sentit le froid qui émanait de l'arme antique, comme si le cœur en était gelé plutôt que forgé. Dom la lui présenta d'une jument à l'autre.

Elle effleura la poignée du bout des doigts, le cuir doux.

Une bouche hurlante emplie de crocs se dressa entre leurs chevaux, lui inspirant un effroi qui la glaça jusqu'aux os. Le serpent de mer était jeune, ses écailles étincelaient d'un blanc trouble et ses yeux rouges versaient des larmes noires. Ses mâchoires claquèrent juste en dessous des doigts de Corayne, que Sorasa tira hors de portée du monstre.

Dom fit virevolter l'épée qu'il tenait pour la rattraper par la poignée, et frappa dans le même mouvement. Son cheval, en se cabrant, lui fit manquer son coup : la lamefuseau trancha l'air plutôt que la chair du serpent.

Les juments s'agitèrent de-ci de-là tandis que la surface écumait et se plissait, agitée non par leurs sabots mais par une masse grouillante de serpents roulant les uns sur les autres, se lovant et se tendant tour à tour, les écailles pareilles à du cristal iridescent ou à du pétrole visqueux – blanc, noir et rouge ; gris, vert et bleu. Les ophidiens décrivaient des cercles, attirés de plus en plus nombreux par l'agitation, évoquant par leurs mouvements des vagues chasseresses.

Il n'y a pas de son plus horrible que le hurlement des chevaux.

Corayne hurla aussi quand des crocs claquèrent devant son visage.

Les Compagnons se dispersèrent sans but, sans plan de bataille, à la merci de leurs juments et des monstres qui rôdaient sous la surface. La jeune fille avait toutes les peines du monde à rester en selle, les bras serrés autour de la taille de Sorasa, tandis que la sicaire s'efforçait de garder sa monture en vie et, si possible, debout.

Seule Sigil fut heureuse. Elle rugit à nouveau le cri des Innombrables, qui vibra dans l'air, ce qui poussa son cheval à charger. Filant avec la fureur d'un ouragan, une hache dans une main, une épée dans l'autre, elle se penchait d'un côté puis de l'autre pour user des deux avec abandon. Des têtes de serpents volaient derrière elle, les cous tranchés crachant un sang noir qui tachait les eaux.

« Suivez-moi ! » s'écria-t-elle en se frayant un chemin au sein de l'oasis, des cadavres d'ophidiens dans son sillage.

Quoique censément terrifié par la chasseuse de primes, Charlie fut le premier à obtempérer, les pieds sortis des étriers par crainte des morsures aux chevilles. Avec son visage rouge, il offrait un spectacle remarquable.

« Mais pourquoi ai-je accepté ? » rugit-il, à lui-même.

La jument de Sorasa, retrouvant ses esprits et son sens de l'orientation, passa à l'action. Elle se mit à galoper, décochant des coups de sabot à tout ce qui passait à sa portée, dans sa hâte d'atteindre les palmiers et l'avant-poste.

La sicaire psalmodiait à son oreille : la langue ibalette apaisait la bête, l'aidait à se concentrer. Il y eut un soudain bouillonnement autour d'eux, et Corayne abattit la dague qu'elle tenait avec maladresse. Visant un anneau de serpent écailleux, elle le manqua et faillit perdre l'équilibre, tandis que son estomac se nouait.

« Contente-toi de rester avec moi, je me charge du reste », dit Sorasa en poussant la jument entre les palmiers.

Même déserte et inondée, Nezri paraissait charmante. L'oasis avait poussé autour de ce qui était naguère un étang placide, et ses palmiers ombrageaient des rues agréables. Un temple pourvu d'un dôme et d'un minaret, petit mais joliment décoré d'un motif intriqué de peinture verte et de mosaïque blanche, miroitait entre les arbres. Sa cloche appelant à la prière restait pendante, silencieuse. Il y avait aussi une place du marché aux pierres inondées, les arches du bazar voisin encombrées de débris. Des tapis superbement tissés gisaient là, oubliés, abîmés par l'eau. Comme à Almasad, une chaussée surélevée contournait les rives originales de l'oasis, juchée sur des piles de roche calcaire élaborées, couronnées de sculptures représentant des animaux au port noble. Plus petite toutefois que les chemins dallés du grand port, elle paraissait abandonnée.

Le soleil brillait trop fort pour un jour aussi étrange, en un contraste frappant avec l'eau grise et la marée de serpents de mer qui se tordaient sur le lit sablonneux.

Corayne tournait la tête, cherchant ses compagnons, mais par-dessus tout le fuseau. *Je ne sais même pas ce que je cherche,* se lamenta-t-elle. *Où ça se trouve, à quoi ça ressemble. Rien.*

Sorasa louvoya entre les bâtiments, empruntant une ruelle inondée dans l'espoir de semer les serpents. Des portes pendaient à leurs gonds, des fenêtres béaient : appartements et boutiques avaient été abandonnés depuis beau temps par leurs propriétaires.

Un homme se pencha par une des fenêtres, l'armure faite de bon acier, l'épée étincelante, la tunique d'un vert hideux et détesté. Seuls les réflexes éclair de Sorasa leur permirent de conserver la tête sur les épaules, et la sicaire dut pour cela tirer avec une telle force sur ses rênes que la jument perdit l'équilibre et s'effondra en criant.

Corayne se retrouva dans l'eau, crachant et s'efforçant de se relever, handicapée par une cape trop lourde. Comme Sorasa poussait un grondement inarticulé, la jeune fille pivota pour voir le soldat gallien debout au-dessus de la sicaire, une longue épée pointée sur sa gorge.

Corayne ignorait pouvoir bouger aussi vite et avec une telle force avant que la dague rouge qu'elle tenait en main ne revienne en arrière, enduite jusqu'à la garde de sang frais.

Elle se figea, secouée, oubliant de respirer, oubliant de réfléchir : le soldat tombait à genoux, la main serrée sur le flanc. Il leva les yeux vers elle et s'efforça de prendre une dernière inspiration alors que son sang jaillissait.

Son visage était jeune, sans rides. *Il n'est pas tellement plus vieux que moi.*

Je suis désolée, voulut-elle dire, mais les mots ne quittèrent pas sa bouche.

« Cours ! »

La sicaire l'entraîna en pataugeant vers le centre de l'oasis. Corayne ne put s'empêcher de regarder derrière elles. Un serpent aux écailles d'un écarlate huileux avala tout entier le soldat aux yeux encore ouverts qui regardaient sans voir.

« Domacridhan ! » lança la voix de Sorasa, un rugissement, un hurlement, une supplication désespérée.

Leurs capes flottant derrière elles, elles avançaient avec peine au sein d'une eau grise qui leur montait jusqu'à la ceinture. Sorasa, l'épée levée dans une attitude de chasse, observait l'eau à la recherche de tout mouvement dont elles ne seraient pas responsables.

« Domacridhan d'Iona, je sais que tu m'entends ! » hurla-t-elle à nouveau, implorante.

Corayne, hors d'haleine, heurta rudement du dos le mur de pierre d'une maison. Le poignard était encore dans sa main ; le tenir lui faisait mal. Le sang sur la lame palpitait, de plus en plus luisant. Le souffle de la jeune fille, d'abord trop rapide, finit par se bloquer, sa gorge menaçant de se fermer tandis que des points noirs apparaissaient devant ses yeux. Le monde se mit à tournoyer.

« Défendez le fuseau. Défendez la reine ! » cria une voix, à laquelle répondirent une douzaine d'autres, confiantes.

Le toit, au-dessus de Corayne et Sorasa, était hérissé de Galliens au long javelot acéré. Le soleil qui brillait derrière eux les changeait en de simples silhouettes, des formes sans visage et sans nom. Inhumaines. Les guerriers de Ce-qui-attend plutôt que les soldats d'une reine mortelle. Corayne sauta de-ci de-là, tentant de ne pas perdre l'équilibre tandis que les javelots pleuvaient. Sa dague échappa à sa main et se perdit dans l'eau.

Une masse s'abattit derrière elle avec de fortes éclaboussures dans la rue inondée – un serpent ou un soldat, elle l'ignorait. Tout ce qu'elle pouvait faire, c'était courir au côté de Sorasa, fuir dans n'importe quelle direction possible.

Jusqu'à ce que des bras puissants l'empoignent par la taille et la soulèvent hors de l'eau comme si elle n'était qu'une poupée.

Corayne serra les poings, voulut frapper, mais se retrouva soudain allongée sur le ventre en travers de la selle de Sigil, dressée au-dessus d'elle.

« Du calme, je te tiens », la rassura la Temur en guidant le cheval par des mouvements de hanches.

La jument courut de son mieux vers les marches menant à la chaussée surélevée et se hissa hors de l'eau. Quand ses sabots résonnèrent sur la pierre, les dents de Corayne claquèrent si fort qu'elle les crut sur le point de tomber. La chaussée était conçue pour les piétons, pas pour un cheval au galop, mais Sigil maîtrisait bien sa monture et prenait rapidement les virages les plus secs.

Le geyser de Meer rugissait à proximité, crachant son eau grise qui retombait en pluie. Corayne, que Sigil maintenait en place, ouvrit grand les yeux tandis qu'elles galopaient. Au cœur de la grande colonne d'eau, quelque chose remuait violemment.

Encore des serpents, songea-t-elle d'abord. Jusqu'à ce qu'une des formes qu'elle apercevait se déploie et arrive en vue, la brume s'écartant pour révéler un tentacule long et gras, à la face inférieure semée de ventouses et à l'extrémité plate, inquisitrice. Un autre jaillit de l'eau et se déroula, gigantesque, aussi long qu'un clocher de cathédrale. D'un pourpre pâle et maladif, ils s'agitèrent ensemble, claquant dans l'air, arrachant des palmiers à chaque nouveau soubresaut. Et cela s'avançait, cherchait à sortir, à quitter un monde pour un autre.

Corayne ne voyait toujours pas de fuseau mais, malgré cela, elle comprit.

« J'ai besoin de l'épée », murmura-t-elle, incapable de cligner des paupières, incapable de tout sauf de regarder fixement. Toutes ses pensées fondirent pour ne laisser de place qu'à une seule : la lamefuseau.

Voilà ce que le navire de Mère a rencontré sur la mer Longue. Cela a failli couler le Fils des tempêtes *et exterminer son équipage. Tuer ma mère.* Un monstre naissait sous ses yeux. *Combien de navires coulera-t-il. Combien de mères volera-t-il.*

Ces choses-là vont couper Terravast en deux.

« J'ai besoin de l'épée, Sigil, hurla-t-elle en se tortillant, d'une voix plus forte.

— Et qu'est-ce que j'ai l'air de faire ? » gronda la chasseuse de primes en éperonnant son cheval sur la chaussée, le choc des sabots pareil à des impacts de grêlons.

Ce qui attira le kraken, Corayne l'ignorait, mais elle en vit les tentacules tressaillir et changer de direction, continuant de s'agiter pour entraîner la masse colossale qui échappait sans cesse un peu plus au geyser. Le premier bras s'abattit, puis le second, et, sous leur poids, la chaussée de pierre se fissura.

« Sigil ! » s'écria la jeune fille tandis que sa compagne, avec une parfaite simultanéité, éperonnait la jument, faisait claquer ses rênes et lançait un « yaa ! » sonore.

Le sol s'effritait sous ses sabots. La bête bondit de toute sa puissance et s'envola littéralement alors que la chaussée s'abattait dans un déluge d'éclaboussures. Monture et cavalières atterrirent rudement, glissant sur le toit plat de la maison la plus proche, encombré de pots de fleurs vides et d'un préau chaumé.

La pauvre jument tomba à genoux, frissonnante, le souffle oppressé, roulant des yeux terrifiés. Corayne se retrouva à tituber sur des jambes tremblantes, tous les nerfs embrasés. Sigil montra davantage de grâce et prit le temps de poser une caresse rapide sur l'encolure de sa monture. Elle murmura un mot en temur que Corayne ne connaissait pas mais dont elle devinait le sens.

Merci.

Toutes les deux s'élancèrent dans l'escalier de la maison, Sigil ouvrant la marche, et recommencèrent sans enthousiasme à patauger. Corayne, sans cesser de courir, finit par arracher sa cape, l'abandonnant à l'oasis.

« Dom ! » hurla-t-elle, les mains en porte-voix. Une vague de peur menaçait de la consumer. Si l'Aîné ne l'entendait pas, s'il ne venait pas... *Seule la mort peut l'arrêter. Seule la mort peut l'empêcher de me rejoindre.* « *DOMACRIDHAN !* »

Elle tentait de ne pas penser à leurs compagnons, ni à ce qui avait pu leur arriver. Sorasa de l'autre côté de la ville. Charlie sûrement terré sur un toit. *Andry*. Le noble écuyer qui avait trahi sa patrie, son devoir, tout ce qu'il avait toujours désiré. Qui s'était brisé le cœur en quittant sa mère pour sauver le monde.

Andry.

Il lui apparut tout au bout de la ruelle, toujours à cheval. Son épée était rouge, son visage un tableau torturé de rage et de chagrin. Corayne connaissait cette expression. Elle la sentait en elle-même, dans ses mains, elle l'avait sentie dans sa lame quand elle avait tranché une vie d'homme.

« Corayne ! » appela le garçon, dont la jument s'efforçait de courir dans l'eau, la tête levée, les narines évasées. Il se dressa sur ses étriers, la main tendue.

« C'est le geyser ! » entendit-elle crier Sigil, dont les grandes mains se posèrent sur ses hanches. Avec un grognement, la chasseuse de primes la propulsa en un quasi-vol plané vers les bras ouverts d'Andry.

Il la reçut sans flancher et la déposa sur la selle devant lui, l'entoura de ses bras. « On a besoin de l'épée, haleta la jeune fille en refermant les mains dans la crinière de la jument.

— Je sais », répondit-il. Il éperonna sa monture pour lui faire gagner un terrain élevé. D'un pas plus rapide, elle contourna le village d'où montait un écho de serpents sifflants et d'acier cliquetant qui rivalisait avec le rugissement du geyser.

Nezri était un simple anneau, dont les rues s'écartaient en éventail à partir du centre, assez larges pour les caravanes de chameaux – et à présent pour les monstres grouillants de Meer. Corayne, le cœur au bord des lèvres, scrutait les environs tandis qu'ils chevauchaient. Son estomac eut un soubresaut quand elle découvrit le fleuve, véritable déluge qui se déversait de la colline à l'oasis, emportant avec lui un banc de serpents de mer et de tout ce qui pouvait jaillir d'autre du fuseau.

Cela sinuait sur le sable en un courant rapide se ruant vers l'Aljer. Ensuite, il suffisait de traverser le golfe pour atteindre la mer Longue.

Andry repéra l'éclair d'or avant Corayne et poussa le cheval le long d'une ruelle abandonnée, en des eaux plus profondes. La bête tenta de résister, mais il l'éperonna, lâchant à mi-voix des jurons colorés.

« Si on survit, rappelle-moi de te signaler ton langage inconvenant », lui dit Corayne sur un ton las.

La poitrine du garçon, derrière elle, se souleva et s'abaissa d'un rire contenu. Cette chaleur prit la jeune fille par surprise. « Je n'y manquerai pas. »

Ils trouvèrent Dom au milieu d'un cercle de soldats, tenant la lamefuseau d'une main, sa propre épée de l'autre. Toutes les deux décrivaient des moulinets d'acier étincelant. Les cadavres tombaient comme les épis sous la faux, et le vert du Galland se tachait d'écarlate quand des hommes mouraient. Les serpents festoyaient, tenus à distance par une réserve de chair régulière.

« Prends ça, haleta Andry en désignant l'épée au fourreau fixée sur sa selle. Frappe de taille. En un arc de cercle régulier. Arrange-toi pour que le cheval appuie ton mouvement. »

Corayne avait la nausée à l'idée de tuer encore, mais elle serra les dents et tira l'épée d'Andry, au tranchant d'acier déjà cramoisi. La tenant solidement à deux mains, elle se pencha sur le côté.

L'arme décrivit une trajectoire pareille à un croissant de lune et une tête s'envola, encore plantée dans un casque métallique.

La jeune fille refusa de regarder le cadavre alors qu'Andry leur faisait décrire une courbe pour qu'elle puisse frapper à nouveau. L'Aîné avait à peine remarqué leur arrivée, occupé à hacher menu les soldats qui s'en prenaient à lui. La deuxième fois, Corayne manqua sa cible, mais la jument, de sa masse, jeta au sol deux soldats dont les corps disparurent sous l'eau grise frangée d'une écume sanglante. Derrière eux, Dom rugit le cri de guerre d'Iona, en ce langage étranger à toutes les oreilles. Cela suffit à entraîner la déroute des derniers Galliens, sanglants et blêmes, terrifiés par la montagne de rage qu'était l'immortel.

L'Aîné inspirait et soufflait avec force, sa cape vert foncé était en lambeaux, les cerfs brodés déchiquetés. Il y avait du sang dans ses cheveux d'or, du sang dans sa barbe, du sang sur ses bras, jusqu'aux coudes. Corayne s'attendait presque à lui voir les yeux rouges également, mais ils présentaient toujours la même nuance émeraude inflexible. Inchangés. Son souffle n'en était pas moins saccadé, sa poitrine gonflait et retombait lourdement.

La jeune fille, comme engourdie, remit l'épée d'Andry au fourreau et se laissa glisser de la selle dans un jaillissement d'éclaboussures.

Dom la fixait, un peu étourdi, disparaissant presque derrière les cadavres entassés. Puis il frissonna, retrouva ses esprits et tendit la lamefuseau. « Votre épée », dit-il d'une voix tremblante.

Cette fois, nul serpent ne s'interposa entre eux.

Il n'y avait plus que le rugissement du kraken, humide et interminable, si grave que Corayne le sentait dans ses côtes, dans les creux de son torse. Elle avait envie de se laisser tomber à genoux.

Au lieu de cela, sa main se referma sur l'épée dont les pierres précieuses étincelaient rouge et pourpre tandis que de la pointe à la garde brillaient les runes d'un monde perdu. Elle était incapable de les lire mais n'en avait pas besoin. Pour le moment, elles ne représentaient rien. Il n'y avait que le fuseau, son sang, et la lame dans sa main.

Ils se mirent en marche tous les trois en pataugeant, Andry et Dom abattant les serpents tandis que Corayne avançait droit devant elle. Quelque part, Sigil hurla de rire, et son triomphe résonna avec force alors que deux soldats fuyaient sa hache. Un autre tomba d'un toit, un poignard de bronze dans la gorge ; une ombre aux yeux de tigre le regarda mourir.

L'eau ralentissait tout, rendait chaque pas plus difficile que le précédent. Tout le corps de Corayne était douloureux, et son esprit hurlait. La jeune fille avait envie de se coucher et de laisser l'eau la prendre. Elle avait envie de charger en hurlant comme Dom ou Sigil, de faire vibrer l'air de la tempête déchaînée dans sa poitrine. Elle se contenta d'avancer encore d'un pas. *Puis d'un autre. Puis d'un autre.*

Jusqu'à arriver au cœur en ruine de Nezri, la grande colonne d'eau bouillonnante, le geyser qui fusait toujours, et le kraken qui cherchait à s'en extraire en une espèce de naissance impie. Là, une eau noire et rouge leur montait jusqu'aux genoux. Corayne, plissant les yeux, vit une ligne d'or étinceler entre les éclaboussures. C'était de ce portail fin comme un rasoir que jaillissaient les tentacules du kraken pour pénétrer en leur monde. Le corps bulbeux, visqueux percé d'un œil unique aussi gros qu'un bouclier, roulant au creux de son orbite, se soulevait et retombait dans ses efforts pour franchir le seuil. Les bords en étaient rouge et jaune, corrompus, venimeux. La bête puait la pourriture et le poisson avarié, aussi nauséabonde qu'une vieille pêche laissée au soleil. Et elle était gigantesque, plus longue qu'une galère, toujours croissante, toujours acharnée. Son cri s'éleva à nouveau et fit souffler un vent fétide dans l'oasis.

La lamefuseau, trop lourde pour les mains de Corayne, trempait dans l'eau. La jeune fille était à peine capable de la soulever, sans parler de trancher une forêt de tentacules pour se frayer un chemin jusqu'à la lueur dorée qui dessinait des rides sur la chair du kraken. Son cœur manqua un battement. Elle sentit sa chair faiblir, ses membres menacer de la trahir. La fatigue tombait sur elle à l'instar d'un lourd rideau. Elle serra les dents, luttant pour rester debout, pour continuer à bouger.

De l'autre côté de l'oasis, parmi les palmes, une silhouette fendait une eau qui lui montait jusqu'à la taille. Aucun soldat ni serpent ne la suivait. Elle était seule.

De l'eau grise, des cheveux gris, des habits gris. Des mains comme les racines noueuses d'un arbre blanc. Des yeux comme le ciel le plus clair.

Valtik.

La vieille sorcière fit face au kraken sans hésitation, levant la tête pour en croiser le regard. Ses tresses étaient défaites, mêlées d'os et de palmes ; sa robe usée en haillons, trop longue, flottait derrière elle, et le soleil qui se reflétait sur l'eau la mouchetait d'un éclat étrange. Elle avait les mains largement écartées, les doigts déployés comme les pointes d'une étoile.

Elle psalmodiait, et la langue jydi emplissait l'oasis de son bourdonnement sec et viscéral qui pénétrait la bête frémissante, contraignait ses tentacules à s'enrouler sur eux-mêmes.

« Les dieux de Meer se sont exprimés, dit Valtik, élevant la voix pour prononcer des mots que tous comprenaient. Les bêtes de l'eau sont éveillées. » Alors qu'elle ne bougeait pas, l'eau s'agitait autour d'elle, mue par les dieux savaient quoi. « De ces contrées tu n'es pas résident ; je te lie et te bannis par rite d'os et rite de sang. »

Le kraken hurla, un son déchiqueté, assourdissant. Corayne conserva sa prise sur l'épée, combattant l'instinct qui la poussait à se boucher les oreilles.

Quand le monstre obéit, au mépris de sa propre volonté, elle n'en crut pas ses yeux. Il tremblait, forçait, reculait pouce par pouce, sa chair disparaissant à nouveau dans le fuseau.

La jeune fille avança d'un pas.

Valtik courbait les doigts au point que ses mains évoquaient des serres, son front ridé se crispait, elle grimaçait, mais sa voix ne cessait pas de retentir. « Va-t'en, va-t'en, va-t'en », gronda-t-elle apparemment dans toutes les langues. Ses paroles étaient un ouragan qui s'abattait sur le monstre infernal. Il se tordit, voulut résister ; ses pseudopodes frappèrent le sol inondé en soulevant des gerbes d'eau sale.

Corayne restait en mouvement, ses compagnons à ses côtés. Elle apercevait l'éclat de leur acier, sentait l'air se déplacer avec eux, l'eau couler autour de ses genoux. Le sable sous ses bottes devenait glissant et se changeait en boue. Il ralentissait ses pas, lui enserrait les chevilles, tentait de la retenir.

« De ces contrées, tu n'es pas résident ! » cria encore Valtik d'une voix aiguë.

Une ombre passa devant le soleil, le kraken hurla et porta un coup potentiellement mortel : un tentacule s'abattit à la manière d'une tour de pierre qui s'effondre. Jusqu'à ce que l'épée de Dom tranche sa chair nauséabonde au terme d'un moulinet et l'envoie plonger dans l'eau, son extrémité toujours agitée de sursauts.

L'œil du kraken se révulsa et le monstre disparut derrière le seuil, ne laissant plus visibles que quelques tentacules qui se tortillaient faiblement, enroulés sur eux-mêmes.

« Je te lie et te bannis par rite d'os et rite de sang. »

Même le geyser faiblissait : il jaillissait toujours avec force mais par saccades.

Corayne sentit peau et muscles se fendre quand elle passa la main sur le fil de la lamefuseau. Son sang se joignit au reste, d'un cramoisi étincelant, portant en lui l'espoir du monde. L'espoir de son père. Le sien.

La blessure de sa paume la piqua quand elle referma la main sur la poignée de l'arme, du sang coulant entre ses doigts. Un tentacule se tortillait vers elle telle une plante grimpante, mais Andry le chassa d'un coup de son épée qui dansait littéralement. L'eau était froide, le vent était froid, l'épée était froide. La jeune fille continua d'avancer.

Le fuseau, aussi fin qu'une aiguille, étincelait comme une étoile. Il émettait sa propre lumière, trop brillante pour qu'on la fixe longtemps. Corayne s'attendait à apercevoir brièvement de l'autre côté un monde différent, les puissants océans démontés de Meer, mais il n'y avait là que le kraken tentant de se frayer un chemin jusqu'à Terravast. Il faiblissait, ses cris résonnaient au loin et les mouvements violents de ses tentacules ralentissaient. L'un d'eux effleura la joue de Corayne, lui assenant à peine une gifle. Elle l'ignora. Il n'y avait pour elle plus rien que le fuseau qui l'appelait, qui la tirait en avant tel un hameçon planté dans son cœur.

« Pour Terravast », murmura-t-elle. *Pour nous tous.*

La lamefuseau se leva et retomba, tranchant la chair du kraken et la ligne qui était le fuseau, faisant jaillir un sang noir tout en dissipant le fin portail d'or. Le geyser retomba sur Corayne à l'instar d'une cascade. Le tentacule qui l'avait frôlée, sectionné, s'abattit sur le sol inondé et les trempa tous jusqu'aux os. Le kraken hurla une dernière fois, très loin, puis se tut, alors que la déchirure du fuseau s'effaçait de l'air comme disparaît la faille entre deux rideaux quand on les rapproche. Les tentacules restants s'enfoncèrent dans l'eau, proprement tranchés, séparés d'un corps qui se trouvait désormais à plusieurs mondes de distance.

Privée du geyser et de la porte ouverte sur Meer, aspirée par un sable desséché depuis des siècles, l'inondation commença à décroître.

Tout autour de l'oasis résonnaient les sifflements des serpents se lamentant de leur monde perdu. Corayne s'affaissa, appuyée avec force sur l'épée. À tout moment elle s'attendait à sentir la morsure de crocs cruels.

Cela n'arriva pas.

Sa tête roula contre une épaule chaude et des bras se refermèrent autour d'elle, la maintenant debout. Elle aperçut des yeux d'ambre noir, une bouche emplie de douceur, un visage bienveillant.

Elle s'efforça de continuer à voir clair, d'ouvrir grand les yeux, mais le ciel s'obscurcissait néanmoins, le soleil perdait de son éclat. Plusieurs silhouettes les entouraient, indistinctes. Amis ou ennemis, elle n'aurait su le dire.

« C'est terminé, entendit-elle marmonner Dom d'une voix lointaine, de moins en moins audible. C'est terminé. »

Andry se tenait plus près, elle en sentait la main effleurer son bras, le corps chaud contre le sien. Elle voulut s'accrocher à lui, mais elle n'en eut pas la force. « Avec moi, Corayne. Reste avec moi. »

Ses paupières se fermèrent alors que la lamefuseau échappait à sa main blessée. « Ça fait un », murmura-t-elle en glissant dans les ténèbres.

32

Les orphelins

Erida

Pour un homme capable d'écraser des diamants dans sa main serrée, il pouvait la rendre aussi légère qu'une plume, et ses doigts étaient d'une grande douceur sur ceux d'Erida.

La reine laissa Taristan l'escorter de son cheval jusqu'au poste d'observation en haut de la colline, la frontière madrentine et la rivière Rose étendues à leurs pieds. Sur les berges, la Première et la Troisième Légion, en formation, évoquaient des scarabées d'argent bien alignés qui se dirigeaient inexorablement vers les ponts de barges hâtivement construits et ancrés dans le courant. Malgré la sombre présence de son mari près d'elle, sans parler des généraux et des conseillers martiaux assemblés, Erida ne pouvait détourner les yeux de la rivière. Vingt mille hommes avançaient en contrebas, cavalerie, infanterie, archers, piquiers, chevaliers, écuyers et paysans engagés pour servir leurs seigneurs féodaux. Hommes et jeunes garçons qui adoraient la guerre ou en étaient terrifiés. Riches, pauvres ou entre les deux. *Leurs cœurs battent pour moi ce matin.* Elle respira profondément, comme si elle avait pu sentir le goût de leur acier.

Ce moment prit en elle un éclat chatoyant, c'était d'ores et déjà un souvenir précieux.

Quand je serai vieille, impératrice sans égale, je me rappellerai ce jour. Celui où tout a commencé.

Elle sentait le regard noir de Konegin, aussi familier que son propre visage. Son cousin n'avait aucune raison d'être en colère. Il voulait cette guerre autant que n'importe quel autre bon fils du Galland. La Madrence était faible, ne méritait ni ses terres ni sa richesse. Elle avait besoin d'un maître plus fort. *C'est seulement qu'il voudrait être moi, avoir les pieds dans mes chaussures et ma couronne sur la tête.* Et quelle couronne c'était ce matin-là ! Celle de son père, faite pour le combat, un cercle d'or incrusté dans une calotte d'acier. En dessous, ses cheveux libres tombaient sur ses épaules en vagues ondulées. Erida n'était pas accoutumée à l'acier, aussi portait-elle une armure légère, faite de métal précieux, conçue pour les cérémonies plutôt que pour la guerre. Elle ne s'était pas donné la peine de se munir d'une épée, même pour faire joli.

« Belle matinée, mon cousin », dit-elle en aspirant une autre fraîche goulée d'air automnal. Dans les contreforts, les feuilles des arbres commençaient à sécher, leur bord virait au rouge et à l'or.

Konegin émit un bruit de gorge bas et humide. « J'estimerai la matinée quand le soir sera venu », répondit-il en croisant les bras sur sa cuirasse dorée, assortie à sa barbe luxuriante, dont le moindre poil avait été peigné et était bien en place. Il avait tout à fait l'air d'un roi.

Mais Taristan aussi, songea-t-elle, la main de son mari soutenant toujours la sienne.

Une nouvelle fois, il portait du rouge sang sous son armure écarlate et cramoisie, ainsi qu'une cape bordée d'or. Ces couleurs se reflétaient étrangement dans ses yeux, ce qui leur donnait un éclat de rubis. De la main, il renvoya ses cheveux en arrière et lissa les mèches roux sombre. Erida avait remarqué qu'un de ses sourcils était fendu, coupé d'une minuscule cicatrice blanche.

Les balafres striaient toujours sa joue, fines mais bien visibles, du même bleu que les veines de son poignet. Elle avait envie de les suivre du bout des doigts, un par cicatrice.

« Tu auras perdu mille hommes à la tombée de la nuit », marmonna Taristan, dont les yeux ne quittaient pas le fleuve. Son sorcier n'était pas avec eux, occupé à ses propres affaires au château Lotha. « Les Madrentins sont retranchés entre leurs places fortes. Leurs tranchées sont aussi profondes que les nôtres. Même si nous sommes à cinq contre un, ce sera une boucherie. »

Sa voix était plate, dépourvue d'accusation.

« Mille hommes pour la frontière, répondit Erida. Mille hommes pour disposer d'une route dégagée vers Rouleine, puis Partepalas, et ensuite la côte. »

Une route dégagée.

Ils savaient tous les deux ce que cela signifiait.

Le fuseau restait là-bas, dans les ruines, gardé par un contingent de cinq cents hommes, mais elle entendait toujours le grondement qu'il émettait de l'intérieur, elle revoyait la cascade de gemmes.

« Pour la gloire du Galland », gronda Konegin, le poing sur le cœur.

La reine, si elle le détestait, ne répugna pas à répéter ses paroles, le cri de guerre qui vivait en elle depuis sa naissance : « Pour la gloire du Galland. »

Les autres les imitèrent, les grands généraux et les seigneurs acclamant leur patrie. Leurs voix montèrent comme une seule, tonitruante, alors que retentissaient les premiers chocs des aciers devant le fleuve.

Seul Taristan restait silencieux, le regard fixe, les yeux bordés de rouge et les doigts toujours aussi doux sur ceux d'Erida.

Le quartier général de la campagne madrentine était pour l'heure établi au sein du château Lotha, la plus belle des deux places fortes proches de l'assaut initial. Une fois la bataille gagnée, on le transporterait en aval mais on conserverait la rivière Rose entre lui et le danger. D'autres légions étaient déjà en route depuis le fin fond du Galland pour épauler la conquête des délicates vallées de Madrence.

Erida ne s'était encore jamais vraiment trouvée en campagne. Le matin commençait par une bataille, la soirée s'achevait par un banquet durant lequel les grands seigneurs se portaient des toasts mutuels pour leur splendide performance au champ d'honneur. Tout au long des tables, dans la grande salle du Lotha, la bière et le vin coulaient à flots, parfois à côté des coupes, chacun ayant la tête tournée par la boisson, le combat ou les deux. Mille hommes avaient bien été perdus dans la journée mais plusieurs lieues franchies, les Madrentins chassés des forêts et retranchés dans leur forteresse délabrée pour en attendre le siège. Un succès encourageant.

Et demain en amènera un autre, songea Erida en portant à ses lèvres un troisième verre de vin. Elle examinait la salle de banquet qui s'étendait devant elle, sa propre version d'un champ de bataille.

Le Lotha, sans être un palais – on l'avait bâti pour défendre la frontière, pas pour accueillir des têtes couronnées –, était assez confortable pour qu'on y passe la journée. Sa grande salle, minuscule comparée à celle d'Erida à Ascal, était emplie de nobles galliens et, à cette heure avancée de la soirée, la plupart titubaient. Nombre d'entre eux buvaient à la santé de la reine, lui lançant des bénédictions, vantant son audace et son courage. Son royaume n'avait effectué aucune conquête depuis des années. Elle était affamée. Elle était prête, tel un cheval fougueux piaffant devant la porte. Erida le sentait en elle-même, et elle le sentait dans sa couronne.

Son mari n'appréciait pas davantage les banquets que la plupart des autres obligations d'un prince consort. Il restait assis en silence, mangeait peu, buvait modérément et ne parlait qu'à quelques privilégiés – lorsqu'il y était contraint. Ainsi se comporta-t-il ce soir-là, gardant les yeux baissés sur l'assiette de sanglier posée devant lui.

« Est-ce que Ronin nous rejoindra ce soir ? » murmura la reine, non sans prendre soin de baisser la voix. Konegin n'était jamais très loin d'elle, séparé de quelques sièges seulement, et il s'insinuait souvent dans ses conversations dont il cherchait à recueillir des miettes.

Les coins de la bouche de son mari s'abaissèrent en une grimace. « Il viendra quand le temps sera venu pour lui », répondit-il. Une ombre rouge brûlait dans ses yeux. « Quel que soit le moment en question. »

Erida se pencha vers lui, tenant la coupe devant sa bouche. « Il y a un problème ?

— Je ne sais pas », répliqua-t-il, la voix aussi plate que le regard. C'était la vérité sans fard. Puis il haussa un sourcil et ses lèvres s'incurvèrent. « Tu vas me sermonner encore ? Exiger que je me fasse des amis de tes nobles stupides ? »

La reine pouffa dans son vin alors qu'elle buvait une autre gorgée. Le breuvage avait un goût de cerise. « T'en faire des alliés, pas des amis. Nous n'avons aucun ami à nous faire ici », débita-t-elle sur un ton quasi chantonnant. Ce credo-là lui avait été inculqué dès l'enfance. « Par ailleurs, je commence à m'habituer à tes manières taciturnes.

— Taciturnes.

— Ça veut dire…

— Je sais ce que ça veut dire », coupa-t-il en s'appuyant au dossier de son siège. Cela mettait un peu de distance entre eux, et Erida se rendit compte qu'elle en était contrariée. Il abritait en lui une chaleur réconfortante entre les vieilles pierres d'un château sinistre. Elle l'observa, guettant dans son regard l'éclair de colère rouge caractéristique. Qui ne vint pas : il garda ses yeux d'obsidienne fixés sur son assiette. « Les orphelins ne sont pas forcément idiots, même ceux qui ont été élevés dans la boue. »

La main de la reine reposait sur la table de bois, non loin des doigts de Taristan. Elle n'osa la bouger ni pour l'éloigner, ni pour la rapprocher.

« Tu oublies que je suis moi aussi orpheline », rétorqua-t-elle, sentant la pointe de colère désormais familière que cet homme faisait toujours naître dans sa colonne vertébrale. La chaleur lui monta aux joues et elle se détourna pour masquer sa rougeur. S'il s'en rendit compte, il ne le montra pas.

Erida se mordilla la lèvre et abandonna un sujet frustrant pour en aborder un autre. « J'ai reçu une lettre de Bella Harrsing aujourd'hui », dit-elle en lançant à Taristan un regard de côté.

Bien qu'il fît de son mieux pour ne pas se laisser ennuyer par les mécanismes de la cour, elle vit un muscle tressauter dans sa joue. Il se força à avaler une bouchée de sanglier. « En quoi cela me concerne-t-il ?

— Elle s'enquiert de nos progrès. Dans la production d'un héritier. »

Les yeux de Taristan flamboyèrent. Cette fois, la lueur rouge était là. « Cela me paraît assez indiscret.

— Elle est ma conseillère, répondit Erida en haussant les épaules. Me demander cela fait partie de son travail. Tout comme produire un héritier fait partie du nôtre. » *Produire un enfant, comme si on les cueillait simplement sur les arbres.* Oui, la reine se devait de mettre au monde des enfants, tout monarque avait le devoir de consolider sa chaîne de succession. C'était là un fait aussi réel et indéniable que le verre dans sa main.

Taristan ne répondit rien, n'ayant pas touché à sa propre coupe, encore remplie à ras bord. Il observait son épouse sans bouger un cil, et elle aurait aimé lui fendre la tête pour regarder à l'intérieur. Un vœu impossible, notamment parce que tout coup ne ferait sans doute que glisser sur son crâne, grâce à la bénédiction de son seigneur démon. Elle allait donc devoir se montrer directe. Cela lui donnait la chair de poule.

« Me rendras-tu visite cette nuit ? » demanda-t-elle d'une voix calme, se détestant d'être aussi prévisible. *Manœuvrer aussi mal ne me ressemble pas.*

Et frémir ne ressemblait pas à Taristan. Ses yeux cherchèrent ceux de son épouse tandis qu'il inspirait entre ses dents sous l'effet de la surprise.

« Je préfère aller où on veut de moi », lâcha-t-il enfin, en scrutant son visage.

Erida faillit éclater de rire. Elle n'avait jamais rien entendu d'aussi étrange. Pourtant... cela lui inspirait des questions. Elle sentait encore les mains de Taristan dans ses cheveux, ses ongles le long de son cuir chevelu. La pression de ses doigts sur sa clavicule tandis qu'il lui délaçait sa chemise et la poussait pour la faire asseoir sur le lit défait. Ses joues la brûlèrent à nouveau, et les mots la fuirent, toute réponse mourant au fond de sa gorge. Cette fois, elle se rendit compte qu'elle était incapable de se détourner, accrochée au regard du prince comme si un fuseau y brûlait, doré et étincelant, indéniable.

La reine du Galland prit une inspiration pour se fortifier et apaiser ses pensées.

« La mer s'emplit de monstres, les collines de squelettes, le fleuve de sang. Nos forces croissent, Taristan », annonça-t-elle, imaginant tous ces spectacles. Il l'imita, le front plissé, en s'humectant les lèvres. « Un empire est à notre portée.

— Pour Lui », répondit son mari. Soudain leurs doigts se trouvèrent plus proches sur la table, quoique la main de la reine n'ait pas bougé. « Et pour nous. »

Quand le sorcier entra furtivement dans la salle à manger, Erida eut envie de jeter sa coupe vers sa petite tête blanche. Il fulminait dans ses robes rouges, se tordant les mains en se hâtant de dépasser les tables emplies de convives.

Taristan quitta la reine des yeux, sentant la présence de Ronin et s'apprêtant à se lever.

Il se retrouva alors face à Konegin, qui se dressait au-dessus du couple royal. Le cousin de la reine fit signe qu'on lui apporte deux coupes de vin supplémentaires, arborant un faible sourire forcé sous sa moustache. Il inclina la tête. Pour une fois, il ne portait aucun bandeau d'or, pas même une chaîne ornée de pierreries pendue d'une épaule à l'autre, et il semblait plus petit qu'à l'ordinaire.

Peut-être que, malgré toute sa forfanterie, la guerre ne lui réussit pas, songea Erida, à qui l'idée plaisait beaucoup. *Moi, elle me réussit très bien.*

« Madame, dit-il en exécutant une révérence peu marquée mais ferme. Tant de nos nobles amis ont porté ce soir des toasts en l'honneur de la reine et de son armée, ainsi que notre victoire du jour. »

Une acclamation monta entre les tables alors que les hommes bondissaient sur leurs pieds et abattaient leurs coupes sur la table. Cette foule engloutit Ronin, masquant ses robes rouges et son visage blanc.

« J'estime convenable d'en porter un autre, à Son Altesse Royale le prince consort », continua Konegin, la main tendue. Un serviteur en livrée inversée, lion vert sur fond or, lui mit dans la main un calice ornementé, débordant d'un vin rouge foncé.

Le serviteur en offrit aussi un à Taristan, qui le prit avec une grimace polie, les lèvres retroussées en une effrayante tentative de sourire. Une femme moins retenue aurait hurlé de rire, mais Erida se contint.

« Au prince Taristan du Vieux Cor, époux de notre reine bien-aimée, père de l'avenir du Galland. Fils et père d'un empire ! » lança Konegin en levant sa coupe à la cantonade. Puis, avec un sourire déplaisant, il tourna vers le prince consort d'Erida ses yeux bleus étincelants et, comme s'il mourait de soif, engloutit son vin.

Le cri « à Taristan ! » se répercuta dans la foule, au milieu de laquelle se tenait un Ronin toujours livide.

Erida prit sa propre coupe et la leva à l'adresse de son mari, amusée. « À Taristan », fit-elle en écho avant de boire une longue gorgée.

L'héritier du Cor tenait fermement le calice, dont ses doigts caressaient le pied de métal intriqué.

Le sourire d'Erida diminua, son plaisir grignoté par l'exaspération. *Va-t-il vraiment nous mettre tous les deux dans l'embarras ? Maintenant ? Pour rien ?* Elle se retint tout juste de lui donner un coup de pied sous la table. *Bois, idiot.*

À son grand soulagement, Taristan céda, comme s'il renonçait à une bataille.

Monseigneur Konegin eut un large sourire, montrant des dents tachées du vin qui imprégnait toujours sa moustache.

Le prince se contraignit à avaler une longue gorgée puis repoussa sa chaise et se dressa de toute sa hauteur. Les deux hommes étaient presque de la même taille, quoique Konegin fût plus âgé et empâté au niveau de la ceinture. Ils se foudroyèrent du regard, tels deux archers échangeant des flèches.

Erida tiqua. Son instinct lui disait que quelque chose n'était pas normal.

Dans la foule, Ronin se frayait un chemin à coups de coude, bousculant de nobles personnages. Quelques-uns protestèrent, mais la plupart observaient la scène qui se jouait à la table d'honneur et leurs voix s'évanouissaient dans le silence.

« Taristan ? » fit la reine en posant son verre. Le choc résonna bien trop fort pour une salle de banquet.

Son mari ne la regarda pas. Il tendit la main qui tenait le calice. « Partagez donc cela avec moi, monseigneur », invita-t-il. La lumière des torches luisait sur la coupe et le vin, auquel elle conférait un rouge foncé sirupeux.

Konegin renifla en rendant sa propre coupe au serviteur, celui qui avait la livrée inversée. *Un de ses hommes à lui,* réalisa Erida en sentant une vague de froid se poser sur ses membres.

« J'ai assez bu, Taristan, répondit-il, souriant encore de ses dents rouges. Et vous aussi.

— Très bien », répondit le prince.

Il vida le calice sans jamais cligner des yeux, sans quitter du regard le visage de Konegin. Un peu de vin coula sur son menton et sa poitrine.

Sous sa moustache, le sourire du cousin de la reine disparut.

« Qu'êtes-vous donc ? » siffla-t-il entre des dents à peine desserrées.

Erida bondit sur ses pieds. Les pièces se mettaient en place dans sa tête. *Trahison. Forfaiture. Poison.* Elle chassa la coupe des mains de son mari et tendit vers son royal cousin un doigt tremblant. « Arrêtez-le, lâcha-t-elle, presque hurlante. Qu'on arrête monseigneur Konegin – et qu'on l'enchaîne ! »

L'intéressé frissonna, les yeux toujours fixés sur Taristan, le visage déchiré entre la désorientation et la peur. « Qu'êtes-vous donc ? répéta-t-il en descendant de l'estrade.

— Arrêtez-le ! ordonna encore Erida alors qu'un vacarme infernal explosait dans toute la salle. Il a tenté d'empoisonner le prince ! »

Ses chevaliers se précipitèrent, soucieux d'obéir, quoique abasourdis d'un tel ordre. Nombre d'entre eux aimaient Konegin

– roi potentiel pour une jeune reine encore inexpérimentée – qui avait aussi des soutiens parmi les nobles, dont une bonne partie dans la salle. Une bonne partie dans l'armée. Erida sentit ses genoux trembler quand il plongea dans la foule, vite suivi de son entourage. Même son idiot de fils parvint à s'enfuir, filant à sa suite aussi rapidement que voulaient le porter ses jambes.

Du poison, songea-t-elle encore, se reprenant.

Elle sentait une chaleur sous sa main, une autre en travers de son dos. S'arrachant à l'agitation de la salle de banquet, elle baissa les yeux vers ses doigts rougis posés sur la tunique de Taristan, fermement pressés contre sa poitrine. Elle cligna des paupières, ébahie. Ce qu'elle sentait autour d'elle, c'était le bras de son mari qui la serrait contre lui.

Il baissa les yeux sur elle, les lèvres et le menton rougis. Elle vit en lui une bête, un prédateur se repaissant de sa proie.

« Du poison », dit-elle à voix haute en levant un doigt tremblant.

Il la repoussa avant qu'elle ne puisse toucher ses lèvres.

« Je suis immunisé, gronda-t-il. Pas toi. »

La plupart des gardes-lions s'étaient lancés à la poursuite de Konegin et de ses hommes. Ils disparurent par les portes du fond de la salle, en direction de la cour et des portes du château Lotha. Erida aurait voulu rassembler ses jupes et suivre le mouvement. Plaquer elle-même son cousin au sol et lui trancher la gorge pour le punir de sa traîtrise.

Au lieu de cela, elle resta assise à la table d'honneur, pareille à une statue aux yeux de tous, alors qu'elle tremblait jusqu'aux os.

Je vais être obligée d'expliquer, pensa-t-elle distraitement en observant la salle. Ses loyaux sujets, trop ivres pour comprendre ou trop désorientés pour faire davantage que crier, étaient en proie à une véritable frénésie. Les chevaliers restés sur place formaient un cordon à la base de l'estrade, repoussant quiconque voulait passer.

Quiconque sauf Ronin.

Aucun d'eux n'aurait osé contrarier le sorcier.

Ce dernier paraissait furieux. Son corps se tortillait d'étrange manière, et il avait le visage plus blafard qu'Erida ne se rappelait l'avoir jamais vu. Comme de la neige fraîchement tombée, comme un cadavre vidé de son sang. Le blanc de ses yeux était semé de vaisseaux sanguins, certains rompus.

Taristan s'essuya la bouche de sa manche, épongeant le poison. « Qu'y a-t-il ? » grimaça-t-il en baissant les yeux sur son sorcier.

Ronin inclina la tête, les mains levées tel un prêtre implorant le pardon. « Nous avons perdu Meer, murmura-t-il. Nous avons perdu un fuseau. »

Le calice d'argent massif se fendit entre les mains de Taristan.

Erida sentit la rage de son époux, qui reflétait la sienne.

« Perdu », souffla-t-elle. *Comme si on l'avait simplement égaré.* Le sang rugissait à ses oreilles. Elle croisa le regard de Taristan et lui prit les poignets avant qu'il ne puisse démolir la table. « Perdu », dit-elle encore, les lèvres retroussées.

Le feu brûlait dans les yeux du prince, d'un rouge terne bordé d'or. Quelque part, Erida sentit de la fumée. « Je la tuerai, siffla-t-il.

— Je t'aiderai », répondit-elle.

REMERCIEMENTS

Écrire ce roman a été une expérience cathartique. Il m'a permis de m'évader agréablement d'une période de plus en plus frustrante, et j'espère communiquer ce sentiment à mes lecteurs. Toutefois, ce qui est devenu un divertissement a commencé par un pas en arrière, vers la fille que j'étais à 13 ans et qui se cherchait dans des histoires sans jamais se trouver. Rien de ce que j'aimais ne semblait me payer de retour. J'espère qu'au fil des années ce sentiment deviendra de plus en plus rare pour tous les enfants.

Comme toujours, je dois d'abord remercier mes parents, qui continuent de m'aimer et de me soutenir dans la vie. Je ne serais pas là sans eux, et ils sont la fondation sur laquelle je construis tout ce que je fais. Mon frère reconnaîtra bien des éléments de ce livre et en devinera mieux que quiconque l'inspiration exacte. J'ai hâte de connaître tes impressions, Andy, et j'espère les entendre de vive voix. À grand-papa George, je t'aime et on se verra bientôt. À ma grande famille de cousins, d'oncles et de tantes, trop nombreux pour être cités, merci de votre soutien et votre amour permanents.

J'ai la chance d'avoir une autre famille, ici, en Californie, composée des très nombreux amis qui sont restés unis durant l'étrange décennie ayant suivi notre sortie de l'université. Je suis vraiment enchantée de disposer de ce cercle-là. Bien des choses changent, mais ce n'est pas notre cas, pour le meilleur ou pour le pire.

Je n'aurais jamais rêvé d'avoir des amies telles que Morgan, Tori et Jen, mes copines adorées, qui me construisent et me déconstruisent de toutes les manières utiles. J'ai vraiment de la chance de vous connaître toutes les trois, et je ne sais pas ce que j'ai fait pour mériter votre amour. Alors que Morgan lisait le premier jet de *Red Queen*, Tori a été la première à terminer *Terres Brisées*. Sa réaction immédiate m'a valu mon premier soupir de soulagement. *Quelqu'un* avait aimé ce livre, j'avais fait mon travail. Je suis vraiment impatiente de me retrouver sous la même lune que vous toutes.

Mon amour et mes remerciements à Jordan, pour m'avoir suivie durant tout cela. Je suis heureuse de partager la lune avec toi.

Une nouvelle fois, je dois un merci rapide à mon rayon de soleil de toutou, Indy. Je n'éprouve aucune honte à inclure ma chienne dans mes remerciements et n'en éprouverai jamais. Nous avons failli la perdre pendant l'écriture de ce livre, et toute seconde supplémentaire est un cadeau.

Peu de gens ont des collègues comme les miens, qui sont non seulement devenus des amis précieux mais aussi des modèles extrêmement talentueux à admirer et à imiter médiocrement. Je ne les citerai pas tous, car j'aurais l'impression de me vanter. Mais je dois remercier mes Patties – Susan, Alex et Leigh – pour leur amitié, leurs conseils, leur humour et leur commisération. Soman, dans l'ombre de qui je suis ravie de vivre. Jenny et Morgan, je vous verrai à Paris. Emma, nous sommes dans les tranchées ensemble et j'espère que nous y serons toujours. Et Sabaa, ma constante durant tout cet étrange voyage.

Je suis ravie d'avoir dans cette industrie de nombreux boucliers et de nombreuses épées, car il en faut énormément. La plus aiguisée de mes fines lames est Suzie Townsend, qui tranche sans cesse à travers le monde pour que je puisse y frayer mon chemin. Tout mon amour et tous mes remerciements à elle et au reste de l'équipe de New Leaf : les personnes les plus talentueuses et les plus gentilles du métier. À Pouya, Jo, Meredith, Hilary, Veronica... j'espère ne jamais cesser de vous remercier tous. Un remerciement supplémentaire à Dani, sans laquelle nous nous conduirions tous comme des poulets sans tête. Je ne saurais non plus oublier mon bouclier, autrement dit mon avocat, Steve Younger.

Une nouvelle fois, mon nom se retrouve sur un livre publié par HarperCollins, et je ne pourrais être plus fière de ce que nous avons fait ensemble. Je suis vraiment privilégiée de travailler avec Alice Jerman et Erica Sussman, et je souhaite que nous collaborions encore souvent. Merci de m'avoir donné la place de faire vivre cette histoire. Et merci à l'innombrable, infatigable, incroyable équipe de relecteurs qui ont réussi à garder la trace de tous les éléments quand j'en étais incapable. Alexandra et Karen, merci. Je suis toujours impatiente de recevoir vos feuilles de style, mais celle-ci plus que les autres. Merci aux magiciens du marketing d'Harper, aux experts d'Epic Reads, aux artistes de publicité – Ebony, Sabrina, Michael, Tyler, Shannon, Jennifer, Anna, et tant d'autres, qui s'arrangent pour transformer le gribouillis d'une femme des cavernes en objet étincelant que les gens désirent avoir chez eux. Un remerciement tout particulier va à mes concepteurs de couverture, qui me gâtent depuis des années et continuent de faire merveille. Merci à Alison, Catherine et Jenna d'avoir rendu *Terres Brisées* aussi splendide.

Un autre remerciement à mes lecteurs sensibles, toujours si réfléchis et encourageants, qui ont approfondi ce nouveau monde de manière que j'étais incapable de saisir.

Ma plus profonde gratitude va à vous, lecteurs, bloggeurs, professeurs, bibliothécaires et libraires, à quiconque tient un livre et le fait passer ou le dévore. Les histoires ne peuvent pas vivre sans vous. Merci de donner vie à tout ce que je puis brièvement porter.

Voici arrivé le moment où je devrais lister mes inspirations, mais il y a bien trop de sources à cette rivière-là. Je ne remercierai donc ici que J. R. R. Tolkien, pour m'avoir jetée sur la Terre du Milieu, pour m'avoir donné tant de choses – et pourtant si peu. Pour m'avoir donné envie. Pour m'avoir rendue affamée.

Je suis heureuse que mes grands-mères aient vécu pour me voir publiée, et, si elles ne sont plus avec moi, j'espère que cette histoire les atteint d'une manière ou d'une autre.

Mon amour à vous tous.

Victoria.

Composition et mise en pages
Nord Compo à Villeneuve-d'Ascq

MIXTE
Papier | Pour une gestion forestière responsable
FSC® C022120
FSC
www.fsc.org

Le papier intérieur de cet ouvrage est composé de fibres naturelles, renouvelables, recyclables et fabriquées à partir de bois issu de forêts plantées expressément pour la fabrication de pâte à papier.

ISBN : 978-2-37876-163-9 (broché)
ISBN : 978-2-37876-162-2 (relié)
ISBN : 978-2-37876-171-4 (e-book)

Dépôt légal : janvier 2023

N° d'édition : 0106-041-01-01 (broché)
N° d'édition : 0107-041-02-01 (relié)

Achevé d'imprimer en Slovaquie par TBB